Ruh Kadehi

SİYAH KUĞU

II

Siyah Kuğu II: Ruh Kadehi
Beyza Aksoy

Genel Yayın Yönetmeni: Aslı Tunç
Editör: Eren Abaka
Kapak Tasarım: Dilan Kaya
Sayfa Tasarım: Ceyda Çakıcı Baş

18. Baskı: Mart 2025
ISBN: 978-605-173-326-5

Baskı ve Cilt:
My Matbaacılık San. ve Tic. Ltd. Şti.
Maltepe Mah. Yılanlı Ayazma Sk. No: 8/F
Zeytinburnu / İstanbul
Tel: 0212 674 85 28
mymatbaa34@gmail.com
Sertifika No: 47939

Yayımlayan:
Epsilon Yayınevi Ticaret ve Sanayi A.Ş.
Osmanlı Sok., No: 18/4-5 Taksim/İstanbul
Tel: (212) 252 38 21 Faks: (212) 252 63 98
İnternet Adresi: www.epsilonyayinevi.com
E-posta: epsilon@epsilonyayinevi.com
Sertifika No: 49067

Ruh Kadehi

SİYAH KUĞU

II

BEYZA AKSOY

epsilon®

1

Bir telaş kapladı gökyüzünün soğuk ruhunu.

Kat kat giyindi insanlar, üşümesinler diye çektiler montlarının fermuarlarını. Bir savaşçı misali çıktılar sokağa ama onların bedenleri üşüyordu sadece.

Oysaki o gece, bir genç kızın ruhu üşüdü.

Acıdan dikilmiş merdivenleri soğuk soluğa tırmandı bir ruh. Her adımında, çıplak ayak tabanları yandı ve avuç içleri acıdı.

Gökyüzü adını sayıkladı.

O gece yağan yağmurda bir tek o ıslandı.

Hiçbir zaman geleceğimi düşünmemiştim, çünkü daima şimdiki zamanda tıkılı kalırdım.

Ne zaman geleceğimi düşünmeye kalksam bedenime acı bir gülümseme yayılırdı. Oradan acı dalgası göğüs kafesime hapsolur, kalbime giden damarlarda ilerlerdi.

İmkânsızlığın beden bulmuş hâliydim ben. İçeride ben bile neler döndüğünü bilmezken, bir çift acı kahve gözde bulurdum ilacımı. Dünyanın en güzel kahvesi gizliydi o gözlerde, sahibi kahveyi sevmese bile. Uzanıp kendime bir bardak doldursam gelir kızardı, *ben sana demedim mi o bardaklara kahve bulaştırmayacaksın,* diye.

Kahvenin şekerini iyi tutturmak gerekirdi. Sonunda ya şerbet içerdiniz ya da zehir.

Mesela ben hiçbir zaman tutturamamıştım kahvenin şekerini... Ya çok atardım ya da az. Acı olduğunda tekrar şeker atmaya gitmezdi elim ve fazla şekerli olduğunda bile yine de içerdim hepsini.

Çünkü her yudumda bir deja vu hissi kavururdu bedenimi.

Kahveye bulanmış hatıralar.

Şu kahveyi içtiğim gün, matematik kitabımı kaybedip Biray Hoca'dan azar işitmiştim değil mi? Ya da dünyanın en şekerli kahvesini içmeden hemen önce bir saat boyunca uğraştığım keki yakmama ne demeli? Peki ya çok acı diye içine kurabiye bandırıp içtiğim kahve? O gün son kez mutlu aile tablomuza gülümsemiştim, değil mi?

Fakat şimdi içtiğim kahve, dünyanın en acı kahvelerindendi işte. Pamir Yelkıran'ın kalbimi ilk kırdığı, onu ilk gördüğüm gün bana borçlandığı kahveydi bu. Boyun borcuydu. Zehir de olsa içmem gerekirdi.

Ve sonunda yudum yudum içiyordum.

En sevdiğim içecekle, sonsuzluğa kadeh kaldırıyordum.

Karın bölgemden göğüs kafesime dolan acı, yutkunmaya çalışıp becerememememle beraber katlanarak arttığında, bir öksürük krizinin beni pençesine aldığını hissettim. Boğazımdan yükselen şiddetli öksürükler de beraberinde domino taşları gibi devrilen sancılara kucak açtığında, ben de eş zamanlı şekilde gözlerimi araladım.

Sağ koluma damardan giriş yapan bir iğnenin, ağrılarımı kesmek adına acıttığı etimi hissedebiliyordum. Kızarmış ve morarmış olmalıydı.

"Geldi," diye telaşlı bir ses duydum. "Uyandı, kalkın! Kalkın, kalkın çabuk!"

Omurgamın göğsüme battığını hissedince, istemsiz oluşan bir refleksle kafamı yukarıya doğru kaldırdım ve nefes almaya çalıştım. Acemice içime çektiğim nefes ciğerlerimi yakarken, bütün bedenim uyuşturulmuş gibiydi ama yine de acıyı hissedebiliyordum.

Nisan aceleci bir ses tonuyla yaklaşarak, "İyi misin?" diye

sormaya çalıştı fakat ellerine hâkim olamıyor, titriyordu. "S-su ister misin? Beni görebiliyor musun? Nil?"

Yavaşça kafamı sallamaya çalıştım. Görüş açıma dolaplar girdiğinde ise bir hastanede olmadığımı anlamıştım. Aklıma ilk gelen şey lenslerim ve normal insanlara nazaran aynı olmayan vücut yapım olduğunda, dehşetle gözlerimi açtım fakat kurumuş dudaklarımı aralayamadım.

"Lenslerini çıkarmadım ama yenileriyle değiştirdim," dedi Nisan kısık bir sesle. "Ve... Konuşmamız gereken şeyler var ama şimdi sırası değil." Arkasını kontrol etti. Birkaç saniye sonra, hayatımda hiç görmediğim beyaz önlüklü bir adam içeri girip ardından kapıyı kapadı ve dışarıdan gelen birkaç ses daha duydum. Melih? Yaren? Kaan?

Bıçaklanmıştım. Peki ya annem? Babam? Onlar gelmezler miydi? Böyle bir olaydan sonra bile mi?

"Uyanmış olması imkânsız," dedi karşımda duran, ellilerindeki gözlüklü doktor. Kısa kesilmiş, beyazlamış saçları vardı ve bir erkekti. Kafasını kaldırarak Nisan'a döndü. "Onun uyku sorunu mu var?"

"Evet," dedi Nisan hızlıca gözlerini kırpıştırıp saçlarını kulaklarının arkasına iterek. "Normalde çok zor uyuyor. Bazen birkaç gün hiç uyumadan ayakta kaldığı oluyor."

"Gerçekten fazla sıradışı birisisin," dedi karşımdaki adam, kaşlarını kaldırıp serumu ve göremediğim birkaç şeyi daha kontrol ederken.

Burası bir hastane değildi çünkü Pamir'in *evindeydik.* Zaman ve mekân kavramı şimdilik zihnimde sıfırlansa da en azından bu kadarının farkında olabilecek düzeydeydim. Bana verdiği odada, yatağın üzerindeydim ve kendimi felç olmuş gibi hissediyordum.

"Ona verdiğim uyku ilacının dozunu artıracağım, biraz daha uyuması gerekiyor," diye mırıldandı doktor, bir tüpün içindeki sıvıyı iğneyle çekerken. Hemen ardından seruma enjekte etti.

"Ama tehlikeyi atlattı değil mi? O iyi?"

"İyi," dedi doktor olduğunu düşündüğüm adam. "Yakında toparlar. Şimdi çok acı çekiyor olmalı ve biraz daha iyileşmesi gerek, bu yüzden uyumalı."

Nisan, *anladım,* dercesine kafasını salladıktan sonra, "Ben bir içeridekilere bakayım o zaman," diyerek bana gülümsedi fakat akmaya hazır gözyaşlarını görebiliyordum.

Boşuna kuruntu yapıyorsun, demek istercesine elini tuttum ama saniyesinde bütün görüşüm karanlığa bulandı.

"Bak ben çok öfkeli bir adamım," diye söylendi Pamir, tehlikeli bir bakış attıktan hemen sonra sol göğüs boşluğuna bir yumruk daha indirirken. "Dövüşlere falan katılıyorum ama hızımı alamıyorum yani." Ve bir yumruk daha. "Ve bil bakalım kim bir haftadır dövüşmüyor?"

Hiç de sakin değildi. Yumruk attıkça sakinleşir sanıyordum ama aksine, daha da deliye dönüyordu. "Nasıl kıstırdınız lan kızı?" diye kükredi tekrar koluyla diğerinin boynunu sıkıştırırken. "Böyle mi? Ha?"

Diğerinin bilinci yerinde değilken, az önce boynunu kıstırdığı çocuk yeniden kan tükürdü ve, "Emir kuluyuz abi, yapma, yeter," dedi korkuyla. "Affet."

"Cidden, yeter," diye bir ses daha yankı yaptı boş inşaat binasında. Bu Kaan'dı. "Bu ödlekler bıçaklamamış zaten, asıl bulmamız gereken kişiden gittikçe uzaklaşıyoruz."

"Hayır," dedi Pamir öfkeyle. "Kimin yaptırdığını biliyorum. Sadece doğrulatmam lazım." Ve baygın olanı omuzlarından tuttuğu gibi salladı. "Uyan lan, uyuma piç! O orada can çekişirken sen uyuyamazsın!"

Omuzlarından hiddetle salladığı genç, kaşından, dudağından ve burnundan kanlar akarken gözlerini açtı. Baygın bir ses tonuyla, "Zarraf," dedi. Sesi fazla alçaktı ve zor nefes alıyordu. "Bu adı hatırlıyorum sadece. Bunu duyduğuma eminim."

Ani bir öfke dalgası Pamir'i tekrar etkisi altına aldı ve çocuk kendisine ineceğini beklerken, o yumruğunu daha alçısı ya da boyası yapılmamış, çıplak duvara geçirdi ve duvar parçalar halinde yerlere döküldü.

Kaan ilerleyip isim veren çocuğun yakasından tuttuğu gibi kaldırdı. "Doğruyu söyle," dedi. "Zarraf adını duyduğuna emin misin?"

"E-eminim abi," dedi çocuk titreyerek. "Adam parayı verdikten sonra giderken çalan telefonunu açtığında böyle söyledi. O da emri altında çalıştığı kişiyle konuşuyor gibiydi."

"Takip ettiren Malik'se, bıçaklayan da mı o?" diye sordu Kaan, çocuğu bırakıp Pamir'in yanına giderek. İkisi de kendiyle çatışıyor gibiydi.

"O piçten her şey beklenir," diye söylendi Pamir, kanayan sağ elini umursamadan saçlarını karıştırıp yüzünü sıvazlarken.

Kaan durup sakince, "Sence intikam için mi yaptı?" diye sorduğunda, Pamir'in gözleri inşaat penceresine kilitlenmişti.

Hatırlıyordu. O geceye dair her şeyi, konuşulan her şeyi kelimesi kelimesine hatırlıyordu. Bir suçu yoktu aslında ama bunu umursamıyordu, kendisi de, Malik de onu suçluyordu. Yıllardır bu böyleydi.

"Bilmiyorum!" diye bağırdı Pamir iki çocuktan birinin sandalyesini tekmelerken ve hemen ardından ikisini de tehdit etti. "Şimdi siktir olup gidiyorsunuz ve kaydınızı da başka okula aldırıyorsunuz. Bir daha da para uğruna böyle işlere karışmıyorsunuz, anladınız mı beni?" Çocuklardan ses çıkmayınca tekrar öfkelenip kükredi. "Anladınız mı dedim!"

İkisinden de aynı anda, "Anladık abi," diye kısık bir ses çıktı. İkisi de can çekişiyordu resmen.

Pamir öfkeyle inşaat binasını terk etmek için merdivenlerden aşağı inerken, Kaan da onu takip etti. "Eğer sen kendini suçlamasaydın, Malik de seni suçlayamazdı!" diye bağırdı Kaan arkasından hızla inerken.

"Şimdi bunları konuşacak zaman değil," dedi Pamir ama

Kaan onu dinlemedi ve aşağı indiklerinde onu kolundan tutup durdurdu. "Tam olarak bunları konuşacak zaman. Neden Nil'i hedefi olarak seçti sanıyorsun? Özge'ye ulaşamadığı için, uzak bir hedef olarak gördüğü için. Birini koruyayım derken birini feda ettin sen oğlum resmen!"

Pamir iki gündür başından ayrılmıyordu onun. Yalandı. Nasıl feda ederdi? Edemezdi. Etmezdi. Uyandığını, iyi olduğunu duymadan bunu ona yapanların peşine bile düşmemişti ama bu sabah onun gözlerini açtığını öğrenir öğrenmez evi terk etmiş ve bunu ona yapan o piçlerin peşine düşmüştü.

"Kes sesini!" diye bağırdı Pamir öfkeyle dönüp yumruğunu Kaan'ın çenesine geçirirken. Kaan onun yumruk atmasına izin vermişti.

"O ben onu koruyamadığım için bıçaklandı!" diye bağırdı Pamir, çıldırıyormuş gibi elini saçlarından geçirirken. "Ben. Onu. Koruyamadım."

"Soruyorum yok bir şey diyorsun ama kızı yanından ayırmıyorsun. Anlıyorsun, biliyorum ama karşılık da vermiyorsun. O zaman ne sikime kızı bu işlere bulaştırıyorsun anlamıyorum ki!"

"Ben de anlamıyorum, tamam mı!" diye kükredi Pamir, Kaan'a dönerek. "Ben de anlamıyorum."

Kaan sakinleştikten sonra ona doğru bir adım atıp yavaşça sordu. "Nil'in sonunun da onun gibi olmasından mı korkuyorsun?"

"Bir küçücük aslancık varmış," Annemin sesini duydum. Koltukta dizine yatıp çizgi film izlerken uyuyakalmıştım ve o da saçlarımı okşuyor, bana şarkı söylüyordu. "Çöllerde ko-ko-koşar oynarmış... Annesi onu, çok, çok severmiş. Sen benim ca-ca-canımsın dermiş..."

Hemen ardından bu huzurlu tablo paramparça oldu ve parçaları kalbime battı.

Gözlerim şiddetli bir ağrıyla açılırken, parmaklarımı istemsizce hareket ettirdim ve gözlerimi etrafta gezdirdim. Güzel bir rüyadan uyanmak bu dünya için fazla berbat bir şeydi.

"Yine mi?" diye şaşkın bir ses duydum, yan tarafımdan. Beyaz önlüklü doktor, şaşkınlık içerisinde bana bakıyordu. "Sana verdiğim ilaçları bir insana verseydim en az üç yıl boyunca uyanmazdı ama sen neredeyse saat başı uyanıyorsun."

Gülmek istedim ama karnımdan, göğüs kafesime dolan şiddetli bir ağrı beni durdurdu. "Ahh," diye bir inleme döküldü dudaklarımdan.

"Hâlâ canın acıyor mu?" diye sordu doktor ama ona fazla temkinli ve endişeli bir şekilde bakıyordum.

"Küçük sırrın bende gizli kalacak, endişelenme," dediğinde başımdan aşağı kaynar sular döküldüğünü hissettim.

"N-nasıl?" diye sordum acı bir sesle. Konuşurken boğazım yırtılıyor gibi hissetmiştim.

Üzerime eğilip serumuma bir iğne daha batırırken, "Ben anne ve babanın bir iş arkadaşıyım," diye mırıldandı. "Görevim seni iyileştirdikten sonra Tornado'ya geri dönmek. Ama bunu kimseye söyleyemezsin..." Bakışlarını bir an kapıya çevirdi. "Tabii şu renkli gözlü arkadaşın dışında. O biliyor."

Nisan.

Sormak istediğim soruların onlarcası boğazıma dizilirken, daha ağzımı açamadan gözlerimin kapandığını hissettim. Karanlık beni kucağına çekerken siyahlar içinde bir kez daha kayboldum.

Demir kapı, ağır ağır Pamir'e temkinli bakışlar atan koruma tarafından açıldı. Sonra Pamir hızlı adımlarla ilerleyerek, masasından kalkıp ona doğru gelen ve, "Ooo, kimleri görüyorum?" diye mırıldanan Malik'in suratına açılış yumruğunu geçirdi. "Nasıl yaptın lan!" diye kükredi Pamir, karşısındaki Malik'i duvara çarptıktan sonra çekip yakasına yapışırken.

Arkadaki koruma işe karışacağı sırada, Kaan onun burnuna bir yumruk indirip ayağıyla karnından geriye doğru itti ve kapıyı kapatıp kilitledi.

Malik, yakasını tutan Pamir'i iterek gömleğini düzeltirken, daha önce Nil'in yanında hiç göstermediği yüzünü göstererek tehlikeli derecede sakin ve ruhsuz bir ifadeyle Pamir'e döndü. "Sen nasıl yaptın lan?"

"Ben hiçbir şey yapmadım!" diye bağırdı Pamir, geçmişin anıları aklına dolarken. "Ama sen, tam şu anda orospu çocukluğu yapıyorsun."

Malik de sesini yükselterek, "Hediyenin karşılığını veriyorum!" diye bağırdı ve hemen ardından yumruğunu kaldırdı fakat Pamir, yumruğunu avucunun içine hapsederek kolunu döndürdü ve onu yanağından duvara bastırdı. "Sikik sikik konuşma, o piçlere emir veren ağzını sikerim senin."

Malik, sağ yanağı duvara yaslıyken ve arkasında Pamir kollarını döndürmüş şekilde tutarken acıyla bağırdı. "Yıllar önce bunun bin katını sen bana yaptın lan! Şimdi gelip burada hesap sormaya yüzün var mı, doğru söyle!"

"Ben hiçbir şey yapmadım diyorum sana!" diye bağırdı Pamir, onu bırakıp geriye çekilirken. Malik de kendini toplayıp öfkeyle ona döndü. "Yaptın, bu dünyada bir insana yapılacak en büyük kötülüklerden birini yaptın lan sen!"

Bu sefer tam birbirlerine girecekken Kaan onları ayırdı. "Ya bir durun be! Yeter!" Pamir ve Malik'in yüzünde mekik dokudu gözleri. "Yıllardır aynı kavga, aynı öfke! Ulan insanın öfkesi, nefreti biraz eskir be!"

"Kimin tarafındasın lan sen!" diye bağırdı Pamir, Kaan'a.

Kaan'ın cevabı gecikmedi. "Senin tarafındayım geri zekâlı! Ama artık ben bile yoruldum lan, yeter! İki dakika durup birbirinizi dinlemiyorsunuz ki."

"Siktir oradan," diye kükredi Malik, kafasını kaldırıp öfke dolu bakışlarını Pamir'in gözlerine çevirirken. "Konuşacak bir şeyimiz kalmadı bizim."

Burnuma dolan tanıdık kokuyla gözlerimi aralamaya çalıştım fakat bir işe yaramadı. Karanlıkla bağımı kesemiyor, gözlerimi aralayamıyordum bu sefer.

Ruhumun beton duvarlarına çarpa çarpa ilerlediğim karanlığın sonu gelmiyordu.

"Nasıl yani?" diye sordu, bedenime garip dalgalar yayan o ses. İçimi titreten, varlığıyla huzur bulduğum, güvendiğim...

"Arkadaşı Nisan, onun uzun süredir tehlikeli olacak şekilde uykusuzluk sorunu çektiğini söyledi," dedi doktor. Duyabiliyordum fakat gözlerimi açamıyordum. "Bazen birkaç gün uykusuz halde ortalıkta dolandığını da ekledi. Bu korkunç bir şey. Beyin fonksiyonlarına zarar verebilirdi ve ciddi hasarlara neden olabilirdi."

"Ciddi misiniz?" diyen Pamir'in sesi sertleşmiş ve sanki olabilirmiş gibi daha da ciddileşmişti.

Doktor birkaç saniye bekledikten sonra devam etti. "Kontrollerim sonucunda buna sebep olabilecek tek şeyin psikoloji olduğunun farkına vardım. Korkunç kâbuslar görüyor fakat o bunu hatırlamıyor, ama öyle korkuyor ki bilinçaltı bu rüyaları engellemeye çalışıyor. Bu yüzden uyuyamıyor, ne zaman uykuya dalacak olsa idrak edemediği şekilde engelleniyor. Sonunda bayılacak noktaya gelince uyuyabiliyor ancak, ki bu da kişinin kaldırabilme kapasitesine göre değişir. Yurt dışında böyle bir hastaya daha rastlanmıştı ve sonu hiç iyi bitmemişti." Derin bir nefes aldığını duydum adamın. "Bu yüzden uyuması gerekiyor. Bir şekilde, ilaç alarak ya da almayarak. Kâbuslarının nedeni ne ise, bunu atlatması gerekiyor. Bir genç kızın vücudu, *hele de Nil gibi bir genç kızın...* Bunu daha fazla kaldıramaz. Bir insan için uyku en temel ihtiyaçtır. Aksi, ölüme kadar gidebilir."

Pamir, doktor lafını bitirdikten hemen sonra atıldı."*Hele de Nil gibi bir genç kızın,* derken ne demek istediniz?"

Derin bir nefes sesi daha doldu kulaklarıma. Bu doktor olmalıydı. "O çok güçlü bir kız," dedi. "Ve hislerim beni yanıltmıyorsa, sen yakında bunun tam olarak ne demek olduğunu öğreneceksin."

"Anne ve babasının arkadaşı olduğunuzu söylemiştiniz," dedi Pamir aniden. "Neden Tornado'dan eve gelmediklerini biliyor musunuz? Neden kızları böyle bir olay yaşamışken ve haberler varken gelmediler? Bunun mantıklı bir açıklaması olmalı."

Birkaç saniyelik sessizlik içinde iç organlarımın kavrulduğunu hissettim.

"Onu koru," dedi doktor, sakin bir tınıyla. "Onu koru, tamam mı? Söyleyebileceğim tek şey bu. O çok özel biri."

Sesler tekrar gittiğinde, kendime hâkim olmaya ve karanlığın içinde kendimi bulmaya çalıştım. Siyah çok koyuydu ve çıkmaya çalıştıkça daha da gömülüyor gibi hissediyordum, tıpkı bir bataklık gibi. Birinin beni çekmesi ve çıkarması gerekiyordu.

Bir süre daha aynı siyahlığa bulandıktan sonra tam tamamen gömülecekken... Çıkarıldığımı hissettim.

Aynı anda gözlerim açıldı.

Kafam sağa dönmüştü ve saçlarımdan birkaç tutam yanağımın üzerine dökülmüştü. İdrak edemediğim birkaç saniyenin sonunda, odanın karanlık olduğunu ama pencereden yansıyan ay ışığının tam olarak üzerime düştüğü fark ettim.

Yanaklarımdaki saç tutamları narin bir dokunuşla geriye çekildiğinde ise, neye baktığımı daha yeni anlıyordum.

Pamir'in kapüşonlusuna.

Bir sandalye çekerek yatağın dibine oturmuştu ve dirseğini yatağın üzerine yaslamıştı. Diğer eli ise saçlarımda oyalanıyordu. Yüzünde tapılası bir ifade vardı... Ne sert, ne yumuşak. Düşüncelere dalmış gibiydi aslında... Benim de daldığım gibi. Ama benim hayallerimdeki pamuk şekerler siyaha bulanmıştı, lolipoplar bile siyahtı ve acı bir tatları vardı. Bana geçmişimi hatırlatıyordu. Arkamda bıraktığım, beni terk eden bütün değerlilerimi...

Ama bu kabullenilmesi gereken acı bir gerçekti: Hayatımın bir noktasından sonra herkes gidiyordu ve kabullenmedikçe daha da acıtıyordu bu. Bir kapatma düğmesi de yoktu ki, elektrikle bile çalışmıyordu! Bazen keşke beynimin fişini çekebilseydim diyordum.

Yüzlerimizde zerre kas oynamazken ve aramızda pek de mesafe yokken ay ışığının vurduğu sert hatlarını inceledim. Güzel kaşları, burnu, dudakları, çenesi, saçları... Ve gözleri. *Ah, şu acı kahveler.*

"Ölseydin peşini bırakmazdım," diye mırıldandığında bir an gerçekten öleceğim sandım. "Mezarından hortlatır kendi ellerimle öldürürdüm seni."

Gülmek istedim ama donuk ifademi silemedim yüzümden. "Değişik bir fantezi. Başka?"

"O güzel yüzünün ortasına yumruğu çakardım," diye homurdandı bu sefer, yüzünde tek kas oynamazken.

"Bu bir iltifat mıydı?" diye sordum.

"Hayır, hakaretti."

"Bana tekrar hakaret etsene."

Sustu.

"Sana kırmızı yakışmaz, *siyahlar içindeki.*"

Siyahlar içindeki.

Bir fırtına koptu içimde, ama bu sefer sadece içimde.

Yaklaşık bir dakikalık sessizlikten sonra Pamir, elini saçımdan çekerek gözlerini karnımın üzerinde gezdirdi. "Acıyor mu?"

"Hayır," dedim hızlıca. Sesim çatallı çıkıyordu ve dudaklarım kurumuştu.

"*Acıyor,*" dedi suratını buruşturarak ve bakışlarını yere eğdi. "Benim yüzümden. Özür... Dilerim."

Hafifçe gülümsemeye çalıştım, elimden geldiği kadar. "Pamir Yelkıran özür de mi dilermiş?"

Cevap olarak, "Dilermiş," diye tekrar etti.

Tekrar sağır edici bir sessizlik ortamı kavurmaya başladığında, "Nisan nerede?" diye sordum. "Saat kaç? Ve hangi gündeyiz?"

"Nisan alt katta uyuyor. Buğra, Kaan, Melih ve Yaren de burada. Doktor az önce çıktı. Saat gecenin biri ve 5 Aralık'a girdik."

Son 2 gün, diye mırıldandı yorgun argın, ayakta zor duran griye bulanmış olan.

Siyahlar içindeki ise gözlerini açmıyordu.

"Bana şarkı söylesene," diye mırıldandım sakin bir tonda.

Pamir kaşlarını kaldırdı. "Şarkı söylemek ve ben?"

"Söyle işte," dedim omuz silkmeye çalışarak ama ortaya çok garip bir görüntü çıktığında gülmemek için dudaklarını birbirine bastırdığını fark ettim.

Ben de gülerek kafamı çevirmeye çalıştım ama yaram sızladı ve ufak bir inleme döküldü dudaklarımdan.

"Hani acımıyordu?" diye sordu Pamir. "Hareket etme, cidden öldürürüm seni."

"O zaman şarkı söyle," diye tekrar ettim.

Pamir dudaklarını yaladıktan sonra, "Hangi şarkı?" diye homurdandı.

"Mini mini bir kuğ... Kuş."

"Yok artık," dedi gözlerini büyülterek. "Onun yerine..." Telefonunu çıkardı ve kilidi açtıktan sonra birkaç şeye tıkladı. Ekranın ışığı yüzüne vururken o ekrana, ben de ona bakıyordum. "Geçen gün anlattığım filmi hatırlıyor musun?"

"Evet," dedim yutkunarak. "*Ek Villain.*[1]"

"Şarkısını çok beğenmiştin," diyerek devam etti Pamir. "Bir tane daha var."

Heyecanla, "Açsana," dedim hemen.

Son kez bir şeye tıkladıktan sonra telefonu kapatıp komodinin üzerine koydu ve kollarını göğsünde birleştirerek geriye yaslandı.

Ben de bir elimi ona dönmüş başımın altında koydum ve

---

1 Türkçe anlamıyla "Kötü Adam", aşk ve intikam konulu bir Hint filmidir. Film 27 Haziran 2014'te Hindistan, Pakistan ve ABD'de yayına girmiştir.

bakışlarımı yüzüne çevirdim. Dudaklarına, burnuna... Ve gözlerine. *Son durak.*

Narin piyano melodisi odanın içini kapladığında, tanımlayamadığım başka bir his daha tenimi okşadı ve Hintçe sözleri bir adam söylemeye başladığında, Pamir de düz bir şekilde çevirmeye başladı.

"'Konuştuğun zaman neden yüzünden bin parça düşüyor?'" dedi sanki benimle konuşuyormuş gibi. "'Süpermenler kırmızı giymek zorunda ya birilerini kurtarırken, siz çete üyelerinin de konuşurken suratı hep asık mı olmak zorunda?'"

Son cümlesiyle beraber gözlerine bakarken istemsizce güldüğümde o da gülüp devam etti. "'Bir şairin, senin ruhuna, sükûnet veren gazeli gibi. *Bir göçebenin yuva bulması gibi.* Birini buldum ben... Yeni mevsimin seherinde, ya da soğuk bir akşam çökerken şehre... Bir göçebenin yuva bulması misali, birini buldum ben.'"

Üzerime doğru çöken kokusunu, o duymasın diye sessizce içime çektim.

"'Karanlığı karanlık yok edemez, sadece aydınlık yutar geceyi. Nefreti nefret sökemez... Sadece aşk öldürür kini,'" dedi büyülü bir tınıyla ve gözlerini yüzüne ışığı yansıyan Ay'ın üzerinde gezdirdi. "'Kıyısını arayan bir sandalım sanki, her dönemeçte onu buluyorum. Yıldızların geceyi aydınlatması misali... Bütün şehri aydınlatıyor her daim.'" Gözleri gözlerime çevrildi. "'Bütün derdimi söküp atıyor, öyle bir dokunuyor ki yüreğime... Yeniden yaşamayı öğretiyor benliğime.'"

Gözleri gözlerime kilitlenmişken, yutkunarak devam etti. "'*Her şeyi sırılsıklam eden yağmur,* yahut derde sürülen merhem misali. Bir göçebenin yuva bulması gibi... Birini buldum ben.'"

Nakarat tekrar ettikten sonra şarkı bittiğinde, bir süre gözlerini izlemeye devam ettim. O da hareket etmemişti.

Ellerimi çıkararak onu alkışlamaya çalıştım. "Bu güzeldi."

"Öyledir," dedi Pamir gözlerimi izlemeye devam ederken. Bir süre öylece durup bana baktığını fark ettiğimde, eski donuk ifademe geri dönerek, "Gözlerimde bir gariplik olduğunu biliyorsun," diye mırıldandım.

"Gözlerinde bir gariplik olduğunu biliyorum," diye tekrar etti beni.

"Neden sormuyorsun? Neden sadece bakıyorsun?"

"Sorsam cevap vermeye hazır mısın?" dedi aniden. Bakışlarımı kaçırdığında ise, "Hazır olduğunda," dedi ve başını onay verircesine ağır bir şekilde aşağıya eğip kaldırdı.

Birkaç dakika sonra Pamir hiçbir şey demeden oturduğu sandalyeden kalkıp gittiğinde, kapıyı da arkasından kapadı ve beni yalnızlığımla baş başa bıraktı.

Kaç, Kalpkıran. Biraz daha kaç... Uzaklaş benden. Aynen öyle. Diğerlerinin de yaptığı gibi.

Kolumu mosmor yapan serumu çekerek çıkardım ve acıyan kolumu yavaşça uzatarak diğer tarafa dönmeye çalıştım. Karnımdaki yara çok acıyordu ama birkaç denemeden sonra başarmıştım.

Pamir bana iyi geceler bile dilememişti.

Yaklaşık yarım saat boyunca aralık perdeden içeriye yansıyan ayı izledim. Bu gece dolunay vardı ve muhteşem görünüyordu.

"Bir küçücük, aslancık varmış..."

Sıkıntıdan annemin küçükken bana söylediği şarkıyı mırıldanmaya başladığımda, kapının aniden açıldığını ve kapandığını duydum ama aniden arkamı dönemediğim için kimin geldiğini görememiştim. Birkaç saniye sonra, ay ışığının önünde uzun boylu bir erkeğin dikildiğini fark ettiğimde, kafamı kaldırarak yüzüne baktım.

Bu Pamir'di.

Geri mi gelmişti?

"Soru sorma," dedi tişörtünü sıyırıp atarken ve saniyeler içerisinde üzerimdeki yorganı kaldırıp yatağın içine girdi. Temkinli hareketlerle bir kolunu kaldırıp başımın üzerinden geçirdi ve diğerini de belimin üzerine bıraktı ama kafası tam olarak boynuma gömülmüştü.

Yattığım yerde taş kesildiğimi hissettim. Bir an bütün bağı kopardığını ve gittiğini sanırken, diğer an... Geri gelmişti.

"Ama..." demeye yeltendim fakat, "Sus," dedi Pamir hızlıca.

Birkaç dakika boyunca öylece kalakaldım.

"Bana şarkı söylesene."

Üç kelimelik bir cümleyi, üzerinden çok zaman geçmeyen bir anıyı tekrar canlandırdığında gülmek istiyordum. Ya da ağlamak... Hakkıyla kahkahalara boğularak gülmek ya da içim çıkarcasına ağlamak.

Yine de çıkmazdı içim. Bilirdim. Çıkmazdı.

"Az önce söylediğini," diye devam ettiğinde, aslancık şarkısını kastettiğini anlamıştım.

Dudaklarım aralandığında çatlamış sesimle söylemeye çalıştım. "Bir küçücük, aslancık varmış... Çöllerde ko-koşar oynarmış... Annesi onu, çok çok severmiş..." Yutkundum. "Sen benim ca-ca-canımsın, dermiş."

Ve alabildiğim kadar derin bir nefes alarak gözlerimi kapatmaya çalıştım. Birkaç saniye sonra ise Pamir tekrar konuştu.

"İyi geceler, Nil."

2

Nasıl da kayıyor yıldızlar, tenine hiç değmeden.

Bir keresinde Gökçe, bana ilk aşkından bahsetmişti. Canını ne kadar acıttığından, işlerin ne boyutlara taşındığından ve o hariç hiç kimsenin zarar görmediğinden. Onun feminizm duygusu tenine işleyerek katlanmış ve duygularına el sürmüştü. Öyle kin ve nefret doluydu ki erkeklere karşı, kendi babasını bile görmek istemiyordu. Ona bu kadar ne yaşattıklarını düşünüp dururdum, bu yüzden hep... Ailesinden yediği tekmeler, ilk aşkıyla beraber boğazına dizilmişti ve onu böyle birine dönüştürmüştü. Böyle asi, aykırı ve yabani birine.

Şimdi o yoktu, nerede bilmiyordum fakat ona anlatma isteğiyle dolup taştığım anılar hayallerimin sınırlarını zorluyordu.

Sabah gözlerimi açtığımda, saatin akrebi on ikiyi ve yelkovanı da sekizi vuruyordu. Öğlen olmuştu ve ben uzandığım yatakta yalnız başımaydım.

Karnımın üzerinde bir acı zelzelesi geziniyordu, açık pencereden içeriye dolan rüzgâr tenimi okşuyordu ve serum kablosunu sallandırıyordu.

Doğrulmaya çalışarak dirseklerimin üzerinde yükseldim ve onları da yatağa yasladığım avuçlarım takip etti. Yavaşça doğrularak ayaklarımı yataktan sallandırdığımda, üzerimde siyah eşofmanlarım olduğunu fark ettim. Muhtemelen Nisan giydirmişti.

Birkaç saniye sonra derin nefesler eşliğinde ayağa kalktığımda, ani hareket etmediğim sürece o kadar da çok acımadığını fark ettim. Uyuşmuştu.

Yavaş adımlarla tutunarak kapıya ilerledim ve sonra açarak merdivenlere doğru adımladım fakat aşağıya yuvarlanmadan inebileceğimi düşünmüyordum doğrusu.

"Beynini rüyalar âleminde mi bıraktın sen?" diye bir soru duyduğumda, Pamir'in ilerideki odaların birinden çıktığını gördüm. "Niye çıkıyorsun yataktan? Doğru yatağa."

Üzerinde uzun bacaklarını saran siyah bir kot ve kazak vardı. Saçları nemliydi ve bu yüzden koyu renkli görünüyorlardı.

Yanıma ulaştığında, "Hayır, aşağı inmek istiyorum," diye mırıldandım fakat saniyeler içerisinde yavaş olmaya çalışarak bir kolunu bacaklarımın altından, diğerini de kollarımın arasından geçirerek beni kucağına almıştı. "Lütfen," dedim fakat ayakları hareket etti.

Aşağıya doğru.

Seri bir şekilde merdivenden aşağıya inerken ona tutundum ve aşağıya inmeyi bekledim. Biraz sonra salona giriş yaptığımızda, yavaşça beni koltuğun üzerine bıraktı ve geri çekildi.

"Benim dışarıda bir işim var, birazdan Nisan gelecek," diye mırıldandı telefonunu çıkarıp, kulağına götürürken. "Sabah şu ayıdan bozma sapık doktorun geldi. İlaçların mutfakta, masada ve ne zaman içmen gerektiği de üstlerinde yazıyor." Hemen ardından bakışlarını kaldırıp telefonuna doğru konuştu. Karşı taraf açmış olmalıydı. "Buğra? Lan ne işin var senin Kaan'ın telefonunda?"

Pamir birkaç saniye karşı tarafı dinledikten sonra telefonu uzaklaştırıp çıkmadan hemen önce, "O ilaçlar içilecek," dedi sert bir sesle ve gözlerini son kez gözlerime değdirdikten sonra birkaç dakika içinde evden çıktı.

"Düşüncesiz!" diye bağırdım arkasından. Aslında suratına haykırmak istiyordum. "Nereye gidiyorsun, hoşaf herif! İçmeyeceğim ilaçları!" Karnım acıdığında suratımı buruşturdum ve başımı geriye atıp ofladım. "İçeceğim, off, tamam."

Birkaç dakika öylece boş tavanı izledikten sonra, kapının açılma sesi kulaklarıma doldu ve kafamı kaldırıp gelene baktım. Nisan, üzerindeki montunu çıkarırken elindeki anahtarı da masanın üzerine bıraktı ve dişlerini gıcırdattı. "Kızım tamam, sen acı çekiyorsun falan ama bizim suçumuz ne? Kaç gündür iliğim dondu be."

Hafifçe güldüm ve yanıma gelip koltuğa oturmasını izledim. Surat ifadesi bir anda ciddileşirken, "Neler döndüğünü hemen anlatıyorsun," diye mırıldandı. "Buğra'yı Pamir'lerin yanına ajan olarak gönderdim. Ondan da alacağım haberleri ama önce seni dinleyeceğim."

Nisan'ın renkli gözlerinde ve dalgalanmış saçlarında gezindi bakışlarım. Aslında tam olarak neler döndüğünü ben de bilmiyordum fakat ona anlatmadığım her ayrıntıyı kısaca özet geçmek istiyorum. Yine de yapamazdım... Pamir'e bunun hakkında söz vermiştim. "Kapı çalmıştı, açtım ve adres soran çocuk birkaç saniye sonra bıçağı bana saplayarak toz oldu. Olay bu."

"Saldırgan dediler, tanımıyorlarmış, mobese kayıtlarından da bir şey çıkmadı," diye mırıldandı Nisan oflayarak. "Pamir o hâlde beni aradıktan sonra diğerlerine haber verdim hemen. Sonra anneni aradım. İnanır mısın, açtı telefonu. Şoktan birkaç cümle kurabildim sadece ve sonra... Eve geldiğimde şu doktor buradaydı. Annenlerin arkadaşıymış sanırım." Yutkundu. "Nil... O adam hakkında bir şeyler biliyor olabilir. Düşük kalp ritmin ve normal insanlara göre düşük vücut sıcaklığın hakkında hiçbir şey demedi ve gözlerini görmek istedi ama izin vermedim."

"Pamir o hâlde beni aradı derken?"

Nisan ofladı. "Cidden, tüm söylediklerimden sadece buna mı takıldın?"

"Nasıl aradı?" diye sordum ne söylediğini umursamadan.

"Kekeledi," dedi Nisan. "Sakin değildi. Küfür edip duruyordu. Şoke olmuş bir hâli vardı. Buraya geldiğimde iyi olmadığımdan Buğra beni sakinleştirdi ama o doktor olan adam ve sen, iki saat boyunca o odadan çıkmadınız ve biz çok endişelendik. Pamir'i zor tuttular, hatta tutamadılar. Doktor seni hastaneye götürmeyi reddediyordu ve Pamir neredeyse adamı öldürüyordu. Sonunda doktor, annenlerin arkadaşı olduğunu söyleyince ona arka çıktım, çünkü seni hastaneye götürmek ölmene izin vermekle eş değerdi. Pamir inanmadı. Adam telefonundan anneni aradı ve telefonu bize verdikten sonra, iki saat boyunca o odadan çıkmadı. Pamir de telefonla birlikte bahçeye çıktı ve annenle konuştular."

"Ne konuştular?" diye sorarak lafını kestim hemen.

"Bilmiyoruz," dedi Nisan. "O döndüğünde adam da odadan çıkmıştı ve hiçbirimiz Pamir'in telefon konuşmasıyla ilgilenmedik."

Benim yüzümden... Delirmiş miydi? Öyle olmuştu tabii, bıçaklanmıştım ve onun evindeydim! Yerinde olsam ben de deliye dönerdim.

Nisan güldü. "Adam sürekli odaya girmememizi tembihleyip durdu ama kendi sürekli girdi. Pamir'den de bu sayede oldukça yaratıcı küfürler öğrendim. Bu yüzden sürekli odadaki kanepede oturup yanında durdum ama dikkatimi bir şey çekti... Pamir, uyandığını öğrenir öğrenmez evi terk etti. Kaan da peşinden gitti."

Kaşlarım çatıldı.

"Buğra benimle kalıp bana destek oldu. Melih de garip şekilde mahvolmuştu, Yaren de ona destek olmaya çalıştı. İki gün önce burada çok tuhaf bir ortam vardı. Sorular kafalarımızda uçuşup, duvarlardan sekerek yine kendimize döndü ve topluca sustuk. Sanırım rehabilitasyon merkezine kayıt yaptıracağım."

Güldüm.

Pamir neden gitmişti? Kaan da muhtemelen peşinden nereye gittiğini öğrenmek için gitmişti. Buğra'nın da Nisan'a destek olmak için kalmasını anlıyordum, peki ya Melih? Bana karşı yakın hissettiğini düşünüyordum açıkçası.

Yaren de ona destek olmuştu... Yaren, Melih'e karşı bir

şeyler hissediyor olabilir miydi peki?

Karışık aşk sorunlarını bir kenara iterek akşama kadar Nisan'la konuştuğum bir günün sonunda, bana zorla çorba içirmeye çalışma çabaları nihayet sona erdiğinde koltukta uyuyakalmıştım.

Fiziksel ve ağır bir acıya maruz kaldığınızda anlıyordunuz her şeyi. Farkına vardığınız her hücreniz, acının önünde diz çökerken daha önce birçok kez ruhsal açıdan karşı karşıya kaldığı bu tanıdıklığı içeriye buyur ediyordu ve artık bir parçanız hâline geliyordu.

Anne ve babama ne yapmıştım da ağır yaralandığımda bile yanıma gelmiyorlardı? Bunun sebebi ne olabilirdi? Nasıl açıklayabilirlerdi bunu bana?

Karanlık gecelerde üzerimi örten ve eskisi gibi bana aslancık şarkısını söyleyen bir annem, matematik konusunda yardımcı olan ve yatmadan önce her zaman masama bir bardak süt bırakan babam, artık yoktu. Uğrunda kendi hayatlarını feda ettikleri bilim ve şirketleri Tornado, zor zamanlar geçiren kızlarından çok daha değerliydi onlar için. Bir telefon görüşmesini bile çok görüyorlardı artık. Hangi sebep böyle bir olayın ana noktası olabilirdi ki? Hangi cümle karşılayabilirdi bu acıyı? En acısı da, bu andı. Bütün her şeyi idrak eden, çevresinde gezindiğim olayların beni bir kara delik gibi içine çektiği ve yok olduğum an.

Hangi yaramın, hangi acıma denk geldiğini unutmuştum.

Ben bundan daha korkunç bir şey bilmiyorum.

Kırık dökük griye bulanmış, ayakları üzerine kalktığı ilk an öfkeyle solurken eski beyazlığına geri döndü ve uyanmam için büyük bir vaveyla kopardı.

Gözlerimi açtığımda salondaki kanepede değildim... Pamir'in yatağının üzerindeydim. Üzerim örtülmüştü, her taraftan tenime ilmek ilmek işlenen tarçınlı salep kokusu her nefesimde içime güven duygusunu iteliyordu ve ortam fazla sessizdi.

Saatin öğlen biri geçtiğini gördüğümde, duru bir sakinlik esir aldı bedenimi. Küçükken annemle beraber çikolatalı pastalar yapardık doğum günüm için, meyveli kekler ve kremalı toplar; üzerine renkli, pul görünümlü şekerlemeler serpiştirirdik. Önce şekerlemeleri kremalı topların üzerine serpiştiren babam geç kaldı doğum günlerime ve kremalı topların üzerlerindeki şekerler eksildi. Sonra annemin zamanı daraldı ve sadece pasta yapmaya başladık. Olsun, o da yeterdi... Ufak bir kekin üzerine mum dikseler bile yemin ederim ki gıkımı çıkarmazdım.

Sonra, pastayı yemek için sırayla eksildiler. Önce babam; uzun mesai saatleri sonunda eve sadece duş almak ve üzerini değiştirmek için girer oldu. Pastamı yemeye kalamayacağını, bunu daha sonra telafi edeceğimizi söyledi ve söz verdi.

O telafi hiç olmadı. Sözünü tutmadı.

Sonra annem... Pastayı yapıp dolaba koyar koymaz, gelen telefon aramaları yüzünden Tornado'ya geri dönmesi gerektiğinden bahsetti; kapıları kilitlemem gerektiğinden, kimseye açmamam konusundan çünkü onlarda anahtar olduğundan...

O gece o anahtarlar o deliğe hiç girmedi.

Ben de onlarla beraber kutlamadığım hiçbir doğum günü pastamın mumunu üflemedim.

Bu gece, saat tam gece yarısını vurduğunda doğum günüm olacaktı ve bu sefer pasta yapmaya bile gelmeyecekti annem... Biliyordum.

Bu yüzden kendi pastamı kendim yapmalıydım.

Yataktan kalkarak sakin adımlarla odadan çıktım ve yavaşça merdivenleri adımladım. Her ne kadar zorlansam da içime nükseden duygusallık beni tesiri altına almıştı ve durmak istemiyordum. Bu korkunçtu...

Ruhsal acı, fiziksel acının önüne geçmişti ve bu korkunçtu.

Yavaş adımlarla mutfağa girdiğimde, Pamir'in kalçasını tezgâha yaslamış, düşünceli bir ifadeyle su içtiğini gördüm. Beni gördüğü an gözlerini büyülterek suyu bir kenara bıraktı ve, "Ne yapıyorsun sen?" dedi kızgın bir ifadeyle.

"Pasta yapacağım," dedim dolapları karıştırmaya başlayarak. Un, şeker, çikolata... "Birkaç şey almam gerekiyor."

"İyice kafayı sıyırdın," dedi ve kolumdan yakaladı. "Yürü, doğru yatağa."

"Gitmiyorum," dedim sert bir sesle.

Sesimi duyar duymaz bende bir gariplik olduğunu anladığından, kaşları çatıldı. "Tamam, pasta mı istiyorsun? Gider alırım. Neyli olsun?"

"Ben yapacağım." Kolumu çektim. "Krema var mı? Pudra şekeri?"

"Ya sabır," diyerek kafasını yukarı kaldırdı Pamir, birkaç saniyeliğine gözlerini kapattıktan sonra tekrar açarak gözlerime dikti acı kahvelerini. "Tamam, yaz. Gidip alacağım."

Geçen sefer marketteki sucuk satan kız aklıma geldiğinde, tükürüğüm neredeyse boğazımda kalıyordu. Gözlerimi kocaman açarak, "Olmaz," dedim. "Ben gideceğim."

Sertçe, gözlerindeki ucunu ateşe verdiği okları gözlerime yolladı. "Bak benim sabrımın bir sınırı var, zorlama istersen."

"Ama caddedeki markete gideceksin," dedim hemen. O market küçüktü ve o kızın olmadığına emindim.

Tek kaşını kaldırdı. "Sebep?"

"Çünkü..." Dolaptaki yumurtalara baktım. "Oradaki kremalar daha tazedir."

"Her markete aynı yerden geliyor."

"Farklı marka."

"Ne fark eder?"

Gözlerimi büyülterek karşı çıktım. "Diğer market sucuk kokuyor. Kremamın sucuk kokmasını istemem."

"Kremalar paketli satılıyor, ne sucuğundan bahsediyor..." Pamir durdu. Dudakları bir an gülümseyecek gibi olurken bir adım daha geldi ve bir elini buzdolabına koyup hafifçe üzerime eğildikten sonra yamuk bir gülüş sergiledi. "Krema sucuk kokarsa ne olur?"

"Kokmayacak," dedim biraz daha ileriye gidip sert bir ifadeyle suratına bakarken. Sinirleniyordum. O kız ve cilveli hareketleri aklıma geldikçe kuduruyordum. "Kremam. Sucuk. Kokmayacak."

"Bence sucuk kokulu pasta güzel olur..." diye mırıldandı Pamir, tek kaşını hafifçe kaldırarak.

Acı kahve gözlerine yanıcı sinyaller göndererek, "Seni o pastayla boğarım," diye mırıldandım.

Pamir biraz daha eğilip kulağım ve boynum arasındaki boşluğa doğru boğuk bir gülüş bıraktığında tenim karış karış karıncalandı ama sonra anında geri çekilerek omuz silkti. "Anladım."

İfadem anında değişerek şaşkınlığa döndüğünde, heyecan denen illet göğüs kafesimi sıkıştırmaya başlamıştı. "Neyi anladın?"

"Krema sucuk kokmayacak," diye mırıldandı, telefonunun kilidini açıp uzatırken. "Notlar kısmına yaz. Ceketimi alıp geliyorum."

Pamir telefonunu tezgâhın üzerine bırakıp mutfaktan çıktıktan sonra arkasından birkaç saniye ona bakakaldım ve hemen ardından kafamı toplayarak tezgâhın üzerindeki telefonu buzdolabına koydum.

Kafanı mı toplamıştın? diye sordu, siyahlar içindeki. *Emin misin?*

Alnıma bir şaplak indirerek yumurtaların olduğu yere sıkıştırdığım telefonu çıkarıp ekran kapanmadan notlar kısmına girdim ve bomboş notlar kısmına birkaç pasta malzemesi yazdım. Kaydet tuşuna basmadan önce ise altına büyük harflerle, *sucuklarını sucuklattığımın sucuğu* yazdım fakat hemen ardından cümlenin anlamsızlığına kızarak silip kaydettim. Ceketini giymiş, buraya doğru gelen Pamir'e telefonunu uzattım.

"On dakikaya gelirim," diye mırıldandıktan sonra telefonu alarak evden çıktığında, ben de pastanın keki için gerekli temel malzemeleri bulup masanın üzerine dizdim.

Yaklaşık on dakika sonra, bir kapı açılma sesi duyduğumda

ise Pamir'in geldiğini anlamıştım. Poşetleri bar sandalyelerinin kenarına bıraktıktan sonra sandalyelerden birine oturdu ve mutfağın ortasındaki tezgâha dirseklerini yasladı.

"İzleyecek misin?" diye sordum, bir kaba unu yeterli ölçüde dökerken. Aynı zamanda telefonumdan da kekin tarifini açıp kenara koymuştum.

Kafasını salladıktan sonra, "Neden pasta yapıyorsun?" diye sordu ve ifadesiz gözlerini üzerime çevirdi.

Ahh, tabii. Her sene doğum gününü iple çektiğim çocuk, benim doğum günümü bilmiyordu. Elbette bilmiyordu! Nereden bilecekti ki?

"Sadece... Canım çekti," diye mırıldandım omuz silkerek ve poşetlerdeki malzemeleri çıkardım. Birkaç dakikalık sessizlik, ben kekin hamurunu çırparken ve Pamir de boş gözlerle beni izlerken artık rahatsız edici olmaya başladığında ise, yutkundum. "Küçükken annemle pasta yapardık, çikolatalı, meyveli, vanilyalı... Ben neyi istersem onu karıştırırdık. İnternetteki tariflere bakmazdık." Kekin hamuruna bakarken istemsizce tebessüm ettim. "Ama sonuç her zaman tatlı ve güzel olurdu."

Öylece susmuş, beni dinliyordu. Bu manzaraya âşık olabilirdim.

"Şimdi bunu neden istediğini anladım sanırım," dedi Pamir ve tezgâha çıkardığım salep kutusunu gösterdi. "Ve bunu," dedi tarçın kavanozunu işaret ederek. "Ve... Bunu." Son olarak da çilek paketini gösterdi. "Ve asıl amacını bununla anladım," dedi dolaptan çıkardığım kahve kavanozunu göstererek. "Sevmediğim her şeyi içine koyarak pastayı sadece kendin yemeyi planlıyorsun. Bunun için bu malzemeleri karıştırmana gerek yoktu, ben zaten genel olarak tatlı sevmem."

Gözlerim keki fırına verirken gösterdiği malzemelerin üzerinde gezindikten sonra, beyazlar içindekinin homurdanarak huysuz bir bebek gibi kaşlarını çatıp dudak büzdüğünü gördüm. Bu malzemeleri onun pastayı yememesi için seçmemiştim... Sadece, onu hissetmek için karıştırmak istediğim birkaç tattan ibaretlerdi ve güzel olacağını düşünmüştüm.

"Çilek sevmediğini..."

"Anlatmıştım," dedi kaşlarını kaldırarak. Ahh, doğruydu. Küçükken çilekleri hep saplarıyla beraber yediği, en azından yemeye çalıştığı için bundan iğreniyordu.

"Salep ve tarçın..."

"Onu da biliyorsun." Ankara'dayken içirdiğimde tadını garip bulduğunu söylemiş, sevmediğini ima etmişti...

"Kahveyi de sevmediğini cümle âlem biliyor zaten," diye mırıldanıp pastanın sosu için çikolata paketini açarken, bana cevap vermediğini fark ettim.

"Kahveyi sevmiyorsun, değil mi?" diye sordum sorgular bir biçimde.

"Hımm-hımm," diye mırıldandı Pamir dalgın bir şekilde. Gözlerini takip ettiğimde ise, kahve kavanozuyla bakıştığını gördüm.

Kafamı olumsuz şekilde sallayıp kendime gelmeye çalışırken, çikolatayı bir buzdolabı poşetinin içinde parçalamaya başladım. Hemen ardından ise büyük bir bıçak çıkararak daha da küçültmek için bıçağı çikolata parçalarının üzerine doğru tuttum fakat birkaç saniye sonra durdum.

Bıçağın keskin ve parlak tarafına dalmıştım. Aklıma yaklaşık üç gün önceki bıçaklanma sahnesi geliyordu. Hatırlayabildiğim tek şey o çocuğun adres soran kalın sesi ve elindeki kâğıda bakamadan yediğim soğuk metaldi.

Bıçağa dalmışken, Pamir'in yerinden kalktığını bile fark edememiştim.

Birden bir el bıçağı tutan elimi tuttuğunda, arkama geçtiğini anlamış oldum. Pamir kafasını sağ omzumdan uzatıp uzun boyu yüzünden hafifçe eğildiğinde, yanağının yanağıma değmesine santimler kalmıştı ve diğer eli, kalçamın yanından tezgâha yaslanmıştı.

"Korkma," dedi Pamir sert bir sesle ve bıçağın üzerindeki

elimi eliyle yönlendirerek çikolataları yavaşça parçalara ayırmaya başladı. "Senin canının acıdığı her saniye için binlerce bıçak indireceğim o piç kurusunun bedenine. Son nefeslerinin soluğu parmaklarımın arasına sızacak."

Kanımın donduğunu hissettim. Nefes almayı bıraktım bir anlığına ve bilincim soğuk bir yorganla örtüldü. Bıçağın keskin tarafı her parçayı bin parçaya bölerken burnumun direği sızlıyordu ve gözlerimi kırpıştırıp nefes almayı kendime hatırlatmaktan başka yapabileceğim bir şey yoktu.

Bu konuda konuşmak istemiyordum.

Çikolatalar yeterince parçalandığında elimi hareket ettirerek durmasını istediğimi belirttim. Birkaç saniye sonra Pamir elini elimin üzerinden çektiğinde, geri çekilmeden hemen önce dudaklarını omzuma sürttü ve belli belirsiz bir öpücük bıraktı.

Tekrar karşımdaki bar sandalyesinde yerini aldığında ise bıçağı bırakıp ona arkamı döndüm ve dolaplara bir şey arıyormuş gibi bakınmaya başladım.

Utandı, diye mırıldandı siyahlar içindeki kahkahalar atarak.

Griden beyaza bürünmesini tamamlamış beyazlar içindeki ise küllerinden doğmuş bir Anka kuşu misali ellerini beline koyarak ayaklandı. *Alt tarafı omzunu öptü! Nasıl sevişeceksiniz siz?*

Gözlerimi kocaman açarak kendi tükürüğümde boğulmamı engellemeye çalıştım fakat hafifçe öksürmeye başladığımda bir bardak su doldurmadan edemedim. Saniyeler içinde koca bardağı boşaltarak tezgâha bıraktığımda kendime anca gelebilmiştim.

"Dolaplarda aradığını bulamadın galiba."

Tedirgin bir ifadeyle Pamir'e döndüm. "Ha?"

"Dolaplar," dedi gülüşünü dudaklarının arasına gizlemeye çalışarak. "Bir şey arıyordun ya hani."

"Ha," diye mırıldandım bu sefer gözlerimi etrafta gezdirerek. Cevap vermemin içinde bulunduğum durumu daha da batıracağını fark ettiğimde ise küçük bir tencerenin içinde karamelli çikolatayı tereyağı ile eritmeye başladım.

O günün öğleni, resmen saldırıya uğradığımda ne demişti Pamir?

"Sence kimdiler?"

"Bilmiyorum. Herhangi biri olabilirler. Ringde yere devirdiğim her adamın bana karşı bir öfkesi olduğunu biliyorum, adlarını en öfkelileri başa yazdığım bir listeye not almıyorum maalesef."

Şokla eriyen çikolatayı karıştırmayı durdurduğumda, gözlerim sonuna kadar açıldı. Ben geçen gece, saldırıya uğradıktan hemen sonra beni bırakıp Mine'nin evine koşan bir adamla beraber uyumuştum ve o az önce bana fazla yaklaşmıştı!

"Yanıyor, karıştırsana."

İstemsizce kaşlarımı çatarak kafamı kaldırdım ve Pamir'in gözlerine takıldığımda, "Ne yapıyorsun, kızım karıştırsana," diye söylendi tekrar fakat çikolatayı karıştırmadığımı gördüğünde yanıma gelerek elimdeki küçük tahta kaşığı aldı ve hızla karıştırdı.

"Pastamdan yemeyeceksen hatırlat da bir dilim kestikten sonra paketleyeyim," dedim buz gibi bir ses tonuyla ve yanından uzaklaşıp fırındaki keki tezgâhın üzerine çıkardım. "Mine'ciğine götürürsün, o sana sevmediğin pastayı bir şekilde yedirir."

Mine ve Pamir, o şekilde aklıma düştüğünde iğrenerek elimi hızla geri çektim fakat bezi çıkardığım çıplak elim sıcak fırın tepsisine değdiği an ufak bir çığlık kopartarak elimi geri çektim ve suratımı buruşturarak ofladım.

"Ne diyorsun ya?" diyerek küçük tencerenin altını kapattıktan sonra yanıma geldi ve aynı tonda söylenerek yanmış işaret parmağımı tuttu. "Dikkat etsene be kızım."

"Bırak!" diyerek elimi geri çektim fakat bu sefer de sertçe tezgâha vurdum. Gözlerimi sonuna kadar açarak sert bir inlemeyi boğazımdan dışarı bıraktım, diğer elimle de yanmış ve burkulmuş elimi tutarak dudağımı ısırdım.

"Sakar," diye mırıldandı Pamir yanıma doğru gelirken fakat, "Ya bir gitsene ya!" diye bağırdım. "Git! Uzak dur benden!"

Arkamdan uzanıp bileklerimi kavradıktan sonra sertçe beni kendine çevirdi. "Ne bu afra tafralar?"

"Afra kim!" Durdum. "Aman, neyse, bırak!"

İşte şimdi kafayı sıyırdığını kanıtladı, diye araya girdi siyahlar içindeki.

Beyaz olan ise kolunu siyahlar içindekini omzuna attı ve *katılıyorum kardeşim,* diye mırıldandı.

Onların bu dengesiz hareketlerine şaşırırken Pamir'in tutuşuna boyun eğdim ve sonunda hareket eden ellerimi durdurdum. "Bırakır mısın?" dedim sakince. "Kek soğumadan terbiyesini yapmam gerek, lütfen."

Bu sakin tutumuma karşı cevap veremeyeceği için yavaşça ellerimi bıraktığında, ona son kez sinirli bir bakış atarak kekin başına döndüm. Kare tepsiyi büyük bir tabağın içine ters çevirerek kekin kalıplı şekilde çıkmasını sağladım. Sıra, içine tarçın ve salep karıştırdığım sütü kaşık kaşık keke yedirmeye gelmişti.

"Yemin ederim sinir kat sayımı zorluyor şu anlamsız hareketlerin," diyerek Pamir içeri gittikten sonra arkasından dil çıkardım. Sonra kendimi sakinleşmek için keke yedireceğim tarçınlı salepli sütü kafama dikerken buldum.

Bardağın dibini gördüğümde yaptığım şeyi anca anlamıştım.

Yukarıdan sertçe bir kapı çarpma sesi geldiğinde, ben de içinden sütü tekrar çıkardığım dolabın kapağını sertçe ittim ve sonuç olarak ani bir şimşek sesiyle yerimden fırladığımla kaldım.

Derin nefesler eşliğinde terbiyesini verdiğim keki ikiye bölerek arasına çilek ve çikolata parçaları serpiştirip kremayı sıvadım. Diğer kek parçasıyla da üzerini kapattıktan sonra, çikolatalı kremayı her tarafına yedirip tekrar sıvadım ve üzerine çilekleri dizip, kahve tozunu döktüm. En son küçük bir paketteki renkli şekerleri de kenarlarında gezdirdikten sonra pastayı dolaba kaldırdım ve bir süre etrafı topladım.

Yaklaşık bir saat sonra, bar sandalyelerinden birinin üzerine oturmuş, önümde duran pastayla bakışıyordum. Muhtemelen rezil bir şey olmuştu fakat yine de üzerindeki çilekleri yemek istiyordum. Aralık ayındaydık fakat Pamir'e çilek aldırmıştım. Nefret ettiği ne varsa listedeydi. Eğer kasiyer, onu tanıyan biri olsaydı karşısına geçip onu dürter ve kendinde olup olmadığını sorardı. Uyuşturucu veya alkolün bu işin içinde olduğunu düşünebilirdi de tabii.

Ben öyle düşünürdüm.

Pamir'e olan tüm sinirim kapıdan içeriye girmesiyle tuzla buz oldu. Bana tedirgin bir bakış attı ve dolabı açarak soğuk su çıkardı. Üzerinde rahat bir eşofman takımı vardı ve terlemişti.

Sandalyede eğilip açık kapıdan merdivenlere göz attığımda, alt katın girişinin açık olduğunu gördüm. Aşağıdaki basketbol sahasını aratmayan odada basketbol oynamış olmalıydı.

Ya da dövüşmüş...

Orada bir kum torbası asılı olabilir miydi?

Suyu içerken onu izlemeye daldığımı fark ettiğimde toparlanarak, "Pastanın tadına baksana," dedim. "Gerçekten, çok tatlı... Yani çok tuzli... Yani, güzel."

Tatlı sevmiyor, tuzlu pasta da olmaz! Ne garip adamdı yahu.

"Tatlı sevmem," diye mırıldandı yanımdan geçip giderken.

O sırada bunu diyeceğini bilerek tam ona itiraz etmek için pastayı da elime alıp ayaklanmıştım ki, bar sandalyesinde dengemi sağlayamadım ve en gereksiz anda dönen sandalye, beni dünyanın en rezil durumlarından birine düşürdü.

Birkaç saniye içinde karnımdaki yaram acıdığı için elimden uçan pasta tabağı, önce yüzümü sonra da kayarak boynumu ve tişörtümü hedef aldı.

Pamir arkasını dönerek kocaman olmuş gözlerle beni süzdüğü sırada, yere düşüp kırılmış tabağa ve ezilmiş pastaya bakmaya cesaret edemiyordum.

Yavaş adımlarını üzerime doğru atarak hafifçe çatılmış kaşlarıyla yüzümü inceledi ve tek kaşını kaldırdı. *Resmen. Gözlerim. Dolmuştu.* Sabahtan beri bunun için uğraşıyordum ve bütün emeğim yerde, tuzla buz hâlindeydi!

Pamir'in baş ve işaret parmağı çenemi kavradı, yerdeki mahvolmuş pastanın üzerine eğilmiş kafamı yukarı doğru kaldırdı ve gözlerine bakmaya zorladı. Acı kahveleri, lenslerimin arkasına gizlenmiş evreni keşfe çıkarcasına derin bir şekilde gözlerimi esir aldığında bir an üzerime eğildiğini sandım.

Hemen ardından gerçekten üzerime eğildiğinde, kalın dudakları dudaklarımın hemen kenarındaki noktaya sürtündü ve yukarı çıkıp dudaklarıma değmeden hemen önce durarak geri çekildi.

"Tatlıymış," diye mırıldandıktan hemen sonra yüzü kısa bir mesafede yüzüme hizalıyken devam etti. "*Pasta.*"

Bu hareketlere nasıl dayanıyorsun? diyerek mecazî anlamda resmen *eriyen* siyahlar içindeki zevk içinde yere yığılırken, beyaz olan da kendini oradan oraya atıyor, çığlıklar içinde debeleniyordu.

Tuttuğum nefesim, Pamir'in pasta kremasına bulanmış dudaklarının hafif bir gülümsemeyle aydınlanmasına karşılık bir anda uçup gittiğinde, balon gibi şişen ciğerlerim bir anda sönük bir çift torbaya döndüler. Az önce ne olduğunu idrak etmeye çalışıp sonunda başarılı olan tarafım, intihar etmek için hapsolduğu kutunun içinde bir pencere, asılı ip veya bir kutu zehir aradı. Fakat bulamadı.

Ben de bulamadım.

Gülüşüyle beraber sağ yanağında belirginleşen gamzesini sanki saklamak istercesine kafasını eğip başını tekrar kaldırdığında, hiçbir şeyin sesini duyamıyor gibiydim.

Pamir'in tekrar dudaklarıma yaklaşan dudakları durdu ve

kafasını aniden geri çekip kaşlarını çattı. O arkasını dönüp homurdanarak mutfaktan çıkarken, benden çıktığına inanamadığım bir ses, "Nereye?" diye sordu.

"Kapı çalıyor, duymadın mı?" diye seslendi Pamir. "Zili sökmeye gidiyorum."

Açılan kapı sesiyle şok içinde çekmecelerde bir havlu aradım ve sonunda bulduğum ilk havluyla yüzümü temizlemeye çalıştım. Sertçe yutkunarak içime çöken ağır hissin altından kalkmak için debelenen ruhumu sakinleştirmek için çabaladım.

Birkaç saniye sonra Pamir'in, "Hangi çok önemli, hayati değer taşıyan haber için kapımı çaldın söyle bakalım," dediğini duydum.

Kaan'ın olduğuna emin olduğum ses, "Bir şeyi unutmadın mı?" diye sorduğunda ben de mutfaktan çıkıyordum.

"Ahh, evet," dedi Pamir. "*Pezevenk.* Şimdi soruma cevap ver."

Kaan tam ağzını açmıştı ki, bir anda bana dönerek "Aa, Nil de buradaymış," dedi fakat yüzümü gören gözleri sonuna kadar açılmış ve bir şaşkınlık nidası içinde kaybolmuşlardı. "Düzeltme yapıyorum, krema ve kek havuzu içinde yüzen bir Nil." Gözlerini saçlarımda gezdirip bir noktada durdu. "Çilek mi o?"

"Uzun hikâye," diyerek suratımı buruşturdum ve dudak büktüm.

Kaan sanki anlamış gibi gözlerini üzerimden çekip Pamir'e çevirdiğinde, "Bayağı uzun bir hikâye olmalı," diye mırıldandı.

Pamir anında müdahale edip "Lan cevap versene," diyerek onun dikkatini tekrar üzerine çekti.

Kaan ciddileşip boğazını temizledi, "Acil durum," diye mırıldandı. "Amerika'da işler değişmiş... Özge geliyormuş, Emir aradı az önce. Bir saate oradayız dedi."

Pamir'in surat ifadesi anında değişti. "Ne?"

"Ben de öyle dedim," dedi Kaan kaşlarını kaldırarak ve

Pamir'i taklit etti. "*Ne?* Ama hepsi bu kadar. Çünkü sonra telefonu suratıma kapattı ibne."

Konuşmalarına daha fazla dâhil olmak istemeyip, siyah ve beyazlar içindekinin aksine *Özge kim?* sorusunu içime atarak, "Ben bir temizleneyim," diye mırıldandım ve merdivenlere doğru yürüdüm. Daha ilk basamakta zorlandığımda, "Nereye ya, nereye, bir dur yerinde," diye mırıldanan Pamir bir anda beni kucağına aldı. Ben şaşkınlık içerisinde yüzerken Kaan'a dönüp, "Bekle," dedi. "Beraber gideceğiz. Geliyorum."

Hemen ardından saniyeler içinde hızla yukarıya çıkarak beni odasına götürdü. Yavaşça beni yatağın üzerine bıraktıktan sonra, "Çekmecelerde temiz havlu var," dedi ve dolabını açıp hızla siyah bir tişört bulup yatağın üzerine koydu. Bir dakikadan kısa süre içinde odadan çıkıp geri döndüğünde ise elinde içine birkaç kıyafet doldurduğum çantam vardı. Onu da kenara bıraktı ve tekrar çıkmadan önce, "Yarana su değdirmeyecekmişsin," diye tembihledi. "Eğilmek yok. Zorlayıcı hareketler yapmak yok. Gerekirse sabahtan akşama kadar pasta içinde yüz, yine de canının yandığı ilk anda her ne yapıyorsan bırakacaksın. Ben gelmeden de aşağıya inmek yok, bir saate gelirim."

Ve Pamir kapıyı çarparak gittiğinde, şok üstüne şok yaşamış bir şekilde bir süre yatakta uzandım.

Dengesizlikte boyut atlamıştı. Daha fazla şaşıramayacağımı düşünüyordum fakat çoktan ege kıyılarından büyük okyanusa doğru açılmıştım resmen ve onunla ilgili üzerinde saatlerce düşüneceğim birçok sahne kayıt altına alınmıştı kafamın içinde.

Uyuyamadığım gecelerde tavanımda oynatır dururdum artık.

Yavaş hareketlerle kalkıp temiz iç çamaşırları, bana verdiği siyah tişört ve siyah, kalın taytımla beraber banyoya girdim. Olabildiğince az acı verici hareketlerle soyunduktan sonra iç çamaşırlarımla kaldım ve yaramın üzerine yapıştırılmış büyük, kare bandajı görmemeye çalışarak hafifçe eğilip yüzümü ve saçlarımı yıkadım.

İki şampuan vardı ve biri erkek parfümü gibi kokuyordu, diğeri ise vanilyalıydı.

Okulun yemekhanesinde Nisan'ın itelemesi sonucu Pamir'e çarptığımda saçlarından vanilya kokusu gelmişti... O gün, antrenmandan sonra duş alırken bu şampuanı kullanmış olmalıydı.

Birkaç duş jeli ve lif de vardı.

Olabildiğince yavaş şekilde sadece bir kere -ancak o kadar dayanabilmiştim- saçlarımı yıkadıktan sonra, omuzlarımı, boynumu ve yüzümü de pastadan arındırarak saçlarıma temiz bir havlu sardım ve bir başka havluyla da yüzümü, boynumu ve omuzlarımdan damlayan suları sildim. Hemen ardından iç çamaşırlarımı temizleriyle değiştirip, taytımı ve son olarak da bana verdiği tişörtü giydim.

Tişört büyüktü ve kalçalarımı kapatıyordu.

Hareket ettikçe nüfuz eden tarçın ve salep kokusu ciğerlerimi yangına teslim verirken, banyodan çıkıp saçlarımın nemini iyice aldım ve bir tarak aramaya başladım. Odasında bulamadığım için, aşağı inmek aklıma geliyordu. Bunu sabah başarabilmiştim, yine yapabilirdim.

Odadan çıktıktan sonra yavaş adımlarla dakikaları kurban vererek merdivenlerden inmeyi başardım. Son basamağı indiğimde, kapı da açılmıştı.

İçeriye kocaman gözleri olan, dolgun dudaklı, kumral saçlı ve kahve gözlü bir kız girmişti; üstelik elinde de bir anahtar tutuyordu! Vücudunu saran bir kot pantolon ve beyaz, penye, boğazlı bir kazak vardı üzerinde. Uzun ve kumral saçları omuzlarından aşağı dökülüyordu ve elinde siyah, şişme bir mont taşıyordu. Göz makyajı yüzüne çok uygun bir şekilde yapılmıştı.

O çok... *Güzeldi?*

Etrafı inceleyen durgun bakışları üzerime çevrildiğinde, gözlerini kocaman açarak dudaklarını büzdü ve, "Seni de mi kandırdı o piç," diyerek ağlamaya başladı. "Çocuğunu taşıyorum ben onun, kabul etmiyor beni. Neymiş, aldıracakmışım. Siktirsin oradan. Doğuracağım ben, evleneceğiz biz…"

Kolundaki çantayı ve montu yere bırakarak yanıma geldi ve kolumdan çekiştirdi. "Anlıyorum hâlini… Bak, anahtarını bile verdi bana," dedi elindeki anahtarı göstererek. Ona şoke olmuş gözlerle bakıyordum. "Yani demem o ki, ben senin yerinde olsam kapıyı çekip arkama bakmadan giderdim ve aşkımı içime gömüp, o Pamir olacak piçin yanıma yaklaşmasına izin vermezdim."

Ağır parfümü, tarçın ve salebi gölgeden bıraktığında kendime gelerek titrek bir sesle "N-ne?" diye sormaya çalıştım, devamını da getirmek istiyordum fakat elimden gelmiyordu.

"Ne demek ne?" dedi ve geriye çekilip kolumdan çekiştirdi. Karnımdaki yaram ani bir sancıyla zorlanırken kolumu ondan çektim ve geriye çekilerek kollarımla karnımı sardıktan sonra yüzümü buruşturdum.

"Hii!" diye bir ses çıkardı aniden. "Seni hamile mi bıraktı!" diye bağırdı, yeri göğü inletecek bir sesle. "Haberi var mı? Kaç aylık? Aldırma zamanı geçti mi geçmedi mi? Doğuracak mısın? Bence doğurma. Daha 18 yaşındasın! Nasıl bakacaksın? Daha kendileri çocuk olan annelerin hamile kalmasıyla hayatlarının karardığını bilmiyor musun?…"

Aniden taramalı tüfek gibi sorularını art arda dizmeye başladığında, yutkunmaya çalıştım fakat başaramadım.

Anlam veremediğim konuşması, birkaç saniye sonra bölündüğünde ise gözlerim kapıya çevrilmişti.

Gri ve mavilere bürünmüş, kara kaşlı bir oğlan, zorlukla iki eliyle iki kırmızı valizi çekiyordu. O iki valizin üzerinde de iki büyük çanta vardı ve yorulduğu kesilen nefesinden belli oluyordu. Bu çocuk… Emir'di! Ankara'da, oteldeyken Pamir'in tanıştırdığı çocuktu bu. Onun kuzeniydi.

"Lan bir dur be Özge! Dakika bir, gol bir! Sesin dışarıya kadar geliyor!" diyerek valizleri kapının kenarına bıraktığı gibi içeri girdi Emir ve tekrar söylendi. "Bir dur! Sandığın gibi değil."

"Ne oluyor ya?" dedim sonunda, bir elimi karnımdan çekerek fakat sancım tuttuğu için içime çektiğim derin nefeslerde kasılıyordum, bu yüzden merdivenlerin kenarından destek almaya çalıştım.

Emir'in Özge dediği kıza dönerken, beynimde şimşekler çaktığını hissettim. Özge bu muydu? *Pamir'in gizli sevgilisi falan mıydı?*

"Hamile mi?" diye soracaktım ki Emir elini kaldırıp araya girerek durdurdu beni. "Yok be, ne hamilesi."

Derin bir nefes almak istedim ama karnım tekrar kasıldığında suratımı buruşturdum.

"Evet, evet," dedi Özge ağlamaklı sesine geri dönerek. "Hamileyim ben. Evine dön sen. Bütün her yerden de engelle Pamir'i. Bulaşma şunun gibi leş, belalı tiplere."

"Lan bir dur! Kes bir oyunculuğu!" diye bağırdı Emir, tekrar araya giderek.

Özge anında suratını ifadesizleştirerek ağlamadığını beyan edercesine sustuğunda, Emir sesli şekilde ofladı. "O kızlardan değil o Özge, numara yapmana gerek yok."

"Nasıl değil?"

"Değil. Pamir'in kız arkadaşı o. Harbi kız arkadaşı ama."

Karnımın kasılmasından, ne dediğini tam olarak anlayamamıştım bile. *Kız arkadaşı mı dedi o?*

"Nasıl ya?" diye sordu Özge, şaşkın bakışlarını üzerimde gezdirerek. "Ağabeyim ciddi ciddi kız arkadaş mı yaptı kendine? Hem de harbi olanından?"

Emir kafasını sallarken, biraz daha eğildim yere ve ağzıma ekşi bir tat geldi. *Ağabeyim mi?*

Özge bağırarak, "Lan gerçekten hamile mi bu! Suyu falan mı geldi! Bu kan ne!" diye bağırmaya başladığında ayaklarımın ve merdivenlerin korkuluğuna dayanan elimin üzerinden gücümün çekildiğini hissettim.

Emir'in homurdanarak bana döndüğünü gördüm. "Ne

hamilesi ya? İncecik kız, ne diyorsun?" dedikten sonra beni gördüğünde gözleri sonuna kadar açıldı ve bakışlarım anında yeri buldu. Karnımı *hissetmiyordum.* Kendimi *hissetmiyordum. Hiçbir şey hissetmiyordum.*

"Lan! Tut! Ambulans çağır! Çabuk Özge, çabuk!" diye bağırdı en son Emir, ayaklarımın üzerinde duramaz hâle geldiğimde.

Ekşi tat tekrar ağzıma geldiğinde ve gözlerimin önüne siyah bir perde inmeden önce, son gördüğüm Özge'nin telaşlı bir şekilde telefona sarılmasıydı. "Alo, acil ambulans..."

Hastane mi? diye haykırdı siyahlar içindeki. *Hayır, hastaneye gidemezsin! Anlarlar!*

Beyazlar içindeki ise can çekişir bir şekilde bağırdı. *Kalk, Nil! Kalk!*

Fakat kalkamadım. İçine çekildiğim kara delik boyunca sürüklenirken sesleri boşluk içinde boğuklaşarak kayboldu ve bilincim benden uzaklaştı.

3

Filmlerin göğü delen kurşunları saldığı sahnelerde, kanat çırpan özgür ruhlar korkuyla yukarıya doğru uçardı hep ve o sükûnetin içine bir bomba misali düşen çığlıklar, izleyiciyi yerinden ederdi. İçi yoğun, yabancı bir sıvıyla dolu yuvarlak, pürüzlü bir kapsül göğüs kafesinizin içine düşerdi; adrenalin duygusunun soğuk kırıntıları damarlarınıza sızar, sakinliğinizi ruhunuzdan koparak omuzlarına görkemli kanatlar dikip, bulutlara yükseltirdi.

Tam tersine, derin bir sakinlik içerisinde yolunmuş kanatlarımın koptuğu noktadan sızan kanı izliyordum şimdi; ya izlediğim film siyah beyazdı ya da tenime bulanmış siyahlık, kanıma işleyip onu da kendine benzetmişti. Ayırt etmek zor, düşünmek yorucu ve kendime gelmek sınırlarımı fazla zorlayıcıydı.

El ve ayak uçlarımdan bileklerime doğru nükseden acı, gözlerimi açmam için beni uyardığında, vücudumdaki bütün damarlarımın bir alev topuyla kaplandığını hissettim. Saç diplerim korkunç bir feryatla gerildiğinde, nerede olduğumu kavrayamıyordum. Gözlerim açıktı fakat sadece yalın bir karanlık vardı. Hareket ettirmeye çalıştığım her bir uzvum bağımsızlığını beyan edercesine saniyeler içinde paramparça olduğunda, ruhum bedenimden sıyrılarak havalandı ve toz bulutu boşlukta savruldu.

Geriye ışıltılar kaldı. Galaksiler, renkli toz bulutları, çıplak gözle bakıldığında insanı kör edebilecek parıltıda kendini belli eden yıldızlar ve ne olduğunu bilmediğim bir belirsizlik. Okuldaki el işi dersi için simlerini ve pullarını hazırlayan küçük bir kız çocuğu, ayağı bir taşa takıldıktan sonra hemen yanı başındaki siyah bir kartonun üzerine dökmüştü sanki elindekileri.

"Ritim yok, Nursel. O gitti! Bırak artık!"

"Hayır!"

Boğuk gelen belirsiz seslerin arasında bedenimden kalanları ve havada savrulan ruhumu vakumlayarak yutan bir kara delik, her şeyi daha da karıştırdığında, artık yıldızlar yoktu.

Ben de yoktum.

"Statik elektrik. Belki de sadece kalp ritmi fazla yavaş veya fazla hızlı olduğu için, makineler algılamıyordur?"

"Kendini fazla zorlamış."

Tonu ve rengi aynı olan ses kümesi kulaklarımdan içeriye dolduğu an, göz kapaklarım açılmak için titreşti fakat önce boğazımda halledilmesi gereken bir yumru vardı.

Ne yaptığımı ve ne hâlde olduğumu merak eden tarafım beni siyahlıktan karanlığa sürüklerken, bu iki kelimenin barındırdığı anlamın aslında ne kadar da farklı olduğunu fark ettim. *Siyah* ve *karanlık.* Bir bütün olarak birbirleriyle aynı görünseler de, derinlerde bir yerlerde temellerinin çok farklı işlenmiş olduğu barizdi. Siyah, el sürülmemişti. Karanlık ise kirliydi. Bütün renkleri karıştırdığınızda ortaya siyah çıkardı; siyah *rengârenkti.* Fakat karanlık ıssız, sessiz ve sağırdı. İçinde sükûnetin hüküm sürdüğü bir şeyler saklıydı ve sizi içine çekiyordu, oyuna dâhil olduğunuz an ise teninizi, yutacaktı çığlıkları ve gölgelerin içinde kaybolacaktınız.

Karanlık, Pamir'di. Avuçlarında gecenin soluğunu taşıyan, gözlerinde geçmişe dair verdiği son nefesleri saklayan ve gölgesi olmayan, çünkü gölgesinin bile kendisinden korktuğu adam.

Siyah ise bendim. Ben sadece... Bendim işte. Basit bir adım, eskiye göre şimdilerde fazla kalabalık bir aklım vardı. Bir de lakabım: *Siyah Kuğu.*

Tanıdıklık hissi gittikçe kaybolurken onu hatırlamaya çalıştım fakat aklımın ucunda hissettiğim tek tat, paslı ve metalikti. "Dediğim gibi, herhangi bir rahatsızlık durumu olursa beni arayın, hastane ona göre bir yer değil."

"Senden rahatsız oluyorsak, kimi arayacağız?"

Dudaklarımı titreten, göğüs kafesimin içindeki kalp denen organa ecel terleri döktüren ses kulaklarıma dolduğunda, gözlerimi aralamak istedim fakat elimden bir şey gelmedi. Felç olmuş gibi, öylece uzanıyordum yatakta. Parmak uçlarıma değen saten yorganın tenimde bıraktığı iç gıdıklayıcı duyguyu hissediyordum fakat tepki veremiyordum.

Birkaç cümle daha işittim ama sesler boğuklaştığından hiçbir şey anlayamamıştım. Zihnimde bir parazit vardı ve ben duyamadan, sesleri başka birine iletiyordu sanki; ben sadece bir aracıydım. Kelimelerin ucunda, hiç bitmeyen bir cümlenin son harfinde asılı kalmış, siyah, kuru bir çizik; kendi intiharlarını veren, kendi kendinin katili.

Biz, hepimiz aslında, kendi kendimizin katiliyiz.

Kelime oyunlarının anlamı yoktu, zira her şey ortada ve yerli yerindeydi. Bir bıçak, bir ruh katili, bir yağmur bulutu ve *bir yok oluş.*

Gözlerimin arkasındaki sis perdesinin aralandığı saniyelerde, dudaklarımdaki kuruluğu hissettiğim an yutkunmaya çalışarak birbirine geçmiş kirpiklerimi ayırmaya zorladım kendimi. Elime geçen tek şey bulanık, sisli bir görüntü ve karanlıktı. Beyaz perdenin arasından, koyu lacivert güneşliklerini işaret ve orta parmağıyla aralamış, hafif eğilmiş bir şekilde pencereden dışarıya bakıyordu fakat karşıdan görülmek istemediği açıkça ortadaydı. Işık, şafak vakti veya gün batımı tahminlerim arasında mekik dokurken içeriye sızan solgun renkli ışık, yüzüme buruk bir tebessüm yerleştirmem için beni zorluyordu.

Yorgundum.

Tek bir kelime, ancak bu kadar yalın ve basit bir şekilde açıklayabilirdi sadece.

Boğazımı temizlemeye çalışarak kurumuş dudaklarımı araladım, odayı sarmalayan kasvetli havanın uyumaya zorladığı göz kapaklarımı birkaç kere kırpıştırarak nefesimi tuttum ve gözlerimi üzerine çevirdim.

Sükûnet içinde can veren acı kahveler, üzerindeki bakışlarımı hissettiği an boş bir ifadeyle yavaşça bana çevrildi ve perdeyle teması keserek doğruldu. Ona sormak istediğim fakat sormaya korktuğum bir soru vardı ama ne dile getirmeye mecalim, ne de bir kez daha yutkunmaya cesaretim kalmıştı. *Su,* demek istiyordum. Sadece bu. İki harf. *Su.*

"Tam beş saattir uyuyorsun."

Sormak istediğim sorunun cevabını bana dolaylı yoldan ilettiğinde, ayağa kalkıp sevinmek ve bir sürahi suyu devirmek için resmen can çekişiyordum. Hâlâ 7 Aralık'taydık; bitmesine birkaç saat kalmış olsa da hâlâ doğum günümdü. On sekizinci yaş günüm. Çoğu insan tarafından değerli görülen, özgürlüğün başlangıcı, etrafımıza örülmüş kafeslerin bitiş noktası. Ama benim bu yaşla ilgili hiçbir hayalim olmamıştı, çünkü benim için hiçbir anlam taşımıyordu, çünkü etrafıma kafesini kuran annem, babam veya yaşım değildi.

Karnımdan vücuduma yayılan acı, bir kez daha uyuşturulmuştu ve yerini hissizlik almıştı. Naneli şeker yedikten sonra buzlu su içmek gibiydi bu, olmayan bir acı canımı yakıyordu ve yapılabilecek her şey yapılmıştı.

İnsanı bir kara delik gibi içine çeken bakışların birbirleriyle kavga ettiği odanın içinde nefes almak daha da bir işkence hâline gelirken, bakışlarımı toplayarak kendime gelmeyi denedim fakat gözlerimi gözlerinden alamadım. İrislerinin içindeki kalın zincirlere vurulmuş ruhumu görebiliyordum; sıkıca bağlanmış ve aşınmış bileklerim, soğuk ve tozlu zemini hissediyordu fakat kaçmak için bir çaba sarf etmiyordu. Bana kızgındı, öfkeliydi; soluduğu havadaki moleküller bile öfkesinden korkarak kaçışıyordu. İfadesindeki hissizlik, boşluk ve durgunluk bunu kanıtlayacak nitelikteydi.

Tahta kapının gıcırtısı, etrafımızda gezinen kara bulutların dumanını dağıtırken başımı yan tarafa çevirmek istedim fakat sadece gözlerimi kapatıp tavana dikmekle yetindim.

Kaan, elinde bir tepsiyle içeriye girdikten sonra kapıyı kapattı ve içinde birkaç renkli hap ve bir bardak suyu barındıran küçük, kahverengi tepsiyi komodinin üzerine bıraktı. Üzerindeki hırkanın kollarını sıyırırken Pamir'e çevirdiği bakışlarıyla uzun soluklu bir hikâye anlatıyor gibiydi; başını hafifçe aşağı eğdi ve yukarı kaldırdı. Pamir anında renk değiştirerek hızlı ve büyük adımlarla odanın çıkışına ilerledi ve kapıyı açıp dışarı çıktıktan sonra arkasında tok, sert ve gürültülü bir sessizlik bıraktı.

Kaan uzanıp doğrulmam için bana yardımcı olurken, "İlaçlarını içmen gerekiyor," diye mırıldandı. "Sonra da uykuna kaldığın yerden devam etmen... Yatağın içinden çıkmak senin için iyi bir fikir değil."

Uzattığı küçük tabağın içindeki hapları kurumuş boğazımdan aşağıya birer birer gönderirken, büyük bardaktaki suyu sonuna kadar içtim ve tepsiye geri koydum.

"Nisan aşağıda," dedi Kaan elini saçlarından geçirirken, sıkıntılı bir sesle. "Ona dinlenmen gerektiğini söyledik."

"Uyumak istemiyorum."

Sesim, bir dağın ortadan ikiye ayrılması ve o iki parçanın da kendi parçalarına ayrılıp darmadağın olması gibi bir etki yaratmıştı üzerimde. Bitik durumda olduğumu fark etmemek imkânsızdı.

"Nil," diye mırıldandı Kaan elleriyle gözlerini ovalarken. "Elimden gelse bir yatağın içine girip oradan çıkmamayı isterdim, özellikle şu son günlerde. Bu yüzden şansının kıymetini bil ve uyu."

Donuk ifadem buz kesti. Parçalara ayrılan buz küpleri birer birer dağılıp erimek yerine, kollarının uzandığı her bir köşeye keskin sarkıtlar bırakırken, göğüs kafesimin içinde alevlenen ateşin içinde yanıyordum.

"Bir şey var." Korkuyla soludum. "Bir şey var, değil mi? Bir şey oldu."

"Hayır," dedi hemen, keskin bir sesle. İlk tanıdığım Kaan gibiydi, samimiyet ve cana yakınlık duygularının yanık kokusu hâlâ havadaydı; kül olalı fazla olmuş olamazdı.

Ani bir hareketle doğrulurken karnımdaki kasılmaları umursamadan yorganı üzerimden çektim. "Kalkmak istiyorum." Yatağa serilmiş koyu tonlardaki düz, saten nevresimin üzerine yerleşen avuç içlerimden güç alarak bacaklarımı aşağı sarkıtıp, ayağa kalkmak ve aşağıya inmek istedim. Ancak kapı tok bir gıcırtıyla yeniden açıldığında, Kaan'ın beni durdurmak için koluma giden eli havada asılı kaldı.

"Uyuyacaksın," dedi Pamir, elinde bir şırıngayla içeriye girerken. Arkasında açık kalan kapıyı kapatmamıştı, hafif aralıktı ve karanlık koridor kötü kâbuslarıma göz kırpıyordu.

"Uyumak istemiyorum, uyumayacağım! Hayır," diye mırıldandım kendi kendime ve elindeki iğneye kocaman açılmış gözlerimle baktım. Kaan, yüzündeki çaresiz ifadeyle geri çekilerek arkasını döndüğünde, üzerime hücum eden korkuyu bütün hücrelerimle hissedebiliyordum. Karanlık kâbuslarıma geri dönmek, o kara deliğin içinde kaybolmak ve anlam veremediğim fısıltılı sesler duymak istemiyordum. Uyumak istemiyordum. Hatırlayamadığım kâbuslarımdan korkmak, gözlerimi bir boşluğun içinde savrulurken içine çekildiğim bir uçurumun kıyısında açmak istemiyordum.

Nisan'ın bağırışları aralık kapıdan duyulurken, yatağın üzerinde geriye doğru sürünerek kaçmak istedim. İçi tıka basa korku dolu bir cam fanus kırılmak üzereydi ve çatlaklarından sızan kara dumanın kokusu genzimi yakıyordu. Boynuma, sırtıma ve kollarıma yapışan saçlarımdan terlediğimi anlayabiliyordum ama kendime gelebilmek için soğuk bir duş almak istiyordum sadece, uyumak değil.

Kararlı ifadesiyle üzerime doğru gelirken onu durdurmak imkânsızdı. Pamir bir bacağını kırarak dizini yatağa yasladı ve onu itmeye çalışan ellerimi sadece tek elini kullanarak bileklerimden yakaladı, hemen ardından üzerime çıktı ve yakaladığı ellerimi kafamın üzerinde yatağa yaslayarak uzanmamı sağladı. Şırınga hemen yanımızda uzanıyor, varlığı bile ruhumu üşütüyordu. İlaç almaktan nefret ediyordum, iğnelerden nefret ediyordum, uyumaktan nefret ediyordum...

"Hayır," dedim gözyaşlarım boğazıma dizilirken. "Lütfen..." Yapamazdı. Bugün benim doğum günümdü. Anne ve babam şu kapıdan çıkıp gelmeliydi, Nisan gülerek elinde üzerine on sekiz tane mum dikili bir pastayla ortaya çıkmalıydı, Pamir senelerce hiç olmadığı gibi yine aynı rolü üstlense yeterdi. Zifir de olmalıydı bu tabloda, benim küçük, tatlı Zifir'im... Nerelerde dolanıyordu kim bilir? Hatta hediyeler bile önemli değildi... Onların yanımda olması bile bir hediyeydi.

Odağını hem yakan, hem de aşılmaz bir buz kütlesine çeviren acı kahvelerin sahibi, ağırlığını üzerime vermeden üzerime oturduğu anda boştaki eliyle iğneye uzandı ve ucundaki tıpa görevi gören kapağı ağzıyla çıkardı.

"Yapma, uyumak istemiyorum."

Üzerime eğilerek alnıyla alnımı birleştirdiğinde, göz kapaklarım hayali bir ağırlıkla kapanmak üzereydi. Hıçkırıklarım, gözyaşlarım, içimde patlak veren bütün duygular ve etrafımı sarmış kafes, bir bütün olarak gerçeklik içinde kaybolmak için yemin etmiş gibiydi. "Şşş," diye bir ses çıkardı, nefesi nefesime karışmışken.

Varlığının iğrenç hissi kanıma sızarken, karanlığın siyahıma el sürdüğünü hissettim. "Yapma," dedim çaresiz bir sesle fakat beni dinlemedi. Şırınganın soğuk ve girdiği yeri mosmor eden iğnesini tenimden içeriye gönderirken, vücudum ağır bir yorgunlukla iflas etti. Bedenimin içinde can çekişen ruhumun, yüzüme bir tokat misali çarpan soğuk rüzgârlarında üşüyordum.

O, tenimde hüküm süren bir katildi ve kurşuna dizdiği hayallerimin etini kemiğinden sıyırırken bir saniye bile düşünmemişti.

Birkaç saniye içinde bilincimi kaybedeceğimi ve hemen ardından, varlığımın karanlığın içinde kaybolacağını biliyordum. Gözlerimi kapatmadan önce, boynumda soğuk bir zincir hissettim; iç gıdıklayıcı bir his bütün tüylerimi diken diken etti. Alnıma dayalı alnını, kapalı gözlerini, şişmiş, dolgun dudaklarını, dağılmış saçlarını ve burnuma dolan kokusunu fark ettim. Geriye çekilmeden önce kafası yana doğru kaydı ve sağ kulağım, sıcak bir esintiyle irkildi. Nefesi hemen burada, başucumdaydı.

Sakinlik dalgası yelkenlerimi suya indirmemi ve bu durgun sulara demir atmamı sağlarken, "Mavi zoisit," diye fısıldadı. Hemen ardından dudakları boynum ve kulağım arasındaki hassas noktaya sürtündü. "*İntihar.*"

Dudaklarım odanın kör aydınlığında son bir nefes dilenircesine aralandığında, yutkunmak istedim fakat vücudumu saran güç ağları ve sinir sistemim üzerindeki etkim bir anda sıfırlanarak karanlığa boğuldu.

Siyah.

Karanlığın keskin pençesinde, yok olmaya mahkûm olmuş kayıp ruhlardan biriydi sadece. Küçük olduğundan, bilmediği için bütün renkleri birbirine karıştırmış küçük, kimsesiz, yalnız bir kız çocuğuydu aslında ve geriye çekildiğinde ortaya bu uyumsuzluk çıkmıştı işte. *Siyah.* Canı yandığında ilk burnu sızlardı, kocaman bakan kahverengi gözleri hep sahte bir neşeyle acı bir tebessüm bırakırdı dünyaya; endişeli ve çaresizken ısırdığı dudakları kanla renklenirdi ve gözleri dolduğunda, ne kadar kendine güçlü durmak istediğini söylerse söylesin, yenilirdi. Ağzına kadar dolu bir kahve kabını aşağıya doğru eğdiğinizde, bardağınızı kirletmekten başka bir seçeneğiniz kalmazdı çünkü. Soğutmadan içmek zorunda kalırdınız, diliniz, dudaklarınız, boğazınız yana yana yudumlardınız ve sonunda kül olurdunuz. Ufak bir esintide savrulmanız işte böyle gerçekleşirdi. Bazı durumlar, ucunu ateşe verdiğiniz kibrit çöpüne benzerdi. Alevler bir anda dibine kadar ilerlerlerken bir an aydınlığın efsunluğuna kapılıp ileriye doğru cesur bir adım atardınız ve ikinci adıma kalmadan kibrit çöpü kül olur, acısı güvenip iki parmağınızın arasına sıkıştırdığınız için teninizden çıkardı.

Bedeller çok ağırdı. Mutluluğun bedeli çok daha ağırdı. Buna alışmak ise en beteriydi.

Mutlu bir an yaşarken, tam anlamıyla gülümseyemiyordunuz bile. Arkasından gelen, daha bunu idrak bile edememişken yola çıkmış bir hüzün vardı çünkü. Uçsuz bucaksız görünen mutluluklar, dipsiz hüzün kuyularına benzerdi. Sonunda dibe çakılmadan önce hep bir umut başınızı yukarı kaldırıp bir el, bir halat veya bir mucize beklerdiniz fakat filmin senaryosu çoktan yazılmıştı. Sadece görülmek istenmezdi, kabul edilmezdi, hep inkâr edilirdi ama yine de acı tadı damak yaran gerçeklik, her zamanki gibi göz önündeydi.

Ve ben, bu filmin sonunda gülümseyen bir Nil göremiyordum.

Korkunç bir akım, vücudumun içinde şiddetli bir heyelana sebep olurken göğüs kafesimin içine sığınmış *siyah* ve *beyaz,* kulakları sağır eden çığlıklar atarak gözlerini kapattılar. Ne gördüğümü bilmiyordum; sadece boğuk sesler ve çığlıklar vardı. Tek istediğim uyanmaktı, tek istediğim göz kapaklarımı aralamak ve ağlamak. Birinin bana sarılıp, geçeceğini söylemesine veya avutulmaya ihtiyacım yoktu. Geçmeyeceğini biliyordum.

Bedenimin içinde kopan fırtınayı dibine kadar hissedebiliyordum; şimşekler hiç acımadan, damarlarımı yararak ilerliyordu göğüs kafesime doğru ve arkasında bıraktıkları bir avuç siyah külden ibaretti. Duyduğum gök gürültüleri avuçlarımı sıkıca kulaklarıma kapatma isteğimi körüklerken, ne duyduğumdan haberdar değildim. Bir süre sonra fırtınanın gürültüsü zihnimi esir aldı ve geriye sadece uzaktan gelen, iç tırmalayıcı çığlıklar kaldı.

Bir süre sonra, fazla sakin bir şekilde göz kapaklarım aralandığında boğazıma kadar çekilmiş bir yorganın içinde, cenin pozisyonundaydım. Yastık ve üzerimdeki tişört terden sırılsıklamdı, görüntü bulanık ve karanlıktı; görüş açıma girebilen tek şey komodinin üzerinde yanıp sönen telefonumun ekranıydı.

Net olmayan hışırtılar ve tok sesler kulaklarımda yankı bulduğunda, birkaç dakika kendime gelemedim ve yatakta doğrulmak için kendimi zorladım. Hava boğuk bir maviydi ve sabahın çok erken saatleri olduğunu gözlerimin önüne seren saat ise sabah 5'i gösteriyordu.

Sonunda sesler ve görüşüm tamamen netlik kazandığında, dolap ve masadan başlayarak etrafı inceledim; odada yalnızdım. Aralık perdeden içeriye sızan ışık gözümü alıyordu ve odaya kasvetli bir sükûnet hâkimdi.

Hışırtıların dışarıda yağan yağmur olduğunu fark edebildiğimde, yatağın ucuna kadar sürüklemiştim bedenimi ve ayaklarımın üzerinde doğruluyordum. Uyumaktan uyuşmuş ayaklarım ise bana ihanet edercesine titriyorlardı. Birkaç saniye boyunca yatak başlığından tutunmaya çalışarak ayakta kalmayı başarabildiğimde, hiç beklemediğim bir anda odayı sonuna kadar aydınlatan ve kulak zarımı patlatmaya yetecek desibelde çığlık atan bir şimşek, bedenime korkuyu saldı ve hiç beklemediğim bir şey yaparak kollarımla yüzümü kapattım. Aynı anda, göz kapaklarımı da indirerek boğuk bir çığlığı boğazımdan dışarıya serbest bırakmıştım.

Korkmuştum. *Korkuyordum.* Deli gibi çığlık atmak, kendimi duvarlara çarpmak ve saçlarımı çekiştirmek istiyordum. Farkında olmadığım, bilmediğim bir şeyler vardı ve bu boşluğun içinden dışarıya nükseden zehir düşüncelerimi ele geçiriyor, damla damla her bir kapının altından içeriye sızıyordu.

Kollarımı indirip gözlerimi açtığımda, hafif bir gıcırtıyla aralanan kapıya doğru kafamı yavaşça çevirdim ve içeriye giren kişiyi inceledim. Üzerinde siyah bir kazak vardı, altında buruşmuş siyah bir pantolon ve saçları darmadağınıktı. Kafasını kaldırıp gözlerime baktığında acı kahveleri çevreleyen beyazlığın kıpkırmızı olduğunu fark ettim. Beni gördüğünde ise yüzünde bir *"sonunda"* ifadesi belirmişti.

Fakat bundan önce bana ne yaşattığını hatırlıyordum, her bir saniyesi aklımın siyaha boyanmış, yumruklanmaktan kırık dökük, eski bir havaya bürünmüş duvarlarında sanki şu an yaşanıyormuş gibi yeniden oynatılıyordu. "Sana uyumak istemediğimi söylemiştim," dedim kısık bir sesle. Çatlak ve ağlamaklı bir şekilde çıkan sesimin tonunu fark ettiğimde, omuzlarımı dikleştirerek yutkunmadan hemen önce boğazımı temizledim. "Ama sen..." *Bir şırıngayla bana damardan uyku ilacı verdin.*

Beni duymamış gibi tepkisizce dolabına doğru ilerledi, yorgun ve uykusuz olduğu adımlarından belli oluyordu. O, dolabının kapağını açıp bir şey ararken kumaşı buruş buruş olmuş kanepe görüş alanıma girmişti. *Burada mı uyumuştu?*

Birkaç saniye sonra dolaptan çıkardıklarının birkaç parçasını yatağın üzerine atarak, kalanını tek bir hareketle omzundan aşağıya sarkıttı ve, "Duş al," dedi tok bir sesle. "Uzun zamandır okula gitmiyoruz. Biraz değişiklik iyi olacak."

Bana sırtını dönüp başka bir şey demeden odayı terk edip kapıyı kapattığında, boş bakışlarım yatağının üzerine bıraktığı giysilere çevrildi. Eğer gözlerden, kilitlendiği yere doğru somut bir akış söz konusu olabilseydi, muhtemelen önce giysiler; sonra da üzerinde olduğu yatak alev alırdı. Daha fazla bunun hakkında düşünmek istemediğim için, yorgun bakışlarımı giysileri kucağıma alarak onlardan çekmiş oldum ve dönüp odanın içindeki banyoya yürüdüm. İçeriye girip kapıyı kilitlediğimde ise hafif karanlıkla süslenmiş, koyu renk fayansları olan duvarlarla baş başa kalmıştım.

Bana verdiği kıyafetler siyah bir kazak, bana ait olduğunu bildiğim siyah kot pantolonum ve iç çamaşırlarımdan ibaretti. Kıyafetlerimin içinde olduğu çantamı ortalıkta gezinmesin diye dolabına kaldırmış olmalıydı. Siyah kazak ise ona aitti, bana fazlaca büyük ve kalındı. *Bana saygı duyuyordu.* Bu siyah takıntıma saygı duyuyordu, çünkü bana giymem için verdiği kıyafetler hep siyahtı.

Çıplak ayaklarımın değdiği fayans soğuk ve insanın tenini titretecek türdendi. Böyle zamanlarda yaşadığımın farkına varıyordum; baygın bakışlarımın üzerine çarpılan bir kova dolusu soğuk su, sertçe esen bir kış rüzgârı ya da küveti suyla doldurarak nefesimi tutup, altında öylece kalakaldığım o anlar.

Aynaya baktığımda karşımda ruhu çatlamış, bedeni sapasağlam bir genç kız duruyordu fakat inceleme sırası gözaltlarıma geldiğinde, tahmin etseler yaşımdan çok daha fazlasını söyleyeceklerine kesinlikle emindim. On sekiz yaşında bir kızın ne tür bir seviyede sorunları olabilirdi ki? Aileyle anlaşmazlık, şımarıklıktan doğan bir cimrilik, bütün kötü hislerin getirdiği arkadaş sorunları ve kendisi erkek arkadaşını değil de, erkek arkadaşı onu terk ettiği için oraya buraya atarlı sözler yazan, kalbi kırık, klasik, halk tabiriyle bir ergen.

Öyleyse söylemek gerekirdi ki bundan çok daha fazlasıydım. Dile getirmeye takatimin kalmadığı, kelimelerin bir noktadan sonra artık anlamını karşılayamadığı, çoğu gerçek üstü bir yaşantım vardı. Dileklerim gerçekleşse bile bir süre sonra bencillikten, açgözlülükten ya da şımarıklıktan değil de doğrudan, sade bir insan olarak, aslında daha fazla sorun getirmekten ve denklemi daha da karmaşıklaştırmaktan başka bir işe yaramadığını fark ediyordum. Sadece, içinden çıkamadığım bir dağınıklık vardı ve toparlayamıyordum etrafı. Artık değil.

Üzerimdeki tişört ve tayttan kurtulduktan sonra, sıra iç çamaşırlarıma geldiğinde, sutyenin kopçasını kolay bulabilmek adına uzun, kahverengi saçlarımı toplayıp kafamda döndürerek geçici bir topuz yaptım fakat hemen sonra arkamı döndüğümde, aynada kopçayı bulabilmek için çırpınan ellerim durdu.

Boynumda bir zincir vardı.

Parmak uçlarım, zincirin soğuk kalan varlığının üzerinde gezinirken yavaşça önüme döndüm ve aynaya doğru birkaç adım daha yaklaşarak gözlerimi gece mavisi rengindeki biçimsiz taşın üzerinde gezdirdim. Küçüktü, parlıyordu ve sanki mağaradan çıkarıldığı gibi zincire takılmış bir hâli vardı. Yalın, sade ve karanlık bir maviye sahipti.

Düşüncelerimin, tahminlerimin ve anılarımın arasında, kolyenin nasıl boynuma takıldığı hakkında bir cevap ararken, gözlerim aynadaki kolyenin yansımasının üzerinden yukarıya doğru tırmanarak gözlerimi buldu. Tanıdık ama bir o kadar da yabancı bir his, göğsümü kavurmaya başlamıştı.

"Mavi zoisit. İntihar."

Tesadüfler havuzuna düşmüş bir yüzme bilmeyendim şimdi, okyanusun ortasında günlerdir susuz halde şans eseri hayatta kalan bir kayıp; alevleri göğe yükselen bir yangının içinde üşüyendim. Binlerce soru arasındaki yüz binlerce cevap içinde boğuluyor, inkâr etmenin üzerinde bir duyguyu tadıyordum.

Hangi günde olduğumuzu bilmiyordum fakat 7 Aralık'ta kalmadığımız kesindi. Yine de her şey yeniden karanlığa gömülmeden önce, boynumda hissettiğim soğukluğu hatırlıyordum. O zaman yanı başımda, hatta tabiri caizse üzerimde, sadece bir kişi vardı.

O gün benim *doğum günümdü.*

Beynimin içindeki odacıklarda dalgaları duvarları yıkan bir ihtimal, göğsümde, durduğu yerde kanatlanıp uçacak kalbimi dürterken yutkunarak kolyeyi çıkardım ve zinciri parmaklarıma dolanmışken bakışlarımı kolye ucuna çevirdim. Gölgeleri siyah, koyu mavi bir taştı bu. Adını bilmiyordum, bunu bana neden verdiğini bilmiyordum ve ne anlama geliyordu, hatta bir anlama geliyor muydu onu bile bilmiyordum. Nisan, ona doğum günüm olduğunu söylemiş olabilir miydi? O bunu yapmazdı. Pamir'e karşı sert bir tavrı vardı. Onu sevmeyişinin başında benim senelerce camın bu tarafında kendi kendime yaşadıklarım ve birkaç ay önce, karşısına geçip ona resmimi göstererek beni soruşu geliyordu. Sahi, Pamir onu tanımamış mıydı? Eskiden en yakın arkadaşının kuzeniyle çıkan, şimdilerde ise yüzünü sık sık gördüğü kızı tanımamış mıydı? Ya o fotoğraftaki kızı? Beni?

Kolyeyi lavabo tezgâhının üzerine bırakarak iç çamaşırlarımı, son olarak da sargıyı çıkardım ve yavaş yavaş iyileşmeye başlayan bıçak yarasına baktım. Bir süre sonra dikişlerin çıkarılması gerekecekti ve tamamen iyileştiğinde, geriye derimin üzerinde belirgin, hafif çukurlaşmış bir çizik kalacaktı.

Kendimi duş kabinin içine atıp, kapıları kapattıktan sonra suyun sıcaklığını ayarladım ve bir süre durgun bir şekilde suyun tenimde dans etmesine izin verdim. *Dans etmek.* Dans etmeyi özlemiştim. Böyle durmadan uyuyarak kendimi fazla boğucu hissediyordum. Hayatımda hiç bu kadar uyumamıştım, alışkın değildim.

Yarım saati aşkın, yarama su ve sabun sürmemeye çalıştığım yavaş bir duşun ardından kabinden çıktığımda, temiz bir sargıyı belimin etrafında tutturdum ve temiz kıyafetleri üzerime geçirdim. Saçlarımın ıslaklığını havluyla alabildiğim kadar alarak taradığımda, geriye sadece tezgâhın üzerindeki gece mavisi, biçimsiz taşlı kolye kalmıştı.

Temkinli ve yavaş hareketlerle parlak, ince zincirine uzandım; parmak uçlarım kolye ucuna değdiği an vücudumu bir elektrik akımı kapladı ve yutkunmak zorunda kaldım. Kelimeler, kendimi astığım bir ip; ayağımdan kayan bir tabure olabilir miydi? Belki. Belki de hayır. Belki de bir şey ifade etmemeliydiler.

Doğum günü. Kâbus. Kolye. Uyku. Kara delik.

İntihar.

Kolyeyi hızla cebime tıkıştırarak banyodan çıktım ve dağınık, hastane odaları gibi kokmaya ramak kalmış odaya göz gezdirdim. Salep ve tarçın hâkimiyetini kaybetmiş, arkasında bir yıkım bırakmıştı. Yorgun ama uykusuz değil, hislere aç ama her saniye birkaç duyguyu göğüs kafesinin içinde kavuran; ölü ama diri.

Belki de uyuyamamamın sebebi gerçekten de buydu... Gördüğüm kâbuslar zincir olup bir pranga vuruyordu el ve ayak bileklerime. Korku, adrenalin ve insanın ruhunu yakan o kaybolmuşluk, kendini bulamazlık duygusu, bir cadı tarafından kazanında karıştırılmıştı. Etraftan geçerken, yanlışlıkla içine düşmüştüm ben de. Şansım bu kadardı işte. Kâbuslar, öyle korkutuyordu ki beni, bu korkuya çare olarak görüntüleri ve sesleri bilinçaltıma saklayan bir tarafım vardı; böylece hatırlamıyordum fakat uyuyamıyordum da. Uyumamam gerektiğini, uyumak istemediğimi biliyordum. Sadece kendime sorduğum *Neden?* sorusunu tam anlamıyla karşılayabilecek bir cevap yoktu ortalıkta. En azından şimdiye kadar.

Telefonumun ekranın Ümit Hoca'dan gelen birkaç cevapsız arama vardı. Hepsini silerek bunu düşünmemeye çalıştıktan sonra derin bir nefes aldım ve rahatlamaya çalıştım. Odadan çıktıktan sonra ise merdivenlere ilerleyerek yavaş adımlarla aşağıya inmeye başlamıştım. Yaram eskisi kadar acımıyordu, uykunun bana hediye ettiği tek olumlu yan sanırım tam olarak buydu.

Mutfaktan gelen tıkırtılar, bir senfoni orkestrasının büyük patlamadan önceki son solo atışı gibi, bir camın kırılma sesiyle sonlandığında adımlarımı o tarafa çevirdim. Nazik bir kız sesi, "Siktir!" diye bağırmıştı.

Portmantonun önünde, kapıda yaşananlar birer birer aklıma düştüğünde, kumral kızı ve Emir'i hatırladım. Buradaydılar, ben pastayı yüzüme yedirdikten birkaç saat sonra yaşadığım o talihsiz olayda, yanı başımdaydılar. Fakat kestiremediğim bir nokta vardı; en son, Emir'in Özge diye seslendiği o kız ambulansı arıyordu. Son olarak buna işaret eden ses ve görüntüleri hatırlıyordum. Peki sonra ne olmuştu da gözlerimi hastanede açmam gerekirken bu odada açmıştım?

Üzerinde gri bir eşofman olan kız, yani Özge, beline kadar gelen dar, uzun kollu beyaz bir tişört ve omuzlarına dökülen kumral saçlarıyla tezgâhın önündeydi. Yere beyaz bir tabak düşürüp kırmıştı.

Kapının önünde durup onu izlerken, Pamir'den *ağabeyim,* diye bahsettiğini anımsadım ama bildiğim kadarıyla Pamir tek çocuktu ve ben bu kızı hiç görmemiştim.

Gözleri yerdeki kırık cam parçalarından bana döndüğünde, büyük kahverengi gözlerini kocaman açarak bir şaşkınlık nidası çıkardı. "Sen uyandın mı? Sonunda!" Ayağının dibindeki kırıkların üzerinden atlayarak yanıma geldiğinde, ilk başta korkuyla geri çekilmiştim fakat beni kolumdan yakaladı. Hemen ardından tuttuğu ve çekiştirmeye hazır bir pozisyonda bulunduğu koluma bir bakış atarak onu serbest bıraktı ve yüzünü buruşturdu. "Özür dilerim, böyle tanışmak istemezdim. O söylediklerim..."

Dudaklarını yakalayarak kafasını salladı ve seslice nefes verdi. "Sana anlatacağım. Geçip oturmak ister misin?"

Bakışlarımı arkasındaki kırık parçalara çevirdiğimde ise bir saniyeliğine o tarafa döndükten sonra, "Kahvaltı hazırlayacaktım ama ev işleri konusunda iyi olduğum söylenemez," diye mırıldandı.

Kafamı sallayarak onu dinlemeyi seçtim. Yanımdan geçerek salona ilerlerken, arada dönüp benimle konuşuyordu. "Aslında böyle bir kız değilimdir... Beni böyle tanımanı istemezdim. Sonuçta sen ağabeyimin kız arkadaşısın." İki elini de kaldırdıktan sonra işaret ve orta parmağını bir parantez açıyormuş gibi büktü. "*Harbi olanından.*"

Koltuklara oturmak üzereyken, "Değilim," diye çıkıştım bir anda.

Kuşkuyla baktı. "Nasıl?"

Tekrar ettim. "Değilim. Yanlış anlamışsınız."

"Ama onun çocukluk arkadaşı da değilsin," dedi Özge. "Değer verebileceği bir konumun yok ama tam olarak öylesin. Demek ki sevgilisiniz."

"Hayır," diye direttim ve yavaşça koltuğa oturarak bir bacağımı altıma aldım. "Değiliz."

Büyük bir oflamayla gözlerini pörtleterek dudak büzdüğünde, saçlarını karıştırıp geriye saldı. Bu hâliyle bir mimik kraliçesine benziyordu. Eğer Pamir'in bir kız kardeşi olsaydı, kesinlikle karşımdaki kız gibi olurdu. Mimikleriyle insanlara ne hissettiğini çok kolay anlatabiliyordu; Pamir'in aksine. "Sen kendini kandırmaya devam et."

Gözlerimi devirme isteğimle savaşarak büyük bir nefesi dudaklarımdan dışarıya saldım. Kokteylin olduğu gece, Pamir ailesine beni kız arkadaşı olarak tanıtmıştı, bu yüzden Emir'in de kuzeni olarak böyle bildiğini düşünebilirdik ve Özge'nin de bu yolla öğrendiğini. Asıl kilit nokta bu değildi, asıl kilit nokta şuydu: Özge tam olarak kimdi?

Bir anda aklımı okumuş gibi, "Ben Özge," diyerek elini uzattı ve kocaman gülümsedi. "Pamir'in kız kardeşiyim, aramızda iki yaş fark var. Küçüklüğümden beri Amerika'da okuyordum, bu yüzden beni hiç görmemiş olabilirsin. Ve eve öyle girdiğimde takındığım tavır tam olarak bir oyundu. Pamir'le çok fazla görüşemeyiz ama bazen bir günlüğüne de olsa atlayıp evini basarım ve bazen içeride hiç hoş olmayan sürprizlerle karşılaşabiliyorum. Bu benim, o sırnaşık kızları, ağabeyimden uzak tutmak için sergilediğim küçük bir oyun."

Ahh.

Hiç hoş olmayan sürprizler ve Pamir'in evi, diye sordu beyazlar içindeki.

Siyahlar içinde olan ise suratını buruşturdu. *Ahh, bu acıttı.*

"Seni hiç görmemiştim," diyerek onu onayladım ve elini sıktım. "Tanıştığıma memnun oldum Özge, ben Nil."

"Biliyorum." Bacaklarını toplayarak koltukta tamamen bana doğru döndü. "Uyuduğun günler boyunca evi görmeliydin, tam bir cehennemdi! Bir de şu yeşil gözlü mü mavi gözlü mü anlayamadığım arkadaşın sürekli bağırıp durdu-"

"Bekle," diyerek lafını kestim. "Uyuduğum günler mi? Nisan bağırdı mı?"

"Ahh, evet!" Alnına bir şaplak indirdi. "Nisan'dı adı, doğru... Ve evet, *uyuduğun günler.* Üç gün boyunca kesintisiz uyudun. Sanırım sana verdikleri uyku ilacı çok ağırdı."

Üç gün boyunca, hiç uyanmadan, kesintisiz şekilde uyumuş muydum yani? Öyleyse doğum günüm geçeli çok olmuştu. Kendi kendime uyandığım, kimseden tebrik duymadığım ve hiç uyanmadan uyuduğum bir doğum günü... Bu berbattı. On sekizin bende bir değeri yoktu fakat yine de özel bir şeyler olsun isterdim.

"Kolundan çekiştirdiğim için özür dilerim," diye mırıldandı üzgün bir tonda. "Yaran olduğunu bilmiyordum, aslına bakarsan kim olduğunu bile bilmiyordum... Daha ciddi bir şeyler olabilirdi. Ben sadece seni o kızlardan sandım işte. Saçların ıslaktı, duş almıştın ve üzerinde ağabeyimin tişörtü vardı. Ben... Cidden, özür dilerim."

Gözümün önüne gelen saçları kulağımın arkasına sıkıştırdım. "Önemli değil, senin suçun bile değildi. Yatmam gerekirken sabahtan beri oradan oraya koşuşturmuştum o gün... Bunu unutalım, olur mu?"

Özge rahatlamış şekilde tebessüm ederek kafasını salladı ve gözlerini üzerimde gezdirdi. Ayağa kalkarken, "Aslında bu bir istisna," diyerek üzerini düzeltti ve dudaklarını birbirine bastırdıktan hemen sonra bana döndü. Dudaklarından dökülecek kelimeleri beklerken bir anda, "Çünkü o sarışın sever ve sen kumralsın!" diye bağırarak mutfağa doğru koşturmaya başladı.

Peşinden ben de kalktım. "Öyle bir şey yok! Sana söyledim!"

Dolabı açarak kahvaltılıkları çıkarırken, "Ben göreceğimi gördüm," dedi ve omuz silkti. Tam ona cevap verecekken, mutfak kapısının dışından gelen ayak seslerini duydum. Özge de elindekileri tezgâha bırakarak o tarafa dönmüştü.

Üzerinde siyah bir kot ve siyah bir kazak olan Pamir, siyah deri ceketinin yakalarını düzeltirken merdivenlerden iniyordu. Mutfak kapısında öylece durmuş onu izlediğimizi gördüğünde, sert adımlarıyla bize doğru yürüdü. "Okula gidiyoruz," dedi bakışlarını üzerime çevirerek. "On dakikaya arabada ol."

"Sana da günaydın ağabeyciğim." Özge, devirdiği gözleriyle beraber birkaç adım ileriye giderek ellerini beline yasladı. "Kahvaltı yapmayacak mısınız?"

"Okulda yeriz bir şeyler." Bakışlarını tekrar üzerime çevirdi. "On dakika."

Hiçbir şey demeden ileriye doğru yürüdüm ve baygın baktığına emin olduğum gözlerimi portmantonun üzerinde gezdirdim. Ona kızgındım ve bu kızgınlık, nasıl oluyordu bilmiyordum ama ona hissettiklerimin önüne geçiyordu. Portmantodaki kalın ceketime uzanırken sızlayan sağ koluma çevrildi bakışlarım ve bana yaptığı iğneyi hatırladım; iğnenin soğuk, metalik hissini. Buz kesmiş parmaklarımı tenimin üzerinde gezdirdim. İğneyi yaptığı yer morarmıştı ve dokununca sızlıyordu.

Ceketimi giydikten sonra kenardaki çantamı da alarak ona dönüp bir bakış attığımda, o da bende bir değişiklik olduğunu sezmişti. Hiçbir şey demeden, kaşlarını çatarak yanıma doğru geldiğinde Özge arkadan, "İlaç," dedi. "Nil'in ilaçlarını içmesi gerekiyor."

Pamir hiçbir şey demeden mutfağa yürüdüğünde çantamı bırakıp peşinden gittim. Mutfağa girmese de bir omzunu kapının pervazına yaslamış, boş bakışlarıyla öylece izliyordu. Bir bardağa su doldurup kafama diktikten sonra, Özge'nin bir tabağın içine kırıp uzattığı üç küçük renkli hapı süzdüm. İlaçları teker teker su ile beraber mideme gönderip sandalyelerden birine oturduğumda, "Nefret ediyorum ilaç içmekten," diye mırıldandım. Aynı anda, zincir gibi bir metalik bir şeyin zeminle buluşma sesi yankılanmıştı mutfakta.

Özge hızlı davranarak eğilip yere düşen kolyeyi aldığında, şaşkın bakışlarla ona bakıyordum. Cebime sıkıştırdığım kolye, oturmamla birlikte yere düşmüştü ve Özge'nin ellerinde, Pamir'in görebileceği bir mesafedeydi. "Bu... Çok güzelmiş. Nereden aldın? Daha önce böyle bir kolye görmemiştim."

Nefesimi tutarak yüzümdeki ifadeyi düzeltmeye çalıştım, boğazımdaki yumruyu geçirmeye çalışırken gözlerim istemsizce Pamir'e doğru dönmüştü. O ise zaten bana bakıyordu; yüzünde sert, duvar misali, buz gibi bir ifadeyle. Kaşları da çatılmıştı.

Cevap vermediğimi gören Özge tekrar konuşarak, ona dönmemi sağladı. "Hediye mi yoksa?"

Hediye miydi? Tartışılırdı. Boynumda hissettiğim an bile bir sis bulutu gibi gerçeği gölgeliyordu, emin değildim ve bu dengesizlik, beni bir yalanın ışığında da aydınlatabilirdi gerçeğin karanlığına da gömebilirdi.

Kalkıp kolyeye uzanacağım sırada, zilin kulağımda çınlayan ve tonlama olarak gittikçe artan sesi tarihin tekerrür etmesi gibi bir deja vu hissiyle içimi kapladı. Zilden nefret ediyordum.

Pamir, yaslandığı pervazdan çekilip kapıyı açmak için gittiğinde, tuttuğum nefesimi bırakıp ayağa kalktım. "Hediye, sanırım," diye mırıldandıktan sonra kolyeyi almak için uzandım. Özge heyecanla, "Cebine koyma, kırılabilir, zarif bir şey," diye mırıldandı ve eliyle dönmemi işaret etti. Başta tereddüt etsem de saçlarımı kaldırıp ona arkamı döndüm ve kolyeyi takmasına izin verdim. Soğuk zincir, boynumdaki yerini bulduğunda tekrar o garip his kaplamıştı bedenimi.

"İşte, oldu." El çırptı Özge. Hemen ardından "Size iyi dersler, ben çok acıktım," diye homurdandı. Adımları buzdolabını bulduktan sonra iki kapağı da açıp bütün kahvaltılıkları çıkarırken, bütün tabakları tek seferde kucağına almaya çalışma girişimlerini izliyordum. "Umarım krep yapabilirim."

"Kolay gelsin."

Onu orada bırakarak mutfaktan çıktıktan sonra çantamı omzuma taktım ve derin bir nefes alarak, temkinli hareketlerle yavaşça kapıyı açtım. Fakat aralık bir şekilde yavaşça kendime doğru çektiğim kapının ardında Nisan'ın Pamir'e bağırdığını ve Pamir'in de onu tuttuğunu görünce şokla kapıyı tekrar kapattım ve sırtımı kapıya yasladım.

O görüntü de neydi öyle?

Yutkunmaya çalışma girişimlerim başarısız olduğunda, nefesimi tutarak kafamı kapının hemen yanındaki pencereye çevirdim ve perdeyi hafifçe araladım. Arabanın yanındaydılar; Nisan, Pamir'e bağırıyordu ve Pamir'de onu tutuyordu. Nisan'ın bağırışı bittiğinde gözlerinden yaşlar aktığını gördüm, Pamir ise onun sessizliğini fırsat bilerek birkaç şey söyledi. Nisan çıldırmış bir şekilde geriye çekilerek saçlarını yolmaya başladığında, siyah Porsche'nin yanında koyu yeşil, spor bir Audi durmuştu.

Audi'nin sürücü kapısından Buğra çıktığında, Nisan geriye doğru giderek bağırdı. Öyle şiddetli bağırmıştı ki, buradan bile, "Git buradan!" dediğini duyabilmiştim.

Birkaç saniye sonra Buğra onu kucaklayarak sırtına attı ve Nisan'ın debelenmelerine rağmen onu Audi'ye bindirip üzerine kapıyı kapattı. Buğra elindeki uzaktan kumandayla, kapıları kilitlediğini belli eden ön ve arka farın bir saniyeliğine yanmasını sağladı.

Daha fazla kapı arkasında duramazdım. Neler döndüğünü merak eden yanım bir tarafa, en yakın arkadaşımın neden ağlayıp Pamir'e ve sevgilisine bağırdığını öğrenmek zorundaydım.

Parmak uçlarımdan göğüs kafesime doğru giden ve kalbimi sıkıştıran bir his, beni kafesi içine aldığında kapı koluna uzanan elim durdu, orada asılı kaldı. İç organlarımın yandığını, sıkıştığını ve büyüyerek bedenime sığmadığını hissediyordum. Aynı his, bir kez daha beni esiri altına almıştı; birkaç gün önce okul çıkışı, iki çocuk ve bir adam beni takip ederken. Gözlerimi kapatarak birkaç saniye kendime gelmeyi bekledim. Özge o mutfakta ne halt yiyordu da sesleri duymuyordu?

Yakıcı hissin azaldığını hissettiğim ilk an, bütün gücümü elimde toplayarak kapı kolunu çevirdim ve önümdeki büyük, ahşap kapı yavaş hareketlerle açıldı. Kafamı kaldırdığımda ise görebildiğim tek şey, Pamir'in kafasını telefonuna eğmiş bir şekilde arabasına yaslanmış görüntüsüydü.

Yeşil Audi, Buğra ya da Nisan yoktu.

Birkaç adım ilerledikten sonra, yan taraftaki camın ardından Özge'nin kulaklıklarını takmış bir şekilde kahvaltı ederken dans ettiğini gördüm. Bu görüntü neden sesleri duymadığını açıklıyordu.

Ama Nisan'ın neden o hâlde olduğunu ve az önce burada neler döndüğünü açıklamıyordu.

Az önce gördüklerimi görmemiş gibi davranmayı seçerek silkindim ve hiçbir şey olmamış gibi Pamir'in yanına yürüdükten sonra ona donuk bakışlarımı yollayarak arabanın ön koltuğuna bindim. Hemen ardından Pamir telefonunu kapatarak cebine koymuş ve yanıma binmişti.

Ona dönüp Nisan'ın neden o hâlde olduğunu sormak istiyordum. Etrafımda dönen ve en yakınımın bildiği, hatta belki de başrolünde olduğu bir olaydan habersizken, olduğumdan daha eksik ve yetersiz hissediyordum. Nisan benim tek ve en yakın arkadaşımdı ama Buğra geldikten sonra onunla pek sık vakit geçirememiştik. Pamir'in bana ilacı vermeden önceki çığlıkları ve az önce gördüklerim, bana kendime hâkim olamayacağımı düşündürüyordu fakat sükûnetim şimdilik en güçlü silahımdı.

Sessizliğin hüküm sürdüğü on beş dakikalık bir yolculuktan sonra, nihayet okulun sokağına girmiştik. Yollar ıslak ve sisliydi, bugün Soyhan sokaklarına yağmur sonrası etrafa çöken bir kasvet hâkimdi.

"Sessizlik," diye mırıldandığını duydum, okulun bahçesinden içeriye girerken. Kafasını da beraberinde hafifçe sallamıştı.

Cevap olarak aldığı tek şey ise yine *sessizlik* olmuştu.

Pamir'in tek bir hamleyle kolayca park ettiği otoparkın içinde, Porsche'nin kapısını açıp inerken artık etraftaki bakışları umursamıyordum. Şimdilik tek umursadığım matematik notumdu ve bir de halletmem gereken bir bilmece vardı.

Herkes mont, bere ve eldiven giymişti, oysa benim üzerimde bana büyük gelen siyah bir kazak ve siyah bir ceket vardı sadece. Üşümediğim, fiziken hissetmediğim gibi bir gerçek vardı ortada... Bazen psikolojik şekilde üşüdüğümü hissediyordum tabii, o ayrıydı. Zihnen hasta olmak ve bedenen hasta olmak farklıydı. Yine de bunu kapatmam ve dikkat çekmemem gerekliydi, evden montumu ve beremi almalıydım.

Ses çıkarmadan okulun girişine doğru yürümeye başladığımda, aynı mesafede olduğumuz için Pamir'le yan yana yürüdüğümüzü fark ettim fakat ikimizin de umursadığı yoktu. Dışarıdan nasıl görünüyordu, orası tartışılırdı tabii.

Ciddi bir şekilde, ona karşı bir şey mi hissetmiyordum yoksa hâlâ kendime gelememiş miydim emin değildim. Yine de o eski heyecanım, körpeliğim yoktu üzerimde. Bilinçli, ne yaptığının farkında ve kontrollüydüm. Eskisinden daha fazla, daha güçlü, daha sakindim. Sükûnet size bunları verebiliyordu.

Sınıflarımıza, farklı yönlere yöneleceğimiz sırada Pamir sert bir ifadeyle bana döndü. "Çıkışta hiçbir yere gitmeden doğruca arabaya geliyorsun."

Ona dümdüz baktım. Bir şeyler vardı... Beni rahatsız eden, bunca zamandır fark edemediğim bir şeyler.

Birkaç saniye bakışlarını yüzümde gezdirdikten sonra dönüp sağ koridorda ilerledi. Kalabalığın içine karıştığı an, ben de düz yürüyüp merdivenlerden çıkmaya başladım ve bileğimdeki lastikle kurumuş saçlarımı dağınık bir topuz yaptım. Hiçbir şeyle uğraşacak güç hissetmiyordum kendimde.

İlk iki ders sıkıcı bir şekilde psikoloji dersiydi. Kendi özel hayatının sorunlarını çözememiş bir hoca bize kendi sorunlarına göre bazı cevaplar ve tavsiyeler vermişti ama asıl konuştuğu kişinin sınıf değil de, kendisi olduğunu hepimiz biliyorduk. Üçüncü ve dördüncü derste ise bileğim kopmuştu yazmaktan; dil ve anlatım hocamız, kitaptan okuduklarını direkt olarak defterimize geçirttirmişti. Nisan yoktu, onu defalarca aramıştım fakat telefonunu açmamıştı.

Beşinci ve öğle teneffüsünden önceki son dersteydik, edebiyattı ve öğretmenler zili çalmıştı. Zeynep hoca birazdan burada olurdu ve Nisan hâlâ yoktu.

Okulda her hocanın bir sınıfa sahip olduğu bir düzen içindeydik, hangi dersi hangi hocadan alacağımızı ise sene başında biz seçerdik. Zeynep hocanın edebiyat sınıfı gibi çoğu dersi beraber seçmiştik Nisan'la, bu yüzden genelde aynı sınıfta olurduk. Bunun dışında bu sene sürpriz şekilde

Pamir'le aynı matematik sınıfına düşmüştüm… Derslerde sınıfta kimlerin olduğuna bakmak veya yoklamayı dinlemekten çok, çoğu zaman cam kenarına oturduğum için dışarıyı izler veya defterlerime bir şeyler karalardım. Önceden dans etmek dışında başka bir uğraşım olmadığı için canım sıkıldığında ders çalışarak kafamı dağıtmayı seçiyordum, bu yüzden notlarım yüksekti ama bu bile okuldakilerin gözündeki yerimi değiştirmiyordu.

Siyah, pilot kalemle önümdeki defterin boş sayfasına garip şekiller çizmeyi bırakarak Pamir'in kazağının kolunu sıyırdım. Sanırım bu kazağını daha önce hiç giymemişti, çünkü kokusundan eser yoktu. Kalemin ucunu sol bileğimin iç kısmında gezdirerek küçük bir daire çizdim, hemen ardından istemsizce etrafına bir halka ve üç küçük yıldız… Bu, istemsizce tebessüm etmeme sebep olmuştu.

Lisenin ilk iki senesinde öyle çok çizerdim ki bu simgeyi. *Satürn. Üç yıldız.* Herhangi bir anlamı yoktu, sadece çiziyordum. İyi hissettiriyordu. Bir ara dövmesini yaptırmayı bile düşünmüştüm ama sonradan, pişman olmamak için vazgeçmiştim.

Bileğimi incelediğim saniyelerin sonunda, boğuk konuşmaların esir aldığı edebiyat sınıfının kapısı açıldı, kapının kenarında duran Zeynep Hoca'yı görebiliyordum. Otuzlarında, derli toplu bir öğretmendi. Daima güler yüzlüydü, okulun edebiyat dalındaki çalışmalarında öğrencileri cesaretlendirmek için her şeyi yapar ve bütün yarışmaları duyurur, bize cesaret verirdi. Tek tük perçemleri vardı, çoğunlukla topladığı düz saçları omuzlarına kadar geliyordu ve yaşına uygun güzel kıyafetler giyiyordu.

İçeri girmek için bir adım attığı sırada, kafası yana çevirdi ve kafasını sallayıp içeriyi işaret etti. Zeynep Hoca'nın önünden sınıfa giren yüz, yeşil ve mavinin gözlerinde savaş çıkardığı, kumral bir kızdı. Büyük gözleri ve kocaman bir gülümsemesi olan… *Nisan.*

Birkaç kere göz kırpıp geriye yaslandıktan sonra kafasını kaldırıp yüzüme bile bakmadan yanıma gelişini izledim. Aynı anda Zeynep Hoca'yı selamlamak için ayaklanmıştık.

Sabahki giysileri üzerindeydi, saçları biraz dağılmıştı ve makyaj yapmıştı. Fakat Nisan makyajı sevmezdi... Bazen, canı sıkıldığı ve yapmak istediği zaman yapardı.

Makyaj, solmuş ve düşmüş yüzünüzü gizlemek için iyi bir araçtı.

"Neredeydin?" diye sordum oturduğumuzda. Elindeki notlarını ve edebiyat kitabını bırakarak çantasını sıranın altına koydu ve montunu çıkardı.

"Sorma, uyuyakalmışım," dedi gülerek. Yüzündeki gülümsemenin sahteliği beş kilometre öteden hissedilebilecek cinstendi, ayrıca ben kandırabileceği son kişiydim. Yine de söylemek istemediğini düşündüm. Nasıl ben ona Pamir hakkında söylemek istemediğim şeyler olduğunda bana anlayışlı davrandıysa, benim de ona anlayışlı davranmam gerekirdi. Belki de olay benimle ilgili bile değildi, Buğra'yla ilgiliydi ve bu sebeple Pamir de biliyordu. Hiçbir şeyden emin değildim ve en yakın arkadaşımı darmaduman edebilirdim.

Bu düşünce durmama sebep oldu. Kaşlarımı kaldırarak, "Sorduğun için teşekkürler, ben iyiyim," diye dalga geçtim ve önüme döndüm. Zeynep Hoca yoklama alıyordu.

"Dalga geçme," dedi masanın üzerindeki kolunu koluma çarparak. "Yaklaşık üç gündür uyuyorsun, seni kontrol edeceğim diye Pamir'in evine gitmekten ciğerim soldu." Kaşlarını çattı. "Hakikaten, Dedikoducu Kız'ın sitesine yazdıkları doğru mu? Pamir'le bir şekilde birlikte misiniz? Evini haşereler mi bastı Nil, onun evinde kalma sebebin..." Durdu. Alnına bir şaplak atarak inledi. "Özür dilerim, sen anlatmak istediğin zaman anlatacaktın ve ben didiklemeyecektim. Yine de okuldakiler kaç gündür bu konu hakkında konuşup sinirlerimi bozuyorlar ve-"

Cümlesini kesen Zeynep Hoca, "Nisan Mertkaya," diye seslendi. "Konuşacak çok şeyiniz var gibi görünüyor. Dışarı çıkmak ister misiniz yoksa sizin için çay söyleyeyim mi?"

"Özür dilerim hocam," dedi Nisan hemen. "Susuyoruz."

Zeynep Hoca, ona ağır bir şekilde kafasını salladıktan sonra tahtaya yazdığı paragrafa devam edecekken bir şey hazırlamış gibi tekrar bize doğru döndü ve gözlerini üzerime çevirdi. "Ve Nil, neredeyse söylemeyi unutuyordum. Müdür seni odasına çağırdı."

"Şimdi mi?" diye sordum şaşkınlıkla. Müdür'ün beni çağırma sebebi neydi?

Aklıma gelen tek şey, Mine'ye attığım tokattı. Dedikodular Müdür'ün kulağına kadar gittiyse o kızla yine karşılaşmak zorunda kalabilirdim.

"Evet, gidebilirsin," diyerek kafasını salladı Zeynep Hoca.

Nisan'a dönüp endişeli bir bakış attıktan sonra kalktım ve kapıya doğru ilerlerken son kez Zeynep Hoca'ya dönerek, "İyi dersler hocam," dedim.

Birkaç kere daha Müdür'ün odasına gitmiştim fakat bu şekilde olmamıştı. Anne ve babamın çok meşgul oldukları için veli toplantılarına katılamamaları sebebiyle özürlerini iletmek içindi sadece... Fakat artık, gelmeseler bile benden özürlerini iletmemi rica edemeyeceklerdi. Etmezlerdi. Aramıyorlardı, aramalarıma çıkmıyorlardı, *tanımazlıktan geliyorlardı.*

Bir kat yukarıya çıktıktan sonra Müdür'ün odasının orada olduğunu bildiğim koridora saptım ve botlarımı izleyerek hızlıca yürümeye başladım. Bir an önce geri dönmek ve Nisan'la konuşmak istiyordum. En azından konuşarak aklını meşgul edersem, sabah öyle olmasının nedeni her ne ise o sorununu düşünmezdi.

Koridor kenarlarında dizili koltuklardan dönerek Müdür'ün odasının kapısına yönelecektim ki önce büyük, siyah botlar çarptı gözüme; Pamir'inkiler gibiydi ama bu botların renk tonlaması daha çok kahverengiye kaçıyordu. Hemen kafamı kaldırmak istedim fakat ileriye attığım son adımı durduramadım ve sertçe, ağır bir şekilde parfüm kokan bir göğse çarptım. Ve bu parfüm, salep ve tarçın kokmuyordu.

Çarptığım kişinin kolu belime sarılırken, kim olursa olsun bunun doğru olmadığını bilerek hızla geriye çekildim ve çatılmış kaşlarımla bezenmiş suratımı kaldırarak karşımdaki kişiyi süzdüm. Koyu kahve dalgalı saçlı, kirli sakallı ve siyahlara bürünmüş, uzun boylu ve yapılı bir adam daha.

Pamir değil.

Malik.

"Geçmiş doğum günün kutlu olsun, *uyuyan güzel.*"

Müdür'ün odasından çıkmıştı. Okulun büyük bağışçılarından biri olduğunu biliyordum, fakat neden bunu yaptığını bilmiyordum. Bu, neden burada olduğunu açıklıyordu.

Dönemin ilk basketbol maçında o da vardı. Tökezlememi sağlamıştı ve tam olarak Müdür'ün yanında oturuyordu. O maç, Pamir'in maçıydı. Onun sebebi de aynı kişiydi: *Pamir.*

Fakat o an, kafamın içinde şimşekler çaktıran başka bir düşünce esir almıştı beni. *Uyuyan güzel?* Kanım dondu. "Nereden biliyorsun?"

Gülen bakışları zayıflasa da hemen toparlanıp gözlerini karnıma indirdi. "Yaran iyileşti mi? Neden okuldasın?"

Biliyordu. Gerçekten de biliyordu. "Nereden biliyorsun?"

"Aslında iyileşmesi normal, sonuçta ülkenin en iyi doktorlarından biri tarafından tedavi edildin. Dikişlerini ne zaman aldırıyorsun? Beraber gidebiliriz istersen."

"Onu nereden tanıyorsun?" diye sordum dehşetle. Anne ve babamın arkadaşı olduğunu söyleyen doktoru Malik nereden tanıyor olabilirdi? "Boş ver." Göğüs kafesimin hızla inip kalkışını yavaşlatma çabası içerisine girmişken gözlerimi üzerinden çektim ve duvarda gezdirdim. "Çekil önümden."

İtiraz etmeden omuz silkerek kenara çekildiği an, koltuklar ve onun arasındaki boşluktan geçerek Müdür'ün odasının kapısını tıklatacaktım ki kolumdan yakaladı. Morarmış, sızlayan, ilacın damarımdan verildiği kolumdan.

Ona döndüğümde inleyerek yüzümü buruşturdum. Farklı, çürüten bir acısı vardı. Bu kolumun mor ve yeşil tonları arasında giden bölgesinin nedenini açıklıyordu tabii.

"Koluna ne oldu?"

Anında kolumu bıraktığında, kendime çekip yavaşça ovuşturdum. "Sana ne?"

"Revire gitmemiz gerekiyor."

Kaşlarımı kaldırıp cüretkâr bir şekilde söylendim. "Bence birazdan toz olmazsan senin revire gitmen gerekecek."

Malik yamuk bir şekilde gülerek, bakışlarını gözlerime çevirdi. "Yelkıran burada değil."

"Ne demek istiyorsun?"

"Okulda değil."

Neyden bahsediyordu? Okula beraber gelmiştik ve çıkışta arabaya gelmemi tembihleyen de tam olarak oydu. Bu saatte nereye gitmiş olabilirdi? Zırh'ın geceleri iş gördüğünü düşünüyordum. Oraya gitmiş olabilir miydi?

Ona sert bir bakış atarak döndüm ve Müdür'ün odasının kapısını tıklattıktan sonra, bir daha bana engel olmasına izin vermeyecek hızda içeri girip kapıyı kapattım.

Müdür'ün odası kahverengi deri koltuklar, büyük bir masa, dosyalarla dolu dolaplar ve içecek almak için oluşturulmuş mini bir bardan ibaretti. Kırklarının ortalarında, esmer, uzun boylu bir adamdı.

Masadaki altın renkli isimliğin üzerinde siyah ve büyük harflerle *Serdar Candar* yazıyordu.

"Beni çağırtmışsınız hocam," dedim dikkati önündeki dizüstü bilgisayara kilitlenmiş Müdür'e.

Kafasını kaldırıp geriye yaslandıktan sonra, "Ahh, evet," diye mırıldandı. "Nil'di değil mi? Nursel ve Levent Han'ın kızı."

"Evet." *Sanırım sadece biyolojik olarak, ama yine de evet.*

"Devamsızlıkların sınırı aşmış Nil," dedi bilgisayarından bir tuşa tıklayarak. Birkaç saniye sonra ise yazıcıdan iki kâğıt çıkmıştı. Masanın üzerinden aldığı zımbayla iki kâğıdı birbirine zımbaladı ve bana uzattı. "Tornado'ya da bir tane faksladım, ama sende de dursun. Onca işlerinin arasında fark etmeyebilirler. Akşam eve geldiklerinde imzalatıp, bana getirmeni istiyorum yoksa sınıfta kalacaksın."

Akşam eve geldiklerinde.

İstemsizce güldüm.

Müdür ise kaşlarını çatarak bana baktı. "Komik bir şey mi var?"

Tekrar güldüm. "Affedersiniz hocam, aklıma komik bir şey geldi de." Gülmemek için kendimi zor tutuyordum. "Ben sizi rahatsız etmeyeyim, tekrar özür dilerim hocam."

Müdür onaylar şekilde kafasını salladığında ise belgeleri de alarak odasından çıktım. Göğüs kafesimin titrediğini hissediyordum, kendimi tutamamaktan korkuyordum. Koridor bomboştu, Malik gitmişti.

Titreyen çenemi tutmak amacıyla elimi ağzıma bastırdım ve elimdeki belgeleri görünce çözülen dizlerimle ayakta kalabilmek için duvara tutundum. *Akşam eve geldiklerinde.*

Sıkı sıkıya bastırdığım dudaklarımın arasından bir hıçkırık kaçtığında, elimi daha sıkı bastırdım fakat işe yaramadı. Gözlerim acıyordu. Hızlı adımlarla koridorun sonundaki lavaboya yürümeye başladım, yavaş adımlarım birkaç saniye sonra koşmaya dönüşmüştü.

Lavaboda kim olduğunu umursamadan boş kabinlerden birine girdim. Kapıyı kapatıp kilitledim ve kapağı kapalı klozetin üzerine oturup bacaklarımı kendime çektim. Belgeyi sımsıkı tutan ellerim, bacaklarımın üzerinde birleşmişti ve artık sesim çıkmasın diye dudaklarımı çiğniyordum.

Bana birkaç kilometre uzaklıkta, lanet bir bilim şirketindeydiler ve akşam eve gelmeyi bırakın, benimle iletişim bile kurmuyorlardı. Sorsalar, *öldüler,* diyebilecek durumdaydım. Dayanamıyordum. Bir şeyler ters gidiyordu, bir şeyler yolunda bile değildi ve bir şeylerin önünde yol dahi yoktu. Bense sadece burada oturmuş, ağlamayı biliyordum.

Birkaç dakika süren krizin ardından nihayet kabinden çıkmayı başardığımda, kâğıtları katlayıp arka cebime koydum ve lavaboda eğilerek soğuk suyla yüzümü yıkadım. Aynada kendime baktığımda ise, kıpkırmızı bir surat ve kıpkırmızı gözlerle bambaşka bir Nil'e bakıyordum artık.

Ellerimi kurularken lavabonun kapısının açıldığını işittim; sırılsıklam olmuş iki kız küfürler ederek içeriye girmişti. "Dersten kaçarsak Allah belamızı böyle verir işte, ben demiştim sana," dedi uzun olan diğerine. Ciddi anlamda sırılsıklamdılar.

Diğeri ise, "Off, bir sus kızım ya," diye homurdandı. "Nasıl insan içine çıkacağız şimdi bu hâlde?"

Ellerimi kuruladıktan sonra ruhsuz bir ifadeyle yanlarından geçtim ve lavabodan çıkarak merdivenlere yöneldim. O iki kızın ıslanma sebebi muhtemelen bendim.

Herkes derste olduğu için boş kalan sessiz okul koridorunda yürürken, bir süre büyük camlara vuran yağmurun şiddetini izledim. Ne kadar şiddetli yağarsa yağsın, içimde kopan fırtınaların hızına yetişemeyecekti.

Derin nefesler eşliğinde sakinleşmeye çalışarak, topuzumun lastiğini çözdüm ve saçlarımı yüzümün iki kenarına alarak edebiyat sınıfına geri döndüm. Kapıyı çalarak içeri girdikten sonra, yavaş adımlarla Nisan'ın yanına dönmüş ve oturmuştum.

"Ne oldu? Bu hâlin ne?"

Arka cebimdeki katlanmış, zımbalanmış iki kâğıdı çıkararak masanın üzerine bıraktım ve sıranın altından çantamı aldım. Telefonumu ve kulaklığımı edebiyat kitabının arasına bıraktıktan sonra, Zeynep Hoca arkasını dönmüşken kulaklığı kazağın altından, içimden geçirdim ve kulaklarıma taktıktan sonra saçlarımla gizledim. Şarkıyı açmadan önce Nisan'ın sözlerini duymuştum. "Anne ve babana imzalatmanı istedi değil mi?"

Hafifçe kafamı sallayarak geriye yasladım ve etrafı izlemeye başladım. Cama vuran yağmuru, dışarıyı, rüzgârda sallanan ağaç dallarını ve yaprakları, sınıfın içinde not almaya çalışan insanları, Zeynep hocayı. Bir süre sonra ağırlaşmış gözlerim ve yorgun bedenimin altında ezildiğimi hissettim. Sağ elim istemsizce dudaklarıma doğru gitti ve oynamaya başladım, ardından ise aşağı giderek kazağın altında kaybolan kolyenin ucundaki gece mavisi taşla ilgilendim.

Malik az önce buradaydı ve Pamir'in okulda olmadığını söylemişti. Nereye gitmişti ki? Özge ile ilgili bir durum mu olmuştu sahi?

Zilin çaldığını belirten görüntüler gözlerimin önünden geçerken, sınıftakilerin ve Zeynep Hoca'nın toparlanıp ayaklandığını gördüm. Nisan da defterini ve kalemlerini toparlayıp çantasına kaldırmaya başlamıştı.

Kulaklıklarımı çıkarıp kazaktan sarkmasını sağladım. Birkaç saniye sonra derin bir nefes eşliğinde, masanın üzerindeki kâğıdı kitabımın arasına koyarak çantama kaldırmıştım.

"O kolye ne?" diye sordu Nisan, sınıftan çıkarken. "Daha önce hiç görmedim ve kenarları siyaha çalsa da, koyu bir mavi gibi görünüyor. Senin almadığın belli."

"Nereden geldiğini bilmiyorum aslında." Emin değildim işte. Bilmiyordum.

"Nasıl bilmiyorsun?" Dolaplarımızın olduğu kata doğru çıkarken durdu ve bana döndü. "Yoksa gizli bir notla kapının önünde mi buldun? Gizli bir hayranın mı var?"

Ona bir bakış atıp tekrar yürümesini sağladığımda, kalabalık koridora ulaştık ve dolaplarımıza ilerledik. Şifreyi girdikten sonra edebiyat kitabımı ve çantamın içindeki gereksiz notları içine koydum. Aynı anda dolaplarımızı kapattığımızda ona döndüm. "Boynumda buldum."

Nisan'ın yüzünün rengi attı. "Pamir mi verdi?"

Cevap vermek istemiyordum, emin bile değildim. O an gerçek dünya ile rüya âlemi arasındaydım, neyin doğru veya neyin yanlış olduğuna asla emin olamazdım. Emin olana kadar da bu soru cevapsız kalacağa benziyordu.

Nisan cevap vermeyeceğimi anladığında, "Doğum gününü kutlayamadım," dedi üzgün bir mırıltıyla. Hemen ardından beyaz dişlerini göstererek kocaman gülümsedi ve arkasındaki paketi çıkardı. "Geçmiş doğum günün kutlu olsun, *Siyah Kuğu.* Artık on sekizsin."

Kanlı on sekiz, diye mırıldandı siyah. Haksız değildi.

Bana uzattığı paket, aslında siyah bir poşetti. Hafifçe güldüğümü fark ettiğinde, "Gülme, siyah hediye paketi bulamadım," dedi.

Katladığı poşeti alıp gözlerimi içine çevirdim. Siyah, küçük bir kutu vardı. Küçük kutuyu çıkarıp kapağını yavaşça açtığımda, içinde bir kolye olduğunu gördüm. Ucunda siyah, uzun ve ince bir taş vardı.

"Sanırım bu aralar doğum günlerindeki hediyeler için en iyi seçenek bu," diyerek boynumdaki gece mavisi taşı işaret etti çenesiyle. "Ama bu özel. Siyah bir ay taşı ve aynısından bende de var." Boynundakini işaret etti, aynısı onun boynundaydı. Hemen ardından kutuyu elimden alıp kolyeyi çıkardı."Arkanı dön, takacağım," dedi. "Sadece banyo yaparken çıkarmana izin veriyorum. Aksi halde ölümün benim ellerimde olur, bunu unutma. Ciddiyim. Seni öldürürüm. Sakın çıkarma."

Gülerek kafamı salladım. Boynuma taktığında, gece mavisi taşın yanında yerini almıştı. Beraber güzel duruyorlardı.

"Teşekkür ederim," diyerek kutuyla poşeti dolabıma kaldırdım ve ona sarıldım. "Çıkarmayacağım. Söz."

Geri çekildiğimizde Nisan derin bir nefes vermişti. "Şimdi yemek yiyelim, çok acıktım."

Öğle teneffüsünün kırk dakikalık arasından yararlanarak birkaç dakika içinde aşağı indik. Nisan'a bir şey bildiğimi belli etmek istemiyordum ama bir sorunu olduğunu anlamamak için aptal olmak gerekirdi. Yemekhaneye gelene kadar çıtını çıkarmamış, donuk gözlerle etrafı incelemişti. O tıpkı... Ben gibiydi. Bunu söylemek çok acıydı.

Tabaklarımızı yemeklerle doldurduktan sonra tepsimizi alarak boş bir masaya oturduk. Ses çıkarmadan suyunu içmeye başladığında, ben de ona uyarak suyumu yudumladım. Önümde bitirmem gereken bir tabak mercimek çorbası, köfteli makarna ve yoğurt vardı.

Kaşığımı çorbaya daldırmışken, Nisan'ın yüzünü süzdüm. Bir süre sonra o da gözlerini kaldırıp bana bakmaya başlamıştı. Ona neyi olduğunu soracağım sırada henüz ağzımı yeni açmışken, benden önce davrandı ve elindeki çatalla boynumu gösterdi. "Değerli bir şeye benziyor, taşın bir adı olmalı."

Konumuz bu değildi. Olmamalıydı. Ama bu hareketi bile konuşmak istemediğini bir nevi gösterme şekliydi. "Bilmiyorum."

Nisan çatalını bırakıp elini hırkasının cebine attı ve cep telefonunu çıkardı. Ekrana bir şeyler yazarken, "Gece mavisi, değerli bir taş..." diye mırıldanıyordu.

"Değerli olduğunu nereden biliyorsun?"

"Yapma ama Nil. O taş boynunda *merhaba, ben değerliyim!* diye bağırıyor."

Kafamı olumsuz bir şekilde salladıktan sonra, taşa bakma gereği duydum ve bir elimle onu kavradıktan sonra yukarı kaldırdım. Zinciri çok uzun değildi ama görebiliyordum. Güzel bir taştı.

Birkaç saniye sonra Nisan'ın şaşkınlık nidasını duydum. "Yuh! Bu mu?"

Telefonunun ekranını bana uzattı. Uzanıp elinden aldığım telefonu yakınıma getirerek geriye yaslandım ve önce sitenin adına baktım. Bir blogdu ve yazısı *dünya üzerindeki en değerli 10 taş* hakkındaydı. Nisan'ın durduğu kısımdaki taşın altında ise Tanzanit yazıyordu. İhtimali bile yoktu, ne duyduğumu biliyordum en azından.

Fakat birkaç saniye sonra, gözlerim yazının ikinci paragrafındaki iki kelimeye takıldı. *Mavi zoisit.* Dondum. Birkaç cümleyi hızla geçtikten sonra ise bir kelimede daha durdum. *İntihar.* Orijinal adının halk arasındaki anlamı buydu. Bu ad, isminin okunuşunun İngilizcedeki *intihar* kelimesiyle benzeşmesinden geliyordu fakat taşın çıkarıldığı Tanzanya'daki halk, bu ismi benimseyerek ilk zamanlardan beri taşa bu anlamı vermişlerdi. Tanzanit ise taşın reklamını yapan firmanın satın almak isteyenleri korkutmaması için uydurduğu bir isimdi.

"Bu," diyerek onayladı Nisan. "Oha, boynunda kaç bin dolarlık bir kolye taşıdığının farkında mısın sen? Benim kolyemin öyle bir kolyenin yanında durması bir hakaret! Çıkar benimkini, çabuk! Rezillik!"

Elleriyle çıkarmamam için gaz veren Nisan'a dönüp sert bir ifadeyle itiraz ettim. "Saçmalama, benim için önemli olan piyasadaki değeri değil."

"Düşünüyordum fakat artık emin oldum," dedi Nisan ciddi bir ifadeyle ve boynumdaki kolyeyi gösterdi. "Kolyeyi uyurken boynuna Pamir taktı. Ve nereden öğrendiğini bilmiyorum, ona ben söylemedim ama o günün doğum günün olduğunu biliyordu."

"İyice saçmaladın." Dirseklerimi masaya yaslayarak parmaklarımı bir tarak gibi saçlarımdan geçirdim ve başımı avuçlarımın içine aldım. "Pamir bunu yapar mı?"

"Şimdiye kadar olmaz dediğin her şey olmadı mı?"

Oldu, diye mırıldandı siyah ve beyaz aynı anda. Bir anda, ikisi de birbirine karıştı ve bir daire içerisinde bir sembole büründüler. *Ying yang.*

"Tamam, konuyu kapatalım çünkü asıl saçmalayan ben değilim, sensin," diyerek ellerini salladı Nisan ve çatalını aldığı gibi ağzına koca bir köfte sığdırdı. Hemen ardından gözlerini kocaman açıp ağzını aralayarak kesik kesik inlemeye başladı. "Sıcak, sıcak, sıcak!"

Öğleden sonra Nisan'la yemeklerimizi bitirmiş, altıncı ders olan matematik için önceden sınıfa çıkıp yeni konuya göz bile atmıştık. Matematik iğrençti, insanı hayattan soğutuyordu, evet fakat iyi bir dikkat dağıtıcıydı, ayrıca YGS ve LYS'de sizi kurtaracak olan yegâne dersti. Kat sayısı çok yüksekti.

Öte yandan, Malik haklıydı. Pamir matematik dersine

gelmemişti ve yoklamada yok yazılmıştı. Okulda değildi. Çocukların hiçbiri okulda değildi. Kaan, Buğra, Melih ve hatta Yaren bile. Emir'i ise hiç görmemiştim. Bizim okulda değildi, bunu biliyordum sadece.

Okul çıkışı, her ne kadar yalnız kalmasını istemesem de Nisan'la ayrıldık. Bana Buğra'nın sokağın sonundaki kafede onu beklediğinden, oraya gitmesi gerektiğinden bahsetti ve kulaklıklarını taktıktan sonra ortadan kayboldu. Onu öylece bırakmamalıydım, ama kulaklıklarını takınca çevreden soyutlanmak ve yalnız kalmak istediğinden emin olmuştum. Ve Buğra'nın o kafede onu beklemediğine yemin edebilirdim. Tavrından yola çıkarak söyleyebilirdik ki bu bir bahaneydi.

Okul binasından çıktıktan sonra gözlerim bahçede gezindi. Malik'in dediğine ve görünüşe göre, Pamir okulda yoktu fakat bana çıkışta arabaya gelmemi söylemişti. Ellerimin ezilmesi vakasına bir daha kaldıramayacağımdan, en azından sonradan yüzüne vurabilmek için kontrol etmek amacıyla otoparka doğru yürümeye başladım. Bankların arkasından, toprağın üzerinden ilerlediğim sırada adımı duymamla olduğum yere çakılmıştım. Birkaç kişi önümden gidiyor, birkaç kişi de tersi yöne ilerliyordu fakat ben durmuştum.

"Nil'miş, şu geçen bileklerini kesen kız," demişti banka oturan üçlü kız grubunun sarışın olanı. Benden bahsedilmiyor olmasını ummuştum fakat bu sadece aciz bir dilenmeydi. Birkaç saniye sonra kız seslice oflayarak devam etti. "Pamir gibi birinin öyle bir kızla takıldığına inanamıyorum!"

"Ne bekliyordun? Senin gibi, sırf o sarışın kızları tercih ediyor diye güzelim koyu kahve saçlarını yakarak sarıya boyayan birini mi tercih edecekti? Nil'i tanımıyorum ama en azından orijinal bir kız."

Yanında bacak bacak üzerine atmış, uzun dalgalı saçlı olan kız ona cevabı yapıştırdığında, şaşkınlıktan gözlerim sonuna kadar açılmıştı. Arkadaşı değil miydi? Yalandan da olsa onu savunması gerekmez miydi?

"Bence saçlarında çıtçıt var," diyerek araya girdi üçlüden

kalan son kız. Fazla şeker bir sesi vardı ve bu itici duruyordu. "Ayrıca dudaklarının da şişirme olduğuna eminim. Ve fiziğini korumak için diyet yaptığından... Bence hiç orijinal değil."

"Kendinden mi biliyorsun?" dedi dalgalı saçlı olan ve ayağa kalktı. "Sırf Pamir Yelkıran dediğiniz çocukla diye onun hakkında böyle konuşmanız..."

Ve o an, göz göze geldik.

Dudaklarından bir şaşkınlık nidası dökülürken, gözleri sonuna kadar açılmıştı. Dudaklarında güzel, mat ve açık renk bir ruj vardı, kirpikleri özenle rimellenip kıvrılmıştı fakat saçları doğaldı. Çok canlı görünüyorlardı.

"Ben..." diyerek takılı kaldı, sanırım birinci sınıftı.

Diğer iki kız da onun şaşkınlığından dolayı meraklanıp ayaklanarak bana döndüklerinde, onların da birinci sınıf olduklarını düşündüm. Çok küçük görünüyorlardı.

"Resimlerdekinden daha güzelmiş..." dedi sarışın olan.

Diğeri ise bir kendi saçına, bir de benim saçıma baktı. "Saçlarının boyu aynı, çıtçıt gibi durmuyor ve capcanlı..."

Ne diyeceğimi bilemeyerek dudaklarımı birbirine bastırdığım sırada, uzaktan gelen bir ıslık sesi duydum. İleride, siyah bir Porsche'nin önüne yaslanmış, sigarasının ucunu yakan bir Pamir Yelkıran vardı ve az önce bana ıslık çalmıştı.

Üç kız da aynı anda ona dönüp çığlık atarak okulun içine doğru kaçmaya başladıklarında, korkuyla geri çekilerek kaşlarımı çatmıştım. Onun, diğer kızlar üzerindeki etkisini hiçbir zaman tam olarak görmemiştim fakat şimdi daha net algılayabiliyordum. Ve bu sahneyi yaşamak bana bazı hisleri hatırlatmıştı.

Lise birinci sınıfın ilk haftalarıydı. Üstü açık basketbol sahasındaydık, o zamanlar Nisan kız basketbol takımına girmek istiyordu çünkü Buğra erkeklerin olduğu takımdaydı ve antrenman saatleri aynıydı. Fakat bir türlü basket atamıyordu, bu yüzden morali bozuktu. Yüzü gülsün diye, ona GreenLight'ta yeni öğrendiğim figürleri biraz komik bir şekilde gösteriyordum. Öylesine sallanıyor, komik bir şarkı söyleyerek zıplıyordum. Sonunda onu güldürebilmeyi başardığımda ise bana katılmıştı ama bu çok sürmemişti. Basketbol takımı sahaya geliyordu çünkü, o zamanlar Pamir kaptan değildi ama yine de ilgi görüyordu. Kolunun altındaki basketbol topu ve okul forması içinde onu ilk görüşüm böyleydi işte. Çabucak Nisan'la beraber sahadan çıkmış ve tribündeki koltukların altına saklanmıştık. Onlar antrenmanlarına başlarken ve ben Pamir'i izlerken, nasıl hissettiğimi hâlâ hatırlıyordum. Görüntüler, sesler ve hatta bazen kokular bile unutulabilirdi ama hisler unutulmazdı. Unutulamazdı.

Birkaç dakika sonra, dersten kaçan kızlar tribünlerdeki yerini alıp onlara gözükmeye çalışmasa çok daha iyi olabilirdi tabii. Hislerimi bile kontrol edemezken, havayı kontrol etmek benim neyimeydi? Henüz yeniydim. Yine de onların buraya gelmeden özenle yaptıkları saçlarını sert bir rüzgârla bozabilmiştim. Bütün dertleri orada oturup basketbol takımına okul etekleriyle frikik vermekti. Bu sinir bozucuydu.

Hızlı adımlarla toprak bölgeden inerek ıslak asfaltın üzerinde yürüdüm. Yağmur durmuştu ve okul boşalmıştı. Otoparkta birkaç araba kalmıştı sadece ve biri kenarına Pamir Yelkıran yaslanmış siyah bir Porsche'ydi. Gittiğini sanıyordum, belki de gitmişti ve sonra geri gelmişti. *Benim için?*

Yanına ulaştığımda, "Ne zamandan beri sigara içiyorsun?" diye sordum. En son onu Buğra'nın doğum günü partisi çıkışında görmüştüm ve parmaklarının arasında siyah bir sigara vardı. Şimdi parmaklarında duran ise farklı bir markaydı, tütünün sarıldığı kâğıt beyazdı.

"Ne zamandan beri yaptıklarıma karışabiliyorsun?"

Doğrularak sürücü koltuğuna doğru yöneldiğinde kolunu tuttum. "İçeride içmesen? Araba kokmasın."

"Çok geç."

Ne zaman arabada içmişti ki? Malik haklıydı, Pamir sabahtan beri okulda değildi ve bir yere gitmişti. O esnada arabada içmiş olmalıydı. Bunca zaman sonra tekrar sigara içecek ne vardı ki sahi?

Yolcu koltuğuna binip kapıyı kapattıktan sonra, "Beni okuldan almak zorunda değilsin," dedim. "Evinde kalmak zorunda değilim. Artık tehlike geçti, önceden her neyse. İyileştim ve evime gidebilirim."

Aslında sadece ilk cümlede bitecek bir paragraftı fakat yine çenemi tutamamış ve uzatmıştım. Saçmalıyordum. Yine de Nisan haklıydı. Ona neden açıklayamıyordum? Ne vardı ki bu kadar, evime gidemiyordum? En önemlisi de, madem bu kadar olayın içindeydim ve bıçaklanacak kadar ileriye gitmişti bu iş, neden olayın ne olduğunu öğrenme hakkım yoktu?

"Sabahki sessizliğini özledim," diye mırıldandı Pamir camları açarken. "En azından boş konuşmuyordun."

"Peki, boş konuşmamayı deneyeyim o zaman..." Kaşlarımı kaldırdım. "Beni kim bıçakladı?"

"Ringde devirdiğim heriflerin hesabını yapmıyorum."

"O zaman seni bıçaklamaları gerekirdi, beni değil."

Bir kez daha baygın bakan gözlerinin hapsine girdiğimde, ağzından tek bir kelime döküldü. "Boş."

Caddeye çıktığımız saniyeyle aynı anda bir öfke dalgası hissettim. Sinirlenerek emniyet kemerimi çözdüm ve uzanarak camdan aşağı külünü döktüğü sigarasını aldığım gibi kendi tarafımdaki camdan aşağı attım. Fakat birkaç saniye sonra, araba hızla kenara çekilerek durduğunda, avuç içimde bambaşka bir acıya kurban gidiyordum.

"Ne sikim yapıyorsun sen?"

"Benimle doğru düzgün konuş!" diye bağırdım fakat avucumun acısından, doğru düzgün konuşamamıştım bile. Sigarayı aldığım sağ elimi karnıma doğru bastırarak sertçe inledim.

Pamir kapısını aniden açarak indiğinde, ona bakmak için sımsıkı kapattığım gözlerimi aralamıştım. Arabanın etrafından dolanarak yanıma geldi ve hızla kapıyı açarak kafasını içeri uzattı. "Yaran mı acıdı? Ne oldu?"

"Elim," diye mırıldandım kısık bir ses tonuyla fakat dikkatim tamamen ondan gelen kokuya çevrilmişti. Salep ve tarçın yoktu. İçki kokuyordu, sigara korkuyordu. *Kendi kokusu onu terk etmişti.*

Bir an, onun görünüşüne bürünmüş bir yabancıyla konuştuğumu düşündüm. Böyle beceriksiz birinden böyle saçma bir düşünce geçerdi zaten, fakat yine de bunu ciddi ciddi düşünmediğimi söyleyemezdim. Şimdi avucumun acısına ek olarak, kalbim de acıyordu. *Ne vardı bu kadar içecek?*

"Aç elini," dedi Pamir bir an ama kıpırdamadığımı görünce bir eliyle kolumu tutup çekerek, diğer eliyle avcumu açtı. Birkaç kül tanesi esen rüzgârda savrulmuştu. Avuç içim kıpkırmızıydı ama kararmış, ufak bir bölge daha vardı. Derim yanmıştı.

"Sigaran yüzünden. Sana içme demiştim."

"Ahh, affedersiniz hanımefendi," diyerek kaşlarını kaldırdı. "Arabamda sigara içemeyeceğimi bilmiyordum. İçerken manyağın birinin uzanıp sigaramı avuçlayacağını da bilmiyordum."

Elimi sertçe geriye çektim ve sinirle soluyup önüme döndüm. Pamir de birkaç saniye gözlerini avucumun içinde gezdirdikten sonra geri çekilip hızla kapıyı kapattı ve koltuğuna geri dönerek gaza bastı. Bu kadar mıydı yani? Ciddi bir şey olmadığını düşünerek bırakmış mıydı? Onun suçu olduğunu söylemiyordum, tamamen benim aptallığım ve beceriksizliğimden kaynaklı bir kazaydı ama yine de böyle bir tepki beklemiyordum.

Avucumu tekrar kendime doğru bastırırken, hızlı sürdüğünü fark ettim. Yol altımızdan kayıp gidiyordu ve insana kendini uçurumdan düşüyormuş gibi hissettiriyordu. "Yavaşla," dedim sakin bir ses tonuyla fakat arabanın içinde saçlarımı uçuşturan ve sesimi ona gitmeden önce paramparça eden rüzgârın varlığını unutmuştum. Camları kapatmak için bir düğme aradım fakat arabası da kendisi gibi öyle karışıktı ki, hiçbir şey yapamamıştım. Sadece, ona dönerek kızgın bir şekilde bakmakla yetindim.

Birkaç dakika sonra yavaşladığında durmuştuk. Yağmur damlaları şiddetle ön cama vuruyordu ve silecekler durmadan çalışıyordu; etrafı görmek pek mümkün değildi ama büyük ve kırmızı harflerle yazılı *eczane* yazısını okuyabilmiştim. Pamir bana donuk bir bakış attıktan sonra arabadan indi ve hızla kapımı açtı. "İn."

Tek kelimeli diyaloglara geri döndük yani? Kapıdan tutunarak aşağı indiğimde, gerçekten de bir eczanenin önünde durduğumuzu fark ettim. En azından öylece bırakmamıştı.

Bu sefer kaşındığımı söyleyebilirdim, sonuçta sigara kişisel bir tercihti. Bana kalsa içmemesi için her şeyi yapmaya hazırdım ama ona engel olmak için fazla *hiç kimseydim.*

Yağmur bizi ıslatmadan merdivenleri çıkıp zarif bir çan sesi eşliğinde eczaneye girdik. Ön ve arka tarafı bir kapı aralığına takılan perdeyle ayıran bölümden kısa saçlarını tepesinde topuz yapmış, bizim yaşlarımızda bir kız çıktı. *Ya da Pamir'in yaşlarında.* Çoğu zaman Pamir'in benden iki yaş büyük olduğunu unutuyordum; benim yaşıt olduğumdan emin olduğum tek kişi şu anlık Özge'ydi.

Kızın üzerinde beyaz bir önlük vardı ve gözlük takıyordu. Gülümseyince, dişlerinde de tel olduğunu fark ettim. "Merhaba," dedi. "Hoş geldiniz."

Pamir'e döndüm. Siyahlara bürünmüş ifadesi, uzun boyu ve bütün heybetiyle kenarda asılı duran bebek emziklerinden birine dokundu. Kaşları çatıktı. Bir an, onu kucağında minik bir bebekle hayal ettim. Mamasını yedirmeye çalışırken, çatık kaşları ve sert ifadesiyle. Göğüs kafesimin içindeki kalbim, bu görüntüye dayanamayarak olduğu yerde can vermişti.

"Bebeğinize biberon ve emzik mi almaya geldiniz?" diyerek heyecanla tezgâhın arkasından saniyeler içinde çıkan kız, büyük adımlarla Pamir'in yanına geldi ve emzikleri göstermeye başladı. "Benim ablamın bir kızı var, bu markadan kullanıyor. Eğer temiz tutarsanız bu emzikler en hijyenik olanlardan ve ayrıca, diş kaşınmasına karşı çok faydalı. Ama bir dakika, hangi renk istiyorsunuz? Bebeğiniz kız mı yoksa erkek mi?"

Dehşet içinde dudaklarımı araladım. "Hayır!"

"Hayır."

Bakışlarım saniyesinde Pamir'e dönmüştü. Benim telaşlı ve şaşkın hâlime kıyasla o fazla suratsızdı. Sakin bir şekilde reddetmişti, yine benim aksime.

"Elim yandı," dedim sızlayan avuç içimi açarak. "Buz ve krem alabilir miyim?"

Kızın omuzları yenilgiyle düşerken, birkaç adım ileri gelerek elimi avucunun içine aldı ve, "Sigara yanığı," diye mırıldandı. Bir süre avuç içimde gezen gözleri, öfke içinde Pamir'e dönmüştü anında. Sanırım bana kızıp bunu onun yaptığını düşünüyordu.

"Benimle gel," dedi kız, Pamir'e dönüp trip atar gibi kafasını çevirerek. Onun peşinden perdenin arka tarafına doğru yürüdüm, içeri girmeden önce Pamir'e bir bakış atmıştım; kaşları çatılmış, sert ifadesiyle süslediği bakışları tekrar bebek eşyalarının olduğu bölüme çevrilmişti.

"Bu devirde erkeklere hiç güven olmuyor."

Beni sandalyeye oturttu ve kendisi de bir tekerlekli sandalyeye geçti. Masanın üzerinde bir şeyler hazırladıktan sonra yanıma doğru kayarak geldi. "Her gün okuyoruz haberleri, görüyoruz kadın cinayetlerini. Her şey işte böyle başlıyor. Önce bir tokat, sonra tekme ve sonra..."

Elimi kaldırdığı dizine koydu ve içine bir çeşit su döktüğü bezle avuç içimi temizlemeye başladığında hafifçe inledim. Acıtmıştı. "Demek istediğim, eğer böyle şeyler sürekli oluyorsa ondan ayrıl ve bunu polise bildir."

Bir buz küpünü alıp küçük ve temiz başka bir beze sararak avucuma bastırdı. "Bir saat kadar buzu böyle tut, sonra birkaç saatte bir sana vereceğim yanık kremini sür. Geçmiş olsun."

"Teşekkür ederim," dedim ayağa kalkarak ve ilaç dolaplarının birinden çıkarıp uzattığı kremi aldım. "Ve şunu söylemeliyim ki, yanlış anladın. Sigarayı atayım derken elimi yakan bendim, sandığın gibi olmadı."

Genç kız kaşlarını kaldırarak bakışlarını yumuşattı. "Pekâlâ..."

Ona gülümsedikten sonra peşinden gidip, perdenin diğer tarafına çıktım. Pamir telefonuyla konuşuyordu ve arkası dönüktü. Ön tarafa çıktığımız an, yağmur damlalarının sarmaladığı camın yansımasından bizi gördü Pamir ve bu tarafa döndü. "Hımm-hımm, evet," diye mırıldandı. "Tamam."

Bundan ibaretti. Ücreti öderken konuşmaya devam etmişti ama sadece *evet* veya *hayır* kelimelerini kullanıyor, gerçek bir diyaloga girmiyordu.

Eczaneden çıktığımızda arabaya binerek onun da binmesini bekledim. Bir süre daha konuştuktan sonra telefonu kapatıp cebine attı ve arabaya binerek hiçbir şey demeden sürmeye başladı.

Ona, annemle ne konuştuğunu sormak istiyordum. O doktor benimle aynı odadayken, Nisan'ın anlattığına göre Pamir bahçede uzun süre annemle konuşmuştu ve bu suretle ikna olmuştu. İşin garip yanı ise, ben bile annemle konuşamazken Pamir nasıl konuşabiliyordu? Onunla konuşabilecek kadar vakitleri varsa, beni de arayıp en azından geçmiş olsun dileyebilirlerdi.

Yaklaşık on-on beş dakika süren bir yolculuğun ardından evin önünde durduğumuzda, arabadan inerek eve doğru yürümeye başladım. Pamir de arkamdan geliyordu. Bahçeden geçtiğimiz sırada, yağmurun altında bir karaltı olduğunu hissettim. Pamir ilerleyip anahtarıyla kapıyı açarken, içeri girmeden önce birkaç saniyeliğine bakışlarım karşıdaki ağaçlık alanın yanındaki karaltıların üzerinde gezindi. Yağmur yüzünden görüşüm çok net değildi ama yine de oradaydılar; siyahlara bürünmüş birkaç adam, ağaçların altında bize bakıyordu.

Pamir kolumu tuttu. "İçeri."

"Dışarıdaki adamlar-"

"İçeri Nil," dedi sert ve otoriter bir sesle. Gözlerindeki şiddeti ve karanlığı gördükten sonra itiraz etmeden içeriye girdim ve çantamı kenara bırakarak kapının yanındaki pencerenin perdesini kaldırıp az önce adamların dikildiği ağaçlık alanı taradım. Gitmişlerdi.

Pamir onları çoktan görmüş müydü? Fark etmemesi imkânsızdı. Onlar kimlerdi? Evin etrafına bir çeşit koruma dikmiş olabilir miydi?

Sorularım, daha sonra dile gelmek üzere boğazımdan aşağı indiğinde Pamir'in merdivenlerden yukarıya çıktığını gördüm. Botlarımı çıkararak içeri girdiğimde merdivenlerin başından onun çıkışını izledim, birkaç saniye sonra sertçe kapanan bir kapı sesi gelmişti.

Çıktığım merdiven basamağından inerek bakışlarımla mutfak, portmanto, salon ve diğer odaların arasında mekik dokudum. Etraf sessizdi. Özge görünürde yoktu.

Esneyerek merdivenlerden yukarı çıkmaya başladım. Artık yaralı bir Siyah Kuğu'ydum. Ruhsal ve zihinsel olarak aldığı darbelerle acı kotamı dolduramadığım için, sanırım birileri fiziksel darbelerle bu kotayı dibine kadar sömürmeye yeltenmişti. Yine de, ağaçlık alandaki adamlar gözümün önünden gitmiyordu. Bu işte bir terslik vardı ve Pamir bana tamamen açıklayana kadar rahat durabileceğimi sanmıyordum.

Odamın kapısını aralayıp ayaklarıma sürtünen tüy yumağı Zifir'i fark ettiğimde, "Gel bakalım," diye mırıldandım ve onu kucağıma alarak kapıyı kapattım. Pencereler açıktı ve oda serindi, her şey bıraktığım gibiydi.

Yatağa uzanarak Zifir'i karnımın üzerine koyduğumda, mayışarak oraya yerleşti ve bir süre hareketsiz kaldı. Sanırım yorgundu, oyun oynamak istemiyordu ama benim de pek mecalim olduğu söylenemezdi.

Salep ve tarçın kokusundan eser yoktu artık, buna ek olarak süren gariplikleren biri de muhtemelen esniyor olmamdı. Esnememi durdurmaya çalışarak bir dakika kadar nefesimi tutmayı denedim fakat işe yaramamıştı. Açık pencerelerin perdelerini uçuşturan rüzgâr, tenime soğukluğunu miras bırakırken göz kapaklarım benden izinsiz şekilde kapandı.

Karanlık.

Ama bu sefer karanlık siyahtı. Olabildiğine siyah ve zifiri bir karanlıktı, ruhumu derin zindanların eşiğinde zincirlere vuran, dipsiz bir karanlık. Sağa, sola, yukarıya, aşağıya, öne ve geriye doğru çekiliyordu ruhum, hissedebildiğim hiçbir şey yoktu. Ne soğuk, ne zemin, ne zincirler. Hiçbir şey.

Silik bir karanlık vardı sadece, etraf zifiri bir geceydi ve ben o gecenin koynunda yok oluyordum. Hissizlik, bu yolculuğun ilk adımı gibiydi.

Sonra o silik, hissiz ve siyah karanlık yok oldu. Yerini boğuk çığlıklar aldı; uzak olduğu kadar yakın, insanın teninin üzerine kendi küllerini bırakan, afili bir esinti gibi. İnsan, beden, ruh ve düşünce kavramları yoktu, sadece var olabildiğin kadar vardın bu boşlukta; girişte ruhunu teslim ettiğin, ancak bir hiçlik olarak var olabildiğin bir kara delik.

Tanıdık ama yabancı çığlıkları misafir ediyordum şimdi, geride bıraktığım ruhumu büküp inşa ettikleri masanın üzerinde. Şarap olarak kanımı içiyorlardı, ana yemekte ruhumdan kalanlar vardı.

Biri tencerenin kapağını açtı.

Ve yoklukla karşılaştı.

Sisli bir karanlığın içinde yüzüme çarpan yağmur damlaları, yutkunmamı sağlarken gözlerim kapalıydı. Duyabildiğim haşin çığlıklar şimdi yavaş yavaş mırıltıya dönen bir ninniden ibaretti.

"Bir küçücük, aslancık varmış..."

Anne? Baba?

Sesi ölüm kokuyordu.

Gözlerim daha önce hiç hissetmediğim türden bir korkuyla aralanırken, nefesimin ve yaşamam için gereken havanın beni terk ettiğini hissettim. Parmak uçlarım, avuç içlerim, saç diplerim acıdı sırasıyla ve biri ucunu ateşe verdiği bir kazıkla, kalbimi yerinden söküp atıyordu sanki. Rengi ölümün rengiydi. Kokusu ölümün kokusuydu. Eğer böyle bir tat var olabilseydi, ruhunu gökyüzüne teslim etmeden önce son nefeslerini veren insanlar ayağa kalkar ve *ben ölüyorum,* diyerek tiz bir çığlık bırakırlardı arkalarında.

Ne gördüğümü bilmiyordum, ne hissettiğimi bilmiyordum, neye dokunduğumu, neyi tattığımı, neyin beni bu kadar korkuttuğunu ve nefeslerimi neyin bu denli hızlandırdığını bilmiyordum. Sadece yapmam gereken bu gibiydi ve ben yapacaktım.

"Çöllerde ko-ko-koşar oynarmış, annesi onu çok çok severm..."

Hızla doğruldum ve tek bir adımda ayaklandım. Karnımın üzerinde, hücrelerimle hissetmem gereken acıyı yukarıya doğru yollayan yaramın bende yarattığı etki artık bir hiçlikten fazlası değildi.

Gözlerim dolmuştu, hızlı hızlı nefesler alıyordum, sanki Azrail beni kovalıyordu ve hemen arkamdaydı fakat gitmeden önce yapmam gereken bir şey vardı.

"Nil, seni uyandırdım mı?" Narin ve nazik bir ses kulaklarıma dolduğunda, gözlerim yatağımın başındaki koltukta oturan Özge'ye çevrildi. "Bu şarkıyı mırıldanıyordun, ben de o yüzden söylemek istemiştim."

Titreyen ellerime hâkim olmaya çalışarak yerinde durmayan adımlarımı harekete geçirdim. Odanın çıkışına doğru koşar adımlarla giderken, Özge'nin arkamdan "Nil dur, nereye? Ne oldu?" diye bağıran sesi umurumda bile olmamıştı.

Hızla merdivenlerden inmeye başladım, koşar adımlarla birer ikişer atladığım merdivenlerin basamakları bir ara ayağıma takılacak gibi oldu fakat düşmedim. İçimde kopan çığlıklar, gördüğüm görüntülerin dehşet seviyesini yükseltiyordu. Ne olduğunun farkında bile değildim, sadece ağlıyordum. Sadece çığlık atmak istiyordum. Sadece... *Canım yanıyordu.* Nedeni neydi?

Cevabı yoktu.

Botlarımı hızlıca ayağıma geçirdiğim gibi kapıyı açtım ve sicim gibi yağan yağmurun ortasına kendimi attım. Bir süre etrafımda dönüp neler olduğunu idrak etmeye çalıştım fakat başaramadım. Çıldıracak gibi olduğum saniyelerin sonunda ellerimi saçlarıma atıp çekiştirmeye başladım. İçimde açığa çıkmak isteyen, can çekişen bir şeyler vardı ve o yanımı ya bastırmalıydım ya da açığa çıkmasına izin vermeliydim ama ikisini de yapamıyordum.

Koşmaya başladım. Ayak tabanlarım acıyana kadar, deli gibi ıslanana kadar, nefes alamayana kadar koşmaya başladım. Dakikalarca, hiç bitmeyen bir yolu adımladım.

Hava kararmak üzereydi ve yağan yağmur, etrafı daha da karartıyordu. Uyumuş muydum? Uyumuştum. Nasıl uyumuştum? Nasıl uyuyabilmiştim?

Hatırlamadığı bir kâbustan korkabilir miydi insan? Sağır olduğu çığlıklardan, görmediği görüntülerden... Bilmiyordum. Hiçbir şey bilmiyordum!

Ne kadar koştuğumu bilmediğim bir sürenin sonunda aralık bırakılmış yeşil bir alanı çevreleyen kapının içinden geçerek çamur olmuş zeminin üzerinde koştum. Ne zamandır koşuyordum? Nereye gelmiştim?

Cevap yoktu.

Büyük bir gökdeleni çevreleyen, yağmur yüzünden çamur olmuş bir yere geldiğimde çığlık atarak yere düştüm. Hıçkırıklara boğularak ağlıyor, yalvarıyordum. "Alın şunu içimden! Yardım edin!"

Olmuyordu. "Gitmeyin! Anne!" Nefes alamıyordum. "Baba! Hayır!"

Yutkunmaya çalıştım. Sakin olamıyor, kendime sahip çıkamıyordum. Onca yolu koşarak gerçekten buraya gelmiş miydim? Burası Tornado'ydu.

Karanlık, diye fısıldadım içimden. Çok, çok, çok karanlıktı. "Işıkları açın!"

Boğazım yırtılıyordu. Göğüs kafesimin içinde bir şehir bitiyor, bir şehir başlıyordu. Tenime çakılan, ucu zehirli mızrakları hissedebiliyordum; her yanımdan kurşun yemiş gibi can çekişiyor, oradan oraya atıyordum kendimi.

Çıldırıyordum.

Olan buydu.

Hıçkırıklarımın arasında avuç içlerimi yere bastırarak kendime gelmeye çalıştığım anda, iki bileğimi de sıkıca kavrayan kaslı kollar görüş açıma girdi. Görüntü bulanık ve sisliydi, alabildiğim tek koku sigara ve içki kokusuydu. Onu itmeye çalıştım. "Bırak!" diye bağırıp kollarımı çekmeye çalıştım fakat işe yaramadı. Beni bir anda sert bir şekilde göğsüne çektiğinde, kazağının açık bıraktığı boynundan gelen kokuyu ancak alabilmiştim. Azalmıştı sanki, biri kökünü kurutmaya çalışmış gibiydi. Kurtulmak mı istemişti?

Salep ve tarçın.

"Şşş, kendine gel güzelim, hadi," diye fısıldadı titreyen bedenimi sabit tutmak adına sıkıca kendine bastırırken.

"Anne..." diye ağladım, boynuna saklanarak. Gök üzerimize yağıyor, yağmur damlaları bulduğu açık noktalardan bizi hücrelerimize kadar ıslatmaya devam ediyordu.

"Şşş," diye mırıldandı tekrardan. Sesi onca bilinçsiz geçen saatten sonra hâlâ uykuya ihtiyacım olduğunu beyan eder gibiydi. Bir süre sonra sakinleştiğimde, hiçbir şey demeden üzerindeki ceketi çıkartıp omuzlarıma bıraktığını hissettim. Yavaşça ayağa kalkarken, hiç zorlanmadan kendini kaybeden bedenimi kollarının arasına aldı ve dudaklarını alnımın üzerinde gezdirdi.

Karanlıkta bulutlar parçalanıyor, kaldırımlarda yağmur kokusu. Burası Soyhan. Buradan, ıslanmadan çıkamazsın.

4

Bazen bilmek, saklı kalmasından daha çok yakmaz mıydı canını? Bu yüzden izin vermez miydin zehrin toprağa akıp, kaybolmasına?

Ama sonra... Çürümez miydi o toprak? Küsmez miydi, hasat zamanı?

Göz kapaklarım gözlerimde fosilleşmiş lenslerim yüzünden zorlukla aralandığında, tam olarak havadaydım; ayaklarım yere değmiyordu. Vücuduma sıkıca sarılmış kaslı kolları ve gömüldüğüm boynundan gelen nabız seslerini hissedebiliyordum. Islaktım ve pis kokulu, boynuma yapışmış saçlarım yüzünden de rahatsızdım. Yukarı çıktığımızı fark ettiğimde, ağrıyan boğazımı daha da acıtacak şekilde sertçe yutkundum ve dudaklarımdan dışarıya, iç gıdıklayıcı bir nefes bıraktım.

Pamir huylanmış şekilde kafasını geriye çekip durdu ve bir süre sonra da kafasını bana çevirdiğinde gözlerimiz buluştu. Etraf karanlıktı; loş ve ağır bir sükûnet hâkimdi havaya.

Bir anda, tenimdeki huzursuz çatlaklardan içeriye güven gibi yabancı bir duygunun sızdığını hissettim. Ilık ve huzurla sarmalanmış hissi, damarlarımda kol gezdi ve kalbime ulaştı. İşte o an, bir kez daha göğüs kafesim sıkışmaya başladı.

Hiçbir şeyi unuttuğum yoktu. Sadece kokusu... Kokusunda bir şeyler vardı.

Dolgun dudakları ve gözleri kızarmış, kaşları çatılmıştı. Yutkundum. "Kokunun seni terk etmesine izin verme."

Kafasını önüne çevirip ilerledi ve bir kapı açılma sesi kulaklarıma doldu. Hemen ardından karanlığın içinde bir ışık yaktı ve beni içeriye soktuğu yerin, banyo olduğunu anladım.

"Haklısın, bir tek o kaldı zaten."

Aniden duş kabinine doğru ilerleyip beni içine bıraktığında, sözlerinin ve yaptığının şokuyla, "Ne yapıyorsun?" diye sordum ve kısılmış gözlerle baktım. Doğru düzgün göremiyordum bile.

Gözlerimi son kez kapatmadan önce nereye gittiğimin, ne yaptığımın farkında da değildim. Tek bildiğim, bileklerim acıyordu ve birinin gelip kesmesini, böylece ağrıdan kurtulabilmeyi diliyordum.

Pamir uzanıp omuzlarımdaki ceketini aldı. "Üşüyordum..." Bir anda soğuk su kafamdan aşağı dökülmeye başladı, gözlerim sonuna kadar açıldığında ve ellerimi yukarı kaldırarak suyu engellemeye çalıştığımda, vücudumdaki her hücremin şokla donduğunu hissediyordum. Evet, tam olarak buydu. "Dur! Kapat şunu!"

Ayağa kalkmaya yeltendiğim sırada omuzlarımdan tutup beni geri indirdiğinde, çığlık atmak için dudaklarımı araladım fakat sonraki gözlerimi açışımda görüşüm tamamen siyah kumaşla sarılmış, uzun ve düzgün bacaklar tarafından engellenmişti.

"Kapat suyu! Çok soğuk!" diye bağırdım fakat Pamir koltuk altlarımdan kavrayarak beni ayağa kaldırdığında, bedenim geriye savrularak duvara yaslandı ve kolları iki yandan bir kafes gibi etrafımı sardı.

"Bana acı vermekten zevk mi alıyorsun!" diye bağırdım. Başımdan aşağı sular dökülüyordu. "Önce o iğneli ilaç ve şimdi de bu... Manyak mısın sen!"

"Sus," diyerek bir adım daha geldi ve dibime girdi. Şimdi o da sırılsıklamdı ve ikimiz, bir duş kabinin içindeydik. Beynim bunu tam olarak algılayamıyor olmalı ki olayın bu yönüne tepki veremiyordu.

"Kâbuslarının seni ele geçirmesine izin vermeyeceksin." Pamir kafasını eğip doğrudan gözlerimin içine baktı. Lenslerimin kaymamasını dilemekten başka bir şey yapamıyordum. "Onlar seni esir almadan, sen onları esir alacaksın ve iplerini keseceksin."

"Her şey bir ipe bağlı değil, sandığın kadar kolay değil." Kafamı olumsuz şekilde salladım ve kasılmış çeneme ağlama izni vermedim. "Bunun ne kadar berbat bir şey olduğunu bilmiyorsun..."

Ellerimi bileklerimden yakalayarak kafası hizasında kaldırarak duvara yasladığında çekmeye çalıştım fakat işe yaramadı. "Dur," dedi. "Gözlerime bak. Nil, gözlerime bak!"

Bir anlığına çırpınmayı keserek olduğum yerde sakinleşmeye çalıştığımda, biraz daha dibime girmişti ve artık saçlarından, yüzünden akan sular üzerime damlıyordu. "Güven duygusunu başkasından beslenemezsin. Kimseye güvenmeyeceksin ama kendine güveneceksin."

"Bırak!" diye bağırdım fakat ellerimi bıraksa da geri çekilmedi. Bunun yerine tek bir hareketiyle suyu kestiğinde bir elini ıslak saçlarından geçirmişti.

"Sen böyle mi yapıyorsun?" Kafamı eğerek üzerine gittim. "Bu mu? Kimseye güvenme ama kendine güven. Böyle mi işliyor?"

Sert bakışlarını tekrar bana çevirip gözlerime çıkardığında, bu sefer iki adım birden üzerime gelmişti ve ciddi anlamda burun burunaydık. "Kural bu. Başka türlü hayatta kalamazsın." Onu itmeye çalıştım fakat daha çok üstüme geldi ve beni engelledi. "Hayatta kalamazsan, savaşamazsın."

Hayat sizi olduğunuz andan sıyırıp konusu hakkında hiçbir fikrinizin olmadığı bir sınava soktuğunda, size nasıl çözeceğinizden bahsetmezdi. Test kitaplarındaki gibi, cevaplar arkada yazsaydı güzel olurdu fakat öyle bir dünya yoktu. Bir tane dünya vardı ve biz de içinde yaşıyorduk. Size nasıl yapacağınızı söylemezlerdi, sadece yap derlerdi ve olay bundan ibaretti. Bazen, eğer sonuna soru işareti getirilecek bir cümle kurarsanız, noktayla biten birkaç kelimeden korkardınız.

Böyleydi işte. Her şey bir ipe bağlıydı. O, ipten kendine bir salıncak yapmıştı. Fakat bilmiyordu ki salıncağının askıları boynuma dolanmıştı... Ben de o salıncakla kendimi asmıştım.

"Tamam," dedim dudaklarımı birbirine bastırarak.

Anlayamamış gibi geriye çekilip,"Ne?" diye sordu.

Kafamı salladım ve tekrar ettim. "Tamam."

Pamir kollarıyla beni sardı, kafesinin parmaklıklarını indirdi önce. Sonra ise ağır bakışları boynumdaki zincirlere kaydı fakat anında geri çekti. Bir adım geriye giderek, "Tamam," diye mırıldandığında nefesimi tutmuştum. "Güzel."

"İyi."

O geriye dönüp duş kabininden çıktığında, ben de saçlarımı yüzümden çekerek yavaşça kabinden çıktım ve derin bir şekilde nefes aldım. Baştan aşağı ıslaktım ve bu halde buradan çıkamazdım. Pamir'in ise sadece saçları, tişörtü ve pantolonunun üst kısmı ıslaktı. Ondan kıyafetlerimi doldurduğum çantamı istemeliydim fakat içinde uyurken giymek için uygun bir şeyler kaldığına emin değildim.

"Kıyafetlerimin olduğu çantayı..."

Ve bir anda ıslak kazağını, omuzlarını gererek saniyeler içinde çıkardı ve bana doğru döndü. Arkası dönük olduğundan ensesinin sağ kenarında bir karaltı fark etmiştim.

Pamir ne olduğunu sorar gibi bana baktığında, bakışlarımı göğsünden, baklavalarından ve pantolonu aşağı doğru düştüğünden kabak gibi ortada olan adonislerinden almaya çalışarak gözlerine çıkardım. Bir yandan da içeriyi işaret etmeye çalışıyordum. "Çantam... Dolabındaki..."

"Lafı gevelemesene kızım."

Boğazımı temizleyerek tekrar yutkundum ve kenarda asılı havlulardan birini, kaslarını tamamen kapatacak şekilde üzerine attım.

Pamir'in parmakları bir anda havluyu kavramıştı ve anlamsız bakışlarını sorarcasına üzerime çevirdi. "Kurulan diye."

Sonra devam etmem gerektiğini anlayıp başka bir havlu aldım ve kafama sardım. "Hatta ben de kurulanayım."

Siyahlar içindeki göz devirdi. *Başladı yine saçmalamaya.*

Beyaz olan ise farklı bir görüşteydi. *O kaslara bu saçmalama az bile.*

Çıkardığını çamaşır makinesinin önüne atarak, göğsünü kapattığım havluyu alıp omzundan aşağıya sarkıttı ve kapıyı kapatırken son bir kez gözlerime bakarak ortadan kayboldu.

Beynime tam anlamıyla bir kaos hâkimdi. Okula birkaç ay gitmeyince biriken dedikodulara yetişmeye çalışan, ikoncan bir kız öğrenci gibi hissediyordum kendimi. Sarıya boyadığı saçlarını sürekli düzleştiren ve okul formasının üzerine her gün farklı renkte bir hırkayla gelenlerden... Canımlı cicimli konuşanlardan.

Nisan'la konuşmam gerekiyordu. Ayrıca, bu olaya başka bir bakış açısı daha gerekiyordu bu yüzden Gökçe'ye ulaşmaya çalışmalıydım. Bana yardım edebilirdi.

Üzerimdeki ıslak kazağı, pantolonu ve çoraplarımı çıkardıktan sonra şans eseri ıslanmamış iç çamaşırlarımla kaldığımda, kapıyı aralayarak kafamı dışarıya uzattım ve etrafa baktım. Koridor karanlıktı, Pamir'in odasından ufak bir ışık huzmesi geliyordu sadece. Muhtemelen kişisel banyosundaydı ve oranın ışığı yanıyordu. Özge'den ise ses soluk yoktu... Ya uyumuştu ya da dışarıdaydı. Sahi, saat kaçtı?

Geriye çekilip son çare olarak uzun bir havluyu bedenime sardığımda, kafamı eğerek kapattığım yerleri inceledim. Omuzlarımdan aşağı, kalçalarıma kadar örtünebilmiştim.

Karanlıktan yararlanarak banyonun ışığını da kapattım ve Pamir'in odasından sızan ışık demetlerini takip ettim. Birkaç saniye sonra odasına ulaşabilmiştim ve o, tıpkı tahmin ettiğim gibi banyodaydı. Kapı aralıktı.

Yorgunluk ve bitkinlik arasında mekik dokuyan bedenim, uyumak için değil de dinlenmek için yumuşak bir yatağa yayılmak istiyordu. Birkaç gündür içemediğim kahvemin dumanı ise burnumda tütüyordu... Belki de bu garip hâllerimin nedeni kahvesizlikti? İyice kafayı sıyırmıştım.

Havluyu sıkıca tutarak odaya girdim ve kapıyı yavaşça itip kapatmaya yakın bir şekilde aralık bıraktım. Ayaklarım deli gibi ağrıyordu ve bacaklarım uzanmam için feryat ediyordu, yine de ayaktaydım ama işimi bir an önce halletmem gerektiğini biliyordum çünkü yatakla bir randevum vardı.

Dolabına gidip önünde dikildim ve tam kapaklarını açtığım sırada oda bir anda aydınlandı. Banyo kapısının sonuna kadar açıldığını, önünde bir siluetin dikildiğini fark ettim.

Bir anda dolabın kapağının arkasına sığınarak, "Işıkları kapat!" diye bağırdım.

Birkaç saniye sonra bana uyarak odayı yeniden karanlığa boğduğunda, sakince derin bir nefes aldım ve kapağın arkasından çıktım. "Bana verebileceğin bir tişört..."

Bir anda göğsü sırtıma hafifçe çarparak bedeniyle önüme geçtiğinde, şok içerisinde geriye çekildim. Karanlıktı, yine de ufak utanç kırıntıları seziyordum havada ve kesinlikle kaynağı bendim.

Birkaç adım yan tarafımda dikiliyorken, pencereden içeriye yansıyan ay ışığının arkadan ensesine vurduğunu fark ettim. Daha önce hiç fark etmediğim ya da yeni oluşmuş bir karaltı, bir *dövme* kulağının altında, boynundaydı ve bu görülebiliyordu. Yeni yaptırmış olabilir miydi? Bir süredir var olsaydı fark ederdim.

Bir anda elinde V yaka siyah bir tişörtle bana döndüğünde, bir şey dememe fırsat vermeden üzerime doğru geldi ve tişörtü kafamdan geçirdi. "Dolabımı sömürüyorsun."

"Ben giyebilirim," derken sağ kolumu tişörtten geçiriyordum. Diğer kolumu da geçirdikten sonra havlunun üzerinden tişörtü giymiş oldum ve havluyu aşağı indirerek uzun bir etek şeklinde bağladım.

Pamir'in gözleri tişörtü giyerken açılan, yarama sarılmış bezde takılı kalmıştı. Bakışlarını takip ederek açılan noktayı, tişörtü aşağı indirerek kapattım. Bu sefer de banyonun içeri sızan ışığından, kolumdaki morluk belli oluyordu ve gözleri o kısma çevrilmişti.

Acı kahvelerinin ardından elinin takip ettiği kolumu parmakları sardı ve başparmağıyla morluğu okşadı.

İçim acıyordu. Nasıl bu kadar yakınken bu kadar uzak olabiliyordu? Bu kadar karmaşık olmak zorunda mıydı?

Bakışlarını ve elini geri çektiğinde kafamı kaldırıp bir adım ötemde duran acı kahve gözlerine gözlerini diktim. "Dövmen mi var?"

"Çantanda eşofman olduğunu düşünerek altına bir şey vermiyorum," diye mırıldandı Pamir ve çantamı elime vererek dolabın kapaklarını kapattı.

"Bu sorumun cevabı değildi."

Bir kez daha bana doğru döndü. "Ne zamandan beri birbirimizin sorularını cevaplıyoruz?"

Gözlerimi kısarak kafamı salladım. "Yedi yirmi dört pisliği oynamak seni yormuyor mu? Biraz ara vermelisin."

Gözlerini devirerek yatağına doğru yürüdü. "Boş."

Sinirle çantamın askılarını sıkıca kavrayarak ileri doğru yürüdüm ve banyoya girdikten sonra arkamdan kapıyı sertçe kapattım. Beni deli ediyordu. Ne vardı sanki cevap verseydi? Devlet sırrı mı saklıyordu, altın külçelerinin saklandığı odanın şifresi miydi sanki?

Çantamı karıştırarak bulduğum siyah, kumaş şortu havluyu çıkardığım bacaklarımdan geçirdim ve ipini bağlayarak belimden düşmesini engelledim. Havluyu kenara bırakıp çantamla banyodan çıktım ve ışığını kapattığımda, sadece ay ışığının aydınlattığı bir odayla baş başa kaldım. Açık pencereden içeriye sızan rüzgâr perdeleri titreştiriyor, tenimin üzerinde dans ederek geride iç gıdıklayıcı bir his bırakıyordu.

Çantamı kenara bırakarak camın önüne doğru yürüdüm. Bir zamanlar bu camdan içeriye, yastık almak için gizlice girerdim... Her seferinde aynı his, aynı heyecan ve aynı adrenalin titretirdi kalbimi. Kokusunu duyduğum an avuç içlerime bıraktığı güveni hisseder, öyle uyurdum. Belki de onun kokusunda uyuyabilmemin sebebi, ona karşı bilinçsizce duyduğum bu güvendi.

Fakat karşılıksızdı. Bir parça güven bile karşılıksızdı.

Geriye dönerek buruşmuş saten yorganın üzerinde sırıtarak gezdirdim gözlerimi. Pamır yatakta, yorganın altındaydı ve kollarını kafasına yaslamış tavana bakıyordu.

"Kokunun seni terk etmesine izin verme."

"Haklısın, bir tek o kaldı zaten."

Kokusunu duyamayacağım kadar uzakta yakıp göremediğim küllerini bilmediğim bir yerlere gömecek, ne vardı bu kadar?

Sessizce yutkundum. Bunca zaman yüreğimden içeriye buyur etmiştim onu, yine de yıllardır eski, tahta bir kapının önünde dikiliyordum içeri alınmak için. Ondan gidemezdim... Çünkü hiç gelmemiş biri, gidemezdi de.

Pamir, ona gelmeme hiç izin vermemişti.

Yine de onu çözecektim. Sınavdaki en zor polinomları çözmüş kızdım ben! Pamir Yelkıran'ı mı çözemeyecektim? Pes etmek yoktu, o haklıydı; savaşmalıydım. Kâbuslarımla, onunla, acıyla, her şeyle, dünyanın geri kalanıyla... Hiç görmediğim o afili gökyüzü adına.

Adımlarım yavaşça yanına doğru ilerlerken, bacaklarım yatağa çarptığında durdum. "İyi geceler."

Birkaç saniye, sabit şekilde tavanı izleyen yüzünü izledim. Üzerinde hiçbir şey yoktu, yorgan beline kadar çekilmişti ve o bütün ihtişamıyla oradaydı. Önümdeki yatağın üzerinde, bir ölüm meleği misali uzanıyordu. Büyülenmiştim.

Fakat sonunda kendimi geri çekeceğim sırada, eli bileğime dolandı ve bir anda hayal bile edemeyeceğim bir pozisyonda buldum kendimi. Saniyeler içinde yatağa düşmüştüm, sıcak göğsü hemen yaslanmıştı sırtıma ve kaslı kolları göğüs kafesimi sarmıştı.

Titriyordum. Bedenim ya da kalbim değil, *ruhum.* Hatta büyük bir depremle sarsılıyor ama ayakta kalıyordu.

Yüzü boynum ve saçlarıma gömülmüşken "Ne yapıyorsun?" diye sordum kaskatı kesilerek, gücümün yetebildiği kadar fısıltıyla çıkan sesimle.

"Bilmem," dedi.

"Beni üzerine düşürdün."

"Belki."

Bir şeylerin sahte olduğunu ve yolunda gitmediğini biliyordum, sadece ayırt edemiyordum. Belki de buna engel bir şeyler vardı ve o şeyler tam da gözümün önündeydi, fark edemiyordum. Bilmiyordum. Ya da sadece buydu. *Bilmiyordum.*

Birkaç saniye sonra derinlerden, hafifçe, genzimi yakan bir kokuyu misafir ettim içeriye. *Tarçın ve salep.* Gerisi...

Gerisi yoktu.

Ellerimi öne doğru uzatarak yastığın ucunu kavradım ve kafama bastırarak diğer tarafa döndüm. Saniyesinde, yataktan aşağı yuvarlanmıştım.

Sert zeminin acısı kalçamda açığa çıktığında ise zorlukla gözlerimi aralayabildim. İlk gözüme çarpan şey, yorganı oradan oraya savrulmuş boş bir yatak ve dışarının soğuğunu içeriye buyur eden pencereydi.

Kenardan tutunarak ayağa kalktıktan sonra, yüzümü kapatan saçlarımı geriye çekerek birkaç saniye boyunca dün neler olduğunu idrak etmeye çalıştım. Görüntüler sahne sahne beynime dolarken, kanser olmuştum sanki.

Onunla *uyumuştum.*

Evet geri zekalı, diye dalga geçti beyazlar içindeki. *Yavaş yavaş sızıyorsun ayının inine.*

Gözlerimi kırpıştırarak derin bir nefes aldım ve karnımdaki yarayı ovuşturdum. Sızlıyordu.

Yoktu. Hatırladığım ya da hatırlamayıp hissettiğim bir kâbus, bir korku, bir boşluk... Hiçbiri yoktu. Sadece ben ve düşüncelerim vardı, duvarlar üzerime doğru gelmiyordu ya da bilinçsizce nefeslerim kesilmiyordu. İçimde bastıramadığım bir his kol gezmiyordu.

Ve ben son birkaç gündür günün yarısını uyuyarak geçiriyordum.

Banyodan gelen su seslerini sonradan algılayabilmiştim. Pamir duştan çıkmadan aşağı inmeli miydim yoksa onu mu beklemeliydim? Tekrar saçma konuşmalarımızdan birini yaşamak istemiyordum, kafam yeterince karışıktı. Bu yüzden adımlarımı yatağın etrafından kapıya doğru çevirdim ve koridordaki banyoya girip elimi yüzümü yıkadıktan sonra aşağı indim.

Mutfağa yaklaştıkça *Justin Timberlake* sesi etrafa hâkim olmaya başladı ve sanırım, bu şarkının ismi *Can't Stop The Feeling*'di.

Mutfağa girdiğimde, Özge'nin dans ederek tost ekmeğinin arasına koymak için peynir dilimlediğini fark ettim. Tehlikeli sayılabilecek şekilde elindeki bıçağı sallıyor ve dans ediyordu.

Beni gördüğünde durdu ve bıçağı kenara bırakarak yanıma geldi. "Günaydın, iyi misin? Nasılsın?"

"İyiyim." Kafamı sallayarak tebessüm ettim. "Dans etmeyi ve müziği seviyor olmalısın."

"Bayılırım!" Ufak bir alkış sesiyle beraber geriye doğru dönerek sallandı ve dans etmeye başladı. "Sen? Sever misin dans etmeyi?"

Sanırım bu soruya cevap vermeme gerek bile yoktu. Nasıl bir yazar için yazmak, nefes almak gibiyse, dans etmek de benim için öyleydi. Yaram tamamen iyileştiğinde ilk işim sahalara geri dönmek olacaktı.

Tabii, Ümit Hoca beni kabul ederse... Aramalarına geri dönmemiştim bile.

Ona cevap vermek yerine birkaç hareket göstermeyi seçtim. Tam nakarat kısmına geçtiğimiz sırada, kollarımı içe doğru sallayarak topuklarımın üzerinde durmadan dönüp dizlerimi kırdım ve hafifçe zıplayıp doğrularak omuzlarımdan aldığım destekle normal dans ediyormuş gibi kollarımı ve kafamı sallamaya başladım.

Özge gözlerini büyülterek alkışlamaya başladı. "Sen neymişsin be kızım!" Hemen ardından gelip ellerimden tutarak benimle dans etmeye başladı. Beraber ileri gidip geriye doğru gelirken, bir elini çekip diğer eliyle tuttuğu elimi kaldırarak beni etrafında döndürdüğünde aynı anda gülmüştük.

Tam o sırada, gülerek dönerken, kapının önündeki karaltıyı fark ederek kendimi geriye çektim ve hemen durdum.

Dudaklarım aralanırken, Pamir'in acı kahveleri ve benim lensli gözlerime kilitlenmişti. Orada öylece duruyordu, kapının pervazına yaslanmıştı ve üzerinde kalın, siyah bir kapüşonlu ile siyah bir pantolon vardı. Saçları nemli ve dağınıktı. Ne zamandan beri orada duruyordu? Bizi görmüş müydü?

Zil sesi ortamdaki garip havayı içine emerek kulaklarımıza dolduğunda, Özge ileri atılıp kapıya doğru yürümeye başlamıştı. "Birkaç şey sipariş etmiştim. Süt, ekmek falan... Onlar gelmiştir, ben bakarım."

Özge mutfaktan çıktığı an şarkı da bitmişti. Aramızdaki garip gerginliği bozmak amacıyla gözlerimi ondan çeken ilk ben oldum ve arkamı dönerek tost ekmeğinden kendime iki dilim çıkardım. Özge'nin bıraktığı bıçağı alıp peyniri dilimlerken, kemikli büyük eller belimin iki yanında belirip tezgâha yaslandı ve boynumdaki sıcak nefes tenimi okşadı.

Yerime çakıldığımı hissetmiştim. *Arkamdaydı.*

Bir şeyi unutmuştum ama neyi?

Siyah ve beyaz gözlerini devirip aynı anda söylendi. *Nefes al, seni akıllı küçük Siyah Kuğu... Bunu unuttun...*

"Neden durdurdun?" diye sordu Pamir. Kafamı çevirsem, yüzümü yüzüne hizalayacağını biliyordum çünkü eğilmişti ve çenesi omzuma değmiyor demek için bin şahit gerekirdi.

"Nasıl?" Peyniri yavaşça dilimledim.

"Dans etmeyi... Benim önümde dans etmiyorsun." Dilimlediğim peynirin bir parçasını uzanıp ağzına attı, sağ koluyla uzandığı için bedenim geriye ve sola çekilmişti, böylece ona daha çok yaslanmıştım. "Benden utanıyor musun?"

Bir anda hızlıca geriye doğru dönerek, onun tek elini çekmesini sağladığımda, yine de çok yakın durduğumuzu fark ettim ama çaktırmadım. "Ne alakası var? Korktum sadece."

"Hımm," diye mırıldandı, kaşlarını kaldırıp bakışlarını gözlerime çıkarırken. "Benden korktun?"

"Öyle değil..." Bir elimle saçlarımı geriye doğru ittim. "Yani orada birden belirince... Siyahlar içinde..."

"Bir dakika, bir dakika, sadece emin olmak için soruyorum. Bunu siyahtan başka bir renk giymeyen bir kız mı söylüyor?"

"Ha..." Gözlerimi üzerinden çekip duvarların üzerinde gezdirmeye başladım. Bir çıkış yolu, onu alaşağı edecek bir cevap...

"Bu süt neden bu kadar küç... Ahh!" diyerek durdu Özge, bizi görünce ve arkasını işaret etti. "Gitmem gerekiyor mu? Gideyim mi ben?"

Ya da biri.

Pamir kollarını çektiğinde hızla yanından geçerek Özge'nin elindeki poşetleri aldım ve masanın üzerine koydum.

Özge kestiğim peynirlerin başına giderek, "Siz de mi yumurta kıramıyorsunuz?" diye sordu ve güldü. "Ohh be... Ben de dünya üzerinde bir tek ben kıramıyorum sanıyordum. Hadi, beceriksizler ordusu olarak hunharca tost yiyelim."

Poşetteki günlük, cam şişedeki sütü çıkartıp tezgâha koydum. "Yumurta kıramıyor musun?"

Bir an Özge'nin yüzündeki sırıtış silindi ve durdu. Tek kaşını kaldırarak sorarcasına bir bakış attıktan sonra durumu anlamış gibi, "Daha neler!" diye bağırdı. "Yani, kim yumurta bile kıramıyor olabilir ki? Ne var hem yumurta kırmakta? Ben de pratik olsun diye tost yapıyordum." Bir yandan da kenardaki çöp kutusunun kapağını kapatmakla uğraşıyordu. Bir adım ileri gidip şöyle bir bakınca, içinin yumurta kabuğu dolu olduğunu fark ettim.

Pekâlâ. Mükemmel erkeğimiz, Pamir Yelkıran'ın kardeşinin gerçekten de Özge olduğuna emin miydik? Yumurta bile kıramayan bir Yelkıran... Dünyanın en samimi insanı olabilirdi belki de.

Pamir, ağzına bir parça daha peynir attıktan sonra yanımızdan geçerken, "Böylece bir yumurta bile kıramadığını anlamış olduk, bilgi için teşekkürler," diye söylendi ve Özge'ye baygın bir bakış attı.

Özge ise kaşlarını çatıp somurttu. "İfşalama için teşekkürler ağabeyciğim. Farkındayım." Derin bir nefesi dudaklarından dışarı bıraktığında, aralarına peynir koyulmuş ekmek dilimlerini gösterdim. "Arasına eklemek istediğiniz başka bir malzeme yoksa eğer, tost makinesinde mi yapacağız tavada mı?"

"Tavada daha güzel oluyor," diye cevapladı beni Özge ve hemen ardından köşedeki tabletine döndü. "Şarkı bitmiş..."

Pamir, mutfağın ortasındaki tezgâhın dönen bar sandalyelerinden birine oturmuştu. "Ben de kafam neden bu kadar rahat diyordum."

Özge ona sahte bir şekilde gülümseyerek tabletini de alarak yanıma geldi. "Nil bu seferki şarkıyı sen seç. Ama çok hareketli bir şey olmasın."

Kafamı sallayarak beynimdeki müzik arşivimi yokladım. Birkaç saniyelik beyin fırtınasının ardından, hangi şarkıyı açmak istediğime karar verememiştim. Sitenin önerdiği şarkılardan rastgele birine tıkladım ve tableti kapatarak kenara koydum.

Özge de tavayı ve tereyağını çıkarmıştı. Aynı anda, şarkının sözleri mutfakta yankı buldu ve kaskatı kesildiğimi hissettim.

"Tutulmayacak olsa da verilmesi gereken sözler var bazen."

Nisan... Ona bir söz vermiştim. Fakat tutamamıştım ve bu şarkı fazla tanıdıktı. Onu umursamayı keseceğime dair verdiğim söz, ertesi gün ufak bir ayak bileği incinmesinin ardından tuzla buz olmuştu.

"Gidilmeyecek olsa da, bilinmesi gereken yerler..."

Boğazımı temizledikten sonra tostlardan birini Özge'ye uzattım ve eriyen tereyağının üzerine yerleştirdi.

"Keşkeyle başlayan cümlelerim var."

Su ısıtıcısına doldurdum ve fişe takıp çalıştırdıktan sonra, "Ne içeceksin?" diye sordum Özge'ye.

"Sütü açar mısın? Ben süt içeceğim. Cilt için çok faydalı."

"Yollarım hep uzun ve bomboş..."

Arkamı dönerek Pamir'in önündeki tezgâhta duran süte uzandım. Aynı anda gözlerimiz kilitlenmişti ve şarkının nedense en can alıcı kısmı olduğunu hissettiğim kısım kulaklarımıza dolmuştu.

"Ben belki korkak biriyim ama yine de sevebilirim, ne kadar üzülmem gerekse de..."

Yutkunamadım.

"Ama sen, bana bakıyorsun da... Beni görmüyorsun ki."

Ani bir hareketle sütü bırakıp tablete doğru yürüdüm ve tableti aldıktan sonra Pamir'in önüne bıraktım. "Al, şarkı seçme sırası sende."

Pamir bana döndü ve dikkatlice baktı. "Senin seçtiğin şarkı bitmedi."

"Ben seçmedim," dedim hızlıca. "Rastgele açmıştım... Hiç beğenmedim. Değiştir lütfen."

Kafasını hafifçe eğerek önüne döndükten sonra tabletin yüzüne bile bakmadan listeden rastgele bir şarkıya tıkladı ve tableti kilitledi. "Al."

Ona bakmadan tableti aldım ve yerine geri bıraktım. Bu sırada Özge de ikinci tosta geçmişti ve su ısıtıcısı otomatik olarak durmuştu.

"Hep böyle biter derler, inanmam ben. Sana yakışanı görmeden önce..."

Dolaptan kahve paketini çıkardım ve çekmeceden bir kaşık alarak kupanın içine bir kaşık kahve attım. Özge ise beni gördüğü an, şoke olmuş halde yaptığı işi bırakmıştı. "O kahve mi?" Kocaman açtığı gözlerini mutfakta gezdirdi. "Biz Pamir Yelkıran'ın, ağabeyimin evindeyiz değil mi? Yanlış görmüyorum?"

"Bu donuk solmuş resimler, gülmedi senden önce hiç... Şu halime."

Paketi kenara bırakıp, "Yanlış görmüyorsun," diye mırıldadım, Özge gibi arkamı dönüp bakışlarımı Pamir'e çevirerek. Kaşları çatılmış şekilde kahve paketine bakıyordu fakat ona döndükten sonra gözleri bir anda benimkilere kenetlendi.

"Sen de şarkılar söyle, şarkılar senle güzel... Her kelime, her hece, kalbime değer geçer."

"Zorla aldırdım."

"Sen de bir şarkılar söyle, şarkılar sende güzel... Her kelime, her hece, göğsümü deler geçer."

Özge kafasını sallayıp seslice nefes verdi. "Onu nasıl ikna ettin merak ediyorum. Küçüklüğünden beri kahveden nefret eder."

"Olmaz. Bu bize yakışmaz sen, hep böyle gidersen..."

Omuz silktim sessizce. Ona kahveyi zorla ben aldırmamıştım, kendi almıştı. Bunu Pamir de biliyordu... Sadece Özge bilmiyordu ve hikâyeyi değiştirerek anlatmıştım ona. Yine de, sanki sadece onun ve benim bilmem fazlasıyla yetiyordu.

"Olmaz. Yüzüne yakışmaz sen hep, böyle..."

"Ağabey, sana da çay falan hazırlayayım mı?"

Tostları tabaklara koyarken, Pamir'in cevap vermesine gerek kalmadan, "Onun kendine özel içeceği var," diye mırıldandım ve gözlerimi, gözlerine çıkardım. "Dolaptaki her şeyi birbirine karıştırıp içiyor. Artık nasıl bir zevk alıyorsa."

Pamir yavaşça sandalyeden indi ve doğrularak ayağa kalktı. Gözlerini benden ayırmadan bardakların olduğu dolaba gittikten sonra arkasını dönerek bir kupa çıkardı ve kahve paketine uzandı.

Ahh... Hayır... Kahve paketi mi?

Pamir'in kolundan tuttu Özge ve onu durdurdu. "Ağabey, ben süt içeceğim dedim. Bana kahve yapmana gerek yok."

"Sana değil," diye mırıldandı Pamir ve sıcak suyla, bir tatlı kaşığı kahve attığı kupanın içini doldurdu.

"Olmaz. Bu bize yakışmaz sen, hep böyle gidersen..."

Özge, süt doldurduğu bardağını almış bir şekilde sandalyelerden birine oturduğunda, ben de onun çaprazına ve Pamır'ın tam karşısına oturdum. Birkaç saniye sonra elindeki kupayı oturduğu sandalyenin önüne, tabağının yanına bırakmıştı.

Özge anlamıyormuş gibi kaşlarını çattı. "Anlamadım... O zaman kime yaptın bu kahveyi?"

"Olmaz... Yüzüne yakışmaz sen hep, böyle gülmezsen..."

Ve o an, Pamir Yelkıran, gözlerimin içine bakarak bir bardak dolusu kahveyi yudumladı.

Özge'yle gözlerimiz aynı anda sonuna kadar açılırken, şaşkınlık içerisinde oturduğum sandalyeye çakılmıştım. Bu, çöle kar yağması gibi bir şeydi. Birçok sahneye duymaktan çok tanıdıklık etsem, inanabilirdim. Ama Pamir Yelkıran'ı kahve içerken görmek...

"Sabahları içtiğim meyve-sebze suyundan güzel değil."

Özge hızla telefonunu çıkarıp saniyeler içinde birkaç fotoğraf çektikten sonra, "Bu anı ömrüm boyunca unutmayacağım," diye mırıldandı ve kafasını yukarıya kaldırıp ellerini açtı. "Sen nelere kadirsin Allah'ım..."

Bir anda dudaklarım aralandı. "Fikrini değiştirme sebebin ne?"

Pamir kupayı sesi etrafta çınlayacak şekilde masaya çarptıktan sonra önüme itti. "İçsem bile tadının ne kadar berbat olduğu kanımdan vazgeçmeyeceğimi göstermek."

Gözlerim istemsizce kısıldı ve öne eğildim. "Tat alma duyuları bozulmuş, uyuz domuz." Sıcak tosttan koca bir ısırık aldım ve sinirle çiğneyip yuttum, boğazımı çizen ekmeğin sertliğini hissedebiliyordum. "Ho..." *Hoşaf herif.*

Pekâlâ, dünya bu lafı duymak için hazır değil.

Benimle laf dalaşına girmeyen Pamir, tostu ağzına alarak masadan kalktı ve çıkarken, "On dakikaya arabada ol," diye mırıldandı. Birkaç saniye sonra çarpan dış kapının sesini duydum.

"Bu fotoğrafları çoğaltıp her yerde saklayacağım," diye

söylendi Özge fakat bir süre sonra kahvaltısını etmeye başlamıştı. Birkaç dakika içinde tostu ve kahvemi bitirip masadan kalktıktan sonra ceketimi almak için üst kata çıktım. Odamda, sandalyenin kenarında asılıydı. Alıp üzerime geçirdikten sonra çantamla birlikte çıkarken, Pamir'in odasının önünden geçiyordum ki bir zil sesi beni durdurdu. Telefon çalıyordu.

Adımlarımı aralık kapıdan içeriye doğru attıktan sonra, masanın üzerinde telefonunu unuttuğunu fark ettim. İlerleyip alacakken, ekranın üstünde yazan ismi gördüm.

Mehmet Faruk Z.

Sebepsiz bir ürperme bedenimi sararken, ben telefona uzanamadan kapıdan içeri Pamir girdi. Hiçbir şey söylemeden hızlı adımlarla yanıma geldi, telefonu aldı ve, "Arabaya," dedi sert bir sesle. Kaşları çatıktı. Eğer bir süre daha böyle çatmaya devam ederse, o kaşları eski hâline döndürmek için ameliyat gerekebilirdi.

Merdivenlerden indikten sonra arabaya yürürken ekranda beliren ismin sahibini merak ettim. *Mehmet Faruk Z.*

Hiçbir şey söylemeden ön koltuğa bindiğimde ise beynimde bir ihtimal yanıp sönüyordu.

Malik Ares Zarraf. Mehmet Faruk *Zarraf.* Olabilir miydi? Ya da ilk harf sadece bir tesadüftü.

Okula giderken kaşlarını çatmış, sert bir ifadeyle yolu gözleyen Pamir'e hiçbir şey sormadım, o da bir kere olsun bana dönmedi. Arabayı park ettikten sonra, "Çıkışta nereye geleceğini biliyorsun," diye söylendi sadece ve ona yetişemeyeceğim kadar hızlı adımlarla okula girdi.

Mahvoluyordum. Hissizlik, tepkisizlik, sessizlik... Hepsi, konu o olunca tuzla buz oluyordu ve o minik parçalar kalbime batıyordu. Geriye alevlenmiş bir acı, çaresiz çırpınışlar ve ölüm kokan çığlıklar kalıyordu. Ne vardı sanki hayatımdaki her şeyin eksiye doğru yol aldığı şu zamanlarda, biri üzerinden aşağıya doğru bir çizgi daha çizse ve onu artıya çevirse?

Canı istediği zaman yaptığı bu dengesiz hareketleri can sıkıcıydı. Ama gerçekten çok sıkıyordu canımı. Büyük elleriyle, sivrilttiği ve ucuna zehir sürdüğü tırnaklarıyla ruhumu sıkıyordu. Kenarlarından bulutlara astığı o ruhtan, yeryüzüne kasvet damlıyordu.

Nisan'ı bulamadığım iki saatlik biyoloji dersinden sonra, sıradaki dersin kimya olduğunu düşündükçe beynimdeki motorlar arıza veriyordu. En çok zorlandığım ders olmasına karşılık, bugün iki sınav vardı ve biri bu ders yapılacak olan kimya sınavıydı. Diğeri ise öğle teneffüsünden önceki ders, yani beşinci dersteki dil anlatım sınavıydı.

Yaklaşık bir dakikalık dolabın içini düzenleme ve kendime gelmeye çalışma meditasyonundan sonra, hâlsiz şekilde dolabıma biyoloji kitabımı ve notlarımı bıraktım. Kapağı kapatmamla yan dolaba yaslanmış, dudaklarında yeni yakılmış bir sigara tüten Melih'le karşılaştım.

"Deli misin sen?" Aniden bağırmıştım. Gülen surat ifadesine karşın etrafta biri görüyor mu diye baktıktan sonra sigarasını aldığım gibi camdan aşağı attım. Söndürmeye ihtiyacım yoktu, bu işi benim yerime sevgili bulutlardan yeryüzüne yağan yağmur halledebilirdi. "Okulda sigara içemezsin."

"Sen de öyle güzel olma o zaman."

Saniyeler içinde kendimi olduğum yere çakılarak yutkunmaya çalışırken buldum. Ne demişti o?

Surat ifademi ve tepkimi gören Melih, sesli kahkaha atarak yanıma geldi ve kolumdan tutup beni çekiştirdi. Koridorda beraber yürümeye başlamıştık ama surat ifademde bir değişiklik olduğu söylenemezdi. Kalbim korkuyla çırpınıyordu.

"Bir kızı seviyorum," diye mırıldandı. "Açılmayı düşünüyorum. Ona böyle şeyler söylesem, seninki gibi bir tepki mi verir yoksa üzerime mi atlar, emin olamıyorum."

Rahatlayarak derin bir nefes verirken elimi saçlarımdan geçirdim ve kurumuş dudaklarımı yaladım. "Pekâlâ, tamam, ne zamandır?"

"Bir hafta."

"Ne?" Durdum. "Bu sevmek değil! Sen manyak mısın?

Bir haftada sevip iki-üç gün çıkıp ayrılınca da aynı döngüyü devam ettirenlerden misin Melih? Bunu yapma."

"Nasıl olur ki sevmek?"

"Ne bileyim..." Seslice nefes verdikten sonra koridorun sonundaki camın kenarına yaslandım. "Tek bildiğim bu kadar kısa bir süre içinde buna emin olamazsın."

"Ne kadar sürede emin olunur?"

"Birkaç ay... Bir yıl? Bilmiyorum."

"Kim birini bir yıl sever ki?" Omuz silkti ve gözlerini devirdi. "Bunların hepsi palavra. Ben tek eşliliğe karşıyım. Kadınların da, erkeklerin de birden fazla sevgilisi, hatta eşi olmalı. Aşk sadece cinsel dürtülerden ibaret ki o bile bir zaman sonra işlemiyor. Mesela sen hiç Pamir'le sevişmek iste-"

Kocaman olmuş gözlerimle hızla uzanıp ağzını kapattım. "Deli misin? Sus!"

Melih gözlerini devirerek bana ciddi misin gibisinden bir bakış attığında, ona sinirli bir bakış attım ve sonunda ellerini kaldırarak, "Tamam, tamam," diye mırıldandı. "Gidiyorum ben..."

"Nereye?"

Geri geri gidip merdivenlere yönelmeden hemen önce sağ elini kaldırıp öylesine havada salladı. "Birkaç sene sevmek için bir kız bulmaya."

"İyi şanslar," diye mırıldandım arkasından fakat çoktan ortadan kaybolmuştu.

Bütün gün boyunca Nisan okulda değildi, öğle yemeğini tek başıma yemek sıkıcıydı ve çorbamla oynarken soğuttuğum için soğuk içmek zorunda kalmıştım. Aynı şeyi kahvem için düşünemiyordum doğrusu... Soğumuş bir kahve? Dökmek için mükemmel zamanlama. Cezveye doldurur ısıtırım, yine de soğuk içmem. Daha önce hiç özellikle yaz aylarında satılan soğuk, buzlu kahvelerden içmemiş biri olarak söyleyebilirim ki böyle iyi. Yani... Kahve bu ve kahve dediğin sıcak olmalı.

Okul çıkışı, bir yandan Nisan'ın cevaplamadığı aramalarımdan birini yaparken bir yandan da kimseye çarpmadan otoparka yürümeye çalışıyordum. Biraz beklesem ve okul boşaldıktan sonra arabaya gitsem, dökülmesin diye sıkı sıkıya tuttuğum kahvem daha güvenli bir yolculuk yapabilirdi fakat son ders matematik olduğu için zil çalınca sınıftan uçarcasına kaçmıştım.

Siyah Porsche'nin siyah filmli camlarından içerisi pek belli olmuyordu fakat yaklaştıkça içeride oturan Pamir'i seçebilmiştim, yavaş adımlarla geçip yanına oturduktan sonra bir saniye beklemeden gaza bastı ve okuldan çıkıp, sokaktan aşağı sürerek caddede hızını katladı.

"Beni öldürmek istiyorsan bunun için çok daha farklı ve korkusuz yöntemler var ama araba kazası istek listemde değil."

"Boş." Pamir bir saniyeliğine bana döndükten sonra biraz daha gaza yüklendi. "Sus."

"Yanında sessiz kalmak ne kadar zor biliyor musun sen? Adın geçince bile kafamdan soru işaretleri fışkırıyor."

"Hayır," diye mırıldandı, önümüzdeki arabaları teker teker geçerken. "Ama şu an üzerime atlamamak için kendini nasıl tuttuğunu biliyorum."

"Haklısın. Seni boğmak için." Kapının koluna tutundum. "Yavaş sür, ölmek istemiyorum."

"Acelem var," diye mırıldandı ve yol altımızdan hızla kayıp giderken kalp krizi geçirmek üzereydim. Tabii, eğer geçirebilseydim.

"Yavaşla!" diye bağırdım ve aynı anda elim istemsizce direksiyonun üzerindeki koluna tutundu. "Lütfen, yavaşla."

Pamir kafasını çevirip eğerek kolunun üzerindeki elime bir bakış atınca, gözlerinden ateş fışkırmış gibi bir anda elimi geri çektim. Birkaç saniye sonra ışıklarda durmuştuk.

Emniyet kemerime tutundum. Küçüklüğümden beri hızdan korkardım; hızlı giden her şey beni korkuturdu. Hızlı sürülen bir araba korkunçtu, hızlı sürülen bir Porsche'nin içinde olmak ise daha da korkunçtu.

Birkaç dakika sonra normalin üzerinde fakat az önceye

nazaran düşük bir hızda evin önünde durduğumuzda, arabayı park etmediğini aksine yolun ortasında durduğunu fark ettim. "Radara yakalandığımıza eminim."

"İçeri gir," dedi Pamir, önümden uzanıp kapıyı açarak. "İçeri girdiğini göreceğim."

Eve gelmeyeceğini anlamıştım. "Nereye gidiyorsun?"

"Bir işim var," diye mırıldandı, kendi tarafındaki camdan dışarıya bakarken. Bir an durduğunda, bakışlarını sabitlediği ağaçlık alana baktım. Siyah bir siluet ağaçların arasına çekiliyordu.

"Biliyorsun."

Pamir gözlerini sabitlediği yerden çekmedi. "İçeri gir Nil."

"O adamlar bizi gözetliyor değil mi? Biliyorsun. O yüzden söylemeye çalıştığım zaman dikkate almadın. Zaten biliyordun."

"Nil," dedi yavaşça bana doğru dönerek ve ruhsuz bakan gözlerini üzerime çevirdi. Onu anlamak zordu; bir an parçalı bulutluyken, o kara bulutların ardından bir an güneş sızıyordu fakat hemen ardından, gökyüzü bir fırtınaya kurban gidiyordu.

"Bir şeyler oluyor ama ben bilmiyorum." Ellerimi saçlarımdan geçirerek ona döndüm ve kapıyı kapattım. "Ben de geleceğim."

"Hayır."

"Geleceğim."

Pamir kararlı ifademi inceleyen acı kahvelerini gözlerimden çektikten sonra, kapısını açarak dışarı çıktı ve arabanın ön tarafından dolanarak kapımı açtı. "İn."

"Hayır."

"Nil, in."

"Hayır dedim!" Nisan'a ne olduğunu, Buğra'yla neden kanlı bıçaklı olduklarını, Pamir'in bu buzdan kale hâllerinin nedenini öğrenmem gerekiyordu.

Pamir'in başından beri böyle olduğu gerçeği kabullenilebilir gözükse de, bu hiçbir şey olmadığı anlamına gelmezdi. Üç gün uyumuştum. Koca bir üç gün. Bir dakika içerisinde bile neler olabiliyordu, üç gün içinde neler olmazdı ki?

Pamir uzanıp kolumdan tuttu ve üzerime eğildi. "Sen inmezsen ben indiririm." Kolumu çektiği gibi gücü karşısında boyun eğen zayıf bedenim öne atıldı ve arabanın içinden çıkar çıkmaz ayaklarım yerden kesildi.

Pamir beni omzundan aşağı sarkıtıyordu. Gözlerim kocaman açılmıştı ve göğüs kafesimde bir şeyler debeleniyordu. "İndir beni!"

Hiçbir şey söylemeden bacaklarımdan sıkıca tutarak evin bahçesine girdi ve birkaç büyük adım sonunda zile bastı. Yumruk yaptığım elimi aynı anda sertçe sırtına geçirdim ama hiçbir işe yaramıyordu.

"İki dakika bir dur."

"Üzerine kusarım."

"Kus."

"İğrençsin!" diye bağırdım ağırlığımı aşağıya doğru vererek, inmek istiyordum.

Kapı açıldığında beni aşağı indirirken, "Kusan sensin ama iğrenç olan benim öyle mi?" diyerek belimden kavradı ve evin içine soktu.

Kapıyı açan Özge'nin üzerinde kalın bir eşofman ve kazak vardı. Pamir, gözleri kocaman olmuş Özge'ye dönerek beni işaret etti. "Ben dönene kadar bunu gözünün önünden ayırmıyorsun." Hemen ardından son bir bakış atıp kapıyı da kapatarak çıktı.

Ağzım açık kalmıştı. "*Bu* mu? Benim bir ismim var!"

"Tabii bunu o çıkmadan hemen önce söylemeliydin ki duysun," diye mırıldandı Özge. "Boş ver." Omuz silkti ve kolumdan tuttu. "Yemek yapmayı biliyor musun? İnek gibi acıktım."

Çantamı kenara bırakarak montumu çıkardım. "Kurt gibi acıktım, değil miydi o?"

"İneklerin sekiz midesi var, tek mideli bir kurt şu anki açlığımın tanımını yapamayacak kadar zayıf kalıyor..." Midesini ovdu. "Zavallı midem. Sabahtan beri ekmek kemiriyorum."

"Kahvaltıyı beraber yaptık."

"Alt tarafı bir tost yedim!"

Mutfağa giderken durdum ve Özge'ye döndüm. "Normalde kaç tane yiyorsun?"

Parmaklarını açıp saymaya başlayınca dehşete düşmüştüm. Ellerini tutup kocaman olmuş gözlerimi üzerinde gezdirdim. "Normalde o kadar şey yiyorsan, nasıl böyle bir vücuda sahipsin?"

Bir anda gevşek bir gülümseme sardı suratını. "Amerika'dayken günlük rutinim okul, ev, Burger King ve spor salonuydu. Aksi halde şimdiye 100 kilo olmuştum sanırım."

"Vay canına." Bileğimdeki lastiği çıkardıktan sonra saçımı gevşek bir topuz yaptım ve buzdolabını açtım. "Salata mı yapsak? Uzun zamandır yemiyordum."

Özge zafer kazanmışçasına sıçrayıp, çığlık attıktan sonra el çırptı. "Harika! Taco home? Sezar? Tavuklu bademli? Roma? Susamlı finger salatası?" Ellerini açtı. "Aklında hangisi var?"

Kaşlarımı çattıktan sonra bir elimi saçımdayken sessizce mırıldandım. "Patates salatası?"

"Ha." Suratındaki ifade birden düşmüştü. "Demek patates salatası..."

"Makarna mı yapsak?" diye mırıldandım dolabı kapatırken.

Özge de kafasını salladı. "Makarna yapalım ya biz."

Kötü adam.

Küçükken annemle bir yılbaşı alışverişindeyken, o soğukta zorla aldırdığım dondurmamı bana çarpıp kırmızı elbiseme düşüren adamın arkasından böyle bağırmıştım. Nereye koşuyordu, ne acelesi vardı bilmiyordum... Oysa saatler önce evden çıkmadan önce annem, akşamki kutlamadan önce elbisemi giymememi, kirleteceğimi söylemişti. Onu dinlememiştim. Elbisem birkaç gündür dolabımda asılıydı ve fazla asil duruyordu, giymek için saatleri saymıştım... Ve birkaç saniye içinde çikolataya bulanmıştı.

Kötü adam. Öyle adamlara denirdi, değil mi? Küçük bir kıza çarparak, özür dilemeden koşmaya devam eden ve giymek için sabırsızlandığı, yılbaşı kutlaması elbisesini dondurmaya bulayanlara.

En azından o zamanlar aklım bu kadarına yetiyordu.

Filmin adı da buydu. *Ek Villain.* Yani *Kötü Adam.* Ama başroldeki adam, kötü değildi. Her insanın hayat ağacına tutunduğu damarları vardı ve o adam damardan zehirlenmişti sadece.

Son birkaç saattir, yatağımın üzerinde öylece uzanmış, tavanı seyrediyor ve bilgisayarımdan yükselen piyano sesini dinliyordum. Pencereler açıktı ve yağmur sesiyle beraber, beni sakinleştiriyordu. Eğer sakin kalamazsam, kriz geçirmekten korkuyordum.

Dün, Pamir beni eve bıraktıktan sonra geri gelmemişti. Bütün gece onu beklemiş, birkaç kere kahve yapıp içmiştim. Sabah olduğunda ise, bulutlu bir gökyüzüne ev sahipliği yapıyordu Soyhan. Özge'yle kahvaltı hazırlamış, etrafı toparlamıştık ve o odasına çekilmişti. Ben de kafamın dağılması için biraz temizlik yapmış, alt katın küçük merdiven sırrını çözmeye çalışmıştım. Merdivenlerin başlaması gereken yere küçük bir kilim serilmişti. Kilimi kaldırdığınızda sizi parkelerle aynı şekilde dizayn edilmiş, ilk bakışta anlaşılmayacak bir kapak karşılıyordu ve kilitliydi. Fikrimce kapak açıldıktan sonra merdivenler ortaya çıkıyordu ve alt kata inebiliyordunuz. Bir gizem daha böyle çözülmüştü işte...

Bir tanesi ise hâlâ beynimi kemiriyordu. Pamir'den cevapları alamadığım gibi, Nisan'a da ulaşamamış, evin dışındaki siyahlara bürünmüş adamlar yüzünden de dışarı çıkamamıştım.

Sosyal medya hesapları üzerinden Gökçe'ye ulaşmaya çalışmıştım fakat bir tek Instagram'ı güncel kullanıyordu ve oraya da en son birkaç ay önce fotoğraf atmıştı. Saçları omuzlarına geliyordu ve hâlâ kızıldı. Koyu renk makyajlar yapıyor, aykırı bir tarzda giyiniyordu. Ama bu oydu, onun kişiliği böyleydi ve o çılgın biriydi. Geri dönmesini ve ona olanlardan bahsetmeyi isterdim.

Akşam olduğunda ise, sessiz bir cumartesiyi harcamış bir şekilde odama çekilmiş ve bir film izlemeye karar vermiştim. Öneri sitelerinde gezerken ise... Pamir'in bahsettiği film gelmişti aklıma ve bir dakika sonra kendimi filmi izlerken bulmuştum.

Sevdiğiniz bir filmin veya kitabın bitmesini istemezdiniz, çünkü ekranda geçen teşekkürler kısmını veya son sayfayı gördükten sonra gerçek dünyaya döndüğünüzde üzerinize bir ağırlık çökerdi ve bu yüzyıllarca tanımı bulunamayan hissin altında ezilirdiniz. Üzüntü? Özlem? Acı? Hayır... Bu daha çok... *Eksik.*

Sevdiğiniz şeyler, genelde eksikliklerinizi doldurabilecek kapasitede olurlardı. Kimse kimsenin yerini tutamazdı; ya eksik gelirdi ya da fazla. Ama gerçek olmayan, bu hayal ürünü şeyler... Birkaç saatliğine de olsa tüm o stresten sıyırıp, sizi olmak istediğiniz yere götürüyordu. Bütün zevkler ve huzur, sevgi, mutluluk gibi duygular böyle anların içinde gizliydi fakat çok kötü bir yanları vardı; kurguların içinden sıyrıldığınız an, hayatınız size yetmiyordu. Bazen nefes bile alamıyordunuz, hatta sanki dünyadaki tüm oksijen bitmiş gibi oluyordu. Yetmiyordu. Kendi kendinize bile yetemiyordunuz.

Yetemiyordum. Kendime yetemiyordum. Birileri fazla gelirken, ben eksik kalıyordum.

Bir anda odanın kapısı açıldığında, hızla yattığım yatakta doğruldum ve karanlık odanın içinde bir anda yakılan ışığa alıştırmaya çalıştım gözlerimi. "Kalk bakalım uykucu! Gidiyoruz."

Işığı yakan ve içeri girdiği gibi uzanıp bilgisayarımdaki piyano klibini durduran kişi, Özge'ydi. Elbette. Başka kim olabilirdi ki zaten? Pamir'i mi bekliyordum? Hah.

"Anlamadım, nereye gidiyoruz?" diye sordum gözlerimi

ovalarken. Bulanık görüyordum. Çantamın diplerine ittiğim lens suyunu gözlerime damlatmam gerekiyordu.

"Partiye," diye mırıldandı Özge kollarındaki askıları kalktığım yatağın üzerine sererken. "Bence kırmızı sana çok yakışır." Kırmızı, askılı bir elbiseyi üzerime doğru tutuyordu.

Sana kırmızı yakışmaz, siyahlar içindeki.

Hızla askıyı tutup yatağın üzerine fırlattım. "Ne partisi?"

"Emir bahsetti, şu Mavi Cadde midir nedir orada parti varmış. İyi oldu bu, canım çok sıkılmıştı zaten." Koyu lacivert başka bir elbiseyi üzerime doğru tutarken, "Emir de orada, belki ağabeyim de gelir," diye mırıldandı. "Ama gelmezse de gelmesin. Telefonunu bile açmıyor. Hem partiye benimle geliyorsun, gözümü senden ayırmamış olacağım yani."

"Bu da olmaz," diyerek lacivert elbiseyi ittim. "Pantolon kazak gitsek olmuyor mu? Bunlar çok abartı."

"Koskoca Parmas Yelkıran'ın kızı pantolon tişört mü gidecek partiye? Ha, ha, ha." Yatağın üzerine serdiği kıyafetlere suratını buruşturdu. "Aman canım, illa renkli giyinmek gerekmez ki. Gel benimle."

Yavaşça kolumdan tutarak beni odanın çıkışına yönlendirdiğinde, onu takip ederken parti olayını düşündüm. Mavi Cadde'nin tekin bir yer olduğu söylenemezdi fakat Pamir Bey dünden beri eve teşrif edememişlerdi. Kim bilir hangi barda, hangi kızlarla sürtüyordu?

Bir an öfke düşüncelerimi ele geçirdi.

Özge'nin odasına girdikten sonra, yatağının ve açılmış valizinin üzerindeki kıyafetlere baktım. "Buradan seç, makyajını ben yapacağım," dedi ellerini birbirine sürterek ve yastığın üzerindeki bordo elbiseyi gösterdi. "Bak şu çok güzel, sana çok yakışır."

Katıldığım partiler, yalnızca doğum günü partileriydi. Onlara da pantolon ve kazakla gidiyordum.

Elbiseleri es geçerek, valizin kenarından sarkan siyah, deri pantolonu çekip çıkardım. Dar paçaydı ve bedenine bakınca, üzerime tam oturacağına emindim.

Özge deri pantolonu aldığımı görünce dolabından transparan, uzun kollu siyah bir gömlek çıkardı ve bana uzattı. Dolabın altından da bir çift kalın topuklu, siyah bot aldı. "Mükemmel seçim."

Özge, tercihini bedenini saran bordo elbiseden yana kullanmıştı. Altına da uzun, siyah ve topuklu çizmeler giymişti. Saçlarını doğal bırakmıştı fakat yüzünde eyeliner ve açık bordo bir ruj vardı.

Makyaj masasından, elinde kendine sürdüğünden çok daha koyu bir bordo rujla kalktı. Aynada pantolonun içine soktuğum gömleği düzeltmeyi bırakıp gözlerimi kocaman açarak geriye doğru adımlar atmaya başladım. "Neden elinde koyu bordo bir ruj ve suratında böylesine sinsi bir ifade var?"

"Çünkü birazdan sinsilik yapacağım." Özge güldü ve üzerime doğru gelmeye devam etti. "Çünkü neden yapmayayım?"

"Makyaj sevmiyorum," diye mırıldandım ve olduğum yerde durarak somurttum.

"O dudaklara yazık olur." Önümde durup beni yatağa oturttuktan sonra, yenilgi içinde gözlerimi kapattım ve, "Çabuk hallet o zaman," diye homurdandım. Bir süre dudak kalemi olduğunu tahmin ettiğim bir kalemle dudaklarımın kenarını çizdi ve belirli noktalara çizikler bıraktı. Hemen ardından, ruju dudaklarıma yedirmeye başladı. Gözlerimi açtığımda, elinde bir pudra ve pofuduk bir makyaj fırçasıyla pudrayı rujun üzerinden yediriyordu.

İşi bittiğinde, kafasını bilinçsizce sallayarak boğazından bir homurdanma çıkardı Özge. "Makyaj sevmiyorummuş... O dudaklar, bu rujlar için yaratılmış bebeğim! Dehşet bir şey oldun."

Öyle miydi? Ayna karşısındayken kendimi bir Barbie gibi hissediyordum. Boyanıp süslenmek için yaratılmış bir Barbie.

Bu tabirden nefret ettim. "Neden biz süsleniyoruz? Erkekler süslensin, onlar ruj sürsün. Bana ne."

Özge, çantasının içinde sürdüğü ruju ve küçük bir parfüm şişesini koyarken dönüp bana bakarak güldü ve birkaç dakika sonra, evin önüne çağırttığımız taksı eşlığında partının yapılacağı yere doğru yol aldık.

Bu çılgınca verilmiş bir karardı ve pişman olacağıma emindim. Yine de, evde oturup filmin psikolojimi ne kadar bozduğu hakkında kendimle kavga etmek yerine buraya gelmek, iyi bir seçenek gibi görünmüştü.

Bir anlığına.

Birkaç gün önce on sekiz olmamın verdiği avantajla kimliğimi göstererek girdiğim bir kulüpteki parti, ne kadar doğru bir seçim olabilirdi ki?

Olamazdı. Olmamıştı.

Değildi de zaten.

Ceketimi çıkarıp vestiyere bıraktıktan sonra, içerideki ortamın ne kadar uçarı olduğunu gördüm. Ortalıkta zevk için dans edip birbirine sürtünenleri... Özge bir şeyler söyleyip gülüyordu fakat onu duyamıyordum. Ses çok fazlaydı.

"Çıksak mı ya?" diye mırıldandım Özge'ye dönerek fakat bağırsam da duymayacak gibiydi. Bir anda sallanarak dans etmeye başladığında, önüme geçti ve yanımızdan geçen garsonun tepsisindeki viskilerden birini fondipleyerek bardağı kenara bıraktı. "Manyak," diye mırıldandım gülerek. O da ne dediğimi dudaklarımdan okumuş gibi gülerek dans etmeye devam etti. Birkaç saniye sonra yirmilerinin başında sarışın bir çocuk onu dans pistine davet etti ve Özge gözlerini bana çevirip büyülterek gülümsedikten sonra çocuğun elini tutarak onunla beraber gitti.

Bunun olacağını biliyordum, diye mırıldandı siyah, göğsünde birleştirdiği kolları ve suratındaki somurtan ifadesiyle.

Birkaç saniye sonra beyaz da ona katıldı. *Pekâlâ, bunun olacağını hepimiz biliyorduk.*

Kenarda dikilip, Özge'nin kenara bıraktığı bardağı tinerciler gibi kokladıktan ve geniz yakan kokusunu tattıktan sonra seslice nefes vererek kollarımı göğsümde birleştirdim. Buraya ait değildim, bunda herkes hemfikirdi.

Birkaç dakika sonra tıpkı o sarışın çocuğun Özge'ye yaptığı gibi, esmer bir çocuk suratında gevşek gülümsemesi ve alkol kokan bedeniyle beni dans pistine davet ettiğinde, onu reddettim. Ben onu reddederken, çocuğun teklifini tekrarlamasına gerek kalmadan esmer bir kız onu kolundan dans pistine çekiştirmişti.

Aynı yerde dikilmenin fazla dikkat çekici ve yorucu olduğunu fark ettikten sonra, koltukların arkasından dolanıp kulübü gezintiye çıktım. Arka tarafta bir grup koltukların üzerine yığılmış bir halde şişe çevirmece oynuyordu. Yan taraftaki loş aydınlatılmalı koridorun sonundaki tuvalet kapılarını görebiliyordum, karşı tarafta ise kulübü boylu boyunca kaplayan bar tezgâhı vardı. Saçlarını arkadan toplamış turuncu kafalı bir barmenin, tanıdık gelen bir yüzün önüne bir bardak değişik renkli bir sıvı bıraktığını gördüm.

Parmakları bardağı kavradı, bir yudum alırken kafasını bu tarafa çevirdi ve o an, onun Özge ile Pamir'in kuzeni Emir olduğunu fark ettim. Özge, burayı ondan duyduğunu söylemişti fakat onun burada olacağını düşünememiştim. Eğer Emir bizi görürse Pamir'e haberi uçardı.

Telefonumu çıkarıp Özge'yi aramayı düşündüm fakat bu gürültüde duyması imkânsızdı.

Beyaz fısıldadı. *Neden buradan çıkman gerekiyor ki? Bilse ne olur? Ona hesap vermek zorunda değilsin.*

Siyah suskunken, beyaza kapılmamak elde değildi. Düşüncelerimin arasından sağ çıkabildiğim kanlı bıçaklı kavgadan sonra, telefonumu kapattım fakat o sırada, kolumda hissettiğim elle telefonu hızla cebime atarak ona döndüm ama görebildiğim tek şey uzun, kızıl saçlardı. *Gökçe?* Beni sürüklediği alana göz atmama vakit kalmadan bakışlarımı saçlarından çekmeyi denedim ama kafamı kaldırdığımda, şişe çevirmece oynayan bir grup sarhoşun arasındaydım.

Gökçe olduğunu sandığım kız oturarak beni de yanına çektiğinde, sesini duymuş ve yüzünü görmüştüm. Hayal kırıklığının keskin camları boğazıma batmıştı resmen. Tabii... Dünyadaki tek kızıl Gökçe değildi ya?

Kız baygın bakan mavi gözlerinin ardından, "Bizimle oyna," dedi ve konuşmama gerek kalmadan şişeyi çevirdi.

"Teşekkür ederim ama ben kalkayım..."

Kalkarken kolumu tutan kalın ellere baktım. Gözlerim birkaç saniye sonra yeşil gözlerinin ve kumral saçlarının üzerindeydi. "Yemeyeceğiz seni be güzelim, bir kişi eksik. Oyna işte."

O an, *onun* ağzından çıkarken böylesine güzelken, başkasından duyulduğundan mide bulandırıcı olabilecek bir kelimenin farkına varmıştım: *Güzelim.* Sertçe kolumu kendime doğru çektim ve tuttuğu yeri ovduktan sonra gözlerimi dans pistinin görünen kısmında gezdirdim. Özge hangi cehennemdeydi?

Şişenin bir ucu benim tarafımda diğer ucu da karşımdaki sarışın çocuğun önünde durduğunda, seslice nefes vererek "Ben mi soruyorum?" diye mırıldandım.

"Ne sorması?" diyerek güldü yanımda oturan kızıl ve ayağa kalktıktan sonra kolumdan tuttu.

"Şişe çevirmece? Doğruluk ve cesaret?" diye sordum, gözlerimi büyülterek etraftakilerin üzerinde gezdirirken.

"Ahh, bebeğim, çok masum düşünüyorsun."

Sözlerin sahibi olan, şişenin diğer ucunun durduğu sarışın çocuğa döndüm. O da ayağa kalkmıştı. "Ne?" diye sordum. "Dans mı edeceğiz? Pekâlâ, ben gidiyorum."

Tam dönecekken kumral olanın tekrar kolumdan tutmasıyla, savunma hareketlerini hatırlayıp uygulama isteğiyle doldum fakat bastırdığı başparmağı tam olarak iğnenin bıraktığı morluğun üzerinde olduğundan yapabildiğim tek şey inlemekti. "Bırak kolumu!"

"Hadi ama," diye homurdandı beni ileriye iterken. Birkaç adım hızla ileriye giderken kendimi zorlukla durdurdum ve çarpmak üzere olduğum dolaptan tutunarak geriye çekildim. Sarışın çocuk da tam karşımda duruyor, pişkin şekilde sırıtıyordu.

Birkaç saniye sonra tutunduğum dolabın kapağı açıldı. İçeriden kıyafetleri buruşmuş, çocuğun dudakları ve boynu ruj izleriyle dolu, kızın da dudaklarına silik bir kırmızının hâkim olduğu bir çift çıktı. Küçük bir dolabın içinde... Onlar...

Çocuk dudağındaki ruj izlerini silerken yamuk bir şekilde bana doğru gülümsedi ve kızla beraber çembere doğru ilerlediler.

Midem kalkmıştı. Birkaç saat önce yediğim tost ve içtiğim kahve yukarıya çıkmak için can çekişiyordu.

Çocuk sertçe bileğimden yakaladığında, hızla elimi çektim fakat tekrar yakaladı ve kendi içeriye girerken beni de kendiyle çekmeye çalıştı. Burada böyle pis işlerin döndüğünü bilseydim, caddeye adımımı bile atmazdım. Kendimi pısırık bir kız gibi göstermeyecektim çünkü öyle değildim. Kaba kuvvet, her zaman insanlık dışı bir yöntem olarak gelmişti bana ve listemde yoktu, başvurmak istediğim son seçenek bile değildi ama küçücük kızların anne ve babasının koynundan kaçırılarak defalarca tecavüz edildiği, aynı muameleyi gören bazılarının yakıldığı ve öldürüldüğü bir yüzyılda yaşıyorduk. Kaba kuvvet seçeneği duvarları kolayca aşarak listeme girebilir, hatta en üst sıraya bile yerleşebilirdi.

Yerleşmişti bile.

Derin bir nefes aldıktan sonra, beni çekiştiren çocuğun kıçına tekmeyi basmak için kolumu sertçe ondan çektim fakat aynı anda, nereden geldiği belirsiz, çocuktan daha uzun ve daha yapılı biri onu ensesinden yakaladığı gibi çekip bir anda suratına yumruğu indirdi ve duvara çarparak bir eliyle boynunu kıstırdı.

Kızıl kız ayağa kalkarak, "Ne oluyor ya?" diye söylendi fakat sarhoş olduğundan lafı ağzında geveliyordu.

Yeşil gözlü kumral çocuk, geri çekilerek diğerleriyle birlikte şaşkın gözlerini arkadaşını tartaklayan kişinin üzerine çevirmiş ve çenesini kapatmıştı.

Duvara yaslanmış, nefes almakta güçlük çeken çocuk kurtulmaya çalışırken onu tutan kişi rahat bir tavırla aşağı eğdiği kafasını kaldırdı ve kendine hâkim olmakta güçlük çeken bir ifadeyle dilini dudaklarının üzerinde gezdirdi. "Böyle bir barda, sevgili arkadaşlarınla dolap oynuyorsun demek?"

Yelkıran.

Siyah ve beyaz, nereden çıktıklarını bilmediğim kapıların arkasına saklanarak kapılarını kilitlediler. Şimdi sadece midemde değil, kalbimde, beynimde ve her organımda büyük bir savaş vardı. Sayılı kişilerin dokunabildiği ruhum da buna dâhildi. Ses tonu bir silahtı, seçtiği kelimeler kurşun. Hiç çekinmeden tetiği çekiyordu ruhumun üzerine. *Ruh katili.*

Çocuğun nefessizlikten kıpkırmızı kesildiğini gördüğümde hareket edecek gücü kendimde anca bulabildim ve hızlı birkaç adım attıktan sonra onun boynunu sıkan elini indirmesi için Pamir'in kolunu tuttum. "Bırak hadi, boğulacak!"

"O sikik herif seninle kıç kadar dolaba girecek öyle mi?" diye bağırdı bana doğru. Hemen ardından bakışlarını çocuğa çevirdi ve üzerine gitti. "Yürek mi yedin lan!"

"Hallediyordum!" diyerek lafını kestim.

"Hallediyor muydun? Neyi hallediyordun!" Öfkeyle çocuğun boğazını bırakıp suratına bir yumruk indirdiğinde, çocuk daha fazla ayakta kalamayan yere yığılıp şiddetle öksürmeye başladı.

"Deli misin? Maganda mısın Pamir? Bar basıp adam dövüyorsun, farkında mısın? Mafya mısın? Manyak mısın!" Avuç içlerimi açarak onu göğsünden itmeye çalıştım fakat yerinden kımıldatamadım.

Kolumdan tutarak, "Yürü," dedi boğuk ve sert bir sesle. *Öfkesini bastırmaya çalışıyordu.*

"Hayır," diyerek kolumu çekmeye çalıştım fakat denemelerim, onu daha da sinirlendirmiş olmalıydı ki kolumu sıkmaya başladı ve bir anda bana dönerek üzerime eğildi. Dibime girmişti. "Ne yapıyorsun?" Öfkesini bastırmaya çalışıyordu, evet, bu doğru bir teşhisti fakat bilinmesi gerekiyordu ki, bastırılmaya çalışılan öfkenin sonuçları, her zaman çok daha ağır ve etkileyici olurdu.

"Magandayım, mafyayım, manyağım kızım ben! Deliyim, evet! Delirttin lan beni! Kafayı yedim!" Yerde öksüren çocuğa bir tekme attıktan sonra hızlıca kolumdan çekti. "Nil, yürü."

Hareket edecek gücüm, içime çekecek oksijen yoktu. Hayır diyemedim. Kolumdan tutup beni şişe çevirmece oynadıklarını sandığım topluluğun arasından dışarıya doğru çekerken ayaklarım ona itaat etti. Dans edenler danslarına devam ediyor, içkiler yudumlanıyordu. Birkaç bakışın bize döndüğünü fark ettiğim an kafamı çevirerek ilerleyen adımlarımı hızlandırmıştım. Arka çıkış olduğunu düşündüğüm kapıdan çıktıktan sonra, arabaların park edildiği bir otoparkta buldum kendimi ve birkaç adım sonrasında, mavi, spor bir BMW önümüzde fren yaptı. Direksiyonda Emir vardı, yan koltuğunda Özge oturuyordu ve Özge'nin suratında baygın bir ifade vardı.

Emir pencereyi açarak, "Eve götürüyorum," dedi ve bakışlarını Pamir'e yöneltti.

Her harfin üzerine basarak, "Doğruca," diyerek cevapladı onu Pamir. Birkaç saniye sonra Mavi BMW hareket etti ve ilerledi. Arabaların arasından hızla geçmeye başladığımızda gittiğimiz yer her neresiyse, burası olmadığını fark ettim. Açık otoparktan çıktıktan sonra caddeden karşıya geçtik ve kapalı bir otoparkın yaya girişinden içeriye girdik. Hiçbir şey söylemeden birkaç dakika daha onu takip ettikten sonra, otoparkın duvarlarının yeşil renkle çizildiği kata geldik ve siyah Porsche önümüzdeydi.

Etrafta birkaç market arabası vardı, katın gerisindeki giriş bir süpermarkete aitti fakat etraf sessizdi.

Pamir, Porsche'nin kapılarının kilidini açtıktan sonra parmaklarının sardığı bileğimi çektim ve yolcu koltuğunun kapısını açtım. Sessizdim, etrafın hâkim olduğu sessizlik damarlarıma sızmış gibiydi. Ya da az önceki sahnenin şoku hâlâ üzerimdeydi ve onun söylediklerine anlam yüklemeden kendimi durdurabilmenin tek yolu buydu. Benim sözlüğümde, *umut* gibi bir kelime yoktu. Hayır... Buna izin vermezdim. Umut zehirliydi.

Açtığım kapıdan içeriye binecekken bir anda bileğime dolanan elle geriye çekildim ve arka kapının kapısının da açılmasıyla içeriye savruldum. Saniyeler içinde, arka koltuğa oturmuştum fakat ayaklarım dışarıdaydı. Geriye düşmemin tek sebebi ise, Pamir'in belimden tutmuş olmasıydı.

Üzerime eğilmişti ve çok yakındaydı. "Ne oluyor?" diye sordum dehşet içinde.

"Şşş," diye fısıldadı Pamir, gözlerini ön camdan dışarıya yöneltirken. Sessizce yutkunarak, çenesini ve dudaklarını incelemekten kendimi onun baktığı yere veremiyordum. Bakışlarımı gözlerine çıkarmadan baktığı yeri takip ettim ve karşımıza park edilmiş arabaları izlediğini fark ettim.

Sorumu yineledim. "Ne oldu?"

"Sus," dedi.

"Bu neyi değiştirecek?"

"Her şeyi," dedi Pamir gözlerini ve kafasını yüzüme çevirerek. Gözlerim acı kahvelere kenetlenmişken, gözlerinde kol gezen cinayetleri gördüm. Mezar taşları, ağıtlar, cesetler ve kan. Ruhların cesetleri olabilir miydi? Benimki tam gözlerinde asılıydı.

Burnunun ucu burnumu sıyırarak daha da yaklaşmadan hemen önce son kez karşıya baktıktan sonra, dudaklarından bir küfür firar etti. "Ahh, siktir."

"Yakıyorsun," diye mırıldandım burnumun direği sızlarken.

Yutkunduğunu, âdem elmasının hareketinden anlamıştım. "Yanacağız o zaman."

Sonrasında gözlerinde asılı cesedin boynuna dolanmış ipler koptu ve dudaklarını dudaklarıma bastırdıktan sonra elleri iki yandan yüzümü kavradı. Kapanmış göz kapaklarımdan zihnime sızan karanlık, içeri buyur edilmişti.

Her şeyi ateşe verdi.

Sırtım koltuklarla buluştuktan sonra dudaklarının arasında çekiştirilen alt dudağımı hissetmiştim; can çekişiyordu. Beynim, sanki yüz binlerce çalışanı olan bir şirketti ve patron bir anda paydos diye bağırmıştı. Düşünceler ıssızdı, soruların sonuna soru işareti değil de nokta konuluyordu ve her şey birbirine karışmıştı.

Pamir dizinin birini koltuğa yaslamıştı, sağ bacağımın hemen yanına olduğunu hissedebiliyordum. Başparmakları çenemi okşuyordu ve dudaklarından dudaklarıma geçen, oradan da kalbime dolan bir ısı vardı. İçinde fırtınalar kopan göğüs kafesim, şimdi sıcak bir yaz günündeymişiz gibi kavruluyordu.

Dudakları dudaklarımdan birkaç santim uzaklaştı ve doğruca gözlerimin içine bakarak, "Kapıyı açacağım," diye fısıldadı Pamir. Yüzümün yanındaki saçlarımı çekti ve bunu yaparken başparmağı elmacık kemiğimin üzerinde oyalandı. "Ben üçe kadar saydıktan sonra, kapıdan çıkıp marketin içine koşmanı istiyorum. Ben gelene kadar da asla çıkma."

"Ne?" diye sordum fakat kafasını kaldırmış, aynı yere bir kez daha bakıyordu.

Dilini dudaklarının üzerinde gezdirdikten sonra, "Bir," dedi ve kafasını aşağı indirdi. "İki." Şimdi gözleri, tam olarak gözlerimin içine bakıyordu fakat onlar her zamanki gibiydi. Acı kahvelerin demir kapıları bir kez daha üzerime kapanmıştı ve ben dışarıdaydım. İçeriye girmek istiyordum.

Benden ne istediğinin farkına vararak sorgulamadan, hazırlandım. Pamir uzanıp kapıyı açıktan hemen sonra, "Üç," dediğini duyar duymaz, bacaklarımı kendime doğru çekerek arabanın içinde ters bir takla attım ve saniyeler içinde otopark zemininde, ayaklarımın üzerindeydim. İstemsizce boynuma giden elim sayesinde parmaklarım biri gece mavisi, diğeri siyah olan taşa tutundu ve marketin girişine doğru koşmaya başladım.

İçeri girmeden önce beni durduran şey, bir saniyeliğine arkaya döndüğümde gördüğüm manzaraydı. Pamir takip edemediğim kadar hızlı hareketlerle üç adamla aynı anda dövüşüyordu. İki kişi de geride vardı ve hepsi, baştan aşağı siyah takım elbiselere bürünmüşlerdi. Arkadaki ikiliden biri sıkıntıyla geri çekilerek elini beline koyduğunda, sıyrılan ceketinden görünen siyah metali fark ettim.

Ne yapacağımı bilemeyerek markete girmeyi reddedip arabalardan birinin arkasına saklandığımda, Pamir'in sağ ve sol kroşelerini indirirken kolundan tutan adamın boynunu saniyeler içinde çıkardığı ceketiyle sardığını gördüm. Ardından adamın kalça kemiğine tekmeyi indirdi ve onu üzerine gelen bir diğer adamın üstüne devirdi.

Arkada duran ikili, yere yığılmış üç adama baktıktan sonra ellerini kaldırarak konuşmaya başladıklarında ne söylediklerini duyamıyordum fakat Pamir saldırmak için hazır bir kurt gibi gerilmişti. Onu, Zırh'dayken çıktığı ringde bile böyle görmemiştim. Tabii, o zamanlar tek kişiyle dövüşüyordu ama şimdi, saniyeler içerisinde hiç zorlanmadan silahlı üç adamı yere devirmişti.

Yerdeki adamlar sürünerek ayaktaki iki adamın arkasına geçtiklerinde, Pamir'in, "Hayır!" diye bağırdıktan sonra duvara sertçe yumruk attığını gördüm. Aynı anda ufak bir çığlık dudaklarımdan firar ettiğinde, hızla avucumu dudaklarıma bastırarak kendimi geriye attım ve sırtımı arabaya yasladım. Yumruğu çok sertti ve sanki kemikleri kırılmış gibi bir ses beynimde yankı bulmuştu.

Tekrar ayağa kalkabildiğimde, adamların beşinin de kafasının olduğum yere dönük olduğunu gördüm. Pamir ise sert ve keskin bakışlarını öndeki adama çevirmişti. O adam yüzünde bilmiş bir sırıtışla, başparmağını kaldırarak benden tarafa işaret etti ve diğer dördü bu tarafa doğru adım attığında, damarlarımdan yukarıya doğru tırmanan adrenalin patlak verdi. Ayakta kalabilmek için arabaya tutunmak zorunda kaldım.

Pamir, adamın beni işaret eden parmağını tutup çevirerek kolunu kırdı ve adam acı bir feryat koy verdiğinde bacağına geçirdiği tekmeyle onu yere serdi.

Üzerime doğru gelen dört adamı fark ettiğimde, ayağa kalkarak geriye doğru yürümeye başladım. Adamların suratlarında betondan bir ifade vardı ve bu korkutucuydu. Hepsi uzun boylu ve cüsseliydi, bu yüzden teke tek bile şansımız olabileceğini düşünmüyordum. Yine de benim bir avantajım vardı.

Tek bir hareketimle onları yere serebilirdim, içimdeki canavarı ortaya çıkararak onlardan kurtulurdum ve bu iş burada biterdi. Adamların ne düşüneceği umurumda bile olmazdı ama Pamir? O ne düşünürdü?

Adamlar yavaş adımlarla üzerime doğru gelirken, ne zaman geldiğini fark etmediğim Pamir'in yanıma doğru çektiği market arabasını gördüm. Saniyeler içinde beni içine atarak ileri ittiğinde, bir market arabasının içinde ileriye doğru gidiyordum.

Çığlık atma isteğimi bastırarak kalkmaya çalışırken, Pamir'in iki adamı çoktan yere serdiğini gördüm. Arkada duran ve daha önce silahını gördüğüm adam bir adım geri çekilirken, Pamir üçüncüyü de indirdi ve sıra diğerine geldiğinde, otoparkın aşağıya doğru eğik kaldırımına doğru hızla ilerlediğimi fark ettim. Birkaç saniye içinde oradan kayarsam, açık duvardan aşağı düşecektim.

Son adam, hiç de tekin olmayan bir şekilde Pamir'e karşı bir atakta bulunduğunda market arabasının tekerlekleri kaldırımın üzerinden aşağıya doğru eğildi. Hızla aşağıya doğru kayarken, büyük bir çığlık attım.

Düşüncelerime hâkim olamıyor, bir noktada toplayamadığım gücüme sahip çıkamıyordum. İşlevsiz, çelimsiz, zayıf ve güçsüz hissediyordum. Eğer üçüncü kattan aşağıya düşersem, kurtulma şansım sıfırdı. Bu taraf direkt olarak caddeye bakıyordu ve eğer betona düştükten sonra şans eseri yaşasam bile bir arabanın üzerimden geçmesi bir saniye sürmezdi.

Son anımda, dişlerimi sıkarak gözlerimi kapattım. *Olmuyordu.* En gerektiği zamanlarda kontrol edemiyordum ve bu beni mahvediyordu. Kendim için kullanamamakla lanetlenmiştim sanki.

Ölüm anı geldiğinde kaçış yoktu. Öyle ya da böyle, görerek ya da görmeyerek, farkında olarak ya da olmayarak, ölüyordunuz. Şikâyet ettiğiniz varlığın ortasından, hissedemediğiniz bir yokluğa.

Ama hayır, böyle bitemezdi.

Market arabası kaldırımın sona erdiği noktadan geçerek duvardan aşağı fırlayacakken, seslice nefes verdim ve aynı anda damarlarımın zonkladığını hissettim. Göğüs kafesimden bir akım geçiyordu, parçalanırcasına hissettiğim güç parmak uçlarımı yakarken kollarımın iç kesimindeki o belirgin, mavi çizgileri gördüm. Mine'yle kavga etmeden önce çatıdayken gördüklerimle aynılardı.

Ölümden kaçarken bile ölüme koşuyordum.

Güçlü bir şimşek gözlerimin önünde büyük bir gürültüyle hayat bulduğunda, acı yüzünden büyük bir çığlık attım ve aynı anda hava akımı beni market arabasının dışına, zemine fırlattı.

Yeryüzüne büyük bir gürültüyle inen yağmur damlalarının sesi kulaklarımı doldurdu önce, sonra ellerimi zemine dayayarak doğrulmayı başardım ve her nefes alışımda acıyan göğüs kafesimi rahatlatmaya çalıştım. Aldığım nefesler her hücreme zehirli bir ok gibi batıyor, beni boğulmaya sürüklüyordu.

Öksürmeye başladığım sırada bileğime dolanan büyük elleri gördüm. Yarı açık bilincimle beni ayağa kaldırmayı başardığında, burnuma dolan salep ve tarçın kokularının yanında sigara kokusu da içime doldu ve gözlerimi sonuna kadar açabilmeyi başardım.

Pamir hiçbir şey demeden önce, ben onu ittim ve geriye giderek ondan uzaklaştım. "Derdin ne senin? Öldürmeye mi çalışıyorsun beni!"

Market arabası doğruca aşağı, caddeye düşmüştü ve arabaların kornaları her yerde yankılanıyordu. "İstiyorsan söyle!

Seni uğraştırmayayım, hemen atlayabilirim..." Bir ayağımı tuğlaların üzerine koydum fakat Pamir hızla kolumdan tutarak geri çekti beni ve, "Kendine gel!" diye bağırdı.

Bileğimi ondan kurtardıktan sonra, "Hayır!" diye bağırdım fakat o tekrar bileğimi yakaladı. Kollarıma hâkim olamayarak ayakta debelendim ve bırakması için uğraşmaya çalıştım fakat işe yaramıyordu.

"Debelenme, dur bir dakika," dedi.

Durmadım.

Bir anda diğer kolumu da yakalayarak üzerime doğru geldi ve bir koluyla belimden tutarak beni sıkıca kendine yasladığında, diğer eliyle boynumun bir kısmını ve çenemi tuttu, sonra eğilerek suratını suratıma yaklaştırdı. "Dur dedim."

"Hayır, bırak," diye mırıldandım fakat korkudan ve adrenalinden istemsizce gözlerim dolmuştu. Silmem gerekiyordu, gözyaşlarımı silmem gerekiyordu fakat bu sefer de bedenini bir kafes olarak kullanarak beni kıstırmıştı.

"Durmayı kabullenene kadar bırakmayacağım," diye fısıldadı, acı kahvelerini gözlerime kenetlerken.

Ağlamak istedim. Şuracıkta, daha önce hiç ağlamadığım gibi, hıçkırarak ağlamak istedim. Ailem bile bırakmıştı beni, milyonlarca soru işareti ile birlikte bir gece ansızın gömmüşlerdi kızlarını, çocukluk kahkahalarımın hâlâ yankılandığı o eve.

Ağlamak istedim.

Çünkü o bırakmayacaksa, sonsuza kadar debelenebilirdim.

5

Göğüs kafesimin üzerinde gezinen akıntıyı hissetmemek mümkün değildi. İçimde bir şeyler kırılıyor bir şeyler yeniden inşa ediliyordu ve bırakılan kalıcı hasarlar, geleceğimin temelini kundaklıyordu.

Ayağa kalkmalıydım. Ayağıma dolanıp beni düşüren bir ipti ve boynuma dolanan da o ip olmamalıydı. Bir şeyler ortaya çıkıp beni alaşağı etmeden önce kendimi buna hazırlayıp, gerekirse açık kalmış kapıları ardına kadar kapatmalıydım. Saçlarımı dağıtan bir rüzgârdı, yüreğimi dağlayan bir rüzgârdı ve aralık kalan kapıları esintisiyle açan da rüzgârdı. Durgun bir denize dönmeliydim, harflerce ilerlediğim cümlenin sonuna gelen noktayı beyaz bir boyayla kamufle etmeli ve ucunu ateşe verdiğim demirle harfleri birer birer kazımaya devam etmeliydim. Sona geldiğimde, yaptığım kandırmacayı solda sıfır bırakmalı ve sonuca odaklanmalıydım.

Gecenin ayazında aklıma düşen yeniden doğuş fikirleri sadece bunlardı. Eğer öncekiler bir bombaysa, şimdikiler birer atom bombasıydı. Sanki beynim güneşti, habersizce içine sızan düşünceler de birer kaya parçası; bir Güneş patlaması yeterdi her yeri ateşe vermeye.

Birkaç saat önce kül olmuş bir şeyleri yeniden alevlendirmeye.

Beni görmüş olabilir miydi? Otoparktayken yaptığım şeyi görmüş olabilir miydi? Peki görmemiş olsa bile, o kazadan kurtulmamı kendine nasıl açıklıyordu? Atlamış olabileceğimi mi düşünüyordu?

Ne düşünüyordu?

Otoparkta yaşananlardan sonra fark ettiğim gerçeklik, çölün ortasında esen bir poyraz gibi suratıma çarptığında tek kelime etmeden eve kadar gelebilmeyi başarabilmiştim - siyah bir Porsche'nin içinde, Pamir Yelkıran ile birlikte. Eve girdiğim an yukarı çıkmış, üzerimi değiştirmeden odama girip kapıyı kilitlemiş ve lenslerimi kutusuna koyarak birkaç saat yatakta öylece uzanmıştım. Yaşadığım şeyin bir bedeli vardı, birçok sorumluluğu ve ruhsal ağırlığı. Anlatmaya çalışsam dilimin ucunda intihar ederdi kelimeler, boğazıma takılır da cesetlerini soluk boruma asarlardı, biliyordum. Bazı kelimelerin mezarlıkları vardı içimde, birini dahi olsa bulmalıydım.

Tetikleyecek bir şeye ihtiyacım vardı sadece. Yalnızlık, o kadar da acı gelmiyordu bir süre sonra, daha derine saplanan bir bıçak vardı ve bir yarış gibi, son rekordan daha da derine inemezse acıtamıyordu artık. Alışıyordu insan acıya. Aşağılık insanoğlu! Nasıl mutluluk gibi bir kavram varken, acıyla bir maziye ortak olabilirdi?

Birkaç saat sonra lensleri gözlerime tekrar yerleştirip, lens suyunu da damlattıktan sonra odanın penceresinden gökyüzünü seyre dalmıştım fakat yetmemişti. Sonuç olarak, pervazdan tutunarak yukarıya çıkmış ve çatıya, kiremitlerin üzerine yatmıştım. Gün doğumuna birkaç saat kalmıştı, gökyüzü bulutluydu fakat bir saat içinde bütün bulutlar, hastalık taşıyan cansız bir insan bedeni gibi imha edilmişti.

Midem ağzımdaydı.

İşaret parmağımla ışıltılarını birleştirdiğim yıldızlar, şekillenerek gökyüzündeki yerlerini daha anlamlı hâle getiriyorlardı ve anlam yüklemek eskisi kadar kolay olmuyordu.

Kanatları koparılmış bir kuğuyu hayali bir şekilde gökyüzünde gülümserken gördüğümde, yan tarafımdaki büyük, kare kapak hareketlendi ve açıldı. Yelkıran çatının kapağını açmıştı ve renksiz bakan soluk gözleri üzerime dikilmişti.

"Ne halt yiyorsun burada?"

"Yıldızları sayıyorum."

Bana dünyadaki en imkânsız şeyi söylemişim gibi baktı. Belki de haklıydı. Bilmiyordum.

Pamir kapağı açık tutup tek bir hareketle kiremitlerin üzerine çıktığında, kapağı yavaşça kapattı ve yanıma gelerek oturdu. Kollarını da dizlerinin üzerine yaslamıştı. Bana, "Yıldızları sayamazsın," dedi.

"Öyle mi?" diye sordum. "Peki, sence şimdiye kadar kaç insan ölmüştür?"

"Sayamayacağın kadar çok."

"Bence de." Gözlerimi yıldızların üzerinde gezdirdim. "Fakat sayıları aynı olmalı. Düşünsene..."

Bir an, gözlerini üzerimde gezdirdikten sonra geriye doğru yatarak yıldızlara baktı ve derin bir nefesi içine çektiğini işittim. "Gökyüzü bir mezarlık," dedi.

"*Gökyüzü bir mezarlık.*"

Sözünü tekrar ettikten sonra, ellerimi karnımın üzerinde birleştirerek, "O zaman ay da onların bekçisi mi oluyor?" diye sordum. "Bir mezarlık bekçisi?"

"Belki," dedi Pamir. "Bilmem."

Belki. Bilmem.

Doğrularak ellerimden destek aldım ve oturur pozisyona geldikten sonra yutkundum. "Bazı cevaplara ihtiyacım var." Pamir'in kafası yıldızlara dönüktü. "Devam edebilmek için."

Cevap vermeyip, sessiz kaldığında derin bir nefes aldım ve sesimi yükselttim. "Susma," dedim. "Neden susuyorsun? Fark etmediğimi mi sanıyorsun? Bir şeyler oluyor ve ben belki de başrollerden biri olmama rağmen geride kalıyorum. Soru işaretleri boğazıma kadar tırmandı ve artık cevaplar olmadan nefes almam mümkün değil."

"Bazen," dedi Pamir, dilini kurumuş dudaklarının üzerinde gezdirmeden önce. Bir kolunu başının altına koyarak başını bana çevirdi. "Bir şeyleri bilmemek, bilmekten daha iyidir."

"Orada öylece durup bir şeyler söyleyeceksin, öyle mi? Hiçbir anlam taşımayan kelimeler sarf edeceksin ve sıra bana geldiğinde boş konuştuğumu söyleyip beni susturacaksın?" Kaşlarımı çattım. "Beni öptün, kaçmamı söyledin, bir market arabasının içine tıkıp ittin ve söyleyeceğin tek şey bu mu Yelkıran?"

"Eğer öyleyse?" Tek kaşı kalkmıştı.

Tek adımda ayağa kalktım ve ayaklarımın zemine sağlam bastığından emin oldum. Kiremitlerin üzerinde ayakta durmak zordu. "Eğer öyleyse ben gidiyorum."

Çatı katının aşağı inen kapağına doğru bir adım attığımda, parmaklarını sertçe koluma geçirdi ve aşağı çekti. Birkaç saniye içinde küçük bir çığlıkla üzerine düştüğümde, bacaklarının üzerinde oturuyordum ve sırtım geriye doğruydu. Doğrulup kollarını belime sardı. Eğer bunu yapmasaydı, saniyeler içinde arkaya doğru yuvarlanır ve çatıdan aşağı düşerdim.

"Hiçbir yere gitmiyorsun," dedi sert bir sesle. Saçlarım gözümün önüne geldiği için onu tam olarak göremiyordum fakat nefesi saçlarıma değiyordu. Yakınımdaydı ve kollarından tutunuyordum.

Belime sarılı kollarından birini çekti ve parmaklarıyla yüzüme gelen saçlarımı kulağımın arkasına attı. Yüzüm açığa çıktığında, acı kahve rengindeki gözleriyle baş başa kaldım. Hava soğuktu ama onun gözleri kadar değil. Bana baktığı kadar değil. "Buna karar verebilecek bir konumda değilsin."

"Seni öpebilecek konumda da değildim," diye mırıldandı Pamir, meydan okuyan bir edayla.

Zorla yutkundum. "Değilsin."

"Değilim."

İnkâr etmiyordu, olumlu yönde hiçbir söz için aralanmıyordu kalın dudakları. Bir kez olsun baharı yaşatmıyordu kahve gözleri, sanki *benim kahvem diğerlerinkine benzemez, acıdır,* diyordu. Diğer acı kahveler boğazı yakıyorsa, onunki yüreği yakıyordu.

Dudağımda geçmişin izleri, yüreğimde yitirilmiş umutların sesleri... Ve sen ruhumun katili, hiç dokunmadan öldürebildin beni.

"Ne zaman söyleyeceksin?" diye sordum. Cevapları alamazsam sabaha burada olmak istemiyordum; Nisan'ı bulmalıydım. Durmadan beklemekten, sabretmekten yorulmuştum artık. Bekledikçe acıyan filtre kahve gibiydi sessizlik, büyüdükçe deşiyordu insanı keskin pençeleriyle. Sağırdı ama çığlık atardı. Çok iyi bilirdi çığlık atmayı.

"Bilmem," dedi.

"Söyleyecek misin?"

"Belki."

Suratımı buruşturarak ağlamaklı bir sesle oflarken, kafasını çevirip eğerek güldüğünü işittim. Bir saniyeliğine bembeyaz dişlerini görebilmiştim, yıldızlar üzerimizde parlıyordu ve ben ona yakın duruyordum. Yalnızca birkaç ay önce bana bu sahnenin gerçekleşeceğinden bahsetseler, bunun imkânsız derecede güzel olduğunu söylerdim fakat bu an, rüya ya da yalan değildi. Ama şu anki kafayla gerçek olmasını da istemezdim.

"Nisan'a ulaşamıyorum," dedim ve titreyen kirpiklerimle gözlerimi birkaç kez kapatıp açtıktan sonra onun gözlerine diktim. "Birkaç gün önce Nisan'ı Buğra'yla tartışırken berbat bir hâlde gördüm, seninle de tartıştı. Ne gördüğümü, bunun kötü bir şeye işaret olduğunu biliyorum ama elimdekiler temel parçalardan ibaret. Ayrıntıları bana vermen gerekiyor, o benim tek arkadaşım." Yutkunmaya çalıştıkça büyüyordu boğazımdaki yumru. Gözlerim acıyordu. "Gerçeklik ya da sahtelikten bahsetmiyorum Pamir. Benim Nisan'dan başka kimsem yok. Bir şeyler bildiğini biliyorum."

Parmakları boynumda gezindikten sonra bir araya geldiğinde yüzümü kavradı ve dikleşerek yüzünü bana yaklaştırdı. Dudaklarını yaladıktan sonra gözlerini gözlerime çıkarsı. Yutkunduğunda âdem elması hareket etti ve gözlerimi boynundan çekerek gözlerine yönelttim.

"Hayır Nil," dedi Pamir. "Bir şeyler bilmiyorum." Sesi boğuklaştı, kısıldı; bakışları sertleşti. "*Çok* şey biliyorum. Ve senin bilmemen, şu an için elimdeki en sağlıklı seçenek."

Tenimde beliren acı göğüs kafesimi yardı. Reddedilmekten daha acı bir şey varsa eğer, o da 'iyiliğin için' bahanesinin altında reddedilmekti. "Eğer şimdi söylemezsen etkisi çok daha büyük olacak."

"Buna hazırım," dedi Pamir. "Her zaman böyle bir ihtimal vardı."

"Nisan biliyor mu?"

"Hayır."

Durdum. "Peki o sabah neden o hâldeydi? Başka bir şey olsaydı bana söylerdi. Mutlaka söylerdi."

Pamir kafasını birkaç saniye eğdikten sonra kaldırdı ve kapattığı göz kapaklarını da hemen ardından araladı. "Buna emin misin?"

Gözlerimi kapattım ve düşünmek istemediğim o ihtimali düşündüm. Her şeyimi bilirdi Nisan, her şeyimi. Bir tek Pamir ve Zırh meselesinden bahsetmemiştim ona... O da bahsetmediğimden değil, bahsedemediğimdendi. Bu bana düşmezdi. Buğra da bu işin içindeydi ve Nisan'a bunu açıklaması gereken de bizzat oydu. Bu mesele için kavgalı olabilirler miydi?

"Sadece evet ya da hayır de," dedim yutkunduktan sonra derin bir nefes alıp gözlerimi aralayarak. Acı kahveleri, tam da üzerime dikilmişti ve yüzümü inceliyordu. Belimdeki elinin başparmağı hafifçe belimi okşadığında irkildim ve bir elim aniden elinin üzerine kapandı. Bu kadardı, daha fazla hareketi kaldıramazdım. "Zırh'la tıpkı diğerlerinin bir ilgisi olduğu gibi, Buğra'nın da var ve Nisan bunu öğrendi. Bu yüzden kavga ettiler ve işin başı sen olduğun için sana patladı? Dışarıda bizi takip eden ve otoparkta dövdüğün adamlar da baban ve dedenin işi."

Kafasını yana eğdikten sonra etrafta gezdirdiği gözlerini tekrar üzerime çevirdi. "Ilık."

Kaşlarımı çattım. "Evet mi hayır mı oynuyoruz, sıcak mı soğuk mu değil!"

Pamir omuz silkti. "Ilık."

"Ben gidiyorum," dedim ayaklanmak için ellerimi omuzlarına koyarak fakat birkaç saniye içinde omuzlarındaki ellerimi tutarak beni çevirdi ve sırtımı, kiremitlere yaslı bir şekilde buldum. Bir dizi iki bacağımın arasındaydı ve üzerime eğilmişti. "Ne yapıyorsun?" diye sordum hiddetle.

"Etrafımda dolanıyorsan bu hareketlerime alış," diye mırıldandı fakat yüzüme bakmıyordu, sağ tarafa çevirmişti kafasını.

"Bunu tam da gitmek üzereyken söylemen biraz ironik olmadı mı?"

"Kapıdan dışarı çıktığın anda kendini *özgür* biri dışında her tanım altında bulabilirsin." Kafasını bana çevirdi. Acı kahveleri parlıyordu. "İnan bana, bunu yapmak istemezsin."

"Kuş muyum ben kafese tıkıyorsun?" Kalkmak için doğrulmaya çalıştığımda beni durdurdu. "Balık mıyım fanusa koyuyorsun Pamir? Çekil."

"Hayır?"

"Çekil?"

"Yo?"

Bileğimi tuttuğu elini oynatmaya çalıştığımda, gevşek tuttuğu bileğimi sıktı ve bir santim bile oynatamadım. "Zorba mısın?"

"Bunun cevabını birkaç saat önce vermiştim sanırım?"

Seslice nefes vererek kafamı kiremitlerin üzerine yasladım ve gözlerimi yan tarafa çevirdim. Sessiz geçen bir dakikanın ardından, "Bütün gece böyle mi duracağız?" diye sordum. Teknik olarak, sabah olmak üzereydi ama yine de karanlıktı.

Gözlerimi ona çevirdiğimde dudakları aralandı. "Sakin misin?"

"Neden?"

Derin bir nefes aldı. "Kafanı yavaşça sola çevir," dedi ciddi bir ifadeyle gözlerime bakarak. Kaşlarım çatıldı, az önce baktığı yöne çevirdim kafamı. Yavaş ve sakince. Fakat gözlerim odak noktalarını bulduğunda, aynı şekilde kalamadım.

Soğuk bir esinti kavurdu içimi. Önce terledim, sonra üşüdüm. Şimdi sıra hasta olmaktaydı. Evimin ışıkları yanıyordu. Sokağa park edilmiş bir Range Rover vardı ve bu, annemle babamın ortak kullandıkları arabaydı.

"Uyumak istiyorum," diye mırıldandım, rüzgârın içime doldurduğu tarçınlı salep kokusuna sığınarak. Biraz da sigara kokusu alıyordum artık. Fakat diğerlerinde tiksindiğim bu koku, onun teninde rahatsızlık vermiyordu.

"Yanlarına gitmek istemiyor musun? Fazla kalacaklarını zannetmiyorum," diye mırıldandı gözlerimiz buluştuğunda.

Sessizce omuz silkmekle yetindim. "Uyumak istiyorum." *Kaçmak istiyorum,* demek istemiştim aslında. Ve o da bunu anlamış gibi, karşı çıkmadan ayağa kalktı ve elini uzattı. Tereddüt etmeden elini tuttuğumda, beni tüy kadar hafifmişim gibi bir saniye içinde kaldırdı ve bileğimden tuttu. Önüne geçerek dikkatlice kapağı kaldırırken, merdivenlere ayağımı attım ve karanlık çatı katına indim. Hemen arkamdan o da inmiş ve kapağı kapatmıştı.

Bütün organlarım içeride debeleniyorlardı. Üzgün müydüm? Özlemiş gibi mi hissediyordum yoksa başka bir şey miydi? Kızgın mıydım peki? Yorulmuş muydum? Hayır, daha değil. Ne hissettiğimi bilmiyordum, bu yüzden bütün duygular üzerime geliyordu sadece.

"Beni öldür," diye fısıldadım sessizce karanlığın içine.

"Şşş," dedi elimden tutarak, zifiri karanlığın içinde kapıya doğru çekmeden hemen önce. "Daha değil. Daha o kadar incinmedin."

"Kotamı biliyorsun yani?"

"Sen dipsiz bir kuyusun, Nil," diye mırıldandı Pamir, kapıyı açmadan önce. "Asla taşmadın. Asla taşamazsın."

Gecenin ayazına mühürlüyüm, noktaların intiharına ve soru işaretlerinin ayağıma dolanan cesetlerine. Sabahımı aydınlatan güneşe değil, gecemi aydınlatan aya. Siyah, karanlığa mahkûm. Bedenindeki kirden asla kurtulmadı, asla kurtulamadı, ruhu yok sayıldı; sabıkalıydı bir kere siyah, üzerlerinde can çekişen bir renk kaosunun hâkim olduğu insanlar tarafından gecenin son demlerinde kurban edilmişti. Bir günah tohumuydu, afili bir yalnızlıktı.

Ya da sadece ürkek bir kız çocuğuydu.

Göğsümde büyüyen yumrunun üstüne siyah ve beyazlar içindeki, zihnimin odalarındaki camı çerçeveyi aşağı indiriyordu. Gün ışığını asla göremeyecektik, çünkü asla taşamayacaktık.

Gecenin maskesini takanlar, gün ışığına asla erişemeyenlerdir.

Kapıyı açıp dışarı çıktıktan sonra önünden geçerek aşağı indim ve odama girerek kapıyı kapattım. Haklı mıydı? Taşamaz mıydım?

Hayır. Bu çok bencilceydi. Biri sürekli bir şeyleri kırarken, diğeri toplamamalıydı. Kırmayı öğrenecektim, yavaşça fakat zamanı değildi. Biraz daha kırılmalıydım sanki, içimde altüst olmamış bir güven noktası vardı ve o nokta silinmediği sürece, toplamaya mahkûmdum. Kırılan benken, parçalarımı toplayan da bendim ve artık bu denklemi bozma vakti gelmişti.

Annem ve babam, onca süreden sonra öylesine eve gelip hayatıma hiçbir şey olmamış gibi devam etmemi bekleyemezlerdi. Beklememelilerdi. Çünkü öyle bir şey olmayacaktı.

Taşacağım, Yelkıran, dedim kendi kendime, ışıkları kapatmadan hemen önce. *Bir gün taşacağım. Dipsiz kuyu, bir gün taşacak.*

Ve en önden izlemen için biletini sana ben vereceğim.

"Pardon, bakar mısın?"

Dolabımın kapağını kapattıktan sonra arkamdan gelen sese doğru döndüğümde, karşımda esmer ve oldukça güzel bir kız buldum. Elinde matematik kitapları taşıyordu ve sanırım o da Beril hocanın sınıfındaydı. "Tabii?"

"Sen Nisan'ın en yakın arkadaşısın, değil mi?"

"Evet."

Gülümsedi. "Beraber bir proje almıştık fakat birkaç gündür ona ulaşamıyorum. Acaba hasta mı oldu?"

"Hayır," diye cevaplayarak yutkundum. "Birkaç sorunu var." Evet, benim bilmediğim birkaç sorun.

"Peki, bu dosyayı ona iletir misin?" Kitaplarının üstündeki lacivert kapaklı bir dosyayı bana uzattı. "Soruların yarısını çözdüm fakat onun da diğer yarısını çözmesi gerekiyor. Projenin kalanını ben halledeceğim."

Uzattığı dosyayı aldıktan sonra çantamın içine attım. Kız teşekkür ederek yanımdan ayrıldığında, içimi garip bir dürtü sarmıştı. Bugün günlerden pazartesiydi ve Nisan ortalıklarda yoktu, daha fazla bu anormalliğe boyun eğemez ve geçiştiremezdim.

Telefonumu çıkardıktan sonra lavaboya doğru yürürken Pamir'i aradım, sabah beni okula bıraktıktan sonra her zamanki gibi ortalıktan kaybolmuştu. Ona ulaşamadığımda Buğra'yı çaldırdım fakat ısrarla çaldırmama rağmen telefonunu açmadı. Lavabo kabinlerinden birine girip işimi hallettikten sonra ellerimi yıkamak için çıktığımda, yan tarafta kirpiklerine rimel süren Yaren'i fark ettim. Gözleri bir anlığına aynada gözlerimle buluştu ama hemen ardından yaptığı işe geri döndü. Ellerimi yıkadıktan sonra musluğu kapattım ve derin bir nefes alıp tekrar aynaya döndüğümde Yaren'le göz göze geldim. Rimelini makyaj çantasının içine, makyaj çantasını da çantasına attıktan sonra gözlerini gözlerimden ayırmadan sert bir ifadeyle lavabodan çıktı.

Bu tavır da neydi şimdi?

Yüzümü yıkayıp kuruladıktan sonra ayılmak amacıyla bahçeye indim. Soğuk havanın şiddetli rüzgârları tenime sürtünerek saçlarımı geriye doğru savuruyordu, soğuğu hissetmiyordum fakat üzerimdeki kazağın kollarını parmak uçlarıma kadar çektim ve kollarımı göğsümde birleştirerek spor salonuna doğru yürümeye başladım.

Fakat orada da yoktu. Diğer takım arkadaşları antrenmandayken o yoktu. Son derse kadar ona bakınmıştım ama bulamamıştım. Mine de ortalıklarda gözükmüyordu bu aralar. Kaan, Pamir, Buğra, Melih... Hiçbiri yoktu.

Nisan da yoktu.

Okul çıkışı herkes bir tarafa dağılırken otoparka doğru yürüdüm fakat Pamir gelmemişti, beklemeyi düşünebilirdim fakat Nisan'ın ortadan kayboluşu fark edilmeyecek gibi değildi. Daha önce de okula gelmediği olmuştu fakat arayıp hasta olduğunu ya da uykusuz kaldığı için gelmek istemeyeceğini söylerdi, bu sefer ben arıyordum ama telefonlarımı açmıyordu.

Okulun üç çıkışı vardı; biri ön tarafta, diğeri arkada ve bir tanesi de otopark çıkışı. Otoparkta olduğum için direkt önümdeki çıkışa yöneldim ancak hemen kaldırımın dibinde bekleyen siyah araç beni durdurdu. Arka kapısı açıktı, iki adam önünde dikiliyordu ve araç çok gizemliydi. Biri çıkacak diye bekledim fakat kimse çıkmadı. Adamlar doğruca çıkan öğrencilere bakıyorlardı. Bir tanesiyle göz göze geldiğimde, istemsizce bir adım geriye sendeledim. Takım elbisesini düzelterek bana doğru yürümeye başladığında, arabanın içinden birinin çıkması için değil de birini içeriye tıkmak için beklediklerini anlamıştım.

Geriye yönelen adımlarımı hızlandırarak kalabalık bahçede kimlere çarptığımı önemsemeden koşmaya başladım. Ne kadar yaklaştığını görmek için arkama dönemiyordum bile, zaman kaybıydı ve tam o sırada beni yakalayabilirdi. Kim olduklarını bilmiyordum, tamamen hislerime güvenerek koşmam gerektiğini hissediyordum sadece. Karşımda duran çıkış kapısına ulaştığımda, beklemeden kendimi dışarıya attım. Burada da bir araba ve siyahlar içindeki mafyatik adamlar olduğunu fark etmiştim, fakat koşmamı durdurmamıştım çünkü arkamdan gelen adam onlara bağırıp beni işaret ettiğinde, arabaların geliş ya da gidiş hızlarına bakmadan caddeden karşıya doğru koşuyordum. İyi bildiğim sokaklardan birine girdiğim an, soluklanmak için sırtımı soğuk duvara yasladım ve arabaya bindiklerini gördüm. Karşı taraftan da aynı modelde iki araba geliyordu.

Sızlayan dikişlerime avucumu bastırdım. Daha fazla koşabilir miydim emin değildim ama burada da kalamazdım. Sokağın sonuna doğru hızlı ama hassas adımlarla yürümeye başladım. Eve kestirme yollardan gitmeliydim, Özge'yi bulmalıydım ya da...

Pamir, anne ve babamın evde olduğunu göstermişti. Belki de hâlâ oradaydılar. Peşimdeki adamlar, anne ve babamın yanına gittiğim zaman takip etmeyi bırakırlardı, değil mi? Ya da daha kötüsü olurdu. Bilmiyordum. Polis? Polise mi gitmeliydim? Karakol hemen bir sokak alttaydı fakat bu işe polisi karıştırmamam gerektiğinin bilincindeydim. Her şey karmakarışıktı.

Birkaç ev ve apartmanın bahçelerini kullanarak, bahçeden bahçeye atlama ve yolu olabildiğince kısaltma stratejisiyle beş dakika içerisinde evin olduğu sokağın başına ulaştım. Sokak sessizdi ve yağmur atıştırıyordu. Daha fazla beklemeden kaldırım kenarlarındaki ağaçların arkasından eve doğru hızlı adımlarla koşturdum. Bahçeyi geçerek evin kapısına ulaştığımda, ne yapmam gerekiyor bilmiyordum. Elim ayağıma dolansa da aynı anda hem kapıyı tıklatıp hem de zili çalmaya başladım.

Kapı açıldı. Sanki biri uzaktan kumandayla açmıştı. Sonuna kadar açılan kapı, boş salonu gözlerimin önüne serdiğinde, bir süre öylece kaldım. İçeride miydiler?

İçeriye doğru yavaşça bir adım attım. Bir adım daha ve bedenim artık evin içindeydi. Sesim titrerken seslendim. "Anne?" Yan tarafa dönüp mutfağın açık kapısına, içeriye giden koridora ve yukarıya çıkan merdivenlere bir bakış attım. "Baba?"

Cevap gelmedi. Birkaç dakika orada dikilip duvardan destek alarak yere oturduğumda saçlarımı çekiştirdim. Geç mi kalmıştım? Dün gece buradaydılar, teknik olarak bu sabah da. Ama hayır, neye geç kalacaktım ki? Ben onlara hiçbir şey yapmamıştım. Onların beni bulması gerekmez miydi? Anlamıyordum. Anlamıyordum. Anlamıyordum.

Nefes alamıyordum.

Kimse yoktu.

Birkaç saniye sonra, merdivenlerden gelen yavaş ve ağır adım sesleri kulaklarıma dolduğunda, kalın bir ses, "Benim tatlı Afrodit'im," diye seslendi.

Yavaşça kaldırdım kafamı ve o tarafa doğru çevirdim. Malik, siyah bir takım elbise içinde merdivenlerden aşağı iniyordu.

Sırtımı yasladığım duvardan tutunarak yavaşça ayağa kalktım. "Senin ne işin var burada?"

Omuz silkti ve gülümsedi. "Ziyarete gelmek istedim. Nasılsın bakalım güzellik?"

"Annem ve babam nerede?" Yutkundum. "Herkes nerede?"

"Anne ve baban olması gerektiği yerde, buraya hiç gelmemeleri gerekiyordu fakat kuralları çiğnediler," diye mırıldandı, son basamaktan da indiğinde. "Tatlı, renkli gözlü arkadaşın da ufak bir gezintiye çıktı."

"Ne diyorsun sen?" Gözlerimi etrafta gezdirdim. Birkaç saniye sonra evin önünde duran arabaların kapılarının açılıp kapanma sesini işittim. "Ne yapıyorsun?" Kapıdan içeriye giren adamları inceledim. Karşıma geçip orada durdular... Tıpkı emir bekleyen askerler gibi.

"Kimsin sen?" Saf, gözleri dolduran ve burun sızlatan bir öfkeyle döndüm ona doğru. "Onlara ne yaptın?"

"Hiçbir şey," diye cevapladı beni. "Şimdilik." Ses sonunu değiştirerek yanıma doğru yürümeye başladığında geri çekildim. "Eğer sen de olman gereken yere gitmezsen, bu sorunun cevabı değişecek." Kafasıyla evin çıkışını, arabaları işaret etti. "Zorluk çıkarma ve bin."

"Olmam gereken bir yer olduğunu bilmiyordum," dedim iğrenen bakışlarımı onun suratına çevirdiğimde. "Bana ne istediğini söyle. Üstü kapalı laflarla konuşma."

"Peki," dedi derin bir nefes alırken. Ellerini pantolonunun cebine soktu ve kafasını kaldırarak, gözlerini gözlerime dikti. "Tornado'ya teslim ol, *Siyah Kuğu*."

Zihnimin içinde sevgi denen zehre karşı dimdik duran ne kadar duvar varsa, hepsinin çöktüğünü hissettim. Hâlbuki dokunmamıştım bile onlara, balyoz vurmadan nasıl da yerle bir olabilmişlerdi? Tarifi yoktu. Telafisi yoktu. Cevabı yoktu.

"Tornado mu?" Kendime gelmek adına gözlerimi birkaç kez kırpıştırdım. "Anlamıyorum..."

"Senden anlamanı beklemiyorum," dedi adamlarına çenesiyle beni işaret ederken.

"O adı nereden biliyorsun?" diye sordum, zorla yutkunarak. Karşımdaki adamlar iki yandan kaçmamı engellerken, cevap için ona döndüm.

Dalga geçercesine güldü. "Her şeyini biliyorum, Nil. Şimdi bana biraz güven ve yürü."

Adamlardan biri bana ilerlememi işaret ettiğinde, ileriye doğru bir adım atmadan önce ona doğru döndüm. "Sana güvenmiyorum."

Kapıdan çıkarken etrafımı saran adamlar, beni üç araçtan ortadakine bindirmek için arka koltuğun kapısını açtılar. Tam binecekken, Malik kapıyı tuttu ve bakışlarım ona döndü. "Tamam, bana güvenme," dedi. "Ama Yelkıran'a da güvenme."

Arabaya bindim. Ortaya kaydığımda, adamlardan biri bir yanıma diğeri de diğer yanıma oturdu ve kapıları kapattılar. Ön koltuğa Malik oturmuştu, direksiyonda ise başka bir adam vardı. "Tamam mıyız?" diyerek Malik'e döndüğünde, bana doğru bir bakış attı ve hemen ardından önüne döndü.

Onu tanımıştım. Beni kıstıran adamların başıydı. *Patron istiyor,* demişti fakat Pamir beni onlardan kurtarmıştı. Soner'di adı. Pamir ona böyle seslenmişti. Malik'in adamıydı? Öyleyse patron Malik mi oluyordu?

Yaklaşık yarım saatlik sessiz bir yolculuğun ardından araba durduğunda, bir holdingin otoparkında olduğumuzu fark ettim. Yeraltındaki kapalı otoparkın asansörünün üzerinde, büyük harflerle ZARRAF HOLDING yazıyordu. Soner, iki adam ve Malik ile beraber asansöre bindiğimizde, Malik -2 ve 0'a aynı anda bastı. Kapılar kapandı. Asansör daha da aşağıya iniyordu.

Birkaç saniye sonra kapılar açıldığında, önünde birkaç adamın dikildiği bir kapının olduğu boş bir bodruma inmiştik. Adamlar kapının önünden çekilip kilidi açtıklarında, Malik önden girdi ve ışıklar açıldı. Uzun bir koridorda yürümeye başladığımızda etrafı inceliyordum. Kötü kokmuyordu fakat insanı rahatsız eden bir havaya sahipti. Girişte ve koridorun sonunda bir jeneratör vardı. Koridorun sonundaki kapı, otomatik şifre sistemiyle çalışıyordu bu yüzden Malik, sayıları fosforlu bir yeşille yanan kutucuğun önüne geçti ve birkaç saniye sonra kapının kilidi tok bir sesle açıldı.

İçeri girdiğimizde, etrafta gezinen Rocky tipli adamlardan ve içerinin ambiyansından dolayı, nerede olduğumuzu anlamam çok da uzun sürmemişti. Zırh'taydık.

Ana koridora doğru değil de yan tarafta daha önce hiç görmediğim dolambaçlı bir koridora doğru yürüdüğümüzde, koridorda gezinen başka adamlar olduğunu fark ettim. Hepsi Malik'e selam verdi ve onları geçtiğimizde, koridordaki kapılardan birine girdik. İki adam kapıda kaldı fakat Soner kolumu tutup Malik'in ardından beni içeri sürükledi.

Kapı kapandığında, bakışlarımı içeride gezdiriyordum. Penceresi yoktu bu odaların, burada hiçbir yerin penceresi yoktu çünkü yeraltındaydık. O holding, muhtemelen Malik'in ailesine aitti ve asansörde -2 ve 0'a aynı anda basınca, asansör kimsenin bilmediği başka bir yere iniyordu; Zırh'a giden kapı ve koridorun olduğu bir bodrum katına.

Işıklandırmalar tamamen açıldığında, büyük odanın sonunda bir sandalyeye bağlı şekilde baygın yatan, kafası öne doğru eğilmiş haldeki kızı fark ettim. Bu, Nisan'dı.

"Ona ne yaptınız!" diye bağırarak yanına koşturdum. Önünde eğilip suratını avuçlarımın arasına aldığımda, gözlerinin kapalı olduğunu fark ettim. Üzerinde onu son gördüğümdeki kıyafetleri vardı ve ağzı bir bezle sarılmıştı. Bezi çıkartmaya çalıştım ve ağzından boynuna doğru düştüğünde saçlarını suratından çekiyordum. "Ne yaptınız diye sordum!"

Soner yanıma geldi ve kapağını açtığı bir su şişesini bana doğru uzattığında, "Amma bağırdın be," diye konuştu. "Merak etme. Arkadaşına çok güzel bakıldı. Sadece buraya getirdiklerinde uyuyordu ve bağlamak zorunda kaldık."

"Çözün onu." Malik'e döndüm. "Çöz onu."

"Sen ait olduğun yere gitmeden, hayır. Çözmeyeceğim. Çözsem bile gitmesine izin vermeyeceğim." Çenesiyle kapıyı işaret etti. "Kaçmaya çalışırsa ateş serbest diye de emir verdim, haberin olsun."

Gözlerim kocaman açılmıştı. "Cani." Yüzüme düşen saçları çektim. "İnsanlıktan yoksun, domuz. İt herif!"

Omuz silkti. "Şimdi, arkadaşını da gördüğüne göre, güzellikle geliyor musun yoksa zor kullanmak zorunda mı kalacağım?"

Derin bir nefes aldım ve kapağı açık şişeyle kurumuş dudaklarını ıslattım. "Onunla konuşmak istiyorum, uyansın konuşayım. Ancak öyle gelirim."

Soner'in bakışları hızla Malik'e döndü. "Buna izin veremezsin."

Malik elini kaldırdı ve onu susturdu. "Tamam," dedi. "Uyandır şunu."

Soner onu dürtmek için ellerini uzattığında Nisan'a sarıldım ve onu kendime çektim. "Dokunma ona!"

Soner iyice uyuz olmuş halde gözlerini devirerek geri çekildiğinde, Malik ona bir bakış attı ve odanın diğer ucuna giderek homurdandı. "Ne hâlin varsa gör be."

"Nisan," dedim boğazımı temizleyerek. Omuzlarından tutarak hafifçe sarsıyordum onu. "Nisan, uyan. Beni duyabiliyor musun?"

Nisan suratını buruştururken sessizce mırıldandı. "Nil?"

"Evet, benim."

Gözlerini araladığında bana döndü. “Ne oldu?”

Bakışları etrafta gezinmeye başladığında, sertçe yutkunduğunu duydum. Nisan dudaklarını yaladı ve hemen ardından omzumun üzerinden bakışlarını Malik ve Soner’e çevirdi. Bir anda çileden çıkmıştı. “Sizi orospu çocukları! Allah belanızı versin! Hayatımda çok fazla pis işle uğraşan piçle karşılaştım ama en büyüğü sizdiniz! Fırıncının küreğini içinde çevirdiğim, ananın dıbına kapsül kapsül antibiyotik tıktığımın erkek fahişesi seni!”

Malik gözlerini devirerek sesli bir nefes verdi ve tıpkı Soner gibi kafasını başka bir tarafa çevirdi. Onları umursamadan Nisan’a geri döndüğümde, “İyi misin?” diye sordum. “Ne olduğunu anlatacak mısın?”

Bana döndüğünde gözleri dolmuştu. “Nil, özür dilerim. Allah cezamı versin ki bilmiyordum!”

“Neyi? Nisan, neyden bahsediyorsun?”

Nisan’ın dudakları aralandı. Fakat o anda, kapı öyle bir şiddetle açıldı ki odadaki herkesin bakışı o tarafa döndü. Aynı anda Soner bu tarafa doğru koşturuyordu, bir saniye içinde aramıza girip beni ileriye itmiş ve Nisan’ı bağlı olduğu sandalyeden kaldırıp kendine çekmişti. Saniyeler içinde Soner kolunu boynuna dolayıp silahını onun kafasına dayadığında, elim ayağım boşaldı.

“Ulan döl israfı!” diye kükreyen bir ses duydum. Yerdeki bedenimi yavaşça arkaya çevirdiğimde manzarayı görebildim. Aralık kapıdan yumruk sesleri geliyordu. Pamir, tıpkı Soner’in Nisan’a yaptığı gibi, Malik’in boynuna kolunu dolamış ve kafasına silahı dayamıştı. “Söyle o orospunun çıkardığı itine, bıraksın kızı!”

Hafif bir öksürükle beraber gülen Malik, iki elini de Pamir’in koluna sardı fakat boynundan aşağı indiremiyordu, anca biraz nefes alabilmek için baskıyı azaltabiliyordu. “Bu işten bu kadar kolay sıyrılamazsın, Yelkıran!” Malik kurtulmak için Pamir’in ayağına tekme geçirmeye çalıştı fakat Pamir’in silahı daha da bastırmasıyla olduğu yerde kalakaldı.

"Nil, senin ne bok olduğunu biliyor mu? Söyledin mi lan ona?"

Soner ve Nisan'da kilitlenen bakışlarım yavaşça Malik ve Pamir'e döndüğünde, yerden destek alarak yavaşça ayağa kalkmaya çalıştım. Yutkunamıyordum bile.

"Kes sesini amın feryadı," diye tükürürcesine konuştu. Pamir şimdiye kadar gördüğüm en sinirli ve öfkeli hâliyleydi, elinde bir silah vardı ve surat ifadesi korkutucuydu. Bakışları bana döndüğünde, "Odadan çık Nil," diye konuştu, öfkesini bastıramadığı sert ve kin dolu sesiyle.

"Hayır," diye itiraz ettim bakışlarım Nisan'a dönerken. O sırada içeriye Buğra girmişti ve nefes nefeseydi. "Ağabey hallettik dışarıdaki adamları, Melih'ler odaya tıkıyorlar yolu açmak için." Sonra bakışları, Nisan'da durdu. Burada olduğunu başından beri biliyor gibiydi, sakindi. Bir anda iki eli de yumruk oldu ve dişlerini sıktığını fark ettim.

Buğra, ileri doğru birkaç adım atınca, "Tek bir adım daha yaklaşırsan sevgilinin beynini dağıtırım," diye tehdit etti Soner.

Pamir bir kez daha tekrar etti. "Odadan çık Nil."

Cevap vermedim. Ne yapmalıydım? Yapabileceğim ne vardı? Elim ayağım birbirine dolanmıştı, odaklanamıyordum bile. Hızlanmış soluklarımın ardından dönen başımı tutarak bir Pamir'e, Malik ve Buğra'ya baktım, bir Soner ve Nisan'a. Şu an, burada her ne dönüyorsa, benden saklanan ve bilmediğim bir şeyler olduğuna yüzde yüz emindim artık.

Malik, Pamir'in kolunu çekmeye çalışırken, "Nefes alamıyorum orospu çocuğu!" diye bağırdığında Pamir onun sesini bastırarak son kez kükredi. "Nil çık şu siktiğimin odasından!"

Buğra koluma uzandı ve beni çekti. "Geçecek Nil, sakin ol," diye mırıldandı beni odanın çıkışına çekerken. Kapıdan dışarıya çıkardığında, Malik'in adamlarının yerde olduğunu fark ettim. Daha önceden tanımadığım birkaç çocuk, Melih, Kaan ve burada olduğuna şaşırdığım bir isim olan Yaren, adamların ellerini sırtlarında birleştirmiş şekilde onları bir odaya tıkıyorlardı. Yaren'le bir anlığına göz göze geldiğimizde, önündeki adamın kalçasına sinirle bir tekme geçirdi ve adam öne doğru düşerek odaya girdi. Melih ve Kaan'ın gözleri beni bulduğunda yanıma doğru koşturmuşlardı.

"Nil iyi misin?" diye sordu Melih, omuzlarımdan tutarken. Buğra beni bıraktıktan sonra tekrar içeriye girdi.

Cevap veremedim.

Kaan etrafa bakarak, "Onu buradan çıkarmalıyız," diye söyleniyordu. "Malik'in kargaşadan yararlanarak onu alıp buraya getireceğini biliyordum. Nil, çıkışta Yaren'i bulamadın mı? Sana mesaj atmıştım."

Yaren araya girerek, "Ben, onu bulamadım," diye homurdandı. "En son öğle teneffüsünden sonra lavaboda görmüştüm. Çıkışta beklemem gereken yerde bekledim ama gelmedi."

"Mesajı görmedim," dedim alnımı ovalayarak. "Özür dilerim. Kaan, Nisan'ı çıkarın oradan. Anlamıyorum. Ne oluyor?"

Melih kolumdan tutup beni koridorda ilerleterek, "Sonra konuşuruz," diye mırıldandı. "Şimdi seni buradan çıkarmalıyım."

"Hayır," diye itiraz ettim fakat yürüyordum. Kolumu ondan çekerek koridorun ortasında durdum ve ona döndüm. "Nisan'ın iyi olduğunu görmeden olmaz."

"Nil, şu an bunu konuşacak vakit değil. Pamir ve Buğra halledecek. Hem Kaan ve Yaren de orada." Yaren'in tekvandoda çok iyi olduğunu ve dövüş sanatları ile ilgilendiğini biliyordum, zaten sert bir kızdı.

"Hayır," diye homurdandım, çaresiz şekilde içeriden çıktığım odanın kapısına doğru dönerken. Kafamı odaklayıp bir şeyleri harekete geçirmeye çalışıyordum ama sadece baş ağrısıyla kalakaldım. Zihnim bulanıktı ve her çabalayışımda dibe çekiliyordum. Lanet olasıca psişik güçler işe yaramıyordu.

Sonra, büyük bir gürültü baş gösterdi. Bir silah sesi bütün

koridorda yankılandı ve ardından birkaç tane daha.

Kaybetme korkusuyla titreyen ruhum, bedenimin içinde can çekişiyordu. Soru işaretlerinin kancası kalbime asılıyordu, ağırlık çok fazlaydı ve kaldıramıyordum. Melih üzerime eğilip bedenime siper olduğunda Kaan ve Yaren bu tarafa doğru koşuyordu. Odadan çıkan Pamir ve Buğra'yı, Kaan ve Yaren'in koşturan bedenlerinin arasından görebildiğimde Melih, onlarla beraber beni çıkışa doğru çekiştiriyordu.

"Nisan nerede!" diye bağırdım, tuttuğu kolumu umursamadan aksi yöne doğru çekiştirirken. Pamir kolumdan tuttuğu gibi beni kendine çekti ve "Konuşmanın sırası değil Nil! Koş!" diye bağırdı.

Yüzüne doğru, "Nisan olmadan gitmem!" diye bağırdığımda burnumun direği sızlıyordu ve bir yandan da korkuyla Pamir'in bedenini inceliyordum. Yaralanmış mıydı? Silah sesleri gelmişti. Kurşunlardan biri ona isabet etmiş olabilir miydi?

Ya da silahı ateşleyen o muydu?

"Malik?" diye sordu Kaan, ileriye doğru hızlı adımlarla yürürken.

Buğra, "Pamir bacağından yaraladı, odanın sonundaki başka bir kapıdan kaçtılar. Tornado'dan adamlar gelecek, on dakikaya damlarlar," diye bağırdı. Sesten bir şey duyamıyordum.

"Gitmiyorum!" diye bağırdım, kolumdan çeken Pamir'e inat.

"Nisan gitti! Onu da yanlarında götürdüler! Burada durmanın sana bir faydası mı olacak sanıyorsun?"

Hıçkırdım. "Hayır."

"Ağlama," dedi daha gür bir sesle. "Ağlayan kızlardan nefret ederim." Ve hemen ardından eğilip bacaklarımdan tuttuğu gibi omzundan aşağı sarkıttı beni.

Bir ateş yaktı kalbimin üzerinde. Saniyeler içinde kömür gibi yandı yüreğim, acısı geçsin diye değil de alevleri canlandırmak için avucunun içine alıp üfledi. Külleri savruldu, kıvılcımları yükselsin diye üflediği zaman çıkan rüzgârda.

"Hayır!" diye bağırdım, diğerlerinin arkasından benimle birlikte kendini de başka bir yere soktuğunda. Kapı kapanmadan önce, gördüğüm son şey içine tıkıp kapıyı kilitledikleri odadan fırlayan adamlar olmuştu.

6

Bulutların arasından sızan ay ışığı, soğuk ve karanlık deponun tek büyük camından içeriye sızarken, sessiz bekleyişin ortasına düşen topuk sesleri adamın arkasına dönmesine neden oldu. Sağ bacağı ağrıyordu çünkü yaralıydı, fakat bunu belli etmemeye çalıştı. Ön taraftan beklediği kız arkasından ona doğru geliyordu ama önemli olan bu değildi. Önemli olan, gelmiş olmasıydı çünkü bu, planı tıkır tıkır işleyecek demekti.

"Demek geldin?" diye sordu kirli sakalını sıvazlarken.

"Kabul etmedim," diyerek ağırdan aldı kız, sarı saçlarını omzundan geriye doğru iterken.

"Ama geldin." Adam, kızın kabul edeceğini biliyordu çünkü eğer bunu yapmak istemese, buraya gelmezdi bile. "Bunu yapmak istediğini biliyorum," diye devam etti. "Sonuçta, Yelkıran bu oyunda en çok sana zarar verdi." Hayır, adam biliyordu o it herifin en çok kime zarar verdiğini fakat oyuna getireceği kedinin önüne biraz yem atmak zorundaydı sadece. Yine de, Yelkıran zamanında karşısındaki kıza da zarar vermişti. Onu bu gece buraya getirecek kadar zarar vermişti hem de.

"Ayrıca," diyerek ceketini düzeltti ve boğazını temizledi. "Telefonda konuştuğumuz yüz bin, anında kişisel hesabında olacak. Birkaç hafta sonra yurt dışına çıkacağını ve ailenle kavgalı olduğunu biliyorum. Bu paraya ihtiyacın var."

"Para için değil," dedi kız, kendinden emin bir sesle. "Sadece o piçin ve sevgilisi olacak o kız kurusunun belasını bulmasını istiyorum."

"Sen nasıl adlandırırsan."

Kız yüzünden saçlarını çekerken derin ve sesli bir nefes aldı. Birkaç saniyeliğine gözlerini kapattı ve yapacağı şeye hazırladı kendini. "Ne yapmam gerekiyor?"

Adam dalgalı saçlarının arasından parmaklarını geçirdi ve genç kıza gülümsedi.

Ağlayamazsın. Hayır, hissedebilirsin ama ağlayamazsın. Hayal edebilirsin ama hayır... Ağlanacak kadar basit bir konu değil bu. Hepsi birleşip sönmüş bir volkanı uyandıracak şiddette ulaşabilir ve hayır, sen ağlayamazsın.

Ağlayamazsın.

Sarıldığım yastığı duvara fırlattım. Geldiğimizden beri odama kapanmıştım ve diğerleri de aşağıdaydı. Özge evde değildi ya da odasındaydı, bilmiyordum. Tek bildiğim, Nisan burada değildi ve onların ellerindeydi.

Hava kararmıştı. Üstelik oldukça soğumuştu ve açık pencereler yüzünden içerisi buz gibiydi. Kapatmaya mecalim yoktu fakat üşümüyordum da. Üşümek kavramı, benim için artık birinci anlamından çok uzaktaydı... Benim içim üşüyordu, bir tarafım üşüyorken bir tarafım cayır cayır yanıyordu.

Kapı tıklatıldığında, kimin geldiğini umursamadığım için bacaklarımı biraz daha kendime çektim ve gözlerimi kapattım. En iyisi uyuma numarası yapmaktı.

Nasıl olsa bu numarayı yemeyecek tek kişi vardı ve o da burada değildi.

Kapı aralandı ve tekrar kapandı. Yatağa doğru yaklaşan sesleri duyabiliyordum. Bir yanıp kalkıp kimin geldiğine bakmak istese de, bir yanım göz kapaklarımı aralayamayacak kadar yorgundu. Uyuyabilsem, çoktan dalmıştım derin bir tanesine, bir daha uyanmamak istercesine.

Önümde, birinin kıvrıldığım yatağın köşesine oturduğunu hissettim. Birkaç dakika boyunca başka hiçbir şey duymadım. Fakat sonra, hafif sigaraya karışmış tarçın ve salep kokusu beni ziyarete geldi ve gelen kişinin o olduğunu anladım.

O. Tıpkı en başında, ismini bilmediğim zamanlardaki gibi. Bir ad değil... Sadece... Sadece, o. O işte.

Parmakları saçlarıma uzandı. Yüzüme düşmüş birkaç saç telini kulağımın arkasına ittiğini hissettim. İki kelime mırıldandı, başta anlayamamıştım fakat sonradan zihnimde yankılanmıştı.

"*Özür dilerim.*"

Yutkundum. "Ne için?" Gözlerimi açmamıştım fakat uyumadığımı, nefeslerimin ağır ve aynı çizgide olmayışından anlamış olmalıydı zaten.

"Bana kırgın olduğunu biliyorum," diye mırıldandı.

"Ne için?" diye sordum, tekrardan.

"Her şey için."

Gözlerimi araladım. Bir koluyla yataktan destek alırken üzerime eğilmişti. Kollarımdan destek alarak yavaşça doğruldum ve yutkundum. Sesim çatlamıştı. "Bana arkadaşımı getir."

Kafasını eğdi. Cümleleri toparlamaya çalışıyordu fakat bir araya gelmediklerinin ben de farkındaydım. Kafasını salladı yavaşça ve bakışlarını gözlerime kadar kaldırdı. "Getireceğim."

Güneşin altında da, gecenin ayazında da parlayan koyu kumral saçlarından kirpiklerine indirdim gözlerimi. Binlerce sorumun yüz binlerce cevabı gizliydi o acı kahve gözlerde, biliyordum. Çok konuşamazdım onunla ama çok konuşurdum onsuzluğa.

"Nil, ben ciddiyim," diye mırıldandı cümleleri tekrar toparladığında. "İnsanların kalplerini kırarım, incitirim, karşımdakinin o an ne hissedeceğini düşünemem, düşünceli değilim, sonuç odaklıyım ve öfkemi kontrol edemiyorum."

"Biliyorum."

"Berbat biriyim."

"Biliyorum."

Güldü.

"Ne oldu?"

"Sadece..." Bir anlığına kafasını başka bir yere çevirdikten sonra tekrar bana döndü. "Genelde birine böyle şeyler söylediğim zaman inkâr ederler, dürüst olman beni şaşırttı."

Omuz silktim. "Sana yalan söylemeyeceğim."

"Biliyorum," dedi. Ama sanki ona bunca zamandır onun için hissettiklerimi ve içimde tuttuklarımı söylemiştim de, onun cevabını vermişti. *Biliyorum.* Gerçekten onları anlatsaydım da bu cevabı verseydi sahi, nasıl hissederdim? Bilmiyordum. Onun cevabının aksine ben bilmiyordum.

"Ama sen söylüyorsun," diye mırıldandım, gözlerimi ondan kaçırarak. "Ya da söylemiyorsun. Bir şey söylememekle yalan söylenebiliyorsa, sen bunu çok iyi beceriyorsun."

Yutkundu. Âdem elması hareket etti ve hemen ardından ayağa kalktı. Boğazını temizledikten sonra, "Evden çıkma sakın," dedi. "Özge evde değil."

Ve gitti.

Kafamı geriye atarak tavanı izledim bir müddet. Bana, ona kırgın olduğumu söylemişti.

"Ben sana kırgın değilim ki," diye mırıldandım, kendimle dalga geçer gibi gülerken. Sonra o gülüş soldu. "Ben sana paramparçayım."

Birkaç saat sonra, yatağımda uzanıp tavanda oynatılan geçmiş sahneleri izlemekten artık bıktığımda, ayağa kalkarak açık pencerenin önündeki perdeyi çektim ve gökyüzündeki bulutların arasından sırıtan aya bakışlarımı diktim. Eğer benden birine ruhumu teslim etmemi isteseler, ruhumu aya teslim ederdim. Duygularımı aya teslim ederdim. Kendimi aya teslim ederdim. Çünkü yalnızca insanı sessizliğinde boğan gecelerde parlardı Ay gökyüzünde. Her zaman orada olurdu ama gündüzleri kendini belli etmezdi. Sadece gecenin ayazında parlardı, parlayabildiğince. Karanlığın içindeki beyaz bir nokta olurdu. Siyahın içindeki beyaz bir nokta. Ve o nokta, benim üzerimden atamadığım duygularımdı. Eğer duygularımı atabilseydim, kuşkusuz ki ruhsuz bir kız olurdum. O zaman kırılan ve parçalarını kendi başına toplayan değil, kırıp geçen olurdum. Öyle biri olmak ister miydim? Bilmiyordum, daha önce hiç öyle biri olmamıştım ama olayların beni hangi noktaya getireceğini bilmiyordum. Belki de... Belki de olmak isterdim öyle biri.

Anlamıştım artık. Benim bilmediğim şeyler, diğerleriyle değil de benimle ilgiliydi. Böyle doğaüstü bir güce sahip olup da sessizce yaşayıp, ölemezdim zaten. Beklenilemezdi bu. Sadece... Sadece, düşünmek istemediğim bir noktası vardı bu olanların. Pamir biliyor muydu? Ailem biliyor muydu? Malik biliyordu ve bundan emindim.

Odanın kapısını kilitleyerek matematik kitaplarının başına oturdum bütün gece. Sürekli problem çözdüm, geometri formüllerini ezberledim ve biyolojiden birkaç konu bitirdim. Birkaç İngilizce testini bitirmişken sabah olduğunu fark etmiştim. Saat 9'a geliyordu ve etraf sessizdi.

Kitaplarımı toparlayarak odadan çıktıktan sonra merdivenlere yöneldim ve yavaşça aşağıya indim. İçimde dinmek bilmeyen bir fırtına, yüzümde inmek bilmeyen bir ifade vardı. Duvarda asılı aynaya denk gelince fark ettim; gözaltlarım belirginleşmişti artık ve... Suratımdaki ifade fazla ruhsuzdu. Sanki artık hiçbir şey beni şaşırtamayacak gibiydi ama biliyordum, fazlası vardı. Çok daha fazlası.

Salona bir göz attıktan sonra mutfağa geçtim fakat evde kimse yoktu. Su ısıtıcısında ısıttığım suyu kullanarak bir bardak kahve yaptıktan sonra, mutfaktaki bar sandalyelerinden birinin üzerine çıktım ve kollarımı tezgâhın üzerine koydum. Elimde neyim vardı? Hiçbir şey. Harika. Peki ne yoktu?

Nisan.

Harika.

Bar sandalyesinden kaydığım gibi elimdeki kupayı duvara doğru fırlattım. Saniyeler içinde her yer cam kırığı ve kahve olmuştu. Durmadım. Duramadım. Tezgâhın üzerindeki sürahiyi ve yanındaki üç bardağı da ittim. Kafamı ellerimin arasına alıp saçlarımı çekiştirdim, çığlık attım. Durmadım. Duramadım. Bağırdım. Dizlerimin üzerine çöktüm. Cam kırıkları battı pantolonumun üzerinden diz kapaklarıma. Hayır, hayır, hayır... Diz kapaklarıma batmıyordu da sanki kırıklar, yüreğime batıyordu.

Bir daha, diye fısıldadı iki renkli bir ses içimden. Zihnimin karanlık odalarında dolaşan sisi takip ettim ve kilitli bir kapıyla karşı karşıya geldim.

*Asla, d*iye devam etti aynı ses. Kafamın içindeki çığlıkların sesini bastırıyordu ama yine de korkunç bir tınıya sahipti.

Bu hâle.

Düşmeyeceksin.

"Hayır," diye fısıldadım kendi kendime, gözlerimi kapatarak. Dudaklarımı dişliyordum ve kanın metalik tanı genzimi yakıyordu. "Hayır, düşmeyeceğim."

Asla.

"Asla."

Dakikalarca, belki de bir saati aşan bir süre boyunca orada, cam kırıkları arasında kaldım ve düşündüm. Aklım bomboştu, kalbimin kapıları sonuna kadar kapalıydı ama yine de içimde atmam gereken bir öfke barınıyordu.

Yutkundum. Boğazımı temizledim ve saçlarımı yüzümden çekerek bileğimdeki tokayla bağladım. Gözlerimi açarak etrafıma baktığımda, öfkemin küçük bir parçasının sebep olduğu dağınıklığı görüyordum. Parça parça dağılıyordu ruhum, sanki etrafımdaki herkes elinde bıçakla yaklaşıyor ve bir parça kesiyordu. Bende kalanı saklamam gerekiyordu.

Başımın ağrısını azaltmak için bir ağrı kesici aldıktan sonra vakit geçirmek adına etrafı topladım ve kendime başka bir kahve yaptım. Kupayı ellerimle sarıp salona geçtiğimde, bahçeye açılan cam kapılardan dışarıyı görebiliyordum. *Yerler ıslak değildi* ve arada bulutların arasından güneş sırıtıyordu. Nasıl olurdu? Ufak bir ses yükseltme olayımda bile gürleye gök, nasıl olur da bu kadar sakin olabilirdi? Yoksa artık kontrolümü tamamen mi kaybetmiştim ve güçlerim tamamen gitmişti?

Koltuklardan birine uzanarak kahvemi yudumladım ve televizyonu açtım. Öğlen haberleri gösteriliyordu, birkaç yemek programı ve diziler vardı sadece. Bir çizgi film kanalına tıkladım ve sakince izlemeye başladım.

Öyle dengesizleşmiştim ki, kendimi tanıyamaz olmuştum artık. Bir saniye sonra ne yapabileceğim hakkında hiçbir fikrim yoktu ve biraz darmadağındım.

Hayır, tamamen darmadağındım. Ufak bir rüzgâr gerekiyordu artık, tam anlamıyla patlayabilmem için. Sadece ufak bir rüzgâr.

Birkaç saat sonra, televizyonun başında iki büklüm olmuş bir şekilde kafamın içinde farklı farklı sesler türediğini hissederken televizyonu kapattım ve seslice derin bir nefes aldım. Diğerleri neredeydi? Pamir neredeydi? Hangi cehennemde, ne halt yiyorlardı? Daha fazla bekleyemezdim. Belki de Tornado'ya kendi ayaklarımla gitmeli ve neler olduğunu öğrenmeliydim.

Daha fazla burada oturamazdım.

Yukarı çıkıp üzerimi değiştirdim ve kalın bir kapüşonlu giydikten sonra kapüşonunu kafama geçirdim.

Evden çıkarken anahtar almamıştım, arka cebimdeki cep telefonumun baskısını hissedebiliyordum sadece. Her ne kadar sahile inmeyi istesem de, denizin beni sakinleştirebileceğini sanmıyordum fakat yine de sahile giden yola yöneldim.

Belki de Pamir'i dinlemeliydim, bilmiyordum ama bana hiçbir şey anlatmıyordu ve eve döndüğünde beni orada bulamazsa, belki bu kafasındaki karanlık ve karmaşık ortamın içinde bir şeyleri aydınlatırdı. Kırılıyordum.

Hayır. Paramparça bir hâle geliyordum ve hiçbir sevgi, böyle şiddetli bir depreme dayanamazdı.

Arka cebimdeki telefonum birkaç saniye sonra titreşmeye başladığında adımlarımı durdurdum. Evden çıktığımı mı hissetmişti? Ya da eve geldiğinde bulamamış mıydı beni? Hangisiydi?

Telefonumu çıkardım ve ekranına diktim gözlerimi. Hayır... Arayan o değildi. Arayan kişi, bütün tahminlerimi alt üst edecek biriydi çünkü beni arayacak dünyadaki son kişi bile değildi.

Mine.

"Efendim?" diyerek cevapladım aramasını.

"Nil," dedi boğazını temizleyerek. Burnunu da çekmişti. "Sahildeki parka gelir misin? Seninle konuşmam gereken bir konu var."

Kapüşonu indirerek saçlarımın arasından geçirdim parmaklarımı ve derin bir nefes aldım. "Ne konuşacağız?"

"Sana söylemem gereken çok önemli bir şey var."

"Telefonda söyle."

"Hayır, Nil!" diyerek sesini yükseltti Mine ve hemen ardından kendiyle kavga ettiğini ve sinirlenmeye başladığını gösteren bir inleme döküldü dudaklarından. "Bilmek istiyor musun, istemiyor musun?"

Seslice ofladım. "Kapat. On dakikaya oradayım."

Telefonu arka cebime sıkıştırdıktan sonra adımlarımı hızlandırdım ve ana caddeye çıkarak sahil yönünde yürümeye başladım. Ne söyleyeceği hakkında en ufak bir fikrim yoktu. Kafam yeterince allak bullaktı zaten ama yine de biraz daha bulanmaya müsaitti. Böyle düşünmek beni çileden çıkartıyordu!

Sahile geldiğimde, kaldırımların kenarlarına döşenmiş ağaçların yanında yürümeye başladım. Park, yeniden yapılandırıldığı için boştu ve etrafta da soğuk yüzünden pek insan yoktu fakat salıncakların yanında mavi montuyla dikilen Mine'yi görebiliyordum. Sarı saçlarını her zamanki gibi düzleştirmişti ya da artık yandıkları için otomatik olarak o düzlüğe ulaşıyorlardı, emin değildim. Adımlarımı hızlandırarak yanına yürüdüm ve kapüşonlumun cebine soktum ellerimi.

"Geldim."

"Geldin," dedi Mine gülümseyerek.

"Gülümseyecek bir şey mi var?" diye sordum, bakışlarımı gözlerine çevirerek.

"Hayır." Boğazını temizledi ve suratındaki aptal gülümseme ifadesini sildi. "Geldiğin için teşekkür ederim."

"Tamam," diyerek omuz silktim. "Şimdi, ne konuşacağız?"

Bir saniyeliğine, bakışları omzumun üzerinden başka birine ya da bir şeye döndüğünde anladım, buraya gelmemin bir hata olduğunu. Tekrar gülümsedi. Saniyelik farkla arkama dönüyordum ki, burnum ve ağzımı kapatan ıslak bir pamuk dayandı yüzüme. *Eter.*

Gözlerim kayarken ve bilincim kaybolurken Mine sorumu cevapladı. "Senin aptallığını konuşacağız, Nil."

Henüz on dört yaşındayken büyümek zorunda kalmış bir kız olarak, deneyimleyemediğim yalan ve kandırmacaların acısını hayat şimdilerde çıkartıyordu sanırım. Yine de, o oyunlar olmasa da litrelerce zehri boşaltmıyor muydu damarlarımdan içeri? Bilmiyordum. Hissedemiyordum. Bir şeyler değişiyordu, bir şeyler değişecekti.

Bir şeyler değişmeliydi artık.

Afili bir geceydi, çünkü dolunay gökyüzüne buyur etmişti bütün ihtişamını ve karanlık gecenin her bir yanı acıdan duvarlarla örülmüştü. Acı taşmak için kalın, kasvetli fakat sağlam duvarların arkasında bekliyordu. Taşabilmek için. Bu gece, o geceydi.

Ve gece kelimesi, bu gece taşıyamayacaktı kendi ruhunu.

Bu daha çok...

Leyl.

Siyah giymiş adamlarla çevrili depoya daha önce ruhunda hiç belirmemiş bir duyguyla girdi, Yelkıran. Kaan, Buğra, Yaren ve Melih de arkasından geliyordu. Herkes öfkeliydi. Ve bu öfke, belki de dakikalar sonra ateşe verecekti depoyu.

"Bu ne demek oluyor!" diye kükredi Malik'e doğru. Her tarafta adamları vardı ve gelirken arabada tutulan iki kişiyi de görmüştü.

Malik, yaralı bacağını bir adım daha ileri oynatarak ve önünde bağlı kızın omuzlarına elini koyarak, "Kurallara karşı geldin," dedi.

"Çek lan elini!" diye bağırdı Pamir, üzerine doğru gelirken fakat Malik, "Aa-a," diye sinir bozucu bir ses çıkardı ve silahını kızın kafasına dayadı. "Orada dur bakalım, sert çocuk."

Pamir sinirle arkasındakilere işaret verdi durmaları için ve hemen ardından Malik'e geri döndü. "Onu öldüremezsin."

"Ahh, doğru," dedi kızın kafasından silahını çekip, beline geri koyarken. "Ama," diye devam etti ve deponun karanlık tarafından ağzı bantlanmış ve kafasına silah dayanmış bir şekilde buraya getirilen Nisan'ı gösterdi. "Onu öldürebilirim." Nisan inliyor, bir şeyler söylemeye çalışıyordu fakat ağzındaki bant buna engeldi.

Buğra bir adım ileri atladı. "Senin iliğini sikerim lan!"

Malik, boğazından dökülen bir kahkahayla ona döndü. "Ben de seni seviyorum bebeğim."

Buğra, Malik'e doğru öfkeyle ilerlemeye başladığı an Pamir önüne geçip onu omuzlarından tuttu. "Dur." Ve Malik'e döndü. "Neden buraya çağırdığını anlat, yoksa bu sefer diğer bacağında öyle bir delik açacağım ki tekerlekli sandalye olmadan iki metre ileriye gidemeyeceksin Malik."

Malik gözlerini devirdi. "Patron, kızın bilmesini istiyor."

"Neyi?"

"Her şeyi."

"Siktir," diye mırıldandı Kaan, elini saçlarından geçirerek.

Eterin sert kokusu genzimi yakarken gözlerim yavaşça aralandı. Gözlerim loş ışığa alışmaya başladı ve bulanık görüşüm siyah giymiş adamlara baktıkça netlik kazandı. Birkaç saniye sonra, gözlerim üç kişinin anca tutabildiği bir adamın acı kahve gözleriyle buluştu. Ardından hemen yan tarafındaki Melih, Buğra, Kaan ve Yaren ile göz göze geldim. Hepsinin elleri ve ayakları bağlıydı. Pamir'in gözlerine daha önceden onda hiç görmediğim bir duygu hâkimdi; *endişenin, korkuyla harmanlanmış ürkütücü kasveti.*

"Sonunda tanışabildik," diyen bir ses duydum. Bu, tok ve daha önceden duymadığıma emin olduğum bir sesti. Kafam yavaşça sağ tarafa dönebildiğinde, yanıma doğru yavaş adımlarla yürüyen adamı gördüm. Kırklı yaşlarının sonundaydı ve saçlarında beyazlar vardı.

Oturduğum sandalyeye ellerimden, ayaklarımdan bağlıydım.

"Sen kimsin?"

"Sana sorularının cevabını verecek kişi," diye fısıldadı, biraz üzerime eğildi ama geri çekildi. "Diğerleri sana hiçbir şey söylemedi, değil mi?"

Pamir'in, onu tutan üç adamdan kurtulmak için harcadığı çabayı ve küfürlerini duyabiliyordum ama onu tutan adamlar, onu bırakmamakta kararlıydılar.

Bir adam kestiği bandı hızla ağzıma yapıştırırken nefesimi tuttum. Bu da nesiydi?

Adam bana doğru döndü. "Ama ben cevaplarımı verirken, senin soru sormanı yasaklıyorum."

Malik'i gördüm; bir bacağının üzerine tam olarak basamıyordu ama yine de ayaktaydı ve her tarafı sarmış siyah takım elbiseli adamlardan dördü arkasında dikiliyordu. Karşımdaki adamı ve Malik'i, bir an çok benzettim.

Ortam sessizleştiğinde, bir an ne olacak diye beklerken, içinde bulunduğumuz deponun kapıları açıldı ve adamlardan biri ayaklı bir kamera kurdu. Slayt tam olarak karşımdaki duvara yansıtılıyordu.

Boş vermiştim. Engel olacak değildim. En azından, bazı cevaplar alana kadar.

Gözlerim, biraz ileride bir adam tarafından ağzı bantlı bir

şekilde tutulan Nisan'a kaydı. Elleri bağlıydı ve bir adam onu kollarından kavramıştı. Gözyaşları yüzünde kurumuştu ve gözaltları şişmişti.

Dolan gözlerimi ondan, duvara yansıtılan slayda çevirdim. Önümdeki adam, ceketini çekerek ellerini pantolonunun cebine soktu ve, "Bu arada ben Mehmet," dedi. Az sonra ise adamlarına çenesiyle işaret vermişti.

Her şey birkaç saniye içinde oldu. Açılan deponun kapısından içeriye, kolunu sertçe kavramış bir adamla beraber annem girdi. *Annem.*

Tutamadım. Onu gördüğüm andan itibaren gözyaşlarım döküldü. Acı, ağzımdaki bandı kolaylıkla aşarak boynumdan aşağı aktı ve kapüşonlumun içinden yüreğime damladı. Göğüs kafesim titredi. Bu gece orada bir şehir yanıyordu.

Kafasını kaldırdığında, onun da gözlerinin kıpkırmızı olduğunu gördüm. Adam onu slaydın önüne doğru yürütüyordu. "Bugün, kısa bir masal izleyeceğiz seninle Nil'ciğim," diye konuştu adının Mehmet olduğunu öğrendiğim adam. "Ve bize bu masalı, Nursel anlatacak. Değil mi Nursel?"

Mehmet.

Zihnim bu karışıklık içindeki bulanıklıktan yavaş yavaş sıyrılırken, Pamir'in çalan telefonunda parlayan ismin görüntüleri yavaş yavaş tırmandı hafızamdan yukarı. *Mehmet. Mehmet Ali Zarraf.*

Zarraf Holding.

Malik Ares *Zarraf?* Olabilir miydi? Babası olabilir miydi? Değilse bile, emrinde mi çalışıyordu?

Dolan gözlerim Pamir'e döndü. Burnumun direği, hiç sızlamadığı kadar ağır bir sancıyla sızlıyordu. Bu nasıl bir şeydi böyle? Aklım almıyordu. Yapbozun parçaları eksikti. Yine de o, bakışlarımı anlamış gibi bana döndü ve suratını buruşturarak, yumuşak bir bakış attı. Dudaklarını birbirine bastırıyordu, dişlerini birbirine bastırıyordu, sinirliydi ama bir şey onu durduruyordu.

Ayağa kalkıp bağırmak istedim. Tıpkı birkaç saat öncesinde mutfağı dağıttığım gibi, burayı da dağıtmak istedim ama baş ağrısıyla kalakaldım.

"Başlayabilirsin."

Adamın sesi depoda yankılandığında, Pamir'in, "Bunun bedelini ödeyeceksin," diyen sesi de peşinden geldi. "Yaptıkların yanına kalacak mı sanıyorsun? Onu sinirlendirmekten, öfkelendirmekten öteye gitmeyecek!"

"Biri şunun ağzını bağlasın," dedi Mehmet denen adam.

"Patron, üç adam zor tutuyoruz herifi."

"Bağlayın dedim!"

Siyah giymiş adamlardan biri ceketini çıkararak kumaşını yırttı ve dördüncü adam olarak arkaya geçip onun ağzını bağladı. Şimdi Pamir kumaşı ısırıyordu.

Mehmet denen adam anneme döndü.

Annem gözlerini benden ayırmıyordu. Hipnotize olmuş gibi bana bakıyordu ve bu bakışlardan sonra ona karşı ne kadar kızgınlığım varsa tuzla buz olmuştu. Babam neredeydi? Buradan çıkıp eve gidebilecek miydik? Eski Nil olmak istiyordum, küçülmek istiyordum, 14 yaşındayken üzerime büyük bir akım düştüğündeki geceye dönmek istiyordum. Gözlerimi kapattım ve yalvardım.

Biri beni en başa götürsün.

Kolunu tutan adam kenara çekilerck onu başlaması için zorladığında, annem zorlukla yutkundu ve boğazını temizledi. Kamerayı getiren adam da slaydı başlatmıştı.

"Statik elektrik tabiatta birbirinden farklı veya aynı, iletken veya yalıtkan iki maddenin temas etmesi ve sonra ayrılması ya da sürtünme işlemi sonucunda, bu iki cisim arasında pozitif ve negatif elektronların serbest bırakılması ve işaretlerinin değişmesi ile kendiliğinden oluşur." Annemin elleri titriyordu. Onun da, benim de gözlerimizden boncuk boncuk damlıyordu gözyaşları. "Maddeler birbirleriyle temas halinde olduğu sürece aralarında temas yüzeyi boyunca elektron transferi olur. İki maddenin temasının kesilmesi durumunda aralarındaki sınır tabakası ortadan kalkar ve maddelerden birinde negatif yük fazlalığı (negatif yüklenme) diğerinde ise elektron azlığı (pozitif yüklenme) meydana gelir. Oluşan bu iki ayrı yük birbirlerini çeker ve..."

Mehmet denen adam annemi böldü. "Farkında mısın bilmiyorum ama buradaki kimse ne dediğini anlamıyor şu an, Türkçe konuş."

Annem gözlerini kapatıp birkaç saniye kendini toparladıktan sonra, gözyaşlarını sildi ve derin bir nefes aldı. "Ve arada bulunan hava gibi yalıtkan olan bir ortam boyunca ark (kıvılcım) yaparak boşalır ve yük farklarını dengelerler."

Mehmet denen adam, "Yani?" diyerek sesini yükseltti. Oturduğum sandalyede debelenmeye çalıştım ve çattığım kaşlarımı ona çevirdim ama beni takmadı bile.

Annem tekrar yutkundu ve burnunu çekti. "Birkaç sene önce bir yaz gecesi, dünyanın yörüngesine giren kuyruklu yıldızın taşıdığı elektrik yükü tahminlerimizden çok daha büyüktü, bu yüzden biz dünyayı es geçmesini beklerken bu kadar yaklaşabildi ve bunun sonuçları çok ağır olabilirdi." Gözleri beni buldu. "Oldu da."

"Evet, devam," diyerek ellerini açtı Mehmet. Ona ne demeliydim? Zorba? Annemi zorluyordu.

"Elektrik yükü teleskopun üzerine düştü, o sırada aynı cisimle etkileşim hâlinde olduğu için parmak uçlarından başlayarak hücrelerine yayıldı ve DNA'nı değiştirdi. Üzerinde bütün dünyaya yetebilecek kadar elektrik taşıyorsun, Nil. Bulutlar da bu yükle doludur bu yüzden gök gürültüsü, şimşek ve ardından gelen yağmur gibi doğa olaylarını kontrol edebiliyorsun. Bulunduğun bölgeye inanılmaz bir boyutta statik elektrik yayıyorsun."

"Ev-vet." Mehmet denen adına tükürdüğüm şahıs alkışlamaya başladı ve hemen ardından bana döndü. "Kalbini kazanmaya çalıştım, güzel kız." Önümde durdu ve eğildi. "Fakat bu iki heriften biri bile işi beceremedi." Pamir'e doğru döndü. "Hatta biri arkamdan işler çevirdi." Ayağa kalktı ve kollarını kaldırarak ellerini açtı. "Ama sonuçta buradasın!"

Adamlarından birkaçına çenesiyle işaret verdi. "Yaklaşık bir saat içerisinde de Tornado'da, olman gereken yerde olacaksın ve sana verilen bu hediyenin getirdiği sorumluluğu yere getireceksin."

Biliyordu. Herkes, her şeyi biliyordu ve bunu benden saklamışlardı. Bildiklerini benden saklamışlardı! Bu yalandan çok daha aşağılık bir şeydi, bu... Bu, kandırmacaydı. Düzenlenmiş bir oyundu. *Kalbimi kazanmak? İki herif?*

Öfkeyle dikkatini çekebileceğim şekilde inledim ve çenemi dikleştirdim. Mehmet denen herif, yaklaşarak bandı bir anda ağzımdan çekti ve birkaç saniyeliğine bandın önceden üzerine yapıştığı her noktam sızladı. Dilimi, kurumuş dudaklarımın üzerinde gezdirdikten sonra yutkundum ve, "Eğer bu kadar güçlü olduğumu biliyorsan, burayı havaya uçurup hepinizin beynini dağıtabileceğimin de farkındasındır," dedim, daha önce hiç hissetmediğim kadar güçlü ve kararlı hissediyordum.

Adam güldü. "Sevgili arkadaşın sayesinde, bunu yapmanı engelledim."

Birkaç kere art arda gözlerimi kırpıştırarak ona anlamsız birkaç bakış attım. Hemen ardından gözlerim, Nisan'a döndü. Ağlıyordu. Hıçkıra hıçkıra ağlıyordu. Bu görüntüye daha fazla ne kadar dayanabilirdim?

Mehmet, adamlarına işaret vererek, "Arabaları hazırlayın, bu gece yatıya misafirlerimizi var," diyerek depodaki adamların çoğunu dışarıya yönlendirdi.

Bir saniye sonra, yalnızca bir saniye sonra Nisan'ın gözleri kapandı ve onu tutan adamın kollarına yığıldı. Pamir, Buğra, Kaan, Melih, Yaren... Hepsi aynı anda kontrolden çıkmışçasına onu tutanları saf dışı bırakmaya çalışırken yapabildiğim tek şey kontrol edemediğim baş ağrısına boyun eğmekti.

Sonra, bir anda annem yanındaki adamın kalça kemiğine öyle bir tekme geçirdi ki adam büyük bir feryatla yere yığıldı ve aynı anda, Nisan kollarına yığıldığı adamın bacak arasına dizini geçirerek ellerine sarılmış ipi çıkardı. Önceden çoktan çözmüş olmalıydı. Hemen çözülmüş elleri ağzına gitti ve ağzındaki bandı çıkardı. "Kolyeyi çıkar Nil! Kolyeyi çı-"

Diğer adamlardan ikisi hızla onun ağzını kapatıp belinden yakalayarak geriye doğru sürüklerken, aynı anda sol tarafa başka bir karmaşa hâkimdi. Onu tutan üç adamdan da kurtularak belindeki silahını çıkaran Pamir, adamların bacaklarına ateş etmeye başladığında Yaren'in bağlı kolunu kafasının üzerinden ultra esnek bir hareketle geçirip arkasındaki ve önündeki adama tekme attığını gördüm. Kaan ve Buğra çoktan kurtulmuş, o taraftaki adamlarla dövüşüyorlardı ve Melih'i kargaşadan göremiyordum bile.

Annemin bu tarafa koştuğunu gördüm, Mehmet denen adam silahını çıkartırken arkadan üzerine atladı ve adamın önünde birleştirdiği kollarıyla boynunu sıkmaya başladı. Mehmet denen herif onu ne kadar da üzerinden atmaya çalışıyorsa, atamıyordu. Sonunda silahını düşürdüğünde ters bir hareket meydana geldi; ayağı silaha bastı ve kayarak sırt üstü düştü. Annemin üzerine.

Çığlık atarak iplerden kurtulmaya çalışıyordum, gözyaşları gözlerimden firar ederek görüşümü bulanıklaştırmaktan başka hiçbir işe yaramıyordu.

Birkaç dakika ayağa kalkıp geriye gitmeyi deneyerek hareketlenmeye çalıştım, annem acısına rağmen Mehmet denen adamı engellemeye çalışıyordu ama daha fazla dayanamazdı. Adam silaha ulaşmak üzereydi.

Malik'in o bacakla üzerime doğru yürüdüğünü gördüğümde, daha da geriye gitmek istedim fakat sandalyenin bir bacağı kırıldı ve yere yığıldım.

"Dur! Gelme! Yaklaşma bana!" diye bağırıyordum. Gürültüden bir şey duyabiliyor muydu bilmiyorum, çünkü sesler öyle boğuklaşmıştı ki ben bile kendi sesimi duyamaz hâle gelmiştim.

Malik, bir anda boynunu kavrayan biri tarafından geriye çekildiğinde suratına bir yumruk yedi ve saniyeler içinde yeri boyladı.

Pamir. Üzerimde doğru geliyordu ama çekiniyor gibiydi.

"Siktir git!" diye bağırdım. "Def ol!"

Çekilmedi. Gitmedi. Dizlerinin üzerinde yere oturduktan sonra bana doğru uzandı ve elleri boynumu kavradı. Kendimi ondan çekmeye çalışıyor, geriye doğru debeleniyordum fakat yerin tozu ağzıma ve gözlerime giriyordu, öksürmeye başlamıştım.

"Bir dur!" diye bağırdı fakat durmadım. Ne yapıyordu?

Birkaç saniye sonra, baş ağrısı kayboldu. Elinde, Nisan'ın bana hediye ettiği siyah taşlı kolye vardı.

Tüm o kaosun, gürültünün ortasına düşen ve yeri göğü inleten yıldırım herkesin duvarlara doğru savrulup, yere düşmesini sağlarken üzerimdeki akımı kontrol etmek imkânsızdı. Ellerime ve ayaklarıma bağlanmış ipler, göğüs kafesimden kollarıma ve parmaklarıma yayılan akımla yandı ve toz oldu. Bir anda kendimi hiç hissetmediğim kadar güçlü hissederken, bir anda göğüs kafesimden dışarıya doğru budaklanan ve parlayan mavi elektrik akımı, köklerini dört bir yana saldı.

Deponun çatısı büyük bir gürültüyle uçtu.

Bütün o gök gürültüsü ve şimşeklerin ardından yeryüzüne yağan, iri damlalı yağmur artık herkesi ıslatabiliyordu.

Gözlerimin yandığını hissettim.

İç organlarım bir depremle sarsılıyordu, nefes almak imkânsızdı ve ciğerlerim yanıyordu. Vücudumda dolanan elektrik akımı hissedebiliyordum, bu oldukça acı vericiydi ama aynı zamanda da yenilmez hissettiriyordu.

Üzerime doğru kalkan silahları gördüğümde, sağ elimi kaldırarak parmaklarımı sonuna kadar araladım ve parmak uçlarımdan silahlara dağılan akım, o silahları tutan elleri çarptı ve adamlar yere yığıldı.

Soner denen adam, "Herkes kaçsın!" diye bağırıyordu. "Kaçın!"

Çarptığım, yerden kalkmaya çalışan adamlardan sonra Buğra'ya doğru koşan ve ona kocaman sarılan Nisan'ı gördüm. Yaren'in, Melih'in ve Kaan'ın geri çekilişini.

Kapkara bulutların üzerimde oluşturduğu hortumu da görebiliyordum. Yavaş yavaş yeryüzüne doğru yaklaşıyordu ve inanılmaz bir rüzgâr, tutunamayan herkesi uçurmak ve şiddetine katabilmek için yaklaşıyordu.

Transa girmiş gibiydim. Yavaş yavaş derin nefesler almaya başlıyordum ve her nefes alışımda, ardı ardına çakıyordu şimşekler. Bir mezarlığa ev sahipliği yapan gökyüzü ışıl ışıldı fakat yıldızlarla ve ayla değil, düşen yıldırımlarla.

O şiddetteki bir rüzgârın ardından kimsenin ne konuştuğu duyulmuyordu. Ben, kendimi dâhi duyamıyordum.

Depoda, rüzgârın şiddetinden ayakta kalmaya çabalayan ve üzerlerine doğru oluşan hortumun şiddetinden kaçınmaya çalışan adamlardan birkaçı yere devrilmişti ve yavaş yavaş sürüklenmeye başlayan Malik'i kaldırmaya çalışıyordu. Patronları Mehmet denen adam ortalıkta görünmüyordu, muhtemelen çoktan çıkmıştı.

Pamir, arkadaşlarına dışarı çıkmaları için bağırırken onların da ayakta kalma mücadelesini izliyorlardı. Nil, gözlerinin önünde yavaş yavaş yukarıya doğru yükselmeye başlamıştı ve bu akım kendi ölümüne sebep olabilirdi.

Yelkıran, Nursel Hanım'ı götürmeye çalışan adamları fark ettiğinde o tarafa doğru hareket etti fakat kadın ona bir şeyler söylemeye çalışıyordu. Bütün gücüyle bağırıyordu fakat etraftaki ses öyle yoğun ve vahşiydi ki, kadının sesi duyulmuyordu bile.

Sonunda kadına yeteri kadar yaklaşabildiğinde, aralarında birkaç metre kalmıştı. Kadın, onu götürmeye çalışan adamlardan kurtulmaya çalışırken, "Onu götür!" diye bağırıyordu Pamir'e doğru. "Onu buradan götür!"

Pamir'in yönelimi anında değişti. Kenardaki tuğlalardan tutunmaya çalışarak gözlerini Nil'e çevirdi. Görkemliydi... Bedeninde dolaşan elektrik, bir solucan misali parlayarak dolanıyordu bedeninde. Nil'in yanına gitmesi sonunu getirebilirdi. Etrafındaki hava akımı Pamir'in ayaklarını yerden kesebilir ve kemiklerini kırabilecek bir şiddetle savurabilirdi.

Yine de Pamir kenardaki demir parçalarından bir tanesini kaptı ve yere sapladı. Bir adım ilerledi. Nil yavaş yavaş yükseliyordu ve onu yakalamalıydı. Muhtemelen kız kendinde değildi.

Bir kez daha sapladı metali yere. Sapladığı yerden kaldırmak ve tekrar saplamak oldukça zahmetliydi ama en azından işe yarıyordu. Birkaç adım daha böyle gitti fakat son adımı atacağı sırada elindeki metal hava akımının esiri oldu ve ellerinden uçup gitti.

Pamir önüne baktı. Gitmek üzereydi. Bırakamazdı.

Eğilip hızla öne atılarak Nil'i bacağından yakaladı. "Gidemezsin!"

Kız direniyordu. Hortumun ürkütücü dairesi yavaş yavaş aşağı iniyordu ve Pamir'in onu çekmekten başka çaresi yoktu. Gidemezdi, gitmesine izin de veremezdi. Aptallıksa aptallıktı. Ölmek umurunda değildi, onu yaşatmadan ölmemeliydi sadece.

Böylece gidemezdi.

Pamir daha güçlü çekti. İki ayağına birden asıldı.

Bir an, ayakları yerden kesilirken kızdan yayılan elektrik onu çarptı fakat bu acıya dayandı. Daha da güçlü çekti.

Oluştuğu hızda yok olan ve havaya karışan hortum, ikisini de hızla yere fırlattı ve bir an sonra yerdeydiler. Şiddetli düşüşün ardından son kez gök gürlediğinde, bir şimşek bütün depoyu aydınlattı ve boş depo, bütün çıplaklığıyla üzerindeki ağrıya direnen Yelkıran'ın gözlerinin önüne serildi.

Çünkü Nil, kendini çoktan kaybetmişti.

Siyahın karanlığıyla buluştuğu bir gece.
Ve ben o gece, yüreğim ellerimde, ruhumu aya teslim ettim.

7

Kadının kanatları vardı, adam kırdı.
Kadının kalbi vardı, adam incitti.
Kadının ruhu vardı... Adam dokundu.
Belki hislerimi, ruhsuzluğum boğar.

Yokluğuna sarıyorlar hayallerimi gerçekliğin. Yalan söyledim. Derin, dipsiz bir kuyuda saklıyordum ben umutlarımı... Nasıl çalabildiler?

Öldürdüğüm yalnızca oydu hâlbuki, nasıl gömülen ben oldum?

Öldüm ve cennet, orası için fazla kasvetli olduğumu söyleyerek kabul etmedi beni. Cehennem için ise fazla sessizdim. Ruhsuz bedenler adı altında can çekişen varlıklarla dolu, karanlık bir odaya süpürüldü küllerim. Siyahıma, karanlığı sürdüler. Hayır, hayır, anlamıyorsun... Gittiğim yer, Araf değildi. *Araf bendim.*

Silkindim. Belki saf acının bütün kırıntılarını üzerimden atmak istedim, belki de eskiden olduğu gibi bunun bir kâbus olmasını diledim ve uyanmak istedim. Hepsinin de ötesinde olan şey, dönüşebileceğim insanın gölgesiydi. Çünkü gölge, benliğimin merdivenlerini yıktı ve kanatlarını çırparak tozu dumana kattı. Sessiz ve sağır bir fırtınaya kurban gittim, huzurlu olarak tanımlanabilecek bir uykuda. Çünkü o beş harften, huzur kelimesinden ve taşıdığı anlamdan geriye sadece bedenim kaldı. İçimde can çekişen ruh, hapsolduğu kafesten kaçarak beni terk etmişti.

Bedenim, duyguları reddetmişti.

Çatlayan başımı kaldırmaya çalışırken aynı anda yutkunmaya da çabaladım ve dilimi, kurumuş dudaklarımın üzerinde gezdirdim. Bir süre sonra görüntü netleştiğinde, önce üzerimdeki ceketi fark ettim; sonra önde, sürücü koltuğunda siyah kazağıyla oturan ve arabayı süren adamı. Bir süre gördüklerime anlam katmaya çalıştım fakat görüntü ve his, saniyeler içinde kayboldu.

Küçük siyah noktaların titreşmesinin ardından bir şeyler daha gözümde netleşmeye başladığında, hissedebildiğim tek şey üzerimdeki ağırlık ve kurumuş boğazımdı. Dudaklarımı araladığım ve içeriye bir dolu oksijenin firar etmesine izin verdiğim an, ufak bir öksürük krizine takılı kaldım ve gözlerimi kırpıştırmaya çalıştım. Damağımdaki tat daha önce hiç yemediğim kadar acı, aynı zamanda da ekşiydi.

Üzerimdeki yorganı kaldırabilmek için ellerimi oynattığım an bütün omurgam kasıldı ve olduğum yere çakılı kaldım. Başımda olağanüstü bir ağrı vardı, aynı zamanda da susuzluktan yutkunamıyordum. Bu yüzden yattığım yataktan kalkabilmeyi birkaç defa daha denedim. Sonunda, beyaz tavan görüş açımdan çıktığında, yeni nesneler bulanık hâllerinden piksel piksel eski netliğine dönmeye başlamıştı. Beyaz bir nevresimle örtülü iki kişilik yatakta, kahverengi ve oldukça kalın bir battaniyenin altındaydım. Odada üç pencere, bir büyük kahverengi dolap, bir masa, iki kapı ve kenarlarda da dolaba uygun iki gece lambası ile çekmeceli masası duruyordu. Biraz dönüp yatağı incelediğimde ise yatak başlığının da kahverengi ve oymalı olduğunu gördüm.

Bacaklarımı battaniyenin içinden çıkardıktan sonra, yatakta ileriye kayarak ayaklarımın üzerinde durdum fakat bir süre dengemi sağlayamadım, bu yüzden yatak başlığına tutundum. Birkaç dakika sonra ayakta durabilecek ve yürüyebilecek hâle geldiğimde ise, ilk olarak iki kapıdan sağdakini açtım. Banyoydu. Işıkları açarak ilerledim ve yüzümü yıkadım. Aynada görebildiğim kadarıyla gözlerim şişmişti biraz.

Burası neresiydi? En son ne olmuştu? Hatırlamıyordum.

Parça parça zihnimde beliren görüntüler anlam kazandığında ise geriye doğru sendeledim ve ayakta kalabilmek için buz gibi fayanstan tutundum. İlk defa sıcak bulabildiğim avuç içlerim, soğuk fayansa değdiğinde tenimdeki bütün tüylerim ürpermişti. Bağlandığımı hatırlıyordum. Nisan'ın ağladığını, Malik'i ve yaralı bacağını, Pamir ve diğerlerinin gelişini, Mehmet denen adamı... Annemi...

Kolyeyi de hatırlıyordum. Pamir'in hiçbir şey demeden Nisan'ın doğum günü hediyem olarak verdiği siyah taşlı kolyeyi boynumdan çıkarışını ve etrafın dağılışını. Ortalığı birbirine katışımı. Fakat devamı yoktu.

Kendimi zorladığımda baş ağrımın artması üzerine biraz eğildim ve düşünmeyi bırakıp kendime gelmeyi bekledim. Hemen ardından dışarıya yöneldi adımlarım ve banyodan çıktıktan sonra diğer kapıyı açıp koridora çıktım. Zemin, duvarlar, kapılar tahta kaplamaydı ve bu bana bir dağ evini anımsatıyordu. Yavaşça merdivenlerden inmeye başladım, bu sırada da ufak bir anı huzmesi hafızamdan içeriye sızdı. Arabanın arka koltuğunda olduğumu hatırlıyordum, üzerimde bir ceket vardı. Ön koltukta ise yüzünü göremediğim, siyah kazak ve pantolon giymiş bir adam oturuyordu.

Koku. Kokuyu hatırladım. Görüntü uçup giderken koku hafızamın altını üstüne getirdi: *Salep, tarçın, sigara.* Üzerimdeki ceket Pamir'indi, muhtemelen sürücü koltuğunda oturup arabayı süren de oydu.

Adımlarım birbirini takip etti ve söz geçiremediğim ayaklarım beni sağ tarafa, açık kapıdan görünen buzdolabından mutfak olduğunu anladığım yere itti. Temkinli şekilde içeri girdim, sessizce yutkundum ve kafamı kaldırarak bembeyaz mutfağın ortasında dikilen siyahlığı süzdüm. Elinde bir kupa vardı ve dumanı tüten bir şey içiyordu. Kokan zencefilden onun muhtemelen yeşil çay olduğunu anlamıştım.

Pamir beni görünce kupayı kalın dudaklarından uzaklaştırdı ve tek kaşını kaldırdı. "Uyandın?"

Tekrar yutkundum. "Uyandım."

Bir adım ileri gelerek bana yaklaştığında elimi kaldırdım. "Dur." Bir anda üzerime gelmişti her şey, ağırdan alıp yavaş yavaş sindirmek için bana bir fırsat sunmamıştı bu yüzden her şeye öfkeliydim. En çok da ona.

Kaşlarını çattı. Birkaç saniye sonra bir adım daha attığında bu sefer bağırdım. "Dur!"

"Hey?" diye sordu, doğrudan gözlerimin içine bakarak fakat onu, "Eğer bir adım daha atarsan seni kızartırım," diye tehdit ettim. Bir anda sanki saatlerdir koşuyormuş gibi nefessiz kalmıştım.

Durdu ve bekledi. Birkaç dakika sonra tamamen kendime gelebildiğimde ve konuşabilecek nefesi dudaklarımın üzerinde toplayabildiğimde "Neredeyiz?" diye sordum sakince.

"Bursa."

Cevabını idrak edebilmek için birkaç saniye bekledikten sonra gözlerimi kırpıştırdım ve sertçe yutkundum. "Ne?"

"Bursa'dayız," dedi yavaşça ve kupasından çayını yudumladı.

"Ne işimiz var burada?"

Pamir durdu. Gözleri bir süre üzerimde gezindikten sonra kısıldı. "Sen hiçbir şey hatırlamıyor musun?"

Gözlerimi yerdeki koyu renkli halının üzerinde gezdirdikten sonra cümleleri toparlamak adına kurumuş dudaklarımın üzerinde gezdirdim dilimi. "Kolyem," dedim elimi boynuma atarak. Artık sadece mavi zoisit boynumdaydı, Nisan'ın hediye ettiği ise yoktu. "En son kolyemi çıkardın."

"O bir kolye değildi," diye mırıldandı Pamir. "Dışarıya salınan enerjini engelleyen, baş ağrısı ve yorgunluğu tetikleyen bir tür alet."

"Ne?"

"Yalıtım işlevi görüyordu."

"Ne?"

"Sen uyurken beynine reset falan mı çekiyorsun?"

Her şeyi biliyordu. Her şeyi bildiğini biliyordum. Yine de bu *her şey* kelimesi beni ürkütüyordu ve ölümüne korkuyordum. "Senin tüm bunlardan önce benimleyken kendini resetlediğin ve hiç olmadığın biri gibi davrandığın gibi mi?" Güldüm. "Oyunculuğun mükemmeldi. Hiç eğitim aldın mı? Konservatuvarı düşünmelisin."

Elindeki kupayı tutuşunun sıkılaştığını gördüm ama gözlerimi gözlerinden ayırmadım. "Korkmuyorum," diye mırıldandım. "Hele ki sen her şeyi biliyorsan..." Kafamı olumsuz şekilde salladım. "O zaman hiç korkmuyorum işte."

Cevap vermedi. Düz ve ruhsuz bir şekilde bakmaya devam etti, bu sefer acı kahvelerinin içinde işlenen cinayetleri görmedim. Bu sefer gördüğüm şey, tepesinde dolunayın yükseldiği, sisli ve sessiz bir mezarlıktı. Tek bir mezar taşı vardı, o da siyaha boyanmıştı. Kanın kokusu tazeydi.

"Annem nerede?" diye sordum.

"Tornado'da."

"Diğerleri?"

"Soyhan'da."

"Biz neden buradayız?"

Uzanıp kupasını tezgâhın üzerine bıraktı ve bana doğru yürüdü. "Dur," dedim ama dinlemedi, omzu omzuma çarparken yanımdan geçip gitti.

Peşinden yürüdüm. "Ya sen sorularımdan kaçmayacaksın ya da ben buradan gideceğim."

"Bir deney kobayı olup eskiden farelerin kapatıldığı bir kafese tıkılmak istemiyorsan buradan gitmezsin," diye mırıldandı. "Annen bunun için çok emek verdi."

"Nasıl?"

Bana döndü ve ellerini iki yanda açarak hayretle bakan gözlerini üzerime dikti. "Aynı tarafta olduğumuzu gerçekten göremiyor musun?"

Güldüm. "Ben bir taraf göremiyorum." İyi ya da kötü yok. Cennet ya da cehennem... Doğru ya da yanlış yok. Sadece araf var. Onun sükûneti. Onun sis bulutu. Onun çığlıkları. Onun yarenliği. Görebildiğim sadece bu.

Dudakları aralandı, başını biraz çevirdi ve birkaç saniyeliğine gözlerini kapatıp kısaca güldü. Sağ yanağındaki gamzesini gördüm, beyaz ve düzgün dişlerini, alnına düşen saç tutamı o zaman çekti dikkatimi. Uzanıp çekmek istedim ama o an aramızda sadece birkaç adım yoktu; eskiden olsa, bir adım bile olmazdı ama artık aşılması gereken dağlar, denizler ve ormanlar vardı. Ben ise, bu yolculuk için fazla bitkin, yorgun ve isteksizdim. Pamir'in ise zaten bunu göremediği açıkça ortadaydı. Ama kaybeden ben değildim. Ben bizi kaybetmemiştim, o beni kaybetmişti. Biz diye bir şey yoktu, hiç gelmemiş bir ikinci tekilin yokluğu vardı sadece. Boş kalmış bir elin hissizliği vardı, boğazımda düğümlenen nefeslerin dikenleri ve göğüs kafesimde kanlanıp acıyı içeriye buyur eden yüreğimin tecrübesizliği. Kalp ve yürek arasında bir fark vardı, Pamir'in o farkı anlamayı bırakın, şu iki kavramdan haberi olduğuna bile emin değildim artık.

"Kaydını buraya aldıracağım, son sınıfı bitirmeye bir dönem kala bırakmak istemezsin." Pamir masanın üzerindeki dizüstü bilgisayarı işaret etti. "Birkaç lise araştırdım, birini seç. Hepsi ayrı sekmelerde."

"Ben yanlış mı anladım?" Durdum ve bakışlarımı dizüstü bilgisayardan, onun acı kahvelerine çıkardım. "Biz *kaçıyor* muyuz?"

"Doğru anlamışsın." Bilgisayarı işaret etti. "Bir tanesini seç. Emir yarın sabah istediğim birkaç şeyi getirecek, ondan sonra kayıt yaptırmaya gideceğiz. Duşa giriyorum, kapıyı kimseye açma."

Dudaklarım şaşkınlıkla aralandı. "Bu kadar mı yani? Yapacağın açıklama?"

Merdivenlerin ikinci basamağındayken bana döndü. "Neyin açıklaması?"

İki elim de yumruk şeklini aldı ve adımlarım üzerine doğru hızlandı. Onunla aynı basamağa çıkarak önünde durdum ve dikine gittim. "Hiçbir şeyi hatırlamıyor değilim, bana oyun oynama artık! O Mehmet denen adamın dediklerini harfi harfine hatırlıyorum."

Üzerime eğildiğinde istemsizce bir adım geriye gittiğimde, kalın dudakları aralandı ve gözleri kısıldı. "Ne anladın, nerenle dinledin bilmiyorum ama ben asla kılına zarar gelecek bir işe karışmam." Acı kahveler gözlerimin önünde karardı. "Bunu hatırla, Nil. *Asla*."

Birkaç saniye o şekilde bakıştıktan sonra geriye çekildi ve yukarıya doğru çıkarken üzerindeki kazağı sıyırdı. Ona sırtımı dönerek aşağı indim ve yumruk yaptığım ellerime diktim bakışlarımı. Bu çığlığı atmazsam iyi olmayacaktım. "Seni çok pis kızartmak istiyorum, Pamir Yelkıran! Çok pis!"

Bir bileklerimde dayanılmaz bir sancı hissettim fakat saniyesinde kayboldu. Damarlarım belirginleşmişti ve avuç içlerime doğru güçlenen lacivert renkli akımı görebiliyordum. Önceden bundan korkuyordum ama artık kaçmak ve saklanmak için bir yere ihtiyacım yoktu. Bu bendim. Kendimi böyle kabul etmeli, daha fazla zarar vermemeliydim. Temelinde, kendime en çok zararı yine kendim vermiştim.

Yumruklarımı yavaşça çözdüm ve avuçlarımı açarak derin nefesler aldım. Sakinleştim, doğru soruların zihnimin içindeki karmaşadan kurtularak belirginleşmesini istedim. Böylece gerçek cevaplar alabilecektim.

Öncelikle, evi dolanıp ceketimi aradım fakat bulamadım. Yukarı çıkarak yattığım odada masanın üzerinde bulduğumda direkt ceplerimi karıştırdım ve aradığımı bulduğumda yatağın üzerine oturdum. Lens suyu. Bir çift yeni lens almalıydım fakat Soyhan'daki her zaman aldığım yerden alamazdım, elimin altında değildi ve üstelik yedek lenslerim kendi evimde, dolabımdaydı. Mutlaka dışarı çıkmam gerekecekti.

Lenslerime birer damla damlattıktan sonra bir süre kendime gelmeyi bekledim ve bunu da hallettikten sonra tekrar aşağıya indim.

Tahmin ettiğim gibi bir dağ evindeydik, perdeler kapalı

olduğu için dışarıyı görmemiştim fakat içerisi oldukça büyük ve ferahtı. Fazla eşya yoktu, mutfakta sadece konserve ve uzun süre saklanabilecek yiyecekler vardı. Televizyonun üzeri tozlanmıştı, salondaki koltukların üzerine önceden örtülen tozlu örtüler bir kenara yığılmıştı ve bir şömine vardı. Hep kahvemi şömine etrafında içmek istemiştim fakat bu isteğimi hiç gerçekleştirememiştim. Bağdaş kurarak şöminenin önüne oturdum. Uzun zamandır yanmıyor gibi duruyordu, kömür ya da odun yoktu içinde. Şimdi şömineyi yaksam, dışarıda yağmur yağsa, elimde büyük bir kupa kahve olsa...

Hayaller ve hayatlar.

En azından bir şömine var. Millet şömineyi zor bulur, ben Pamir'le aynı metrekare içinde olduğum için kahveyi!

Deli gibi acıkmıştım ama ne yapacağımı bilmiyordum, bu yüzden koltuğun üzerine oturup dizüstü bilgisayarı kucağıma çektim ve sekmelerdeki isimlere göz attım. *Özel Bursa Lisesi... Bilmem ne koleji...* Merdivenlerden gelen adım seslerimi duyduğum için sesli bir şekilde, "Bunların hepsi özel lise," diye söylendim.

"Evet ve sen de bir tanesini seçmek zorundasın." Pamir yanımdan geçip karşıma oturdu ve telefonundan bir numarayı tuşladı. "Mucizevî şekilde yemek hazırlamayacaksan pizza siparişi veriyorum?"

Boğazımı temizledim. "Ve sen de mucizevî şekilde mutfağa girip yemek hazırlamayacaksan, elbette pizza siparişi verebilirsin."

"Alışverişe çıkmamız gerek, mutfakta makarna ve konserveler dışında bir şey yok," diye mırıldandıktan sonra karşı taraf telefonu açmış olmalı ki iki pizza ve kola söyledi.

Bilgisayarı kapatıp masaya geri bırakacakken yanlışlıkla geçmiş sekmesi açıldı, liselerin altında ilk girilen sitelerin hepsi *göz* ve *mutasyon* ile ilgiliydi. Sertçe yutkunduktan sonra bilgisayarı bıraktım ve, "Evet, seni dinliyorum," diyerek doğruldum. Sakin görünüyordum ama sakin falan değildim. Her yeri yakıp yıkmak isteyen tarafım, aynı zamanda duygularımın içinde olduğu büyük bir keseydi fakat ben o keseyi düşürmüştüm. Kaybetmiştim. Teslim etmiştim.

"Annenle babandan bir haber gelene kadar buradayız. Kimseye bir şey söyleyemez, yüzünü ve kimliğini açıkça belli edemezsin. Şu an izinli devamsızlık hakkını kullanıyorsun ki iki hafta sonra zaten sömestr tatili başlıyor."

"Anne ve babandan haber gelene kadar derken neyi kast ettin?"

"Henüz bir şey belli değil," dedi Pamir ayağa kalkarken. Üzerinde siyah bir eşofman ve koyu bordo bir kapüşonlu vardı.

"Çocuk değilim Pamir. Önüme bir yapboz bırakıyorsan birkaç parçasını kendine saklayamazsın."

Pamir durdu. Kafasının içinde bir şeyi tartıyor ve sessizce düşünüyordu. Asla ne düşündüğünden emin olamıyordum. "Tamam, sor," dedi sonunda ve geri oturdu.

"Malik'le ne ilgin var? Mehmet denen adam neden ikinizin..."

"O adam benim üvey amcam," diye mırıldandı. "Güç ve para manyağının teki. Dedemi ve babamı ayartan şerefsiz de oydu."

"İkinizden de onun adamıymış gibi bahsetti."

"Malik onun oğlu. Ben ise sadece planlarını tam olarak öğrenerek iplerini koparmak için yanındaymış gibi davranıyordum."

Kaşlarım kalktı. Şaşkınlık içerisindeydim. "Ha, sadece beni kandırmadın yani."

Pamir öne eğildi ve gözlerime doğru gönderebileceği en keskin bakışları gönderdi. "Ben seni kandırmadım. Bunu o güzel kafana sok."

"Bu işin benimle ve annemle ne alakası var?"

Geriye yaslandı ve seslice nefes verdikten sonra devam etti. "Tornado için gerekli yatırım gelmedi, bu yüzden anne ve baban %51'lik hisseyi satışa çıkardı."

"Mehmet Ali Zarraf denilen adam da atladı?"

"Kimse atlamadı. Bu şirket, onun sadece yükseltebilmek için alabileceği bir tür yatırım olabilirdi ama gelecek görmediği için ilk görüşmeden sonra bıraktı. İlgisini seçecek bir şeye ihtiyaçları vardı, şirketi kurtarabilecek..."

Dondum. "Beni mi ifşa ettiler? Sadece bunun için mi?..."

"Hayır," diyerek atladı. "O zamanlar seni bilen sadece üç kişi vardı. Annen, baban ve bir doktor. O doktor, annenle babanın veremediği kararı verdi ve Zarraf'ın ilgisini çekecek o sırrı paylaştı."

"Ne diyorsun sen?"

"Zarraf da %51'lik hisseyi alarak en büyük ortak oldu."

Dinliyorum, gibisinden bir bakış atarak geriye çekildim ve sırtımı koltuğa yasladım. Vücudumdan güç çekiliyordu, kaldıramıyordum.

"Tüm o elektrik santralleri ve güç kaynakları arasında elmas gibi parlıyordun Nil ve Tornado'da bunu görebilmek için donanımlı programlar, cihazlar vardı. Zarraf seni istedi ama çok tehlikeliydin."

Sertçe yutkundum. Hayır, ağlamayacaktım. Nereden geldiğini bilmediğim bir rahatlık ve gücü hissediyordum. "Bu yüzden," diye mırıldandım yavaşça, "seni ve Malik'i bir kalp oyunu için üzerime saldı."

"Benden istediği şeyin farkındaydım ve güvenine erişebilmek için kabul ettim ama..."

Kafamı kaldırdım ve göz göze geldik. Elimi saçlarımdan geçirerek onları yüzümün önünden çektim. "Ama?"

"Soner'in adamlarıyla beraber yolunu kestiği günü hatırlıyor musun? O gün öğrendim o kızın sen olduğunu," diye mırıldandı Pamir. "Elektrik olayını da birkaç hafta sonra..."

Ve zil çaldı.

O kapıyı açmak için ayağa kalkarken, ben de mutfağa yürüdüm ve dolapları karıştırarak iki tabakla iki bardak aldım. İçeri döndüğümde masanın üzerinde iki kutu pizza ve büyük bir şişe kola vardı. Tabağını ve bardağını bıraktım, kutulardan birini açarken o da bardaklara kola dolduruyordu.

"Emir'le konuşmak istiyorum," dedim.

Tabağıma üç dilim pizza aldıktan sonra kola doldurduğu bardağımı da alıp oturdum. Kaşları çatılmıştı. "Neden?"

"Dolabımdan almam gereken bir çanta var, getirebilir mi?"

Pamir cebinden telefonunu çıkardı ve rehbere girip Emir'i aradıktan sonra telefonunu önüme bıraktı. Emir telefonu açtığında, elimdeki pizzayı bıraktım ve telefonu kulağıma götürdüm. "Efendim kuzen?"

"Emir neredesin?"

"Nil uyandın mı?" Öksürdüğünü duydum, muhtemelen yemek yiyordu ve yediği boğazına kaçmıştı, çünkü sesi boğuk geliyordu. "Her şey yolunda mı?"

"Evet," diye mırıldandım, gözlerimi pizzasından kocaman bir ısırık alan Pamir'in üzerinde gezdirirken. "Yarın sabah buraya gelmeden önce evime gidip dolabımdaki siyah çantayı getirebilir misin?"

Emir, "Bir dakika," diye mırıldandığında biraz bekledim. "Ne oldu?"

"Bir dakika."

"Pekâlâ." Pizzamdan bir ısırık daha aldıktan sonra kolamı yudumladım ve beklemeye devam ettim. Sonunda Emir, "Evinin önündeyim," diye mırıldandığında gözlerim şaşkınlıkla açıldı. "Yakınlarda mıydın?"

"Arabamda tıkınıyordum. Yani evet. Sizin caddenin üzerindeki kafede acayip hamburger yapıyorlar." Araba kapısının açılma ve kapanma sesini duydum. "Evin ışıkları kapalı. Yedek anahtar var mı?"

"Sağ camın üzerindeki çıkıntıya bak, orada her zaman yedek anahtar olur ama emin değilim."

Kapıya yürüdüğünü tahmin ettiğim birkaç sessiz saniyenin sonunda Emir'in sesi kulaklarıma doldu. "Buldum."

"Odam üst katta, kapısı siyah." Tedirgin değildim. Nasıl biri olduğumu biliyordum, diğer insanların siyahla bir derdim olduğunu söylemeleri konusu da artık benim için hiçbir şey ifade etmiyordu. Üstelik Emir'in de hakkımda böyle düşünecek biri olmadığını hissediyordum.

"Siyahı gerçekten seviyor olmalısın," diye mırıldandığını duydum. "Pekâlâ, işte dolabın ve..."

Dudağımı dişledim. "Arkada ve köşede, siyah bir çanta."

"Nil, bu çantaların hepsi siyah."

"Çapraz takılan, askıları uzun ve üç gözlü bir çanta."

"Aldım. Başka bir şey?"

"Bir dakika," diyerek telefonu indirdim ve Pamir'e döndüm. "Kıyafet?"

"Yarın hesabımdan daha çok para çekmek için şehre ineceğim, o zaman alırız."

"Başka bir şey yok, teşekkür ederim Emir," diye mırıldandım ve iyi akşamlar diledikten sonra telefonu kapatıp önüne bıraktım.

Düşünmem gereken çok fazla şey vardı, karar vermem gereken birçok ikilem ve belki de yeniden başlamam için bir hayat. Hayır... Aslında yeni başlığı altında sayabileceğim tek geçerli şey okuldu. Ve ben endişeliydim. Pizzanın iki dilimini de yedikten sonra peçeteyle ağzımı sildim. "Anne ve babam şu an nerede?"

Pamir kolasını bitirdikten sonra ağzını sildi ve ayağa kalkıp tabağıyla bardağını aldıktan sonra cevapladı. "Tornado."

"Onca zaman boyunca gelmemelerinin sebebi..."

"Zarraf."

O mutfağa giderken, peşinden kalkıp sinirle yürüdüm. "O adamı öldüreceğim."

"O adam benim üvey amcam."

"Güzel," diye mırıldandım önüne geçerek. "Üvey amcanı öldüreceğim."

"Bu kolay olurdu," dedi Pamir, tabağını ve bardağını sudan geçirip bulaşık makinesine koyarken.

"Ya ne?"

Bir elini tezgâha yasladı ve gözlerini gözlerime kenetledi. "Hapis," dedi. "Müebbet."

"Bunu nasıl sağlayacağız?" Dalga geçercesine güldüm.

"Bu ülkede millete tecavüz edip hayatlarını mahveden zihniyete bile müebbet verilmiyor. En fazla dört yıl, gerçi dört ay yatıp şartlı tahliyeyle dışarı salınıyorlar, o ayrı mesele. *Adalete teslim etmek,* sadece üç kelime. Anlamı yok. Eylem yok. Laf var, icraat yok."

Pamir elini saçlarından geçirirken hafifçe güldü. "Sevgili amcamın suç başlığı altında listelenebilecek geçmişi bir hayli kalabalık. Kurtulamayacak."

"Buna emin olamazsın."

"Sadece güven," diye mırıldandı, iki kelimenin de üzerinde fazlaca durarak.

Omzuna çarpıp geçmeden önce dalga geçercesine gülerek mırıldandım. "Bunu, kendimden başka kimseye güvenmemem gerektiğini öğreten adam mı söylüyor?"

Kolumdan yakaladı ve tam önümde durarak üzerime eğildi. Gözleri gözlerimi esir almıştı. "Bana değil Nil, kendine."

Önce hayatları değil, sevgilim. Önce hayalleri.

Eli kanlı bir katildi, kötüye sadakati görse bile öldürmekten vazgeçmeyecekti. Ve bendeki güven duygusunu öyle bir katletmişti ki, kendime saklayabileceğim bir parçası bile kalmamıştı.

Ama bunu ona gösterecek değildim. "Merak etme," diye mırıldandım kolumu ondan çekerek. "Kimseye değil ama kendime." Mutfaktan çıktım ve doğruca merdivenlere yöneldim. Duş almalıydım, sanki kişiliğime güncelleme gelmiş gibiydi ve buna alışmam gerekiyordu.

Banyoyu bulduktan sonra, içinde yatak olan tek odanın benim uyuduğum oda olduğunu fark ettim. Dolabı açtığımda her tarafın kalın kazaklarla dolu olduğunu gördüm, alt tarafta açılmamış iç çamaşırı da vardı ama elbette kızlara göre değildi. Bunlar açılmamış erkek iç çamaşırlarıydı. Siyah olan paketi seçerek uzun, siyah ve kalın bir kazak aldım. Dolabın kapaklarını kapattıktan sonra ise banyoya geçerek sıcak suyu ayarladım.

Gözaltlarım ölüyordu. Bedenimdeki tek renk gözaltlarımdı, yorgunluktan ve çöküntüden kaynaklanan mor halkalarım bana daha bir psikopat havası katmışlardı. Aynada gözaltlarımı incelerken istemsizce, "Emeği geçen herkese teşekkürler," diye mırıldandım.

Lenslerimi acilen değiştirmem gerekiyordu, çünkü çok net görebildiğim söylenemezdi. Emir bir an önce gelmeliydi, o çantada yedek lenslerim ve ailemin banka hesabıma aktardıkları bir miktar para vardı.

Siyah sutyenim çok da kirli değildi, bu yüzden hava alması için kenara bıraktım ama üzerimden çıkardığım diğer şeyleri top hâline getirip çamaşır makinesine tıktım. Küvete girdiğimde oturmaktan alıkoyamamıştım kendimi; zihinsel bir yorgunluğun ötesinde bunun üzerine fazlasının ekleneceğini bilmek, beni pes etmeye zorluyordu. *Kalbim kırılana kadar* politikası bir yere kadardı, çünkü kimse artık bende kalp denen bir şey bırakmamıştı. Ruhuma dikilen gözleri de bedenimin bir kafes olduğu o sisi dağıtıp, uzaklara teslim ederek engellemiştim. Sıra bedenimdeydi, belki de bedenimden de kurtulmalıydım. O zaman bunlarla uğraşmak zorunda kalmazdım.

Küveti doldurup sıcak suyu kapattım ve tıpayı taktıktan sonra bedenimi suyun üzerinde serbest bıraktım. Çığlık atmak istiyordum. Düşündükçe çığlık atmak, yakıp yıkmak, inkâr etmek ve isyan etmek istiyordum ama yapabildiğim tek şey öylece durmaktı. Küvetin iki yanına tutunan ellerimi geriye çektim ve bedenimi suyun içine gömerken bir saniye bile düşünmedim. Belki de suyun altında çığlık atabilirdim, böylece ruhumun bunca zaman boyunca kimsenin duymadığı o sağır çığlıkları atarken nasıl hissettiğini öğrenebilirdim.

İntihar neydi? Bir kimsenin, toplumsal ve ruhsal nedenlerden dolayı, hayatına kendi elleriyle son vermesi. Toplum için hayatımın bir önem teşkil ettiğini düşünmüyordum, açıkça söylemek gerekirse herkesin başına bela olmuştum. Hiç doğmasam ve Levent ile Nursel Han adlı çiftin bir çocukları olmasa, bunlar yaşanmazdı. Belki Pamir'in gerçekten onu seven ve onun da sevdiği biriyle ilişkisi olurdu? Beni sevmeyi beceremiyordu, becerememişti ama o kızı çok severdi belki? Şimdi burada benimle uğraşmak yerine, sevgilisinin doğum günü için kapattırdığı bir restoranda canlı keman sesi eşliğinde, az pişmiş et ve kırmızı şarapla kutlarlardı. Nisan her ne bok yediyse, bunlar olmamış olacağı için bu kadar harap olmazdı. Bu kadardı işte. Etkileyebildiğim insan hayatı bile bir elin parmaklarını geçmiyordu, geçemiyordu, yarısı bile etmiyordu. Niye hayattaydım ki ben?

Bir anlığına kararan gözlerimin önünde, Mehmet Ali Zarraf denen herifin parmaklar ardına tıkıldığı bir görüntü canlandı. Nisan ve Buğra'nın okul çıkışı sinemaya giderken, beni ve Yağmur'u da yanlarına aldığı bir an... Yağmur ölmemiş olsundu bari hayallerimde. Özge'nin, Kaan'ın, Melih'in, Yaren'in ve hatta tüm yaptıklarına rağmen Mine'nin de mutlu olduğu bir dünya... Anne ve babamın normal iş saatleri boyunca çalıştığı ama akşam eve geldikleri, hatta sabahları beraber kahvaltı ettiğimiz... Sonsuzlukta dans ettiğim... Peki Pamir? O neresindeydi bu hayalin?

Bilmiyordum ama bulacaktım.

Yüzümü sıvazladıktan sonra ayağa kalktım ve vücudumu keseleyip birkaç kez saçlarımı yıkadım. Vazgeçmek için çok gençtim, çok erkendi. Sonunda ne olacağını bilmeden bu küvette ölmem neyi değiştirirdi asıl? Umut, diye bir kelime tanımıyordum belki evet ama mutlu bir sonun hayali bile en güçsüz hissettiğim ve devrildiğim anda beni yeniden doğmuş gibi ayağa kaldırabiliyorsa, gerçeği kim bilir nasıl etki ederdi?

İşte bu, uğruna savaşabileceğim yegâne şeydi.

Saçlarımın suyunu sıktıktan sonra kurulanıp üzerime siyah sutyenimi, altıma da paketini yeni açtığım o siyah baksırı geçirdim. Siyah kazağı kaldırıp üzerime tuttuğumda anladım ki bir hayli büyüktü. Üzerime giydikten sonra boyuna baktım; kalçalarımı kapatıyordu ve diz kapaklarımla arada en az bir karış mesafe vardı. Çekiştirip düzelterek uzun kollarını bir kere katladım ve parmak uçlarıma kadar kısalmasını sağladım. Dolapları karıştırarak bulduğum tarakla da saçlarımı tarayıp nemini havluyla iyice aldıktan sonra banyodan çıktım ve çıkar çıkmaz merdivenlerden çıkan Pamir'le göz göze geldim.

Tek kaşını kaldırdı. "Güzel bacaklar."

"Bana çorap ver."

Kafasını sallayıp odaya girdiğini gördüğümde, içime çektiğim derin bir nefesin ardından odaya yürüdüm. Dolaptan bir çift siyah uzun çorap çıkardı ve bana doğru fırlattı. Çorapları havada yakaladığımda o da dolapların kapağını kapatmıştı. Yatağın üzerine oturup sağ ayağıma çorabı giydim; boyu diz kapağımın altına kadar geliyordu. Biraz daha uzun olsalardı daha güzel olur gibiydi. Ya da bunun yerine siyah bir tayt? Hatta siyah bir eşofman? Yarın kesinlikle o alışverişe çıkmalıydım.

"Bu arada bilmen gereken bir şey var," diye söylendi ve ışığı açmak için öne atıldı. Artık odayı aydınlatan tek şey koridordaki gece lambaları değildi.

Ona döndüm ve devam etmesini bekledim.

"Bu evde bir yatak odası var," dedi.

Ayağa kalktım. "Ne? Koskoca evde..." Sonra duşa girmeden önce ve hatta sabah da gezdiğim odalar aklıma geldi. Bu katta bir tane daha yatak odası olarak kullanılabilecek oda vardı ama orası da kilerdi ve ultra tozluydu, fareler etrafta dans ediyorlardı. "Ben seninle yatmam," dedim yalan söyleyerek. "Git kanepede yat." Yastıklardan birini alıp üzerine fırlattığımda havada yakaladı.

"Ben de çok meraklıydım zaten seninle yatmaya." Pamir'in gözleri kısılmıştı ve dalga geçer şekilde söylemişti. Hemen ardından beni bıraktı ve yatağın üzerine yastığıyla beraber yüzüstü uzandı.

Öperken öyle demiyordun ama hoşaf herif! diye bağıracağım sandım bir an fakat kendimi zor durdurdum. "Ben rahat uyuyamayınca milleti çarpıyorum, evde yangın falan çıkarırım bak." Nil'den doğaçlama yalanlar listesinde iki numara.

Ben normalde de çok uyuyabilen birisi değilim zaten. Rahata bak, uyumuşum bir de rahat mı değil mi diye hayıflanıyorum? Hayaller, hayatlar sevgili Pamir Yelkıran. Hayaller ve hayatlar.

"Uykum var, git küvette zıbar o zaman. Beni bağlamaz."

Kafasının altındaki yastığı çekip kafasına vurduğum an Pamir bileklerimden yakaladı ve bir anda sırtım yatağa yaslandı. *Üzerime çıkmıştı.* Yüzüme doğru eğildi. "Sen ne yaptın az önce?"

"Sana vurdum. Hem de başının altından çektiğim yastıkla. Şimdi beni yatağımla yalnız bırakıp gitmezsen çarpacağım da. Hem de bileklerimden kavradığın şu ellerimle."

"Senin dilin çok uzamış bakıyorum," diye mırıldandı Pamir, gözlerini yüzümde dolaştırırken. Sözlerinin ve bakışlarının, hatta bazen sadece ve sadece görüntüsünün insanı sarhoş edecek bir etkisi vardı. Bu da o anlardan biriydi ama ben etkilenmemek için eskisinden daha güçlüydüm.

"Kessene o zaman," diye mırıldandım kafamı yataktan kaldırıp yüzüne yaklaştırırken. Ama bu sefer onun şaşırdığı o kısa zaman diliminde, bundan faydalanarak bileklerimi çektiğim gibi onu üzerimden ittim ve yatağın üzerinde doğruldum. "Şimdi kalk."

Kollarını ensesinde birleştirerek uzandı ve gözlerini kapatarak hafifçe esnedikten sonra mırıldandı. "Yo."

"Pamir!"

"Kim kaldıracak beni?"

Kendimi dizlerimin üzerinde yatağa bıraktıktan sonra onu itmeye çalıştım. Birkaç denemeden sonra bir santimetrelik bir ilerleme kat edebilmiştim ki Pamir yaklaşık on santimetre daha bu tarafa kaydı ve öfkeyle karnına yumruğumu indirdim.

"Siktir," diye mırıldandı bir anda ve gözleri açıldı.

"Ne oldu? Acıdı mı?" Sırıttım.

"Hayır," dediğinde biraz daha itmeye çalıştım ama işe yaramıyordu.

"Kaç kilosun sen ya?"

"Nil, yapma," diye mırıldandı bir kez daha ama bu sefer daha güçlü itmeye çalıştım. Bu defa resmen tırnaklarımı geçirmiştim. "Ya kalk!"

Ellerimi üzerinden itti. "Lan yapmasana!"

"Neden?"

"Tahrik oluyorum."

Bir anda sıcak bir esinti boynumdan kulaklarıma, oradan da yanaklarıma ilerledi ve göz göze geldik. Pamir'in gözleri de sanki ağzından çok gizli bir sırrı kaçırmış gibi kocaman olmuştu ama sadece bir saniyeliğine. Bir anda, "Sapık! Kalk! Kalk yatağımdan!" diye bağırıp tekmelemeye başladım onu.

"Lan tamam! Bir dur!" Tekrar bileklerimden yakaladı fakat bu sefer kendime hâkim olamadım ve elektrik akımı gözlerimin önünde bileklerimden avuçlarıma ve oradan da onun büyük ellerine aktarıldı. *Onu çarptım.*

Hızla geri çekildi ve ellerini havada salladı. "Siktir."

"Y-yanlışlıkla oldu."

"Yakında milleti kalp krizinden tahtalı köye postalar, mezarı başında da aynısını söylersin," diye mırıldandı dalgasına. Ya da değil. Bilmiyordum. Yüzümdeki ifade nasıl bir şekle sahipse bir anda, "Ben öyle söylemek istemedim," dedi hızla.

"Olur bazen öyle," diye mırıldandım. "İnsanlar aklından geçenleri tartamaz ve birden dilinden dökülür."

"Öyle olmadı."

"Her neyse." Yatağın üzerinden indim ve dolabın altındaki nevresimlerin üzerindeki iki yastığı çıkarıp büyük yatağın ortasına koydum. "Çizgiyi geçme, iyi geceler."

Işıkları kapatıp yorganın içine girdikten sonra yorganı boğazıma kadar çektim ve ona sırtımı döndüm. En son hayal meyal, "O kazakla yatılır mı? Terden sırılsıklam olacaksın," dediğini duydum ama emin değildim. Uykum vardı ve kokusu buralardaydı. Bilmese de olurdu, ihtiyacım olan şeyler sadece bunlardı.

İçimde yeşeren griyi hissedebiliyordum. Siyah ve beyaz ortalarda yoktu, dengeyi sağlayan ying yang sembolü gitmişti. Etraf sessiz ve bomboştu, sankı yakında bir fırtına patlak verecekti ve bu, ondan önceki son sükûnetti.

Birkaç saat sonra, gecenin bir yarısı ansızın uyandığımda, cam kenarlarında uğuldayan rüzgârın sesi zihnimi felç etmişti. Yüzümün önünden saçlarımı çeken eli hissedebiliyordum, boynumdaki teri de onun hissedebildiğini biliyordum. Göz kapaklarım gecenin ayazına açıldığında omuzlarımdan tutarak beni kaldırdı ve yatağın üzerine oturttu.

"O kazakla yatılmaz demiştim."

Pamir'in ayağa kalktığını gördüm, ilerleyip dolabı açtı ve biraz karıştırdıktan sonra uzun kollu, ince, siyah bir tişört çıkardı. Yanıma geldiğinde üzerimdeki yorganı çekmişti. Zihnim öylesine bulanıktı ki, "Ne yapıyorsun?" diye sormayı anca akıl edebilmiştim. Kazağımın uçlarından tuttuğunda, halsiz ellerim bileklerini kavradı.

"Kendin çıkarabilecek misin?" diye sorarken tek kaşı havaya kalkmıştı. Etraf karanlıktı ve bunu yapabileceğimi sanmıyordum. Üzerimde öyle bir yük hissediyordum ki karşıdan biri gelse ve yavaş hareketlerle kafama sıksa, engel olamayacak bir sarhoşluktaydım.

Kazağımın uçlarından tuttuğu ellerindeki ellerimi çektim ve kazağımı çıkarmasına izin verdim. Kazağı çıkarıp koltuğun üzerine attıktan sonra bakmamak için kafasını yan tarafa çevirdi, kollarım anında göğüslerime sarılmıştı zaten. Üzerimde sutyen vardı.

Uzun kollu siyah tişörtü açtı, kafasını kaldırırken gözlerini gözlerimden ayırmadı ve tişörtü başımdan geçirdi. Ardından kollarımı çektim ve tişörtü giydim. Elleri boynuma sürtünerek tişörtün içinde kalan uzun saçlarımı çıkardığında, içim gıdıklanmıştı. Boğuk bir sesle, "Artık uyuyabilirsin," diye mırıldandı.

Ona bakmadan yatakta geriye kaydım ve yorganı üzerime çekerek artık ortada olmayan yastıklardan birine sarıldım.

Bilmiyordum. Belki de sarıldığım yastık değildi. Zaten bir yastık bu kadar sert olamazdı.

Küçükken bir şeyi beceremediğim zamanlarda annemi çağırırdım. Genelde evimizin bahçesinde olduğum için içeriden seslenişimi duyan annem yanıma gelir ve bana yardım ederdi, annem olmadığı zamanlarda ise babam yanıma gelirdi. Bir keresinde anasınıfındayken de bu kaygıdan dolayı sınıfta sadece yaşıtlarım ve öğretmenlerim olmasına rağmen anneme seslenmiştim. Durmadan. Devamlı. Sesim kısılana kadar. Aptalcaydı ama durmamıştım. Sonunda pes eden öğretmenlerimden biri annemi aramıştı ve annem de on beş dakika içerisinde işini bırakıp yanıma gelmişti. Tornado ve okuduğum okul arasında en az kırk dakika vardı ama o, on beş dakika içerisinde orada olmuştu.

Merak ediyordum. Yine bağırsam, yine seslensem... Çığlık atsam. Gelir miydi? Anneydi o, annemdi. Son zamanlarda benden çok başkaları görüyordu onu. Haksızlıktı.

Gözlerimi araladığımda yatağın ortasında, bacaklarımı ve kollarımı açmış şekilde, örümcek gibi yatıyordum. Çift kişilik yatağı bütünüyle kaplamıştım. Bulanık görüşümün ardında Pamir vardı; altına siyah pantolon giymişti ama üzeri çıplaktı ve bana arkası dönüktü. Kapıları açık dolabın içinden bir kazak çıkardı ve yavaşça üzerine geçirdi. Saçları nemliydi, burnuma ferahlatıcı şampuan kokusu geliyordu ama fazla tutunamadım. Göz kapaklarım tekrar kapandı.

İkinci denememde uyanabilmiştim. Son zamanlarda eskisine oranla çok daha fazla uyuyabiliyordum ve bu üzerimdeki yükün büyük bir kısmını kaldırmıştı. İnsanın hiçbir sıkıntısı olmasa sırf uykusuzluk yüzünden etrafta mezarından hortlamış zombi gibi dolanabilirdi, ki genelde benim için kullandıkları lakap da buydu. Öyle zamanlarım olmuştu ki eve birkaç metre kala yolun ortasına yığılacağımı ve öleceğimi sandığım zamanlarla şimdiyi kıyaslamak bana korkunç geliyordu. O zaman çok da bir sorunum yoktu ama uyuyamıyordum, bu yüzden berbat ve acınacak hâldeydim. Evde çalışsam ve konuyu bilsem bile okulda cevap vermiyordum. Şimdi ise uyku sorunum sıfırdı ama hayatım tersine dönmüştü, bir yükü indirmeden diğerini yüklüyorlardı üzerine. Yüzüm ne zaman asfalta yapışacak gerçekten merak ediyordum.

Oda boştu, ilk uyandığımda saat kaçtı ve üzerinden ne kadar zaman geçmişti bilmiyordum ama Pamir burada yoktu. Yatağın üzerinde doğrulup karışmış saçlarımı suratımdan çektim ve yüzümü yıkamak için banyoya yürüdüm. Aynadaki kendimle karşı karşıya geldiğimde ise…

Üzerimde koyu gri, uzun kollu ve bana oldukça büyük bir tişört vardı.

Sonra gecenin anıları birer birer yer buldu hafızamda; önce tek bir domino taşı devrildi, arkasından devamı geldi ve son buldu. Terlemiştim, kazağımı çıkarmasına *izin vermiş,* her ne kadar etraf karanlık olsa da karşısında sadece *iç çamaşırlarımla* kalmış ve muhtemelen yastık zannedip ona sarılmıştım.

Gerçekler oldukça çıplaktı, keşke alkolle sarhoş olduğumuzda ne yaptığımızı hatırlamadığımız gibi uyku sarhoşu olduğumuzda da hatırlamasaydık.

Birkaç kez yüzümü yıkadıktan sonra saçlarımı düzelttim ve elimle taradım. Normalde olsa böyle bir düşünce aklımdan bile geçmezdi fakat değişiklik istiyordum. Saçımda, bedenimde, kendimde… Bunu gerçekten fark edebilmem neden bu kadar uzun sürmüştü ki? Saklayacak hiçbir şeyim yoktu. Pamir'in bilgisayardaki arama geçmişini bile görmüştüm, belki de ben uyurken gözlerimi açıp lenslerimi çıkarmış ve daha önce kimseye göstermediğim gözlerimi görmüştü. Olabilir miydi? Olabilirdi. Bunca şeyden sonra hiçbir şey kolay kolay şaşırtamazdı beni artık.

Belki de kusursuz kararlar vermek için çok gençtim ve şu an yaptığım tek şey kendimi zorlamaktı. Bundan sonra iki kere aklımdan geçirmek yoktu, hele de bazılarının bir kez bile düşünmeden yaptıklarından sonra.

Banyodan çıktıktan sonra merdivenlerden aşağı inerek ortada dikildim. Birkaç saniye sonra salondan çıkan Pamir ceketimi üzerime doğru fırlattı; kendi de ceketini giymişti ve elinde araba anahtarları vardı. "Gidiyoruz," dedi.

"Tamam," diye mırıldandım ceketi üzerime giyerken fakat tam kapıya doğru ilerleyecekken, geriye döndü ve kaşlarını çatarak gözlerini bacaklarıma indirdi. "Güzel bacakların var derken onları millete sergilemenden bahsetmemiştim."

"Makinedeki kokuşmuş kıyafetlerimi mi kullanmamı tercih ederdin? Belki de şimdiye çürümüşlerdir."

"Şu anda zaten yenilerini almaya gidiyoruz ama bu şekilde değil," diyerek yanımdan geçti ve merdivenleri ikişer üçer çıktı. Ne yapacaktı, bana on beden büyük eşofmanlarından mı getirecekti?

Tam olarak öyle yapmıştı.

Merdivenlerden aşağı inerken siyah eşofmanı kucağıma fırlattı. "Giy."

"Dalga geçiyor olmalısın..." diye mırıldandım fakat giymek zorundaydım, giymeliydim de. Bu hâlde dışarıya çıkmak, mevsim yaz olsa neyse de kış ayında... Bakışlarıyla tehdit ederken ona göz devirdim ve eşofmanı giydim.

Gözlerimi devirdikten sonra daha bir çatmıştı kaşlarını ama umurumda değildi. O istediği her şeyi yaparken tek gösterdiğim cesaret itiraz etmekti, artık bundan fazlasını yaptığımı da görecekti. Ona karışamıyorsam, bana karışmasına da izin vermeyecektim.

Kazak çok uzun olduğu için katlayıp bir kısmını içime sokarak eşofmanın ipini bağladım ve botlarımı giyerken paçalarını da katlayıp botlarımın içine soktum. O kapıyı açıp çıktıktan sonra ayağa kalktığımda, kenardaki boy aynada kendimi kontrol etme fırsatını anca bulabilmiştim. Pamir haklıydı, dolabını sömürüyordum. Bu sefer üzerimde bana ait olan şeyler sadece sutyenim, botlarım ve ceketimdi. Gittikçe sayıyı azaltıyordum.

Yalnızca birkaç ay önce sınıflarından bir kıza kapüşonlusunu verdiği için duyduğum kıskançlık ve tarifi edilemez hislerin hiçbiri içimde yoktu; gözlerimi bedenimden yüzüme ve oradan da gözlerime çıkardığımda, gözlerimin içinde bambaşka birini gördüm. Sadece değişmek isteyen birini değil, buna hazır olan birini. Bir yabancıyı.

Aralık kapıdan dışarı çıktıktan sonra ayaklarımda hissettiğim basınç ve o ses, uzun zamandır hissetmediğim bir şeyi avuç içlerime konduruvermişti. Hafifti, ağır değildi, mutluluk sebebi bile olabilirdi... Belki. Eskiden.

Kar.

Kafamı kaldırıp etrafıma baktım ve hâlâ yağmakta olan karı izledim. Bu gerçek miydi? İnanabilir miydim yani? Eğildikten sonra birazını avucuma aldım ve soğukluğunu hissetmeye çalıştım fakat işe yaramadı. Bu harikaydı.

İleride, siyah ve büyük bir cipin yanında gördüm Pamir'i. Sürücü koltuğunun kapısı açıktı ve hemen yanında duruyor, bana bakıyordu. Ona daha fazla malzeme çıkarmadan dağ evini inceledim ve karın üzerinde yürüme girişimlerime devam ettim. Bu inanılmazdı. En son kar yağdığını gördüğümde o kadar küçüktüm ki, bunun nasıl bir his olduğunu unutmuştum ve Soyhan'dayken sanki bir daha asla kar göremeyecekmişim gibi gelmişti.

Arabaya doğru yürüdükten sonra yolcu koltuğuna binip kapıyı kapattım. "Arabayı mı değiştirdin?"

"Porsche Uludağ için donanımlı bir araç değil."

Bir süre dağ yolunda gittikten sonra asfalta indik ve aynı hızda sürmeye devam etti. Dağların arasında gidiyorduk ve her taraf kardı ki yağmur yerine tercih edebileceğim tek şey de muhtemelen kardı. Yaklaşık kırk dakikalık bir araba yolculuğunun ardından, binaların ve trafiğin baş gösterdiği merkeze indiğimizde, kar yüzünden dükkânlarının önünü kazıyan insanlar gördüm. Bere ve eldivenler kullanan aileler, kendileri gibi sıkıca giydirdikleri çocuklarıyla her yanı beyaza bürünmüş bir parkta kardan adamlar yapıyorlardı. Etraf alabildiğine beyazdı.

Adını okuyamadan yeraltı otoparkına girdiğimiz bir alışveriş merkezine gelmiştik. Araba tüplü mü yoksa değil mi diye bagajı kontrol eden güvenlik görevlilerini geçtikten sonra, Pamir arabayı bulduğu ilk boş park yerine park etti ve motoru durdurdu. Peşinden sessizce indiğimde arabayı kilitlemişti. Yanına gitmemi bekledi, arabanın önünden dolandıktan sonra yanında gittim ve birkaç saniye sonra girişteki kontrol merkezinden geçtik.

"Emir'le burada mı buluşacağız?" diye sordum, yürüyen merdivenlerde ona doğru dönerek. Pamir kafasını sallamıştı. Eksi bir katından zemin katına çıkarken yürüyen merdivende gözlerini ona dikmiş, bakımlı, benim tabirimle boyalı kızlar gördüm. Onun göremeyeceğini bildiğim için gözlerimi devirerek başka bir yere bakayım derken, annem yaşındaki bir kadının ona tahrik edici şekilde bakmaya ve dikkatini çekmeye çalıştığını fark ettim.

"Höst." Yuh. Yaşından utan kadın be.

Pamir bir anda, "Efendim?" diyerek kafasını omzumun üzerinden uzattı. Yürüyen merdivenlerin sol kısmı yürüyenlere ait olduğu için sağ kısımdaydık ve ben onun önündeydim. Bir anda kafasını omzumun üzerinden uzatınca kaskatı kesilmiştim.

"Yok bir şey," dedim nefes almayı bırakarak. Kokusunu almak istemiyordum. Sarhoş ediyordu. Etkisi altına girmek istemiyordum.

Yürüyen merdivenlerden çıktıktan sonra bir elektronik mağazasının önünde, elindeki büyük siyah sırt çantasıyla dikilen Emir'i fark ettim. Pamir de fark etmiş olmalıydı ki birbirimize bir şey demeden aynı anda, aynı yere yürüdük.

"Selam kuzen," dedi Emir, Pamir'le tokalaştıktan sonra. Bana döndüğünde ise başıyla selam verdi. "Nil."

"Çantamı getirdin mi?" Meraklı bakışlarımı üzerine diktim. Emir, birkaç saniye sonra sırt çantasını astığı tek omzundan çekip büyük fermuarını açtı ve içinden çantamı çıkardı. Çok da büyük bir çanta değildi aslında ama bütün gözleri parayla doluydu. Tamamen dolu olduğu için de muhtemelen ona ağır gelmişti.

"Teşekkür ederim," diye mırıldandım çantayı çapraz şekilde takarak. Hemen ardından Pamir'e döndüm. "İki saat sonra burada buluşuruz."

Tam arkamı döneceğim sırada kolumdan yakaladı Pamir. Bunu yapacağını, sorun çıkaracağını biliyordum. "Ben bunu duymadım, sen sadece Emir'e teşekkür ettin. Şimdi beraber yukarı çıkıyoruz," dedi otoriter bir sesle.

"Yo," dedim onun akşamki inadı aklıma gelince. Bir kalkmamıştı yataktan!

"Nil," dedi dişlerinin arasından.

Kolumu tutan elinden yararlanarak ona biraz daha yaklaştım ve cüretkâr bir bakış attım. İstemsizce tek kaşım kalkmıştı. "Kim durduracak beni?"

"Ov, ov, ov," diyerek araya girdi başka bir ses.

Bu Kaan'dı. Pamir'in bakışları bu sefer karşıdan gelen Kaan'a döndü. "Senin burada ne işin var lan?"

"Emir'le beraber geldik, nasılsınız bir bakayım dedim," diye mırıldandı bir elini Pamir'in omzuna koyarak.

Tabii Pamir'in eline attığı bakışıyla hemen geri çekti. Kaan'ın bakışları Pamir'in kolumu tutan elinde ve bende gidip gelmeye başlamıştı. "Ama gayet iyiymişsiniz. Ohh, ohh, çok güzel geçiniyorsunuz da maşallah… Ben bozmayayım…" Pamir daha da kötü bakmaya başlayınca bakışları Emir'e döndü. "Lan pezevenk, Pamir haklı. Beni niye getirdin lan?"

Emir şaşkınca bakıp, "Sen geleceğim diye tutturdun ya piç," diye itiraz etti.

"Bak, arkadaşların da burada, sıkılmazsın," dedim fırsattan yararlanarak ve kolumu çektim. "Kendimi koruyabilirim. Şimdi gidiyorum."

"İki saat sonra," dedi Pamir dişlerinin arasından. "Burada. Bir dakika dahi geç kalırsan sonuçlarına katlanırsın."

"Hadi ya, ne yapacaksın? Yeni cici okulumdan sonra beni eve mi tıkacaksın?" Durdum. "Ahh, zaten bunu yapacaktın. Evet, sıradaki ne?"

Pamir, "Nil," diye tısladı tekrar, sinirleriyle oynadığımın

farkındaydım ve adam karşımda delirmemek için kendini zor tutuyordu resmen. Daha fazla uzatmadan, "Param var, görüşürüz," dedim hızlıca ve Kaan'ın araya girip onu tuttuğu sırada arkama bile bakmadan yukarı çıkan yürüyen merdivenlere koşturdum.

Ona karşı gelmek ve dediğimi yapmak değişikti ama iyi hissettiriyordu. Madem bana karşı benim ona hissettiklerimi hissedemiyordu, ben de onu en az farklı hisler sonucu zamanında çıldırdığım gibi bu yolla çıldırtırdım.

Birkaç mağazaya girdim ve siyah kazaklar, birkaç siyah tayt, siyah çoraplar, siyah iç çamaşırı, yeni siyah botlar ve siyah pantolon aldım. Arada birkaç griyi de sepetime eklemiştim ve buna engel olamamıştım. Bere, eldiven ve atkı aldım. Tuvalette, kabinlerden birinde lenslerimi çantamdaki yedekleriyle değiştirdim. Birkaç kızsal şeyi de hallettikten sonra yemek katında bir şeyler atıştırıyordum ki, önümdeki masada oturan kadının renkli saçları dikkatimi çekti. Lila gibiydi, arada ombre şeklinde yapılmış maviler de vardı ve güzel giyimli biriydi. İşte o an, ikinci defa içimde beliren o yabancı sese kulak verdim.

Gri.

Ne cehennemi yaşayabilecek kadar günahkârdım, ne de cenneti tadabilecek kadar melek. Düşüncelerim, bedenim ve ruhum araf denen soğuk zindanlarda sıkışmıştı ve o soğuğu dibine kadar hissedebiliyordum. Cehennem beyazdı; alevleri öyle gür, öyle yakıcı ve öyle korkunçtu ki bunca zaman yandıktan sonra her bir yanı beyaza dönüşmüştü. Kapılar ilk açıldığında ve içeriyi gördüğünüzde, cennetle karıştırabilirdiniz ama bu bir aldatmacaydı. Cennet ise her istediğini elde eden şımarık bir siyahtı, öyle rengârenkti ki bir süre sonra renkler birbirine karışmış, siyahı meydana getirmişti. Yine de dışlanmıştı siyah. Yine. Yeniden. Bir kez daha.

Ama ben ikisinde de değildim. İkisine de ait değildim. Yıllar önce de, şimdi de. O gece ölmeyi becerememiştim ama şimdi yaşıyor da değildim.

Yemeğimi yedikten sonra poşetlerle birlikte kalktım ve

eğer durup düşünürsem vazgeçeceğimi bildiğim için, düşünmeden bir kuaförden içeriye girdim. Adamlardan biriyle konuştuktan sonra poşetlerimi kenara koydular ve beni bir koltuğa oturttturdular. "Yalnız bir ricam var," diyerek saçlarımı hazırlayan adama döndüm. "Aynayı kapatabilir miyiz?"

"Demek bittiğinde görmek istiyorsunuz..." diye mırıldandı adam, boynuma astığı bezlerden birini cama örterek. "Merak etmeyin, bana güvenebilirsiniz. Bu işe yıllarımı verdim."

Ona güveneceğimden değil ama gözlerimi kapattım. Şu ana kadar saçlarıma sadece birkaç kez, çok nadir şekilde maşa değdirmiştim. Onun dışında dökülmesin, zarar görmesin diye çoğu zaman taramıyordum bile. Bir ara düzenli şekilde argan yağı kullanıyordum sadece, onun dışında şampuandan başka bir şey sürmüyor, özen gösteriyordum. Saçlarım benim her şeyimdi; gerektiğinde beni saklayan, ruh halime göre kırgınlaşan ya da güçlenen, belki de beni güzel gösterebilecek tek şeydi... Birkaç ayda bir uçlarından kendim keserdim, çok az ve dikkatli kesmeye dikkat eder, başka kimseye emanet etmezdim. Birkaç kez benim yerime annem kesmişti sadece. Kestikten sonra, ıslakken, örerdi bir de... Dalgalanırdı saçlarım. Ben örmeyi bilmiyordum.

Birkaç kere gözlerimi açtığım sırada stilistin önüme bıraktığı moda dergilerini karıştırdım ve tam olarak istediğim şekli, rengi gösterdim. Gerisi adamın becerisine kalmıştı ve bu, şimdiye dek aldığım en büyük risklerden biriydi.

Yaklaşık bir saat sonra aynanın önündeki perde kalktı. Gözlerim aralandı. Bu ben miydim? Gerçekten, bu ben miydim?

"Gerçekten çok güzel oldun," diyerek bana doğru eğildi, yan tarafta saçları boyanan kadın. "Ben de kızıla boyatıyorum, umarım grinin sana yakıştığı kadar kızıl da bana yakışır."

Yutkundum. Saçlarım artık tamamen kendi rengi değildi, boyatmak için gri rengini ve tarz olarak da ombreyi seçmiştim. Saçımın yüzde yetmiş beşi griydi ve oldukça güzel duruyordu ama neden burnumun direği sızlıyordu?

Sandalyeden kalktım ve aynaya yaklaştım. Dudaklarım aralanmıştı, boğazım kurumuştu. Pişman mıydım? Hayır. Peki neyin acısıydı bu? Neyin hissiydi? Neydi bu his?

Gözlerimin içinden bana sırıtan yabancıyı gördüm. Hayır, siyah ve beyaz artık yoktu... Kavga etmişlerdi, anlaşamamışlardı ve birbirlerinin katilleri olmuşlardı. Küllerinden, tek bir varlık doğmuştu. Tek bir renk. Tek bir ses. *Gri.* Siyah ve beyaz yoktu. Cennet ve cehennem yoktu. *Gri* vardı. *Araf.*

Ben aynadaki görüntüme dokunabilmek gibi bir saçma hareketle aynaya uzanmışken, kuaförde çalan hareketli şarkı bitti ve bambaşka bir tarzda, başka bir şarkı yankılandı duvarların içinde. O kalın, renksiz ama süslü ve şaşaalı duvarlardan seken kelimelerin hedefi bendim.

"Annem anlatırdı bu masalı, bir kuğu hakkında ruhu yaralı."

"Bu ne biçim şarkı ayol? Aslı, azıcık canlı bir şeyler açsana kızım. Ayy, bu ne? İçim karardı vallahi," diye seslendi buranın patronu olduğunu düşündüğüm adam. Sabahtan beri herkese emirler yağdırıyordu çünkü.

"Hiç sesi çıkmamış yaşarken, yalnızca bir şarkı söylemiş ölürken..."

Yutkunamadım.

"O kuğu gibi ben de, sükûneti bozuyorum, sesim kısık bu yerde, veda ediyorum."

Korkakça indirdiğim bakışlarımı bir saniyelik cesaretle tekrar kaldırdım ve kendimle göz göze geldim.

"Ben gidiyorum, gözümde yaşlarım kalbimde aşklarım. Şimdi ben, gidiyorum... Bitmedi savaşlarım, siler yeniden başlarım her şeyi."

Şarkı değiştiğinde, kendi kendime girdiğim transtan da bir anda çıktım. Saçlarımı yapan adam yanımdaydı ve benimle konuşuyordu.

"Hanımefendi, gri saça uygun şampuan ve saç ürünleri kullanmalısınız. İsterseniz biz burada da satıyoruz, satın alabilirsiniz."

Boğazımı temizledikten sonra "Alacağım," diye mırıldandım. "Lütfen bir paket hazırlayın." Ve paketlerimin olduğu yere yürüyüp, çantamı da alarak kasaya geçip ödemeyi yaptım. Gri saça uygun ürünlerin olduğu paketi ile aldıktan sonra kuaförden çıkmıştım. Nil gibi girip, bir yabancı olarak çıkmıştım buradan; belki de benim devrimim buydu, belki de her şeyin taştığı nokta buydu. Belki Soyhan'da yanarak kül olmuştum ama burada da soğuktan boğulacaktım. Ama bu üşüyüş, bu boğuluş bir zafer mi olacaktı yoksa yenilgi mi?

Lens solüsyonu almak için girdiğim, kadın malzemeleri satan mağazadan birkaç makyaj malzemesi alarak çıktıktan sonra zamanın geldiğini fark ederek yürüyen merdivenlerden aşağı indim. Ne diye almıştım ki sahi bu makyaj malzemelerini? Ama içimdeki *gri* fısıldıyordu sürekli. Siyah ve beyazın çığlıkları beni mahvediyordu ama grinin fısıldayışları çok daha kötüydü. Karşı konulamazdı ve bana doğru olduğunu düşündürüyordu. Engel olamıyordum.

Yanlarına gitmeden önce lavaboda üzerimi değiştirdim. Altıma gri bir tayt, üzerime siyah ve kalın bir kapüşonlu giydim ve siyah montumu paketinden çıkartıp üzerime geçirdim. Üşüdüğümden değildi ama insanlar böyle giyiniyorlardı ve incecik bir kapüşonluyla dışarı çıksam bu karda komik kaçardı. Çıkardıklarımı da montun büyük paketine tıktıktan sonra lavabodan çıkıp buluşma yerine yürümeye başladım. Ben oraya yürürken, Pamir, Kaan ve Emir de karşıdan geliyordu.

Emir saçlarımı fark edince "Kuzen, hatun dehşet," diye söylendi kocaman açtığı gözleriyle. Hepsinin elleri poşetlerle doluydu.

Kaan ise, "Oha Nil, bu sen misin?" gibi bir tepki vermişti fakat yavaşça Pamir'e döndüğümde, normal durgun bakışlarıyla gözlerime baktığını fark ettim. Birkaç saniye bekledim ama hiçbir şey söylemedi.

"Gidelim," dedi sadece ve otoparka inen merdivenlere yönlendirdi. Kaan ve Emir önden giderken ve biz öylece dururken, aptal gibi tekrar bir şey söylemesi için bekledim fakat sadece yürüdü.

Üzerime doğru. Bir anda elindeki poşetlere benim elimdekileri de ekledi ve ellerim boş kalmış bir şekilde, yanımdan geçti. "Yürüsene."

Şaşkın bir şekilde orada durmayı bırakıp boş kalmış ellerimi montumun cebine soktum ve peşinden hızlı adımlarla yürüdüm. Beğenmemiş miydi? Bu kadar mıydı? Beğenmemiş miydi yani? Ben beğenmiştim ama... Saçlarımı yapan kuaförde, o an kuaförde bulunan diğer insanlarla birlikte o saçlarını kızıla boyatan kadın da çok sevmişti... Çirkin mi olmuştum ama? Olmamıştım. Onun gözünde öyle mi olmuştum peki?

Gri fısıldadı. *Umurunda mı?*

Doğruydu. Onun umurunda değilse, benim hiç umurumda değildi!

Kaan'a, Emir'e ve en çok da Pamir'e bakan kızların bakışlarının arasından sıyrılıp elimi saçlarımdan geçirdim ve yutkundum. Birkaç kişi dönüp saçlarıma bakıyordu ama bu kadardı.

Poşetleri bagaja attıktan sonra Kaan ve Emir'le vedalaştık, daha doğrusu ben vedalaştım ve Pamir kafasıyla selam verdikten sonra arabaya bindi. Onlara diğerleriyle, en çok da sormak istediğim Nisan'la ilgili hiçbir şey sormamıştım ve açıkçası bunu yapabilmek çok zordu. Geçmiş karışıktı ama gelecekte beni bekleyen çok daha farklı ve zor şeyler vardı bu yüzden, bundan öncesini ve ardımdakileri şimdiye katmak akıllıca bir fikir değildi.

Otoparktan çıktıktan sonra ana caddede kırmızı ışıkta durmuşken, dışarıyı seyreden başım bir anda kucağımdaki ağırlığa çevrildi. "Telefonum!" diye atladım arkası uzay grisi, önü siyah olan telefonuma.

"Bu seninki değil," dedi Pamir. "Seninkini attım. Telefon da, hattın da yeni. Bunu kullanırsın."

"Ne?" Bakışlarımı elimdeki telefondan öfkeyle ona çevirdim. "Nasıl atarsın?"

"GPS'ten bulunmamızı falan mı istiyordun?" dedikten sonra yeşilin yanmasıyla gaza bastı. "Rehberimde tek bir numara var, o da benimki. Başkasına gerek yok zaten."

Kaşlarım çatıldı. Hızlıca telefonu açtım ve kulaklığını çantamın içine attım. Rehberde gerçekten de sadece bir kişi kayıtlıydı ve o da Pamir'di. "Kendini *X* diye mi kaydettin?"

"Önceki telefonundaki adımdan daha iyi," diye mırıldandığını duydum.

Önceki telefonumda, *PAMİR Y*(K)*E*(A)*L*(L)*K*(P)*KIRAN* diye kayıtlıydı.

Sertçe yutkunduktan sonra sordum. "Telefonumu atmadan önce karıştırdın mı?"

"Anne ve babanın numarasını almam gerekiyordu," diye bir açıklamada bulundu. "Yanlışlıkla gördüm."

Tekrar yutkundum. "Bir benzinlikte durabilir miyiz? Susadım." Aslında yalan değildi ama bir anda kuruyan boğazım da normal değildi. Bunu görmesini beklemiyordum, Siyah Kuğu olayını bilip bilmediğini bilmiyordum ve bu konudaki tek bilgim Malik'in bildiğiydi. Eğer önlerine hakkımdaki bütün bilgiler serildiyse, Malik gibi Pamir de biliyor olmalıydı. Ne zaman öğrenmişti? Ne zamandır saklıyordu? Elektrik olayından önce öğrendiği kesindi.

Bir gece beni birkaç sarhoş adam takip etmişti ve öfkemi biraz da onlardan çıkarıp gücümü üzerlerinde kullanarak onları duvardan duvara çarpmıştım. O gece, Pamir'le karşılaşmıştık. *Biliyordu.* Elbette biliyordu! Yüzünü göstermeyen, siyahlar içinde bir kız... Benden başka kim canlanabilirdi ki gözünde?

"Sabret, birazdan yemek için bir yerde duracağız zaten," diye cevapladı sorumu ve cevap verme gereği duymadım. Alışveriş merkezinde yediğim için aç değildim ama kahveye hayır demezdim. Pamir, Kaan ve Emir'le beraber market alışverişini de yapmıştı ve muhtemelen o poşetlerin içinde kahve kavanozu yoktu, bu yüzden bir yerlerden almalı ya da gittiğim yerde kusana kadar kahve içmeliydim.

Yaklaşık yarım saat sonra hava yavaş yavaş kararırken, hoş bir restoranın otoparkında durduk. Peşinden indim ve dolanıp yanına yürüdüm, arabayı kilitledikten sonra benimle beraber girişe yürümüştü. İçeri girmeden önce üzerimi değiştirdiğime dua ettim fakat yine de buraya uygun giyinmemiştim. En azından önceki kombine göre daha düzgündü üzerimdekiler.

Kapıdaki görevli girmeden önce, "Rezervasyonunuz var mıydı efendim?" diye sordu Pamir'e doğru. Onlar konuşurken restoranı inceliyordum; bordo-altın tonlarında renklendirilmişti ve çok güzel görünüyordu. Bir adam ilerideki büyük piyanoda hoş bir şarkı çalıyordu ve içerideki insanlar oldukça seçkindi.

Görevli bize rezerve edilmemiş, boş bir masa gösterirken uzanıp kulağına, "Bursa'da pizzacı yok muymuş?" diye sordum. "Burası için fazla..."

Sandalyemi çekti. "Gayet normalsin. Otur."

Oturdum. Montumu çıkarıp arkamdaki sandalyeye asarken garsonlardan biri de servis açıyordu. Menü önümüze geldiğinde, "Ben aç değilim," diye mırıldandım. "Sert bir kahve ve limonlu cheesecake istiyorum."

Pamir ise tercihini İtalyan usulü makarnadan ve kırmızı şaraptan yana kullanmıştı. Siparişlerimizi alan garson hızla ortadan kayboldu ve geriye yaslanıp etrafı izlemeye başladım. "Sana bir soru soracağım ama bana dürüst ol."

Cevap vermesi için ona döndüm fakat bana dönmedi. "Sana yalan söylemem."

"Ama hayatımı büyük ölçüde etkileyecek kararları benden saklarsın."

"Eğer seçimlerin ve düşünceler sana zarar verecekse, saklarım."

Yutkundum. "O gün, sen kolyeyi boynumdan çıkardıktan sonra ne oldu?"

Kalın dudaklarını yaladı ve gözlerini masanın üzerinden

gözlerime çıkardı. "Vücudundaki elektrik akımı seni esir aldı. Kendini kontrol edemez hâle geldin. Büyük ve kuvvetli bir hortumun merkezine doğru yükseliyordun ama izin vermedim."

"Annem? Anneme ne oldu? Ya diğerleri?"

"Zarraf'ın adamları kendilerine geldikleri an anneni çıkarmak için atak yaptılar. Onlara doğru koştum ama annen seni götürmem gerektiğini söyledi."

Bir anda öne atılıp kollarımı masanın üzerine dayadım ve kızgın bakışlarımı ona yönelttim. "Annemi öylece bıraktın mı?"

"Annene zarar veremezler, Nil," diye mırıldandı. "Ama sen orada kendini öldürecektin."

O sırada, elindeki yanığı fark ettim. Avucundaydı, bileğine doğru ilerliyordu ve gerçekten canını yakmış gibi görünüyordu. Sesim birden alçalmıştı. "Onu ben mi yaptım?"

Elini gördüğümü fark eder etmez geriye doğru yaslandı ve cevap vermekten kaçtı fakat devam ettim. "Onu ben mi yaptım?"

Onu ben yaptım.

Gri fısıldadı. *Kes şunu.*

Kimse onu beni kurtarması için zorlamamıştı! Neden beni bırakıp, annemi kurtarmamış mıydı? Elektrik zaten beni oluşturmuyor muydu? DNA'm o gece çoktan değişmemiş miydi? O gece her ne olduysa beni öldürmezdi ama onun verdiği aptalca karar belki de ailemi kaybetmeme yol açacaktı.

Garson siparişlerimizi getirdiğinde, önüme bırakılan sert kahvenin sıcaklığını umursamadan bir yudum aldım ve gözlerimi onun dışında bir yerlere çevirmeye çalıştım. Odaklanabildiğim tek yer, çapraz masamızda oturan adamın taktığı kadife ve siyah kravattı. Çok güzel bir tonlamaya sahipti ve güzel duruyordu. Onun dışında adamın üzerindeki lacivert takıma hiç yakışmamıştı doğrusu.

Birkaç saniye sonra, o adam bakışlarımı fark ederek kafasını kaldırıp beni süzmeye başladığında, hızla gözlerimi ondan çektim ve tedirgince limonlu cheesecake'ten bir çatal aldım. Sadece karşımdaki heriften bakışlarımı ve dikkatimi kaçırmak istemiştim ama bu sefer sinirimi daha da bozacak başka birisinin dikkatini çekmiştim. Kutluyordum kendimi, gerçekten. Başkası olsa beceremezdi.

Bakıyor mu diye merak ederken, kahvemden bir yudum daha aldım ve istemsizce bakışlarım o adama çevrildi. *Bana bakıyordu.* Hayır. Lanet. Gülümseyip göz kırpınca kafamı aşağı eğdim ve elim titredi. Kahveden birkaç damla dökülmüştü kapüşonlumun üzerine. Siyah olduğundan belli olmuyordu fakat ıslaklığı ışıkta gözüküyordu.

Pamir'in bakışları üzerime çevrildi. "Ne oldu?" diye sordu, kırmızı şarabından bir yudum alırken. Dudaklarının arasından içeri akan kırmızı şarabın rengi daha çok bordoya kaçıyordu ve kadeh öyle güzel duruyordu ki bir an kadehin içinde içtiği o bordo sıvının şarap değil de, *ruhum* olduğunu düşündüm. İçi ruh dolu bir kadeh. *Ruh kadehi.*

Gerçekliğe dönebildiğimde anca idrak edebilmiştim sorusunu. "Üzerime kahve döktüm," dedim dudağımı ısırarak. "Lavaboya gidip geliyorum."

Sandalyemden kalktıktan sonra adama bakmadan döndüm ve lavaboyu işaret eden koridora girdim. Koridorun duvarları altın işlemeli bordo kâğıt kaplıydı ve gece lambalarıyla aydınlatılıyordu, çok hoştu. İlerleyip içeriye girdikten sonra ellerimi ıslatıp kapüşonlumu, kahveden arındırmaya çalıştım. Dağ evine dönünce yıkasam geçerdi fakat henüz birkaç saat önce aldığım bir şeyi nasıl bu kadar çabuk kirletebilmiştim, aklım almıyordu. O adam neyin kafasındaydı? Herkes herkese bakardı. Bakışlarım çok mu cezbediciydi de ben fark etmiyordum? Anlamıyordum. Birkaç kere ıslattıktan sonra yeterli olduğunu düşünerek ellerimi de yıkadım ve boş lavabodan dışarı çıktım.

"Güzellik?"

Lacivert takım elbiseli ve kadife kravatlı adam karşımdaydı. Boyu uzundu, zayıftı ve en fazla yirmili yaşlardaydı. Buna inanamıyordum. Bu gerçekten oluyor muydu? Sadece aptal bir bakışma yüzünden mi?

Yüz vermeden yanından geçmek için birkaç adım attım fakat bileğimden yakaladı. "Ne oldu?"

"Bunu ben size sormalıyım, ne yapıyorsunuz?" diye sordum ciddi ve katı bir ses tonuyla. "Bırakın bileğimi lütfen."

Gülümserken kaşları çatıldı. "Bebeğim, neden bu kadar cilveli oluyorsunuz siz kadınlar? Ahh..."

Sabır dilenir şekilde gözlerimi ona doğru devirdim. "Bırakın kolumu. Bir dahaki uyarışımda bu kadar nazik olmayacağım."

"Yeni mi yaptırdın saçlarını? Güzel olmuş," diye mırıldandı diğer eliyle bir tutama uzanırken fakat anında eline tokat attım ve tuttuğu bileğimi kullanarak kolunun altından geçtim. Benim dönüşümden sonra, elbette ki o dönememişti bu yüzden kolu sırtına doğru kıvrıldı ve acıyla inledi. Bileğimi çekmeden önce onu ileri doğru ittim ve elimi kendime çektim. "Sizi uyarmıştım."

Yere doğru düşecekken son anda kendini toparlayan adam, ayaklanarak bana döndüğünde "Sağlam kızmışsın," diye mırıldandı. "Ve zor. Zoru severim."

Ellerini pantolonunu cebine sokarak bana döndü ve üzerime yürümeye başladı. "Benimle bir kadeh şarap içerken sohbet etmeye ne dersin, sağlam kız?"

"Siktir oradan, derim."

Ne olduğunu anlayamadan boynundan tutulup geriye çekildiğinde, gözlerim sonuna kadar açılmıştı ve göz kapaklarım patlayacak gibiydi. Sorusuna benim yerine cevap veren Pamir, adamı boynundan tuttuğu gibi duvara yapıştırmıştı.

"Teklifini bir de bu açıdan yapmaya ne dersin, sevgili puşt? Belki kabul eder?" diye sorarken açık bir şekilde dalga geçiyordu, adamı tek eliyle çenesinden tutuyordu ve iki elini de kullanıp ondan kurtulmaya çalışan adamın gücü ona yetmiyordu.

"Sen kimsin lan?" diye tısladı lacivert takım elbiseli adam, Pamir'in yüzüne doğru.

Çenesindeki eli boğazına kayarken o anki öfkeyle boynundaki damar belirginleşti. "Biraz daha o gereksiz ağzını kullanırsan dilini kuşlara yem, ses tellerini de gitarıma nota yapacak kişiyim."

"Pamir, tamam, bırak, ben cevabımı verdim," diyerek araya girmeye çalıştığımda en azından adamın boğazına yapışmış elinin üzerine elimi koyarak geriye çekebilmiştim. Adam öksürerek aşağı kaydığında, Pamir'in adamın boynunu kavrarken yukarı kaldırdığının farkında bile değildim.

Pamir'in öfkeli bakışları bana döndü. "Nasıl verdin lan cevabını da bu it hâlâ burada?"

"Evet dedi çünkü," diye araya girdi ve kahkaha attı adam.

Pamir tekrar atılacakken aralarına girip karnına sarıldım ve onu iterek adamdan uzaklaştırdım. Geriye çekildiğimde, "Ya sen nasıl bir psikopatsın!" diye bağırdım, lacivert takım elbiseli adama doğru. "Hayır dedim ya!"

"Sen dedin, ben değil," dedi adam. "Ben hayır diyene kadar cevabın olumsuz olamaz."

"Bak hâlâ ne konuşuyor puşt!"

Bu sefer tutamamıştım. Adamın suratıyla yumruğunu buluşturduğu gibi adam duvara doğru savruldu ve yere yığıldı. Pamir eğilip yakasından tuttuğu adama küfürlerini saydırıp ikinci yumruğunu hazırlarken, koridorun başından buraya doğru koşuşturan iki elemanı gördüm. Aralarına girmeye çalışırken bir yandan da, "Pamir, gidelim. Boş ver!" diyerek onu geri çekmeye çalışıyordum. Sonunda istemsizce elini tuttuğumda onu düşük voltajda çarptım ve dikkatinin üzerime çevrilmesini sağladım. *Özür dilerim.*

Geriye çekildiğinde adamın dudağı patlamıştı ve burnundan kan geliyordu. Elemanların ikisi de adamla ilgilenirken, "Gidelim," dedim ve kolundan tuttum. Pamir, cüzdanından çıkardığı birkaç yüz lirayı son anda bu tarafa dönen adamın önüne atarken koridordan çıktık ve müziğin durduğunu fark ettim. Herkesin dikkati bu yöndeydi. Montumu aldıktan sonra restorandan çıktık ve arka taraftaki otoparka yürürken burnundan soluduğunu fark ettim.

Kolundan tutup onu durdurduktan sonra önüne geçtim. "Senin derdin ne!"

Pamir'in gözleri kısıldı. "Benim derdim ne mi? Adam orada..."

"Hallediyordum ben!"

"Hallediyor muydun?" Üzerime doğru bir adım attığında istemsizce bir adım geriye gittim. "Nasıl hallediyordun lan?" diye kükredi. "Üzerine yürüyordu pezevenk!"

"Kendimi koruyabileceğimi biliyorsun!" diyerek onu itmeye çalıştım ama bir adım daha geldi.

"Evet ama kendinden geçmedikçe insanlara zarar veremiyorsun!" diyerek onu itmeye çalışan kollarımdan tuttu. "Erkeklerin yüzde doksanı uçkuruna düşkün pislikler değil miydi? Neden o itin sana o kadar yaklaşmasına izin veriyorsun da ben yaklaşınca itiyorsun?"

"Ne yaklaşmasından bahsediyorsun!" diye bağırdım bir anda ona ne kadar yaklaştığımı fark etmeyerek.

Bir anda tuttuğu bileklerimi bıraktı ve yüzümü kavradı büyük elleri. İki elini de yakmıştım, iki kere çok acıtmıştım canını. Ama o da mahvetmişti beni, devam da ediyordu üstelik.

Beni öptü. Sıcacık dudakları benimkilerin üzerine kapandı nefes nefese kalmış bağrışmamızın üzeri böyle örtüldü. Ama hayır, böyle olmayacaktı.

Onu bütün kuvvetimle ittim. Bir anda benden ayrıldı ve şaşkınlıkla gözlerini üzerime çevirdi. "Yine yapıyorsun!" diye bağırdım ona doğru bir adım giderek. "Beni sürekli böyle öpemezsin! Böyle susturamazsın beni!"

Kaşları daha önce hiç girmemiş bir şekle girdi, gözleri kıpkırmızıydı. "Mahvediyorsun beni."

Yutkunmaya çalıştım ama bir şeyler koptu. Eskilerin kırıkları battı, yüreğime. Göğüs kafesim parçalanıyordu, kaldıramıyordu bu kadarını ve bu kadar kolay değildi her şey.

"Ben senin neyinim ki?" diye sordum tükürürcesine, küfür gibi. Suratımı buruşturmuştum istemsizce, ağlamamak için. Hâlbuki bıraksalar, şuracıkta çömelip içim çıkana kadar ağlamak istiyordum.

Yüzlerimiz çok yakınken üzerime eğildi Pamir. "*Benimlesin,*" dedi. "Yetmez mi?"

Belki de hayatımın en zor kararıydı. *Yetmez miydi?* Yeterdi, hem de sokağın tavanı kadar. Yeterdi, hem de sonsuzluk kadar. Her şey kadar yeterdi, fazla bile gelirdi hem de ama eski Nil için. Eskiden, göz göze gelmek için sınıfım orada olmasa bile onun kullandığı merdivenleri kullandığım, göz göze gelince de gözlerine bakmaya kıyamayıp kafamı çevirdiğim, eve dönünce de pişman olup kendimi yiyip bitirdiğim adamdı karşımdaki. Yetmez miydi hiç?

Ama yetmemeliydi.

Her kelimenin üzerinde ağır bir şekilde durdum ve dişlerim birbirine geçmiş, çenem kilitlenmişken çok zor bir şekilde fısıldadım. "Bir daha bana dokunma."

"Ve bir sabah yalnızlığın soğuk kollarında,
Tarifi mümkün olmayan, anlatamadığın bir rüyadan sen,
Yapayalnız uyandığında;
Güneş, eskisi gibi öpüp seni, kirpiklerinde parlamadığında,
Ve temizlemediğinde artık yağmurlar kalbini,
Ve affedemediğinde artık Tanrı bizi,
Sevmediğinde, konuşmadığında,
Biz hangi şarkıyla uyuyacağız çocuk?"
Islak Kelebek, Cem Adrian

8

Vitrindeki soluk renkli viskiyi çıkarırken parmakları önce desenli bardağı kavradı. En son yine burada, böyle bir dönemecin ortasında, bu koltukta oturmuş yağan karı izlerken içmişti. O anları hatırlamak istemedi, bu yüzden hızlı davranarak perdeleri sonuna kadar açtı ve az önce yaktığı şöminenin karşısındaki koltuğa oturdu.

Üçüncü bardağın sonuna geldiğinde geriye yaslanmış, elindeki bardağı çeviriyordu. Düşünceleri hâlâ kafasındaki belirli noktaları oyuyor, içini bir volkanın derinlerinden getirdiği kuzgun lavlarla dolduruyordu. Sarhoş olamıyordu, ikinci şişeyi yarıladığında artık bunun farkına varmıştı. Bir aralar öyle çok içmişti ki bedeni artık en ağır alkolü bile alkolden saymıyordu ve bu acınasıydı. Kendine acıyordu. Orada, öylece, sarhoş olup birkaç saatliğine de olsa kendinden uzaklaşmak için şöminenin karşısında otururken ve araladığı perdelerin gözlerine sunduğu, gökten yeryüzüne yağan karı izlerken kendine, daha önce hiç acımadığı kadar acıyordu.

Yara almaktan yorulmamıştı fakat insanlar da yara açmaktan yorulmamıştı. Belki de bundandı her adımını sert, hiç kimseye sırtını yaslamadan ve kimseden destek almadan atışı. Zira en son bir kız, ona elini uzattığında tutmamıştı. Geleceğini biliyordu, neler yaşayacağını ve otuzlu yaşlarına kadar asla kesik nefesler alamayacağını.

Oksijenini daima ciğerlerinin tamamını doldurana kadar alırdı, kimin ne zaman saldıracağı belli olmazdı.

Ama neydi bu kıza elini uzatışının sebebi? Acıma mı?

Kendine yakın görmesi mi? İkinci şişenin son bardağını da kafasına dikip elinde çevirdiği bardağı sehpaya çarptıktan sonra geriye yaslandı. Hayır. O sadece adını bile anmak istemediği dedesi Nihat ve babası Parmas Bey'in, bu işle nereden gelen ve nasıl bir bağı olduğunu bulmaya çalışıyordu. Kokteylin olduğu gece, kızı oraya götürmesi tesadüf değildi. Bir şeylerden şüpheleniyordu ve babası ile dedesi de bunu, o gece gözlerini kızdan ayırmayarak ispatlamıştı.

Üçüncü şişe için ayaklanacağı sırada ceketinin cebindeki telefonu çalmaya başlamıştı. Ağır hareketlerle elini cebine attı ve çağrıyı cevapladı. "Kısa kes, Melih."

"Nursel Hanım'dan ses yok, Yaren dün planlandığı gibi kılık değiştirip şu Tornado'yu gezecek öğrenci grubunun arasına sızdı ve her şeyin normal göründüğünü söyledi."

"Levent beyi de mi görmemiş?"

"Hayır, ikisi de yok. Zarraf Holding'deki Zırh'a inen asansör gibi, yeraltına inen bir asansör olabileceğini söyledi çünkü aşağıda bir şeyler olduğundan şüpheleniyor."

"Yerin altına mı kuruyorlarmış?" diye sordu, gözlerini şömineye çevirirken. "Bu mantıksız. Çatı katı bunun için en ideal yerdi."

"Hayır, çatı katı boş."

Pamir, yaslandığı koltukta doğrularak biraz öne eğildi ve gözlerini kapatarak kendini düşünmek için zorladı. "Yaren'in tespiti doğru olabilir," diye mırıldandı kendi kendine. "Yeraltında ilerletip, sonradan çatı katına taşıyacak olabilirler."

"Bina devlet tarafından üç ayda bir kontrol ediliyor Pamir. Eğer teori doğruysa bir sonraki kontrole az kaldı. Ya imkânlarını zorlayıp yetiştirecekler ya da…"

Pamir, "Ya da kontrolü geciktirecekler," diye devam ettirdi Melih'in sözünü. "Kontrolü iptal ettirmek için bir yol var mı?"

"Muhtemelen yok ama araştırıyoruz."

Alnını ovuşturdu. "Şu renkli gözlü kız…"

"Nisan?"

"O nasıl?" diye sordu, kalın dudaklarını diliyle ıslatırken. Boğazını temizledi. "Halledebildiler mi?"

"Kız Nil'le konuşmak istiyor," diye cevapladı onu, Melih. "Buğra'yla aralarındaki sorunu hallettiler ama yine de bir güven çatlağı var. Okula gidip geliyoruz, her şey normal."

"Zırh?"

"Malik her şeyi ele geçirdi. Odanı kilit altında tutuyorlar, dövüşlere katılım sen ringe çıkmadığın için azaldı bu yüzden yeni bir yöntem deneyecekler ve bunun için seni kullanıyorlar."

"Ne yöntemi?"

"Kafes dövüşü," diye mırıldandı Melih, derin bir nefes aldıktan sonra. "Her dövüşün kazananına para vereceklermiş, sonunda kazananları birbirleriyle dövüştürecekler ve en sona kalana da, seni vaat ediyorlar. Seninle olan dövüşü kazanana ise bir milyon dolar."

"Oraya geleceğimden bu kadar eminler yani?"

"Malik oldukça emin görünüyordu, VIP bölümündeki bütün zenginler bunun için koltuk yarışı yapıyorlar. Kaan ve Buğra mekânı basıp hesap soracaktı ama sonra bunun iyi bir fırsat olduğuna karar verdiler."

Pamir'in dudaklarını belli belirsiz bir gülümseme esir aldı. "Güzel plan."

Herkesin gelmesinden korktuğu ama deli gibi de istediği bir anı vardır. Muhtemelen hayatın önüne sunduğu yalın taslağı beğenmez ve kendi kafasında, yılbaşı süsleri gibi her bir yana asılı afili bir yolculuk sunar. Bu yolculuk, onun adım atmaya korktuğundan atamadığı ama atmayı deli gibi istediği, yeni dökülmüş asfaltın acı kokusu genzini yaktığında ise tereddüde düştüğü bir boşluk. O boşluğa önünde sonunda düşecek... Çünkü başka bir çaresi yok. Yolun sonunda ya en başa dönecek ya da bu döngü zincirini kırıp kendi hayallerinin hiçbir zaman gerçekleşse bile kafasındakilere yakın bir sonuç vermeyeceğini kabullenip, gerçekliğe uyanacak.

Benim attığım adım, boşluktan çok uçurumdu ve dibi görünüyordu. Bir dakikadan fazla boşlukta salınamayacağımı ve dibe çakılacağımı bile bile atlamıştım hem de.

Ya da itilmiş...

Kendim tarafından.

Kendi kendinin katili insanların, boğazlarına kilitlenmiş kül kokulu prangaları. Ruhun bedenin içinde can çekiştiği, kafesin demir öfkeden dikilmiş parmaklıklarında kendi kendini bilediği bir nefeslik yaşamlar.

Restoranın otoparkında yaşananlardan sonra birkaç dakikalık sağır edici bir sessizlik kucaklamıştı bedenimizi, hemen ardından ise birbirimize hiçbir şey demeden arabaya binmiş, dağ evine gelmiştik. Duş almak için banyoya girdiğini görmüştüm, suyun sesini de duymuştum fakat yaptığım tek şey yatağı dün ki gibi yastıklarla ikiye ayırdıktan sonra yorganı üzerime çekip gözlerimi kapatmak olmuştu. Beklemiştim, gelmemişti. Suyun sesi kesildikten on dakika sonra, yarım saat sonra, bir saat sonra, iki saat... Üç... Dört... Yoktu.

Kendi ruhumu çekiştirip, dikenli tellerde asıyordum benim de haberim yoktu.

Belki de haksızlık ediyordum. Eğer bilseydim ve ailem üzerinden tehdit edilseydim, kendimi feda etme olasılığım yüksekti. O, buna engel olmuş ve bir tarafın kurban edilmesinden de iki tarafı da kurtarmayı seçmişti. Üvey amcası Mehmet Ali Zarraf ve dolaylı yoldan üvey kuzeni olan Malik ile ne işler çevirdiklerini öğrenmek için uğraşırken, birden; 11 yılın acısını çıkarırcasına sızmıştım hayatına. Ve o da hayatına sızan bu yabancı kızı tanımış, hiçbir şey hissetmese bile yardım etmeyi seçmişti. Bazen insan bir şeylere karışmaktan alıkoyamazdı kendini, bu olayda da böyle olmuş olabilir miydi? Olabilirdi.

On bir yılın bedenimde bıraktığı yorgunluk ve ruhumda açtığı yaralar, onun sınırları içerisinde hiçbir şeydi. Sonuçta önüne her ne kadar hakkımdaki her şeyin yazılı olduğu bir dosya bırakılmış olsa da, içimde bir sır gibi sakladığım ve yıllarca dağ gibi büyüyen bu hisleri biliyor olamazdı. Bilmiyordu da. Ona bunun için kızamazdım. Bunu bilmediği için, ona ne kadar kızarsam kızayım sonuçta yaralanan ben oluyordum ve yine bunu bilmediği için, bu olayda haksız kalan taraf bendim.

Hayır, diye fısıldadı Gri. Saf, boğuk ve kasvetli bir fısıldamaydı bu; uğultuları kulaklarımı yaktı.

Belki de değildim. Belki de haksız olan taraf ben değildim ve o çok kabaydı. Böyle düşünmek çok daha basit ve kolaydı.

Sabaha karşı dönüp durduğum ve uyuyamadığım yataktan kalkarak poşetlerdeki kıyafetlerimi çıkardım ve katlayarak dolabın boş taraflarına dizdim. Burada onunla kalmak ve ona uymak, strateji bakımından mükemmel bir fikirdi. Gidebilirdim, evet ama bunun sonuçları hüsranla kana bulanırdı. Muhtemelen Soyhan'a dönerdim, Bursa'da işim neydi? Zarraf ya da Malik bana ulaşırdı, anne ve babamın serbest kalması karşılığında Tornado'ya teslim olurdum. Böylece gerçekten bir fare misali kafese kapatılır, sonsuz deneylere maruz kalırdım. Bir zamanların Nazi ve Yahudi olayları gibiydi aslında, bir noktadan bakarsak. Adolf Hitler, Zarraf oluyordu ve ben de Nazi devrimine kurban giden bir Yahudi. Sonunda zayıflıktan ölürken, bütün enerjim tükenmiş, yirmilerinin sonunu bile göremeyen bir kadın olarak, laboratuvar köşelerinde, cansız hâlde… Hayır. Öncelikle, Zarraf ve tarafındakilerin benimle yapmak istediği neydi, bunu öğrenmeliydim.

Banyoya geçtikten sonra saçlarımı ellerimle düzelttim. Saçımın tamamını griye boyatmamıştım elbette, gri ombre yaptırmıştım ama saçlarımın üst kısımlarının rengini de oldukça koyulaştırmıştım, bu yüzden tamamen farklı görünüyordum. Lens suyumu gözlerime damlattıktan sonra yüzümü yıkadım ve banyodan çıkarak merdivenlerden aşağıya yöneldim.

Şömine yanıyordu, sehpanın üzerinde bir bardak vardı

ve vitrindeki cam dolaplardan birinin kapağı iyice kapatılmamıştı. İlerleyip bardağı elime aldım, içinden oldukça ağır bir alkol kokusu geliyordu. Cam vitrinde ise viski ve şaraplar diziliydi, bütün gece içmiş miydi?

Etrafı incelemeyi bırakarak mutfağa yürüdüm. Pamir siyahlara bürünmüş halde, yukarıdaki raflardan birine uzanıyordu. Bir tabak aldı ve hemen ardından elindeki maşayla tavadaki tostu tabağın içine koydu. Bana bakmamıştı ama geldiğimi görmüş gibiydi, birkaç saniye sonra dönüp tabağı masanın üzerine bıraktı. "Tostunu çabuk bitir, çıkmamız gerekiyor."

Yutkunarak ilerledim ve masaya oturdum. "Nereye gideceğiz?"

Dolaba ilerledi ve süt çıkardı. Büyük bir bardağa doldurduktan sonra önüme bıraktı ve geri çekilip kalçasını tezgâha yasladı. Elinde bir kupa vardı ve dumanı üzerindeydi; yine çay içiyordu. "Önce okula."

"Sonra?"

"Dikişlerini aldırmamız gerekecek."

Elim masanın üzerinden kayarak karnımın biraz altını buldu. Acımıyordu ama bastırınca ya da ani hareketlerde bulununca sızlıyordu. "Nasıl?" Kaşlarım çatılmıştı. "Dikişlerim bir hastaneden bağımsız bir şekilde atıldı. Senin odanda? Şu nereden çıktığı belli olmayan doktor tarafından?"

"Aksi olsaydı bile hastaneye gidemeyiz," diye mırıldandı. "Bu yerimizi apaçık belli eder. Yaralı olduğunu ve dikişlerinin alınması gerektiğini biliyorlar, hastaneleri takip ettiriyorlardır." Çayından bir yudum daha aldıktan sonra çenesiyle tostumu işaret etti. "Soğutma, bitir şunu."

Tosttan bir ısırık aldım. Hızlıca çiğneyip yutarken aklımdaki tek şey hangi okula kayıt olacağımızdı. Tostu bitirdikten sonra sütü elime aldım ve bir yudum içtim.

Fakat bu bana hiç iyi şeyler hatırlatmamıştı. Burnum sızladı, dudaklarım titredi ve bir an elimdeki bardağı düşüreceğimi sandım. Donmuştum. Bunu nasıl yapabilirdim?

İfademi ve hareketlerimi gören Pamir, "Ne oldu?" diye sordu aniden. "Süt mü bozuk?" Önce tezgâhın üzerindeki yeni açtığı süt kutusunu kokladı, hemen ardından yanıma gelip elimdeki bardağı kapıp beklemeden bir yudum aldı. "Hayır, değil."

Elim ağzıma kapandı. Ağlamak istiyordum. Parmakları çeneme uzandı ama durdu. Bana *dokunmadı.* Tıpkı dün akşam ondan istediğim gibi.

Ayağa kalktım. "Miniğimi unuttum," diye mırıldandım gözlerim onunkilere takılınca. "Zifir'i Soyhan'da bıraktım. Onu unuttum."

Büyük bir rahatlamayla omuzlarının çöktüğü ve kaşlarının normale döndüğünü gördüm. "Bu muydu?"

"Onu unuttum diyorum Pamir, ne demek bu muydu? Onu almamız gerek. Daha küçücük."

"Özge iyi bakıyordur ona, merak etme," diye mırıldandı Pamir ve elindeki bardağı önüme koydu. "Sütünü bitir ve hazırlan. Bekliyorum." Ve mutfaktan çıktı.

Nasıl böyle olabiliyordu? Onu geçtim, nasıl ben böyle olabilmiştim? Zaten son zamanlarda minik kara kedimle fazla ilgilenememiştim, şimdi kim bilir ne hâldeydi? Onu özlemiştim. Nasıl bunca zaman boyunca aklımdan çıkabilmişti? Kendime inanamıyordum.

Sütü içmedim, yerimden kalktıktan sonra yukarı çıktım ve altıma siyah bir kot, üzerime de koyu gri bir kazak geçirdim. Montumu, telefonumu ve botlarımı da aldıktan sonra fazla oyalanmadan aşağıya indim. Geldiğimi gören Pamir, kapıyı açtı ve ardında aralık bırakarak dışarıya çıktı. İçeriye giren soğuk ve rüzgâr, tenimi ürpertirken saçlarımı uçuruyordu. Birkaç saniyeliğine duraklayarak botlarımı ayağıma geçirdim ve montumu giyip kapıyı kapatarak dışarıya çıktım.

Karda yürümeye alışkın değildim, bu yüzden yavaştım ama yine de hızlı adımlar atmaya çalışıyordum. Sonunda arabaya ulaşabildiğimde kapıyı araladım ve kendimi içeri attım. Saniyesinde motoru çalıştıran Pamir, arabayı da evinin önünden önce dağ yoluna, sonra da karla kaplanmış asfalt yola çıkardı.

"En son baktığımda devamsızlığım sınırı geçmişti," diye mırıldandım gözlerimi dışarıya çevirerek. "Hatta müdür bunun için, aileme imzalatmam gerektiğini söylediği bir kâğıt vermişti."

O sert ve keskin sesiyle mırıldandı. "O işi hallettim."

Pamir'e döndüm. "Nasıl?"

"Hallettim işte," diye söylendi. "Ama şu son iki hafta okula gitmen gerekebilir."

"Sen?" diye sordum. "Doğum tarihi olarak benden iki yaş büyük olabilirsin ama sen de son sınıfsın."

Gözlerini birkaç saniye üzerime çevirirken tek kaşını kaldırdı. "Seni oraya yalnız göndereceğimi düşünmüyorsundur umarım."

Aslında düşüncelerim tam olarak bu yöndeydi fakat Pamir'in matematik dehası ortadaydı, onun yerinde olsam ben de bırakmazdım on ikinci sınıfı. Muhtemelen öğrenim hayatımızın en lanetli seviyesiydi ve ben, oturup YGS çalışmam gereken yerde…

"Hangi okula kayıt olacağız?" diye sordum, yutkunarak. "Kayıt olduğumuzda onlar bu bilgiye ulaşamayacaklar mı?"

"Dağ evine en yakın olanı seçtim," diye cevapladı beni. "Özel okul olduğu için müdürle ya da öğrenci işleriyle yakın ilişki kurmadıkları sürece bulamazlar."

Elbette. Bizi okul adı altında bulmaları için önce nerede olduğumuzu bulmaları gerekirdi; Soyhan'da mıydık hâlâ, yoksa şehir mi değiştirmiştik? Şehir değiştirdiysek hangi şehirde, hangi ilçede, hangi okuldaydık? Doğrudan kayıt olacağımız okula gelip, öğrenci işlerine karışmaları gerekirdi. Bu mantıklıydı.

Birkaç dakikalık sessiz araba yolculuğundan sonra, botlarımı çıkarıp bacaklarımı kendime çektim ve ellerimi etrafına sararak kafamı dizlerime gömdüm. Bütün gece uyumamıştım, uzun zamandır uykumu alıyordum fakat bu benim dengemi değiştirmişti, eskiden üç dört günlük uykuyla dans edebiliyorken artık bir gece eksik uyku uyusam, ertesi gün gözlerimi kapatmamak için kendimi zorluyordum. Çok değişik bir yapım vardı.

Karla kaplı bahçesindeki beyaz örtüyü kenarlara doğru çeken görevlilerin arasından geçerek, okul bahçesine park etti arabayı. Geldiğimizi fark ettiğimde bacaklarımı aşağıya indirdim ve botlarımı giydim. O çoktan aşağı inmişti, botlarımla olan işim bitince ben de kapıyı araladım ve dışarı atladım.

Yanına doğru yürüyordum, okulun adı bu açıdan görülmüyordu.

Bursa Özel Darıcahan Koleji.

Pamir'in yandan profiline takıldı bir süre gözlerim. O da etrafı süzüyor, okula bakıyordu. Kafasını bana doğru çevireceğini anladığımda hemen önüme döndüm ve yürüdüm. Peşimden gelmeye başladığında beni geçmişti bile. Okulun içine girip iki kat yukarı çıktıktan sonra Müdür Yardımcısının odasının önünde durduk. Nüfus cüzdanımı çıkartıp ona verdikten sonra peşinden kapıya doğru gelecektim ki bana dönüp, "Burada otur," dedi ve başıyla koltukları gösterdi. "Halledip geleceğim. Bir şeyler içmek istersen kafeterya en üst katta ama okuldan bir yere ayrılma."

Sıcak bir kahve içmek istediğim için onu üstelemedim ve omuz silktikten sonra merdivenlere yürümeye başladım. O da kapıyı tıklattıktan sonra havasını bozmadan içeriye girmişti. Bu olayı kabullenmemdeki en büyük sebeplerden biri yeni başlangıçlara inanmıyor oluşumdu. İnsan mucizevî şekilde hafızasını kaybetmediği sürece nasıl olur da temiz bir sayfa açar, baştan başlamak gibi bir cesareti gösterebilirdi? Benim sayfalarım siyahtı ve üzerine beyaz kalemle yazılıyordu, yaşadıklarım. Bazı insanlar vardı, onları hayatınızdan silmek için birkaç sayfa koparmanız yeterliydi ama bazı insanlar için defteri yakardınız. İşte ben de, elime siyah bir boya kalemi alıp sayfalarımı siyaha boyamayı tercih etmiştim. Geçmiş alt tabakada kabarıklığıyla bana varlığını hissettiriyordu ama üstüne yeniden yazabiliyordum neticede. Kalbim kırılana kadar ilerlemeyi de biliyordum, kırıldığım yerden güçlenmeyi de.

Kafeteryadan karton bardakla aldığım kahveyi yudumlarken, bir yandan da müdür yardımcısının odasının olduğu kattaki büyük camın kenarından dışarıda yağan karı izliyordum. Aslında hep bunu yapmak istemiştim, yağan karı izlerken kahve içmeyi ama Soyhan'da hiç yağmadığı için bu isteğimi gerçekleştirememiştim.

Bir anda, yanıma oturduğunu fark ettiğim karanlık silueti fark ettiğimde, aldığım yudumun arkasından yutkundum ve bir süre bekledim. Hiçbir şekilde ses çıkarmadı, ben de ona dönmedim fakat dakikalardır devam eden bu soğuk savaşın ardından dönmeyi tercih ettiğimde, yavaşça kafamı yanıma doğru çevirdim.

Çıkık elmacık kemikleri ve koyu renk saçlarıyla, sakalları kesilmiş bir erkek oturuyordu yanımda. Üzerinde, siyah bir hırka vardı ve içindeki okul gömleğini görebiliyordum. Ona döndüğümü fark ettiği an kafasını yasladığı duvardan bana doğru çevirdi ve gözlerini üzerime dikti. Bir anda gülümsediğinde dehşete düşmüştüm.

Bu *oydu.* Restorandaki lacivert takım elbiseli, kadife kravatlı adamdı. Ya da... *Çocuk?* Bu lise de mi okuyordu? Bizimle yaşıt mıydı?

"Selam, güzellik," diye mırıldandı seslice nefes verirken. "Nasıl gidiyor?"

Hızla ayağa kalkıp dikilirken sert bir şekilde yutkundum. "Senin burada ne işin var?"

"Bilmem ki." Kollarını açıp formasını gözüme çarptı. "Burası bir okul olduğuna göre muhtemelen bir banka soymak için gelmişimdir."

Bizi takip etmiş olabileceği ile ilgili düşüncemi silip attım ve gözlerimi etraftan ona odaklamaya çalıştım fakat beceremedim. Birkaç saniyelik soğuk sessizliğin ardından koltukların yanındaki ahşap kapı açıldı; Pamir, bütün ihtişamı ve sert yüz ifadesi ile artık kapının bizi görebileceği, diğer tarafındaydı. Gözleri beni bulduğunda sert ifadesi çatılmış kaşları da eklendi ve soluğunu aradaki mesafeye rağmen duyduğumu hissettim.

Yavaş çekimde gibiydi her şey. Adını bilmediğim çocuğun gözleri Pamir'e döndü ve yüzündeki o sırıtan ifade hiç değişmedi. Pamir ise gereksiz bulduğu çocuğun üzerinden gözlerini bana çevirecekken bir anda durdu ve tekrar ona döndü. Çocuğu tanımıştı.

"Senin burada ne işin var lan?" diye sert bir ses yükseldi boş okul koridorunda.

Çocuk rahat bir tavırla ayağa kalkarak, "Ben de tam bu güzelliğe ne zaman yemeğe çıkacağımızı soruyordum... Malum, geçen gece sormayı unuttum ama bu konuyu da hallettiğimize göre, bana müsaade," diye mırıldandı ve koridorun sonuna doğru yürüdü.

Pamir'in kaşları bir an çatılmaktan sonsuza kadar öyle kalacak zannettim. Belki de kalmıştı? Emin değildim. Acı kahveleri, öyle bir kıvam aldı ki aramızdaki mesafeye rağmen koyuluklarını seçebiliyordum. Simsiyah olmuşlardı. Bir zamanlar benim olduğum gibi.

Hislerinizin ya da kendinizin rengi ne olursa olsun yandığınız an, sizin gibi yanan bütün diğer insanlarla çok büyük bir ortak noktanız olurdu: Yandığınız an kül de olurdunuz ve eğer kül olursanız, simsiyah kalakalırdınız. Algınıza bağlıydı bu noktada her şey; siyahlığın tanımı sizin için neydi? Uçsuz, bucaksız, karanlık bir kara delik mi yoksa daha önce hiç elde edemediğiniz, ulaşamadığınız ve önceden isteseniz de ulaşamayacağınız bir fırsat mı? Yani *rengârenk* olmak mı?

Aynı anda ikisi de olabilir miydiniz?

Pamir'in dişlerini sıktığını, normalinden çok daha belirginleşen çıkık elmacık kemiklerinden ve kızaran dudaklarından fark ettim. Bana bir şey sormadı ama tek bir kelime söyledi. "Gidelim."

Tek kelime söyledi, evet ama sanki saatlerce başımda sonu kötü biten bir masal okumuş gibiydi. Kötü sonlu masallar da var mıydı sahi? Belki de biz ilk olurduk. Aksi düşünülemezdi.

"Gidelim," diye fısıldadım, onun duyamayacağı bir şekilde. Bana sormamıştı. Neden sormamıştı? Artık o da mı bu çocuğu dikkate almıyordu? Sonuçta o gece...

O gece. Belki de başka hiç kimse, bir şeyi bu kadar üstü kapalı bir şekilde ortaya sererken bu kadar net anlatamazdı. Artık o gece, yanlış şeyler söylemiş gibi hissediyordum işte.

Okul merdivenlerinden hızla indikten sonra bahçede onu takip ettim. Biz arabaya bindiğimizde, okulda da zil çalmıştı. Emniyet kemerimi bağlarken kucağıma bir zarf bıraktı ve gaza bastı. "Kaydın, nüfus cüzdanın ve ders programın içinde."

"İkinci dönem başlamayacak mıydık?"

"Hayır," diye mırıldandı Pamir okul bahçesinden çıkıp, karla kaplı yolun üzerinde sürmeye devam ederken. "Devamsızlığın çok fazla, eğer bu dönem başlamazsan sınıfta kalacaksın. Sınıfta kalmak ister misin?"

Kaşlarımı çattım. "Ciddi mi soruyorsun?"

Bir saniyeliğine bana döndüğünde tek kaşı havadaydı. "Ciddi mi sormamı isterdin?"

"Hayır," diyerek reddettim. "Matematiğimi zorla düzelttim resmen. Bir daha bunu yapamam."

"YGS'de ne yapacaksın, gerçekten çok merak ediyorum."

"Sen kendine bak. Çok çalışıyorsun ya sanki?" Gözlerimi devirerek seslice nefes verdim.

"Sen çok çalışıyorsun galiba." Durdu. "Ama dur, senin fizik dersinde elektrik konusuna çalışmana hiç gerek yok. Doğuştan gelen bir deney yeteneğine sahip olduğun için..."

O sinirle uzanıp direksiyondaki elini çarpacakken arabayı durdurdu. Ani durduruşunun ardından hafif bir sarsıntı geçirirken elimin hâlâ elinden birkaç santim yukarıda durduğunu fark ettim.

Pamir bir, "Cık," sesi çıkardı. "Kendi sözleriyle tezat düşen bir *kuğu...*" Alaycı bakışlarını gözlerime çıkardı. "Bunu istemeyiz, değil mi?"

Kanımın kaynadığı üç saniyede hissedebildim, kalbimin damarlarında oluşan pıhtıyı fark etmem ise bir saniyemi bile almadı. O pıhtı nefesimi kesti.

Göz kapaklarım kapanmamak için son nefeslerine kadar direnirken titreyen kirpiklerimin fark edilmemesi imkânsızdı. Önce emniyet kemerini çıkardı, hemen ardından seri hareketlerle arabadan çıktı ve ön taraftan dolanıp kapımı açtı. Orada öylece kullandığı tek bir kelimede takılı kalmışken, neyin gerçek neyin sanal olduğunu ayırt edemiyordum; saniyeler öncesinde takılı kalmış, sürekli geçmişte yalpalıyordum... O ise, altındaki siyah atla kuvvetli ve büyük bir süvariydi.

"Bütün gün seni bekleyemem," diye homurdandığını duyduğumda yutkunup kemerimi çıkardım ve yavaş hareketlerle arabadan indim. Ben indikten sonra kapımı kapattı ve önüne arabayı park ettiğimiz mağazayı gösterdi. "Forma alacağız."

Ben gözlerimi yerde gezdirip yavaşça solumaya çalışırken Pamir'in bunu fark etmeden ya da umursamadan ileriye döndüğünü ve bir adım attığını fark ettiğimde kolundan tuttum. Bana ne olduğunu sorarcasına baktı.

Ona karşı suratsız ifademi takındım. "Bu mu?"

Tek kaşını kaldırdığında kolundaki elimi geri çektim ve bir adım atıp karşısına geçtim. "Biliyor musun..." Derin bir nefesle bayram etti ciğerlerim. "Bana hiçbir zaman hakkımda ne kadarını bildiğini söylemedin."

"Çünkü hiçbir zaman bir sınırı olmadı." Pamir bir adım atıp yaklaştı ve yavaşça yüzünü yüzüme hizaladı. "Yalnızca her saniye çoğaldı. Bir şeyler çürürken, bir şeyler yeniden doğdu ve bu döngü devam etti."

Acı kahvelerinin içine baktı, rengârenk bir kara delik misali çevrelenen ama lenslerimden görünmeyen gözlerim. "Hiç mi durmadı?"

"Durdu." O da bana yaklaşmayı kesmişti. Dudaklarının arasındaki sıcak nefesi bir saniyeliğine suratıma çarptı. "Bir kere durdurdun."

"Bu artık devam etmediği anlamına mı geliyor?"

"Bu," diye mırıldandı yutkunurken. "Bir şeylerin çürüdüğü ama bir şeylerin yerine geldiği anlamına geliyor." Âdem elması hareket etti ve bir saniyeliğine gözlerim boynuna kaydı ama toparlanarak gözlerine çıkarmayı başardım. "İstediğin gibi olsun, Nil. Sana dokunmayacağım. Ama sen de şunu bilmelisin ki, bu kuralın sadece benim için geçerli olmayacak."

Onun sınırları vardı, benim ise demirden duvarlarım. Benim korunaksız kafesim uzun süre tehlikenin içinde barındığı için içeride ne var, ne yok görülebilmişti fakat ben onun sınırlarını asla geçememiştim bu yüzden onun neyi var, hiç bilememiştim. Hiç bilememiştim. Hiç bilmiyordum.

"Ne demek istiyorsun?"

Hafif gülümsemesi dudaklarını birkaç saniyeliğine esir aldığında geri çekildi ve suratındaki hissiz ifade geri döndü. Bir şey demeden dükkâna yürüdüğünü fark etmem birkaç dakikamı almıştı ki o kapıdan içeri girerken, ben de ona yetişmek için peşinde koşturuyordum.

Dükkânın içi normal bir dükkân gibiydi; küçük, düzenli ve temiz. Bir bölümde normal kıyafetlerden satılırken diğer kısımda farklı okulların formaları vitrinleri süsüyordu cansız mankenlerle.

Pamir'in, "Darıcahan Koleji için forma alacağız," dediğini duydum. Tezgâhın arkasından ona ne istediğini soran gözlerle bakan teyzenin gözlerindeki mesaj sıfırlandı ve fırladığı gibi formaların arasına daldı. "İkinize de mi?" diye sorduğunu duydum bir an fakat düşünceliydim, bu yüzden şu ana odaklanamıyordum. *Kuğu. Siyah Kuğu.* Biliyor muydu? Biliyor olabilir miydi?

Bu isim bende uzun zamandır özlem duyduğum bir şeyi anımsattı. Dudaklarım aralandı, gözlerim doldu. Hızlıca kendimi toparlayarak burnumu çektiğimde ise eskiye dönmek için çok geç kaldığımı fark edebiliyordum. Ümit Hoca beni GreenLight'tan atmış olmalıydı, aksi imkânsızdı. Kesintisiz devamsızlık yapanların üyeliği kurul tarafından silinirdi ve kara listeye alınırdı. Bir daha asla sahneye çıkamayacaktım, bir daha asla dans edemeyecektim. Bir daha asla kendimi bulduğum bir hobim olmayacaktı.

Bir daha asla kendimi bulamayacaktım.

Zaten Zifir de yoktu... Bu Allah'ın unuttuğu karlı dağların arasında yaşayacak, hiç kimseyi tanımadığım bir okula gidecek ve her geçen gün artan karın ağrılarıma katlanmak zorunda kalacaktım. Bu daha ne kadar devam edebilirdi ki sahi? Daha ne kadar ileriye gidebilirdi?

Sonlanması için ne yapmam gerekirdi?

"Deneyecek misiniz?" diye sordu görevli bayan fakat Pamir olumsuz yanıt verdiğinde kıyafetleri paketlemeye koyuldu. Ücreti ödedikten sonra paketleri alıp bana döndüğünde ona bakmadım fakat arabaya giden yolda onu takip ettim. Paketleri arkaya koyduktan sonra arabaya bindi ve gaza bastı.

"Dikişlerimi kim çıkartacak?"

Dakikalardır süren sessizliğin ortasına bir çığ gibi düşen ve sağladığı sükûneti bozan benim sesimdi. Birkaç saniye boyunca cevap vermesi için bekledim ama cevap vermedi. "Harika," diye mırıldandım derin bir nefes vererek. "Yine başa döndük yani?"

"Biz senle ne zaman iki adım ileri gidebildik ki Nil?"

"Tüm sorun bu mu?" diye sordum dehşet içinde. "Benim yola taş koymam mı sorun?"

"Ulan yola koyduğun taş olsa başımın üstünde yerin var ama senin koyduğun bildiğin göktaşı, çapı elli kilometrelik meteor," diye mırıldandığını duydum sessizce.

"Ne?"

"Ben," dedi bu sefer. "Ben çıkaracağım dikişlerini."

Arabanın dağ evine giden yokuşu tırmandığı sırada gözlerimi kocaman olacak şekilde açtım ve şaşkınlığımı belirttim. "Ne?"

"Kendin mi çıkarmak istiyorsun? Sonsuza kadar orada kalamazlar."

Arabayı dağ evinin kenarına çektiğinde anahtarı çıkardı ve emniyet kemerini çözdü. "Halletmemiz gereken tek şey bu değil, konuşmamız gereken şeyler var." Kapısını açtı, dışarı çıktığında bir süre emniyet kemerimi çözmekle oyalandım. Hayret ediyordum, ilk defa Pamir Yelkıran konuşmaktan bahsediyordu. Ağzından cımbızla dahi olsun laf alınmayan adam, benimle konuşma mı istiyordu?

Daha fazla vakit kaybetmeden arabadan indim ve o kapıyı açarken botlarımla kar kaplı toprağın üzerinde bata çıka peşinden gittim. İçeri girdiğimizde paketleri portmantonun kenarına bırakmıştı.

"Ne konuşmamız gerekiyor?" diye mırıldandım, montumu ve botlarımı çıkartırken. O içeri geçtiğinde, ben de peşinden ilerledim ve salona geçtik. Koltuklardan birine oturduktan sonra ayaklarını uzattı ve geriye yaslandı.

Elim karnıma gitmişti. Dikişlerimi çok da hissedebildiğim söylenemezdi fakat yaramı hissedebiliyordum. Her ne kadar eskiye nazaran büyük çaplı bir şekilde iyileşmiş olsa da hâlâ çok ani hareketler yaptığımda acıyordu. Ne zaman tam olarak iyileşecekti, hiçbir fikrim yoktu.

Pamir gözleriyle üzerimdeki inceledi ve kazağımı işaret etti. "Çıkar."

"Emrin olur." Gözlerimi devirmemek için zor tuttum kendimi. "Başka?"

"Bir de şu sağlık çantasını getirsene kilerden..."

Kafamı yana doğru yatırıp hafifçe kıtlatarak sağ elimi yavaşça havaya kaldırdım ve parmaklarımı oynatırken ona doğru ilerledim. "Sen yeterince elektrik yememişsin anlaşılan."

Kaşları çatıldı. "Küçük kedinin pençeleri mi çıktı şimdi?"

"Ben bir kediden çok ejderhayım ama yine de sen bilirsin."

Pamir ayağa kalkıp gülümseyerek suratıma bakarken, "Cık," diye bir ses çıkardı. Yanımdan geçip gitmeden önce kulağıma eğildi. "Sen hâlâ yaralı bir *Kuğu*'sun. Böyle ruhu griye, bedeni siyaha âşık bir tane hem de... Kendini ejderha zanneden bir Kuğu."

Yutkunurken yavaşça kapandı gözlerim. Beni deli ediyordu. Bir tık daha dolarsam bu öfkeyle, kendimi durduramazdım. Onun bu kadar gıcık olduğu bilmiyordum... Ama o, bılıyordu işte. O siyah gecelerde sahildeki parkta onunla oturup konuşan siyahlar içindeki kızın ben olduğumu biliyordu ama hâlâ bilmediği şeyler vardı... Mesela, küçüklükten beri akşamüstü saat beşte her sahildeki parka gidişinde, onu takip eden küçük kızın ben olmam gibi.

Birkaç dakika orada öylece bekleyip bunu düşündüm fakat sonunda o gelmeyince, ben merdivenlerden yukarı çıktım ve onu kiler olduğunu düşündüğüm odadan çıkarken gördüm. Elindeki sağlık çantasıyla buraya doğru gelirken yatak odasını işaret etti ve oraya girdi. Peşinden ilerleyerek içeriye girdiğimde ise komodinin üzerini boşaltıp sağlık çantasını üzerine bıraktığını ve kapağını açıp, bir çift eldiveni paketinden çıkardığını gördüm.

Elim sakince karnımı buldu tekrar. "Nasıl yapılacağını biliyor musun?"

"Oradan bakınca her gün belalı arkadaşlarının geçmişteki yaralarının dikişlerini alan biri gibi mi duruyorum?"

"Evet."

"Doğru izlenim ama daha önce hiç yapmadım," diye mırıldandı Pamir sessizce ve çenesiyle yatağı işaret etti. "Uzan."

Yatağın önüne ilerlediğimde diz kapaklarım yatağın yumuşak dokusuyla çarpıştı. Sessizce bir dizimi büküp yatağın üzerine çıktım ve bütün bedenimi çekip sırtüstü dönerek yavaşça uzandığımda, kolunu uzatıp yastıklardan birini aldı ve başımı kaldırıp altına koydu. Onu böyleyken izlemek çok güzeldi... Perdeler kapalı olduğu için oda karanlıklı fakat gece lambaları yanıyordu, bu da loş bir hava katıyordu etrafa. Kirpiklerinin üzerinde dans ediyordu altın rengi ışık... Kumral rengi saçları bu açıdan mükemmel görünüyordu. Dolgun dudakları ise aralanmıştı, acı kahve tonlarındaki gözleri eldivenleri ellerine uygun bir şekilde giydirmeye odaklanmıştı ve pürüzsüz cildi gözlerimin önüne serilmişti. Eskisi gibi bakmayı özlemiştim ona, eskisi gibi sevmeyi...

Ama eski olan ne varsa, yeni benden uzak kalmışlardı ve onları geri getiremezdim. Sadece bazen mazi burnumda tütebilirdi, belki gözlerimi titretebilirdi ve göğsümü deli gibi sıkıştırabilirdi. Ama geri gelemezdi işte.

Herkesin göğüs kafesinde yaşattığı biri vardır. Yoksa bu zelzelelerin nedeni başka bir şey olamaz.

"Canın acımayacak," diye mırıldandı Pamir, bir bacağını altına atarak yatağın üzerine yeniden oturduğunda. Elinde keskin, küçük ve sivri bir makas aldı.

Gözlerim makasla onun arasında mekik dokurken, "Bunu elinde sivri bir makas varken söylemen beni gerçekten rahatlattı," diye karşılık verdim.

"Ciddiyim, sadece ufak bir gıdıklanma hissedebilirsin o kadar."

Ona kaşlarımı çatarak baktığımda dudakları tekrar aralandı. "En azından ben dikişlerimi aldırırken öyle hissetmiştim."

Kafamı geriye atarken ellerimle yüzümü kapattım ve bir süre sıvazladım. "Sadece bir hastaneye gitsek ve bu işi profesyonellerin eline bıraksak olmaz mı?"

"Bunu göze alamam." Dizlerinin üzerinde yatağın üzerine çıktı ve elindeki makasla olan görüntüsü beni ürküttü.

"En son bizi bu şekilde gördüğümde..." İğneyi bütün itirazlarıma rağmen koluma geçirmişti ve beni kendi elleriyle derin bir karanlığa teslim etmişti. Siyah olabilirdim ama karanlık değildim. Siyah ve karanlık her ne kadar bir bütün gibi görünse de öyle değildi... Çok farklılardı. O ve ben farklıydık.

Pamir, "Uyuman için yapmıştım," diye mırıldandı, bir bacağını uzattığım bacaklarımın üzerinden diğer tarafa atarken. Böylece artık üzerimde duruyordu. "Uyuman gerekiyordu ve biri yapmalıydı."

"Ama neden sen?"

"Bilmem." Bir eli karnımın, dolaylı yoldan kazağımın üzerinde dolandı ve ardından acı kahveleri gözlerimi buldu. "Neden ben?"

Gözlerimi ondan aşağı indirip ellerimle uçlarını bulduğum kazağı hafifçe, dikişlerim görünecek şekilde yukarıya doğru çekiştirirken, "Şanssızsın," diye mırıldandım.

Yarama doğru eğilirken, "Bilmem. Belki," diye fısıldadı Pamir.

Sanki konuştuğumuz konu bu değildi.

Parmakları yarama dokunurken tüylerim birkaç saniyeliğine diken diken oldu, iç gıdıklayıcı bir his her yanımı sardı ve kendimi ona teslim ettim. Elinde dikkatlice tuttuğu makası tenime yaklaştırırken tedirginliğimi sezmiş olacak ki, "İpin ucunu keseceğim yalnızca," diye bir açıklamada bulundu. Birkaç saniye sonra ben hissetmeden kesmiş olmalı ki makası kenara bırakmıştı. "Şimdi de yavaşça çekeceğim."

Gergindim. Oldukça gergin. Bu yüzden o bir taraftan ipin ucunu çektiğinde karnım kasıldı ve korkunç bir acı hissettim. Gözlerim kıpkırmızı kesilirken boynumdan yayılan bir sıcaklık bütün bedenimi esir aldı. Sırtım dikleşirken, kafamı kaldırdım. Aynı anda Pamir de neler olduğunu fark etmiş olacak ki, ağırlığını vermeden bacaklarımın üzerine oturdu ve üzerime eğilip alnını alnıma yaslayarak beni yatağa geri yatırdı. "Şşş..."

Dudaklarım aralanmıştı. "Alçak. Acımayacak demiştin."

"Psikolojik," dedi. "Kendini rahat bırak, Nil. Dikişler alınırken hissedeceğin en yoğun şey gıdıklanma olabilir, acı değil."

Gözlerimi kapatmıştım. Öyle yakınımdaydı ki ona bakamıyordum bile. Kokusunu çok net bir şekilde alabiliyordum... Salep ve tarçın tam merkezinden, boynundan üzerime nüksediyordu.

"Devam ediyorum," diye mırıldandı, birkaç dakika sonra. Onu onaylamak için konuşacak gücü kendimde bulamadığımdan kafamı sallamak istedim fakat bu, dudaklarının bir saniyeliğine dudaklarıma sürtünmesine neden oldu. Durdum, o da bunu hissetmiş olacak ki kafasını biraz geri çekti ve fakat gitmedi.

İp derimin üzerinde hareket etti. Biraz daha çektiğinde henüz yarısına gelmiş olduğumuzu biliyordum. Bilmediğim şey bu acının gerçekten psikolojik olup olmadığıydı, çünkü o ikinci kez hareket ettirdiğinde, çığlık atmamak için dudaklarımı ısırıyordum.

"Ara vermemi ister misin?"

"Bitir şunu."

Pamir durmadı, devam etti. Gözlerimi sıkıca kapatarak bitmesin dilediğim dakikaların sonuna yaklaştığımızda öylesine gerilmiş bir hâlde bulmuştum ki kendimi ve öylesine odaklıydım ki buna, kendime gelmem birkaç dakikamı almıştı.

Sonunda üzerimde işi bittiğinde ve eldivenlerini çıkararak kenara bıraktığında, "Bugün duş alma," diye mırıldandı. "Uzan biraz daha. Benim dışarıda küçük bir işim kaldı, onu da halledip geleceğim."

"Ne işi?"

"Erzak alacağım." Gözleriyle, kazağımla kapamaya korktuğum karnımı gösterdi. "Acıyor mu?"

"Acıyor."

"Ben gelene kadar uyu, geçer."

"Uyuyunca geçer sandığım şeyleri rüyamda görüyorum."

Pamir kapıya doğru döneceği sırada durdu ve bana baktı. Loş ışıkta gözlerim gözleriyle buluştuğunda, görüntü bulanıklaşmaya başlamıştı bile. Yorgundum, kokusu çok güzeldi ve beni mayıştırmıştı.

Hayal meyal bana doğru yaklaştığını ve ellerinin saçımda dolaştığını hatırladım. Üzerime kalın bir battaniye örtüldü ve sıcak beni kucakladı. Yaralarım vardı, geçmişe bırakmaya kıyamadığım birtakım şeyler ama bu demek değildi ki geçmişteki beni, şimdiye taşıyacağım... Yalnızca Zifir'imi özlemiştim. Dans etmeyi.

Belki biraz da Nisan'la konuşmayı.

Sahi, o neler yapıyordu ki şimdi? Hiç haberim yoktu. Kilometrelerce uzakta başka bir şehirde yeniden başlıyor gibiydik sahiden, hayata.

Saat kaçtı hiçbir fikrim yoktu fakat gökyüzü daha yeni yeni aydınlanmaya başlamıştı ki, ufak bir mırıltı ve suratıma sürtünen bir tüy yumağıyla uyandım. Gözlerimi açmaya çalıştığım sırada boynumda gezindi ve yan tarafa atladı. Hiddetle açılan gözlerim, gerçekliğe uyanırken o anki şokla hızla doğrulmuştum yatakta. Derin derin nefesler alırken yaramın sızısını önemsemedim ve yatağımın üzerinde gezinen minik, kara kediyi inceledim. Kucağıma doğru atlayıp miyavladığında özlemimden ağlamak üzereydim. "*Zifir...*"

O yapmıştı. O getirmişti Zifir'i buraya. O yapmıştı. Benim için yapmıştı.

Kapının ardından, "Senin için yapmadım," diye boğuk ve hafif uykulu bir ses yükseldi. İçeriye giren siyahlar içindeki Pamir'di. Kazağının sıyırıp attıktan sonra yatağın diğer tarafındaki yorganı kaldırdı ve içine girip uzandı.

"Tamam," diye cevapladım onu, sevinçten dilim tutulmuştu ve ne diyeceğimi bilmiyordum. "Teşekkür-"

"Teşekkür de etme," diye devam etti. "Sadece uyu. İki gün sonra katılmamız gereken bir nikâh var nasıl olsa, daha çok yorulacaksın."

9

Kasımlar acır Yelkıran, kasımlar çok acıtır. Sen benim kasım ayımsın. Acımsın.

Nefes almayı dene. Hayatında bir kez olsun, derin bir nefesi çek ciğerlerine ve nerede olduğunu umursamadan kapat gözlerini. Bütün o gürültü, bütün o insanlar ve kalabalık yalnızca bir uğultudan ibaret olacak... Ne kadar komik değil mi, senden bir dakikanı çalmış olmak? Az geliyor belki, belki de çok daha uzununa bile dayandın. Tam ortasından kırılan uğultunun parçaları göğüs kafesine batıyor şimdi; bak, saçlarından dökülüyor nefsinin bedeli.

Ben derin bir nefesi buyur edemiyordum göğüs kafesimden içeriye, yutkunamıyordum gergin olmazsam mesele ya da gözlerimi kapattıktan bir salise sonra geri açıyordum hemen, eskiden uyuyabilmeyi dört gözle beklerken şimdi uyumak istemiyordum.

Sabah uyandığımda, yatağın yan tarafı boştu ama o boşluğu doldurmak istercesine minik bedenini yayabildiği kadar yaymıştı Zifir. Önce biraz daha ayılmayı bekledim fakat bugün okula gideceğimiz aklıma geldiğinde daha fazla yatakta oyalanmadan kalkıp formamı çıkardım. Siyah ve pilili bir eteği, beyaz gömleği, bordo renk bir kravatı ve siyah bir ceketi vardı formanın. Paketin sonuna atılmış siyah çorabı çıkarıp diğerleriyle birlikte yatağın üzerine bıraktım ve üzerimdekileri çıkardım. Gece, Pamir anlayamadığım bir cümleyle kapanışı yaptığında ona nedenini soramamıştım, çünkü düşünme faslını fazla uzatıp bir türlü birkaç kelimeyi ağzımdan çıkaramamıştım. Sonuç olarak o uyumuştu ve ben de soru sormak için sabahı beklemiştim.

İşte buradaydık... Bursa'da. Bir dağ evinde. Daha önce hiç tanışmadığım insanlarla dolu yeni bir okula gitmeden önce, tanıdık olan tek şeye, yani Zifir'e bakıyordum. Onu ilk bulduğum güne dönebilmeyi teklif etselerdi geri döner miydim? Bilinmezliğe ve cevapsız sorularla boğulduğum o günlere? Bilmiyordum, belki de dönerdim. Bilmemek iyi miydi? Konu bizzat kendiniz olduğunda ve siz hariç herkes her şeyi bildiğinde? Peki, geri dönmeye değer miydi?

Külotlu ince siyah çorabı bacaklarımdan geçirip giydikten sonra, gömleği elimle kaldırıp garip birkaç bakış attım ve inceledim. Beyaz? Giyecek miydim? Aykırı olmak istemiyordum, kimseyle iletişim kurmayacak olsam bile okul üniformasını giymeyip diğerlerinden ayrılan o kız olmak istemiyordum. Dikkat çekmek istemiyordum. Normal olmak istiyordum. Her şey yolunda giderse üç ay sonra ve sekiz ay sonra olmak üzere iki sınava girecek, hayatımı değiştirecektim. Ya da... Kimi kandırıyordum ki? Belki de paçama bulaştı diye sinirlendiğim çamurun bizzat kaynağına, bir bataklığa batacaktım.

Gömleği üzerime geçirip düğmelerini ilikledikten sonra eteği de giyip gömleğin dışarıda kalan kısımlarını içine tıkıştırdım ve koyu bordo kravatı alıp bağladım. Sağ kısmında okulun arması olan ceketi de üzerime geçirdikten sonra saçlarımı düzeltmek için banyoya geçtim ve aynada kendimi inceledim. Kesinlikle kendimi kandırıyordum... Hem dikkat çekmemekten bahsediyor, hem de saçlarımın yarısını griye boyatıyordum öyle mi? İronilerle doluydum.

Etek diz kapağımın en az bir karış üzerindeydi, ceket çok uzun değildi ve forma üzerimde düşündüğüm kadar da berbat durmuyordu. Soyhan'da gittiğim Kuzey Koleji'nde hava güzel olduğunda forma giymemenin katı cezaları vardı fakat kış aylarında herkes serbest geliyordu, bu yüzden pek de kafaya takmıyordum ama bu okulun düzenini bilmiyordum.

Saçlarımı düzeltip yüzümü yıkadıktan sonra çantamı, cep telefonumu aldım ve biraz Zifir'i sevdikten sonra odadan çıkıp aşağı indim. Pamir mutfaktaydı, içeri girdiğimde ilk dikkatimi çeken şey masanın üzerindeki kahvaltı tabağı ve çay olduğundan kafamı ilk başta ona çeviremedim fakat sonradan çevirdiğimde, görgüsüz gibi bakmamak için elimle alnımı ve gözlerimi ovuşturmak zorunda kalmıştım.

Deli gibi hissediyordum. Okul forması bir insana böyle yakışamazdı. Bu kurallara aykırıydı. Herkes okul formasının içinde berbat görünmek zorundaydı! Ama o, öyle görünmüyordu. Hem de hiç. Siyah pantolon her zamanki gibi uzun bacaklarında oldukça güzel görünüyordu, beyaz gömleğinin üzerine geçirdiği siyah ceket ise geniş omuzlarında bir sanat eseri gibi duruyordu. Elindeki dumanı tüten kupadaki içeceğini yudumlarken, bu tarafa doğru döndüğünde telefonda biriyle konuştuğunu fark ettim. Beni gördüğünde kaşları çatıldı. Gözlerime değmeyen acı kahveleri üzerimde gezindikten sonra eteğimde durdu. Bacaklarımdan direkt olarak gözlerime çıkardığı bakışlarıyla içimde bir şeyleri ateşledi ve bana kaşlarını çatarak bakmaya başladı. Birkaç saniye sonra telefonda biriyle görüştüğünü hatırlamış olacak ki sıcak içeceğini yudumlarken gözlerini benden ayırmadan, "Evet," dedi. "Sen seçtiklerimi verdiğim saatte okula gönder, gerisini ben hallederim."

Yutkunduğunda âdem elması hareket etti. Gözlerini benden ayırmadan ve telefonunu kapatıp cebine yollamadan önce ise karşısındaki kişiye son kez cevap verdi. "Eyvallah."

Tek kaşım ayağa kalktı. *Eyvallah?* Masaya oturmadan önce içimden tekrar ettim. *Eyvallah.*

"O eteği kısaltmadın değil mi?"

Gözlerimi önümdeki tabağın üzerinde gezdirdim. "Bu tabak bana mı?"

"Nasıl görünüyorsa öyle."

Onu tekrar ettim. "Nasıl görünüyorsa öyle, Pamir."

"Buradan bakınca hiç iyi görünmüyor," diye mırıldandı Pamir, kupasından bir yudum daha alırken. "Üstten mi kıvırdın?"

"Kıvırmadım. Boyu böyle."

"Küçük mü almışız?"

Omleti kesmek için aldığım bıçağı tabağa çarpıp bıraktım. "Hayır. Belimden düşüyor."

Kaşları çatıldı. "Kim tasarlıyor lan bu etekleri?"

Kafamı kaldırıp ona baktım ve sertçe söylendim. "Şekeri uzatır mısın?"

Tezgâhın üzerindeki küp şekerlerle dolu kabı önüme koydu ve tekrar geri çekildi. İçinden iki şeker alıp koca kupanın içine attıktan sonra karıştırdım. Eğer çay içeceksem, şekersiz içemezdim. Sessizliğinden konuyu kapattığını düşünüp çayımdan bir yudum almıştım ki Pamir tekrar homurdandı. Masanın altından eteğime bakmaya çalışıyordu.

"Pantolon giymek yasak olamaz değil mi? Yani kızlar için? Okulda?"

"Konuşmamız gereken benim eteğimden çok daha önemli konular var, biliyorsun değil mi?" Ayağımla karşımdaki sandalyeyi ittim ve gözlerimle oturmasını istediğimi belirttim. "Mesela anlatmaya dün gece söylediklerinden başlayabilirsin."

Pamir bir süre bana baktı. Sonra kendine bir bardak daha çay doldurdu ve kupasını masanın üzerine bırakıp oturdu. "Sana Zarraf'la ilgili söylediklerimi hatırlıyorsun değil mi?"

Kafamı salladım ve kupamı elime alıp geriye yaslandım.

"Adam Tornado'da bir cihazın gelişimi için deli gibi para harcıyor." Gözlerini üzerimde gezdirirken birden gözlerime çıkarmıştı. "Herif geçen hafta, ülkedeki sağlam mafya babalarından birinin hesabına yüklü miktarda para havale etti. Ondan ne aldığını öğrenmemiz gerekiyor, böylece cihazın ne amaçla geliştirilmek istendiğini ve üzerinde çalışıldığını öğrenip buna göre davranabileceğiz."

Yutkundum. "Güzel plan ama... Pamir, sağlam mafya babalarının birinden bahsediyorsun. Aynı zamanda da Zaraf'ın ondan ne aldığını öğrenmekten."

"Farkındayım," diye mırıldandı. "Tehlikenin farkındayım ama o bilgilere ulaşmalıyız."

"Bunu nasıl yapacağız?"

Telefonunu çıkardı ve birkaç saniye sonra masanın üzerine bırakıp bana doğru ittirdi. Ekranda simsiyah takım elbisenin içerisinde göbekli, yaşlı bir adam duruyordu. Yanında da hoş giyimli bir kız vardı. Ben fotoğrafı incelerken Pamir konuşmaya devam etti.

"Herif bu, adı Sami Marden. Sahne arkasındaki adıyla Sakalsız."

"Yanındaki?"

"Kızı, Maya Marden. Yarın gece lüks bir otelde nikâhı var."

"Hayır..." diye mırıldandım istemsizce. "Nikâh derken... O kızın nikâhından bahsetmiyorsun değil mi? Yani katılmaktan?"

"Tam olarak o nikâhtan bahsediyordum, evet." Uzattığım telefonunu aldı ve cebine atıp çayını yudumlarken geriye yaslandı. "Bir davetli listesi var ve biz, o gece nikâha katılamayacak iki insan yerine gideceğiz."

"Anlamazlar mı sanıyorsun? Davetli listesinden bahsediyorsun, demek ki sadece tanıdıklarını çağıracaklar." Kafamı olumsuz anlamda salladım. "Resmen yem oluyoruz."

"Yemi göstermeden farenin geldiği nerede görülmüş?" Pamir hafifçe güldü ve yandaki pencereden dışarıyı gözledikten sonra bakışlarını tekrar bana çevirdi. "Senin bürüneceğin kadını hiç görmediler, beni ise tanıyamazlar. Zaten gece yarısına kadar herkes maskeli olacak."

"Maskeli nikâh? Şimdi olay biraz mantık kazanmaya başladı."

"Hiçbir şeyi hesap etmeden bir işe elime sürmem, merak etme." Ayağa kalktı ve çayını son kez içtikten sonra kupayı lavaboya bıraktı. "Tabağındakileri bitirdikten sonra arabaya gel, ben çıkıyorum."

Ona cevap vermeden soğumaya yüz tutmuş omletimi bölüp peynirle beraber ağzıma attım ve söylediklerini düşünmeye çalıştım. Eğer cihaz için temin edilen parçaları merak ediyorsa bunun ne olduğunu tek başına çözmesi imkânsız değil miydi? Mutlaka anne ve babamla iletişim hâlinde oluyor olmalıydı. Bunu onunla konuşmalıydım.

Tabağımdakilerden biraz yedikten sonra montumu ve çantamı alıp dışarı çıktım ve gitmek için hazır bekleyen arabanın ön koltuğuna kendimi attım. Hafif atıştıran karın eşliğinde bahçeden dönüp yola çıktığımızda boğazımı temizledim. "Hadi diyelim içeriye sızdık, ya devamı? Zarraf'ın parasını neye yatırdığını nereden öğreneceksin?"

"Kızdan," diye mırıldandı.

"Ne? Kızından mı?"

"Kızı aynı zamanda avukatı ve sağ kolu," diye devam etti Pamir, dağ yolunun bitimine doğru. Birkaç dakika içerisinde asfalt yola çıkmıştık. "Kızı kıstırırsak öteceğine eminim."

"Düğününün mahvolmasını istemeyecek..."

"Evet."

"Çok kötüsün," diye mırıldandım. "Hiçbir genç kız düğünü mahvolsun istemez."

Pamir birden durdu ve bana döndü. "Dünya iyi biri olmak için iyi bir yer değil, güzelim."

Bir anlığına kirpiklerim titredi ve göz kapaklarım kapanmak istedi fakat bu afallayışımı geride bırakıp derin bir nefes aldım ve sırtımı koltuğa yasladım. Haklıydı. Hiç kimse bunu inkâr edemezdi, çünkü kimsenin hayatı tozpembe değildi.

Okulun bahçesine doğru girerken, Pamir büyük bahçenin kenarından otopark kısmına, yani arka tarafa doğru arabayı sürdü ve bulduğu ilk boş yere kıvrak bir manevrayla park etti. Çantamı elime alıp emniyet kemerimi çözdükten sonra arabadan çıktım ve kapıyı kapattım. Geç mi kalmıştık, yoksa erken mi gelmiştik bilmiyordum ama bahçe bomboştu ve etraf çok sessizdi.

Pamir arabayı kilitledikten sonra yanıma doğru ilerledi. Birkaç saniye içeriye girmemiz gerektiğini algılayamadığım için etrafı süzerek öylece bekledim, fakat önüme uzatılan anahtarla kendime geldim. "Dolabının anahtarı," diye mırıldandı anahtarı bana verirken. "Ders programın ve sınıfının yazılı olduğu kâğıt da içinde."

Kaşlarım çatıldı. "Sen nereye?"

"Okuldayım, Nil. Bir yere gitmiyorum."

Kafamı salladım ve anahtarı avucuma bastırıp okula doğru ilerlemeye başladım. Bir yandan da dudaklarımı kemiriyordum; gergindim, heyecanla damarlarımdaki kan usul usul kaynıyordu. Değişiklik iyidir, diye düşünürken her şeyin farklılaştığı o anın elbet bir gün geleceğini hesaba katmıyordum ki... Sadece ben söylüyordum, o an geliyordu ve sonra her şey darmaduman oluyordu. Mesele şuydu: Bu duman nereden geliyordu? Yanan ben miydim yoksa bir başkası mı?

Anahtarın üzerinde yazan 246 numarasını aklıma kazıyarak ilk katın koridorunda dolaşmaya başladım. Koridor oldukça genişti, gri ve bordo renkli dolaplar boydan boya dizilmişti. Son dolabın üzerinde 210 numarasının yazdığını gördükten sonra ikinci kata çıkmak için merdivenleri adımladım. Birkaç basamak sonra dışarıyı görebildiğim büyük bir pencereyi fark ettiğimde ise istemsizce durmuştum. Pencere tam olarak arka tarafı, otoparkı gösteriyordu. Pamir arabasının yanında arkası dönük şekilde duruyordu, biraz sonra döndü ve böylece bir eliyle saçlarını karıştırırken diğer eliyle de telefonunu kulağına tuttuğunu ve biriyle konuştuğunu gördüm. Bu da aklıma şu soruyu getiriyordu: Onca şeye rağmen, benden hâlâ bir şeyler saklıyor olabilir miydi? Ondan böylesine şüphe etmek, daha doğrusu edebilmek beni öldürüyordu. Böyle düşünmemeliydim ama sırf onu kötü gösteriyor diye ihtimalleri ziyan etmeyecektim artık. İhtimal dediğin vasat düşünce, her zaman kişiyi iyi gösteren maddelerden oluşmazdı ki... Kötülerin üzerini, sırf o kişiyi sevdiğiniz için çizmemeliydiniz. Sıralı birkaç maddenin altına bir çizgi çekip, sol üst tarafa bir artı işareti koyarak ne varsa her şeyi topladığınız zaman sonuç kısmında ne yazıyor, bunu kontrol edemezdiniz.

Yine de bu sabahki konuşmamızı düşündüm. Planlarını bana anlatıyordu, ne düşündüğünü ya da neler olduğunu. Sorularıma cevap veriyordu, beni geçiştirmeye çalışmıyordu. Bu bir artıydı. Ya da değil... Belki de nötrlenmeliydi? Sonuçta geçmişten çok eksisi vardı.

Gözlerim kısıldı. *Adının yazılı olduğu sayfadan bir eksini sildim Yelkıran.*

Merdivenleri çıkmaya devam ederken dans etmek istediğimi fark ettim. Dans etmeyi özlemiştim. Bir şekilde hayatımdaki bütün negatifliklerin dışa vurumuydu, dans etmek. Bazı insanlar çok fazla şey yaşardı, kaldıramayacağı kadar. Sorunları yaşlarına böldüğünüzde bölüm ne kadar büyükse, öyle bir şiddette depreme maruz kalırdı hayat bağları. Bazıları dans ederdi. Bazıları okurdu. Bazıları izlerdi. Bazıları yazardı. Bazıları uyurdu. Bazıları ise...

İntihar ederdi.

İntihar bir kurtuluş muydu?

Yoksa ihtilâl mi?

Üzerinde 246 yazan gri dolabımı bulduğumda önce anahtarla kilidini, sonra da kapağını açtım. Birkaç ders kitabının olduğu yığının üzerinde bir A4 kâğıdı vardı. Beklemeden uzanıp aldım ve katlandığı yerden iki ucu birbirinden ayırdım. Pamir haklıydı; ders programım ve sınıfımın yazılı olduğu bir kâğıttı bu. En altta kulüplerin isimleri yazıyordu, sanırım birini seçmem gerekiyordu. Bu işi sonraya bırakarak bugün göreceğim derslere bir göz gezdirdim ve ilk dersin kitabını alıp dolabı kapatarak kilitledim.

Tahminlerimden biri doğruydu, okula kırk dakika erken gelmiştik bu yüzden okul bomboştu. Ben de bunu değerlendirmek adına bu büyük okulu dolaşmaya karar verdim ve yaklaşık yarım saat boyunca etrafı turladım. Eski okulum kadar büyüktü, özellikle öğretmenler odası çok genişti ki buradan eksik olan tek şey yatak gibi görünüyordu. Spor salonu okul binasının hemen yanındaydı ve en az okul kadar büyük bir yapıydı, aklıma gelen ilk şey Pamir'in burada basketbola devam edebileceği oldu ama üzücü bir şekilde, benim dansa devam edebilmem imkânsızdı. Bir an önce her şeyi halletmeyi ve GreenLight'a yeniden girebilmeyi istiyordum. Bu iş canımı fazla sıkıyordu.

Dersin başlamasına beş dakika kala okul da dolmuştu. Sınıflar eski okulumdaki hocalara ve derslere aitti; bu da demek oluyordu ki farklı kişilerle derslerim çakışıyordu. Eskiden Pamir'le matematik dersimiz ortaktı mesela, bunun gibi.

Sınıfta en fazla yirmi kişi varken biyoloji dersine girdim. Kimsenin üzerinde okul formasına ek bir hırka bile yoktu. Herkes formaylaydı, bu da okulun forma konusundaki kurallarının oldukça katı olduğunu gösteriyordu. Birkaç saniye boyunca bana dönen yüzlerden gözlerimi kaçırarak cam kenarındaki boş, üçüncü sıraya geçtim. Sıralar tek kişilikti ve bu belki de yapılmış en mantıklı hareketti.

Sınıfın en solundaki birkaç kız yanıma gelmek için niyetlendiyse de zilin çalmasıyla oturdukları sıralardan inip kendi sıralarına geçtiler ve ben de biyoloji kitabımı karıştırmaya devam ettim. Belki de burada birkaç kişiyle arkadaşlık kurabilirdim. Neden olmasındı? Kendim hakkında bilgi vermediğim sürece...

Öğretmenin gireceğini düşündüğüm kapıdan içeriye, sınıftaki iki boş sıradan birini doldurmak üzere bir erkek girdiğinde, biyoloji kitabının üzerinde gezinen bakışlarımı çocuğun suratına yönelttim. Tek omzundaki çantasıyla beraber içeriye girerken arkadaki kızlara gülümsüyordu. Bu o çocuktu! O gün restoranda beni sıkıştıran, kayıt günü yanıma oturan, koca adam sandığım... Aslında, üzerindeki formalarla çok da büyük değildi ama takım elbise onu gerçekten yaşından olgun gösteriyordu.

Onu inceleyen siyah lensli bakışları fark ederek beni tanıdı ve gülümsemesi suratına iyice yayıldı. *Bana göz kırptı.*

Dehşetle gözlerim sonuna kadar açılırken, bana arkadaşça yaklaşmayı düşünen kızların bakışlarının öfkeyle üzerime çevrildiğini hissettim ve bir kez daha şansıma küfür etmemek için kendimi zor tuttum. Neden? Neden ben diye düşünmeden edemiyordum. Hayatımın bir noktasında artık bu şanssızlığım için soru yöneltip, doyurucu bir cevap alabileceğim birini arıyordum. Biri, bir nesne, hatta bu bir yemek bile olabilirdi. Evet. Belki de öğle teneffüsünde yemeğimle konuşmalıydım.

Masaya yasladığım dirseklerimden güç kalarak yüzümü sıvazlarken, birden kapı bir kez daha açıldı ve sınıfı bir anda sessizlik yutarken bütün bakışlar oraya çevrildi. Siyah botlar girdi görüş açıma; siyah pantolonun hayat bulduğu uzun bacaklar ve okul formasının bile üzerinde güzel durduğu bir adam düşleyin... *Pamir Yelkıran.*

Demek biyoloji dersimiz ortaktı.

Gözleri, sanki burada oturduğumu biliyormuşçasına bütün sınıfı es geçerek bana döndüğünde, birkaç saniye boyunca gözlerimin içine baktı. Benden sonra acı kahveleri geçen geceki çocuğun üzerine çevrildi ve bana baktığında beliren o boş ifadesinin yerini öfke aldı. Artık kaşları çatılmış bir şekilde bakıyordu fakat bu çok sürmedi, kapıdan bu sefer gerçekten öğretmenin girmesiyle sınıftaki tek boş sıraya, birkaç sıra ileriye oturdu.

"Oturun çocuklar oturun, hiç kalkmayın," diyerek çantasını hızlıca masasına bırakan otuzlarındaki güzel, kızıl bir kadın gülümseyerek tahtanın önünde durdu ve derin bir nefes aldı. Böylelikle kalkmaya yeltenen kalabalıkla beraber ben de yerime çakıldım ve geriye yaslandım.

"Size çok güzel haberlerim var çocuklar ama ondan önce..." Gözleri üzerimde gezindi kadın öğretmenin ve hemen ardından Pamir'e çevrildi. "Sınıfımda yeni yüzler görüyorum. Hoş geldiniz."

Aynı anda kafalarımızı olumlu anlamda salladık. Öğretmen devam etti. "Adım Gözde, biyoloji öğretmeniyim. Tanıştığıma memnun oldum çocuklar, peki siz?"

Gözleri üzerimdeyken boğazımı temizledim ve, "Nil," dedim sessizce. Sessiz sınıf bir anda fısıltılarla doldu.

"Nil," diye tekrar etti Gözde Hoca, fısıltıları durdurarak. "Saçlarını beğendim, Nil. Kuaförünün ismini mutlaka almalıyım."

Ona gülümsemeye çalıştım fakat bu çok uzun sürmedi. Birkaç saniye sonra gözleri benden ayrıldığında Pamir'in üzerindeydi. "Pamir," dedi acı kahvelerin sahibi; okul sırasına sığmayan uzun bacaklarını aralamıştı ve bir eli bacağının, diğer eli de sıranın üzerindeydi. Onun adını söylediği andan sonra da bir gürültü sardı sınıfı. Kimin ne dediğini çıkaramıyordum ama adlarımızı duyar gibiydim.

"Hımm, Pamir... Sen de hoş geldin bakalım." Gülümseyen Gözde Hoca, Pamir'in ağır tavırlarından ve bakışlarından gerilmiş olmalı ki gözlerini etrafta gezdirip güldü ve geriye çekilip çantasına doğru ilerledi. "Öncelikle size geçen seneki sınavda tam beş soru tutturmuş bir soru bankasının ismini vereceğim..."

Bize vereceği bilgiler sınavlarla ilgiliydi, müfredattan çıkan bir Biyoloji konusundan ve dersle ilgili birkaç şeyden daha bahsettikten sonra yoklamayı aldı ve derse geçtik. Neyse ki çok fazla konu açığım yoktu... En kısa zamanda ders çalışabileceğim zamanları tespit edip kendime bir ders programı hazırlamalıydım.

Bunca şeyin arasında hâlâ üniversiteyi düşündüğüme inanamıyordum ama işler sıfır noktasına gelmediği sürece çalışmayı bırakamazdım. Üniversite benim için bir çıkış, bir kaçıştı.

Zil çaldığında, bir sonraki dersin matematik olduğunu kendime hatırlatarak hızla toparlandım ve ayağa kalktım. Bir daha böyle gergin bir ortamda bulunmak istemiyordum.

Fakat sıramdan kalktığım sırada koluma dolanan bir el hissettim. "Kahveyi çok sevdiğini duydum, bir kahve içmeye ne dersin?"

“Sağ ol,” diye mırıldandım hâlâ adını bilmediğim çocuğu süzerken.

“Bu bir cevap değildi güzel kız.”

“Hayır,” diye keskin, sert ve erkeksi bir ses girdi araya ve kolumu ondan çektiği gibi elini benden uzaklaştırdı. Bu Pamir’di, kafamı kaldırıp bakmasam da kokusu göğüs kafesimi kaplamaya başlamıştı bile. “Bu nasıl bir cevap? Bence gayet güzel ve net bir cevap.”

Kafamı kaldırıp Pamir’in dikkatini üzerime çektim ve kaşlarımı çattım. “Yanlış hatırlamıyorsam insanlar en son yalnızca kendilerine yöneltilen soruları netlikle cevaplayabiliyorlardı.”

Adını bilmediğim çocuk, *kız haklı bilader* dercesine dalgalı bakışlarını Pamir’e çevirdiğinde Pamir’in, onun üzerindeki sert ve tehditkâr bakışlarını inceledi. Çocuğun da anında ifadesi değişmiş, sertleşmişti. Bu manzarayı gördükten sonra daha fazla beklemedim ve aralarından geçip hızla sınıfı terk ettim.

O çocuğun derdi neydi, neden benimle uğraşıyordu anlamıyordum ama Pamir’in verdiği tepkileri de çözemiyordum. Neyimdi o benim? Suç ortağım mı yoksa korumam mı? O uzun boyuyla kas yığını bir şekilde dolanıyor, etrafımdaki herkese kötü bakışlar atıyor ve benden uzaklaştırıyordu.

Sabah bana dostça bakan kızların yanımdan geçerken dik bakışlarını üzerime diktiğini gördüm. *Hatta bazen kötü bakış atması bile gerekmiyordu.* Bazen gözleri benim üzerimde olsa bile yeterdi.

Anlayamıyordum. Anlayamadığım gibi de boğuluyordum.

Bahçeye gitmek için merdivenlerden aşağı inerken aceleci davranıyordum, elindeki kitaplarla yukarı çıkan bir kıza çarpıp ve kitaplarını elinden düşürmesine neden oldum. “Özür dilerim,” lafı çıktı ağzımdan hemen. Çok dikkatsizdim. Elinde kırılacak bir şey de olabilirdi.

Benim gibi eğilip kitapları toplarken, “Önemli değil,”

dedi kız hızlıca. Nefes nefese kalmış gibiydi. Sanırım acelesi vardı.

Topladığım kitaplar elimde, ayağa kalkıp ona vermek için doğrulmasını beklerken kız bir anda gözlerini bana çevirdi ve duraksadı. Öyle bir bakıyordu ki, bir an lenslerim gözlerimde mi diye sormadan edemedim kendime.

"Bir şey mi var?" diye sordum tedirgin bir yüz ifadesiyle.

"Saçların," dedi dili tutulmuş bir şekilde. "Çok güzel... Harika... İnanamıyorum. Mükemmeller." Gözleri kocaman açılmıştı.

Rahatlamıştım. "Teşekkür ederim."

"Rica ederim," dedi ve yutkundu. "Ben Leyla."

Uzattığı elini tuttum ve salladım. "Nil. Tanıştığıma memnun oldum."

"İnan bana," derken gülümsüyordu. "Ben de."

"Nil, işin yoksa bu kitapları kütüphaneye götürmeme yardım eder misin? Sadece bir dakikanı alacak, söz veriyorum."

Kafamı salladım. "Olur. Kütüphane nerede?"

"Beni takip et," dedi ve az önce indiğim merdivenlerden çıkıp koridor boyunca ilerledi. Koridorun sınıfların olmadığı kısmına gelince, Leyla sağa dönerek ikili kahverengi kapının birine sırtını dayadı ve iterek açtı. Benim geçmem için kendini geriye çektiğinde içeriye girebildim. Etraf çok güzel görünüyordu, kütüphanenin loş ve karanlık bir havası vardı.

"Çok güzel değil mi?"

Arkamı dönüp benim gibi hayran gözlerle etrafa bakan Leyla'ya ona katıldığımı gösteren bir bakış attım. "Çok güzel."

"Yakınlardaki bir kütüphane kapanınca okul kitapları satın aldı ve burayı kütüphane olarak düzenledi. Aşağıda bir tane var ama burası kadar büyük, geniş ve kitap dolu değil. Orada genellikle ders kitapları ve sıralar var." Kitapların masaya çarpma sesini duydum. "Kitapları buraya bırakabilirsin. Kütüphane kulübü birazdan gelip bunları yerleştirecek."

Elindeki kitapları bıraktığı yere bir göz gezdirdim, danışma masasında benim boyum uzunluğunda kitap yığınlarıyla doluydu.

"Yardım edebilir miyim?" diye sordum kendimi tutamadan.

"Olur ama bu bütün öğle teneffüsünü burada geçirmek demek... Emin misin?"

"Evet." Ona cevap verirken tereddüt bile etmemiştim.

Kütüphaneyi diğerleriyle beraber düzenledikten sonra günün son üç dersine de girmiş, hiçbirinde de Leyla'dan adının Atahan olduğunu öğrendiğim çocuğu ya da Pamir'i görmemiştim. Teneffüslerde Leyla'yla bahçede dolaşıyorduk, bir ara Müdür'ün odasına kulüp seçmek için gitmiştim ama karar verememiştim bu yüzden bir haftalık bir süre istemiştim. Okul çıkışı Pamir'i otoparkta arabasına yaslanmış beni bekler şekilde bulmuştum ve hiçbir şekilde konuşmadan dağ evine varmıştık. Normal bir okul günü sayabilirdim bunu, bu yüzden belki de son birkaç gündür ilk defa nefes alabilmiştim. Bilmiyordum. Eve geldiğimizde masanın üzerine ders kitaplarımla beraber yayılıp, günün tekrarını yapmış ve geç saatlere kadar test çözmüştüm. Pamir de dizüstü bilgisayarıyla uğraşmış, duş almış ve uyumuştu.

Ertesi gün okula geldiğimizde dersin başlamasına beş dakika kalmıştı, bu yüzden hızlı adımlarla geometri dersine gireceğim sınıfa yürüyordum. İlk katı, ikinci katı ve üçüncü katı taradıktan sonra Haluk Bey'in geometri sınıfını bulamadığım için telaşlanmaya başlamıştım. Neredeydi bu sınıf? Bu okul neden bu kadar büyük ve karmaşıktı?

Merdivenlerin sağından aşağı inerken Atahan'ı gördüm, yukarı çıkıyordu. Beni gördüğünde adımlarını yavaşlattı ve montunun cebindeki ellerini çıkarıp gülümseyerek, "Günaydın," dedi.

"Günaydın," dedim telaşlı şekilde ve merdivenlerden inmeye devam ettim.

"Bir yere geç mi kaldın?" diye sordu, elimdeki kâğıdı incelerken. Elimde ders programı vardı. Bunu anlamış olacak ki kaşlarını kaldırdı. "Söyle bakalım, Serkan Hoca'nın ingilizce sınıfını mı arıyorsun yoksa Haluk Hoca'nın geometri sınıfını mı?"

"Geometri olanı," diye mırıldandım. "Sen nereden biliyorsun?" Bu mesafeden elimdeki kâğıtta yazanları okuması imkânsızdı.

"Genelde yeni öğrenciler bu iki derslerin sınıflarını bulamazlar." Geriyi işaret etti. "Aşağı inme boşuna, sınıf bu katta."

"Ama ben baktım," diye homurdanırken yorgun adımlarla tekrar yukarı çıkıyordum. "Bu katta yoktu."

"102 numaralı sınıf Nil, elbette bu katta." İleriyi işaret etti. "Öğretmenler tuvaletinin karşısındaki sınıf."

Bir an duraksadım. Oraya bakmış mıydım? Hayır. "Teşekkür ederim."

"Önemli değil, iyi dersler," dedi ve ellerini tekrar montunun ceplerine yerleştirdi. Arkasını dönüp aksi tarafa doğru ilerlemeye başladığında, ilerideki sınıflardan birine girdiğini görmüştüm. Aslında o kadar da kötü biri değildi, belki de o gün alkollüydü ve o yüzden bana öyle davranmıştı? Bilmiyordum. Belki de bu sabah kendi olamayacak kadar yorgundu.

Gösterdiği yerden sınıfa doğru ilerlediğimde kapının üzerinde yazan *102 – Geometri* yazısını gördüm ve hocanın gelmesine bir dakikanın olduğunu fark ettiğimde hızla içeri girdim. Hocayı bekliyor olmalıydılar ki bütün sınıf bir anda bana dönmüştü. Boş sıraların üzerinde gözlerimi gezdirirken Leyla'nın da bu sınıfta olduğunu fark etmemle bir gülümseme esir aldı dudaklarımı. Sanırım bu okuldaki ilk ve tek arkadaşım oydu. Geometri derslerimizin ortak olması benim için bir lütuftu.

Üst üste iki ders geometri ve fizikten sonra matematik dersini bitirip devreleri yanmış beyinlerimizle beraber öğle yemeği için yemekhaneye indiğimizde, Leyla'yla oturmak için boş bir masa arıyorduk. Sonunda cam kenarı bir masa bulduğumuzda hemen oturduk.

Bu masa bana Nisan'la beraber Soyhan'daki Kuzey Kolej'nde her zaman oturduğumuz masayı hatırlatıyordu. Onu özlüyordum. Onunla konuşmak da istiyordum ama önce halledilmesi gereken işler vardı.

"Nil, hani dün bana Atahan'ı sormuştun ya? Özel değilse onu nereden tanıdığını sorabilir miyim?"

"Şunun kapağını açabilir misin?" diye sordum, vişne suyumun kapağını göstererek. Leyla, vişne suyumun kapağını açarken de sorusunu cevaplıyordum. "Biyoloji dersinden. Önemli biri değil benim için, yani eğer o manada soruyorsan."

"Yok," dedi hemen telaşlanarak. "Ondan değil... Hani her okulun popüler yakışıklı çocukları olur ya? Atahan da onlardan işte. Merak ettim istemsizce."

Omuz silktim.

"Şu çocuk kim?"

"Kim kim?" derken bir yandan da tavuk ve makarnadan bir çatal almış ağzıma tıkıştırıyordum. Yavaşça çiğnemeye başlamışken Leyla'nın da yönlendirmeleriyle bahsettiği çocuğu gördüm.

"Off, yeni mi gelmiş bu? Atahan'ı siktir et, Nil. Bu çocuk ona bin basar. Neyle beslemişler bunu? Gömleğinden taşan şeyler kas değil de beton, demir sanki."

Tavuk boğazıma kaçtı. Nefes alamadığım için soluk borum şiddetle yanarken gözlerim kızarmıştı. Öksürük krizine yakalandığımı gören Leyla oturduğu yerden hızla kalkarken bir yandan kapağını açtığı suyu bana içirmeye çalışıyordu, diğer yandan da sırtımı sıvazlıyordu. Suyu elinden alıp yarısına kadar içtikten sonra boğazımı temizledim. Gösterdiği kişi Pamir Yelkıran'ın ta kendisiydi.

"Yavaş kızım, öldüreceksin kendini."

Leyla yerine geçip otururken, "Tanımıyorum," diye mırıldandım hızlıca göğüs kafesimde beliren ağrıyı yok sayarak.

"Nereden tanıyayım? Ben bu okulda bir tek seni tanıyorum Leyla. Unuttun mu? Yeni geldim."

Kafasını salladıktan sonra gözlerini pencereden dışarıya çevirdi. "Bu yağmur nereden çıktı şimdi ya?" Dudak büzdü Leyla. "Şimdi her yer çamur olacak. Keşke çizme değil de bot giyseydim."

"Nereden bileyim?" Dirseklerimi masaya yaslayarak makarnamdan küçük bir çatal daha attım ağzıma. "Bilmiyorum. Yağmur yağarken bana sormuyor."

"Sakin ol Nil, bildiğinden sormadım..."

Leyla'nın konuştuğu sırada güçlü bir şimşek sesi bütün yemekhanede yankılandı ve bir anda yemekhanedeki bütün elektronik aletler durdu, ışıklar söndü. Aynı anda başımı eğdiğim yemek tepsisinden kaldırmış, ileride çaprazımdaki masada arkadaşlarıyla oturan Pamir'e bakmıştım. Ne çabuk arkadaş edinmişti öyle? Göz göze geldiğimizde gök gürledi.

Bakışlarımı ondan çekmek istedim ama o kadar yoğun bakıyordu ki kendimi alamıyordum. Sonunda Leyla'nın konuşmasıyla kendimi toplayıp önüme döndüm.

"Ne oluyor ya?" sesleri etrafta yankı bulurken Leyla da gözleri kocaman olmuş şekilde bana döndü. "Ne oluyor hakikaten?"

Fısıltılar gürültüyle etrafa yayılırken kapıdan giren Müdür, gür sesiyle, "Sessizlik!" diye bağırdı ve yemekhane bir anda sus pus kesildi. "Elektrikler gitti, jeneratör birazdan devreye girer. Lütfen yemeklerinize devam edin."

Leyla yemeğini bırakıp tatlısını kaşıklarken, "Ayy çok gerildim," diye mırıldandı. Birkaç saniye içinde sütlü tatlısını bitirdiğinde bana ve tatlıma bir bakış attı. "Onu yiyecek misin?"

Çatalını elinden aldım ve tepsimdeki tatlı dilimini onun tepsisine bıraktım. "Afiyet olsun."

"Kızım sen var ya, bir tanesin. Efsanesin. Bayılıyorum sana."

"Daha dün tanıştık Leyla," dedim gülerek.

"İnsan üç saniyede âşık olurmuş, ehh arkadaş olmak için de üç saat fazlasıyla yeter sanıyorum. Biz de üç saati katbekat doldurduk." Benim tepsisine bıraktığım tatlıyı da bitirince geriye yaslandı. "Ee, anlatsana. Var mı birileri?"

Yüzümdeki sırıtış bir anda solduğunda, bir parça tavuk daha attım ağzıma. Birkaç dakika sonra da jeneratör devreye girmiş olmalı ki elektrikler gelmişti. "Yok," diye cevapladım sorusunu.

Gülümsedi. "Peki, anlatmak istediğin zaman anlatırsın."

Leyla, tanıdıktı. İşte o an fark etmiştim. Nisan'a benziyordu. Onun gibi yeşilimsi gözlere ve sarıya kaçan kahverengi saçlara sahipti.

"Az önce neyle beslemişler diye bahsettiğim çocuğun oturduğu masaya bak," diye mırıldandı, gözlerini benden ayırmadan. Bakışlarımı onun omzunun üzerinden Pamir'in oturduğu masaya çevirdim. Masada biri sarışın, diğeri esmer iki kız bulunuyordu. Ayrıca Pamir'in haricinde biri kumral, diğeri esmer iki erkek daha vardı.

"Esmer olan," diye mırıldandı. "Sene başından beri ondan hoşlanıyorum."

"Gidip konuşsana."

Dertli bir nefes verdi, dirseklerini masaya yaslayıp suratını ellerinin arasına alarak. "Sevgilisi var. Şu karşısında oturan esmer kız onun sevgilisi."

"Harika," diye mırıldandım sarışın kıza gözlerimi çevirerek. "Sarışın. Tam yerini bulmuş. Onun da beğendiği gibi."

"Ne?"

"Ha, yok bir şey." Yutkundum. Sesli konuşmamalıydım. "Üzüldüm. Ne yapmayı düşünüyorsun?"

"Ne yapabilirim ki? Bu yazdan beri çıkıyorlarmış. Elimden hiçbir şey gelmez."

"Orası da doğru." Geriye yaslandım. Leyla da birkaç dakika sessiz kaldıktan sonra, "Kalkalım mı? Biraz bahçede dolaşalım. Hem yağmur da durdu," dedi.

Onu onayladım. Tepsilerimizi alıp kirlilerin yanına bıraktıktan sonra yemekhaneden çıktık ve lavaboya girdik. Ben Leyla'yı lavabonun dışında beklerken, o da işini hallediyordu. Birkaç dakika sonra ise bahçedeydik. Havanın soğuk olmasına karşın bahçe doluydu, etrafta masalar ve sandalyeler vardı; karla kaplı ağaçlar ve kaldırımlar.

Leyla'nın üzerinde montu vardı, benim ise sadece okul ceketim ve onun altında da ince gömlek. "Sen öyle üşümüyor musun? İstersen yukarı çıkıp montunu alalım."

"Yok, birazdan zil çalacak zaten, boş ver," diye cevapladım Leyla'yı. Masalardan birine oturduğumuzda biraz ilerimizdeki dolu masayı fark etmemiştim bile. Sahi ne ara yemekhaneden çıkıp bahçeye gelmişlerdi ki? Ben lavabonun dışında Leyla'yı beklerken, Pamir de arkadaşlarıyla beraber buraya gelmiş olmalıydı. Karşısındaki esmer çocukla konuşurken bir anda beni fark etti. Onun gözleri üzerime çevrilirken, ben de hızla Leyla'ya döndüm.

"Şu yeni gelen çocuk da bayağı popüler olmuş şimdiden," diye mırıldandı Leyla.

"Kim?"

"Şu işte, ilerideki masada oturan. Hani yemekhanede görünce bahsettiğim, benimkinin yanında oturuyordu? Pamir miymiş neymiş adı."

"Öyledir hödük."

"Efendim?"

"İsmi diyorum, güzelmiş."

"Aynen. Kızlar tuvaletinde onun hakkında konuşuyorlardı, daha ilk günden basketbol takımına alınmış. Kalakaldım öylece. Bu okulun basketbol takımı il şampiyonudur, girmek için millet öyle sıkı çalışıyor ki... O çocuğun bir anda takıma girmesi çok garip."

"İyi oynadığındandır belki," diye cevapladım. Pamir iyi oynuyordu. Bayağı iyi oynuyordu.

"Olabilir. Yalnız ben böyle şey görmedim... Baksana, herkesin gözü üzerinde. Ünlü gibi. Ünlü mü acaba?"

"Leyla, başka bir şey konuşsak?" diyerek tek kaşımı kaldırdım. Onun hakkında konuşmak istemiyordum, onun hakkında başka bir kızla konuşmak hiç istemiyordum.

"Peki. Öğleden sonraki iki dersin ne?"

"Beden eğitimi."

"Benim de!" diye bağırdı Leyla, sevinçle. "Hakan Hoca mı?"

"Evet," diyerek onayladım onu. Bir dersimiz daha ortaktı, bu güzeldi. Birkaç dakika sonra soğuğa dayanamayan Leyla, kahve almak için ayağa kalkıp gitti. Onu beklerken ben de arkama yaslandım ve etrafı inceledim. Büyük ve güzel bir bahçeye sahipti bu okul ama Soyhan'daki okulum kadar değildi.

Bir anda karşımdaki boş sandalyeyi dolduran siyah bir siluet gördüğümde başımı önüme çevirdim.

"Selam," dedi Atahan.

"Selam," diye mırıldandım ona karşılık olarak.

"Bu soğukta böyle üşümüyor musun?" Montunu çıkarmak için davrandığında, "Hayır, sakın," diyerek onu durdurdum. "Üşümek istiyorum biraz. İyiyim ben. Hem arkadaşım kahve almaya gitti, getirir birazdan ısınırım."

"Bu cuma ne yapıyorsun peki?" diye sordu Atahan, hafifçe gülümseyerek. "Yılbaşı."

Bir an durakladım. Yılbaşı mıydı? Ne çabuk gelmişti... Farkında bile değildim. "Yılbaşı benim için bir anlam ifade etmez, her sene aynı geçiyor bu yüzden bir şey yapmayacağım."

"Yapma ama güzellik." Somurttu. "Okulun partisi olacak, mutlaka gelmelisin. Normalde okul partileri iğrenç olur ama bizim okul bu konuda efsanedir."

Bu akşam katılmam ve berbat etme gereken bir düğün vardı, muhtemelen bu kadar şenlik ve eğlence benim için yeterdi. "Bilmiyorum, öyle ortamları sevmiyorum."

"Sen yine de bir düşün derim ben." Atahan gülümsedi. "Nasıl olsa martta sınav var, moral olur."

Ona düşüncemin değişmeyeceğini gösteren bir bakış attığımda ellerini kaldırıp, "Tamam prenses, sen bilirsin," diye mırıldandı ve güldü. "Bu arada, geçen akşam restorandaki hâlim için kaç zamandır özür dileyecektim ama olmadı bir türlü. Katıldığım yemek benim için çok ericiydi, bu yüzden alkolü fazla kaçırdım sanırım. Tekrar özür dilerim."

"Önemli değil, boş ver," diye mırıldandım fakat önemliydi. Alkollü olsa bile kendine sahip çıkabilmesi gerekliydi. Hadi alkollü olduğu zamanlar kendini kaybediyor diyelim, bunu bile bile alkol alması düşüncesizceydi.

Konu bir anda o gün onun yan masasında oturan adamın kısa paçaları ve turuncu çorabına dönünce, sesli bir kahkaha atmadan edemedim. Öyle bir anlatıyordu ki, gülmemek elde değildi. Aslında Atahan kötü biri değildi, mizahi bir yönü vardı ve ben bunu fark etmiştim. Arkadaş olunabilecek birisiydi.

Fakat birkaç saniye sonra, olmasını hiç beklemediğim bir olay oldu. Pamir birden gözlerimin önünde buraya gelirken belirmişti. Beklemeden eğilip Atahan'ın kulağına doğru bir şeyler söyledi ve gitti.

Atahan'ın bir anda rengi değişirken masadan kalktı ve gitmeden önce, "Nil, ben kalksam iyi olur. Öğrenci işlerine uğrayacaktım. Unutmuştum," dedi.

Ben de kızgın şekilde ayağa kalkarken, "Ne dedi?" diye sordum ama dönüp cevap vermedi bile. Atahan hızla masadan uzaklaşırken ileride Pamir'i gördüm, arkadaşlarının yanına doğru yürüyordu. Sandalyemi geriye ittiğim gibi yanına doğru koştum ve kolundan çekip önüne dikildim. Sert ifadesi ve acı kahve gözleriyle yüzü bir anda bana doğru çevrilmişti. "Ne dedin Atahan'a?"

"Seni ilgilendirmiyor."

"Ne dedin?" diye direttim, sert sesimle.

"Neden merak ediyorsun?"

"Çünkü masama geldin ve kulağına fısıldadın, ne dediysen artık birden kalktı gitti."

"Aferin ona," diye mırıldandı. "Duymanı isteseydim fısıldamazdım."

Tuttuğum kolunu sıktım. Pamir bakışlarını gökyüzüne

çevirip seslice nefes verdikten sonra tekrar bana döndü ve bir adım yaklaştı. "Dedim ki," diye fısıldadı kafasını hafifçe eğip, kulağıma doğru yaklaşırken. "Aklını kullan." Nefesi dudaklarıma, yanağıma ve boynuma çarpıyordu. "Ondan uzak dur." Kulağıma değil de dudaklarıma fısıldayacakmış gibi eğilmişti. "Kendine bu kötülüğü yapma." O bana bakıyor olabilirdi ama benim bakışlarım yere çevrilmişti ve kaşlarım çatılmıştı.

Bir saniyeliğine gözlerimi kapattım ama hemen ardından yutkunurken geri açtım. "Bunu söylemeye hakkın yoktu."

"Onun seninle aynı masaya oturmaya, seninle konuşmaya, seninle gülmeye hakkı var ama benim hiçbir şey söylemeye hakkım yok, öyle mi Nil?"

Kendimi geriye çekecekken eliyle kolumu yakaladı ve uzaklaşmama izin vermedi. "Bırak, gideceğim."

"Bırakmazsam?"

"Çarparım."

"Çarp," dedi hızlıca. "Böl. Çıkart benden ne varsa. Geriye ne kalacak Nil?"

"Bu çok saçma," diye fısıldarken buldum kendimi.

"Siktiğimin hayatında doğru olan hiçbir şey yok ki."

"Küfür etme."

"Hayatın kendisi bir küfür?"

Kafamı nefesinden geriye çektim ve onunla yüz yüze geldim. Dişlerimin arasından ismini mırıldandım. "Pamir."

Kolumu bıraktı. Ne olduğunu anlamadan üzerindeki ceketi omuzlarıma bırakmıştı. "Şimdi git, sonra konuşuruz," dedi. "Arkadaşın geldi."

Pamir yanımdan çekilip gittiğinde, orada öylece yalnız başıma kalmıştım. Ne yapacağımı bilemez halde elimi saçlarımın arasından geçirirken, Leyla'ya bakınmak için kafamı kaldırdım ve herkesin gözlerinin üzerimde olduğunu gördüm. Daha fazla orada kalıp dikkat çekmemek için Leyla'nın önünde olduğu masaya doğru yürümeye başladım ama çok geçti. Leyla da bahçedeki diğer herkes gibi bizi görmüştü.

Onu gözlerini sonuna kadar açmış, ellerinde kahve bardaklarıyla masan önünde bulduğumda, bardaklardan birini alıp, "Teşekkür ederim," diye mırıldandım.

"Nil?" diye sordu şaşkınlıkla. "Siz birbirinizi tanıyor muydunuz? Siz sevgili misiniz? Az önce..."

"Az önce gördüklerini unut, lütfen," diye mırıldandım. "İçeri girelim mi?"

Bakışları üzerimdeki cekete çevrildiğinde ceketi çıkardım. Kahvemden bir yudum alırken, "Hadi," diye mırıldandım. Leyla da kafasını salladı ve beraber okul binasına doğru yürümeye başladık.

Öğle teneffüsü bittiğinde ve beden eğitimi için üzerimizi değiştirmeye, soyunma odasına geçtiğimizde Leyla sessizliğini koruyordu. Bana sormak istediği onlarca soru olduğunu suratından okuyabiliyordum ama onlara cevap verebilecek kadar güçlü olduğumu sanmıyordum.

Çantalarımızla beraber soyunma odasına girdiğimizde, aynada saçlarını toplayan ve kıyafetlerini katlayan kızların gözleri bir anda üzerimize çevrildi. Dışarıdan duyulan muhabbetleri de bir anda kesilmiş, herkes susmuştu.

Boş kabinlerden birine geçerek kapıyı kilitledim. Çorabımı, eteğimi, gömleğimi, kravatımı ve ceketimi çıkarıp katlayarak temiz bir poşetin içine koyup, çantamın içine attım. Siyah tişörtümü ve kalın, siyah hırkamı çıkarıp üzerime siyah, dar eşofmanımı geçirdikten sonra spor ayakkabılarımı da kenara bıraktım ve çoraplarımı giydim. Ayakkabılarımın bağcıklarını bağladıktan sonra, işte hazırdım. Çantamı alıp kabinden çıktım ve boş aynanın karşısına geçip saçlarımı bileğimdeki lastikle bağlamak için topluyordum ki kapı birden gürültüyle açıldı. Sabah, biyoloji sınıfındaki kızlardan biri nefes nefese şekilde aynadan görebildiğim kızların yanına geçti. "Şu biyoloji sınıfındaki çocuğun da basketbol antrenmanı varmış, aynı salondayız! Bir forma giymiş, görmeniz lazım..."

Aynadan göz göze geldiğim kız, bir anda yanında konuşan kızın ağzını eliyle kapatarak onu susturduğunda kızın kaşları çatıldı. "Sus," dedi bakışlarını benden kaçırarak ve ağzını kapattığı kızı da alarak soyunma odasını terk etti.

Saçlarımı topladıktan sonra aynanın karşısından çekildim ve kabininden çıkan Leyla'yla beraber çantalarımızı dolaplarımıza bırakmak için soyunma odasından çıktık.

"Senin hakkında konuşuyorlardı," dedi Leyla, dolaplarımızın olduğu kata geldiğimizde. "Bir de o çocuk hakkında. İkiniz. O yüzden içeri girince bir anda sustular."

"Bütün okullar aynı mı olur ya?" Dolabımı açtıktan sonra çantamı içine attım ve kapatıp kilitledim. "Eski okulumda da böyleydi. Dedikoduya bayılıyorlar."

"Ben de bayılıyorum, yalan söylemeyeyim," dedi Leyla. "Ama sevgilisi olan bir çocuğa yavşayacak kadar değil." Durdu. "Ya da öyle mi? Ama sadece uzaktan hoşlanıyorum, yavşamıyorum ki..."

"Sen kötü bir şey yapmıyorsun Leyla," diyerek onu bu düşünce harbinin ortasından çekip aldım. Zil çaldığında beraber aşağı indik ve okul binasının yanındaki, bahçe sınırları içerisindeki büyük spor salonuna yürüdük.

Salonun içi oldukça büyüktü, öyle ki içeride dört ayrı saha vardı. Futbol, hentbol, basketbol ve voleybol için ayrı sınırlara sahip dört büyük saha. Bir de kenarda koca bir boşluk vardı, bu da badminton gibi diğer sporlarla ilgilenenler için olmalıydı.

Basketbol sahasında formalarıyla basketbol oynayan çocukları gördüğümde gözüme hemen Pamir çarptı. Mor ve siyahlı forması ona öyle çok yakışmıştı ki... Aldığı pası doğru kullanıp blok yapan çocuğu önüne geçerek aştı ve mükemmel bir üçlük attı. Aynı tarafta olduğu takım arkadaşlarından birkaçıyla el sıkışırken gözlerimi üzerinden çektim, çünkü garip şekilde birden arkasına döndü ve beni gördü.

"O da basketbol takımında," diye mırıldandı Leyla, sınıfın toplandığı alana doğru yürürken. "Yani seninki değil. Yani seninki derken... Benimkinden bahsediyordum. Esmer olan. Adı Sarp."

"Anladım." Sarp'ı görebilmek için geriye döndüğümde Pamir'le göz göze geldim. Az önceki yerinden beni izliyordu. Biraz bakınıp, Sarp'ı göremeyince de önüme döndüm. Zaten hoca gelmişti.

Sıraya girdikten sonra yoklama alındı, hemen ardından hoca bize birkaç spor malzemesi verdi ve basketbol sahasındaki antrenmana karışmamak kaydıyla serbest bıraktı. Voleybol oynamak için voleybol sahasına doğru gidecektim ki, birden elim karnımdaki yaraya gitti ve sessizce yutkundum. Oynayabilir miydim? Acır mıydı? Ama artık dikişlerim de alınmıştı, bunun bir sorun yaratabileceğini sanmıyordum.

Leyla bir anda durarak, "Şu kıza gerçekten sinir oluyorum," diye homurdandı.

"Kime?" diye sorarken başımı onun baktığı yöne çevirmiştim. Birkaç kız boş sahalardan birinde jimnastik hareketleri yapıyorlardı.

"Onlar amigo mu?" diye sordum.

"Evet," dedi. "Şu esmer olanı Sarp'ın sevgilisi. Onu hiç sevmiyorum."

"Genelde insanlar hoşlandıkları kişilerin sevgililerini sevmezler."

"Ama ben onu hiç mi hiç sevmiyorum Nil," diyerek kollarını göğsünde birleştirdi. "Amigo kızların takım kaptanı olduğundan kendini bir şey zannediyor, şımarık tavırlarıyla insanı kendinden anında soğutuyor. Burslulara özelikle kötü davranıyor, hatta biliyor musun elinde okuldaki tüm bursluların isimlerinin olduğu bir liste varmış diyorlar. Millete olan davranışlarını buna göre şekillendiriyormuş. Adı Ömür."

"Yok artık, kaldı mı bu modelden?" Kaşlarım çatılmıştı.

"Ben bursluyum," diye mırıldandı Leyla.

"Ee? Ne olmuş?"

Leyla sustu.

"Boş yer var mı ya bu amigo kızlar takımında?"

"Eğer yeterince iyiysen havada karada girersin." Bana döndü. "Nil? O gruba mı gireceksin?"

"Sadece kızla tanışmak istiyorum."

Leyla'nın itirazlarını dinlemedim, seri adımlarla o kızların yanına doğru yürürken çoktan dikkatlerini çekmiştim bile. Yanlarına ulaştığımda, "Merhaba, ben Nil," diyerek kendimi tanıttım. "Amigo takımında boş yer var mı?"

Leyla'nın Ömür dediği o esmer kız, "Kim soruyor?" dedi hemen.

Kollarımı göğsümde birleştirdim. "Sorana göre mı şekillendiriyorsun cevabını?"

"Değişir."

Pamir'in oturduğu masadaki sarışın kızın öne çıktığını ve Ömür'ün yanına gelip kulağına bir şeyler fısıldadığını duydum. Hemen ardından Ömür'ün surat ifadesi değişti ve renklendi. "Ha şu Nil... Pamir'in sevgilisiydin değil mi? Daima yerimiz var canım."

Bir an oracıkta ayaklarının dibine kusacağım sandım. "Demek öyle," diye mırıldandım. Demek, insanları aynen böyle kayırıyordu.

"Nasıl?" diye sordu.

"Yok bir şey," dedim.

"Ee? Katılıyor musun aramıza?" Birden bir samimiyet patlaması baş göstermişti, nasıl da gülümsüyordu.

Beni iğrendiriyordu. "Hayır, vazgeçtim," dedim bir anda. "Bu arada ben Pamir'in sevgilisi değilim, yanlış tespit. Hatta biz birbirimizi hiç sevmeyiz. Ya sana burslu olduğumu söylemiş miydim?"

Dudakları aralandı ve kaşları şaşkınlıkla havalanırken "Sen kimi kandırmaya çalışıyorsun, küçük kız?" diye sordu. "Def ol şuradan."

Bir anda seslice, büyük bir kahkaha attım. Öyle ki, kendimi durdurabilmek için öne eğilmek zorunda kalmıştım. "Yemin ediyorum, senin kadar dönek birini görmedim. Zor olmuyor mu böyle ikili oynamak?"

"Ne diyorsun sen be?" diye cırladı birden, ben arkamı döndüğümde. "Dön buraya. Yüzüme bak!"

Arkamı dönüp, "Hangisine?" diye sordum ve kahkaha atmaya devam ettim.

Böyle miydi artık? Öfkemi insanlara dalaşarak mı atacaktım sahi içimden?

Böyle, diye fısıldadı Gri. Haklıydı da. Hem zaten Ömür iyi biri değildi ki? Neden böyle bir dünya için savaşırdı ki insan? Bütün iyi duyguların kuyusu kurumuştu sanki. Pamir haklıydı, dünya iyi biri olmak için iyi bir yer değildi.

"İstesek şurada takla atamayacak kızın gelip amigo takımına girmek istemesini de anlamıyorum. Hayır, okula gelirken ağırlık olmasın diye beyinlerini evde bırakıyorlar bunlar?"

Leyla'nın yanına doğru yürürken Ömür'ün ne söylediğini duydum. Hemen ardından yanındaki arkadaşlarının güldüklerini. Cidden böyle miydi? Cebinde parası olanın ikinci sınıf sıralarından kalma esprilerine mi gülünüyordu?

Leyla'nın endişeli bakışları eşliğinde arkamı döndüm ve Ömür'le göz göze geldim. Kendimi durduramıyordum. Kendimi durduramayacaktım. İşte korktuğum şey buydu.

Bir ayağımı geriye atarak ağırlığımı o ayağımın üzerine bıraktım ve GreenLight'ta asıl salondayken defalarca kez tekrar ettiğim dans hareketi jimnastiğe yorarak ellerimi bir saniye içerisinde kaldırıp ileriye attım. Ömür'le aramızdaki 10-15 metrelik mesafe boyunca durmadan havada sıçrayıp, ardı ardına taklalar attım ve nefes nefese önünde dikildiğimde, öfkemden konuşamıyordum bile. Şaşkınlıkla açılmış gözleri gözlerimdeydi. O kimdi? Ömür kimdi? Benim burada ne işim vardı? Neden az önce öylesine şiddetli ve tehlikeli taklalar atmıştım? Kime gösteriş yapmıştım? Neden birilerine göstermek zorundaydım ki? Neden?

Ömür'le aramızda geçen sağır sessizliğin ortasında, bir anda arkamı dönüp hızlı adımlarla spor salonunun çıkışına doğru yürümeye başladım. Öyle öfkeli ve içimde yeşeren öfkenin sebebini öyle bilmiyordum ki, bu belki de en tehlikelisiydi. Yangının nereden çıktığını bilmediğinizden, nasıl söndürebileceğinize dair de bir fikriniz olmuyordu.

Spor salonundan çıktıktan sonra, yağan kar eşliğinde kendimi sakinleştirmek için bir bardak kahve eşliğinde kantinde oturdum. Böyle insanları birer birer toplayıp uçurumdan aşağı fırlatasım geliyordu!

Son beden dersi başladığında Leyla'yı merak ettiğimden spor salonunun tribün girişinden içeriye girdim ve onu tribün koltuklarında otururken buldum. Sahada antrenman yapan basketbol takımını güzel gösteren bir yere oturmuştu. Yavaşça o tarafa yürüyerek yanındaki boş koltuğa oturdum ve geriye yaslanıp kollarımı göğsümde birleştirdim.

"Hayat kötü," diye mırıldandı.

"İnsanlar kötü," diye devam ettim ben de.

"Okul iğrenç."

"Seçimler yanlış."

"Yürekler çöplük."

"Çöplük mü sahi?" diyerek bana döndü. Cevap vermediğimde ise derin bir nefes alarak önüne dönmüştü. "Keşke kendimi kitap sayfalarının arasına sıkıştırabilseydim."

Birkaç saniye boyunca söylediği şeyi düşündüm. Sonunda bir sonuca varamadığımda ise kafamı kaldırıp, basketbol sahasında oynayanların üzerinde gezdirmiştim ama kimseyi görememiştim. Birkaç saniye sonra, Pamir'i tribünlere doğru yürürken gördüğümde kaşlarım çatıldı.

"Buraya geliyor," dedi Leyla.

Tribünlerin önünde durduğunda gözlerimiz kesişti ve bana yanına gelmemi işaret eden bir bakış attı. Koltukların üzerinden atlayarak iyice aşağı indim ama o sahada bense daha yukarıdaydım, bu yüzden eğildim. "Ne oldu?"

"Gidiyoruz," dedi. "Çantanı al."

"Daha son ders başlamadı bile."

"Cık," diye bir ses çıkardı. "Şimdi çıkmazsak yetişemeyiz, unuttun mu?"

Düğün olayının bu gece olduğunu hatırlayınca gerildim ama kendime gelip kafamı salladım. Aşağı inmek için yan taraftaki tribün çıkışına yürüyecekken sesi beni durdurdu. "Uzun sürer, atla."

"Ne?" Kaşlarımı çattım. "Delirdin mi sen? Burası çok yüksek."

"Önceki ders ardı ardına üçlü parende ararken iyiydi ama?" Kaşlarını çattı. "Atla, tutacağım."

"Manyak mısın Pamir? Bekle iki dakikaya geliyorum."

"Atla Nil," diye ısrar etti.

Durdum. Buradan normal şekilde atlasam kesin bir yerimi kırardım. Sonunda pes edip, "Off!" diye sızlanırken son koltuğun üzerinden beton duvara çıktım ve oturup ayaklarımı sallandırdım. Ben tam atlarken, Pamir de kollarını açmıştı bu yüzden atlayınca beni tuttu. Daha doğrusu ben ona koala gibi sarıldım. Kafam tam olarak boynuna gömülmüştü, bu yüzden kokusu genzime dolmadan -ve ben salaklaşmadan- kollarımı ondan çektim ve ayaklarım yere bastı.

Kimin baktığını umursamadan dönüp Leyla'ya el sallarken, o da gülümseyerek el salladı ve Pamir'le birlikte spor salonundan çıktık. Çantamı aldıktan sonra arabaya atladığımızda "Nerede bu düğünün olacağı otel?" diye sordum.

"Şehrin dışında," diye cevapladı beni.

"Saat kaçta?"

"Sekiz."

Gözlerim telefonumdaki saate takıldı. "Pamir, saat beş. Yetişebilecek miyiz?"

"Eve uğramayacağız," diye mırıldandı, dağ yolunun tam tersinden otobana saparken. "Kıyafetleri önceden sipariş etmiştim, bagajdalar."

"Harika," diye mırıldandım.

Ayak bileğimde hissettiğim buz gibi bir pranga vardı ve benim tenimden daha soğuktu; benim öfkemden besleniyordu, benim hissettiklerimden çok daha sertti, korktuklarımdan daha korkunçtu ve benden çok daha ruhsuzdu. O geceden beri, ne zaman Pamir'e doğru bir adım atsam takılıp düşüyordum. Avuç içlerim kanlıydı; parmaklarıma doğru akan bordomsu, yoğun sıvının aktığı kesikler kırık cam doluydu. Önceden kırılmış da yara bandıyla sarılmış gibi umutlarım vardı, dokunsanız paramparça olurlardı. En kötüsü de o umutlar şah damarımın üzerindeydi işte.

Ailemi kurtarmak, onları geri kazanmak, şehrimi ve okulumu geri almak, Nisan'la eskiye dönebilmek, GreenLight'a tekrar girebilmek ve bütün bu karmaşanın içinde üniversiteyi kazanabilmek...

"Hazır mısın?" diye bir ses geldi kapının ardından. Otele varmıştık, hatta giyinmek için bir oda kiralamıştık ve Pamir saçla makyajımı yapması için birini bile bulmuştu. Üzerimdeki elbise siyahtı, dantelli işlemeleri olan büstiyer tarzı bir üstten ve uzun, kabarık bir etekten oluşuyordu. Ayakkabılarım ise normal siyah topuklulardı. Saçlarım dalgalıydı. Gri dalgalar omuzlarımdan aşağı sarkıyordu. Makyajım ise bordo ruj ve sade, siyah bir göz makyajından oluşuyordu. Yüzüme takacağım maske masanın üzerindeydi ve siyah tüyleri vardı.

Benden ses çıkmadığını fark eden Pamir kapıyı yavaşça aralarken, karşısında dikildiğim boy aynasından santim kımıldamadım. Gözlerim elbisemin üzerindeydi, arada aynaya yansıyan yüzüme çıkıyordu ve sonra yapacağımız şey aklıma geldiğinde ise kapanıyordu.

Pamir tam arkamda durarak aynadan yüzüme baktığında, ben de bakışlarımı aynadan yansıyan suratına çıkardım ve gözlerimiz birleşti. "Ne düşünüyorsun?" diye sordum bir anda.

"Sana bu elbiseyi alan aklımı si..." Kaşlarımı çattığımı gördü ve cümlesini, "Seveyim," diye tamamladı.

"İniyor muyuz?" diye sordum.

"Evet ama sende bir şey eksik," diye mırıldandığında gözleri etrafta geziniyordu. Birkaç saniye sonra masanın üzerindeki maskeyi fark etti ve eline alıp yeniden arkama geçti. "Takabilir miyim?"

Kafamı olumlu anlamda salladım. Maskenin siyah kurdelesini açtıktan sonra gözlerini tekrar yüzüme çıkarmıştı ki bakışları boynumda asılı kaldı. Durdu. Ben durmadım, elimi yukarı çıkardım ve boynumda asılı duran, gece mavisi diye nitelendirdiğim çok koyu bir mavi tonundaki kolyeye dokundum. Onu bana Pamir almıştı, bundan emindim.

Ben elimi çektikten sonra Pamir maskeyi yüzüme yerleştirdi ve arkadan kurdelesini bağladı. Küçük, parlak siyah çantamı aldıktan sonra Pamir'e döndüğümde onun da ceketinin cebinden metalik gri maskesini çıkarmasını ve takmasını izledim. Simsiyah bir takım giymişti, öyle güzel görünüyordu ki etkilenmemek için ona bakmamaya çalışıyordum.

Odadan çıktıktan sonra koridorun sonundaki asansöre bindik ve Pamir, zemin kata bastı. "Adın Ekaterina," dedi bir anda. "Rus asıllı Türksün. Baban önceden Sami Marden'le çok iş yaptı ama son zamanlarda hastalığı yüzünden bir rehabilitasyon merkezinde tedavi görüyor. Babanı temsilen de nikaha sen katılıyorsun."

Adım *Ekaterina*. "Tamamdır, peki sen?"

"Babanın sağ koluyum, adım Alek. Yalnız katılmaman için seninle geldim."

"Peki gerçek Ekaterina ve Alek neden nikaha katılmıyor?"

"Çünkü onlara sahte bir davetiye yolladım, nikâhı bir ay sonra sanıyorlar."

Asansörün kapıları açıldığında şaşkınlıktan kaşlarım kalkmıştı fakat maskeden görülmüyordu elbette. Şaşkındım, bütün bunları hangi ara planlamıştı? O insanların adreslerini nasıl bulmuş, sahte davetiyeleri nasıl bastırmıştı? Gerçekten ince düşünüyordu. Beynini açıp nasıl çalıştığına bakmak isterdim.

Büyük salonun girişinde dikilen dört koruma vardı, iki tane adam da içeri girecek kişilerin davetiyelerini ve listeden isimlerini kontrol ediyordu. O kısımdan kolayca geçtikten sonra büyük salona adım attık.

Salonda gümüş, gri ve siyah renkleri hayat buluyordu. Öyle güzel, aynı zamanda sade ve rahatlatıcı şekilde düzenlenmişti ki, bir an geri dönmek istedim. Kim olduğunu bile bilmediğim bir kızın nikâhını mahvedecektim. Utanç duyuyordum.

"Maskeler gece yarısı inecek ve o zaman bir dakikalığına ışıklar sönecek," diye fısıldadı Pamir kulağıma doğru. "O anı kollayacağız. Ben kızı aldığım gibi mutfaktan dışarı çıkaracağım, benimle otoparkın arkasındaki harabelerin orada buluş."

Kafamı salladım. Beraber görsel bir şölen için tam ortada tango yapan kadın ve erkeğin yanından geçtikten sonra boş bir masanın önünde durduk ve Pamir, etrafta gezinen garsonların birinin tepsisinden içi bordo renkli bir sıvıyla dolu iki şarap bardağı alıp önümüze bıraktı.

Tam o sırada, yüzü altın renkli bir maskeyle saklanmış yaşlı bir adamın, yanında biri erkek diğeri kız iki gençle yanımıza geldiğini gördüm. Adam geldiğinde hafifçe eğilip "Ekaterina?" diye sordu. "Merhaba. Ne kadar da büyümüşsün."

Pamir cevap vermem için hafifçe koluma çarptığında, "Tesekkurler," diye mırıldandım. Rus olduğuma göre kimse Türkçeyi tam olarak konuşamadığım için bana kızamazdı, öyle değil mi? Doğru olan buydu.

"Baban için çok üzüldüm kızım, baş sağlığı dileklerimi yolladım. İnşallah yakın zamanda ayağa kalkar da eski günlerimize geri döneriz."

Kafamı sallayıp gülümsedim. "Umarım."

"Yanındaki beyefendi kim bakalım?" diye sordu adam bu sefer.

Pamir'e dönerek, "Alek," diye mırıldandım. Devam etmeme izin vermeden adam ortaya atlayarak, "Şu meşhur Alek," diye mırıldandı ve güldü. Masanın üzerinden elini uzattığında Pamir de uzanıp elini sıkmıştı. "Tanıştığıma memnun oldum," diyerek güldü adam.

"Я."[2]

Pamir'e dönerek şaşkınca baktım. Az önce o *ya,* mı demişti? Ne demekti o?

---

2 "Ben de" anlamına gelir ve "Ya" diye okunur.

Adam gülümseyip, "Увидимся в следующий раз"[3] dediğinde, Pamir de karşılık olarak "конечно"[4] dedi.

Ne?

Adam gülümseyerek kafasını salladı vebana dönüp başıyla selam verdi. "Yeğenlerimle tanışmanızı çok isterim," diye mırıldandı. "Melike ve Poyraz. Şimdilik ben diğer davetlilere de bir selam vereyim, sonra tekrar konuşuruz. İyi eğlenceler."

Ve adam gitti. O adam Sami Marden'di.

Sami Marden'in Poyraz olarak tanıştırdığı yeğeninin, "İyi akşamlar," diyerek selam verdiğini duydum.

Ona gülümseyerek başımla selam verdiğimde, "Ben Poyraz," diye mırıldandı.

"Ekaterina," diye karşılık verdim. "Tanistiğima memnun oldum."

"Ben de."

Çocukla konuşurken Pamir bir anda kulağıma doğru eğildi ve, "Gereksiz samimiyetten uzak dur," diye fısıldadı. "Ben bir bakınıp geleceğim."

Ona kafamı salladım ve yanımdan gitmesine izin verdim. Pamir gittikten sonra Poyraz denilen çocuk da biraz daha yaklaşmış ve benimle kadeh kaldırmak istemişti. Maskesinden görebildiğim kadarıyla esmerdi. Adı Melike olan, adamın diğer yeğeni ise sıkılmış gibiydi. Birkaç dakika sonra tam da tahmin ettiğim gibi kız çantasından telefonunu çıkardı ve kurcalamaya başladı. Bu arada ben de yarım saati aşkın bir süre boyunca orada öylece dikildim, Poyraz benimle konuşmaya çalışıyordu ama ben onun açtığı her konuyu kapatıyordum.

Bir süre sonra müzik değiştiğinde ve Türkçe bir parça çalmaya başladığında, salon *"Bakması ne zormuş ahh o güzel yüzüne,"* sözleriyle inledi.

"Toplamış yine bütün güneşi üstüne."

---

3 "Yakın zamanda görüşmek üzere" anlamına gelir.

4 "Elbette" anlamına gelir.

Gözlerim Pamir'i arıyordu fakat etraf kalabalıktı ve onu bulabilmek çok zordu. O sırada kalabalığın arasından gözlerini üzerime dikmiş, acı kahveleri fark ettim.

"Kamaşıyor gözlerim bebeğim, öyle gülmek olur mu gözünü seveyim? Cennet dudaklarınmış öp de öleyim."

İçimden bir ses gözlerimi ondan çekmem için can havliyle çığlık atıyordu ama o sese kulaklarım fazlasıyla sağırdı. Kaşlarımı çattım, yutkunmaya çalıştım; boğazımda, şuracıkta bir şeyler kalakaldı. Üzerine kilit vurduğum eski yoğun hisler birer birer her hücremi ele geçirirken kendime engel olamıyordum. O çok güzeldi, inkâr edilemeyecek bir yakışıklılığı ve cazibesi vardı; her hâliyle kusursuzdu. Onu tanımadan önce bunları bilmiyordum ama şimdi onu tanıdıkça daha da hoşlanıyorum gibi hissediyordum.

"Aşkmış adı nereden bileyim, böyle zulüm olur mu gözünü seveyim? Adını sorsan, söyleyemem yemin ederim."

Ve koptu. Nefes almaya çalışarak kafamı çevirdim ve arkamı döndüm. O sırada Poyraz ne söylüyordu bilmiyordum ama söylediklerini dinlemediğimi fark etmiş olacak ki "Ekaterina? İyi misin? Beni duydun mu?" diye homurdandı.

"Ah, ellerim titriyor, of bir ateş sarıyor. Özlemek bu dokunmakla geçmiyor."

O sırada mikrofonu eline alıp şarkıyı kesen bir adam gördüm, sahnenin tam ortasındaydı. Adam mikrofonun çalıştığını gördükten sonra "Bu güzel şarkıyı bölmek istemezdim fakat gelin ve damat vals yapmak istedi, lütfen orta kısmı açabilir miyiz?" diye duyurdu. "Evet arkadaşlar, çok teşekkürler. Siz de katılabilirsiniz."

Vals müziği başlarken önüme döndüm ve Pamir'in eski yerine baktım fakat orada değildi. Orta kısım açılmıştı ve birkaç kişi eşleriyle beraber vals yapmaya başlamışlardı.

Poyraz'ın gülümseyen beyaz dişleriyle önümde dikildiğini gördüm. "Ekaterina, bu dansı bana…"

Arkasında beliren Pamir'i gördüm, bana uzanan elini ve parmaklarını parmaklarıma geçirişini. Beni Poyraz'ın karşısından çektiği gibi dans pistine sürükledi ve dans eden insanların arasına karıştıktan sonra bana döndü. Bir eliyle elimi tuttu ve omuz hizasında kaldırdı, diğer elimi ise diğer omzuna yerleştirdi ve belimden tuttu.

Benimle vals mi yapacaktı?

Bir anda bir adım geriye attı ve ben de hareketlerine ayak uydurdum. Vals yapmayı biliyordum fakat bu olay benim için oldukça sürpriz şekilde geliştiğinden, kendimi oldukça cahil ve bilgisiz hissediyordum.

"O konuştuğunuz dil..."

"Rusça."

"Nereden biliyorsun?"

Birkaç saniye sonra dans gereği başımı yüzüne yakın bir yerde tutmam gerektiğini fark ettiğimde ona yaklaştım ve dudaklarım, yanağına sürtündü; beni döndürdü, geri çekti, itti, tekrar birleştik. Adımlarımız öylesine uyumluydu ki... Pamir Yelkıran'ın burada, benimle dans ettiğine inanamıyordum. Uykumu getiren o hoş kokusu göğüs kafesime doluyordu, esir alınıyordum fakat şikâyetçi değildim.

"Şirket içi antlaşmalar hep Ruslarla olduğu için bir ara dil kursuna gitmiştim."

Kafamı sessizce salladım.

"İkram masasının arkasındaki odayı görüyor musun?" diye sordu Pamir ve sonra beni bir kez daha döndürdü, böylece bahsettiği odanın kapısını görmemi sağladı.

"Evet," diye cevapladım onu.

Dans bittikten sonra benimle orada buluş."

Cevap vermedim. Bir süre daha dans ettik ve bu mesafeden gelinle damadı görebiliyordum. Gelin, sade ve dar bir gelinlik giymişti. Başında da duvak yoktu, ufak bir taç takmıştı. Damat ise siyah bir takım tercih etmişti.

Vals bittikten sonra ayrıldık ve selam verdik. Herkes dans eden çiftleri alkışlarken, birden az önceki şarkı tekrar çalmaya başladı.

Dans edenler ayrılırken Pamir birden aksi yöne doğru

hareket etti ve yalnız kaldım. Dediklerini hatırlıyordum, benden ikramların arkasında kalan odaya gelmemi istemişti. Planda bir aksilik mi çıkmıştı da konuşmak istiyordu?

İnsanların arasında kayboldum, ikram masasını bulduktan sonra ise etrafından dolaşıp kapının önünde durdum. Arkamdaki kalabalık bu tarafa bakmıyordu bile, her yerde şu güzel melodi yankılanıyordu.

"Ahh, öyle sev ki beni, mey diye içeyim. Kalbim tekliyor, ahh gel hasta gibiyim."

Kapıyı araladım, içerisi karanlıktı. İlk adımımı attıktan sonra bedenimi içeriye sürükledim ve odanın ortasına ilerledim. İçeride büyük bir yatak, küçük bir dolap ve bir masa vardı. Masanın üzerinde ise küçük paketler bulunuyordu, muhtemelen burası gelin ve damadın nikâha kadar bekleyecekleri odaydı ve masanın üzerindekiler de davetlilere hatıra olarak dağıtılacaktı.

"Ahh, öyle sev ki beni, kanat kalbimi mey diye içeyim, doldur sevgilim, kalbim tekliyor ahh gel hasta gibiyim."

Odayı aydınlatan tek ışık kapının kapanmasıyla yok olduğunda, tamamen karanlıkta kalmıştım. Arkamı dönerek kapıyı kapatan silueti tanımayı bekledim.

Bir anlığına odayı aydınlatan şimşek bana istediğimi verdi. Karşımdaydı, Pamir Yelkıran'dan başkası değildi.

"Ahh öyle sev ki beni, mey diye içeyim. Kalbim tekliyor, ahh gel hasta gibiyim."

Şarkının güzel sözleri odada yankılanırken Pamir'in yavaşça bana yaklaştığını gördüm. Dibime kadar girdikten sonra tek hareketiyle maskemi düşürdü. Onun yüzündeki maske de bir anda gitmişti.

Birkaç saniye boyunca nefes alışverişini dinledim, sanki birkaç saniye sonra ne olacağını biliyormuş gibi çarpıyordu kalbim. Göğüs kafesimde ise bir şeyler debeleniyordu, engel olamıyordum. Gözleri dudaklarımdaydı, bunu görebiliyordum. Yavaşça kafasını eğdi ve o mükemmel yapboz parçasını tamamlamak için kalın dudaklarını araladı. Gözlerim kapanamamak için direniyordu. Bir an sonra gülümsediğini hissettim.

"*Siyah Kuğu*, ha?"

Nefesim kesildi. Gözlerim kapandı. Aynı anda yapboz tamamlandı.

Göğüs kafesim paramparçaydı.

Dudakları üst dudağımı esir aldı, orada oyalanırken öylece kalmak istemedim ve ellerimi boynuna dolayarak kendimi ona doğru ittiğimde kollarını belime doladı. Dudaklarımdaki rujdan eser kalmayana dek beni içine çektiğini hissedebiliyordum fakat umurumda değildi.

Elimi ensesine doladım, saçlarından geçirdim; kokusu hücrelerime karışırken nefes alamıyor, boğuluyordum ama o koku beni öldürürken yaşatıyordu da. Yaşadığımı hissediyordum. Hangi parfüm şişesine sığardı bu koku?

Geriye giden adımlarımız sırtımın yatakla buluşmasıyla son bulduğunda, uzanıp ceketini çıkarmasına yardım ettim. Ardından dudakları dudaklarımdan çeneme kaydı, oradan da boynumu takip etti. Birkaç saniye sonra dudaklarını tekrar dudaklarıma çıkardığında üzerimdeki dantel büstiyeri çekiştiriyordu. İstemsizce elim büstiyerin uçlarını kavradı ve birkaç saniyeliğine sırtımı kaldırıp hızlıca çıkarmasına yardım ettim.

Dudakları yara izimden başlayarak göğüslerime doğru ilerlediğinde resmen altında kıvranıyordum, üzerimde sutyen vardı ve onu çıkartmak için herhangi bir girişimi yoktu. Göğüs kafesimden sonra göğüslerimin arasında da öpücüklerini bırakarak boynuma ilerlediğinde, saçlarında gezdirdiğim ellerimi yüzüne indirdim ve dudaklarıyla dudaklarımı yeniden birleştirdim.

Dudaklarının arasında feryat figan ezilen dudaklarımı ondan kurtarmak gibi bir isteğim yoktu, sonsuza kadar böyle kalabilirdik. O sanki bedenimi değil de ruhumu soyuyor gibiydi.

"Beyler ve bayanlar, hazır mıyız? Maskelerin inmesine son 5 dakika!"

Adamın ne dediğini idrak edebildiğimde Pamir'in elleri bütün vücudumdaydı, bunun son bulmasını istemiyordum ama burası doğru yer değildi ve eğer hemen buradan kalkmazsak bütün plan suya düşecekti.

"Pamir," diye mırıldandım dudaklarımı geri çekmeye çalışarak fakat sadece dudaklarını çeneme indirebildim.

"Hı?"

"Duymadın mı?

Dudakları tekrar dudaklarımı esir alacakken elimle ağzını kapattım fakat bu sefer de avuç içimi öptü.

"Siktir et Marden'i de, kızını da," diye mırıldandığını duydum öpücüklerinin arasından ama o resmen şu anda sağlıklı düşünemiyordu.

"Pamir," diyerek direttim ve kalkmak için yeltendim. Bu sırada o da bir dizi yatağın üzerinde kalacak şekilde diğer bacağını aşağı indirmişti.

Elini salarından geçirirken bir kez daha küfür etti. "Kaç dakikamız kaldı?"

"Bilmiyorum, dört?" Elim yatağın üzerinde büstiyeri ararken Pamir'in onu elinde tuttuğunu gördüm. Yanıma gelip büstiyeri önce başımdan, sonra da kollarımdan geçirdi. Kendi maskesini seri hareketlerle yüzüne geçirdikten sonra benimkini de taktı ve, "Çıkmadan önce rujunu temizle," diye fısıldadı karanlığın içinde. Yatağın üzerinden tamamen çekilmeden önce ise dudaklarıma kısa bir öpücük bıraktı ve kapıyı da kapatarak odadan çıktı.

Her hücrem zangır zangır titriyordu ama şimdi duracak zaman değildi. Bir an önce toparlanmalı ve otoparkın arkasındaki harabede Pamir'le buluşmalıydım.

Yataktan kalkıp lambanın düğmesini aradım, bulduğumda ise çekmeceleri karıştırmaya başlamıştım. Çekmecelerden birinde ıslak mendil bulduğumda ise hızla telefonumun kamerasından bakarak dudaklarımda kalan ve etrafına bulaşan ruju temizledim. İşimi bitirdikten sonra ise hızla ışıkları kapattım ve kapıyı açıp kendimi dışarıya attım.

Ben dışarıya çıktığım an, beşten geriye doğru sayan herkes, "Sıfır!" diye bağırdı ve bütün ışıklar söndü. Çalan piyano eşliğindeki çello da susmuştu, o şarkı biteli çok olmuştu.

Birkaç saniye sonra bastırılan bir çığlık duyuldu kalabalığın arasından, hemen ardından Sami Marden'in yardım çığlıklarını duydum. Kalabalığın sesi şiddetle etrafı sararken mutfağın nerede olduğunu hatırlamaya çalıştım, arkamdaki duvar boylu boyunca salonu kaplıyordu; mutfak sonunda olmalıydı bu yüzden duvardan tutunarak yürümeye başladım. Birkaç kişiye çarptıktan sonra ışıklar bir anda açıldığında önümdeki mutfağı gördüm fakat önünde iki tane koruma dikiliyordu ve ızbandut gibiydiler.

"Pardon, geçebilir miyim?" diye mırıldandım ortalarında dikilerek, en masum sesimle.

Kumral olan bana göz ucuyla baktıktan sonra, "Hayır hanımefendi, lütfen içeride kalın. Bütün çıkışları kapatmak zorundayız," diye mırıldandı.

"Ama benim acilen çıkmam gerekiyor, lütfen anlayış gösterin," dedim fakat bu sefer cevap bile vermediler.

Boğazımı temizledim. "Pekâlâ, sizi tehdit ediyorum beyler. Ya çekilin ya da cezasını çekin."

İki adam da aynı anda birbirine bakıp güldüğünde gözlerim kısıldı. "Çekilmiyor musunuz?"

"Hanımefendi," diye mırıldandı diğeri. "Lütfen..."

Sözünü tamamlamasına izin vermedim. Maskemi çıkardığım gibi yere attım, topuklularımı da çıkarıp bir kenara fırlattım ve son olarak da derin bir nefesi çektim ciğerlerime. Göğüs kafesimde dolaşan, her nefeste içimi parçalayan enerjiyi hissedebiliyordum; oradaydı, yalnızca onu açığa çıkarmamı bekliyordu.

Ellerim istemsizce bedenimden uzaklaştığında güçlü bir çığlık attım. Bütün salon bileklerimden parmaklarıma, parmak uçlarımdan da havaya akan lacivert akımla parladı ve etrafımdaki herkes çığlık atarak kaçışmaya başladı. Bunu sessiz bir şekilde de halledebilirdik ama bu adamlar bundan anlıyorlardı.

"Şimdi çekiliyor musunuz?" diye mırıldandım, benden çıktığına inanamadığım bir sesle. Adamların ikisi de bilinçlerini kaybederek yere yığıldıklarında salonun elektriği kesildi ve bir anlığına, arkamdaki kargaşayı görebilmek için arkama döndüğümde, hiç görmeyi beklemediğim, burada olmasına anlam veremediğim birini gördüm: Malik.

Buradaydı. *Buradaydı.* Pamir onu görmüş müydü? Bundan haberi var mıydı? Onu bulmalıydım, bunu ona bir an önce söylemeliydim. Belki de geleceğimizi önceden biliyorlardı.

Önümdeki mutfak kapısından içeri girdiğim gibi çıkışa koşmaya başladım.

Dışarısı buz gibiydi, eğer soğuğu gerçekten tam anlamıyla hissedebilseydim muhtemelen birkaç adım sonra buz keserdim. Etrafta koşturan adamların arabalara bindiklerini gördüm, beni görenler arabalardan inip birbirlerine bağırmaya başladıklarında ise doğruca ileriye, ormana doğru koştum. Harabeler biraz ilerideydi.

Yedek ayakkabı getirmeliydim! O soğukta koşarken ve ayak tabanlarım taşların, keskin dalların arasında parçalanırken düşünebildiğim tek şey buydu. Ne yaparsam kendimeydi.

Arkamda bağrışanları durdurmam imkânsızdı, eteğim bana çok zorluk çıkarıyordu bu yüzden toplayıp yukarı kaldırdım ve koşmaya devam ettim.

Sonunda, ormanın ortasında yıkılmış birkaç kulübeye ulaştığımda yavaşlamayı denedim. Nereye gitsem karanlıktı, nereye saklansam ışık yoktu.

Nefes nefese etrafa bakarken bir anda kolumdan çekildi, çığlık atacağım sırada sırtım duvara yaslandı ve ağzım, bir el tarafından kapatıldı.

"Şşş!" dedi Pamir. "Benim. Sakın çığlık atma."

Garipti. Karanlıktan kaçarken bile karanlığa saklanıyordum.

Kafamı salladığımda elini ağzımdan çekti. Nefes nefese, "Malik," dedim. "Malik'i gördüm. Oradaydı."

"Biliyorum," diye mırıldandı. "Siktiğimin herifi her bokun altından çıkıyor."

Ben, "Şimdi ne yapacağız?" diye sorarken o da işaret parmağını dudağına getirdi ve susmamı işaret etti. Arka taraftan adım sesleri geliyordu.

Pamir arkasına saklandığımız yıkık dökük kulübenin kenarına doğru gelip ilerideki uçurumu inceledi, ağaçlık alan orada bitiyordu. Bir an sonra ise bana gelmemi işaret etti. Elimi tuttuktan sonra, "Üç diyince, şuraya doğru koşacağız," diye mırıldandı.

"Ne?"

"Korkma." Tekrar arkaya baktı. "Sadece koş."

"Sonra?"

"Anlaşma yapmayı deneyeceğim."

Daha fazla konuşmadım. Ne yapacağını, aklından neler geçtiğini bilmiyordum ve şu an konuşmak işe yarayacak son şeydi, bu yüzden ben de en iyi bildiğim şeyi yaptım; sustum.

"Bir," diye mırıldandı Pamir, boğuk sesiyle. "İki."

Üç demesine kalmadan, tuttuğu elimi bırakmadan koşmaya başladı ve ben de peşinden koştum. Koşarken ayağıma hayal kırıklıklarım battı, beş yaşında evinin önünde ip atlayan küçük kızın saçları ayağıma dolandı, o gün duvarın arkasına saklanarak gizlice ilerideki oğlanı izleyen umut dolu kalbi bana çelme taktı. Yutkunamadım. Gözyaşları ucu keskin, yeni bilenmiş birer bıçak oldular ve göğüs kafesimi deştiler.

Uçurumun kenarına geldiğimizde ise aşağıda, kayalıklara büyük bir hırçınlıkla çarpan dalgaları gördüm. Pamir'in de gördüğünü biliyordum.

Biri arkadan, "Yolun sonu," diye bağırdı.

Pamir ile aynı anda arkamıza döndük ve etrafımızı saran, eli silahlı adamları gördük. En önlerinde ise siyahlar içindeki Malik duruyordu ve konuşan oydu. "Kızı bırak, Pamir! Yolun sonuna geldiniz. Artık bitti!"

"Buna sen mi karar veriyorsun?" diye bağırdı Pamir, ona

karşılık olarak. Elimi bırakmamıştı. Eğer beni ayakta tutan bir şey kaldıysa şu dünyada, o da buydu işte.

"Görmuyor musun?" Malik çenesiyle arkamızdaki uçurumu gösteriyordu.

Derince nefes alırken Pamir'in dudakları aralandı ve sessizce konuştu. "Nil."

"Hımm?" diye bir ses çıkartabildim sadece.

"Bana güveniyor musun?"

Sustum. Konuşsam, oracıkta bayılacak gibiydim. Tek kelime etmeye hakkım yok gibiydi, zaten o da benden cevap beklemiyor gibiydi.

"Bana güvenme."

Sımsıkı tuttuğu elim bir anda geriye doğru çekilmeye başlayınca, ne yaptığını görebilmek için kafamı çevirdim. Pamir hızla geriye doğru yürüdü, bir ayağı boşluğa geldiğinde bile durmadı ve beni de kendiyle birlikte aşağı çekti.

Duyabildiğim tek ses ardı ardına patlayan silah sesleri oldu.

Uçurumlardan atlarlar, tebessümleri buruk; kırık umutları ayak tabanlarına, paramparça göğüs kafesleri de yüreklerine batan insanlar.

Göğüs kafesi. Bir şehrin başlangıç ve bitişi.

10

Bir gün önce, TORNADO | 09.21

Soyhan'ın üzerinde gezinen kara bulutların gürültülü şimşekleri eşliğinde bir kadının, "Onu buna zorlayamazsın!" diyen çığlıkları yankılandı. Kocasını günlerdir göremiyordu, aylardır doğru düzgün uyuyamamıştı ve gönlünden geçen insanlardan oldukça uzaktaydı.

"Zorlamak mı?" diye sordu adam, arkasını dönerken ve boğazından bir kahkaha yükseldi. "Kimse onu buna zorlamayacak."

Kadın, onu tutan adamlara bir göz attıktan sonra çığlıkları yüzünden nefes nefese kalmış halde, Tornoda'nun mahzenlerinden çıkarılan cihaz parçalarına baktığında gözlerinin dolmasına engel olamadı. Bir kızılderili kabilesinde gibi hissediyordu ve kızı bizzat kurbandı. Önce adamın dediklerini idrak edemedi ama yavaş yavaş anladı. "Hayır…"

"Kimse onu buna zorlamayacak Nursel. Evet, doğru anladın. Çünkü o buraya kendi ayaklarıyla gelecek."

"Hayır!"

"Gerçeği öğrendiği zaman, buraya gelmesi için seni kullanmama gerek bile kalmayacak."

"Hayır… Hayır…"

"Ona en büyük yalanı siz söylediniz, Nursel. Ben değil.

Ben her zaman söylediklerimle ve yaptıklarımla açıktım. Bunu sakın unutma."

"Zarraf! Seni orospu çocuğu! Buradan kurtulamayacağımı mı sanıyorsun? Buradan kurtulacağı-"

Fakat sözlerini tamamlayamadan, Zarraf'ın emriyle arkadaki doktor omzuna bir iğne sapladı ve kadın kollarından sıkıca tutan adamların yanına yığıldı.

"Soner!" diye bağırdı Zarraf, en güvenilir adamını etrafta ararken. Birkaç saniye sonra Soner, Zarraf'ın yanında vereceği emirleri bekliyordu. "Malik," dedi Zarraf. "Malik'i ara. Kıza ulaşmanın bir yolunu bulsun. Telefon numarası, kaldıkları evin adresi, gittiği okul... Her deliğe baksın."

"Tamam patron."

Zarraf, "Ha bir de," dediğinde, Soner hemen yeniden onun yanına döndü. "Efendim patron?"

"Profesöre söyle, odama gelsin."

"Emrin olur patron."

Soner gittiğinde, Zarraf çenesiyle yere yığılan kadını gösterip odasına çıkarmalarını söyledi ve derin bir nefes alarak dışarıda yağan yağmura göz gezdirdi. Ellerini arkasında birleştirmişti, cihazın geliştirme süreci sonunda tamamlandığı için huzurluydu.

"Gelsin bakalım şu profesör," diye mırıldandı, gözleri uzaklara dalmışken. "Gelsin de öğrenelim bakalım, en yakın dolunay ne zamanmış."

Belki bir gün, diye mırıldanırken ardında buruk bir tebessüm bıraktıran ve o buruk tebessümün soğuk rüzgârlarla sizi üşüttüğü hayalleriniz olsun.

Kalbimi düşürmemek, kaybetmemek için göğüs kafesime bağladığım, ruhumdan sallandırdığım o ip uzadı ve önce boynuma, sonra ellerime dolandı. Nefes alamadığım zamanlar hiçbir şeyin daha da zorlaşacağını düşünmemiştim, çünkü bunun en zoru, en dip noktası olduğunu düşünüyordum fakat bu fikrim sekteye uğradı. Yanılmıştım. Hem de çok.

Bunu bileklerimde beliren kesiklerden sonra anladım. Dokunduğum her şeye bulaşan o kan bana hiç de yabancı olmadığım hisleri hatırlattı. Silmeye çalıştıkça bulaştı.

30 Aralık 2015 günü sabaha doğru dört sularında birbirine geçmiş kirpiklerim aralandığında etraf oldukça sıcaktı, beni sarmalayan bir yorgan ve üzerimde de kocaman bir kazak vardı. Birbirine çarpan bacaklarımdan ise altımda iç çamaşırımdan başka bir şey olmadığını hissedebiliyordum.

Tüm bu sıcaklığa rağmen zihnimde süregelen uçurumlar bana gerçek bir tanesini hatırlattı; oldukça soğuk, ıslak ve korkunç bir tanesini. Etrafımdaki eşyaları tanımamam çok sürmemişti, bu yüzden direkt olarak geçmişe odaklanmıştım. Ne zamandı? İki gün önce mi yoksa bir gün önce mi? Belki de saatler önce... Bilmiyordum. Bir şeyler yerine oturmuyordu, bir şeyler çalkalanıyordu ve bir şeyler fazlasıyla bulanıktı. Gerçekliği seçemiyordum.

Birkaç dakika anlamsızca kendime gelebilmeyi beklerken ve gözlerim bir açılıp bir kapanırken bir anda zihnimin kör kuyularından çıkan görüntüler ve o boşlukta düşme hissi tüylerimi diken diken etti. Titredim, tüm o sıcağa rağmen soğuktan titredim.

Uyuşmuş tenime baş kaldırarak hareket ettirdiğim kolum sayesinde kalın yorganı avuçlayarak geriye çektim ve bacaklarımı yataktan sarkıttıktan sonra ayağa kalkarak odayı karanlığa boğan perdeleri geriye çektim. Dışarıda kapıyı bacayı uçuran türden bir kar fırtınası vardı. Pencereye çarpan kar taneleri ve diz boyuna gelen kar bana bir rüyanın içinde bir o yana, bir bu yana savruluyormuş gibi hissettirdi.

Yine de fazla beklemedim. Perdeleri kendi hâllerine bıraktıktan sonra hızla ilerledim ve kapıyı sertçe açtıktan sonra koridora çıktım. Etraf sessiz ve sakindi. Hızlı adımlarla merdivenlerden indikten sonra mutfağa yöneldim, sırasıyla salona ve diğer odalara baktım ama yoktu. Pamir Yelkıran bu dağ evinde değildi ama ben buradaydım.

Soru işaretleri birbirine geçip çengelli iğnelere dönüşürken birinin ucu açık kaldı ve ruhuma takıldı... O minik delikten sızan kan ruh denen maddenin içinde bulunduğu kadehe aktı. Kadeh bordo bir renge bulandı

Korku. Orada dakikalarca öylece otururken ve belki de yalnızca saatler öncesinin anıları aklıma dolarken hissettiğim o keskin, zehirli his bu olmalıydı. Uçurum korkusu. Yükseklik korkusu. Atlama korkusu. Su korkusu. Boğulma korkusu. Ölme korkusu. Kurtulma korkusu. Yok olma korkusu. Benim korkum. *O* korkusu. *Onun* korkusu. *Kaybetme* korkusu. *Kaybolma* korkusu.

Ve onun sonuçlarını düşünmeden yaptığı hareketlerin getireceği sonun korkusu.

Yaklaşık yarım saat sonra, evin kapısı bir anahtar sesinin ardından aralandığında içeriye giren siyah botları gördüm ve devamında ellerinde kesilmiş odun parçaları dolu olan Pamir'i. Kafasında siyah bir bere vardı ve kalın bir mont. Yüzü soğuktan kıpkırmızıydı, gözleri kanlanmıştı.

Odunları yere bırakıp kapıyı kapattığında, muhtemelen görüş açısına giren ilk şey ben oldum. Pamir salonun ortasında saldırmaya hazır bekleyen o gözleri dolu, hırçın kızı gördü. Gerçek ise çok daha acıydı.

Kaşları çatıldı, kalın dudaklarının aralandı ve ellerindeki siyah eldivenlerle beraber beresini çıkardı. "Nil?"

Nefeslerim hızlandı. Sinirlendim, bir anda alev almış gibiydim. "Ne yaptın sen?"

Pamir'in ifadesi donuktu, sert yüz hatları yüzünden haşin bakıyordu ama bu onun tepkisiz hâliydi. Biliyordu, ona ne kadar kızacağımı ve mahvolacağımı biliyordu ama yine de yapmıştı. Yine de beni o uçurumdan aşağı sürüklemişti. Yine de kendini boşluğa bırakmıştı. Bu yüzden, *"Bana güvenme,"* demişti. Ona güvenirsem hayal kırıklığına uğrayacağımı biliyordu.

Uğramıştım bile.

"Nasıl yaparsın!" Üzerine doğru yürüyüp onu omuzlarından geri itmeye çalıştım fakat kımıldamadı bile. "Nasıl ya?

Nasıl? Manyak mısın sen? Ha? Deli misin? Her şeyi mahvedebilirdin!" Göğsüne yumruklar indirdim, onu itmeye çalıştım ama bir işe yaramıyordu. Bana engel de olmuyordu.

Her yaş keskin birer kıymık gibi gözlerime batarken sesim kısılana kadar bağırmaya devam ettim. "Her şeyi mahvedebilirdin! Duyuyor musun beni? Cevap versene!"

Pamir kurumuş dudaklarını yaladıktan sonra, "Nil," diye mırıldanarak kollarımdan tuttu ve beni durdurmaya çalıştı.

"Bırak!" diye bağırıp geriye çekildim ve saçlarımı çekiştirmeye başladım. "Ya uçurumdan atladık, Pamir! Uçurumdan atladık! Uçabilir misin sen? Kanatların mı var senin? Nasıl bu kadar emin olabiliyorsun hayatta kalabileceğimizden?"

Yaşadığım korku tam olarak neydi? Onu kaybetme korkusu muydu, yoksa her şeyi bir daha düzene koyamama korkusu mu? İlki zaten ikincisini de kapsamıyor muydu? Kapsıyordu. Beynim allak bullak olmuştu.

"Nasıl çıkardın beni o mezarlıktan?" Ellerim titriyordu. "Nasıl atlayabildin... Nasıl?"

Öfkem alev alevdi, parmak uçlarımdan yayılan korku ile birlikte harlanıp göğe yükseliyor, göğüs kafesimin içinde bir şeylerin hareketine neden oluyordu ve bu acıtıyordu. Birkaç saniye sonra, çok güçlü bir şimşeğin sesi evde yankılandığında iki yandaki komodinlerin üzerindeki cam vazolar sarsıldı ve yere düşerek kırıldı. Hemen ardından göğün gürleyen sesi kulaklarımı çınlattığında gözlerim doluyordu ama bunun olmasına izin veremezdim, onun karşısında ağlamak istemiyordum. Derin ve hızlı nefesler alarak gözyaşlarımı geri yolladım.

"Malik'in, dolaylı yoldan da Zarraf'ın eline düşmekten kötü müydü Nil?" Kollarım iki yanıma düşerek boşlukta sallandığında Pamir lafına devam etti. "Sana ne yapabileceklerini görmüyor musun? Ne kadar zarar verebileceklerini? Ya ailen? Onların eline düşseydin ailen artık onlar için çalışan birer işçi olacaktı ve cihazı geliştiriyorlarsa bile o iş tamamlandığında annenle babanın da sonu gelecekti. Bunu göze alabilecek miydin?"

"Seçim şansı vermedin!" İtiraz ettim. "Depoyu havaya uçuran ben değil miydim? Sayımızın en az otuz katı adamı tek hareketimle etkisiz hâle getirmedim mi? Malik'e mi yetemeyecekti gücüm?"

"Yettiğinde ne olacaktı peki?" Pamir üzerime eğildi ama başımı dik tutup geri çekilmedim. "Vücudun, içinde barındırdığın gücü taşıyabilecek güçte değilken ikinci bir enerji patlamasının sana vereceği hasarı göremiyor musun? Evet, o sikik adamlar silahlarını bırakıp kaçar ya da yere yığılırlardı ama sen de kollarıma yığılırdın. Sonra bir yatakta en az üç gün bilinçsiz yatardın. Ya ben?" Bir elinin çenem ve boynum arasındaki kısma değdiğini hissettim. "Sen beni hiç mi düşünmüyorsun?"

Daha fazla etkisi altına girmek istemedim, bu yüzden geri çekildim ve benimle olan temasını kestim. "Duş alacağım," derken yutkundum. "Okula gitmek istiyorum."

"Bu hâlde hiçbir yere gitmiyorsun."

"Asıl bu hâlde oraya gidiyorum! Eğer evde durursam ya beynim iflas edecek ya da..." Gözlerinden çektim gözlerimi. *Kalbim.* "Yarım saat sonra arabanın önünde olacağım." Derin bir nefes aldım. "Ve bu konu burada kapanmadı."

Pamir'i orada öylece dikilirken yalnız bıraktım ve hızlıca yukarı çıkıp temiz kıyafetlerle beraber banyoya attım kendimi. Düşünmemeye çalışmak, böyle bir durumun tam orta noktasındayken imkânsızdı ama yine de şarkı mırıldanarak kendimi tutmaya çalıştım. On dakikalık hızlı bir duşun ardından okul formamı giydikten sonra saçlarımı kuruttum ve mont-bere-atkı üçlüsüyle beraber çantamı da alarak aşağı indim. Pamir etrafta yoktu, bu yüzden botlarımı giydikten sonra beklemedim ve evden çıkıp tüm o beyaz örtüye kara bir leke gibi çalınan siyah arabanın yanına yürüdüm.

Ön koltuğa oturup kapıyı kapattıktan sonra derin bir nefes aldım ve bir süre önümdeki boşluğu izledim. "Kızdan istediğimiz bilgiyi öğrenebildin mi?"

Arabayı dağ yolunan aşağı sürerken kafasını salladı ve dudaklarından o kilit sözcük döküldü. "Bakır."

"Ne?"

"Bakır," diye tekrar etti.

"Sadece *bakır* mı?"

"Hayır," diye mırıldandı. "*Elektriği en iyi ileten maddelerden biri olan bakır.*"

"Cihazın benimle bir ilgisi olduğunu mu düşünüyorsun?" diye sordum başımı ona çevirerek. Her zamanki gibi sert yüz ifadesiyle doğruca yola bakıyordu.

"Düşünmüyorum," dedi ve devam etti. "Biliyorum."

Tabii ya... Biliyordu elbette! Ailemle iletişim hâlinde olduğunu bizzat kendi ima etmişti sonuçta. "Annem sana cihazın ne amaçla tasarlandığından bahsetmedi mi?" diye sordum buz gibi bir sesle.

Sesimdeki hoşnutsuz tınıyı fark etmiş olacak ki Pamir okula giden yolda yavaşlayıp birkaç saniyeliğine bana döndü. "Hayır. Bu tavır da ne?"

"Ne ne?"

Çenesiyle suratımı işaret etti. "Bu tavır ve şu surat ifadesi."

"Neyse ne işte," diye geçiştirmeye çalıştım. Uzatmak istememiş olacak ki tekrar hızlandı ve önüne döndü.

Buna inanamıyordum. Resmen öz annem Pamir'e daha çok annelik yapıyordu. Bu karşımdaki herif benden daha çok sesini duyuyordu onun... Bu gerçek beni paramparça ediyordu. Geriye yaslanırken, "Beni annemle konuştur," diye mırıldandım.

Katı bir sesle, "Bu sadece iki tarafın kesin hedeflerinin önüne taş koyar," dedi.

"Eğer reddedersen ortada yol falan bırakmam."

"Mantıklı düşün, Nil." Okulun olduğu sokağa sapmıştı. Birkaç dakika içerisinde orada olacaktık. "Duygular bu dünyadaki en tehlikeli silahtır."

"Neden duyguların her zaman kötü yanlarını görüyorsun? Hiç iyi tarafı yok mu?"

"Yok," dedi keskin bir dille.

"Var," diye itiraz ettim. "Onları kötülük için kullananlar çoğunlukta olabilir ama iyi amaçlar için de kullanılabilirler. Yeter ki kumandaya ulaş."

"Peki," diye mırıldan. Okulun bahçesine giriyordu ki bir anda durup bana döndü ve gözlerimin içine bakarak sordu: "O zaman, sence bu oyundaki kumanda kimin elinde?"

Bir zamanlar senin elindeydi, Yelkıran. Sonra kırıldı. Artık kim kontrol ediyor bilmiyorum.

Ama içimden geçen bu koca cümlenin yalnızca son kelimesini dile getirebilmiştim. "Bilmiyorum."

Araba durduktan sonra kapıyı açıp aşağı indim ve hızlı adımlarla okul binasının içine yürümeye başladım. Leyla sınıftaydı, Atahan'ı ise arkadaşlarıyla kantinde görmüştüm.

İlk dört ve ardından da beşinci derse girdikten sonra öğle teneffüsü çaldığında, Leyla'yla beraber yemekhaneye inip tepsilerimizi aldıktan sonra boş masalardan birine oturduk ve sabahtan beri anlattığı bilmem kaçıncı anısını sessizce dinlemeye devam ettim. Kafam fazlasıyla darmadumandı, dikkatimi bir türlü toplayamıyor ve son birkaç günü düşünmeden edemiyordum.

"Sen beni dinliyor musun Nil? Çok dalgınsın."

Leyla sonunda dalgınlığımı fark etmiş olacak ki beni uyardığında çatalımla oynadığım pilavı bırakıp kafamı kaldırdım. "Özür dilerim, gerçekten kötü bir süreçten geçiyorum."

"Önemli değil," diye mırıldandı dudaklarını büzerek.

Bu hâli bana Nisan'ı hatırlatıyordu. Lise hayatım boyunca her öğle yemeğini hep Nisan'la, benim somurtkanlıklarım ve onun düşük çenesi eşliğinde yemiştim. Her yemeğe kekik katmayı sevdiğim için her seferinde okula gelirken evinin yanındaki pizzacıdan küçük kekik paketleri alırdı. Şişelerin kapaklarını açamazdım, benim yerime o açardı. Yeri geldiğinde annem, yeri geldiğinde babam, yeri geldiğinde öğretmenim, yeri geldiğinde elim ayağım olmuştu. Şimdi onu görememek, geçmişe dönüp de neler olduğunu ondan tam anlamıyla öğrenememek beni öldürüyordu. Bilinmezlik içten içe zehirliyordu insanı.

Tepsilerimizi bırakıp yukarı çıktığımız sırada bir anda yanımda, ellerini cebine sokmuş bir şekilde yürüyen Atahan belirdiğinde şaşırmıştım. "Bir şey mi oldu?"

"Hayır," diye mırıldandı. "Yanına gelmek için bir şey mi olması gerek?"

Dudaklarımı birbirine bastırarak cevap vermemeyi seçtim. Elbette gerekmezdi, neden böyle bir tepki vermiştim emin değildim zaten. Sanırım son zamanlardaki gerilim bana sürekli tetikte olmayı öğretmişti ve gelecek kötü haberlere karşı o damakta ekşi bir tat bırakan şaşırmama refleksini aşılamıştı. *Öldün mü? Sorun değil. Cenaze ne zamandı?*

Sessizliğime cevap olarak eliyle omzumu sıvazladı ve dudaklarını büzdü. Sohbetimizin sonunda yanımızdan ayrıldığında, Leyla'yla beraber sınıfa girdik ve ben koca bir iç çekişle sırama yerleşip geriye yaslandım. Başım ağrıyordu.

Bir süre dersi dinledim ama kafam sürekli başka yerlere gidiyordu. Ben de kafamı sıraya koydum ve biraz uyumayı denedim. Bu sırada Leyla da rahatlamam için saçlarımla oynuyor, elini sırtımda gezdiriyordu. Sırada can çekiştiğim bu 40 dakikayı yarıladığımızda, sınıfın kapısı tıklatıldı ve hocanın, "Gir," emri ile birlikte içeriye nöbetçi bir kız öğrenci girdi. Elinde bir not vardı.

"Nil... Han? Rehber öğretmeni çağırıyor. Dersi böldüğüm için özür dilerim hocam."

Hocanın gözleri sınıfa, sınıfın gözleri bana dönerken kaşlarımı çatarak ayağa kalktım. Leyla sorarcasına bakıyordu fakat cevap bende değildi, bu yüzden ona dudak büzdüm ve sıramdan çıkıp nöbetçi öğrencinin yanına gittim. Beraber sınıftan ayrıldığımızda, onu takip etmem için başıyla işaret verdi ve koridorun sonuna yürümeye başladık.

"Rehber öğretmeni beni neden çağırıyor, biliyor musun?" Rehber öğretmeni tanımıyordum bile ve bir şey yapmadığıma da emindim... Yoksa Pamir ve benim okula olan kaydımızla ilgili bir sorun mu çıkmıştı?

"Bunu yaptığım için disipline gidebilirim," diye homurdandı nöbetçi kız, kaşlarını çatarak. "Erkek arkadaşına söyle, bir daha böyle bir şeyi asla yapmam."

"Kim?"

"Sus da çaktırmadan merdivenlerden aşağı in." Yan taraftaki yangın merdivenini gösteriyordu. "Kameraları kontrol eden görevliyi yalnızca beş dakika oyalayabilirim, bu yüzden hızlı olmanız gerekiyor."

"Sen-"

"İn! Çabuk!"

Kız bana laf yetiştirirken merdivenleri işaret etti ve bir anda kamera odasına doğru koşuşturmaya başladı. Zaman kaybetmenin her türlü aleyhime olacağını düşünerek hızla yangın merdiveninin kapısını araladım ve basamaklardan ikişer üçer atayarak indim.

Yangın merdiveni doğruca otoparka iniyordu ve o otoparkta simsiyah görüntüsüne rağmen bembeyaz karların içinde parıldayan bir cip vardı. Biraz ilerleyince arkadan şoför koltuğunda oturan silueti fark ettim. Pamir olduğunu anlamam çok da sürmemişti. Adımlarımı hızlandırırken etrafta birileri var mı diye bakındım fakat kar yağışı hızlandığından kimse yoktu.

Ön koltuğa binip kapıyı kapattığımda emniyet kemerimi bağlamama bile izin vermeden hareket ettirdi arabayı. Geri geri gitti ve hızlı bir manevrayla okul bahçesinden çıktı.

"Ne oluyor?"

"Emniyet kemerini bağla."

Elim kemere gitti fakat ortamdaki gerginlik yüzünden bileğimdeki güç bir anda çekilmişti. "Bir şey mi oldu?"

"Arkaya uzansana," diye mırıldandı çenesiyle işaret ederken. "Ceketimin cebinden telefonumu al."

Emniyet kemerini bağlayamamam bir işe yaradığına ve onunla uğraşmama gerek kalmadığına bile sevinememiştim, Pamir'den yayılan gerginlik düşüncelerimi yerle bir ediyor; zihnimin en karanlık köşelerinde kendine yer ediniyordu. Onun gözlerini acı kahveye benzetmekle aptallık etmiştim.

Onun gözleri bekledikçe acıyan çay gibiydi. Ne kadar şeker katarsan kat...

"Telefon?"

Kafamı sallayıp koltukta geriye dönerek uzandım ve ceketi çektim. Ceket, buram buram tarçın ve salep kokuyordu. Bir an için ceketi kendime almak istedim fakat hemen ardından bu düşüncemi sildim aklımdan. Alamazdım. Kokunun daha fazla düşüncelerimi bulandırmasına izin vermeyerek sağ cebine elimi atıp siyah telefonu çıkardım ve önüme dönerken ona uzattım. Telefonun ortasındaki tuşa başparmağını bastırarak kilidini açtıktan sonra kucağıma attı.

"Son arananlara gir, sonu çift sıfır olan numarayı ara."

Önce tuşlara, oradan da son arananlara tıkladım. Yalnızca iki numara vardı: Biri bendim, diğeri ise son çift sıfırla biten bir numaraydı.

Numaranın üzerine tıklamadan önce tamamını okumak için gözlerimi üzerinde gezdirdiğimde, rakamların tanıdıklığı genzimi yaktı.

Anne.

"Bu annemin numarası."

Pamir bir saniyeliğine bana döndü. "Akıllı kız."

"Dalga geçme," diye fısıldadım, çünkü sesimi çıkarmaya mecalim yoktu.

Pamir önce arabayı yavaşlattı, sonra kenara çekti. Derin bir nefesi ciğerlerine misafir ettikten sonra emniyet kemerini çözüp bana döndü. Elleriyle omuzlarımı kavranıp beni kendine döndürdüğünde burnumun direği sızlıyordu. "Duygusal olmanın zamanı değil Nil, toparla kendini."

Kaşlarımı çattım. "Sana benimle dalga geçmeyi kes dedim!"

Pamir, kolayca duyulabilen bir cız sesiyle iki elini de üzerimden çekti ve çıplak ellerine üfleyerek havada salladı. "Sakin ol kızım, tamam, sakin. Dalga geçmiyordum."

Sertçe yutkunup birkaç saniye içinde kendimi toparladıktan sonra ciddi şekilde başımı kaldırıp ona çevirdim gözlerimi. "Tamam. İyiyim. Sorun ne?"

Bana *emin misin?* dercesine baktığında geri adım atmadım. "Üç günde bir sabahları konuşup iletişimde kalıyoruz."

"Ama?"

"Bu sabah aramadı. Telefonlarımı da açmıyor."

Bir saniyeliğine tökezledi zihnim, üzerinde bulunduğum o soğuk zemin çığlık çığlığa yarılmıştı da sanki içine düşmüştüm. "Belki zamanı olmamıştır? Belki telefonunu saklıyordur da kaptırmıştır? Belki..."

"Beni ararken kullandığı cihaz telefon değil, babanın geliştirdiği başka bir zımbırtı. Ulaşabilmeleri imkânsız. Anlayabilmeleri imkânsız. Haber vermeden böyle bir şeyin olması da söz konusu değil. Bunu daha önce konuşmuştuk, ona ulaşamadığımız zaman zamanı geldiğinden bahsetmişti."

"Neyin zamanı?"

"Zarraf ve Malik'in servetini çöp ettiği o cihazın geliştirilme sürecinin bittiği zamanı."

"Ama bildiğimiz tek şey..."

"Bakır," diye devam ettirdi. "Evet. Siktiğimin bakırı. Bir tek o."

Yutkundum. "Planın ne?"

Pamir uzanıp emniyet kemerimi bağladı, hemen ardından kendininkini de halledip motoru çalıştırdı ve gaza bastı. "Notlar kısmına gir."

Telefonunun notlar kısmına girdim. Yalnızca bir not vardı, açtığımda ise içinde sadece bir adres yazdığını gördüm. "Bu adres kime ait?"

"Ülkedeki en iyi hacker'lardan birine."

Gözlerim anında kocaman olmuştu. "Tornado bilgisayarlarını mı hack'leyeceksin?"

"Sana daha önce akıllı bir kız olduğundan bahsetmiş miydim?"

Gözlerimi yan tarafımdaki cama doğru devirdim. Buradan bakınca aşağısı uçurumdu, bu da tüylerimi diken diken etmeye yetti. "Anlamadığım bir şey var."

"Söyle."

"Biz uçurumdan atladık, Pamir." Ona döndüm. "Hayatta olduğumuzu bilmiyorlar."

Pamir'in gözleri yola odaklanmıştı, geniş omuzları koltuğuna yaslıydı ve üzerindeki montun kapladığı kaslı kolları da direksiyona doğru gerilmişti. Ağzından bir cık sesi çıkıverdi. "Herkes inansa dahi, Malik orada öylece öldüğüme asla inanmaz."

"Neden?"

Serseri bir gülümsemeyle bana dönüp, "İyi bir yüzücüyümdür," diye mırıldandı. Sağ yanağındaki gamzesini uzun zamandır ilk defa görüyordum.

Botlarımı çıkarıp bacaklarımı kendime doğru çektim ve kollarımı etrafına doladım. "Bir şey fark ettim."

Pamir'in tek kaşı havaya kalktı.

"Hakkımda çoğu şeyi biliyorsun." Gözlerim gergince etrafta dolandı. "Ama benim senin hakkında bildiğim şeyler kısıtlı." Ama şimdi sorarlar adama, senelerdir çocuğun her hareketini takip ederken hiç mi bir şey öğrenmedin diye. Öğrendim, öğrenmez miyim hiç? Ama benim bildiklerimi zaten herkes biliyordu. Mesela Özge'yi, yani bir kız kardeşi olduğunu öğrendiğimde yaşadığım şokla, Zırh'ı keşfettiğim zamanki şaşkınlığım ölümüne kapışırdı. Hiçbir şey belli etmiyordu. Sadece kafasına o siyah kapüşonunu geçiriyor ve susuyordu. İnsanları izliyordu. Tedbirli davranıyordu. Düşünüyordu. Onun kuralları vardı. Sınırları.

Korkuları yok muydu peki? O da insandı. Belki de korkularını zaaf olarak görüyordu.

Konuştuğunda Pamir'in sesi eski boğukluğuna ve kalınlığına geri döndü. Sert ifadesi ve keskin yüz hatları sayesinde demirden bir adam gibi görünüyordu. "Ne bilmek istiyorsun?"

"Malik." Ona döndüm. "Malik'le olayınız ne?"

Bir dakikalık bir sessizlik anı kucakladı. Eğer bir dakika öncesine dönebilseydim yine de sorardım o soruyu. Sadece hareketleri beni geriyordu, korkutuyordu ve vereceği cevapla karşısında tuzla buz olmaktan korkuyordum.

Cevaplarını bilmediği sorulardan korkmalıydı insan, sorulardan ya da cevaplardan değil. Cevabını bilmediği sorulardan. Cevabı zor verilen sorulardan. Sonuna soru işaretini koyduğu o cümlelerin noktalama işaretlerinde asılmaktan korkmalıydı, o soru işaretini o cümlenin sonuna koymaktan değil. Sorulardan değil. Cevaplardan değil. Cevapsız sorulardan.

"Küçükken çok yakın arkadaşlardık," diye doldurdu kulaklarımı sesi. Kafamın içinde gezinen uğultuların, şiddetli bir fırtınaya dönüştüğü andı bu. Soru işaretleri acıtmıyordu artık... Noktalarıyla, ruhumun üzerinde tüttüğü ve kanımın içinde çalkalandığı kemiklerimden oyulmuş bir kadehteki, dışarı çıkıp beni rahatlatacak rüzgârların kaçabilecekleri delikleri kapıyorlardı ve keskin kancalarıyla intiharlarımı hediye ediyorlardı bana.

Kaşlarım çatılmakla gerilmek arasında mekik dokurken ona döndüm. "Arkadaş?" Boğazımı temizledim. "Hayır, pardon. Çok... Çok yakın arkadaş?"

"Sonra konuşalım mı?" diye sordu yumuşamaya yüz tutmuş bir surat ifadesiyle. "Bursa'dan İstanbul'a en az üç saat var. Biraz uyu istersen."

Ve hepsi bu kadardı... Ondan koparabildiklerim. Yalnız koparmak, kelimesini gerçek anlamda mı yoksa mecazî anlamda mı kullanıyordum emin değildim. Arkadaşlardı. Malik ve o bir zamanlar yakın arkadaşlardı.

Kafamı camdan dışarıya doğru çevirdim ve gözlerimi kapatıp uyumayı denedim.

Eğer üçüncü sınıfta olsaydık ve bana hayallerimden bahsetmemi isteseydiniz, size muhtemelen tek şey söylerdim. Eğer beşinci sınıfta olsaydık, muhtemelen iki tane söylerdim. Yedinci sınıfta olsaydık, birkaç tane sıralayabilirdim ve dokuzuncu sınıfta olsaydık da aynı şeyler geçerli olurdu. Ama şimdi, on ikinci sınıftaydık ve size verebileceğim uzun bir liste vardı.

Yine de o listenin en başında yazacak şeyi çok iyi biliyordum. Kelimesi kelimesine, uyandığım her sabah, o bomboş tavanla bakışarak dilediğim tek bir şey vardı. Bu hiç değişmezdi, kimse değiştiremezdi. Bazen, öyle anlar oluyordu ki vazgeçecek gibi oluyordum ama yine de bırakmıyordum. Bu dileğim benim en büyük bencilliğimdi.

En büyük bencilliğim ve en büyük hediyemdi.

Hayalleriniz olsun. 'Belki bir gün?' diye mırıldanırken yüzünüzde buruk bir tebessüm oluşturan hayaller. Üşüyün. Üşümeden yandığınızın farkına varamazsınız.

Zira ben kül oldum.

Fark etmeden.

Ama o listenin başındaki dileğimi düşündüğüm zamanlar, *belki bir gün?* diyemiyordum, çünkü eğer o dileğim gerçekleşirse, ortada geçmişim kalmayacaktı. Geriye dönüp *başardım* diyemeyecektim. Belki ismim değişirdi, belki çok şey değişirdi, belki ben değişirdim. Belki de ortada ben diye biri kalmazdı ama yine de önüme bir seçenek olarak sunsalar, ikinci kez düşünmeden seçerdim.

Yeniden doğmak isterdim. Nasıl olursa olsun, sonuçları ne olursa olsun yeniden doğmak isterdim.

Pamir'in telefonunun notlarım kısmında yer alan adres, İstanbul'un il sınırındaki bir yerleşkeye aitti. Arabanın durduğunu hissettiğim zaman daldığım kısa süreli uykudan da uyanmıştım. İçeriden görebildiğim kadarıyla burası eski binalarla çevrili, küçük bir ilçeydi.

Pamir uyandığımı fark ettikten sonra, "Geldik," diye mırıldandı ve kendi kapısını açıp aşağı indi. Ben de hemen ardından kapıyı açıp indim.

"Adres doğru."

Arabayı kilitledikten sonra önümüzde uzanan soluk renkli bitişik apartmanları inceledim. Bir zamanlar üstlerindeki mavi, kırmızı, sarı ve pembe renklerin oldukça canlı göründüğüne emindim fakat zamanın onlardan geriye bıraktığı soyulmuş duvarlar, solmuş renkler ve kabarmış bir sıva. Kısaca harabeden farksızlardı.

Kafamı gökyüzünden aşağı indirip apartmanları incelemeyi bıraktığımda, apartmanın aralık kapısının açılırken çıkardığı gıcırtıyı işittim.

Pamir'in peşinden içeriye girerken gözüme bu dar alandaki asansör takılmıştı.

O beklemeden asansörün kapısını açıp kolumdan tutarak beni de yanında sürüklerken "Ne yapıyorsun?" diye sordum dehşetle.

Asansör kapısı kapanırken dibine girmemek amacıyla bir adım geriye attım ve sırtım küçük asansör kabininin duvarına yaslandı. Böyle bir binada asansöre binmek beni korkutmuştu.

Bir an Pamir üzerime eğiliyor sandım fakat eli boynuma sürtünerek geçti ve önünde durduğum asansör panelindeki, üstünde 4 yazan tuşa bastı. O geri çekildiğinde kaşlarım çatıldı. "Kat 3 değil miydi?"

"Şşş," diye fısıldadı dikkatle asansörün kapısını izlerken. "Biliyorum."

"Ama neden 4. kata bastın?"

Asansörün kapısı açılırken, "Sessiz ol," diye mırıldandı Pamir ve bileğimden tutup çekti, birlikte asansörden indik. "Takip ediliyoruz."

Dudaklarından dökülen iki kelimeyi işittikten sonra buz kestim ama yine de peşinden gittim. Karşımızda iki daire vardı, ikisinin kapısı da yıkık döküktü. Bu apartman terk edilmiş gibi görünüyordu. Pamir, elimi bırakmadan karşımızdaki kapıya tekmesini indirirken merdivenlerden aşağı baktım. O haklıydı, aşağıda birileri vardı ve gölgelerini görebiliyordum. Yukarı doğru çıkıyorlardı. Pamir kapıyı kırmadan hemen önce asansör aşağı inmeye başladı.

Güçlü tekmesiyle kapıyı yere serildiğinde beklemedi ve beni de kendiyle birlikte içeri çekti. Toz dolu, duvarları soyulmuş ve terk edilmiş evin içine girdikten sonra elimi bıraktı ve yere serilmiş kapıyı kaldırıp yerine yerleştirdi.

"Bizi nasıl buldular?" diye sordum dehşetle.

Pamir kapıyı kapattıktan sonra bana döndü. "İntihar boynunda mı?"

"Ne?"

"Mavi zoisit," diye açıkladı hızla. "Boynunda mı? Çıkarmadın değil mi?"

"Hayır," diye mırıldandım ve elimi boynuma götürdüm. "O kolyeyi boynumdan asla-"

Yoktu. Boynumda değildi. "Pamir."

"Ne?" Kapının deliğinden karşı tarafı gözlüyordu ama adını söylediğimde bana dönmüştü.

Kirpiklerim titriyordu. "Kolye yok."

Kolye yokken bulunmamız bir dakikayı bile almazdı. Enerjim, Tornado'dan görülüyordu... Ayaklı navigasyon cihazı gibiydim.

Acı kahve gözlerinin alev aldığını gördüm. Gözlerimin önünde yangınlara kurban gitti ve ben hiçbir şey yapamadım. Çenesi öfkeden titrerken, "Nasıl?" diye sordu

O an gözlerimin önünde, sabah Leyla ve Atahan'la beraber sınıfa çıkışımız geldi. Atahan, ona cevap vermediğim için omzumu sıvazlarken uzun parmaklarının boynuma değdirmişti ama o kadar belirsiz bir andı ki üzerinde hiç durmamıştım. "Atahan..."

Pamir yumruğunu sertçe duvara geçirdiğinde, zaten kırık dökük duvar içe göçtü. Korkuyla yerimden sıçrarken bağırdı. "Biliyordum!" Yaklaştı. "O herifte bir boklar olduğunu defalarca kez söyledim sana Nil! O puşttan hoşlanmadığımı yüzlerce kez söyledim ama sen ne yaptın? İnadına gittin yanında durdun, seninle arkadaş olmasına izin verdin!"

"Bağırma bana! Nereden bilebilirdim? Tanışmamız bile tesadüften ibaretti!"

"Tesadüflere sakın inanma Nil, duydun mu beni?" Yüzü yüzüme oldukça yakındı ve gözlerinden çıkan alevler benimkileri nişan alıyordu. Öfkeyle elini saçlarından geçirdi. "Bu hayatta ne insanlara ne de tesadüflere inan."

Ağlamak üzere olduğumdan, sert bakışlarım bunun için

bir perde görevi görüyordu aslında. Kalbimde bir kırık daha ve dizlerimin üzerinde çöküp hüngür hüngür ağlayacaktım ama hayır, bu kadar güçsüz olamazdım. Olmamalıydım. Kendimi geriye çeken ılk ben oldum ve dönüp ılerledım.

Ama fazla ilerleyemedim. Pamir'in eli bir anda koluma kilitlendi ve beni kendine doğru çekti. Sert şekilde gövdesine çarptığımda bir defa daha geri çekilmek için artık çok geçti, çünkü kolları çoktan vantuz gibi sımsıkı bedenime dolanmıştı.

Burnumun direği sızlıyordu. Şoke olmuştum. Bu an gerçek miydi? Her zaman kırıp dökerdi, bir defa olsun böyle şefkatli olduğunu görmemiştim fakat şu an... O kadar iyiydi ki. Bana o kadar iyi gelmişti ki. Belki de sonuna kadar dayanmam için yapması gereken tek şey bana sımsıkı sarılmasıydı ama bunun için öylesine geç kalmıştı ki. Ne böyle bir seçeneğim ne de böyle bir ilacım olduğundan haberim vardı. Salep ve tarçın her yerdeydi. Hücrelerimdeydi. Tenimdeydi. Genzimdeydi. Göğüs kafesimi esir almıştı. Bir şehrin inşasındaki en sağlam direkti.

Elini saçlarımda dolaştırırken "Tamam, oldu, bitti," diye mırıldandı. Sinirini yatıştırmaya çalıştığı ve bunu büyük oranda başardığı belli oluyordu. "Şimdi önümüze bakalım. Tamam mı?"

"Tamam." İki dudağımın arasından mırıltı misali bir onay sesi çıktı. Öylesine güçsüzdüm ki aslında, öylesine muhtaç ve esir... Farkında bile değildi. Hiç bilmiyordu. Haberi yoktu.

Kollarımı ona dolama cesareti bile bulamadan, tam üstümüzden gelen gürültüyle ayrıldık ve dikkatimiz yukarıya çevrildi. Kaşlarım çatılmıştı, iki ihtimal vardı: Ya yukarıda oturan biri evinde bardak kırmıştı ya da bizi takip eden adamlardan biri yukarıdaydı.

"Balkondan gelecek," diye fısıldadı Pamir ve bana döndü. "Şu odaya gir ve kapıyı kapat. Sessiz ol. Çabuk."

Kafamı sallayıp holün sonundaki kapısı açık balkona son

kez baktıktan sonra, bana gösterdiği o küçük odaya girdim ve kapıyı kapattım. Bir dakika boyunca orada öylece meraktan tırnaklarımı kemirerek beklerken, kapının ardından gelen sesle nefesim kesildi. Bir anda sesler çoğalmış ve kapıyı aralama isteğimi körüklemişti, bu yüzden kendime engel olamadım. Yavaşça kapıyı araladım ve gözlerimi içeriye odakladım. Pamir'in önce kırıp sonra yerine taktığı kapı yerdeydi. Odada dört tane adam vardı. Biri koltuğun arkasına baş aşağı devrilmişti, bu yüzden yalnızca bacakları görünüyordu. Diğerinin kafası kırık bir sandalyeye sıkışmıştı ve baygın hâlde yerde uzanıyordu. Kalan ikisi ise Pamir'le dövüşüyordu.

Pamir, birini boynundan tuttuğu gibi pencereye çarptığında, diğeri üzerine atlamak için hareket etti fakat kasıklarına yediği tekmeyle feryat ederek yere çöktü. Pencereye kafa atan adamın başı kanarken, kendine gelmeye çalışıyordu ama dizlerinin üzerine çöken adam çabuk toparlandı. Nefesim kesilmiş halde Pamir ne yapacak diye merak ederken ve kendimi zor tutarken, bir anda Pamir'in bu tarafa geldiğini fark ettim. Adam beni görmeden önce arkasını döndü ve bakmadan kapıyı kapattı.

Geriye çekildim ve sakinleşmeye çalıştım. O iki adam da hallolursa alt kata inip istediğimiz kişiye ulaşabilirdik değil mi? Böylelikle işimizi halledip geri dönebilirdik. Dönmeliydik. Umarım dönerdik. Döndüğümüzde, eğer Atahan'ı görürsem…

Düşüncelerim yarıda kesildi. Orada, o boş ve yıkık dökük odada öylece dikilirken bir anda boynumda hissettiğim iple geriye doğru savruldum. Ellerimle boynumun kesilmesini engellemek amacıyla boynumun üzerindeki ipi tutmaya çalışırken çığlık attım. Arkamdaki adam boynumdaki ipi bırakıp koluyla kafamı kıstırdığında, başıma dayanmış soğuk metal tüylerimi diken diken etti.

"Sevgili Afrodit," dediğini duydum.

Debelenmeyi kestim. "Malik?"

"Evet, benim," diye fısıldadı ve derin bir nefes aldı. "Bazen düşünüyorum... Eğer bu şekilde karşılaşmasaydık, bu durumun içinde olmasaydık bir şansımız olabilir miydi?" Seslice aldığı nefesi verdi. "Şu hâlimize bak... Afrodit'inin kafasına silah dayamış bir Ares... Cık, cık, cık."

Öfkemin beni ele geçirmesine izin vermek, göğüs kafesimde dolaşıp her hareketinde bana acı veren o enerjiyi açığa çıkarmak istedim fakat yapamadım. Bir şey beni engelliyordu.

"Neden sessizsin?" diye sordu Malik, beni kendiyle sertçe geriye çekerken. Sırtım onunkine yaslıydı ve bu beni iğrendiriyordu ama kendimi ondan kurtaramıyordum. "Ahh, yoksa biricik enerjini benim üzerime mi salmak istiyorsun?" Tekrar cıkladı. "Bak bu hiç olmadı güzellik. Ama sana bir sır vereyim, istesen de bunu yapamazsın."

O an, boynuma geçirdiği şeyin ip değil de gücümü engelleyen o lanet kolye olduğunu fark ettim. O siyah taş... Boynuma taktığı buydu. Evet.

Aniden gelen bir dürtüyle dişlerimi sertçe eline geçirdim. Kanatana kadar batırdığım dişlerimin acısıyla Malik çığlık attı. Bu boşluğundan faydalanarak kolunu boynumdan kurtarıp silahını tutan elini yukarı doğru büktüm ve aynı anda dizimi kırıp bacak arasına geçirdim. Büktüğüm eli böylelikle hissini kaybetti ve silahı yere düştü. Ayağımla silahı ileri ittikten sonra kapıya doğru koştum. Bir yandan da boynumdaki kolyeyi çıkarmaya çalışıyordum ama olmuyordu, çektiğim her an parmaklarımın ucuna ateşte ısıttıkları iğneleri batırıyorlardı sanki.

Kolyeyi bırakıp kapıyı açmak için hareket ettiğimde Malik saçlarımdan tuttu ve beni geriye doğru çekti. Saçlarımı kavradığı eline tırnaklarımı geçirip kolundan tutundum ve hızla ona yaklaşıp ayağına tekme attım. "Bırak! Bırak beni!"

Saçlarımın çoğunun elinde kaldığı düşüncesi beni çileden çıkarmıştı. Bir anda iki gözüne parmaklarımı soktum ve görüşünün olmamasından yararlanarak saçımı tuttuğu kolundan güç alıp zıpladıktan sonra, iki ayağımla da göğsüne eş zamanlı bir tekme indirdim.

Böylece ikimiz de odanın farklı taraflarına savrulduk.

Saç diplerimdeki acı öylesine keskindi ki toparlanmam zaman aldı. Bu sırada odanın diğer tarafındaki Malik de etrafı görmeye çalışıyordu, gözleri kıpkırmızıydı ve gözyaşları durmuyordu.

Tam o sırada, hemen yan tarafımdaki kapı gürültüyle açıldı. Nefes nefese ve kocaman olmuş gözleriyle etrafa bakan Pamir içeri girdi. "Dışarı," diye söylendi. "Çabuk!" Kollarımdan tutup beni ayağa kaldırmaya çalışırken, bir yandan da Malik'e ve hâline şaşkın gözlerle bakıyordu. Normalde Malik gibi birini yere sermek zor olabilirdi ama rakibi saldırmasını hiç beklemediği bir kız olunca çok daha kolay olmuştu.

Ayağa kalktığımda Pamir'in elleri dağılmış saçlarımın arasından yüzümü esir aldı. "İyi misin?" Bir yandan beni inceliyor, bir şeyim var mı diye bakıyordu.

"İyiyim," diye mırıldandım ama bir beyin sarsıntısı geçirdiğime emindim.

Elimi tuttu ve odadan çıkıp kapıyı kapattığımız sırada Malik'in de ayaklandığını gördüm. Pamir kapının arkasına büyük, eski koltuğu çekerken yıkık dökük salonu dehşetle incelemekle meşguldüm. Dört adamdan fazlası yerdeydi. Beş, altı, yedi... Ben onuncuyu sayarken Pamir balkondan aşağı baktı ve, "Fazlası geliyor," diye homurdandı. Hızla kapıya ilerleyip kaldırdı ve yerine yerleştirdikten sonra komodini de kapıya yasladı. Üzerine de tek kişilik büyük bir koltuğu yerleştirdi.

"Ne yapıyorsun?" diye sordum dehşetle. "Çıkış yolumuzu kapattın."

"Çıkış yolumuz burası değil," diye cevapladı hızlıca ve yanıma gelip elimi tuttuktan sonra balkona doğru ilerledik.

Gözlerim sanki daha fazla açılabilirmiş gibi şaşkınlıkla aralanırken, "Hayır!" diye bağırdım. "Ne yapıyorsun? Buradan mı atlayacağız? Dördüncü kattayız! Hayır, bir daha olmaz!"

"Atlamayacağız," diye mırıldandı Pamir, aşağıyı süzerken. İki büyük, siyah BMW'dan inen en az sekiz kişilik bir grup binaya giriyordu ve Pamir de onları izliyordu. Adamlar apartmana girdikten sonra geri çekildi. "Sakinleş ve derin bir nefes al. İhtiyacın olacak."

"Bu da ne demekti şimdi?"

Pamir kafasını Malik'i içeride bıraktığımız odanın kapısına çevirdi, kapı zorlanıyordu ve fazla dayanmazdı. Birazdan diğer adamlar da gelecekti, komodin ve tek kişilik kırık bir koltukla kesinlikle başa çıkabilirlerdi.

Pamir balkonun hiç de sağlam görünmeyen demirine tutunarak üzerine çıktı ve bana doğru döndü. Ellerim titriyordu artık. Ne yapacağını kestiremiyordum. "Alt katın balkonuna atlayacağım, o hacker'a ulaşmadan buradan gitmeyeceğiz."

"Ne? Deli misin sen!" Pantolonundan tuttum. "İn şuradan aşağı!"

Kafasını olumsuz anlamda salladı. "Hayır. Dinle beni!"

Durdum. Onun endişeli gözleri benimkilerle kenetlenmişti. "Aşağıya indikten sonra senin inmen için bekleyeceğim, adımlarını sağlam at ve görebildiğin ilk an kendini aşağıdaki balkona bırak. Seni yakalayacağım. Duydun mu beni?"

"Uçabilir misin ki sen aptal? Daha kaç defa yapacaksın bunu?" Dehşetle aralanmış gözlerimi ona çevirdim ve umutsuzca, çaresiz bir sakinlikle omuzlarımın çökmesine izin verdim.

Birkaç saniye sonra anca yutkunabilmiştim. "Ne kadar yükseğe tırmanırsan, düşüşün o kadar sert olur."

Balkon duvarından tutunarak kendini yavaşça aşağı bırakırken mırıldandı. "Ya kanatlarım varsa?"

"Kanatların yok."

Pamir kendini aşağıya sallandırıyordu. Elim ayağım tutmuyordu artık, gözlerim dolmasın diye sıkıyordum kendimi. Son kez bana baktı ve tek kaşını kaldırıp gereksiz gülüşünü gamzesiyle taçlandırdı. "Güzel, uçmak için kanatlara ihtiyacımız yok."

Ve atladı.

Çığlık atarak aşağı sarkıp nerede olduğuna bakarken gözlerim, bulundukları oyukların içinde titriyordu sanki. Pamir'i alt katın balkonundan bana bakarken buldum, göz kırpıp gülümsedi.

"Aptal!" diye bağırdım. "Aptalsın sen!"

"Çok konuşma da gel buraya!" diye seslendi cevap olarak. "Acele et!"

Aynı anda evden bir gümbürtü yükseldi. Malik onu hapseden kapıyı kırmıştı. Pamir'in kapıya dayanak olarak yasladığı koltuk salonun ortasındaydı ve birkaç saniye sonra girişte gözlerini ovuşturan Malik belirmişti.

Pamir aşağıdan, "Nil!" diye bağırdı. Sesindeki endişe ve korkuyu seçebilmiştim.

Zaman kazanmak için hızlıca balkonun kapısını kapattım ve derin bir nefes alarak tırabzanlara çıktım. Kapıya doğru dönerek ellerimle balkonun duvarlarından tutundum. Ben kendimi yavaşça aşağı bırakırken Malik beni gördü. Daha fazla vakit kaybedemeyeceğimi düşünüp, kendimi yavaşça bir ileri bir geri sallandırmaya başladım. Saniyeler sonra kendimi ileri attığım an kalbim bütün bedenimle atıyordu.

İleri savruldum ve doğruca Pamir'in üstüne kapaklandım. Kolları bedenimi sararken bacaklarımı da beline dolamıştım ve nefes nefeseydim. Bir santim bile kıpırdamamıştı yerinden, öylesine bir güçle yakalamıştı beni.

O an anlamıştım; onun kanatları ruhundaydı.

Bacaklarımı belinden çekerken Pamir beni yavaşça yere indirdi. "İyi misin?"

"Evet," diye cevapladım hızlıca ve kafamı balkonun kapısına çevirdim. "Nasıl açacağız?"

Montunu çıkarıp sağ koluna doladı ve hiç beklemediğim bir anda hızlıca balkonun camına kolunu geçirdi. Cam büyük bir gümbürtüye yere inerken kolunu içeriye sokup kapıyı açtı ve içeriye geçti. Hızlıca peşinden girdim.

İçerisi tıpkı yukarıdaki gibiydi, hatta daha da berbattı. İğrenç bir koku her tarafa yayılmıştı ve hiç eşya yoktu, duvarlar soyulmuş ve küflenmişti, kapılar yerinde bile değildi.

Pamir bakışlarını yerinde olan tek kapıya, yani dış kapıya çevirdi. Adım sesleri aşağıya geliyordu, olanları fark etmişlerdi. Kapı bir anda zorlanmaya başladığında Pamir koşarak kapıyı aksi yönde ittı. "Nil, dikkat ederek bütün odaları kontrol et. Bir terslik olursa çığlık at, ses çıkar. Acele et, zamanımız yok."

Kafamı sallayarak yanından ayrıldım. Mutfak bomboştu, içeride yalnızca yıkık bir tezgâh vardı ve her şey toz içindeydi. Vakit kaybetmeyerek hızlıca diğer üç odayı da taradım fakat bomboştu. Her yer yıkık döküktü ve burada fare bile yaşamazdı. Adresin yanlış olduğuna öylesine emindim ki...

Pamir'in yanına geri döndüğümde kapının hafifçe aralandığını gördüm. Kapıyı tutmak için çok güçlük çekiyordu, gücünün son demlerini harcıyordu biliyordum. Elim kolyeye gittiğinde onu açamadığım için koparmaya çalıştım. Çok zorlanıyordum.

Birkaç saniye sonra ellerim kana bulandı. Avuç içlerimi küçük kesikler kaplamıştı ve bunu kolyenin zinciri yapmıştı.

"Kimse yok," dedim hızlıca. "Gidelim buradan. Adres yanlışmış, anlamıyor musun? Burada bırak insanı, fare bile hayatta kalamaz!"

"Çek ellerini o sikik kolyeden," dedi zorlukla, kapıyı tutmaya çalışırken. "Öyle çıkaramazsın."

Sözlerini duyduğum anın hemen sonrasında, aralık kapıdan diğer taraftaki adamları gördüm. Bir kol geçebilecek kadar açılmıştı artık kapı.

Yalnızca birkaç saniye sonra, gözlerimin önünde en çok korktuğum sahnelerden biri gerçekleşti.

Adamlardan biri elini o aralıktan geçirerek tuttuğu bıçağı, beklemeden Pamir'in koluna sapladı.

Hızla hareket edip adamın koluna tekme attım. Kapının arkasından güçlü bir çığlık atan adam, hızlıca elini geriye çekmeye çalışınca kapı üzerine kapandı ve üzerime kan sıçradı.

Adamın üç parmağının yarısı kopmuştu. Hemen önüme, yere düştüler.

"Bakma," diye söylendi Pamir. Bir yandan kolundaki bıçağa ulaşmaya, diğer yandan da ağırlığını ve gücünü kapıya vererek açılmasını önlemeye çalışıyordu.

Şoktan çıkmaya çalışırken acıyan avuç içlerime odaklanmaya çalıştım ama metalik koku öylesine keskindi ki...

Bir dakika sonra kendime gelebildiğimde bulanan görüşümü düzeltmeye çalıştım. Pamir kendime gelmem için bana bağırıyordu, kapı tekrar aralanmıştı ve her an bir darbe daha alabilirdik. Kapının ardındaki parmakları kopan adamın acı çığlıkları boğazımdaki safra tadıyla birleşerek kendime gelebilmemi önlüyordu.

Sonunda kendime gelebildiğimde ve tamamen Pamir'e odaklanabildiğimde, önümdeki parmak cenazesinin önünden atlayarak Pamir'in yanına yerimi aldım. Böylece kapı hızla kapanmış oldu ve Pamir'in omzundaki yük de bir nebze hafifledi.

"Adres yanlış olamaz," dedi Pamir öfkeyle ve bağırdı. "Olamaz!"

"Burada kimse yok!" diye fısıldadım ona karşılık. "Bu adresi kimden aldın?"

"Annenden," diye cevapladı beni. "Direkt olarak annenden aldım. Kendi ağzıyla söyledi."

Adamlar kapıyı tekrar zorlamaya başladığında sertçe yutkundum. "Kolun nasıl?"

Onun da sert bir yutkunmanın ardından derin bir nefes aldığını hissettim. "İyiyim ben."

"Buradan nasıl çıkacağız?"

Kafasını kapıya yasladı ve gözlerini kapattı. Birkaç saniyelik bir sessizlikten sonra gözleri tekrar aralandı ve etrafı süzmeye başladı. Direkt olarak salonu görebiliyordu, hemen yanımızda ise uzun bir koridor uzanıyordu ve odalar vardı. Her yer boştu.

"Nil."

"Polisi mi arasak?" diye sordum çaresizce. "En azından sabıkamız yok, birkaç güne salarlar. Ne diyorsun?"

"Nil," diye söylendi yine ciddi bir ifadeyle. Terlemişti. Bıçağı çıkarmamıştı, evet ama yine de kan kaybediyordu.

"Kamera var," diye fısıldadı bu sefer. Bakışlarım hızlıca salonun her köşesinde gezindi ve sonunda soyulmuş bir duvarın, kırık tuğlasının içinden belli belirsiz görünen o kırmızı nokta ışığını fark ettim. Pamir haklıydı. Kamera vardı. Burada biri yaşıyordu.

Sonra bir şey hatırlamış gibi, "Patlıcan moru," diye mırıldandı kendi kendine.

"Ne?" diye sordum.

Tekrar, "Patlıcan moru," dedi ama bu sefer daha sesli söylemişti bunu. "Patlıcan moru!"

"Pamir, iyi misin? Ne diyorsun?"

"Şifre buydu." Bana döndü. "Nil, bağır." Ve tekrar bağırdı. "Patlıcan moru! Duyuyor musun beni, seni şerefsiz! Gösteri hoşuna gitti mi?"

Dehşetle gözlerimi Pamir'den, salonun yan duvarına çevirdim. O duvar, yan apartmanın üçüncü dairesiyle bitişikti. Yine aynı duvar, birkaç saniye sonra tam ortasından bir kapı şeklinde kırılarak geriye doğru göçtü ve bir geçit açıldı.

Pamir sinirden kahkaha attı. "Buna inanamıyorum. Pezevenk. Tek ihtiyacı buymuş. Yalnızca iki kelime."

"Bu nasıl oldu?" diye sormadan edemedim. Gülmek istiyordum. Bir anda mutluluk hormonu hücum etmişti bedenimin her yanına.

Pamir'in kolunu süzdüm. "Ne yapıyoruz?"

"Üç dediğimizde koşuyoruz," diye mırıldandı ve daha fazla dayanamayan kapıya baktı. "Bir."

Derin bir nefes aldım ve gözlerimi kapatıp kendimi hazırladım. Eğer yeterine hızlı olmazsak kapı hemen açılırdı ve sırtımıza nişan alırlardı. Acele etmeliydik.

"İki."

Nefesimi tuttum.

"Üç!"

Pamir elimi tuttu ve kapının arkasından hızla çıkarak ileriye koşmaya başladık. Kapı büyük bir gürültüyle yere serilirken arkasındaki adamlar da birbirlerinin üzerine düşmüştü.

Yarılarak açılan, duvar-geçit kapanırken kendimizi içeriye attık ve sırtüstü yere kapaklanarak anca durabildik.

Duvar gürültüyle yerine geri kapandı ve etraf karardı. Hemen ardından lacivert ışık huzmeleri her yanı esir alırken kanayan avuçlarımı acıya rağmen yere dayayarak dizlerimin üzerinde doğrulabildim. Pamir ise bir eli kolunu tutarak ayağa kalkmıştı.

Bu küçük odadaki görünmeyen bir kapı açıldı. Neredeyse yerle bitişik olduğumda yalnızca bu tarafa doğru gelen bir çift mavi spor ayakkabıyı görebilmiştim. Görüşüm bulanıktı ama gelen bir erkekti.

Pamir kolumdan tutarak beni ayağa kaldırdığında, görüşümün açılması birkaç saniyemi aldı.

Işıkların açılması salise bile sürmedi.

Karşımdaki insanı tanımamam ise hemen gerçekleşmişti.

"Çağrı?"

11

Aile.

İçinde geçtiği cümleyi her insanın kolay kolay kuramadığı, ardı arkası kesilmez yutkunmaların bir halat misali boğazına dolandığı, sonunu getiremediğin her saniye için bir santim daha yüksekten bir ağaç dalına bağlandığın o kelime.

Sözlük tanımıyla ise, aralarında evlilik ve kan bağı bulunan, koca, karı, çocuklar, kardeşler ve benzerlerinin oluşturduğu, toplum içindeki en küçük bütün.

Kan bağı. Peki hepsi bu muydu? Hepsi bu kadar mıydı? Sözlük bile bu kadarını anca kabullenebilmişken... Dahası kabul görür müydü ki?

Görmezdi. Görmüyordu. Aile yalnızca buydu işte. Aralarında kan bağı olan, birbirine yabancı insanlar topluluğu.

Çoğu insan doğurmakla anne olunmadığını, biraz sperm feda etmekle baba olunmadığını savunuyordu. Haklılardı. İnsanlar birbirine, aralarındaki bağ ne kadar yakın olursa olsun o kadar yabancıydı. Bu artık kabullendiğim yegâne gerçeklerden biriydi.

Tökezledim. Bu metalik duvarların arasında, saç diplerimden zihnime ulaşan ağır, paslı bir ağrının esiri olduğum için daha fazla ayakta kalabilecek gücüm yoktu. Beni tutan tek şey, Pamir'in bileğime sarılmış eliydi.

Gözlerim doldu. "Ç-Çağrı? Sen misin?"

Çağrı'nın ruhsuz gözleri bir anda dehşetle açıldı. Saçlarımdan zorlukla görünen küçük suratımın gölgesinde, sanki yeni yeşeren bir fidan gibiydi. Her şeyin farkına yeni mi varıyordu yoksa zaten biliyor muydu? Benim dışımda, şu aile denilen yabancı bireyler topluluğunda her şeyden bihaber bir insan müsveddesi daha var mıydı? Pamir bile her şeye böylesine hâkimken...

Pamir'in Çağrı'yı tanıyan bakışlarına şahit oldum önce. Bir saniye sonra ise eli artık kolumu tutmuyordu. Kolundaki yarasını umursamadan öne atıldı ve sağlam koluyla Çağrı'nın çenesine sağlam bir yumruk indirdi. Pamir'in yumruğuyla geriye savrulup yere çakılan Çağrı'dan güçlü bir inleme sesi gelmişti.

"Neden açmadın lan kapıyı? Görmedin mi kameradan geldiğimizi?" Pamir onun üzerine çıkmış, gömleğinin yakalarından tutmuş hesap soruyordu. "Mısır patlatıp gösteriyi mi izledin yoksa? Nasıl? Hoşuna gitti mi pezevenk?"

"Görmedim," dedi dehşetle açılan gözlerini korkuyla üzerime çevirerek. "Yemin ederim, Nil. Duş alıyordum."

"Pamir bırak." Öne atıldım. "Bırak."

Pamir'in öfkesi bitmiyordu ama hâlâ koluna saplı halde duran bıçak, şu an odaklanabildiğim ve görebildiğim tek önemli şeydi.

İkisinin arasında dururken soğukkanlılığımı korumaya çalıştım. "Birbirinizi bırakın ve konuşalım."

"Herif biz ölene kadar kapıyı açmadı ve şimdi de korkak bir sıçandan farkı yok ama onu bırakayım öyle mi?"

Pamir'in bana bağırması gözlerimi sonuna kadar açmama sebep olmuştu. Ellerimi gövdesine dayayarak onu iterken, "O benim kuzenim!" diye bağırdım.

"Ya," derken kafasını başka bir tarafa devirdi ve Çağrı'nın geldiği kapıya doğru ilerledi. "Ne kuzen ama..."

Birkaç saniye sonra gözden kaybolmuştu. İçeride ne vardı bilmiyordum ama Pamir oraya gitmişti.

"Çağrı," diye mırıldanırken sertçe yutkundum ve beklentiyle gözlerinin içine baktım.

Çağrı önce omuzlarını silkti ve başka tarafa baktı, ardından ise seslice nefes verdi. Bana dönüp gözlerimin içine bakarak, "Seni tanıyamadım," dedi. "Saçlarını mı boyattın? Neden?"

"Beni tanıyamadığın için mi açmadın kapıyı?"

"Hayır," diye mırıldandı. "Gerçekten duş alıyordum. Sizi görmedim. Duştan çıktığımda fark ettim... Kapıya yaslanmış duruyordunuz. Görünürde hiçbir şey yoktu ama sonra zorlandığınızı fark ettim ve binanın çevresindeki kameralardan etrafı kontrol ettim. Pamir şifreyi söylemeseydi bile açacaktım kapıyı Nil, yemin ederim. Sadece aptal bir tesadüftü."

"Peki ya bu?" diye mırıldandım, etrafı incelerken. "Tüm bunlar? Üniversitede biyomedikal mühendisliği okuduğunu sanıyordum."

"Bilgisayar mühendisliği okuyorum, yani hâlâ okuyorum."

"Hacker?" Gözlerimi kırpıştırdım. "Buraya neden geldiğimizi..."

Ve bir sır daha.

Tek bir soru soracaktım.

"Pamir biliyor muydu?"

"Hayır," diye itiraz etti. "Pamir ne benim seni bildiğimi biliyordu, ne de tüm bu işlerle uğraştığımı."

Kaşlarımı kaldırarak kafamı sallarken, "Hayret," diye mırıldandım.

Sessiz geçen birkaç saniyeden sonra Çağrı, "İyi misin?" sorusunu yöneltti.

"İyiyim." Cevabım olumluydu fakat özne benken. "Ama o değil," diye mırıldanırken ayaklarım istemsizce harekete geçmişti bile. "Kolundan bıçaklandı."

Çağrı ile birlikte Pamir'in geçtiği kapıdan geçtikten sonra, tek penceresi dahi olmayan bu kafesin içine ilk adımımı atmış oldum. Kocaman bir salon düşünün... Her tarafı bilgisayar ve büyük ekran televizyonlarla donatılmış, ayağınızı attığınız her yerde kablolar olan ve bir cihazın sürekli ses çıkardığı büyük bir salon.

Şaşkınlıktan nutkum tutulmuştu.

"Mavi zoisit yok," diye bir ses duyuldu arkamdan. Kolunu tutarak acıdan uyuşmuş halde yürüyen ve soğuk terler döken Pamir'di bu. "Yerimizi bulmaları çok uzun sürmez."

"Sinyalimi bulmalarını önlemek için duvarları yalıtkan bir maddeyle donattım ve aşılması 48 saatten fazla süren bir sistem geliştirdim. Bizi bulmaları imkânsız."

"Karşında bir atom bombası duruyor," diye cevapladı onu Pamir. "Atom bombası karşına geçip patlamadan önce seninle konuşur mu?"

Kaşlarımı çatarak ona döndüm. "Sen bana atom bombası mı diyorsun?"

"Sadece benzetme yapıyorum," diye nazik bir dille belirttiğinde devam etmesi için sustum.

Ve devam etti. "Evet, yalıtkanlar elektriği iletmez ama tamamen değil. Sadece iletkenlik derecesi zayıftır. Yalıtkan maddenin iletkenlik gücü ne kadar zayıf olursa olsun, akım güçlüyse sonuna kadar dayanamaz. Burada geçirebileceğimiz birkaç saatimiz var sadece. Sonra Nil yine Tornado ekranlarında parlamaya başlayacak."

Çağrı elini saçlarından geçirerek yüzünü ovaladı. "Mavi zoisite ne oldu?"

Pamir bana bir bakış attıysa da önüne döndü. "Ne olduğunu ne yapacaksın? Önemli olan artık bizde olmadığı," diye homurdandı. "Ayrıca Nil'in boynunda şu an onu engelleyen bir zımbırtı var, önce onu çıkarmamız gerek."

Çağrı'nın gözleri boynuma kilitlendi ve kısıldı. "Ahh, Nil... Tasmalanmışsın kuzen."

Sessizce mırıldandım. "Biraz öyle oldu."

"Ne yapabiliriz bir bakayım."

Çağrı'ya dönerek, "Hayır," diye itiraz ettim hemen. "Önce Pamir'in kolundaki şu bıçağı halledelim, ondan sonra ne yapacaksak yapacağız."

Pamir bana döndü. "Bunun bir önemi yok, ben hallederim."

"Karşımda koluna saplanmış bir bıçakla gezinen bir adam

var ve bana bunun bir önemi olmadığını mı söylüyorsun? Keşke bedeninin de söz hakkı olabilseydi Yelkıran."

Israrlarıma dayanamadı. Çağrı, Tornado bilgisayarına sızmaya çalışırken biz de küçük bir ilkyardım çantasıyla beraber arkadaki odalardan birine geçtik. Pamir yatağa otururken, ben önünde duruyordum ve çantayı açmakla meşguldüm. Sonunda açabildiğimde komodinin üzerine bıraktım ve derin bir nefes aldım.

"Gerçekten acımıyor mu?"

"Hayır, sadece bazı şeylerin yanında hafif kalıyor."

Seslice nefes aldım. "Bıçağı çıkaracağım," diye mırıldadım. "Ama eğer kanaman çok olursa hastaneye gitmekten başka çaremiz kalmaz."

"Hastane son tercihim bile olamaz."

"Kolunu kaybedebilirsin! Gerçekten bu diğer bütün şeyler arasında önemsiz mi?"

Pamir gözlerimin içine baktı. Tartışma çıkarmak istemiyordu, yalnızca *yap şunu* diye bağırıyordu sanki.

Yavaşça ceketini çıkardım. Sıra kazağına geldiğinde çıkaramayacağını biliyordum, bu yüzden büyük bir makas yardımıyla yavaşça kesmeye başladım.

Üzerine doğru eğilmişken, Pamir'in kafası benimkinin hemen yanındaydı ve aşağı doğru eğilmişti. Biraz daha yaklaşsa yanaklarımız birbirine sürtebilirdi. Kesik nefeslerini duyabiliyordum, belli etmese de acı çekiyordu işte.

"Lokal anestezi uygulayamam, biliyorsun değil mi?"

Pamir kafasını yavaşça salladı. Biliyordu. Bütün işlemlerden önce onu uyuşturamayacağımı ve şimdi hissettiğinden daha fazlasını hissedeceğini biliyordu. Sanki ben de onunla birlikte hissediyordum, tek fark onun acısı kolunda benimkisi ise tam göğüs kafesimin içindeydi.

O an ona sarılmak istedim. Her ne olursa olsun, nasıl olacaksa olsun... Öylece kucağına oturup ona sarılmak, ağlamak ve tüm bu olanları kaldırabilecek kadar güçlü hâle gelene kadar oradan kalkmamak... Zaman yoktu. Bu çok komikti, çünkü genelde zamana bırakmamı söylerlerdi ama bu sefer zaman yoktu.

Koca bir gazlı bez kopardım ve antiseptiğin kapağını açarak gazlı bezi ıslattım. Kuru bir parça gazlı bezi de diğer elimde tutuyordum. "Ben bıçağı çıkardıktan sonra önce kuru olanı bastıracağım, eğer kanaman durmazsa…"

"Hastane, evet, anladım," diyerek kısa kesti. Daha çok kendini hazırlamaya çalışıyordu. Soğuk terler döktüğünü görebiliyordum, gözlerinin içi kızarmıştı. Tanrı şahidim olsun ki eğer gözlerinden öpebilseydim bir saniye beklemezdim. İlkyardım çantasını onun yanına, yatağın hemen üzerine bıraktıktan sonra gazlı bezleri de temiz bir yere koydum ve gelmeden önce yıkadığım ellerimi ovaladım. "Hazır mısın?"

Pamir gözlerimin içine baktı, kaşlarını kaldırmıştı. Bundan çok önce, yine Malik'in adamları tarafından bıçaklandığında ona yardım eden bendim. İlk yakınlaşmamız o gün gerçekleşmişti. Hayatımda ilk defa ona o gün o kadar yaklaşabilmiştim. Şimdi çok daha ileriye gidebilmiş halde burada, öylece dikiliyordum.

Ama eğer o güne dönebilmek için bir şansım olsaydı, bunu geri çevirmezdim.

Pamir sağlam koluyla belimden tuttu ve beni biraz kendine çekti. Koluna tamamen yakın olabilmem için iyi bir seçenekti, bu yüzden itiraz etmedim. Dizlerimi iki yanımda açarak yatağa yasladım, böylece kucağında ve dizlerimin üzerinde duruyordum.

"Yap şunu."

Titreyen ellerim bıçağın kabzasını kavradı ve gergince dudaklarımı dişlerken derin nefesler almaya başladım.

"Bu kadar gergin olma, yapabilirsin," derken zorlanıyordu. Diğer eliyle gözümün önüne gelen saçları çekerken parmak uçları boynuma sürtünmüştü.

"Hiç yardımcı olmuyorsun," diye homurdandım sessizce. "Koluna bıçak saplı olan sensin, biliyorsun değil mi?"

"Biliyorum, güzelim."

"Dalga geçiyor olmalısın!" diye hayıflandım sesimi yükselterek. "Sadece sus. Konuşma ve dokunma da. Tamam mı?"

Pamir dudaklarını birbirine bastırırken, "Tamam," diye mırıldandı. "Sadece ikimizin içinde olduğu bir gemideyiz ve kaptan sensin."

Ağzım şaşkınca aralanırken kaşlarımı kaldırdım. "O bıçağı yerinden oynatmamı gerçekten istemiyorsun, değil mi?"

Burnunu çekip kafasını kaldırdı ve kızarmış gözleriyle bana baktı. "Pek sayılmaz. Muhtemelen kanayacak. Çok fazla."

"Bence o kadar derine girmedi," diye mırıldandım. "Bir iddiaya girmek ister misin?"

"Nesine?"

"Ben kazanırsam…" Gözlerim boynuna kilitlendi. "Şu dövmeyi göstereceksin."

Pamir'in eli ensesine gitti ve bir süre orada kaldı. "Siktir. Onu unutmuştum."

"Onu hileyle de görebilirim," diye mırıldandım. "Ama bunu yapmıyorum, çünkü ben iyi bir kızım."

Dudakları kıvrıldı. "Belki de iyi bir kız olmamalısın."

"Kolunda bir bıça-"

"Evet, evet," diyerek sözümü kesti. "Kolumda bir bıçak var ve ben sevişmekten bahsediyorum."

Bıçağın saplı olduğu koluna parmağımla hafifçe baskı uyguladığımda inledi. "Ne? Ne dedim ki ben şimdi?"

"Seni sansürleyebiliyor muyuz?"

Pamir somurttu. "Ne diyeceğim? Aşk yapmak mı diyeceğim?"

"Bıçak kabzasıyla beraber koluna tamamen girsin istemiyorsan sus." Derin bir nefes alarak bıçağı kavradım. "Üç diyince çıkarıyorum."

Ama üçe kadar beklemedim. Biraz daha beklersem ya yapamayacaktım ya da Pamir tekrar engel olacaktı. Acıdan ya da bunu yapmamdan korkmadığını biliyordum, onun korktuğu şey tam olarak hastaneye gitmek zorunda kalmaktı. Kanamanın fazla ve durdurulamaz olması düşüncesi onu geriyordu.

Ve bıçağı çıkardığımda, kanama başladı. Pamir'in sıktığı dişlerinin arasından güçlü bir inleme sesi gelmişti. Ellerimin titremesine engel olarak antiseptiksiz gazlı bezi açık kesiğe bastırdım ve alnımı, ellerimin üzerine dayadım. Bir yandan da içimden tekrar ediyordum. *Lütfen çok kanama. Lütfen. Lütfen.*

Avuç içlerim kana bulanırken kafamı kaldırıp beyaz bezin aldığı kırmızı renge baktım. Kan. Her yerdeydi. Ancak bir süre sonra durduğunu fark ettim. Beyaz bezin uç kısımlarına ulaşamadan durmuştu.

"Durdu," diye mırıldandım. "Durdu, durdu, durdu." Pamir'e döndüm. Gözleri kapalıydı ve dudaklarını birbirine bastırıyordu, dişlerini birbirine kenetlediğini kasılmış çenesinden anlayabiliyordum. Kaşları çatılmıştı. "Duydun mu beni? Durdu! Bıçak çok derine inmemiş... Kanama durd-"

O an, tam olarak ne olduğunu anlayamamıştım aslında. Yarasına kana bulanmış gazlı bez bastıran ellerimden biri geri çekildi ve Pamir sağlam kolunu belime dolayıp beni kucağına çekti. Yüzü yüzüme dayandığında nefesim kesilmişti ama tam olarak alnını alnıma yaslamamıştı; dudakları, benimkilerin biraz daha yanında ve aşağısında, nefesi ise doğrudan suratımdaydı.

"İyi misin?" diye sordum kendimi toparlayabildiğimde. Kafasını salladığını hissedebilmiştim. Nereden geldiğini bilmediğim bir sıcaklık göğüs kafesimi kaplamıştı. Yanıyor muydum yoksa sadece ısınıyor muydum emin değildim, tek bildiğim bunun farklı olduğuydu.

Belki de bu onun teşekkür etme şekliydi?

"Yaranı temizlemem gerek," diye fısıldadım. "İzin ver."

Pamir geri çekildi. Bedenini çekerken hâlâ diğer elimin yaranın üzerindeki bezi tuttuğunu fark ettim. Antiseptik dökülmüş bezi alıp yaranın etrafını temizlerken, bir saniyede beş kere falan yutkunuyordum sanırım. "Dikiş atılması gerekiyor mu bilmiyorum," diye mırıldandım. "Muhtemelen dikiş atılması gerekiyor."

"Sadece kapat işte."

"Enfeksiyon kapabilir." Ona döndüm. "Nasıl fizik hakkında bu kadar bilgiliyken biyolojide sıfır olabiliyorsun?"

Temiz bir sargı bezini doğru şekilde katlayıp yaranın etrafından, göğsünün üzerinden sırtını saracak şekilde geçirdim ve tekrar yaraya geldiğimde kesip düzgünce bağladım. Pamir'in kucağından kalkarken bir yandan da homurdanıyordum. "Şimdi uyuman gerekiyor ama sen muhtemelen uyumayacaksın tabii, çünkü sen…"

Kanlı bezi alıp atmak için uzanan ellerimi tuttu ve ben, onun oturduğu yatağın önünde dikilirken avuç içlerimi yavaşça yukarı doğru çevirdi. Bir süre bakıp durdu, sonra kafasını kaldırdı. "Özür dilerim."

"Yok artık! Tamam, dur, kes şunu," diye cümle kurmaya çalışırken ellerimi ondan çektim ve bulanan kafamı toparlamaya çalıştım. "En son baktığımda insanlar biri onlara yardım ettiğinde teşekkür ediyorlardı."

Pamir omuz silkti. "Belki de bu benim teşekkür etme şeklimdir?"

Kanlı elim kalbime gitti fakat üzerime sürtünmeden önce onu durdurdum. "O zaman lütfen teşekkür etme. Teşekkür etmediğin odun zamanlarına dönemez miyiz? Ben alışık değilim."

Kaşlarını kaldırdı ve güldü. Saçları dağılmıştı, yüzü ter içindeydi. Gözleri hâlâ kızarıktı ve başına bir şey gelmesinden korkuyordum. "Koluna dikiş atılması gerekiyor."

"Sonra bakarız."

Gözlerimi devirerek sağ ayağımı yere vurdum. "Beni deli ediyorsun."

Tekrar gülerken, "Biliyorum," diye mırıldandı Pamir ve belime doladığı koluyla beni tekrar kendine çekti.

Bir süre gözlerine baktım, acı kahvelere. "Bu gece yılbaşı." Derin bir nefes verdim.

"Bir önceki yılbaşın nasıl geçti, merak ediyorum. Anlatsana."

Kahkahalara boğulmamak için dudaklarımı dişledim. "Hayır."

"Belki ben de sana anlatırım."

Gözlerim dehşetle açıldı. "Hayır. Bana bir hayırsa, sana iki hayır. Hatta on, yüz, bin tane. Bilmek istemiyorum."

"O zaman sen anlat," diye mırıldandı.

"Belki sonra," diye cevapladım onu ve gözünün önüne gelen saçı çekmek için parmaklarımı hareket ettirdim. Kalan temiz bezlerden birini alarak alnındaki ve şakaklarındaki teri silmeye başladığımda, gözlerimi gözlerinden çekmiştim.

"Şimdi gidelim."

Geri çekilmeye çalıştığımda kolunu belime daha sıkı sardı. "Hayır."

"Evet." Ve bir çekilme hamlesi daha.

Sonuç: Başarısız.

Çünkü o yaralı olsa da hâlâ Yelkıran.

"Bu kolları neyle şişirdin?" Gözlerim kollarının üzerinde gezindikten sonra gövdesine kaydı. "Bunlar silikon mu?"

Boğazından yükselen içten bir kahkahayla yerime çakıldığımı hissettim. Zira az önceki görüntü pek de alışık olduğum bir şey değildi.

Bezi bırakıp geri çekilmeye çalışırken, "Ya tamam ya, bırak, gidiyorum ben," diye homurdandım ama yine de bırakmadı. "Pamir. Gitmemiz gerek."

"Millet! Buraya gelin, buna bakmanız gerek!"

Çağrı'nın sesini duyduktan sonra gözlerimi büyülttüm. "Bak. Hadi."

"Tam da vaktinde çağırıyor pezevenk."

"Kuzenime öyle deme."

"Kuzenini öldürebilir miyim?"

"Hayır. Ona ihtiyacımız var."

"Kullandıktan sonra öldürsem?"

Gözlerimi devirirken kanlı bezi elime aldım ve çöp kutusunun içine attım. Odanın karşısındaki banyoya geçip ellerimi yıkadıktan sonra, dönüp ilk yardım çantasını topladım ve masanın yanına bıraktım. Bu sırada Pamir ise hiçbir şey yapmamakla meşguldü.

"Yardımların için teşekkürler."

"Her zaman."

"Tamam, şimdi kalk," diye homurdandım yüzüne ve hemen ardından onu beklemeden odadan çıktım. Nasıl bir ilişki içerisindeydik hiçbir fikrim yoktu.

Boş, beyaz duvarlardan geçerken gözüm ilerideki karanlık salondaydı. Kablolarla dolu bu yere geçtiğimde kendimi bir bilim kurgu filmindeki laboratuarda gibi hissediyordum.

Çağrı en büyük ekranın önünde, bilgisayarına doğru eğilmişti ve endişeli görünüyordu. "Teyzem, Nil'in e-postasına bir ses kaydı göndermiş."

"Benim e-postam yok."

"Hayır var. Yani, sekizinci sınıfta varmış."

Pamir yanımda yerini alırken, Çağrı gözünü onun çıplak bedenine çevirdi. "O üzerine bir şey giymeyecek mi?"

"Şu anda sorunumuz bu mu?"

"Haklısın, her neyse." Bilgisayarını kucağına alıp sandalyeye oturan Çağrı geriye yaslandı ve bize döndü. "Kaydı başlatıyorum."

Ve başlattı. Kucağındaki dizüstü bilgisayarında bir düğmeye bastı ve titrek nefesim bütün odayı kapladı.

Annemin sesini duymayı bekledim.

"Demek başardınız..."

Bir kahkaha ve alkış sesi.

"Tebrik ederim, bir üst seviyeye yükselmeye hak kazandınız çocuklar! Sizinle oynamak keyif verici doğrusu."

Pamir'in eli sırtımdan boynuma doğru çıktı ve omzumu sıvazladı.

"Sıradaki seviye... Senin yapmayı en iyi bildiğin şey, Yelkıran."

Bu konuşan Mehmet Faruk Zarraf'tı. Malik'in babası ve Pamir'in amcası.

"Yılın ilk günü, akşam saat 10'da Zırh'ta ol. Seni kendi şampi-

yonumuzla bir kafes dövüşüne davet ediyoruz. Eğer reddedersen, gelmezsen ya da arkamızdan iş çevirirsen, küçük elektrik kutumuzun babasına elveda demesi gerekecek."

Ve son.

Dudaklarımdan, "Çağrı çıkar şu tasmayı boynumdan," sözleri döküldü. "Çıkar ki sahibini ısırabileyim."

Pamir beni tutarak, "Sakin ol Nil," dedi.

"Sakin mi olayım? Neresine sakin olacağım? Bu kolla dövüşe gidebileceğini mi sanıyorsun?"

"Halledeceğim, tamam mı? Sakin ol," diye tekrar ettiğinde sağlam kolunu kaldırarak elini boynum ve yüzüm arasındaki noktaya kenetledi.

"Neyi halledeceksin? Neyi? Nasıl? Bu sefer çıkış yok! Kaçış yok! Nereden atlarsak atlayalım kurtulamayacağız, anlasana!" Elini yüzümden çekip Çağrı'ya döndüm. "Gideceğim ben. Açın kapıyı."

"Nil sakin ol," diye bu sefer de Çağrı başladı ama kararımın arkasındaydım.

"Ya açsanıza kapıyı!"

Odadaki elektronik eşyalardan garip sesler gelmeye başladığında iki elimi de boynumdaki kolyeye attım ve derin nefesler almaya başladım.

Çağrı, "Hani kolye engelliyordu lan?" diye bağırdı.

"Sonsuza dek sürmez." Pamir adımlarını bana yöneltti. "Kendini zorlarsa parçalayabilir ama bu çok güç-"

Ve kolye yeri boyladı. Kan damlayan avuç içlerimle beraber ani bir sarsıntıyla dizlerimin üzerine düştüğümde, tamamen yeri boylamadan önce Pamir beni tutmuştu.

Ama gözlerimin kapanmasına ve bilincimi kaybetmeme engel olamamıştı.

İnsana umut veren tüm o hayallerin ve yaşanmışlıkların ötesinde bir şeyler olmalı. İnsan sonsuza dek hayal kuramaz. Her şeyi olan birini düşünün, neyin hayalini kuracak? İstediğin her şeye uzanabilirsen boşlukta hissetmez misin?

Herkes istekleri, doğrudan da geleceği için çalışıyor. Milyonlarca insan her sabah saat 7'de kalkıp iş yerine gidiyor ve para kazanmak için çabalıyor. Herkes bir dakika sonrasını bilmediği bir geleceğin temelini inşa etmeye çalışıyor.

Çürük malzemelerle.

Ne önemi var? Geçmiş için hayıflanırken geleceğini, geleceği için çabalarken de şimdiyi kaybetmez mi insan? Elinden şimdisi de alınırsa, domino taşları gibi devrilmez mi hayatı?

Başarı merdiveninde engeller yok, çünkü başarı merdiveni engelin ta kendisi.

"Nil gitmemiz gerekiyor," diye bir fısıltı duydum karanlığın içinde. Gözlerim açıktı da etraf mı karanlıktı yoksa zihnimin içinde kayıp mı olmuştum, emin değildim.

"Şşş, güzelim, hadi kalk."

Bir anda kapı sertçe açılıp duvara çarpınca yerimden sıçradım.

Başucumdaki Pamir, kapıyı kırarcasına açan Çağrı'ya doğru tükürdü. "Kafamızda kırsaydın, it oğlu it."

"Pardon, pardon," diyerek ellerini kaldırdı Çağrı. Ben de kendime gelmeye çalışıyordum. Genelde başını hatırlamadığım bayılmalarımın sonu bunun gibi bir odada bittiğinde, kendime gelebilmem güç oluyordu ve zaman alıyordu fakat öncesinin görüntüleri birden beynime su gibi dolmuştu.

Boynumdaki kolyeyi koparmıştım.

Avuç içlerimdeki acıyı ve kaşıntıyı hissettiğimde, yatakta doğrularak bakışlarımı avuç içlerime çevirdim. Sargılıydılar. *Kim yapmıştı?*

Pamir ellerime baktığımı fark ettiğinde bakışlarımız buluştu ve, "Ödeştik," diye mırıldandı. "Ama şimdi gitmemiz gerek. Hadi, yolda uyursun."

Çağrı, "Etraf temiz, çıkabilirsiniz," derken, bir yandan bakışları üzerimdeydi. Asıl kimliği ne olursa olsun o benim kuzenimdi ve tüm bunlar ona da fazlasıyla değişik ve farklı geliyor olmalıydı.

"Nasıl?" diye sordum, Çağrı'nın gözlerinin içine bakarak.

"Burası, senin kim olduğun… Nasıl?"

Çağrı'nın omuzları düştü. "Aslında Tornado'da çalışıyordum." Adımlarını yavaşça yatağın önüne doğru attı. "Ama teyzem ve Levent Ağabey, Tornado'da işler karışmadan önce beni buraya gönderdiler." Gözlerini odada ve tavanda gezdirdi. "İki yıldır bu kafeste kapalıyım. Alışverişe ayda bir çıkıyorum. Bu iş bitene kadar da buradayım… Doğrudan Tornado'yla gizli bir bağlantım var."

"Bizi gelişmelerden haberdar etmeyi unutma, numaram sende var," dedi Pamir, Çağrı'ya bakarak. Hemen ardından ise bileğimden tuttu ve, "Hadi," diye devam etti. "Artık gitmeliyiz."

Çağrı'ya sarılarak veda ettim. Vedaları sevdiğim söylenemezdi ama son zamanlarda her şeye veda ediyordum… Birçok şeyden vazgeçmiştim. En başta da kendimden.

Üç saatlik bir yolculuğun ardından, Bursa'ya ulaştığımızda saat akşam kaçtı bilmiyordum. Yeni bir yıla girmiş olabilirdik. Eğer dakikalar vardıysa bile, 2016'nın bana daha nazik davranması için yalvarabilirdim. Zira 2015 elimde avucumda ne varsa hepsini benden almıştı. Bedenimi kurban etsem, ruhuma göz dikecekti.

Yolculuk boyunca uyuduğumdan pek uykum yoktu. Aslında sadece gözlerimi kapatmıştım, çünkü düşünceler beni uyutmamıştı. Soru işaretleri yine ve yine, hiç acımadan geçirmişti kancalarını zihnime.

Pamir kapıyı açtığında, içeri girdikten sonra beni görüp üzerime atlayan Zifir'i kucağıma aldım ve ona sarıldım.

Pamir yukarı çıkıyordu. "Omzun çok ağrıyor mu?"

"Hayır," diye cevapladı gitmeden önce.

Zifir kucağımda, salona geçtiğimde gece yarısına bir saat kaldığını gördüm. Küçük siyah kedim için biraz su ve yemek bıraktıktan sonra yukarı çıktım. Kirlenmiş okul formamı çıkardıktan sonra üzerime bir kotla kazak giydim. Ellerim acıyordu, bu yüzden duş almam doğru olur muydu bilmiyordum. Yaramı tam olarak görmüş değildim.

Üzerimi değiştirdikten sonra odadan çıktım ve aşağı indim. Etraf karanlıktı, dışarıda kar fırtınası başlamıştı fakat şömine yanıyordu. Yavaş adımlarla şöminenin yanına gidip kenarında oturarak bağdaş kurduğumda, Zifir'in de kıvrılarak kenarda uyuduğunu gördüm.

Birkaç dakika sonra omzumun üzerinden bana uzatılmış, dumanı üzerinde bir kupa vardı. Kupayı almadan önce Pamir'i gördüm, saç tutamları alnına düşmüştü ve acı kahve gözleri, ateşin etkisiyle yoğun bir kıvam almış, iyice koyulaşmıştı. Kupayı alıp önüme koydum.

Pamir de yanıma oturup bağdaş kurduğunda, kupamdaki sıcak içecekten bir yudum alabilmiştim. Kahveydi. Onun kupasına baktığımda kahve içtiğini gördüm ve istemsizce güldüm.

"Neye güldün?" diye sordu Pamir.

Ona döndüm ve kupasını işaret ettim. "Yeni yıla benimle girmek istediğine emin misin? Başka bir odaya gidebilirsin." Seslice nefes verdim. "Ayrıca kahveden nefret ettiğini sanıyordum."

İlk söylediklerimi açıkça es geçerek, "Ben de öyle sanıyordum," diye mırıldandı sessizce.

Gözlerimi alevlere diktim ve birimiz tekrar konuşana dek geri çekmedim. Birkaç dakikalık sessizliğin ardından pes eden o olduğunda, onu dinlemek için hazırdım.

"Pekâlâ, sana anlatacağım ama iyi dinle, çünkü bir daha tekrar etmeyeceğim."

Ona dönüp gözlerinin içine baktım ve acı kahvelerin içinde şömineden yansıyan alevleri gördüm ama sanki o alevler, karşımızda bir ateş yanmasa da orada olacaktı. Adeta gerçekti.

Pamir önüne döndü ve gözleri şöminede yanan ateşe çevrildi. "Soyhan'a taşındığımızda Malik'le arkadaş olduk ama onların evi bizimkine uzaktı, bu yüzden ben sürekli onların evine gidiyordum."

Yutkundum.

"Her şeyi birlikte yapmasak da aramızdan su sızmazdı."

Devam etmesini bekledim ama durmuştu. "Peki ne oldu

da..."

"Ne oldu da bu hâle geldik, öyle mi?"

Alt dudağıma dişlerimle işkence ederken yavaşça kafamı salladım. "Klasik aslında," dedi. "Kız meselesi. Gerisini anlatmama gerek yok."

Kaşlarım çatıldı. "Filmlerdeki gibi yani? İki sıkı dostun arasına bir kız girdi ve bu hâle geldiniz, bu kadar mı?"

Neden daha fazlası olduğunu düşünüyordum?

"Evet."

Yalan mı söylüyordu?

Anlatmadığı şeyler vardı. Ama şimdilik deşmek istemiyordum.

"Peki."

"Peki," diye tekrar etti beni.

"Tamam."

Yorgunca gülümsedi. "Tamam."

Daha fazlası olduğunu düşündüğümü biliyordu.

Konuyu değiştirmek amacıyla, "Hadi," diye mırıldandım. "Bana dövmeni göster. İddiayı ben kazandım."

Pamir bana döndü. "Bir şartım var."

"Nedir?"

"Bana bir önceki yılbaşında ne yaptığını anlat."

Gözlerim bilinçsizce etrafta dolaştı. "Bunu yapmak zorunda mıyım?"

"Seni zorlamıyorum."

Anlatmak istemiyordum ama bir an boş verdim. Gerisi geldi. "Anne ve babamı bekliyordum. Bir çam ağacı alıp süslemiştim, internette bir sürü yemek tarifine bakıp tonla yemek hazırlamıştım. Annemin doğum günümde hediye ettiği elbiseyi giymiştim."

"Sonra?"

Gözlerim doldu ama sadece buğulanmıştı, akmalarına izin vermeyecektim. "Geleceklerine söz vermişlerdi."

"Ama gelmediler," diye devam etti Pamir.

"Her şeyi bırakıp o soğukta çitlerin yanındaki büyük meşe

ağacının altına oturdum ve saatlerce bekledim."

Küfür etmiştim. O gün zaten kötü bir gündü. Sabah, Pamir kapüşonlusunu sınıflarından bir kıza giymesi için ödünç vermişti ve her zamanki gibi Dedikoducu Kız başta olmak üzere, okulda herkes bundan bahsetmişti. Üstüne bir de kız akşama kadar onun dibinden ayrılmamıştı. O zamanlar Mine'yle çıkmasına rağmen o kızla bir ilişkisi olduğuna inanmıştım. Onu başkasıyla görmeye dayanamamıştım işte. Üzerine bir de annemler gelmeyince...

"Saatlerce salya sümük ağladın," diye devam etti Pamir. "Sarhoş gibi herkese sövdün." Durdu. "Ama benim anlamadığım, bana neden sövdüğün? Benim suçum neydi?"

Kanım dondu. Üzerimde kalın bir kazak, elimde sıcak bir bardak kahve ve karşımda da alevler içinde yanan bir şömine vardı ama ömrüm boyunca böyle üşüdüğümü hatırlamıyordum. O nereden biliyordu? Ona hiçbir şey söylememiştim.

Hiçbir şey.

Ama sanki ben hiçbir şeyi ona söylememeye çalışırken, her şey ona doğru benden kaçıyordu.

Kirpiklerim titrerken ona döndüm. "N-nereden?"

"Kötü bir geceydi," diye mırıldandı Pamir. "Evden uzaklaşmam gerekiyordu. Sonra bahçeden bahçeye atlarken perdeleri açık bir eve denk geldim. İçeride mutlu bir kız vardı. Dans ederken ihtişamlı bir sofra hazırlıyordu. Ben de izledim."

Şaşkınlıktan küçük dilimi yutmak üzereydim. "Ne? Açık bir perde buldun ve izledin mi? Bu kadar mı?"

Rahatça arkasındaki koltuğun bacağına yaslandı ve gözlerini benim üzerimden şömineye çevirdi. "Sonra kız bir saate yakın bekledi ama o sırada, evde ondan başka kimse olmadığını fark ettim. Bir süre sonra mutfak kapısını çarparak çıktı. Ben de yakalanmayayım diye bir meşe ağacına tırmandım."

Parmaklarımla şakaklarımı ovuyordum. Ağlamak üzereydim. "Dalga geçtiğini söyle bana..."

"İnmek için kızın gitmesini bekledim ama o gitmedi. Saatlerce ağladı, hakaret etti, birilerini aradı ama açan olmadı. Küfretti. Sonra adımı duydum. Beni fark ettiğini sandım ama ruhu bile duymamıştı. En az iki saat boyunca ana bacı bütün sülaleme girişti."

Yüzümü kapatırken geriye doğru attım kendimi ve sırtüstü yere yattım. "Hayır… Hayır…"

"Yetmezmiş gibi bir de yağmur başlamasın mı? Donuma kadar ıslandım. Ama bir şimşek çakıyor, görmen lazım. Hani ağaçlara düşmeye meyillidirler ya, benim de götüm tutuştu işte. O fırtına da sesimi duymaz diye umut ederek kendimi arka bahçeye attığım gibi topukladım."

"Hayır…"

"Evet…"

Pamir bileğimden tuttu ve beni kaldırdı. "O gün neden sözünü tutmayan ailenin yanında bana da sövdün bilmiyorum, sormayacağım da." Seslice nefes verdiğini duydum. "Ama eğer hâlâ merak ediyorsan, sana dövmemi göstereceğim."

Cevap vermedim.

"Aç gözlerini."

Yüzümü kapatan ellerim titriyordu.

"Hani sana bir keresinde 'Yarımsın,' demiştim ya… Nil," dediğini işitti kulaklarım. "Nil. Sen *benim yarımsın.*"

O günü hatırlamaya çalıştım. Şişe çevirme oyunundan sonra Zifir, Pamir'in evinde kaybolmuştu ve karanlıkta zifiri aramıştık.

"Kedin de senin gibi."

"Sen bana yılışık mı demek istiyorsun?"

"Hayır, yarım demek istiyorum."

"Yarım derken, neyi kast ediyorsun?"

"Hiç."

"Geçiştirme. Cevap ver. Neyi kast ettin?"

"Spor salonunda neden Mine'yi benimle bırakıp gittin?"

"Orada yalnızca fazlalıktım."

"Hayır. Yarımsın. Bu yüzden böylesin."

Parmaklarımı kavradı ve güç kullanmama fırsat bırakmadan beni saf dışı bıraktı. Ellerimi yüzümden indirdiğinde, Pamir'in tam karşımda durduğunu fark ettim. "Kazağımı çıkarmama yardım eder mısın *Siyah Kuğu?*"

Ne kadarını biliyordu? Farkında olduğu şeyler bir fırtınaya mı sebebiyet verirdi, yoksa bütün dünyayı kıyamete mi sürüklerdi?

Dizlerimin üzerinde durarak, kazağını yaralı kolundan çıkarmasına yardım ettim. Kalbim göğüs kafesimin içinde, göğüs kafesim bedenimin içinde titriyordu.

Pamir kazağını çıkardıktan sonra bütün ihtişamıyla, şöminenin önünde bana baktı ve ardından yavaşça döndü.

Kolunu sarmalayan sargı bezinin bir kısmı sırtından geçiyordu ama bu bile, bir derginin sayfalarından fırlamış gibi görünmesini bozamıyordu.

Ve gözlerim ensesindeki o dövmeyle buluştu.

Başta ne olduğunu anlayamadım, bir şekilden çok resme benziyordu.

Belki de öyleydi.

Bir ağaç. Dibinde oturan bir kız. Ağacın üzerinde bir çocuk.

Küçük, basit bir tablo gibiydi.

Dizlerim titredi.

Küçücük bir dövme ve masalsı bir anıyla birlikte, bütün çocukluğumun yaralarını sarmıştı şimdi.

Yelkıran, artık Kalpkıran değildi.

Titrek parmaklarım dövmenin üzerine doğru ilerlerken göğüs kafesimden gelen bir dalgayla gözlerim doldu ve bir anda yaşlar dizlerimi ıslatmaya başladı.

Dövmeye dokundum, kutsalıma dokundum, teninin üzerine kazılı, bir ömür boyu ensesinde, salep ve tarçının dans ettiği yerde taşıyacağı bu sonsuzluğa dokundum.

Dudaklarım dövmeyi tavaf etti.

Ben ölsem unutamam seni.

12

Dünyada iyiler ve kötüler yoktur. İyiler ve adiller vardır. Adil insanlar kötü olarak değerlendirilir fakat kötüyü reddedenler asıl onlardır. İyiler, kötüye de kucak açarlar ve fakat adiller bunu yapmazlar.

Ben adil bir insanım.

Bunu anladığımda yalnızca 18 yaşındaydım.

Omuzlarımdan kalkan bu yük neyin nesiydi? Yıllar boyunca ayakuçlarımdan yukarı tırmanmış kuş tüylerinin bu kadar ağır olduğunu bilmezdim, ta ki onları tenimle temaslarını kesmeleri için üfleyene kadar. İşte o zaman omuzlarımdan tekrar ayaklarıma düşüverdiler. Küçük, kuş tüyleri... Kanatlar özgürlüğün simgesi değil miydi?

Adım atamıyordum. O kadar çok koşmuştum ki tek bir adım atmaya dahi mecalim yoktu. Ben böyle tıkanmışken ruhumdaki kanatlar çıkmıştı. Yolun sonundaki neydi de bu kadar koşmuştum sahi?

O gelmiş olmalıydı.

Gelmişti, değil mi?

Alnına düşen saçlarının asi tutamlarını çekmek için uzanan parmaklarım alev alıverdiler. Nefesimi ne kadar zamandır tutuyordum sahi? Uyandığımdan beri mi? Hayır... Uyanalı neredeyse bir saat oluyordu. O zaman, ne zaman nefes almıştım en son?

Hatırlamıyordum.

Saç tutamlarını çekmek için ürkekçe hareket eden parmaklarım sonunda buna cesaret edemeyerek durduğunda, başka bir el sıcak yorganın arasından çıkıp elini elimin üzerine kapattı ve benim elimi yönlendirerek dolaylı yoldan saçı çekti.

"Daha ne kadar böyle beni izlemeyi düşünüyordun?"

Göz kapakların aralanıp acı kahvelerini leziz bir ziyafet misali gözlerimin önüne serene dek.

"Uyanmış mıydın?"

"Yaklaşık bir saat önce," derken göz kapaklarını araladı.

"Ne? Bir saat mi?"

Pamir sırtüstü dönüp kollarını kaldırarak esnerken bana cevap vermedi. Yakınındaki canlının nefes alıp verişlerini mi dinliyordu uyurken? Ona göre bilinçaltının kurduğu bir alarm olabilir miydi? Benimle beraber uyanmış olması milyonda bir ihtimaldi.

Bir anda çıplak bacağımda hissettiğim elle yastıktan aşağıya kaydım ve Pamir'in altında buldum kendimi. Ellerini ellerime geçirip başımın üzerinde kelepçelerken eğilip burnumu öptü. "Evet, bir saat."

Dizi çiftleri. Film çiftleri. Ne çiftleri? Ne çiftleri, ne çiftleri?

Anneciğim.

Yutkundum. "Ne?"

"Bir saat?"

"Yo?"

"Ne?"

"Ne, ne?"

"Anlamadım ben."

"Nasıl?"

Kafamın üzerinde esir aldığı ellerimden birini çekip alnıma koydum. "Yo, ateşim de yok..." Gözlerimi kırpıştırdıktan sonra aynı elimle korka korka Pamir'in alnını ittirdim. "Ehh, sen de gerçeksin."

"Ne yapıyorsun ya?"

Gözlerim kocaman oldu. Bir anda elimi ayağımı geriye çektim. Çekilirken Pamir'i çarpmış olmalıyım ki hafifçe inledi ve sıçrayıp yatağa düştü. Fırsat bu fırsat diyerek sırtına çıkıp saçlarını çektim.

Dehşet içinde bağırdı. "Nil ne yapıyorsun?"

Saçlarını çektikten sonra tişörtünü sıyırdığımda, ensesinin biraz kenarındaki dövmeyi gördüm. *Ağaç. Meşe ağacı.*

Yılbaşı.

Dün gece.

"Sen..."

Kelimenin devamını getirmem için beklerken sabırsızca beni yatağa çekti ve üzerime eğildi. Tek kaşını kaldırmıştı. "Ben ne?"

"Sen..."

Ve zil çaldı.

Kesik kesik gelen cümlemin tam orta yerine düşen yıldırım göğüs kafesimin içinde kontrolünü sağlamış gibiydi. Gözlerim kararır gibi oldu ama birkaç saniye içinde toparlandım. Yine de yutkunamadım.

Kapı delicesine yumruklanmaya başladığında Pamir gözlerini devirerek üzerimden kalktı. "Nereye?" diye sordum.

"Kapıyı kırmaya."

Yelkıran, artık Kalpkıran değildi.

Neden kendime gelemiyordum? Neden kesik hatıraların ürkütücü nefesi ensemdeydi de rahatlayamıyordum? Bu tıkanışların sebebi neydi? Kahve beni bu hâle getirmiş olabilir miydi? Hayır. Elbette ki hayır. Aptallaşmıştım. Saçlarımı yüzümden çekerek yatakta bağdaş kurdum. Hemen ardından derin nefesler aldım ve nasıl uyandığımı, hiçbir şey düşünmeden onu nasıl izlediğimi ve küçük delirme anımı düşündüm.

Ne yazıktı. Ne büyük bir kayıptı, az önceki sahneyi kolayca kabullenip karşılık veremeyişim.

Bu adam beni her türlü acıtıyordu.

Kenardaki hırkamı alıp odadan çıktım ve gözlerimi ovalarken merdivenlerin başından bakışlarımı Pamir'in açtığı kapıya çevirdim. Kim gelmiş olabilirdi ki?

Pamir kapıyı, "Patlama lan pezevenk!" diye açtı.

Kapının ardında sırıtan Kaan'dan başkası değildi.

Yavaşça merdivenleri adımlayıp aşağı inmeye başladığımda gelenin sadece Kaan olmadığını fark ettim. Arkasından Melih, Yaren ve Buğra da girmişti. Son giren Buğra kapıyı kapatıp peşlerinden salona geçtiğinde, ben de hızlıca inip salona yürüdüm. Hepsi çok gerilmiş görünüyordu. "Ne bu hâliniz? Ne oldu?"

Kaan konuşmak için izin alırcasına Pamir'e baktığında, Pamir sol kolunu tutarak koltuğa oturdu ve seslice nefes verdikten sonra kafasını olumlu anlamda salladı.

"Kafes dövüşü bu akşam," diyerek araya girdi Yaren, Kaan'ı beklemeden. "Sizi Soyhan'a götürmeye geldik. Eşyalarınızı toplayın."

Ahh. *Kafes dövüşü.* Tamam. Pekâlâ.

Dalgınca arkama dönecekken tekrar önüme döndüm. "Ben eşyalarımı toplayayım," diye mırıldandım ama sonra Pamir'e döndüm. Kolunu ovalıyordu.

"Hayır," diye parladım birden. "Pamir bu akşam dövüşemez. Daha yarasına dikiş bile atılmadı."

Kaan'ın kaşları çatıldı. "Ne yarası?"

"Önemli bir şey değil," diyerek bana dönen Pamir yukarıyı işaret etti. "Sen git de eşyalarını topla Nil."

"Hayır," diyerek tekrar itiraz ettim. "Dikiş bile atılmadı daha. Enfeksiyon kapabilir. Böyle küçük bir bıçak yarasıyla ölebilirsin."

Yaren alaycı bir tavırla bana döndü. "Dağ gibi herif bir bıçak yarasıyla mı devrilecek?"

"Açık yaraların ne kadar tehlikeli olduğunu benden daha iyi bilmeniz gerekir, arkamdan bu kadar iş çevirirken yaralanmamışsanız sizin şansınız tabii."

Yaren, gözlerini devirerek kafasını başka bir tarafa çevirdiğinde yumruğunu sıkıyordu. Melih'in elinin Yaren'in yumruğunun üzerine kapandığını fark ettim ama Yaren onun elini elinin üzerinde görünce daha da sinirlenmiş gibi çekti ve yana kaydı.

"Yolda giderken bir eczaneye uğrarız, olur biter," diyerek

dikkatimi çeken Pamir'e doğru döndüm. "Şimdi gidip eşyalarını topla, tamam mı?"

Eczane... Evet, bu olabilirdi. Fikir aklıma yattığından kafamı olumlu anlamda salladım ve sonra yukarı çıktım. Çok fazla eşyam yoktu aslında, bu yüzden siyah ve büyük bir çantayı açıp eşyalarımı içine doldurdum. Üzerime de boğazlı koyu gri bir kazak ve koyu renk pantolon giydikten sonra montumu da alıp odadan çıktım.

Soyhan'a, benim karanlık kasvetli şehrime döndükten sonra ne olacak bilmiyordum. Hatıraların kafama bir ip geçirip şehrin girişinde beni bir ağaçtan sallandırmamasını umuyordum sadece. Geçmişte, günlüğüme yazdığım bir yazıya göre başka bir şehre taşınacak, orada yaşayacaktım. Bir sürü arkadaşım olacaktı. Gönlümce dans edecektim. Sonra bir gün Soyhan'a geri dönersem... *Bak,* diyecektim. *Ben bu şehirde kırıldım. Bu şehirde nefes alamadım. Bu şehirde hasta oldum. Başka şehirlerde yaşıyor olabilirim ama... Mezarım bu şehirde. Ben bu şehirde öldüm.*

"Bu kız hiçbir şey bilmiyorken zaten yeterince sinir bozucuydu," diye bir mırıldanma doldu kulaklarıma. Merdivenlerden inerken kapının önünde telefonuyla uğraşan Yaren'i gördüm.

Bu tavrını anlayamıyordum. Ben ona ne yapmıştım ki? "Benden neden bu kadar nefret ediyorsun?"

Şaşıracağını sandığım saniyelerin sonunda kafasını kaldırıp yüzüme baktı. Hayır, hiç şaşırmamıştı. Sanki biraz sonra merdivenlerden ineceğimi biliyordu, burada bu sözü mırıldanırsa duyacağımı da...

"Senden nefret etmek için sebebe ihtiyaç duymuyorum, burada karşılıklı birbirimize nötrüz o yüzden susmaya devam edelim."

"Nefret etmek nötrlük mü oluyor? Ne zamandan beri?"

"Dırdır etmeyi bırakın da çıkalım, geç kalacağız," diyerek araya girdi Melih ve bana gülümseyerek göz kırptıktan sonra kapıyı açıp Yaren'i dışarıya sürükledi. Hemen arkadan Buğra,

Kaan ve Pamir geliyordu. Hepsi hazırdı.

Pamir elimdeki çantayı alınca kucağımda Zifir için yer açıldı. Etrafta dolanan Zifir için eğilip kucağımı açtım. Beni görünce bir saniye beklemeden kucağıma koştu ve onu da aldıktan sonra kalkıp atkımı üzerine örttüm.

Pamir kapıyı açtığında Kaan'ın ardından çıkacakken bir an durdum. Ayaklarım beni şaşırtmayarak bedenimi arkaya döndürdüğünde, Buğra'nın da yerdeki bakışları yüzüme çevrildi. Ne yapacağımı anlayan Pamir, "Beş dakikanız var," diye mırıldandıktan sonra kapıyı kapattı ve çıktı.

İşte... Şimdiydi. Bu andı. Tam olarak bu an. Harfler birleşip kelimeleri, kelimeler cümleleri oluştururdu. Cümleler insanlarla konuşmak içindi, onlara bir şeyler anlatmak veya soru sormak için. İnsanları boğmak için değil... Öyleyse, neden şimdi bir çuval cümlenin saklandığı yerden çıkıp boğazıma dolandığını hissediyordum?

"O iyi," dedi Buğra, buna bir son vererek. "Ne soracağını biliyorum."

"Buna inanmamı mı bekliyorsun? Bu şekilde içimi rahatlatmamı mı istiyorsun?"

"Yaptığı şeyin bilincinde değildi, onu bir kukla gibi kullandılar. O da bunun farkında değildi. Senin aptal olmadığını biliyoruz. Sonuç olarak, söylediklerime inanman gerekmez mi?"

"Soyhan'a döndüğümde..."

"Nisan, Soyhan'da değil."

Durdum. "Ne?"

"Bir süreliğine Konya'daki akrabalarının yanına gitti. Martta dönecek."

Gözlerim bir süre yerde dolandı. Ne söyleyeceğimi bilmiyordum. Onu görmek istiyordum ve söyleyeceğim birçok şey vardı... Çok şey söyleyebilirdim şu an. Herkese. Buğra'ya. Pamir'e. Diğerlerine. Herkese. Her şeye. Ama ağzımdan tek bir kelime çıktı. "Peki."

Her acının bir kabullenilişi vardı. Tenini delip geçen her

bıçak darbesi, boğazını sıkan her el için; soğuk gecelerde üzerindeki yırtık örtüyü kaldıran her rüzgâr için ya da mezarını kazan her kürek için. İnsanı uyutmayan her acı için bir savunma mekanizması vardı. Bir kabullenişi, vazgeçişi, bitişi.

Peki kelimesi bu kabullenişin başlangıcıydı, vazgeçer gibi yapıp daha bir güçle savaştığının ama daha ağır yaralandığının belirtisi ama bitişi değildi. Belki insanın kellesini bu kelime alıyordu ama dudaktan çıkmamış hiçbir söz canlanıp da karşınıza dikilemezdi. Bazen zihinden geçmesi bile yeterdi. Bu yüzden, asıl silah duygular ise mermileri de kelimelerdi.

"Gidelim, bekliyorlardır," diyerek kapıyı açtı Buğra. Onun açtığı kapıdan yavaşça çıkarak önümdeki iki arabaya baktım. Öndekinin sürücü koltuğunda Pamir oturuyordu ve ondan başka kimse yoktu. Arkadaki arabada ise Melih ile Yaren vardı. Çıkıştaki karları temizleyen Kaan çıkıp, "Hadi!" diye seslendi ve Pamir'in yanındaki yolcu koltuğunun kapısını açtı fakat arkaya bindi.

Buğra Melih'le Yaren'in olduğu arabaya bindiğinde, ben de ilerleyip Kaan'ın yanına Zifir'i bıraktım ve ön koltuğa binip kapıyı kapattım.

Pamir arabayı bahçede çevirip yola çıktığında, Buğra'ların da arkada bizi takip ettiğini aynadan görmüştüm.

"Bıçak yarasından nasıl bahsetmezsin?"

Kaan konuyu açtığında bakışlarımı dışarıya çevirdim ve sohbetin dışında kalmayı tercih ettim.

"Önemli bir şey değil," diye cevapladı Pamir.

"Nasıl değil lan? Hangi kolun? Sakın sağ deme."

"Sol."

"Ulan ibne buna bile sevinemedim şu an," dedikten sonra seslice ofladı Kaan. "Şehir merkezindeki eczanelerin birinde dur."

"İyiyim ben, yola devam edelim. Soyhan'da baktırırız."

Kafamı itiraz etmek için çevirirken onun alnındaki teri gördüm. "Pamir." Kaşlarım çatıldı. "Sen iyi olduğuna emin misin?"

Cevap vermedi.

"Durdur arabayı," diye homurdandım. Cevap vermedi, durmadı da.

"Durdur arabayı!" diye bağırdım. Araba durduğunda beklemeden, "Kaan sen sür," diyerek kapıyı açtım ve ındım.

Pamir eğilip, "Nil otur oturduğun yere," dediğinde onu umursamadım. Kaan kapıyı açıp indiğinde Pamir de indi ve yer değiştirdiler. Ben de Zifir'i kucağıma alarak arkaya oturdum.

Kaan arabayı sürmeye başladığında kendimi Pamir'e doğru döndürmüştüm. Ofluyordu.

Çantamdan çıkardığım mendil paketini suratına fırlatıp, "Sil şu suratındaki teri," diye mırıldandım. "Montunu da çıkar."

"O nedenmiş?"

"Yaraya bakacağım."

"Yara iyi. Gidiyoruz işte eczaneye, daha derdin ne?"

"Pamir çıkar şu montunu," diye mırıldandım dişlerimi sıkarak.

Kaan kahkaha attı. "Ooo, yenge bayağı bir dişli çıktı. Yürü be Nil! Bu herifi bir sen adam edersin."

"Kaan bana bak buradan bir uçarım-"

Pamir'in montunu çekiştirirken, "Sus," diyerek kızdım. "Sus bak çarparım."

Kaan tekrar kahkaha attı ve Pamir ona doğru hareketlendiğinde elimi kaldırıp bedenine doğru uzatıp yerine oturmasını sağladım. "Tamam, tamam, sakin. Çarpma. Dikkat et."

"Ha şöyle yola gel." Güldüm. "Şimdi çıkar montunu."

Pamir seslice nefes verdikten sonra montunu çıkarmak için öne doğru eğildi ve fakat sol kolu acıdığından suratını buruşturdu. Onun montu çıkarmasına yardımcı olurken, sabah sırtına atladığım anı düşündüm. Kim bilir ne kadar acımıştı? Ne büyük düşüncesizlikti!

Kazağının sol kolunu çıkarıp sol tarafı bütünüyle sıyırdığımda, beyaz bandajın kanla renklendiğini gördüm. "Yeniden kanamaya başlamış."

"Gelirken şurada bir yerde eczane gördüğüme eminim,"

diye mırıldandı Kaan. Sonra telefonu çalmaya başladı ve elini cebine atıp açtıktan sonra hoparlöre alıp yan koltuğa attı.

Buğra'nın sesi arabanın içinde yankılandı. "*Elli metre ileride eczane var, kenarda dur.*"

Kaan, "Tamamdır," dedikten sonra telefonu kapattı ve biraz daha hızlandıktan sonra ilerideki eczanenin önünde durdu. "Hızlı olmalıyız."

Kafamı salladım. Pamir montunu üzerine alıp arabadan çıkınca, ben de Zifir'i bırakıp indim ve çatısı karla kaplanmış büyük eczaneden içeriye girdik. Kapı açılırken tepedeki çanı harekete geçirip içerinin nahoş bir çan sesiyle dolmasını sağladı fakat burada kimse yoktu.

Kaan, "Kimse yok mu?" diye seslendiğinde, ilerideki perdenin arkasından çıkan adamı gördüm. Saçları kırlaşmış bir adamdı, arkada yemek yiyor gibi görünüyordu. "Buyurun?"

Etraf yeniden aynı çan sesiyle dolduğunda arkaya döndüm. Yaren, Buğra ve Melih de içeri girmişti fakat onlar suratlarındaki sert ifadeyle kapıda dikilmeyi seçtiler.

"Bıçak yarası dikmeniz gerekiyor," diyerek ön atıldı Kaan.

Adam, "Hastaneye gitmenizi öneririm," diye cevapladı. "Birkaç kilometre ötede..."

Kaan cüzdanından çıkardığı birkaç yüzlüğü adamın beyaz önlüğünün cebine sıkıştırdıktan sonra, "Bence gitmemize gerek yok," diye mırıldandı.

Adam cebindeki parayı çıkarıp saydı ve kaşlarını kaldırarak, "Peki," derken omuz silkti.

Pekâlâ. Az önce bahsettiğim *peki* bu değildi.

"Şuraya oturun, hemen geliyorum," diye mırıldandı adam ve perdenin arkasına geçti. Bir terslik olmaması için onun peşinden gittim ve koyu renkli uzun perdeyi araladım.

İlaç dolu dolaplardan örülmüş dört duvarlı bir odacıktı burası. Raflar tıka basa ilaç doluydu ve ortadaki sedyenin yanındaki masada yemek vardı. Adam birkaç kutu aldıktan sonra bir paket şırıngayla beraber tekrar içeri geçti. Ben de arkasından gittim.

Pamir kazağını çıkarmış, adamın gösterdiği sandalyeye

üstü tamamen çıplak halde oturmuştu. Başında da Kaan vardı.

Adam çalışma masasının üzerindekileri itip masaya oturdu ve küçük kutuları kenara bıraktı. Bandajı çıkardıktan sonra boynundaki gözlükleri taktı ve dilini şaklattı. "Tam zamanında gelmişsiniz. Neredeyse enfeksiyon kapıyormuş. Şanslısınız."

Sinirlenmeme engel olmaya çalışırken ayağımla Pamir'in bacağına tekme geçirdim. Çatılan kaşlarının ardındaki acı kahveleri bana çevirdiğinde ona gözlerimi kısarak bakıyordum.

Adam anestezi uyguladıktan sonra Pamir geriye yaslanarak gözlerini gözlerime çevirdi. Yarası dikilirken tek mimiği oynamıyordu artık, doğrudan gözlerime bakıyordu.

"Bu şekilde dövüşebilecek mi sanki? Başka bir çözüm yolu bulmalıyız," diye mırıldandım Kaan'a doğru. "Dikişleri açılabilir. Böyle olmaz."

Eczacı bir, "Hımm," sesi çıkardıktan sonra kalkıp, "Bir dakika," diyerek tekrar perde arkasına geçti. Yaklaşık bir dakika sonra geri döndüğünde elinde bir ilaç kutusu vardı. "Eğer dikişlerinin açılabileceğini düşündüğünüz işlere girişeceksen, bu haplardan bir tane almanı tavsiye ederim," diye mırıldanıp kutuyu uzattı.

Pamir, kazağını giydikten sonra kutuyu alıp baktı.

"Fakat 24 saatte bir kullanılması gerekir, kan dolaşımını terk etmeden sakın bir doz daha alma. Çok tehlikeli bir ilaçtır. Uyarıyorum."

Pamir kafasını sallayarak montunu da aldıktan sonra ayağa kalktı ve Kaan'la beraber çıkışa ilerledi. Çıkmadan adama dönüp, "Teşekkür ederiz," demeyi unutmadım.

Adam somurtan ifadesinin ardından bir saniyeliğine gülümsedikten sonra tekrar eski somurtkan hâline döndü ve perde arkasına muhtemelen yemeğini yemeye devam etmek için gitti.

Diğerleriyle beraber eczaneden çıkıp arabalara bindiğimizde yola devam ettik.

Başımı cama yaslayıp gökyüzünü izlerken Soyhan'a yaklaştıkça bulutların renginin değiştiğini ve koyulaştığını fark ettim. Senelerce göğüs kafesimde saklanan kasvet, ben gittikten sonra da terk edememişti gökyüzünü... Soyhan ve bu insanı mahveden, yağmurlu havaları birbirinden ayırmak imkânsızdı öyleyse. Bir gün bu şehirde de güneş doğar mıydı?

Soyhan sınırları içerisine girdikten yirmi dakika sonra bir evin önünde durduk. Arabanın kapısını açıp Zifir'le beraber inince bu evin Kaan'ın evi olduğunu anımsadım.

Diğerleri de indikten sonra Kaan önden gidip kapıyı açtı ve herkes içeri geçti. Zifir kucağımda hareketlenince eğilip onu bırakmıştım.

Kaan evin anahtarlarını portmantonun yanındaki masanın üzerine fırlattı ve salona geçip kendini koltuklardan birine attı. Diğerleri de otururken neden girişte dikildiğimi bilmiyordum fakat birkaç saniye sonra arkamdan gelen Pamir, elimi tutup beni de kendisiyle beraber içeri çekti. Büyük koltuklardan birine oturduğunda ben de yanına oturmuştum.

"Planda değişiklik yok," diyerek dirseklerini açtığı dizlerinin üzerine yasladı Melih. "Saat sekizde Pamir ve Kaan Zırh'ta olacak."

Kaşlarım çatıldığında Pamir bunu fark etmişti. "Nil'in Zırh'a girmesi gibi bir ihtimal tartışmaya dahi açılamaz."

"Burada böylece elim kolum bağlı oturmayacağımı biliyorsun değil mi?"

"Asıl istedikleri de seni Zırh'a götürmememiz zaten," diyerek araya girdi Yaren. "Seni Zırh'a sokalım ki çıkışın olmasın."

Buğra kafasını salladı. "Yaren haklı Nil."

"Burada kalmam daha tehlikeli değil mi? Soyhan ekranlarında parladığımı söyleyen sen değil miydin Pamir?" Ona döndüm. "Siz Zırh'tayken buraya gelebilirler."

Pamir keskin bir dille, "Hayır," dediğinde koluna vurmak istedim ama kendimi tuttum. İtiraz etmek için araya gireceğim sırada Kaan öne atılıp, "Bir dakika, bir dakika tartışmayın," diye söylendi. "Bence kılık değiştirirse Nil'i Buğra'yla Zırh'a sokabiliriz."

"Mavi zoisit bizde değil Kaan, Nil Zırh'a girdiği an enselenir."

Pamir'e döndüm. "Erkek kılığında beni kim arayıp bulabilir? Ellerine detektörle mi dolaşacaklar?"

"Bu olabilir," diyerek araya girdi Buğra. "Erkek kılığında benimle ringin etrafında koruma olabilir. Ayarladığım çocuklardan birinin yerine gelir."

"Evet-"

Pamir sözü keserek bileğimden tutup ayağa kalktığında peşinden salonun dışına sürüklendim. "Deli misin sen? Burada oturup kedinle oynasan patlar mısın iki saat?"

"Zarraf'la Malik'in aklında başka bir şey olduğunu ikimiz de biliyoruz, asıl mesele kafes dövüşü değil. Ya ben evdeyken bir şey olursa? O zaman ne yapacaksın? Zırh'tan eve mi ışınlanacaksınız çocuklarla?"

Pamir öfkeyle ismimi andı. "Nil."

"Efendim Pamir?" Alnımı ovaladım. "Ben de geleceğim, o kadar. Konu kapandı." Bileğimi elinden kurtardıktan sonra salona geri döndüm. "Eee? Ne zaman başlıyoruz?"

Göğüslerime sardığım sargı bezi tenimi kaşındırırken gömleğin üzerine geçirdiğim ceketten sonra saçlarımı toplayıp topuz yaptım ve siyah şapkayı kafama geçirdim. Kafam oldukça karışıktı ve yorgun hissediyordum ama yine de ruhum, bedenimle ilk defa imzaladığı ittifak sonucu ayakta kalmamı fısıldıyordu. Enseme değen soğuk ürperti dönüp dolaşıp kulaklarımı buluyor, bu sessiz çığlıkların sebebini sorgulamam için beni uyarıyordu.

Odadan çıktıktan sonra merdivenlerden inip diğerleriyle kapının önünde buluştum. Pamir ve Kaan her zamanki gibiydi, Melih ve Buğra'nın üzerinde benim giydiklerimin aynısı vardı, Yaren çıplakmış gibi ayaklarına kadar uzanan bir mantoya sarılmıştı ve saçları yapılıydı, suratında çok makyaj vardı. Onu hiç bu kadar makyajlı görmemiştim.

"Çıkalım," dedi Kaan ve kapıyı açtı. Açılan kapıdan herkes birer birer dışarı çıktığında son çıkan, yani Buğra kapıyı kapatırken, "Siktir," diye mırıldandı.

"Ne oldu?" demeye kalmadan arkamı dönmemle aralık kapıdan sıyrılıp bana doğru koşan Zifir'i görmem bir oldu. Miyavlayarak bana atıldığını gördüğümde eğilip onu kucakladım.

"O bizimle gelemez," diyerek itiraz etti Yaren. "Yanlış anlama, kedileri severim ama kaybolabilir."

Yaren'in yanından geçerek arabaya ilerlerken homurdandım. "Arabada kalabilir, uzatmayalım."

Pamir ve Kaan bir arabaya, ben, Buğra, Yaren ve Melih bir arabaya binecektik, bu yüzden Melih'in süreceği arabaya ilerledim fakat Pamir önüme geçerek beni durdurdu.

"Kuzenin Çağrı aradı."

Kafamı salladım. "Ne diyor?"

"Tornado bilgisayarlarına virüs yüklemiş ve kameraları bloke etmiş, sorunun bir haftadan önce düzeltilemeyeceğini söyledi."

Dudaklarımı birbirine bastırarak kafamı olumlu anlamda salladım.

Birkaç saniyelik sessizlik yanında hafifçe esen soğuk Soyhan rüzgârlarını beraberinde getirdiğinde, şapkamdan birkaç saç tutamı firar etti. Gözlerini o saç tutamlarına çeviren Pamir yutkunduğunda, bu karanlıkta belli belirsiz şekilde âdem elmasını görebilmiştim. Sağ eli saçıma, sol eli de şapkama gittiğinde saç tutamını şapkamın içine hapsedeceğini sandım fakat bunun yerine şapkayı çıkardı. Şapka botlarımın üzerine düştüğünde saçlarım omuzlarımın etrafına dağılmıştı.

"Öfkelenme," diye fısıldadı. "Etrafta elektrik saçan bir jeneratör kız görmek istemiyorum."

Dudaklarım aralandığında bakışları da eş zamanlı olarak

gözlerimden aşağı kaymıştı. *Dudaklarıma.*

Pamir biraz eğilip yüzünü yüzüme yaklaştırmaya başladığında beni dudaklarımdan öpecek sandım fakat hiç beklemediğim bir şekilde başka bir şey yaptı.

Alnımdan öptü.

Birkaç ay önce fotoğrafımı gösterdiklerinde aynı okuldan olduğumuzu bile söyleyemeyen adam beni alnımdan mı öpüyordu?

Birkaç saniye boyunca alnımda duran sıcak, kalın dudaklarını geriye çektiğinde, "Bir şey soracağım," dedim.

"Sor."

"Geçen yaz..." Alt dudağımı ısırdım. "Neden Nisan sana fotoğrafımı göstererek aynı okuldan olup olmadığımızı sorduğunda hayır dedin?"

Pamir kaşlarını kaldırdı, bu soruyu gerçekten hiç beklemiyor olmalıydı.

"Hımm," diye mırıldandı önce. "Daha önce hiç konuşmadığım bir kızın fotoğrafını gösteren birine heyecanla evet cevabını mı verseydim?"

"Hayır ama..." Gözlerimi etrafta gezdirdim. "Sadece *evet,* diyebilirdin. *Evet, sanırım onu birkaç kez bahçede gördüm."*

Tek kaşını kaldırdı. "Seni bahçede mi görmüşüm?"

İtiraz ettim. "Benimle hiç göz göze gelmediğini mi söylemek istiyorsun?"

"Bir bakayım..." Pamir birkaç saniye düşündü. "Yok, o değil... O değil..." Belirsizce bana döndü. "Yok o kızın adı Selin'di..."

Yumruğumu sıkıp kolundaki yaraya vurunca inledi. "Ne yaptım ya?"

"Ne yapmadın ki?"

Yanımdan geçip arabaya binmeden önce, "Doğru, o gün dondurmanı üzerine dökmeni sağlayacak kadar güzel basketbol oynamayabilirdim," diye mırıldandı.

Gözlerim sonuna kadar açılırken ayaklarım olduğum yere çakıldı.

<u>1 Yıl Önce, Mayıs</u>

Elimdeki doldurmayı birinin üzerine bocalamamaya çalışırken, bir yandan da ön bahçeye koşturuyordum. Nisan mesaj atmıştı ve beni tribünlerin orada bekliyordu.

Sonunda nefes nefese tribünlerin başına vardığımda Nisan'ın en tepede ve en kenarda beni beklediğini gördüm. Dikkatlice içeriye atlayarak merdivenlerden yukarı çıktıktan sonra kendimi yanındaki boş koltuğa attım ve seslice nefes verdim. "Okulun atlet takımı benim kadar koşmuyordur."

"Konu Pamir olunca..."

Elimle Nisan'ın ağzını kapattım. "Deli misin? Duyacak!"

"Ne duyacak Nil? Tribünler tıka basa dolu. Bunca gürültünün içinde ne duyabilir sence?"

Önüme dönerek dondurmamı ısırdım. Evet, ısırarak yiyordum. "Olsun..."

Etrafı süzdüm. Öğle teneffüsündeydik ve basketbol takımı eğlencesine maç yapıyordu. Elbette bu manzarayı izlemek için bütün kızlar tribünlere doluşmuştu.

Geriye yaslanarak dondurmamı ağzıma dayadım. Şu manzarayı izlerken şu dondurmayla boğulsaydım ne güzel olurdu...

Bir gün bu hâle düşeceğimi söyleseler suratlarına patates atardım.

Yaklaşık yirmi dakika sonra maç alevlenmeye başladığında Yelkıran'ın elindeki topa dalmıştım. Aslında olay top değildi, onun ellerinde ilahlaşan toptu.

Kafamı salladım. Gittikçe aptallaşıyordum. Ama çok güzel oynuyordu... Güzel adamın ellerinden güzel basketler...

Bir anda bütün kızlar anlaşmış gibi tişörtlerini çıkarmaları için tezahürat yapmaya başladıklarında, birkaç oyuncu itiraz etmeden çıkarttı ve çığlıklar duyuldu ama onların asıl istediği kişiyi ben biliyordum.

Yalnızca birkaç saniye sonra sanki beni duymuş gibi Yelkıran da tişörtünü çıkardı ve bir an tribün yıkılacak sandım. O kadar çok ses vardı ki istemsizce başım ağrımıştı.

Nisan'ın boynunda taşıdığı kulaklıkları kafama geçirdiğini hissettim. Çalan şarkı yavaş ve güzeldi. Şimdi dünyam daha sessizleşmiş ve güzelleşmişti.

Fakat bu bir dakika sürdü.

Yelkıran'a öylesine dalmıştım ki ağzımın yakınında tuttuğum dondurmamın gömleğimin üzerine düştüğünü bir süre fark edememiştim.

Ahh.

Anıların elleri kanlı bıçaklıydı. Benim ellerim ise yaralı... Bu sahneye Yelkıran dâhil olduğunda ise ben mazoşist bir kıza dönüşüyordum ve anıların beni deşmesini zevkle bekliyordum.

Bu deliceydi.

Beni o gün görmüş müydü?

Bundan daha utanç verici anılarımı da suratıma vuracak mıydı?

"Nil! Seni bekliyoruz, gelmiyor musun?"

Derin bir nefes aldım ve gecenin soğuğunu içime çektim. Şimdi duraklama vakti değildi, ilerleme zamanıydı. Bunu durmadan kendime hatırlatmama gerek olmamalıydı.

Arka koltukta, Yaren'in yanında yerimi aldıktan sonra kapıyı kapatıp Zifir'i yanıma bıraktım ve dışarıyı izlemeye başladım. Melih bir şeyler anlatıyordu, Yaren ve Buğra da ona katılıyordu ama benim aklım ortamdan çok uzaktaydı.

Harabe evlerin olduğu sokağa geldiğimizde arabalar boş bir alana park edildi. Önce Kaan ve Pamir'in çıkıp Zırh'a ulaşmasını bekledik. Ardından biz de indik ve harabe eve yürüdük. Merdivenlere inen kapak tozlanmıştı ve etraf kötü kokuyordu, yine de nefesimi tutarak merdivenlerden aşağı indim. Bir süre beraber yürüdükten sonra Buğra, Pamir'in odasındaki dolaba açılan kapıyı değil de diğerini açtı. Bu kapı bizi doğrudan Zırh koridorlarına çıkarmıştı.

Melih, Yaren'e başıyla işaret verdikten sonra üzerindeki kabanı çıkardı.

Gözlerim kamaşmıştı ve şaşkınlıktan küçük dilimi yutmak üzereydim. Yaren'in altında minicik, dar ve deri bir şort vardı. Üzerinde ise kırmızı dantelli bir büstiyer. Şimdi uzun ve dolgu topuklu siyah rugan ayakkabılar giymesinin sebebini anlamıştım... Yaren, ringin etrafında gezinen o kızlardan biri olacaktı.

Yaren yanımızdan ayrıldığında Melih "Sakın kafanı kaldırma Nil," diye mırıldandı ve aksi tarafa yürümeye başladık. Bir süre boş ve uzun koridorlarda yürüdükten sonra kırmızı halıyla döşenmiş, insanlarla dolu geniş koridora çıkabilmiştik. İleride ringin girişlerinden birisi vardı insanlar akın akın içeriye giriyorlardı. İzleyici girişinin yanındaki tek kapılı personel girişine doğru yürüdük. İçeri girdiğim an coşkulu kalabalığın sesi kulaklarıma doldu ve istemsizce kalbim tekledi.

Korktum.

Saf bir bardak suyun içine birinin kaleminden zehir dolu bir mürekkep damlamıştı sanki. Berrak suyun bulanması fazla zaman almayacaktı.

Melih ve Buğra'nın arkasında, onları takip ederek ringe doğru giden dik merdivenlerden indim. Sonunda ringe ulaştığımızda tepede inmeyi bekleyen kafesi görebilmiştim. Kanatları ruhundaki bir adamı, bir kuş misali kafese kapatacaklardı öyle mi? Öyleyse biri onlara Yelkıran'ın kuş neslinden gelse dahi en yırtıcı cinslerinden biri olacağını söylemeliydi.

Ona güveniyordum ama... Yaralıydı.

Doğrusunu söylemek gerekirse en başından beri buraya gelme sebebim onu korumaktı. İşler ters giderse...

"Sen şu köşeye," diyerek bizi etrafa dağıtan sorumlu gibi giyinmiş adamın emrine uyarak ringin köşelerinden birine geçtim.

Yaklaşık yarım saat boyunca gürültü devam etti fakat sonra, bir adam ringe çıktı. Adam elindeki hafızalara kazınacak ses tonuyla mikrofonda bir şeyler saçmaladı.

Sonunda Pamir'le dövüşecek adam ringe davet edildiğinde, karşıdaki merdivenleri tırmanıp ringe çıkan öfkeli kel adamı gördüm.

Korkuyla Buğra'ya döndüm. Hayır. Hayır. Hayır. Bu

adam olamazdı. Tamam, Pamir öyle cılız bir adam değildi, aksine cüsseli ve kaslıydı ama bu herif onun üç katıydı... Günün yirmi beş saatini spor salonlarında geçiriyormuş gibi duruyordu.

Buğra bakışlarımdan ne demek istediğimi anladı ama sus işareti yapmaktan öteye gitmedi. Sinirle yumruk yaptığım elimi bacağıma geçirdim.

Pamir'in sahneye girişini izledim. Üzerinde siyah, parlak bir hırka vardı ve ellerinde de boks eldivenleri. Arkasında Kaan ile bir koruma bulunuyordu. Ringe çıkıp rakibini gördüğünde bile o buz, sert surat ifadesi değişmemişti.

Yaren elindeki *Raunt 1* yazılı pankartla bir süre etrafta dolanıp millete gülümsedi. Ringde, elinde mikrofonla gezen adam bir şeyler daha saçmalayıp kalabalığı coşturduktan sonra ringden indi. Kalabalık ondan geriye saymaya başladı. Bu on saniye içinde Pamir ve adam ringde yalnız kalmıştı. Son sayı da söylendikten sonra ise kafes büyük bir gürültüyle aşağı indi.

Ringe girerken Pamir'in arkasında duran korumanın önümden geçerken telefonla konuştuğunu gördüm fakat yalnızca, "Kuş kafeste," cümlesini anlayabilmiştim.

Kuş kafeste.

Başımı kaldırıp yukarıdaki, gözlerimi büyük camların olduğu odacığa çevirdim. Zarraf oradaydı fakat oğlu Malik'i göremiyordum.

Bakışlarımı kafesin içine çevirdim. Tribünlerden şiddet dolu sözler savuran insanlara kulaklarımı tıkayınca nerede olduğumun farkına varabildim.

Yelkıran ve kel adam dikkatle gözlerini birbirine kenetlemiş halde ringde hareket etmeye başladıklarında, dudaklarımı birbirine bastırdım ve yutkundum. Adam harekete geçip Pamir'in sol koluna doğru davrandığında, Pamir geri çekilip eğilerek yumruğundan kaçtı.

Buğra ve Melih'le göz göze geldik. Kanım dondu.

Biliyordu. Kel adam, Pamir'in sol kolunun yaralı olduğunu biliyordu. Elbette biliyordu! Bunu ona yapan o şerefsizlerin adamıydı. Kel adama söylemiş olmalılardı.

İlerleyen birkaç dakika boyunca, Pamir'in dikkatli davranıp kel adamın yumruklarından kaçmasını izledim. Arada sağ koluyla adamın göğsüne darbeler indiriyordu fakat bunun dışında tek yaptığı kaçmaktı.

Kalabalık kanlı dövüş izlemek için çıldırmaya başladığında aradan yarım saat geçmişti ve ikinci raunt başlamıştı. Kel adamın alnındaki terleri görebiliyordum. Pamir ise tertemizdi. Planı bu muydu? Adamı yormak ve tek darbede indirmek?

Kendimi sakin tutmak için büyük çaba harcıyor, sürekli planı kendime hatırlatıyordum. *Buğra ve Melih koruma kılığında ringin etrafında, Yaren ilk raunt için ringde gezinen kızlardan, Pamir ringde.* Saatime baktım. Plana göre Yaren ve Kaan şu anda çoktan Zırh'tan çıkmış olmalılardı. Zarraf ve adamlarını bu maçla Tornado'dan Zırh'a çekmiştik, bu yüzden Tornado şu an kralsız monarşi gibi olmalıydı. Bu sayede Kaan ile Yaren içeri sızacaktı. Çağrı'nın yaptığı şey bu gece bizim içindi.

Birkaç dakika sonra kel adam sonunda Pamir'i yakaladığında, Pamir sol göğsüne darbe yedi fakat kısa sürede toparlandıktan sonra harekete geçti. Karşısındaki adam maçın başındaki adam değildi, artık yorgundu.

Pamir sağ yumruğunu onun karın boşluğuna geçirdi ve adamı devirdi.

Buna daha fazla dayanamayarak kafamı çevirdim ve ringe sırtımı döndüm. Odaklanmalıydım. Odaklanmalı ve...

Malik ve Zarraf burada, Tornoda şu an kralsız monarşi gibi.

Pamir'in yaptığı buydu. Onları oyalamak. Bu plandaki asıl yem Pamir'di ve çok iyi gidiyordu. Maç bitmediği sürece Zarraf ve adamları Zırh'ı terk etmeyecekti. Kuş kafesteydi ve kafes buradaydı ama o kafesin içindeki kuş Pamir değildi... Zarraf'tı, Malik'ti ama Pamir değildi.

Bir saniyeliğine arkamı döndüğümde, Pamir'in yere serdiği herifi sağlı sollu yumruklarıyla benzettiğini gördüm. Sonunda adamın boynunu, kolunu kullanarak kıskaç gibi sıkıştırdığında adam bilincini kaybetti.

Hakem ondan geriye doğru saymaya başladı.

10...

Kafes.

9...

Yem.

8...

Kuş.

7...

Malik burada değildi.

Pamir'in şampiyonluğu ilan edilirken ve kafes kalkarken Buğra ile Melih'e doğru koştum. "Malik burada değil!"

"Ne?"

Melih'in tepkisine karşılık lafıma devam edecekken korumaların şefi geldi. "Ne yapıyorsunuz burada? Yerlerinize geçin çabuk-"

Fakat Melih ona yumruğunu geçirdi ve adamın bedeni hızla geriye sürüklenerek tribünün üzerine düştü.

"Malik burada değil mi?" diye sordu Melih yumruğunu ovalarken.

"Malik'i siktir et, her türlü buradan çıkmamız lazım," diyerek araya girdi Buğra. Ringe çevirdi bakışlarını ve Pamir'e dışarıyı işaret etti. Pamir kafasını sallarken göz göze geldik.

Kaşının kenarı ve dudağı kanıyordu.

Fakat Buğra beni çektiği için bu bakışma pek de uzun sürmedi. Ringe çıkıp Pamir'in odasına doğru giden yolda koşmaya başladığımızda, eliyle patlayan kaşını tutan koruma şefi kalkıp, "Yakalayın şunları!" diye bağırdı.

Kırmızı loş ışıkla aydınlatılmış dar koridorda koşarken Melih kapıyı açtı ve Pamir'in odasına girdik. Son giren Buğra kapıyı kapatıp hızla kilitledi ve kenardaki komodini çekip kapının önüne getirdi.

"Çok tutmaz," diye mırıldandı Pamir'e bakarak.

Pamir ise kenardaki siyah eşofmanı ve kalın siyah kazağı hızla üzerine geçirdi. Ceketini de aldıktan sonra gardırobun kapağını açtı ve, "Hızlı," diye mırıldandı. Buğra ve Melih önden giderken bir saniye duraklayıp Pamir'in yüzüne bakma fırsatı yakaladım ama çok uzun sürmedi. Kapıya sertçe vurulmaya başlandığında hızla içeri geçtim ve açık kapıdan soğuk koridora atladım. Pamir de arkamdan geldikten sonra kapıyı kapatıp kilitlemişti.

Soğuk koridorda ileriye doğru koşarken aklım bomboştu. Bilinçli davranmak için kafamı doldurmaya çalışıyordum fakat hiçbir şey işe yaramıyordu.

Dik merdivenleri koşarak çıktıktan sonra Melih kapağı kaldırdı ve sırayla harabe eve çıktık. Hızlı adımlarla bahçeden doğru çıkarken Pamir elimden tuttu. "İyi misin?"

İleri yürürken bir saniyeliğine ona döndüm. "Deli misin sen? Bu soruyu asıl benim sana sormam gerekir."

"İyiyim ben."

"Kafanı balyozla ezseler *iyiyim,* diyecek gibi bir hâlin var."

Gözlerini devirdi.

Asfalt yola çıktıktan sonra ilerideki arabaların açık kapılarını gördüm. İki arabanın da kapıları sonuna kadar açılmıştı.

Zifir.

"Ne olmuş lan?" diye sordu Buğra hiddetle.

O an, kulaklarım bana ihanet edercesine bir miyavlama sesini buyur ettiler.

Melih, Buğra ve Pamir'le birlikte yavaşça arkamı döndüğümde, Zarraf'ı gördüm. Hemen arkasında dikilen Malik'i. Onun yanındaki Soner'i. Onun yanındaki *Atahan'ı.*

"Pislik," diye mırıldandım istemsizce.

Sonra onu gördüm.

Leyla'yı.

Pamir'i tuttuğu elim titremeye başladığında Pamir elimi daha da sıktı.

"Sen..." Yutkunamadım. Nefes alamadım. "Nasıl?"

Arkadaşlarım olsun, demiştim değil mi büyüdüğümde? Üniversiteye geçtiğimde? Oysa, kimsenin beni tanımadığı bir şehirde bile arkadaş edinmeyi başaramamıştım. Tek yapabildiğim durmadan düşman kazanmaktı.

Leyla deri pantolon ve ceketle, hep salık gördüğüm düz saçlarını kabartıp toplamış halde karşımızdaydı. Elinde deri eldivenler ve dudaklarında kıpkırmızı bir ruj vardı. Ceketinin cebine attığı elini çıkardı ve parmaklarının arasında sallanan metali Zarraf'a uzattı. "Mavi zoisitti, değil mi patron? İşte."

Zarraf güldü. "N'aber güzellik? Yine karşılaştık."

"Manyak!" diye bağırdım. "Sen bir manyaksın! Olman gereken yer akıl hastanesi!"

Zarraf dudaklarını büzdüğünde Pamir elimi bırakmadan önüme geçti. "Neden buradasın?"

"Ne demek neden buradasın?" diye sordu Zarraf. "Arkandaki güzelliği almak için geldim." Şaşırmış gibi ağzını açtı. "Ahh, yoksa haber vermediler mi?"

Yaren ve Kaan, Tornado'ya ulaşabilmişler miydi acaba? Görmek veya almak istediklerini alabilmişler miydi?

Şapkamı çıkarıp saçlarımın omuzlarımdan dökülmesine izin verdim ve Pamir'in elini bırakıp yanına geçtim. "Peki sana beni alamayacağını haber verdiler mi?"

Zarraf ellerini açtı. "Elbette ki senin isteklerin de önemli Nil fakat burada iki masumun hayatı söz konusu. Annen ve baban." Arkasına, Malik'e doğru döndü. "Ahh, bekle. Yoksa üç tane miydi?"

Zifir'in miyavlayışı tekrar kulaklarıma doldu. O an ölseydim daha iyiydi. Malik, Zifir'i ensesinden yakalamış havada sallandırıyordu. "Az kalsın tırmalıyordu şerefsiz."

Yumruklarımı sıktım ve göğüs kafesimde dolaşan enerjiyi kontrol altına almak istercesine nefes alıp verişlerimi derinleştirdim.

Bir şimşek çaktı, tam üzerimizde. Tam sekiz saniye sonra ise gök gürledi.

"Ne yapıyorsun Malik, güzelliğimizin biricik kedisine? Bak kızdı bize."

Zarraf. *Seni tam burada, bu gece geberteceğim.*

İleriye doğru bir adım attım.

Zarraf ise Zifir'i Malik'in ellerinden aldı ve sol tarafa doğru ilerledi. Yolun kenarı uçurumdu.

"Dostuna yakın ol ama düşmanına daha da yakın derler hep," diye mırıldandı Zarraf. "Neden biliyor musun Nil?"

"Umurumda değil," diye mırıldandım bir adım daha atarken fakat Pamir kolumdan tuttu. "Dur. Seni gaza getirmeye çalışıyor."

"Umurumda değil!" diye bağırdım Pamir'in elinden kolumu çekerken. "Bu gece seni geberteceğim Zarraf! Tek bir adım daha at ve ne oluyormuş gör!"

Zarraf uçuruma doğru bir adım daha attığında, ben de ona doğru bir adım daha attım. Bir anda Malik, Leyla ve Atahan'ın arkasındaki adamlar silahlarını çıkarıp ateş etmek için hazır hâle geldiklerinde onlara dönüp kahkaha atmaya başlamıştım.

"Siz," diye sordum kahkahalarımın arasında. "İçine beyinleriniz kadar küçük mermileri doldurduğunuz o zavallı silahlarınızda bana ateş edebileceğinizi mi düşünüyorsunuz?"

Güçlü bir rüzgâr ağaçları sallıyor, güçsüz yapraklara sahip ağaçlardan destelerce ölü yaprak dökülüyordu. Köşedeki çöp konteynırının devrildiğini gördüm.

Zifir miyavladı.

Zarraf, ensesinden tuttuğu Zifir'i uçuruma doğru uzattığında kalbim tekledi. Zifir düşerse ne yapardım bilmiyordum. *Hayır. Yapma.*

"Şurada eğleniyorum Nil!" diye bağırdı Zarraf.

Dudaklarımdan, "Zarraf'mış. Peh. *İnsan sarrafı*," sözleri döküldü.

Yürümeyi bırakıp hızla bir koşuya geçtim.

Zarraf, Zifir'i uçurumdan aşağı bıraktı.

Zifir miyavladı.

Ateş edildi.

Melih düştü.

Çağrı, gecenin bir vakti bilgisayar başındayken içeriden

gelen gürültüyle yayıldığı kanepeden kalktı ve çıplak ayaklarına terliklerini geçirdi. Işıkları kapattı, bilgisayar odasının yanındaki metal kaplı kapının gizlendiği duvarın önüne geldi ve yumruğunu sıktı; uzun zaman önce inşa ettiği güçlü duvar sallanıyordu.

Yalnızca bir gün önce kuzeni ve erkek arkadaşını içeriye aldığı duvar deli gibi sallanıyordu.

Bunun olacağını biliyordu ve bu ihtimali hep düşünmüştü fakat Tornado bilgisayarlarını ele geçirdiği akşamın gecesi olacağını, bu kadar çabuk yakalanacağını bilmiyordu. Onu hafife almıştı. O da, kuzeni de, kuzeninin arkadaşları da, teyzesi de, eniştesi de... Herkes. Herkes, Zarraf soyadını taşıyan bu insan sarrafının yapabileceklerini hafife almıştı.

Ellerini cebine soktu ve kırılan orta kısma dikti gözlerini. Azrailini beklerken duygusuz ve soğuktu.

Birkaç saniye sonra darbelere dayanamayan duvar büyük bir gürültüyle yıkıldı.

Toz bulutu geçene kadar bekledi.

Hemen ardından ise siyahlara bürünmüş adamlar içeriye girdiler, ellerinde silahları ve gözlerinde de gözlükleri vardı. Hepsi birer kuklaydı.

İki adam onu kollarından yakaladığında direnmedi Çağrı, aksine bekledi. En azından dinen toz bulutu arasından içeriye girecek köpeğin suratına tükürmeliydi.

Bir topuk sesi etrafta yankılandığında görüş alanına büyük, siyah topuklular girdi. Hemen ardından ise dantelli siyah kadın çorabını ve mini, parlak elbiseyi gördü Çağrı. Karşısındaki kadının dekoltesine odaklanmadan onun yüzünü görmek için başını kaldırdı.

Siyah ağırlıklı bir makyajla suratını boyamış kadından buram buram pahalı parfüm kokusu geliyordu. Saçları uzun ve kızıldı. Dudaklarında parlak, kıpkırmızı bir ruj vardı.

"Demek sendin," diye mırıldandı Çağrı ve boynuna kıtlattı. "Kızıl kevaşe."

Kadın, Çağrı'nın karşısında durup mekanik bir hareketle

kafasını eğdi. "Kızıl kevaşe ha? Birçok lakap aldım fakat bu en yaratıcısıydı. Hoşuma gitti."

Çağrı beklemeden kadının suratına tükürdü. "Bu da hoşuna gitti mi?"

Kadın suratındaki ıslaklığı sildi ve ona öyle bir tokat attı ki Çağrı bilincini kaybetti. "Terbiyesiz. Bir kadına nasıl davranılacağını bilmiyor." Kahkaha attı. "Götürün bunu."

Adamlar Çağrı'nın bilinçsiz bedenini dışarıya taşıdılar. Kadın biraz daha etrafta dolandıktan sonra çocuğun ona ettiği hakareti hatırladı ve kırmızı rujla boyadığı dudaklarını içten bir kahkaha için araladı.

"Kızıl kevaşe ha? Kızıl kevaşe!"

13

"Bir küçücük, aslancık varmış..."

Şeytanın uğursuz ellerinde yitirilmiş bir melodi çınladı kulaklarımda, sağır etti. Göz kapaklarımı titretti, zihnimi bir anda bomboş bir hava bulutuna çevirdi ve yere çivilediği bacaklarımı felç etti.

"Kırlarda ko-ko-koşar oynarmış..."

Gözlerimin önünde bacaklarını kırdığı aslanın koşmasını istiyordu şeytan. Gözlerini oyuyor ve sonra görmesini istiyordu. Kulaklarını sağır ettikten sonra ondan hâlâ duymasını istiyordu. Dilini kesip eline veriyordu ve *konuş* diyordu.

"Annesi onu çok, çok severmiş..."

Dünyada sevginin bile olsa iyileştiremeyeceği yaralar vardı fakat bunun da üstünde, bugün, zemheri bir gecenin ortasında tırtıklı bir ihanet bıçağıyla tenime güzel bir resim çiziliyordu. Saat gece yarısına *acı* kala.

"Sen benim ca-ca-canımsın dermiş..."

Vakit dolduğunda ise...

Acıyı çeyrek geçe.

Zehir.

Göğüs kafesimin içinde dolanan ve gözlerimi, dünyanın soğuk ve acımasız gerçekliğine sonuna kadar açan bu akım geleceğim için zehirden başka bir şey değildi ama ben sadece enjekte etmek için kullanılan bir şırıngaydım. Zehir yalnızca etrafımdaki insanları etkiliyordu, içimde dolaşıp yaşam sistemimi altüst etmesine rağmen bana işlemiyordu. En büyük ceza belki de buydu.

Yavaş çekime inanmazdım, her şey bir anda olur ve biterdi. Beş dakika sonra ise hafızaların zorlanacağı, silik ve acı bir hatıra olarak kalırdı sadece. En azından, on sekiz yıllık yaşamım boyunca böyle olduğunu düşünmüştüm.

Beni kendi ayaklarımla geldiğim bu uçurumun dibine hiç kimse itemezdi, hiç kimse itmedi.

Ben kendim atladım.

Zarraf'ın Zifir'i bıraktığı an gözlerimin şahit olduğu görüntüler zihnimde bulanıp ayaklarımı harekete geçirdi. Bir anda öfkeyle koşmaya başladığımda Atahan'ın belinden çıkardığı silah ateşlendi.

Ayaklarımın yere çakıldığını hissettim. Elinde korkunun var ettiği bir çekiçle, kendinden emin adımlar atan benliğimin tecrübesiz ayaklarına çakılıyordu keskin çiviler. Yalandı. Biliyordum. Parmaklarınla sıkı sıkıya tuttuğun bıçağı avuç içlerine ne kadar sert bastırırsan bastır, hiçbir zaman ruhuna atılan çizikler kadar derin olmayacaktı. İstersen kes, at elini. İçinde dolaşan duygular silsilesi seni içine çektiği an, hissetmeyeceksin bile. Bedenin yok olsa da orada bir yerlerde ruhun var olmaya devam edecek. Acının sonu yok, ucu yok, bucağı yok. Sen yumuşak adımlarınla ölümün kollarına yürürken seni tatlı ninnileriyle kucağına çektiği zemheri geceler var sadece.

Seni cehenneme atmaz acılar, seni cennetin kapısından içeriye almaz. Seni cennet ve cehennemin başlayıp bittiği bir noktada asılı bırakır. Ayaklarını olduğun yere çiviler ki korkular seni bir yöne saptırmasın, asla ne yaptığından emin olma; avuçlarını kanatır ki gözyaşlarını silmeye kalktığında kör ol; görme, doğruyu yanlışı ayırt edeme.

Araf ol. Ne cennete, ne cehenneme ait kayıp bir ruh ol. Felç ol. Kör ol. Yok olma ama var da olma.

Melih bir anda önüme atlayıp bana isabet edecek kurşunla beraber dizlerinin üzerinde yere çöktüğünde, Atahan'ın gözlerinin şaşkınlıkla açıldığını gördüm. Dudaklarından ağır bir küfür firar etti ve hemen ardından gözlerini bana çevirmeden arka tarafa doğru koşmaya başladı.

Zarraf, "Beceriksiz!" diye bağırıyor, sınırden olduğu yerde kuduruyordu. Leyla ise ona doğru hareket edip bir şeyler söylemeye başladı. Bu ucu zehirli hatıralar o taraftan gelen seslerin bulanıklaştığı saniyelerdi.

Bir hıçkırık yükseldi boğazımdan yukarıya. İçimde kabaran duygu büyüdü, büyüdü, daha da kabardı. Ben adını koyamadan koyulaştı ve bütün göğüs kafesimi kapladı. Korkunç bir acı duydum, *seni tanımaktan korkunç bir acı duydum,* korkunç bir *acı.*

Buğra koşarak düşmemesi için omuzlarından tuttuğunda Melih onun üzerine yığıldı ve bilincini kaybetti. Zarraf'ın adamlarından ikisi iki arabayı tam önlerinde durdurduklarında ve binmelerini işaret ettiklerinde mekanik bir hareketle boynumu kıtlattım ve güldüm.

Kurumuş dudaklarımın arasından fısıldadım. "Nereye?"

Öfkeydi. İçimde kabaran duygu. Korkunç bir acının düşüncelerime bulaştırdığı ve zihnimi felç ettiği o gizli silah, zehir ya da adına ne deniyorsa öfkeydi.

Sağ elim benden habersiz bir şekilde havaya kalktığında arabalarında bir sarsıntı hisseden adamlar koltuklarından atladılar ve kendilerini ileriye attılar. "Nereye?" diye bağırdım bu sefer. "Nereye!"

Aynı anda iki araba da büyük bir gürültüyle patlarken bir saniyeliğine mavi bir ışık etrafı aydınlatmıştı. Zarraf ve itleri patlamanın etkisiyle ileriye savrulurken büyük bir çığlık attım. Bu çığlığı çok önceden atmalıydım.

Annem ve babam eve gelmemeye başladığında.

Akşam yemekleri boğazımdan geçmeyen acı bir zehre dönüştüğünde.

Göğüs kafesimin içindeki zavallı kalbimin ilk parçalanışında.

Gökyüzü bana ilk defa acıdığında.

Gece üzerime ilk kez çöktüğünde.

Bu dünya beni yaşamımdan alıkoyup arafın sınırlarında dans etmeye ilk zorladığında.

En başında.

Görüş açımda patlayan arabaların ışıltısı vardı, atılan çığlıklar ve önüme serilmiş acı.

Düşler,

Ve düşüşler, diye fısıldadı Gri.

Kırlar ve kırıklar.

"Kırlarda ko-ko-koşar oynarmış..."

Bir anda önümde parıldayan sahne yerini ıslak bir cekete bıraktığında, karşımda o ceketin sardığı bedene baktım. Eğer kafamı biraz daha kaldırırsam...

Bir şeyler söyledi ama duyamıyordum. Yalnızca dudaklarını oynatışını izleyebilmiştim. Etrafta ne kadar ses varsa kulaklarıma ulaşana kadar kesiliyor gibiydi. Sağır mı olmuştum? Neden duyamıyordum?

Saçlarından aşağıya sular akıyordu, sanki biri başından aşağıya durmadan kovayla su döküyordu. Ceketini çıkarıp omuzlarıma bıraktığında kulaklarımı tıkayan öfke bir anda kendi kabuğuna çekildi ve kapıyı kapatıp içeriden kilitledi.

Üzerimizde gürleyen gök ve çakan şimşekler bu ölüm kokan sokağın her bir yanını aydınlatıyordu. O an fark etmiştim ki, aslında deli gibi yağmur yağıyordu.

Büyük elleriyle omuzlarımı tutan Pamir beni sarstı. Acı kahveleri gözlerimi oyuyordu. "Nil beni duyuyor musun?"

Gözlerimi hızlıca kırpıştırırken ona odaklanmayı denedim.

"Gitmemiz gerekiyor, iyi misin? Duyuyor musun beni?"

Boğazıma oturan yumruyu sonunda aşağıya itip yutkunabildiğimde kafamı salladım. Kendi kendine kafasını sallayan Pamir, beni oracıkta kucağına aldığı gibi ileriye doğru koşmaya başladı. Kafamı onun boynuna saklamıştım, kaldırmak istemiyordum. Uyumak ve uyanmamak istiyordum. Sonsuza kadar kâbuslarla yaşamak kâfiydi, biri beni şu an şu dakika buralardan alıp götürmeliydi.

Beni arabanın arka koltuğuna bırakan Pamir geriye çekilip "Eve gidiyoruz," diye mırıldandı ve dudaklarını alnıma değdirip bir öpücük bıraktı. "Sakin kal."

Kapı kapandıktan sonra, yan tarafımda bilinci yarı açık şekilde zorlukla oturan Melih'i fark ettim. Bedenimi yavaşça ona döndürmeye çalıştığımda, elindeki kumaş parçasıyla kurşunun isabet ettiği noktadaki kan akışını durdurmaya çalıştığını gördüm ama mecali yoktu, sıkı bastıramıyordu ve kan her yerdeydi.

Kendime gelip elini çekmesini sağladım ve kumaşı tutup bastırdım. "Konuş benimle. Bilincini kaybetme."

Pamir ve Buğra hızla arabayı sokaktan çıkardığında geriye dönüp bakmadım bile. O sokakta kaybettiklerimin haddi hesabı yoktu. O sokakta bıraktıklarımın acısını ölçebilecek hiçbir cihaz yoktu.

O sokakta bıraktıklarımın acısını dindirebilecek hiçbir ilaç yoktu.

Melih'in baygın bakışları üzerime çevrilirken kurumuş dudakları aralandı ve kısık sesiyle güldü.

Kimse konuşmuyordu.

Acının farklı boyutları olduğuna inanırdım. Tanrı küçücük bir çocuğun omuzlarına kaldıramayacağı acılar yükleyecek kadar acımasız olamazdı. Kademe kademe yükselirdin, asla birden birkaç seviye atlayamazdın. Büyürken bile sırayla yaş değiştiriyordun; on bir, on iki, on üç... On bir yaşındayken, bir anda on beşe geçemezdin. İşte acıların da böyle kademeleri vardı.

Adalet melekleri acı listesine insanların adlarını kazırken beni başka birisiyle karıştırmış olmalıydılar. Yoksa daha artçılar gelmeden beni yıkan bu depremlerin başka bir nedeni olamazdı.

Araba, bana saatler gibi gelen yirmi dakika içerisinde daha önce hiç görmediğim bir yerde durduğunda Pamir ve Buğra aynı anda indi. Onlar Melih'i alırken, ben de diğer kapıdan inip önünde durduğumuz binaya baktım. Burası özel bir klinikti.

İçerisi karanlıktı, yoksa klinik kapalı değil miydi?

Pamir ile Buğra, Melih'in iki yanından tutup beklemeden kliniğe doğru ilerlemeye başladı. Kırklarındaki bir adam kliniğin kapısını açtı ve onlara yardım ederken etrafta biri var mı diye baktı. Saniyeler içerisinde içeriye geçtiklerinde peşlerinden girdim ve kapıyı kapattım.

İçeriye geçerlerken adam dönüp, "Perdeleri çek," diye seslendi. Beklemeden dönüp perdeleri çektim ve içeriye ilerledim.

Beyaz duvarlara sinmiş hastane kokusu genzimi yaktı. Silik hatıraların arasında kıvranan korkunç dakikaların hangisinde aramışlardı burayı?

İçeri girdiğimde doktor hemen Melih'in üzerindeki kazağı bir makasla kesip çıkardı ve ellerine eldiven geçirdikten sonra çekmecelerinden temiz birkaç alet çıkardı. Korkuyla elim ağzıma giderken gözlerim dolmuştu. Benim yüzümden bu haldeydi, benim önüme atlamıştı. O kurşunu ben yemeliydim.

Pamir beni fark ettiğinde Buğra'ya dönüp başıyla işaret verdi ve hemen ardından üzerime doğru yürüdü. Başımı alıp göğsüne yasladıktan sonra sarıldı. Adımları ayaklarımı geriye doğru zorluyor ve beni bu kan mabedinden uzaklaştırmaya çalışıyordu.

Işıkların yanmadığı, raflarla dolu bir çalışma odasına girdiğimizde dışarıda çakan bir şimşek odayı aydınlatıvermişti fakat Pamir kafamı göğsünden kaldırana dek her şeye kördüm. Birkaç dakika sonra büyük elleri yüzümü esir alarak beni göğsünden uzaklaştırdı ve eğilip yüzüme baktı. "Ağlama."

"Ne yapmam gerekiyor bilmiyorum..." Hıçkırıklarım bedenimin içinde oradan oraya seken misketler gibiydi, diğerlerinden farklı olarak zehirli dikenleri olan bu misketlerin göğüs kafesimi kırmaya çalıştığını biliyordum. İçimde doğan Gri'yi var eden Siyah ve Beyaz'ın ölü ruhları hapis edildikleri mahzenden kurtulmak istercesine camı çerçeveyi indiriyor, içimde ne varsa kırıp geçiyordu.

"Bir şey yapman gerekmiyor, kimse senden bir şey beklemiyor," diye fısıldadı Pamir sıcak nefesini suratıma verirken. O an, bedenimin buz kesildiğini fark etmiştim. Öylesine donmuştum ki ufacık bir sıcak dalgası tenime nüfuz edene kadar bu denli üşüdüğümden habersizdim. Soğuğu hissetmiyordum ama sıcağı hissediyordum, sıcağın varlığı beni soğuğu hissedemediğim için mahvediyordu.

"Seni eve götüreceğim."

Bir anda elimden tutup kapı tarafına doğru yöneldiğinde eline asıldım. "Hayır, gitmek istemiyorum. Melih'e bir şey olursa kendimi asla affetmem, o bu hâldeyken eve gidemem."

"Ben seni haberdar ederim."

"İkimiz de etmeyeceğini biliyoruz," dedim çatlamış sesimle. Boğazımı temizleyip yutkunduktan sonra ona doğru bir adım attım. "Bu, başkalarının benim yüzümden ilk yaralanışı değil."

Gözlerim istemsizce Pamir'in koluna kaymıştı. Kim bilir ne hâldeydi de gıkı çıkmıyordu. Dikişleri patlamış olabilir miydi? Belki de çoktan enfeksiyon kapmıştı?

"Saçma sapan konuşma," diye çıkıştı öfkelenerek. "Burada kalırsan daha kötü olacaksın. Yürü, gidiyoruz."

Elini bırakıp geriye çekildim. "Gitmiyorum. Gitmeyeceğim."

Bana doğru hareket ettiğinde, beni kucağına alacağını fark ettim ve elimi öne uzatıp, "Beni zorla götürmeye çalışırsan seni asla affetmem," diye fısıldadım kısık sesimle. Sesim kısılmıştı. Boğazım ağrıyordu. Dizlerim titriyordu. Muhtemelen yüzüm çökmüştü. İçimde dolanan bir acı akımı olduğunu hissediyordum, her nefes alışımda bir şeyler kalbimi sıkıştırıyordu.

Pamir'in kızgın acı kahvelerini üzerime çevirdiği an, klinikle bir bağırış yankılandı. Melih deli gibi bağırıyordu.

Gözlerim tekrar doldu, elimle ağzımı kapatıp geriye doğru sendeledim.

"Hayır," diye mırıldandığını duymuştum Pamir'in. Hızla yanıma doğru gelip beni kucağına aldı, ona direnemedim. Ön kapıdan hızlıca çıkıp arabanın arka koltuğuna bindiğimizde kapıları kapatıp kilitledi. Elleriyle kulaklarımı kapatırken onun kucağına oturmuş, kafamı boynuna gömmüştüm. Bir süre orada sessizce gözyaşı akıttıktan sonra ise tarçın ve salep kokusuyla yavaş yavaş sakinleşmeye başlamıştım.

Bir tek bu değildi, sadece Melih'in vurulması değildi olay. Sakinleşmeye çalıştığım her saniye kaybettiklerim canlanıyordu zihnimde kurduğum hayal sahnemde. Hayallerin insana mutluluk vermesi gerekmez miydi? Öyleyse neden canım bu kadar acıyordu?

Zifir... Benim minik kara kedim... Ziyan kedim...

Bir saat sonra yalnızca hıçkırıklarım ve muhtemelen şişmiş yüzümle kalakaldığımda "Zifir," diye mırıldandım sessizce.

Ama Pamir eliyle başımı boynuna yeniden yerleştirip bana daha sıkı sarıldı. "Şşş."

Bilincimi kaybetmeden hemen önce hissettiklerim bunlardı.

"Ölmek için çok küçüksün."

İçimde, tırnaklarımla göğüs kafesimi parçalayarak söküp atmak istediğim bir şeyler vardı. Karnımda dolanıp yukarıya doğru her çıkışında üzerime şimşekler düşüyordu sanki.

"Benim minik kelebeğim... Sana göz kulak olamadım."

Parmak uçlarım alev alevdi, biri kerpeten kullanmadan yavaş yavaş tırnaklarımı söküyormuş gibi hissediyordum.

"Affet beni..."

Bir kadının içli ağlayışının acı süslü hıçkırıklarını duydum, yüzüme bir sıcaklık dalgası hücum etti. Biri hemen yanımda feryat figan ağlıyordu ama sesi çok uzaktan geliyordu, görüntü ise hiç yoktu. Hiçliğin ortasına bağdaş kurup oturmuştum sanki.

Bir saatin tik tak seslerini işittim. Dikkatimi çekti. Gözlerim yuvalarında yanmaya başladı, gözkapaklarım kaşınıyordu. Saçlarım, derim yüzülürcesine hiddetle çekiliyordu ve göğüs kafesimde dolaşan acının haddi hesabı yoktu.

"Yavrum benim..."

Tik, tak. Tik, tak. Tik, tak.

Yavaşça işleyen saatin yelkovanı bir anda hızlanmaya başladığında akrep de onu takip etti.

"Bebeğim..."

Tik, tak, tik, tak, tik, tak...

Yelkovan ve akrep kontrolden çıkmıştı.

"Nursel, veda vakti."

Kadın burnunu çekti. "Levent gelmeyecek mi?"

"Kendine gelemedi, onu daha sonra morgda ziyaret edecektir."

Tik, tak, tik, tak, tik, tak...

Yelkovan saatin üzerinde zıvanadan çıkıp hızla sabitlendiği yerden ayrıldığında akrep de onu takip etti.

Biri alnıma, diğeri kalbime saplandı.

Geriye doğru düşerken yeniden yavaşça işleyen bir saatin hayali sesi kulaklarımda yankı bulmaya başlamıştı. Deliriyor muydum?

Tik, tak. Tik, tak. Tik, tak.

Belki de ölmüştüm.

Göğüs kafesimdeki aynı ağrıyla göz kapaklarımı araladığımda aynı anda yok oldu sancı. Bir anda, biri onu bedenimden çekip almıştı sanki. Oradaki varlığını biliyordum ama şimdi yokluğu da boşluğu yakıp kavuruyordu.

Ellerimi kendime doğru çekip kafamı gömdüğüm yerden kaldırdığımda, günün ilk ışıkları arabadan içeriye buyur edilmişti bile. Pamir kafasını koltukta geriye yaslamıştı, gözleri kapalıydı. Elleri belimde, beni sımsıkı tutuyordu.

Kollarım uyuşmuştu, gözlerim acıyordu, bacaklarımı hissetmiyordum bile. Tüm gece bu pozisyonda uyumuş olmalıydık.

Derin bir nefesi içime çektikten sonra yutkunmaya çalıştım. Terlemiş avuç içlerimi pantolonuma sürterken ve zihnimi toparlamaya çalışırken bir anda gözlerim önümdeki görüntüye çeviriliverrmişti.

Uzun boynundan görünen âdem elması, çenesi, keskin yüz hatları ve dağılmış saçlarıyla cennetin aralık kapılarından sızan kokuyu tatmama izin veren bir kara melek vardı karşımda. Yanımdan geçse kafamı kaldırıp bakmaya mecalimin yetmediği, fark etmeden görsem göz kapaklarımın titrediği, merdivenlerden tesadüfen yan yana insek kolu koluma çarptığında dağları yerinden oynattığım... *Karşımda.*

Seni tanımak en güzel hediye, seni tanımak en büyük ceza. Sana dokunabilmek en güzel his, sana bakabilmek en büyük günah. Seni bilmek çok güzel bir şey ama seni...

Keşke seni tanımak zorunda kalmasaydım.

Keşke bütün bunlar yaşanmasaydı.

Geçmişe dönebilsek, kimse hiçbir şeyi hatırlamasa ama herkes mutlu olsa, sen beni tanımasan ve bir başkasıyla mutlu olsan, Zifir ona daha iyi bakabilecek biriyle yaşasa, ben her gece anıların zehirli hançeriyle cebelleşerek yaşamayı kabul ederdim. Gıkım çıkmazdı, yemin ederim. Sana yemin ederim.

Tanrım, sana yemin ederim.

Yemin ederim.

Sol elimi Pamir'in alnına düşmüş asi bir tutam saçı yüzünden çekmek amacıyla ona doğru uzattığımda bir anda başka bir el tarafından yakaladı.

Ve acı kahveler aralandı.

Çatık kaşlarıyla öfkeli bakan gözlerini gözlerime çevirdiğinde, karşısındakinin ben olduğumu fark etti ve hemen sonra elimi bıraktı. "Uyandın mı?"

Maalesef, diyemedim. "Evet."

"Ne zaman?"

"Beş dakika önce."

Ensesini ovaladı. "Daha iyi misin peki?"

Baygın bakan gözlerimi ona çevirdim ve sessiz kaldım. Bu soruya cevap vermeme gerek var mıydı? Sormasına gerek var mıydı peki?

"Melih'e bakacağım," diyerek kucağından kalkmak için hareketlendim fakat belimdeki ellerini çözmedi. Bunun yerine Pamir beni tutup yana kaydı ve önce kilidi, sonra da kapıyı açarak dışarı çıktı. Beni de hemen ardından yere indirmişti.

O kapıyı kilitlerken ben de kliniğe doğru hareketlenmiştim ki öfkeli bir ses duydum.

"Sen!"

Yan tarafa doğru dönemeden geriye doğru hiddetle itildiğimde dengemi kaybettim, tam yere çakılacakken bir kol belime dolandı ve bunu engelledi. *Tarçın ve salep.*

"Seni orospu!"

Karşımdaki görüntü ise dehşet vericiydi. Yaren mahvolmuştu; makyajı akmıştı, yüzü şişmişti ve gözleri kan çanağıydı. İleriye doğru hamle yapıyor, üzerime atlamak istercesine hareketler sergiliyordu ama Kaan onu tutuyordu.

"Bir gün senin yüzünden onu siktiğimin hastane yatağında göreceği biliyordum! Başına iş açacağını biliyordum! Mutlu musun?!" Kaan'ın onu tutan ellerine tırnaklarını geçiriyor ve öyle bir çırpınıyordu ki. Ve sesi... Kafamı kesseler dahi hafızamdan silinmeyecek kadar kin doluydu.

"Yaren dur!" diye bağırdı Kaan. "Onun bir suçu yok!"

"Ona bir şey olursa!" diye bağırdı Yaren. "Eğer ona bir şey olursa, seni yaşatmam! Duydun mu beni cadı! Seni yaşatmam!"

Ses boğuklaştı.

"Laissez-moi rêver, laissez-moi y croire, laissez-moi dire, qu'on peut changer l'histoire..."

Hayal kurmama izin ver, ona inanmama izin ver, hikâyeyi değiştirebileceğimizi söylememe izin ver...

Kulaklarıma baskı yapan kulaklığın bıraktığı his tüylerimi diken diken etti. Görüntüde Yaren'in çileden çıkışı, mahvoluşu vardı fakat arka planda duyduklarım yalnızca Indila'nın Mini World'üydü.

Kulaklarıma kulaklıkları geçiren Pamir beni oradan çekip aldı ve kliniğe soktu, kapıyı da arkamızdan kapattı.

"Si c'est vrai qu'on est libre, qu'on peut s'envoler, qu'on me délivre... Je sens que je vais étouffer."

Eğer özgür olduğumuz, uçabildiğimiz doğruysa, beni azat et... Boğuluyormuş gibi hissediyorum.

Kurşun geçirmez yelek giymiş, elinde pompalı tüfekle düşmanlarına ateş eden bir askerden çok dokunduğu çiçeği solduran zehir gibiyim, kendimden başka herkese zarar veriyorum ve bu da en büyük cezam.

Ne zaman aktığını bilmediğim yaşları Pamir elleriyle sildi. Ardından parmaklarını parmaklarıma kenetleyerek beni içeriye doğru çekti. Melih'in yattığı odada, koltukta oturmuş çatılmış kaşlarla derin düşüncelere dalmış Buğra ve elindeki kitabı okuyan doktordan başka kimse yoktu.

Bir de hemen sağ tarafımda, bakmaya korktuğum Melih yatıyordu.

Kulaklıkları çıkardım, ikisi de omuzlarıma düştü.

"Durumu nasıl?" diye sordu Pamir, doktora doğru.

Doktor kitabının içine ayracını yerleştirdikten sonra, "Kurşunu çıkardım, zor bir geceydi," diye mırıldandı. "Ateşinin düşmesini bekliyoruz, gün içinde uyanacağını zannetmiyorum. Durumu henüz stabil."

Dudaklarımı birbirine bastırırken başımı aşağıya eğdim.

Pamir, Buğra'ya doğru, "Gelsene bir," diye işaret etti. Kafasını toparlamayı henüz başaramamış gibi görünen Buğra ise ayağa kalktı. Odanın dışına doğru Pamir'i takip ettiğimde Buğra da yanımıza gelmişti.

"Yaren çıldırdı," diye mırıldandı Pamir.

"Nil'i gördü mü?" diye sordu Buğra gözlerini dehşetle açarak. "Olayı öğrendikten sonra bir hışımla çıktı klinikten. Siktir... En önemli bilgiler de Yaren'de."

Pamir kafasını salladı. "Nil buradan gitmeden ağzını açmaz."

"Hiçbir yere gitmiyorum," diyerek karşı çıktım.

"Eve gitmezsen her şey için çok geç olabilir," diye mırıldandı Pamir. "Bize götüreyim seni, Özge'yle evde kalın. Hâlâ Soyhan'da."

Kolundan tuttum. "Gitmek istemiyorum."

"Söz veriyorum, bu it sana bir şey söylemezse bile ben sana her şeyi anlatacağım Nil," diye homurdandı Buğra. "Söz veriyorum. Ama şimdilik gitmen gerek. Lütfen."

Kafamı eğdim. "Ama..."

"Hadi be güzelim." Elini omzuma koydu Pamir. "Söz veriyorum, birkaç saatte bir arayacağım. Tamam mı?"

Tatlı dilli şeytan.

Dudaklarımı birbirine bastırıp derin bir nefes aldım. "Tamam."

"Sen Kaan, Yaren'i sakinleştirmiş mi bir bak, ona göre içeri al. Biz de arka kapıdan çıkıyoruz, içeri girdikleri an gideceğiz. Araba ön tarafta."

Buğra kafasını sallayıp ön kapıya doğru yürüdüğünde, Pamir elimden tuttu ve beraber uzun bir koridorda ilerleyip arka bahçeye açılan kapıdan dışarı çıktık. Birkaç dakika bekleyip Yaren'in içeri girdiğine emin olduktan sonra ise ön tarafa yürüyüp arabaya bindik. Pamir gaza bastığında kafamı cama yasladım, sonra bacaklarımı kendime çekip kollarımı etrafına dolayıp gözlerimi kapattım.

Bir keresinde biyoloji sınavındayken bilerek kopya kâğıdı hazırlamış ve sınav kâğıdımın yanına bırakmıştım. Gözetmen öğretmen bunu görünce direkt kâğıdıma basmıştı kopya damgasını. Önce Müdür'ün odasına gitmiştim, ardından kınama almıştım ve sonunda anne babam aranmıştı. Şimdi her şeyi silebiliriz, çünkü asıl önemli noktayı atlamak istemem. Anne ve babamın aranmış oluşu. Müdür'le görüşmek üzere okula gelmeleri. Onları iki haftanın ardından ilk defa görebilmiş olmam.

Sırf annemle babamı görmek için kopyacı damgası yemek sorun değildi benim için, herkes önceki sınavlarımın da kopya sayesinde yüksek olduğunu düşünüyordu ama ben evde can sıkıntısından ölürken sadece ders çalışıyordum. Önemli olan anne ve babamı görmekti. Ne acıydı... Şimdi devamsızlığım zirve yapmıştı, şu sıralar diğerleri gibi sınavdan sınava koşturuyor olsaydım ve kopya çekseydim bile annemle babamı göremezdim.

O zamanların bile değerini bilememiştim.

Onları özlüyordum.

Evin önüne geldiğimizde arabadan indik ve bahçeden geçip kapının önünde durduk. Pamir anahtarı deliğe sokarken Özge bir anda kapıyı açmıştı.

"Deli seni! Neredeydiniz bunca zamandır?"

"İşlerimiz vardı," diye mırıldandı Pamir içeriye girerken.

Muhtemelen arabayı görüp biz anahtarla açmadan kapı koluna asılmıştı.

Surat ifademi düzeltmeye çalışarak, "N'aber Özge?" diye sordum kısık sesimle. Özge kaşlarını çattı, sinirlenmiş gibi görünüyordu. Geriye dönüp ayağındaki terliği Pamir'in kafasına fırlattı. "Ne yaptın lan kıza! Bu ne surat!"

Pamir hızla arkasını dönüp hiddetle Özge'ye baktı. "Manyak mısın nesin kızım? Bir şey yapmadım ben!"

Komikti, suratımı üzgün gören herkes suçu Pamir'de arıyordu. Yelkıran, *Kalpkıran* damgasından asla kurtulamayacaktı sanırım.

Özge kapıyı kapattıktan sonra, "O zaman ne oldu ki?" diyerek masum bir ifadeyle bana döndü. "İyi misin?"

"Gece pek uyuyamadım, biraz da hastalanmışım," diye yalan söyledim. Kafamda evrilip kancaya dönüşen soru işaretlerine yenilerini eklemek istemiyordum.

"Hemen sana bir hazır çorba yapayım," diyerek mutfağa uçtu Özge. Biraz sonra elinde üç paket hazır çorbayla gelmişti. "Hangisini istersin? Domatesli mi, kremalı mantarlı mı yoksa mercimek mi?"

Pamir avucunu sertçe alnına vurdu ve yüzü boyunca kaydırdı. Bu daha çok *bu kız nasıl olur da çorba yapmayı bile bilmez* afallamasıydı.

"Allah aşkına çorbayı sen yap Nil, mutfağa sokma şunu," diye homurdandı Pamir, merdivenlerden yukarıya çıkarken ceketini çıkarıyordu. Muhtemelen duş alacaktı.

Ceketimi çıkardıktan sonra, "Mercimek yapalım," diye mırıldandım ve Özge'yi de alıp mutfağa geçtim. Saçlarımı bileğimdeki lastikle topladıktan sonra havuç ve soğan çıkardım. Mercimek paketiyle beraber baharatları da tezgâha koydum. Özge masada oturup kırmızı bir elmayı kemirirken çorbayı kaynamaya bıraktım.

"Ben duş alıp geleceğim, eğer kaynarsa altını da kapağını da kapat olur mu?"

"Tamamdır. Sana temiz kıyafet vereyim."

Pamir'in odasında duş aldığını düşünerek diğer banyoya geçtim ve Özge'nin verdiği temiz kıyafetleri masanın üzerine bırakarak kapıyı kapatıp üzerimdekileri çıkarmaya başladım. Yüzüm gerçekten berbat hâldeydi, kolumun kenarında nereye çarptığımı hatırlamadığım ufak bir morluk vardı ve gözaltlarım suluboyanın mor rengine fırçayla boyanmış gibiydi.

Yorgun ve uyuşmuş bedenimi sıcak suyun altına attığımda ayakta fazla dayanamayarak yere oturdum ve duş başlığındaki suyun kafamdan aşağıya akmasına izin verdim. Düşünecek çok şey vardı ama hepsinin sığdığı bir zihnim yoktu artık.

Düşününce... Küçükken çok mu şımarıktım? Çok şey mi istemiştim? Birinin hayatını mı mahvetmiştim? Neden? Nedendi? Başka bir yolu yok muydu? Baş türlü olamaz mıydı? Başka türlü olsa daha mı kötü olurdu ki? Böyle olacağına hiç mi olmasaydı, yoksa doğru olan bu muydu? Bir ay sonra nerede olacaktım? Ya bir yıl sonra? Beş yıl sonra? Nerede, kiminle, nasıl?

Neden?

Suyun altında ne kadar kaldığımı hatırlamadığım bir sürenin sonunda, buruşmuş tenimle beraber ayağa kalktığımda saçlarımı ve bedenimi iki kere yıkadım. Sonunda durulanıp çıktığımda üzerime Özge'nin verdiği siyah iç çamaşırlarını, siyah kapüşonluyu ve eşofmanı giydim. Ayna karşısında saçlarımı taramayı bitirmiş, kurutma makinesine uzanıyordum ki alt kattan sertçe bir kapı çarpma sesi geldi.

Elim ayağım boşalırken kurutma makinesini bırakıp kapıyı açtım ve hızlı adımlarla aşağıya koşturdum. "Ne oldu?"

"Bir şey olmadı, Pamir'in gitmesi gerekiyormuş. Kaçtı yine it."

Camlardan kaldırımın kenarındaki cipi görebiliyordum, hareket etmemişti. Bunun yerine yan taraftaki garajdan siyah bir Porsche çıktı, hızla sokak boyunca ilerledi ve gözden kayboldu.

Ahh.

"Bana bir şey demeden mi?" Şüpheliydi.

"Ahh, şey dedi, *telefonuna baksın.*"

Cebime attığım telefonu çıkardım. Kapalıydı. "Şarj aletin nerede?"

Telefonu şarja taktıktan sonra bir süre başında açılmasını bekledim. Açıldığında iki mesaj gelmişti.

P.Y.: *Yaren konuşmak için bekliyormuş, bizimkiler çağırdı.*

P.Y.: *Söylemeden gittiğim için üzgünüm... Seni sonra arayacağım.*

Birkaç dakika ekrana boş boş bakıp düşünürken bir anda telefon titredi.

P.Y.: *O çorbayı iç.*

"Çorba!" diyerek zıpladım bir anda koltuktan. "Özge! Çorba!"

"Ayy, unuttum ben onu ya..."

Çorbanın dibi tutmuştu, yanmayan kısmı başka bir tencereye aldıktan sonra mikserden geçirip iki kâseye doldurdum. Küçük bir salata yapıp ve biraz da yoğurt çıkardım.

Özge'yle masaya oturduğumuzda bana sekizinci sınıftaki aşk maceralarını anlatıyordu. Güzel bir kızdı, mutfakla uzakta yakından alakası olmamasına rağmen ders notları çok yüksekti ve konuyu ciddiye alınca mantıklı konuşuyordu.

Çorbayı içerken bir anda telefonum tekrar titrediğinde kilidi açıp mesaja baktım.

P.Y.: *Bir kase daha iç.*

Bir kâseyi az önce bitirdiğimi nereden biliyordu?

N.H.: *Nasıl...?*

Yalnızca birkaç saniye sonra benim karşıdan çekilmiş, çorba içerkenki fotoğrafımı bana geri yollamıştı.

P.Y.: *:))*

"Özge..." Telefonu ona çevirdim. "Sen Pamir'in ajanı mısın?"

"Hayır ama kız kardeşiyim." Güldü. "Ayrıca kredi kartımı o ödüyor, yani..."

"Anladım."

Yemekten sonra Özge'nin açtığı bir filmi izlemek için salondaki koltukta büzüşmüştüm. Ellerim ve ayaklarım buz gibiydi bu yüzden Özge üzerime bir battaniye örtmüş, elime de bir kupa kahve tutuşturmuştu. Kahveyi ne kadar özlediğimi anlatamazdım bile. Kokusu burnumun direğini sızlatıyordu.

Kafamı koltuğa yaslayarak bir süre filmi seyrettim. Bitmiş kahve kupası elimde öylece duruyordu, hâlâ sıcak olduğundan ellerimi bir nebze ısıtabilmesini umuyordum.

Sonra bir miyavlama sesi çınladı kulaklarımda. Gözlerim anında dolarken kafamı filme çevirdim. Filmde benim Zifir'ime benzeyen ama ondan biraz daha büyük, siyah bir kedi vardı. Elimle ağzımı kapattım ve hıçkırıklarıma engel olmaya çalıştım.

Yol kenarına park edilmiş mavi bir arabanın altından çaresiz bir miyavlama sesi geldiğinde, adımlarımı durdurarak başımı eğdim ve elimi yüzüme siper ettim. Gözlerimi etrafta gezdirirken aynı sesi tekrar duyduğumda, yerlerin ıslaklığına rağmen diz çökmüş arabanın altına bakıyordum. "Hey?"

Oradaydı. Arabanın tekerleğinin altına sıkışmıştı ve simsiyah olduğu için görünmüyordu bile. Ona uzanmaya çalıştığımda geriye kaçtı, ürkmüş olmalıydı. Bir saniye. Sadece bir saniyeliğine beynimi kullanarak gücümü ne kadar da salakça şeyler için kullandığımı kendime hatırlattım. Şimdi bu ürkmüş yavru kedi için kullansam belki de daha yararlı olurdu. Bu yüzden etrafı kolaçan ettikten sonra, yine de kimse göremesin diye etrafımıza sisten bir duvar ördüm ve bir kez daha kediciğe baktım.

Zifir.

Onu gördüğümde aklıma gelen ilk kelime buydu.

Havanın kaldırma kuvvetini kullanarak onu incitmeden kendime doğru çektiğimde deli gibi miyavlıyordu. Onu arabanın altıdan çıkardığım an sisin de dağılmasına izin verdim ve ayağa kalkarak kediyi kucağıma aldım. "Çok tatlısın ama sen..." Miyavladı. "Korktun mu Zifir?"

Sanırım adını da bulmuştum. "Seni eve götürüp beslemem gerek."

Onu o gün yanıma almamalıydım. Onu eve götürmemeliydim. Onu rezil hayatıma sürüklememeliydim. Tek suçu, onu arabanın altından kurtardığımda bana direnmemesi, gitmemesi, beni kurtuluş yolu olarak görüp kucağıma sığınmasıydı. O kadar korkmuştu ki onu yıkarken gıkı bile çıkmamıştı.

Ağlamam daha da şiddetlendiğinde ve kendimi tutamamaya başladığımda Özge neden ağladığımı bilmemesine rağmen yanıma gelip bana sarıldı. "Nil... Yapma ama böyle, neden ağlıyorsun?"

İçim acıyordu. Yapamıyordum. Yaşamayı beceremiyordum.

"Üzgünüm..." diye mırıldandım hıçkırıklarımın arasında. "Çünkü çok üzgünüm."

Artık tutunamıyorum. Yaralı ellerimle düşmemek için tutunduğum hayat dalları daha da derinden avuç içlerimi kesiyor, yapamıyorum. Her ayağa kalkışımda bataklıkta yürüdüğümü unutuyorum, ne zaman uçmaya çalışsam daha da yüksekten yere çakılıyorum. Saklanmak için içine girdiğim odaların duvarları üzerime üzerime geliyor, her nefes alışımda ciğerlerim yanıyor. Yaşayamıyorum. Bir gece ansızın uyuyup, bir daha uyanmamak istiyorum. Ama olmuyor, yaşamaya cesareti kalmayan ben bunu da beceremiyorum. Tek yaptığım etrafımdaki insanlara zarar vermek!

Belki de o kuyruklu yıldız işimi o gece orada bitirmeliydi. Tanrı'ya kalan yaşamım için kim yalvarmıştı? Kim? Ben mi? Hayır.

Asla.

Güneşli günleri hiç sevemedim.

Olmadı... Pekâlâ. Bir dakika.

Ailelerin sahildeki parklarda piknik yaptıkları, sevgililerin sinemalara doluştukları, arkadaşların alışverişe çıktıkları, akrabaların gezdiği güneşli günleri hiç sevemedim.

Bu yüzden bunca zamandır Soyhan'ın üzerinde dolaşan kara bulutlar, bizzat bendim. Başkası değildi, normal değildi, çünkü çoğu zaman meteoroloji uzmanlarının tahminlerini boşa çıkarıyordum. Bazen istemsizce, bazen bilerek.

Ama bu sabah gökyüzündeki kara bulutların sebebi ben değilmişim gibi hissediyordum, çünkü duygularımdan eser yoktu. Bu gökyüzünün bana acıma şekli olmalıydı.

Dün akşam Özge'yle biraz dertleştikten sonra anca kendime gelebilmiş, ardından Pamir'in yatağında uykuya dalmıştım. Pek uyuyabildiğim söylenemezdi, on beş dakikalık dalgalar hâlinde dalıyor ve hemen ardından yeniden uyanıyordum.

Pamir bir kere aramıştı, Melih'in durumunun iyi olduğunu söylemişti ama bugün oraya gitmek istiyordum. Melih orada benim yüzümden can çekişiyorken ve diğerleri de küçük bir kliniğe tıkılmışken rahat bir yatakta uzanmak bana çok yanlış geliyordu.

Bu yüzden kalkıp elimi yüzümü yıkadıktan sonra altıma pantolonu geçirip montumu da alarak aşağıya indim. Özge henüz uyanmamıştı. Telefonumu çıkarıp Pamir'i aradım.

"Bana adresi mesaj at."

"Evde kal."

"Söyle şu adresi."

"Buraya gelirsen Yaren seni parçalar."

"Bana dokunamaz bile."

"Evde kal işte."

"Kalamam! At şu mesajı!"

Telefonu suratıma kapattı. Sinirlenmiştim. Tam onu tekrar arayacaktım ki telefonum titredi. Bana adresi mesaj atmıştı.

Daha fazla beklemeden botlarımı giyip ana caddeye yürüdüm ve bir taksiye atlayarak adresi söyledim.

Yarım saat sonra kliniğin önündeydim. Taksicinin ücretini ödedikten sonra arabadan inip kapıya doğru yürüdüm. Kapıda *kapalı* levhası asılıydı ve perdeler de çekiliydi. Camı tıklattım.

Birkaç saniye sonra perdenin arasından bana bakan acı kahve gözler kapıyı açmıştı. Dışarı çıkmadan elimden tutup beni içeriye çekti ve kapıyı tekrar kapattı. "Umarım takip edilmemişsindir."

"Melih nasıl?"

"Uyandı."

Yanından geçmek için hareket ettiğimden kolumdan yakalayıp beni geri çekti. "Nil, ondan önce sana söylemem gereken bazı şeyler var."

Kaşlarım çatıldı, sormaya korkuyordum. "N-ne oldu?"

Sesimin titrediğini fark eden Pamir beni kenara çekti. Nasıl söyleyeceğini bilemiyor gibi bir hâli vardı. Her şey üst üste geliyordu, daha ne kadar kaldırabilirdim merak ediyordum.

"Kuzenin, Çağrı..."

Kaşlarım çatıldı. "Hayır-"

Kollarımdan tuttu. "Sakin ol, o iyi."

"O zaman?"

"Tornado bilgisayarlarını hack'lediği gecenin sabahı onu almışlar, Yaren'le Kaan'ın içeri sızdığı zamanda da onu gizli odalardan birine götürmüşler. Şu an Tornado'da."

Ellerimle önce alnımı, sonra da yüzümü sıvazladım. "Neden gidip o binayı basmıyoruz peki? Bizi durduran ne?"

"Bu onların istediği değil mi?" O da öfkelenmişti. "Herif seni para kaynağına çevirebileceği bir trafo olarak kullanmak istiyor, bunun için de gidip bir cihaz inşa ettiriyor. Sen de bana o cihazın tutulduğu binaya girmek istediğini söylüyorsun. Mantıklı mı bu?"

"O zaman ne yapacağız, söylesene!"

"Sakin ol Nil!"

"Önce sen ol!"

"Nil!"

"Olamıyorum, görmüyor musun!"

Pamir omuzlarımdan tutup beni sarstı. "Nil," diye mırıldandı bu sefer, daha sakin bir sesle. "Sakin ol."

Derin bir nefes aldım ve kendime gelmeye çalıştım. Tamam, tamam, sonuçta o iyiydi. Orada olması bir şeyi ifade etmezdi, sadece bize yardım edemeyecekti. Bu kadar. Anne ve babam gibi o da güvendeydi.

"Tamam," diye fısıldadım. "Tamam. İyiyim."

Pamir elimi bırakmadı. Beraber koridordan geçip Melih'in olduğu beyaz odaya girdiğimizde Buğra'yı, Kaan'ı, Yaren'i ve yatakta yatan Melih'i gördüm. Yaren beni gördüğünde suratını düşürmüştü ama Melih tuttuğu elini sıktı.

Avuç içlerim terlerken "Melih," diye mırıldandım. "Nasılsın?"

Teni solmuştu. Kurumuş dudaklarının arasından mırıldandı. "İyiyim, Nil. Sen?"

Değildi.

"Kes şunu!" diyerek ayağa fırladı Yaren. "İyi falan değilsin!"

"Yaren!" diye sesini yükseltti Pamir fakat Yaren onu umursamadı.

"Sana üzülüyordum, biliyor musun? Hakkında yazdıklarım için üzgündüm, gelip senden özür dilemeyi bile düşündüm ama şuna bak..." Melih'i gösterdi. "Ona yaptığın şeye bak! Ben süper-güçlü-bir-kızım havasında ortada dolanıyorsun ama küçücük bir kurşunu bile engelleyemiyorsun. Üstelik, ben başkası için değil de senin için hayatımı tehlikeye atıp siktiğimin Tornado'suna girmişken! Hedef sen olsan eminim ortalığı yıkardın ama tetiğin ucunda başkası olunca sinemadaymış gibi izledin! Ne oldu prenses? Mısır da ister misin?"

Kaan kalkıp, "Yaren saçmalıyorsun," diyerek araya girdi ve onu tuttu.

Melih de konuşmaya çalışıyordu fakat yarası acıyor olmalı ki yutkunamıyordu bile. Buğra ayağa kalkıp, "Yapmayın şunu Melih'in önünde," diye homurdandı.

Kirpiklerim titredi, gözkapaklarım her kapandığında tekrar açılmayı reddediyordu. "Hakkımda yazdıkların mı?"

Yaren hastalıklı şekilde güldü. "Hâlâ anlamadın mı? Doğru, sen yıllarca gölgen gibi peşinde dolananı bile fark edemedin, salak! Salaksın!"

"Ne diyorsun sen?" Ellerimin titremesini biraz olsun engelleyebilmek için onları yumruk yaptım. "Yoksa sen... Dedikoducu Kız?"

Yaren kahkahaları eşliğinde kafasını salladı.

O anda, Kaan seslice bağırarak, "Bir durun be!" diye isyan etti. "Yaralı yaralı başını amma ağrıttınız çocuğun! Susacaksanız uslu uslu durun şurada, yoksa siktirin gidin!"

Pamir'in eli koluma dolandığında ani bir acı dalgalanmasıyla beraber gözlerimi kapatıp sertçe inledim.

"Ne oldu?" diye sordu Pamir. "Yaralı mısın sen?"

Benim "Hayır," dememe kalmadan montumu çıkarıp kapüşonluyu sıyırdı ve koluma baktı. "Nil, bu ne?"

"Küçük bir morluk, neden oldu bilmiyorum..." Gözlerimi morluğa doğru çevirdim.

Fakat artık küçük bir morluk değildi. Pembe, mor ve mavi renk geçişlerinden oluşan ve yumruğum büyüklüğünde koca bir ezikti.

"Ne zaman oldu bu?" diye gürledi Pamir. "Nasıl oldu?"

Ne diyeceğimi bilmiyordum. Şok içerisinde kalmıştım. Nasıl olurdu da en fazla parmak izi büyüklüğündeki küçük bir morluk bir gün içerisinde bu kadar büyüyebilirdi? Mantıklı mıydı bu?

"Bi-bilmiyorum." Korkmuştum. Korkuyordum. Bedenime ne oluyordu?

Hiddetli acı kahveleri gözlerime çevrildiğinde bir an yumuşadı zannettim fakat hayır, Pamir yalnızca başka bir şok dalgasıyla afallamıştı. Eli alnımdan aşağıya kayarak sağ tarafımdaki saçlarımı çekti ve boynumla omzumun birleştiği noktaya dokundu.

Yalnızca dokundu.

Fakat deli gibi canım yanmıştı. Öyle ki gözlerim dolmuştu. Elimle elini tutup çektim. "Yapma, acıyor."

"B-bastırmadım bile."

Durdum. Donmuştum. Pamir Yelkıran'ın sesi az önce titremişti.

Kulaklarımı sağır eden sessizliğe daha fazla dayanamayarak gülmeye çalıştım ve, "Saçmalamayın, bir yere vurmuşumdur," diye mırıldanarak cebimden telefonumu çıkardım. Ön kamerayı açıktan sonra saçlarımı çekip boynuma baktım.

Dün gece bu morluk burada değildi.

14

Bileklerinden bağlanan zincirin diğer ucu kilitlendiği odanın karanlık kısımlarına doğru gidiyor, o hareket ettikçe sanki daha da geriliyordu.

Odanın duvarlarından birini üzerinde parmaklıklı bir cam vardı, bu sayede içeriye sızan ışıkla akıl sağlığını anca koruyabiliyordu. Uyandığı an aklına gelen ilk anılarla beraber yapbozun parçalarını teker teker birleştirmiş, sonunda nerede olduğuyla ilgili mantıklı bir sonuca varabilmişti.

Dakikalar sonra karanlık odanın demir kapısı açıldığında Kızıl Kafa topuklu botlarıyla beraber içeriye girdi ve boğazını temizledi. "Oğlum, yuh. Elini kolunu bağlayın kaçmasın lafını adamı dört uzvundan odaya zincirleyin olarak mı algıladınız?" Odada döndü. "Ayrıca bu koku ne ya? Girmem ben buraya. Alın bunu yukarıdaki odalardan birine götürün. Hacker diye sizi de hack'leyemez herhalde."

Kızıl Kafa'nın yanındaki kel ve esmer adam hızlı adımlarla Çağrı'nın yanına yürüdüğünde Çağrı kolunu çekip zinciri çıkartmaya çalışan adama kafa attı ve üzerine tükürdü. "Ne diyeceksen de, uğraşamam senin zevklerinle. VIP konuk olmadığım kesin."

Kızıl Kafa dudaklarını büzdü. "Tamam, çıkın odadan. Hemen."

Adamlar odadan çıkıp kapının önünde dikilmeye başladıklarında Kızıl Kafa omzunun üzerinden, "Kapıyı da kapatın," diye emir verdi ve arkalarından demir kapı kapandı.

Kapı kapandığı an Kızıl Kafa'nın surat ifadesi alaycıdan ciddiye geçiş yapmıştı. Hızlı adımlarla Çağrı'nın yanına yürüyerek önünde dikildi ve kırmızı rujla renklendirdiği dudaklarını birbirine bastırarak doğrudan gözlerine baktı. "Bana adres ver."

"Nerede olduklarını cidden sana söyleyeceğimi mi düşünüyorsun?"

"Söylemeyeceksin tabii ki aptal. Söylemene de gerek yok. Bu olmadan..." diye mırıldanırken cebinden koyu mavi renkte biçimsiz bir taşı, ucuna geçirilmiş zincirle beraber çıkardı. "Bu olmadan Nil haritada Eyfel Kulesi gibi parlıyor."

Çağrı, "Mavi zoisit..." dedi. "Neden?"

Kızıl Kafa eğilerek Çağrı'nın kulağına, "Bunu ona göndereceğim," diye mırıldandı. Hemen ardından karnına bir tekme attı. "Bunun için özür dilerim," diye mırıldandı hızlıca.

Çağrı inledi. "Ne? Neden bahsediyorsun sen?"

"Beni tanımıyor musun?" diye sordu Kızıl Kafa. "Ben Zarraf'ın en azılı dostlarından biriyim, bana çok iyi ödüyor." Güldü ve hemen ardından tekrar kulağına eğilerek, "Ayrıca Nil'in liseden arkadaşıyım," dedi. "Kısa süreli. Ehh."

Çağrı gözlerini kocaman açarak, "Gökçe?" dedi şaşkınlıkla.

"Aslında son iki yıldır o ismi kullanmıyorum ama bana öyle de seslenebilirsin tabii. Tornado sınırları dışında. Şimdi bana adresi söyle."

"Neden? Anlamıyorum..."

"Sadece şu lanet adresi söyle Çağrı. Kolyeyi postaladıktan sonra ne kadar sorun varsa yanıtlarım, tabii şu boklu odadan çıktıktan sonra." Burnunu çekti. "Ahh, cidden. Buranın havası bana hiç iyi gelmedi."

"Onca sene..."

Gökçe, Çağrı'nın karnına öncekinden sert bir yumruk indirdi.

Çağır isyan etti. "Bu ne içindi?"

"İzleniyoruz," diye mırıldandı Gökçe. "Ayrıca hâlâ adresi

söylemedin. Seni sabaha kadar dövebilirim Çağrı ama ciddiyim, söyle şu adresi artık."

Acılar nefes alıyor göğüs kafesimde, hissedebiliyorum. Hiçbiri ölmüyor, hiçbiri ağırlaşırken kalıbına gittikçe daha da dar geldiğini düşünmüyor artık. Komik, evet ama acılar diyet yapmıyor.

Yattığım yerde parmak uçlarımdan saç diplerime tırmanan bir enerji akımı hissediyordum. Yatak soğuk ve sertti. Hareket etmeye çalıştıkça kulağıma çarşaftan hiç de hoş olmayan sürtünme hışırtılarını geliyordu. Yutkundukça daha da kuruyordu boğazım, bir damacana suyu kafama diksem yine de ıslanmayacak gibiydi. Dilim uyuşmuştu, damağım karıncalanıyordu. Belirsiz bir his yeşeriyordu ayak tabanlarımdan yukarı. Daha nasıl anlatabilirdim durumumu? Kelimeler gözlerimin önünde tavana asılıyor, boğazları kesiliyor, varlıkları yavaş yavaş siliniyordu. Harfler anlamsız şekillere giriyor, ters çevriliyor, okunması imkânsız sözcüklere dönüyorlardı. Şimdi, şu an gözlerimi kapatsam, uyusam ve yarın sabaha uyansam, zihnimi boşaltsam, derin bir nefes alsam, ayağa kalkıp her şeyi düzeltsem...

Düşüncesiyle bile omuzlarımdaki yük hafifliyordu.

"Söylemesi güç," diye mırıldandı doktor. Hâlâ klinikteydik, Melih yan tarafta uzanıyordu ve hemen karşısındaki yatağa da ben uzanmıştım.

"Doktor değil misiniz, ne demek söylemesi güç?" diyerek sinirlendi Pamir çatılmış kaşlarını adam dikerek.

"Boynundaki bir anda olmamış, yavaş yavaş büyümüş gibi görünüyor," dedi doktor doğrularak. Kolumdaki morluğu incelemeye başladığında, "Bu da öyle," diye devam etti ve diğer kolumu kaldırdı. Doktor bir süre inceledikten sonra dirseğimin üst kısmına dokundu. Dokunduğu an hücrelerimden nükseden acıyla inlediğimde, Pamir bana dönüp suratını buruşturdu. "Yavaş."

"Bakın, burada da bir tane oluşuyor," dedi doktor. "Henüz küçük ama vakit geçtikçe büyüyecek."

Kaan ayağa kalktı ve doktorun karşısına dikildi. "Ne demek büyüyecek?"

"Reçeteli merhemlerin işe yarayabileceğini düşünmüyorum ama bundan da önce çeşitli testler yapmamız gerekiyor, bunu da burada yapamayız. Büyük bir hastaneye gitmesi gerekiyor. Morlukların sebepsiz yere olduğunu düşünmüyorum, yayılıyorlar."

"Hastaneye gidemem," diye mırıldandım yattığım yerden kalkmaya çalışırken. Doğrulup oturduğumda Melih'in yatağının kenarında oturmuş bana bakan Yaren'le göz göze gelmiştim. Gözlerimi hemen kaçırdığımda o da kaçırdı.

"Yayılıyorlar derken ne demek istediniz?" diye sordu Kaan. "Bütün vücudunu mu kaplayacak?"

"Mümkün," dedi doktor. "Ne olduğunu bilmiyoruz, daha önce hiç görmedim böyle bir şeyi. Hayati tehlikesi olabilir."

"Çok düşünüyorsunuz üzerinde," dedi bir ayağını aşağı doğru sallandıran Yaren, ruhsuz bir ifadeyle. "Aslında bayağı bir basit bir denklem."

Buğra kaşlarını kaldırdı. "Aydınlat o zaman bizi."

Yaren, Melih'in yatağından aşağı ayaklarının üzerinde doğrulup yanımıza yürüdüğünde "Bedeni içindeki elektriği kaldıramıyor, böylelikle hayattayken çürümeye başlıyor."

Doktor kafasında soru işaretleriyle Yaren'e bakarken, Kaan, "Doktor Bey, biz biraz dışarıda konuşabilir miyiz?" diye mırıldanıp adamı dışarı çıkardı ve kapıyı kapattı.

Pamir kollarını göğsünde bağlayıp bakışlarını bana çevirdi. "Nasıl hissediyorsun?"

Kafamı salladım. "Çürüyormuş gibi değil."

"Çürüyorsun," dedi Yaren.

Buğra, Yaren'i omzundan itti. "Yürü şuradan, kızın psikolojisini bozacaksın!"

"Daha ne kadar bozulabilir ki psikolojisi? Şu an yapmanız gereken şey gerçekleri kabullenip bunun üzerinden bir plan yürütmeniz. Sökülen duvarları temelinden yıkıp yeniden inşa etmezseniz en ihtiyacınız olduğu zamanda üzerinize yıkılırlar."

Buğra tekrar ağzını açacakken Pamir, "Yeter, durun," diyerek atışmalarını kesti. Bu sırada da Kaan içeri girmiş ve yanımıza gelmişti.

"Yaren haklı, önce oturup etraflıca düşünmemiz gerekiyor. Sadece olasılıklarla hareket edemeyiz."

Yataktan kalkmaya yeltenirken, "Ben iyiyim, morluklara bastırmayınca acımıyor. Yani aklınızda ne varsa bir an önce harekete geçsek iyi olur," diye mırıldandım ama Pamir bileğimden yakalayıp beni belimden tutarak geri çekti ve yatağa geri yatırdı. "Sen yat bir şuraya, ayağa kalkma bugün."

Elini çekerek ona kızgın bakışlarımı yolladım. "Ne demek kalkma ya? Bırak, iyiyim ben, ölmedim daha."

"Orası doğru ama bu gidişle..." Kaan, Yaren'in karnına koluyla vurduğundan sözünü tamamlayamadı. "Tamam," dedi. "Tamam, çok sinirliyim. O yüzden mantıksız konuşabilirim bazen. Gidip hava alacağım."

Kendimi arada kalmaktan çok iki arada kalmış kemiksiz biri gibi hissediyordum. Her iki taraftan da üzerime gelen duvarlar vardı ama bir kerede ezilip ölemiyordum. Ezildikçe eziliyor, o halimle yaşamaya devam ediyordum. Bundan daha korkunç bir eziyet şekli var mıydı?

Akşama doğru herkes kapalı klinikteki odalara dağılmış, yapabilecekleri şeyleri tartışırken ben de etrafta dolanıp Yaren'e sormak istediğim onlarca soruyla beraber susmaktan yorulunca uyuyabileceğim bir yer aramaya koyulmuştum. Çocuklar ve Yaren sürekli konuşuyor, arada beraber susup tavanı izliyor, konuların dağılışına engel olamıyorlardı. Psikolojisi altüst olan yalnızca ben değildim, bunu o an fark etmiştim. Ne bencillikti ama...

Sonunda doktorun Melih'in odasından çıkmasıyla içeri girip etrafa göz attım. Oda karanlıktı ve sadece komodinin üzerindeki loş gece lambası yanıyordu. Hava kararmıştı, bütün günü burada tıkılı geçirdiğimize inanamıyordum ama kimsenin kılı kıpırdamamıştı. İki kere yemek siparişi gelmişti ve zar zor iki küçük dilim pizza yemiştim. Midem kahve içmem için yalvarıyordu, kafein banyosu yapmak istiyordum ama bu andan sonra karşıma fırsatlar çıkmadığı sürece zevklere yer yoktu.

Yavaş adımlarla ilerleyip Melih'in karşısındaki boş yatağa uzandığımda onun kıpırdandığını gördüm. "En son ne zaman uyudun?"

"Hatırlamıyorum." Gözlerimi tavandan Melih'e çevirdim. "Onu bırak da sen nasılsın cidden? Benim yüzümden yaralandığın için sana ne demem gerekiyor bilmiyorum ve suçluluk duygusu içimde katlanarak büyüyor."

"Kurşun sana atıldı, önüne atlayan sazan bendim."

Hafifçe tebessüm ettim. "Şu durumda bile kendinle dalga mı geçiyorsun Melih?"

"Kaş piercing'imin üzerine yemin ederim ki bilerek olmuyor, metabolizmam böyle çalışıyorsa ben ne yapayım?"

"Neden kaş piercing'i?"

"Yaptırırken en çok o acıdı," diye mırıldandı. "Ahh... Cidden. İki kere iltihaplanmıştı şerefsiz."

"Neden yaptırdın ki?"

Keyifli yüz ifadesi dalgalandı ve tavana bakmaya çalıştı. "Kendime dünyada daha çok acı veren şeyler olduğunu kanıtlamaya çalışan bir ergendim."

Anlar gibi kafamı salladım. "Kaç yaşındaydın?"

"17."

Kaşlarımı çattım. "Geçen sene miydi?"

"Evet. Hâlâ ergenim. Aksini söylemedim."

"Doğru. Hâlâ ergeniz." Dudaklarımı birbirine bastırdım. "Melih?"

Kafasını bana çevirdi. "Hımm?"

"Dünyada bundan daha büyük acılar var mıdır?"

Konuşmadan önce bir dakika bekledi. Konuşmak istememekten çok, cümlelerini toparlamaya çalışıyor gibiydi. "Eğer benim piercing aptallığımdan bahsediyorsak, yaşadığım şeye acı bile diyemeyiz. Ciddiyim. Şimdi bunu yaptırma sebebime kahkahalarla gülüyorum. Gülmemem gerekiyor ama kendime engel olamıyorum işte. Ama sen?" Yutkundu. "Nil. Üç harfli basit bir ismin var. İsmine ters karmakarışık, açıklanması gerekse paragraflar sürecek bir hayatın... Hangi deli yazar seni yazabilir ki?"

Burukça gülümsedim. "Çok acı çeken ya da çektiğini sanan bir yazar yazabilir bence," diye mırıldandım. "Mesela 15-16 yaşlarındayken ilk kez âşık olmuş, trajik ve ağır bir şekilde reddedilmiş, bunun dünyanın en büyük acısı olduğunu zanneden biri. Zannediyor olsa bile hisleri duygu dağarcığına ağır gelmiştir."

"Belki de çok şey kaybetmiştir, bu ilk değildir. Ve bu kaybedişler birkaç arkadaştan çok daha fazlasıdır."

"Olabilir."

Melih gözlerini bana çevirdiğinde dudaklarımı birbirine bastırdım. "Eskiden günlük tutardım, artık beceremiyorum. Kelimeler üstüme üstüme geliyor, küfreder gibi yazıyorum."

"Boş ver, hayatın kendisi bir küfür zaten."

Öyleydi. Bunu kim inkâr edebilirdi ki? Küfürler hiçbir zaman küfür maksadını taşımamıştı bence, yalnızca insanların alınması sonucu üzeri kırmızı kalemle çizilen ve toplumun o çok tartışılan ahlak felsefesine ters düştüğü dedikodularıyla yerin dibine sokulan ama yine de açıklanması güç öfke durumlarında açığa çıkan bir tür kaçış yoluydu. Küfür hayatın damarlarından biri olmalıydı, herkesin ağzına yakışmadığı bir gerçekti ama gerektiği zaman kim kullanmaktan çekiniyordu ki?

"Eğer şu an ölecek olsam insanlara söylemek isteyip de söyleyemediğim her şeyi söylerdim," diye mırıldandım. "İyi, kötü her şeyi... Açık sözlü olurdum yani. Sence de bu moda bürünmenin tam zamanı değil mi? Bu konu hakkında son birkaç gündür düşünüyorum."

"Öyle mi?" diye sordu Melih. "Neden ki?"

"Bunca zaman kendim olma fırsatı bulduğumu düşünmüyorum. Siyaha tutunmamın sebebi insanlardı, dans etmemin ve diğer birçok şeyin... Hep insanlar yönlendirdi hayatımı. Nasıl yönlendirdiklerini bilmeden dokunmaktan fazlasını yaptılar. Çok merak ediyorum, 6 yaşında sabahları saçlarını annesine iki yandan iki atkuyruğu yaptırıp babasının elinden tutarak anasınıfına giden Nil, bu çizgide yürüyerek büyüseydi nasıl bir insan olurdu?"

"Saçlarını hâlâ annesine iki atkuyruğu yaptırmıyor olacağı kesin."

Gülerek kafamı salladım. "Bilemezsin. Küçükken o lanet tokaları çok severdim."

"Seni vazgeçiren ne oldu?"

"Saçlarımı koparıyorlardı. Bir gün yan komşumuz Doğan Bey gibi kel kalacağımdan korktuğum için bütün tokalarımı anneme verdim ve saklamasını istedim."

"O ne yaptı?"

"Sakladı. Bir hafta sonra bana geri vermesi için yalvarmaya başladım."

"Dur tahmin edeyim: Bir süre daha böyle devam etti ama sonra sana verdi."

Kafamı olumsuzca salladım. "Hayır. Gittikçe eve daha az uğramaya başladı ve bu kısıtlı zamanlarda onunla konuşmak istediğim toka istemekten daha önemli şeyler vardı."

"Mesela?"

"Nasıl olduğunu sormak gibi. Eve ne zaman geleceklerini, ne zaman tatile çıkacağımızı... Çok iyi hatırlıyorum. Her ayın son haftası cuma günü veli toplantıları olurdu ve o aykine çok heves etmiştim, çünkü yeni öğretmenimizin gözdesi bendim." Melih sormadığında ben devam ettim. "Gitmedi. Daha doğrusu, gidemedi."

"Boş ver, veli toplantılarını hiç sevmezdim. Benim annem de birkaç kere gidip sonra bırakmıştı zaten."

"Evet, sıkıcı." *Benim annem hiç gitmemişti ama. Bir kere bile.*

"Seni kurtarabileceğimi düşündün mü?" diye sordum

yutkunarak. "Bir şekilde yapabilirdim. Hızlı düşünmeliydim, aklımı toplamalıydım. Varsayımların kesinliğe dönüş şeklini analiz etmeliydim, kontrol etmeliydim. Bir şeyler yapmalı ve engel olmalıydım işte. Yaren böyle düşünüyor. Sonuçta vucudu binlerce voltla kaplanmış olan benim."

"Vücudu binlerce voltla kaplanmamış birinin bu konu hakkında yorum yapabileceğini düşünmüyorum Nil."

Gözlerimi tavana diktim yeniden. Aralık pencereden sızan rüzgâr perdeyi titretiyor, gece lambasının ışıklarıyla beraber sallanan perdenin gölgeleri tavanda dans ediyordu. O an odamın tavanını siyah perdeli bir düş sahnesine çevirip oynattığım hayallerden uyuyamadığım geceleri hatırlamıştım... Ne yazık. Tek derdim, uyuyabilmek için birkaç ev yandaki Pamir Yelkıran adlı Kazanova'nın yatağından yastık çalmaktı. Ya da gece açık olan bir market bulup salep almak.

Şimdi ise soru işaretini indirmeye çalıştığım her sorunun kancası ruhuma takılıyordu.

Birkaç dakikalık sessizlikten sonra tam kendimi gözlerimi kapatmak için hazırlamıştım ki kapı aralandı ve Melih kafasını kaldırıp içeri kafasını uzatan kişiye baktı.

Pamir dağılmış saçları ve kızarmış gözleriyle beraber içeriye bakıyordu. "Uyuyor musun?"

Hemen doğruldum. "Hayır, ne oldu?"

"İçeride bir şey olmadı ama burada olması gerekiyordu," diye mırıldanarak yanıma doğru yürüdü ve beni omuzlarımdan iterek yatağa geri yatırdı. "Senin uyuman gerekiyordu. Sabah erkenden çıkacağız."

Üzerimi örterken, "Nereye?" diye sordum.

"Tornado'ya gireceğiz. Anne ve babanı almaya."

"Melih?"

"O biraz daha burada kalacak."

Üzerime örttüğü pikenin uçlarından tuttum. "Sen de uyuyacak mısın?"

"Bakarız."

"Nasıl bakarız?" Yana kaydım. "Burada uyu."

"Olmaz," dedi.

"O zaman içeride uyu. Git bir yerde uyu. Ama uyu."

"Bakarız."

"Bakamazsın Pamir, lütfe-"

"Nil, halledeceğim. Tamam. Sen uyu."

"Diğerleri nerede?"

"Çenen mi açıldı senin?"

"Açıldı, ne yapacaksın?" diye sordum yattığım yerde diklenerek. "Kapatsana."

"Ben senin çeneni çok güzel kapatma yöntemleri bilirim ama sırası değil. Uyu."

Dudaklarımı birbirine bastırdım. Bu gecelik kelime kotamı yeterince doldurmuştum sanırım ama bu uyuyabileceğim anlamına gelmezdi. Uyumak istemediğimden değildi, uyuyamıyordum sadece.

Pamir, Melih'e bir bakış atıp odadan çıktığında gözlerimi kapattım ve bir süre uyumayı denedim.

Uyumayı küçükken çok sevdiğimi hatırlıyordum, saat kaç olursa olsun ve ne kadar yorgun olursam olayım uykuya dalmak üzere olsam bile kalkıp çıplak ayaklarımla mutfağa iner, süt ısıtırdım. Süt ısınırken ben de kupalardan birini uydurduğum bir tekerlemeyle seçerdim ki genelde tekerlemeyi bilerek üzerinde sarı bir kedicik olan beyaz kupaya denk getirirdim. En çok o kupayı seviyordum. Çünkü annem en çok o kupadan içerdi kahvesini.

"Uyudun mu?"

"Evet."

"Çok yerinde bir cevap oldu."

Kafamı Melih'e doğru çevirdim. Oldukça ciddi görünüyordu.

"Yani, sabah Tornado'ya gideceksiniz ve ne olacaksa olacak, öyle mi?"

Kafamı salladım. "Sanırım öyle."

"Başarılı olursanız her şey bitecek."

Seçtiği kelimelerle kurduğu cümleyi ilk başta garipsemiş,

hazmedememiştim. Bu yüzden yaklaşık bir dakikalık bir sessizliğe kucak açmıştı soluk renkli oda. *Bitmek?*

Ömrüm boyunca hiçbir şeyi bitirememiştim. Genelde sevdiğim şeyleri yarım bırakırdım, hiç bitmesin diye.

Tabii bu felsefem yemekler üzerinde işe yaramıyordu ama yine de sevdiğim defterler konusunda işler tıkırında gidiyordu. Peki ya şimdi? Böyle bir şey sonsuza dek bitebilir miydi?

Aklıma tek bir soru geliyordu.

Ben nasıl iyileşecektim?

Ya da...

Vücudumdaki binlerce voltla nereye kadar yaşayacaktım?

"Aslında uyumanı söylemek isterdim ama sana anlatmam gereken bir şey var," diye mırıldandı Melih. "Ve görünüşe göre... Eğer bunu şimdi yapmazsam bir daha şansım olmayacak."

"Neyi?"

"Sadece bil diye."

"Melih?" Üzerimdeki pikeyi çekip yatakta doğruldum ve ayaklarımı yataktan aşağı sarkıttım. "Ne oldu?"

Yatakta doğrulmaya çalışırken yarası acımış olacak ki hafifçe inledi, buna karşılık yanına gidip yastığını düzelttim ve hafifçe doğrulmasına yardım ettim.

Yeniden yatağa dönecekken bileğimden tuttu. "Buraya otur."

Bacaklarını kenara çekmiş, yanında yer açmıştı. Biraz geriye giderek karşısına oturdum ve yüzüne baktım. Az önceki havasından eser yoktu.

"Sana okuldayken bahsettiğim kızı hatırlıyor musun?"

Kafamı salladım.

"Aslında onu uzun zamandır *tanıyordum.*"

Seviyordum, demek istemişti sanki.

"Lisenin ikinci senesinin başında tesadüfen fark etmiştim. Çok değişik bir kızdı, standartlarıma uymamasına rağmen dikkatimi çekiyordu. Zaman geçtikçe ona daha çok ilgi duymaya başladım ve..." Dudaklarını birbirine bastırdı. "Yeri geldi günlük hayatında nelerle meşgul olduğunu görmek için takip ettim ve yeri geldi ismini sınıf sınıf aradım. Hangi dersleri aldığını öğrendim. Numarasını öğrendim mesela. Mesaj atmak istedim, atamadım..."

Kaşlarım çatılmıştı.

"11. sınıftayken kırdığı bir pot sayesinde hoşlandığı biri olduğunu fark ettim. Birçok şeyi daha fark ettim. Acı çektiğimi de fark ettim."

"Bunları eğer ölürsen ona onu sevdiğini söylemem için mi anlatıyorsun Melih? Öyleyse boşuna çeneni yorma, ayağa kalkınca mezuniyet balosunda kendin anlatırsın."

"Hayır... Öyle değil," dedi çatallaşmaya başlayan sesiyle. "Sadece... Dinle. Hayatımda ilk defa âşık olmuştum, üç sene boyunca ve gidip onunla tanışamıyordum bile. Bu Melih Sarar yasalarına aykırıydı, anlıyorsun değil mi? Hiçbir zaman kızlar konusunda çekingen bir erkek olmadım ama gidip onunla da tanışmadım. Benim adım Melih, konuşmak ister misin, böyle böyle, çıkışta bir şeyler içmek ister misin diyemedim."

"Tamam işte, iyileşip ayağa kalkınca dersin."

"Diyemem."

"Neden?"

"Ben ayağa kalkınca o burada olmayabilir."

"Üniversiteyi yurtdışında mı düşünüyor?"

"Yarın sabah hayatı pahasına bir şeyleri bitirmeye gidiyor."

Elim ateşe değmiş gibi bir anda sıçrayarak ayağa kalktım. Yutkunmak üzereydim ki boğazımda bekleyen yumru büyüyerek soluk borumu tıkadı ve ayaklarımın uyuşmasıyla yatağın ucundan destek alarak ancak ayakta durabildim. "Ne?"

"Söyledim işte," diye mırıldandı Melih. "Söylememiş olmamak için. Üç yıl boyunca yapmadım, evet ama şimdi bir şekilde yapmış olmak için. Hafızanda ya da beyninde bir yerlerde bir iz sahibi olabilmek için." Dalga geçer gibi güldü ama gözleri kıpkırmızıydı. "Ne komik değil mi? Âşık olduğum kız, en yakın arkadaşlarımdan birine âşık. Üstelik olaylar öyle karışık ki çıkıp da seçim yapmasını bile isteyemiyorsun." Omuz silkti. "Gerçi seni tamamen tanıdıktan sonra böyle bir şeyi aklımdan bile geçirmedim. Senin beni sevme ihtimalini aklımdan geçirmedim ben. Bu ne demek biliyor musun? Silah ateşlenmişmiş, önüne geçmişmişim, durdurabilir miymişsin... Siktir et. Yine olsa, yine atlardım önüne."

Durmuyordu. Susmuyordu. Ben elimle ağzımı kapatmış halde anlattıklarını hazmetmeye çalışırken o devam ediyordu.

"On bir yıl ne ya? On bir yıl sevilir mi insan? Sen nasıl sevdin lan o iti? Ya ben nasıl sevdim seni?" Melih önüne döndü. "Ben hayatımda böyle bir bok yemedim Nil. Genelde yediğim bokları saklarım ama bu seferki başkaydı işte..." Gözleri bana döndü. "Dahası var Nil, *çok daha fazlası...* Çok daha kötü şeyler yaşandı bu arkadaş grubunun içinde. Bir yenisini daha ekleyemedim." Kafasını geriye attı. "Ohh be, rahatladım."

Birkaç dakika boyunca o şekilde, nereye bakıp nasıl davranacağımı bilmeden saçma sapan bir zaman dilimi arasına sıkışıp kaldım. Sonunda kendime gelebildiğimde, "Bana söylemeliydin," diye mırıldandım.

"Sen söyledin mi sanki?"

"İkisi farklı şeyler."

"Seninle aramızdaki tek fark benim bunca zaman sonra karşına geçip söylemeye cesaretim var Nil ama sen yıllarca çıkıp da tek kelime etmedin."

İnsanın iki türlü yarası olurdu; kalbini kanatanlar ve avuç içlerini kanatanlar.

Kalbin kırılınca alçı tutmadığını söyleyenler haklıydı, ilacı olmazdı. İlerleme kaydedebilsek bile izi kalırdı. Okuduğumuz tüm o romanlar, izlediğimiz tüm o filmler... Doğruydu söyledikleri, geçmiş geçmiyordu. Arkanda bırakmak istediğin an daha bir asılıyorlardı ayaklarına, seni neredeyse bulutlara dokunacağın gökdelenlerden baş aşağı şehrin o soğuk, tenini zımparalayan keskin betonuna düşürdükleri yetmezmiş gibi ilerlemene de izin vermiyorlardı.

"Sana söyleyemedim çünkü..."

Burnunu çekti. "Çünkü dilim varmadı işte söylemeye. Yapamadım. Belki de yapmadım. Ne olduğunu erken fark edemedim zaten, fark ettiğimde ise çok geçti. Gerçi en başında fark etseydim de bir şey değişmezmiş. Şuna bak, 11 yıla karşı 3 yıl. Sidik mi yarıştırıyoruz cidden?" Tekrar dalga geçer gibi güldü. "Her şey için geçti Nil, her şey geçti. Ama sen geçmedin."

Ya avuç içleri? Ya avuç içlerin de kanıyorsa? Ya birisi, bir gün, bir anda senin çekinerek uzattığın yaralı ellerini itip dokunamadığına dokunursa?

"Ben..."

Ya göğüs kafesinle çevrelenmiş sınırların başkalarını dışarıda tutmuyor ve seni içeriye hapsediyorsa?

"Ben halledeceğim bunu. Hatta halledeceğimi şu an bunları sana anlatarak yeterince kanıtladım bence. Değil mi?" Derin bir nefes çekti içine. "Sadece... Lütfen bana incinmediğini söyle. Çünkü ben artık incinmiyorum, cidden. Alıştım. Zaten uzun süre birinde takılı kalmak tarzım değil." Güldü. "Benim şu yataktan kalkıp birlikte eğleneceğim, manyakça dövmeler yaptıracağım, içkilere dayanıklı bir kıza ihtiyacım var zaten. Sen de tarzım değildin. Nasıl oldu anlamadım."

Dudaklarımı araladım ama Melih, "Tek kelime etme," dedi. "Lütfen. Cidden. Benim bu itirafı yapmak için aldığım cesareti nereden bulduğumu sorgulayan uzun bir konuşma yapmam lazım kendimle, senin de muhtemelen hazmetmen."

"Ama nasıl bir şey demem?"

"Ne diyeceksin? Ayy, dur hemen Pamir'den ayrılayım da kollarına atlayayım mı diyeceksin?"

Ona kafasının üzerinde boynuzlar çıkmış gibi baktım.

"Bak, demeyeceksin. Zaten insanın canı o ankinden daha çok yanarsa toptan iyileşirmiş derler. Şimdi ben bu kurşun yarasıyla kalbimi de iyileştirebilirim bence. Oldu mu? Tamam mı? Hadi iyi geceler."

Melih yarasını umursamadan utanmış bir ifadeyle duvar tarafına dönerek pikeyi üzerine kadar çekti ve ben bir süre daha orada öylece dikildim. Hayatımda ilk defa böyle bir konuşmanın içinde bulunuyordum, üstelik doğrudan benimle ilgiliydi.

Yarım saat sonra bana yaptığı gibi ben de ona sırtımı dönerek kendi yatağıma gitmiş, rüzgâr yüzünden sallanan perdenin arasından görünen ayı izliyordum. Yarın gece dolunay vardı, bu geceki ay bunu gösteriyordu.

Geçmişe dönüp Melih'le karşılaştığımız anları didik didik ettim ama aklımda varabildiğim tek sonuç, çok fazla düşünmenin kafamın içindeki solucanları harekete geçirerek migreni tetiklemesi oldu. Böyle ani geçmişe dönüş anları yaşamam benim için pek de iyi değildi.

Ne kadar düşünürsem düşüneyim... Çok saçma geliyordu. Melih gibi biri. Beni? Ben?

Ben?

Biri beni.

Birinin beni sevebileceği düşüncesi... Çok yabancı geliyordu.

Uykuya dalıp dalmamak arasında gidip geldiğim gecenin ardından sabah güneş doğdu ama şehrin üzerindeki kara bulutların arasına gizlendi ve yağan yağmur damlaları pencereyi yavaş yavaş kaplamaya başladı.

3 yıl boyunca biri beni sevmişti ama benim haberim olmamıştı. 11 seneden Pamir'in nasıl haberi olsundu ki? İnsan karşısındakine senelerce belli etmeden sevebiliyordu. Cevabı merak edilen tek soru ise şuydu: Karşısındaki insan buna değer miydi? Pekâlâ söyledikten sonra seninle içten içe dalga geçerken konuşmaya devam edebilir, seninle sadece gönül

eğlendirebilir, kalbinde kolay kolay geçmeyen yaralar açabilirdi. Bu nasıl bir cesaretti böyle?

Bunca sene nasıl içimde tuttuğumu şimdi daha iyi anlıyordum.

Melih de bana bir şekilde güvenmiş olmalıydı ki anlatmıştı.

Hafifçe tıklatılan kapının sesini duyduğumda kafamı kapıya çevirdim ve boynumdan gelen acıyla dudaklarımı birbirine bastırdım.

Pamir hemen kaşlarını çatıp yanıma geldi. "Ne oldu?"

"Boynum tutulmuş," diye yalan söyledim. Aynı anda ayaklanırken elim boynuma gitmişti. Morluklar büyüyordu.

Ve acıyorlardı.

"Gidiyor muyuz?" diye sordum acı kahvelerine bakarak.

Pamir kafasını salladı.

O kafasını salladığı andan itibaren, yere değen ve yavaşça ilerleyen ayaklarımın altındaki zemin mermer değildi de ters çevrilmiş çivilerle donatılmış işkenceydi sanki. Odanın duvarları büyüyerek üzerime çöküyor, beni dışarıya çağıran karanlık gündüz güneşinin arkasına saklanıp oyunlar oynamak istiyordu. Saklambaç? Körebe? Ebe olmak istemiyordum. Karanlık beni sobelesin de istemiyordum.

Eskisi gibi koca, yalnız evimde kahvemin dumanıyla sarhoş olmak, sabahlara kadar film izlemek istiyordum. Tek derdim çözemediğim trigonometri olsun istiyordum ya da bir türlü ezberleyemediğim Servet-i Fünûn şairleri.

Sınavda kopya çekip yakalandığım için aranan aileme akşam eve gittiğimde yemek sofrasında ne söyleyeceğim konusunda endişelenmek mesela. Bu kötü bir şey miydi? Böyle tepetaklak olmuş bir hayatın kıyısındaki kırık bir dala yaralı eller ve kanayan avuçlarla tutunurken, böyle basit hataları olan normal bir genç olmayı istemek çok büyük bir dilek miydi?

Zaten herkes kendi hayatına bayılsa ve hayıflanmadan

yaşasa dünyada iyi ile kötünün ayrımını yapabileceğimiz bir *kötü* kavramı var olmazdı.

Karanlık var olmasaydı, çıkıp da aydınlığın arkasına saklanmazdı.

Odadan çıktığımız sırada gözlerim Pamir'in geniş omuzlarındaydı. Aklında ne vardı? Nasıl kendi derdi değilken buraya kadar yanımda kalabilmişti? Bugün kurtuluş günü müydü yoksa tamamen mi kaybedecektik?

Yarın benim için sabah olacak mıydı?

Soyhan'ın sınırındaki büyük dağların ardından güneş doğacak mıydı?

Kaan'ın dağılmış saçları ve elindeki kahve kupasıyla kenardaki koltuğa oturduğunu gördüğümde kulaklarımda bir tak tak sesi yankılandı. Hepimiz aynı anda kapıya dönerken odasından çıkan doktor şaşkınlıkla bize bakıyordu. "Birini mi bekliyordunuz?"

"Hayır," dedi Kaan hemen ve kahvesini bırakıp ayaklandı. Buğra ve Yaren de yanımıza gelmişti.

"Hepimiz buradayız," diye mırıldandı Buğra.

Doktor, Pamir'e bir bakış attı ve beraber temkinli adımlarla kapının yanına doğru yürüdüler.

Kapının deliğinden bakan doktor geri çekilip, "Postacı?" diye mırıldandı. Pamir de bir kez kapının deliğinden baktıktan sonra doktorun kapıyı açmasına izin verdi.

Doktor kapıyı aralık olacak şekilde açtı ve kafasını dışarı uzattı. "Buyurun?"

"Adınıza kargo var, lütfen şurayı imzalayın."

"Sabahın bu saatinde mi?"

"Evet, maalesef, ben de bu saatte teslimata çıkmak istemezdim ama bunun için yüklü miktarda bahşiş aldım." Dosyayı ve kalemi uzattı diğer taraftaki kişi. "Şurası."

Doktor imzaladıktan sonra orta boylardaki kutuyu aldı ve kapıyı kapattı.

"Bomba olabilir," dedi Buğra.

Yaren kolunu Buğra'nın karnına geçirip, "Saçmalama, onların asıl istedikleri kız. Neden kendi elleriyle öldürsünler?" diye homurdandı.

Doktor, "Kutunun üzerinde bir işaret var," dediğinde Pamir kutuyu aldı ve masanın üzerine bırakıp ışıkları açtı.

Yaren kaşlarını çattı. "O ne?"

"Kuğu mu bu?" diye sordu Kaan. "Kuğu bu."

"*Siyah Kuğu,*" diye mırıldandı Pamir, kafasını kaldırıp gözlerimin içine bakarken. "Kutu Nil'e gelmiş."

Dudaklarımı birbirine bastırıp temkinli adımlarla kutunun yanına ilerledim ve üzerindeki işarete baktım.

Yıllar önce Pamir'in doğum gününde ona siyah bir defter bırakmıştım ve ilk sayfasında da bu çizim vardı. Siyah bir kuğu çizimi. Ben çizmiştim.

Ama bu? Ne demek oluyordu? Aynı çizimdi, üstelik birinin bunu bilmesi bile oldukça düşük ve karmaşık bir ihtimalken...

Ellerim kutunun iki yanına gitti ve zımbalı kısımlarını söküp kapağını kaldırdım. Üzerinde beyaz bir kâğıt vardı.

"Ne yazıyor?"

"Özür dilerim," diye mırıldandım.

"Bu saçmalık. Kim, neden özür diliyor?"

Buğra, Yaren'e dönüp gözlerini devirdi. "Bir sus da anlayalım."

"İsim yazmıyor," dedim kâğıdı kenara bırakırken.

Kutunun içi pamuk doluydu.

Kaan'ın kafası karışmış görünüyordu. "Sana pamuk mu göndermişler?"

Pamir bir adım atıp yanıma geldiğinde pamukları kaldırdı. Pamuk göndermiş olamazlardı elbette. Başka bir şey olmalıydı. Bir işaret? İpucu?

Pamir'in dudaklarından, "Mavi zoisit," sözleri döküldü.

"Atahan'da değil miydi bu?" diye sordu Kaan. "Senden çalmıştı? O mu göndermiş?"

Pamir kafasını olumsuz anlamda salladı. "O göndermiş olamaz."

"O zaman kim?"

"Zincirin ucuna bir harf takılmış," diye mırıldandım uzanıp Pamir'in elinden kolyeyi alırken. *Küçük bir harf.*

G.

"G kim?"

15

Nefes al.

Nefes ver.

Hayatın benim için bir gün bu kadar anlamsızlaşacağını düşünmemiştim. Kafamın içinde her zaman kuduz fareler dolanırdı, düşüncelerimi kemirip onları cevapları havada asılı kalmış hatalı sorulara dönüştürürlerdi ve böylece ben de 24 saatimi onlarla uğraşarak geçirebilirdim. O zaman anne babamın yokluğu bir eksiklik gibi görünmezdi, fazlalık olurdu hatta ve evin sessizliğini severdim.

Bir kardeşi hiç aramamıştım aslında.

Arabanın tek açık camı benim oturduğum köşedeki camdı, içeri giren soğuk tenimi delip geçiyordu ama hissetmiyordum. Tepemde topladığım saçlarımdan kurtulan tutamlar suratıma çarpıp kulaklığıma dolanıyordu. Kulaklarımdan içeri sızan melodi ise zihnimdeki mezarlığa en önden biletini kapmıştı.

Boğazım karıncalanıyordu. Dışarıdaki yağmuru, damlaların dövdüğü sert asfaltın altımızdan kayıp gidişini gördükçe, gökyüzüne doluşmuş kızgın bulutların kavgasını hissettikçe ciğerimden içeriye hava değil de benzin doluyordu. Hayatım boyunca sigara içmemiştim ama bu gece benzin dökülmüş ipin ucunun ateşe verileceğine emindim.

Nefes al.

Nefes ver.

Neden bunu düşünüp duruyordum?

Yarın sabaha nefes alıyor olabilecek misin ki?

Buz gibi bakışların kafamın içini sivri uçlu matkapla deldiğini hissettiğim an bakışlarım yavaşça yanıma çevrildi. Pamir, dağılmış saçları ve sabaha göre daha da kendine gelmiş acı kahveleriyle birlikte eski Roma heykellerini andırıyordu. Arabadaki soğuk gerilimi hissedebiliyordum, herkes işine odaklıydı; Kaan arabayı sürüyordu ve Yaren de ön koltukta haritayı inceliyordu. Bizden bir saat önce yola çıkmış olan Buğra kim bilir şu an neredeydi...

Pamir'in elinin ceketimin üzerinden bileğime kapandığını hissettiğimde yorgun bedenimi kendine çekti. Yavaşça gövdesine yaslanırken onun derin bir nefes aldığını duydum. Artık kahve kokmadığım için tereddüde düştüğünü hissettim ama bu his çabucak kayboldu.

Bir kolu omzumda duruyor, diğeri de elimdeki telefondan şarkı listesine baktığı için bacaklarıma doğru uzanıyordu. Çalan şarkıyı gördüğünde kafasını yavaşça eğdi, kapanan ekranın yansımasından yüzünü görebiliyordum. Kaşlarını çatmıştı.

Doğrudan gözlerine bakıp hissiz şekilde sert bakan gözlerimdeki bakışı yumuşatmak için çabaladım. Şarkı İngilizceydi ve popüler bir film serisi için seslendirilmişti.

Cold.

Soğuk. Hissedemediğim soğuk.

Yalnızca adını geçirip kendime o hissiyatı verdiğim soğuk.

Dudaklarımdan çıkan dumanla nasıl hissettireceğini tahmin etmeye çalıştığım soğuk.

Şarkıyı değiştirmek istediği için ileri tuşuna bastığında serinin başka bir şarkısı yankı buldu kulaklarımda.

Love, death, birth.

Aşk, ölüm, doğum.

Kulağımdaki kulaklıklardan biri yok olduğunda şaşkınlıkla kafamı kaldırıp Pamir'in suratına baktım ve kulaklığı kendi kulağına taktığını gördüm. Kemanın, piyanonun ve adını bilmediğim diğer enstrümanların harmonisinin onun da zihnine boşaldığını bildiğim için bakışlarımı camdan dışarıya çevirdim ve dudaklarımı birbirine bastırarak fırtınada savrulan ağaçların can çekişini izledim.

Omzumdaki eli kayarak elimin üzerine düştü ve parmaklarını parmaklarıma geçirip beklemediğim bir anda kafamın üzerine bir öpücük bıraktı. "Her şey iyi olacak."

"Durum o kadar kötü mü?"

Görmesem de kaşlarının çatıldığını hissetmiştim. "Nasıl?"

"Yalan söyleyecek kadar," diye mırıldandım. Cevap vermedi. "Sorun yok. Yalnızca, bugün olacak, gün bitecek ve gece olacak, sonra... Sonra sabah olacak, güneş doğacak."

Güneş doğacak.

Elimi sıktı. "*Güneş* falan doğmayacak. *Yağmur* yağacak."

Burukça gülümsedim.

Nedense bugünden sonra Soyhan'da yağmur yağmayacakmış gibi hissediyordum... Uzun bir süre. En azından mevsim normalleri dışında.

"Buğra içeri sızmış."

Yaren'in konuşmasıyla kulaklığımı çıkarıp bakışlarımı içeriye çevirdim. "Nasıl bu kadar kolay içeri girebiliyor?"

"Sahte kimliği var," dedi Pamir. "Annen yardımcı olmuştu."

Kaan sağa döndüğünde bir anlığına arkasına dönüp bize baktı ve, "Son 20 kilometre," diye mırıldandı. "Hazırlansanız iyi olur."

Pamir'in göğsünden kalkıp saçlarımı açtım ve tepemde topuz yapıp siyah şapkayı başıma geçirdim. Siyah ceketin fermuarını da sonuna kadar çektiğimde hazırdım.

Kaan arabayı Tornado'nun aşağı sokağında kenara çektiğinde hızla arabadan indik ve anlaştığımız gibi dağılmak üzere harekete geçtik. Kaan ve Yaren hızla yukarı, yokuşun kenarındaki ağaçların altında yürümeye başladığında, ben de kayalıkların üzerinden yukarı çıkacaktım ki Pamir kolumdan tutup çekti. "Bana söz ver," diyerek gözlerimin içine baktı. "Kendini koruyacaksın. Onların eline düşmeyeceksin ama kendine zarar vermeyeceksin de. Kimse için de kendini tehlikeye atmayacaksın. Bu gece buradan sağ çıkacaksın."

Dediklerini düşünürken kulaklarımı çınlatan hırçın yağmur damlalarından kurtulmak için ağacın altına geçtim ve onu da beraberimde çektim. "Sana hiçbir şeyin sözünü veremem."

Bir an tuttuğu kolumu sıkacak gibi oldu ama morluklarım aklına geldiği an elini çekti. "Seni arabaya kilitlemem için benimle dalga geçiyorsun değil mi?" diye sordu öfkeyle. "Buraya seni onlara vermek için gelmedim ben, onların seni isteme sebebini ortadan kaldırmaya geldim. Ve bunu yaparken senin önünde uzun yıllar olduğunu bilmek istiyorum Nil."

"Hayat birinin seni kâğıt kadar hafifmişsin gibi ensenden tutup uçurumdan aşağı bırakması kadar," diye mırıldandım, Zifir aklıma geldiğinde. "Bu kadar. Bu kadar basit. Sana hiçbir şeyi garanti edemem."

Acı kahvelerinin büründüğü siyah ürkütücü ve kızgındı. Söyleyebileceği hiçbir şey yoktu, söyleyebileceğim hiçbir şey yoktu. Bunun basit bir lise aşkı olması için her şeyimi feda ederdim. Ama geldiğimiz nokta buydu, bu kadar kopuktuk, bu kadar yakın ama bu kadar uzaktık işte.

Bu kadardık biz.

Daha fazla gözlerine bakamayacağımı fark ettiğimde yanından geçip gidecektim ki Pamir elimden tutup beni olduğum yere geri çekti. Şapkamı kafamdan çıkarıp bir adım ileri çıktı, böylece kafasını kolayca eğip dudaklarını dudaklarımla hizalayabilmişti. "Yemin ederim kendine dikkat etmezsen, kendimi sağ bırakmam."

Dokunuşuyla titreyen elimi yavaşça kaldırıp yanağına değdirebildiğimde, kafamı aşağıya eğip kendimi toparlamaya çalıştım. Hayır, böyle olmamalıydı. O haklıydı. Dikkat etmeliydim. Yaşamalıydım. Kazanmalıydım. Bu gece kimse kimseyi kaybetmemeliydi.

Üzerinde durağı olmayan bir yolun ortasında, en çok bir şeyler düşünmem gereken zamanda kilitlenen zihnimle kalmak istemiyordum; bulutlar bana yıldızları, yıldızlar da yönümü göstermeyecekti.

Elindeki şapkamı alarak onun yanından ayrıldığımda, belki de şu ana kadar yaptığım en acı verici hareketti bu. Ancak bunu atlatmalıydım, sonuçta bu geceden hepimiz sağ çıkacaktık ve yarın sabah yağmur yağacaktı, değil mi?

Acıyan bacaklarımı daha hızlı hareket ettirerek Tornado'nun arka girişinden içeriye girdiğimde, etraftaki korumalar donuk bakışlarıyla etrafı izliyorlardı. Kargo kamyonu beklediğimiz gibi tam zamanında içeriye girdiğinde, kapıyı açmak için koltuğundan kalkan görevliye yardıma gelmiş bir çalışanmış gibi davrandım ve içi evrak dolu kolilerden birini kucakladığım gibi binanın arka girişine ilerledim.

Başımı eğerek yürüdüğüm sırada arkamdan da asıl kargo çalışanı geliyordu, bu yüzden güvenlik üzerimizi taramak dışında hiçbir şey yapmadı.

Bir an boynumdaki mavi zoisit yüzünden detektörde öteceğim sandıysam da öyle bir şey olmamıştı. Sabahki kutudan çıkan mavi zoisiti boynuma geçirmiş, böylece Tornado bilgisayarlarında bir elmasmış gibi parlamamayı garantilemiştim. Kolyeyi kimin gönderdiğini hâlâ bulamamıştık.

"Muhasebe nerede?"

Asansöre ilerleyen adımlarımı durdurduğumda kargo çalışanına döndüm ve, "Eee," diye mırıldanarak birkaç saniye zaman kazandım. Daha önce hiç Tornado'yu gezmemiştim, bu yüzden neyin nerede olduğunu bilmiyordum. "Ben de çalışmaya yeni başladım, bilmiyorum," diye geveledim ağzımın içinde. "Ama bölüm şefimiz evrak kolilerinin danışma masasının yanına konulmasını istemişti zaten. Şurası sanırım..." Koliyi yere bıraktıktan sonra danışma masasını gösterdim. Adam kafasını sallayıp koliyi oraya bıraktı ve diğer kolileri de almak için geri döndü. O sırada ben de yere bıraktığım koliyi alıp aşağı inen merdivenlere ilerledim ve kimseye görünmediğimden emin olarak iki kat aşağı indim.

Depo kısmına geldiğimde ise kutuyu kenara bırakarak güç merkezi odasının kapısını araladım.

Kilitli değildi.

Zaten içeride iki görevli vardı.

Dikkat çekmemek için içeri girip kapıyı kapattığımda, devreleri kontrol eden iki adam da bana döndü. "Buraya girmeniz yasak," dedi birisi hemen. "Çıkın derhal."

"Ama Zarraf Bey size çok önemli bir şey iletmemi söyledi," dedim nefes nefese kalmış gibi yaparak ve ilerleyip adamların yanına gittim.

İkisi birbirine bakıp kaşlarını çattı ve hemen işlerini bırakıp yanıma geldiler. "Nedir?"

"Bu," diye mırıldandım ve elimdeki siyah eldivenleri çıkardıktan sonra, derin bir nefes alarak göğüs kafesimden bileklerime yayılan enerjiyi karşımdaki iki adama doğru aktardım. Oda birkaç saniyeliğine mavi bir ışıkla dolduğunda, ikisi de bir anda çarpılarak yere yığıldı. Hızla ilerleyip nabızlarını kontrol ettim ve onları öldürmediğimden emin olduktan sonra yerde sürükleyerek ikisini de zarar görmeyecekleri bir yere bıraktım.

Birkaç dakika sonra Tornado'daki bütün enerjiyi sağlayan jeneratörleri kontrol eden kumandalar parmaklarımın altındaydı.

Fakat çok canım yanıyordu. Göğüs kafesim içten çürümeye başlamış gibiydi, bedenimi dik tutamıyordum. Ne olduğunu fark etmem bile beş dakikamı almıştı. Hayır, zaman kaybetmemeliydim.

Nefesimi kontrol altına almayı deneyerek ellerimi, avuç içlerim jeneratörlerin olduğu kısımlara gelecek şekilde kaldırdım. Birkaç saniye sonra korkunç bir acıyla sarsılan bedenimden dışarıya yansıyan mavi, parlak elektriğin ucu jeneratörlere fazla yükleme yapmaya başlamıştı.

Aniden alarmlar çalmaya başladığında durmadım, daha da yüklenerek Tornado'daki bütün elektriği kesmek için kendimi zorladım.

Ama sanki gittikçe kendimi de kesiyordum. Nefesimi, enerjimi... Kendime de zarar veriyordum. Bedenim kaldıramıyordu.

Sayıların birbirine karışıp zihnimi bulandırdı, tüm oda karanlığa gömüldüğünde birkaç metre geriye savruldum ve sırtımı duvara çarparak durabildim. Evet, başarmıştım.

Avuç içlerim kanıyordu.

Telefonumu çıkarıp onun ışığında kazağımın içine giydiğim siyah atletimi çıkardım ve dişlerimle ikiye bölüp ellerime bağladım. Artık canımın ne kadar yandığı önemli değildi, sadece kalkıp buradan çıkmak ve o lanet olası cihazı diğerleriyle birlikte yok etmek istiyordum.

Odada yaklaşık on dakika kaybetmiştim, duvardan tutunup ayağa kalkarak kapıyı açmaya çalışıyordum ki bir anda kapı şiddetle açıldı ve istemsizce birkaç adım geriye gittim. Elindeki feneri suratıma tutan birini gördüğümde kolumla ışığın yüzüme gelmesini engellemeye çalışıyordum.

"Vay, vay, vay," diye bir ses duymuştum ve bu ses hiç de hoş birine ait değildi. "Köstebek bulundu."

"İndir şu feneri," diye homurdandım karşılık olarak.

Fener aşağı eğilip yüzlerimiz loş bir şekilde aydınlattığında artık onu tutanı net görebiliyordum.

Bu Malik'ti.

"Burada ne işin var?"

"Bu soruyu asıl benim sormam gerekmiyor mu küçük elektrik santralim?"

"Bana öyle seslenme," dedim dişlerimi gıcırdatarak. Kenardan tutunacağım sırada elimin yaralı olduğunu unuttum ve acısıyla inledim.

"Bütün şirketin elektriğini kestikten sonra bunun cezasız kalacağını düşünmüyordun herhalde?"

Siyah atletimin kumaşı ıslanmış, koyu kırmızı renkte parlıyordu. Ne yapmalıydım? Ondan kaçamazdım. "Şimdi ne olacak?"

Malik kahkaha attı. "Ne mi olacak? Tom, Jerry'yi peynir kapanıyla yakaladığında kuyruğundan yakalayıp nereye götürüyordu dersin?"

"Evine mi?"

"Hayır, ağzına Nil. Seni babamın yanına götüreceğim."

"Tom, Jerry'ye âşıktı."

Malik dehşetle gözlerini büyülttü. "Ne? Bütün hayatım yalanmış."

"Böyle bir zamanda Nasıl bu kadar mizahşör olabiliyorsun?" diye çıkıştım ona iğrenircesine bakarak. "Senden iğreniyorum."

"Düş önüme," diye homurdandı Malik, kolumdan tutup beni odadan çıkararak. "Yanında gezdirdiğin pisliği bayağı seviyorsun ama."

"O pislik değil."

"Onunla ilgili hiçbir bok bildiğin yok."

"Anlat da bilelim," diye mırıldandım zaman kazanmaya çalışırken. Beni çıktığımız odanın tam karşısındaki kapıya doğru çekiştirirken kolumu bırakmadan önüme geçti ve kapıyı açıp beni de peşinden sürükledi.

Evraklarla dolu bir depoya getirmişti beni. "Tabii ya," dedi gülerek. "Bu hikâyede onu sana anlatacak biri varsa o da benim. Kötü adam. Değil mi?"

"Neden bahsediyorsun Malik?"

Kapıyı kilitledi. Bir anda gerilmiştim.

Işığı kenardaki masanın üzerine ters bıraktı ve anahtarı cebine atarak kolilerden birinin üzerine oturdu. Bu sırada ben de gücümü toparlamaya çalışıyordum. Daha önce günlerce uyumadığımda bile bu kadar bitkin düştüğümü hatırlamıyordum. Şu anda her tarafım acıyor, yanıyordu. Biraz kendime geldiğimde, Malik'i onu bayıltabilecek bir şokla çarptıktan sonra bu odadan çıkmalıydım.

Düşüncelerimin arasında Malik'in ciddi bir yüz ifadesine büründüğünü ve konuşmak için dudaklarının aralandığını gördüğümde, elimi göğsüme götürerek boynuma doğru ovmaya başladım.

"O piç kurusuyla çocukluk arkadaşıydık."

Şaşkınlıkla gözlerimi gözlerine çevirdim. Ne? Doğru mu söylüyordu?

Yalan söylemek için nedeni yoktu.

"Bakma öyle, Afrodit. Öyleydik. Hatta en iyilerdendik."

"Ne oldu?"

"Biri daha vardı."

Var*dı?*

"Artık yok," diye devam etti. "Sevdiğin adam onu öldürdü."

Katil.

"Yalan söylüyorsun."

Malik'in gözleri kısıldı. "Reddederken bir saniye bile tereddüt etmedin. Peki aylar önce bilardo salonunda ona katil diye bağırdığımda hiç mi aklına bir kurt düşmedi?" Bir adım ileri çıktı ve tükürür gibi konuştu. "Sorgulamadın mı hiç?"

Sustum. O zamanlar büyük bir karmaşa içinde olduğum için bunu sürekli düşünecek ve üzerinde durabilecek psikolojiye sahip değildim. Üstelik bir süre sonra Pamir'i daha da tanıdıkça bu kelimenin taşıdığı anlamı hak etmediğine, etmemiş olacağı kararına vararak unutmuştum.

"Neden reddetmedi?" Kafasını salladı. "Neden tek yapabildiği yumruk savurmak oldu?"

"Dikkatimi dağıtmaya çalışıyorsun," diye mırıldandım kendime engel olmaya çalışarak. Sakin kalmalıydım. "Beni sinirlendirmeye çalışıyorsun."

"Etrafına bak," diye bağırdı Malik. "Bak etrafına! Şu bok çukurunda seni nereye çekmeye çalışıyor olabilirim? Adımını hangi tarafa atarsan at, yine de pisleneceksin Nil! Anlamıyor musun? Bunu göremeyecek kadar kör müsün?"

"O kimseye isteyerek zarar vermez!"

"İstedi ya da istemedi! Bunun ne önemi var? Biri öldü ve bunun sebebi o! Birini öldürmek için ille de eline silah alıp kafasına mı dayaması lazım insanın? Sen daha iyi bilirsin Nil, en güçlü silah aşkın ta kendisidir. Öldürürken kurşun doldurman ya da tetiği çekmen bile gerekmez."

Nişan alman gerekmez.

Yanında taşıman gerekmez bu silahı...

Aklında taşıman tetiği çekmeye yeter.

"Hayır..." Bir adım geriye çekildim ve gözlerime dolan yaşları sıldım.

"15 yaşındaydı."

"Duymak istemiyorum."

"O piç kurusuna köpek gibi âşıktı."

"Sus."

"Sevmedi."

"İstemiyorum duymak dedim!"

"Bir gün ona *sev beni,* dedi. *Seni seviyorum, sen de beni sev."*

Gözlerimi onun gözlerinden kaçırdım.

"Yelkıran sevmedi. Kırdığı ilk kalp seninki değildi."

Dudaklarımı birbirine bastırdım. "Nasıl..."

"Atladı," diye mırıldandı Malik, sesi gittikçe güçsüzleşirken. Gözleri kızarmıştı. Elini dalgalı saçlarından geçirdi. "Aşkına inansın diye atladı. Camdan aşağı. 6. kattan aşağı atladı."

Atladı. Ne?

"N-ne? Neden? Nasıl? Bu çok..."

"Aptalca, değil mi?" Güldü. "Beyninde yok edilmesi imkânsız bir tümör varsa ve doktorlar sana üç aylık ömür biçtiyse değil. En çok da bu koyuyor biliyor musun? Zaten 3 ayı vardı. Ama bir anda sıfırlandı." İki adım atıp üzerime yürüyerek yakamdan tuttu. "O kız kimdi biliyor musun Nil? Benim tek kardeşimdi. Melis."

Kollarından tutup beni bırakması için onu zorladığımda bıraktı ve geri çekilip eliyle yüzünü sıvazladı. "Benim biriciğimin bedeni toprağın altında çürürken, o piç kurusunun elini kolunu sallayarak ortada gezinmesi... İlk fark ettiğimde *o köpeği seviyor musun* diye sormuştum *Evet,* demişti."

Dudaklarımı dişleyerek masanın kenarından tutundum. Gözlerimi kırparken kapattıktan sonra sıra açmaya geldiğinde zorlanıyordum.

"Peki o seni seviyor mu diye sorduğumda ne cevap verdi biliyor musun? *Bazen."*

Onu seviyorum.

Peki ya o?

O da beni sever... Bazen.

Ağladım.

Ağlamak sözlükteki anlamını hiç bu kadar kaybetmemişti, hiç mağlup olmamıştı çaresizliğe.

Hiç tutmamıştı mesela elinden, hiç bakamamıştı gözlerine...

Ağlamak, ağlayamamıştı mesela içi çıka çıka, yenilgiyi kabul ede ede.

Hangisi daha acıydı? Yaşarken yenilgiyi kabul etmek mi, yoksa ölürken fark etmek mi?

Ağlamak hiç yalnız kalmamıştı bu kadar.

Çünkü hiç yaşamamıştı.

Hayatım bir roman olsaydı, okuduktan sonra beni fazla karamsar, dengesiz ve melankolik bulan insanın karşısına geçip suratına tükürmek isterdim. Kafasının içine girip yaşadığım her şeyi bir saniye atlamadan ona yaşatmak, hissettiğim her ölü ruhu tırnaklarımla zavallı zihninin kör noktalarına kazımak...

Evet, bazı ruhların negatif ve hüzünlü olması için bir şeyler yaşamış olmasına gerek yoktu, çünkü bazı ruhlar böyle doğardı ve bu dengeydi. Dengenin ta kendisiydi. Ya bir şeyler yaşamış bir aslan, ya yaşamadan da ayakta kalamayan bir kelebek... Eğer öyleyse ben kanatları olan bir aslandım.

Uyumsuzdum.

Hayattaki rollerimizi dağıtan melekler beni çoğul zannedip omuzlarıma çift ruh yüklemişti. Biri kırık kanatlı beyaz, diğeri de dikenli siyah.

"Neden ağlıyorsun? Burada sadece sen ve ben varız."

Yere çöküp elimi göğsüme koyarak ağrıyan tarafımı ovalamaya çalıştım. Böylece acıyı azaltabilmeyi umuyordum ama hiçbir şey yapamıyordum aslında, çaresizdim.

Sevgi insanı öldürebilir miydi?

Sevgi insanı yaşatabilirdi.

O zaman neden öldürmesindi ki?

"Bunu bana Neden yapıyorsun?"

"Bir canavarı seviyorsun."

"O Melis'i öldürmedi. Daha 15 yaşındaymışlar... Bunun için kimi suçlayabilirsin?"

"Kimseyi. Ama birileri her zaman bedel öder. Piyangonun her seferinde en çok seven tarafa vurması ne kadar da yazık," diye mırıldandı Malik, dizlerinin üzerinde eğilip yüzüme bakarken. "Onu sevdin. Peki o sana ne verdi? Acı. İşte bu yüzden Afrodit, aşk dünyadaki en sefil varlıktır. Elinden tutup yürüyemezsin, yüzüne bakmak istesen aynada görebildiğim tek şey kendi acınası suratındır ya da sarılarak uyumak istesen anca yastığını çalabilirsin."

"Bunu nereden..."

"Her adımını izledim senin. Her adımını. Ne yazık... Bana âşık olsan şu an çok mutlu olabilirdin. Başka bir yerde, sıcak ve güvenli bir yerde beraber film izliyor olabilirdik. Bütün bunlarla uğraşmak zorunda kalmazdın. Ama sen!" Birden sinirlenmişti. "Sen gittin o şerefsize âşık oldun! Her zamanki gibi! Bak! Senin üç ayın bile yok, saysak üç dakikan anca var Nil! Hadi! Atlasana sen de camdan aşağı!"

"Dokunma bana!" Kolumdan çektiği an acıyan bileğimi kendime doğru büktüm ve yerde sürünerek geri çekildim ama müthiş bir kuvvetle yeniden kolumdan yakaladı ve beni ayağa kaldırarak odanın kapısını açıp dışarı sürüklemeye başladı.

"Ne yapıyorsun Malik!"

"Kanatlarını dikiyorum Afrodit," diye bağırıyordu deli gibi. Merdivenlerden yukarı çıktıkça gürleyen göğün ve yağan yağmurun sesleri daha net duyuluyordu. Sanki dışarıdaymışız gibi.

"Saçlarını tarayıp öreceğim merak etme, beyazlar içinde uçacaksın yukarı. Artık kefenin mi olacak o beyaz, yoksa gelinliğin mi sen karar ver."

"Manyak mısın sen!"

Hatırlayamadığım bir sürenin sonunda nefes nefese,

ayaklarım yara bere içinde geniş bir alana çıktığımızda, üç çelik kapıdan geçtik ve sonunda Malik durduğunda, beni ileri doğru fırlattı ve sert bir şekilde yere düştüm.

"Alın tepe tepe kullanın, büyük oyuncağınızın küçük pili."

Önceden avuçlarıma sardığım kumaş sırılsıklam olmuştu, yere damlayan kan damlalarının metalik kokusu genzimi yaktı ve midem bulandı. Bir an kusacağım sandım ama kısa sürede kendimi toparlayıp ayağa kalkmaya çalıştım.

Oda olmaması gereken bir şekilde aydınlıktı. Arka taraftaki bilgisayarlar çalışıyordu, elektrik bu odada kesilmemişti.

Nasıl?

Kenarda dikilen beyaz önlüklü adamların kafalarını sallayıp yan tarafta bulunan küçük bir odaya ilerlediklerini gördüğümde, Malik'in telefonu çaldı ve ben yerde ayağa kalkmak için çabalarken gelen aramayı bağırarak cevapladı. "Ne var!"

Bir süre sonra duydukları hoşuna gitmiş olmalıydı ki güldü. "Demek öyle? Getirin hepsini. Hemen."

Kaan'lar yakalanmış olamazdı değil mi? Olamazlardı. Planda hiçbir açık yoktu.

"Kimdi o?" diye bir soru çıktı ağzımdan. Sonunda kenardaki masadan destek alıp ayağa kalktım ve suratına tiksinerek baktım.

"Pek sevgili arkadaşlarını da getirmişsin yanında. Biz sadece seni yakacaktık ama yanında çerezleri de ateşe vermekten bir zarar gelmez."

"Ne diyorsun sen?"

Bir anda arkamdan gelen korkunç bir gürültüyle sıçradım, Malik de şaşırmış olmalı ki birkaç adım geriye gitti.

Fırtına şiddetini arttırıyordu, öyle ki odanın büyük camı paramparça olmuştu.

"Kendine hâkim ol!" diye bağırdı Malik. "Annen, baban, arkadaşların... Herkes elimizde. Bunu unutma."

"Beni onlarla tehdit ediyorsun!" diye bağırdım. "Ne kadar sakin olabilirim?"

"Bilmiyorum! Sadece şu güçlerine sahip çık! Bu iş bugün

bitecek!"

Malik bana hakaretler savuruyor, tehdit ediyor ama bir yandan da gözleri kıpkırmızıydı. Acı çekiyor gibi görünüyordu, bu yüzden tereddüt ediyordum.

Şapkamı çıkarıp yere fırlattım ve ayakta durabilmek için duvardan destek alarak güç toplamaya çalışırken, birden kapının açılmasıyla içeriye bir sürü adam girdi. Her birinin kolunda elleri bağlanmış, ağızları bantlanmış arkadaşlarım duruyordu.

Kaan. Buğra. Yaren.

Mine?

Anne?

Baba?

Çağrı?

Son anda giren, siyahlara bürünmüş kızıl saçlı kızla son ağır şokumu yaşarken bir anda ayaklarım bedenimi taşıyamadı ve dizlerimin üzerine düşerek kalakaldım. *Gökçe?*

"İleriye götürün," dedi Gökçe, adamlara sertçe emir vererek. "Şu kırılmış camın oraya."

Anne ve babamı görünce bir anda krize girerek gözyaşlarıma hâkim olamazken, "Durun," diye haykırmak istedim ama sesim çok kısıktı. "Ne yapıyorsunuz? Neden bunu yapıyorsunuz?"

"Kimse seni dinlemeyecek tatlım," diye mırıldandı Gökçe ve ardından Malik'e döndü. "Niye bağlamadın bunu? Çarpıp kaçmasın sonra."

"Çok zayıf, görmüyor musun? Kılını kıpırdatamaz."

Gökçe bana küçümseyici bir bakış attığında şoktan zar zor nefes alıyordum. Soluk borum parçalanıyordu sanki, böyle bir acı var olabilir miydi? O benim *arkadaşımdı.*

Öyle bir noktadaydım ki, kapıdan yıllar önce kanserden ölen arkadaşım Yağmur girse şaşırmazdım artık.

Bir süre beyin fonksiyonlarım yerine gelsin diye yerde kalarak nefesimi düzene sokmaya çalıştım ve kafamı toparladım. Biri yoktu. Bir kişi eksikti.

Yelkıran.

"Vay, vay, vay... Kimleri görüyorum! Koleksiyonumun en eşsiz parçası sonunda evinde!"

Bir el çırpma sesi kulaklarımdan yankılandığında kafamı kaldırıp karşımdaki iğrenç insana baktım. *Zarraf.* Malik'in babası.

"Beni al ve onları bırak."

"Çok mantıklı," dedi işaret parmağını havada sallayarak. "Ama bu öncesi için geçerliydi. Artık bu oyunu bu şekilde oynamak istiyorum. Öylesine şah mat yapmak hiç zevkli olmaz."

"Zevkine tüküreyim-" Nefesimin kesilmesiyle ayağa kalkacakken masaya tutunmak için uzandım ama yeterince güçlü olamadığım için bileğimi çarparak incittim. Avuç içlerim öyle zarar görmüştüm ki artık acıyı hissedemez hale gelmiştim.

Halimi gören annem, babam ve diğerleri adamların elinden kurtulmak için çabalayıp ağzındaki bantlara rağmen çığlık atarken, onlara bakmadan ayağa kalkıp doğruldum. Çünkü onlara baksam duygusallaşıp tamamen kaybederdim.

Hâlâ bir şansımız vardı.

Yelkıran.

Sevgi katili.

Neredesin?

Zarraf, "Yelkıran'ı beklediğini biliyoruz," dediğinde bir an kalbim iflas edecek sanmıştım. "Boşuna bekleme. O sana yardım edemez."

"Ne yaptınız?"

Malik omuz silkti.

Korku sızdığı damarlarımı genişletip bir anda bana ileriye bir adım atabilecek gücü verdiğinde, "Ne yaptınız!" diye bağırdım. O an, kontrol edemediğim bir şekilde göğüs kafesime dolan enerji patladı ve odada camdan olan ne varsa parçalandı.

Şokla herkesin dikkati dağılırken, bir anda beyaz önlüklü doktorların girdiğini odanın kapısı açıldı ve iki doktor, oldukça gergin şekilde ileriye doğru birkaç adım attılar.

Arkalarındaki siyahlar içindeki bedeni anca görebilmiştim. İki elinde de silah tutuyordu bu kişi ve silahlar doktorların kafalarına bağlıydı.

Zarraf bedenini oraya çevirerek bağıracak gibi oldu ama Malik onu kolundan yakalayıp durdurdu.

Doktorlar önemliydi, çünkü hangi cehennemde olduğunu bilmediğimiz cihazı yapanlar onlardı, çalıştıracaklar da onlardan başkası değildi.

Zarraf doktorlarını kaybederse, her şeyini kaybederdi.

Malik, "Kimseyi öldürmezsin," dedi blöf yaparak.

Yelkıran kaşlarını kaldırarak, "Öyle mi?" diye sordu. "Dene beni."

"Sen dene beni!" diye bağırdı Malik bir anda anneme doğru ilerleyerek. "Söyle ona indirsin silahını Nil. Yoksa ateş etmeye başlarım." Silahı anneme doğrulttuğunda annem ağlamaya başlamıştı.

"Hayır! Dur!" diye bağırdım ve Pamir'e döndüm. Ne yapacağımı, ne diyeceğimi bilmiyordum.

"Adamlarınızı da alın ve terk edin odayı," diye tısladı Yelkıran. "Yoksa doktorlar ölür."

"Onları öldüremezsin," dedi Gökçe. "Yani, öldürmemelisin. Aynı zamanda sevgilinin yaralarının ilacı da onlarda."

Kaşlarım çatıldı.

Malik gözlerini devirerek, "Kızın vücudunun çürümeye başladığını biliyoruz," dedi. "Eğer cihaza girmezse zaten birkaç gün içinde ölecek."

"Ne?"

Yelkıran'ın şaşkınlığına karşılık dudaklarımı birbirine bastırdım ve Zarraf'a döndüm. "Nasıl?"

"Bedenin vücudundaki fazla voltu taşıyamıyor artık. İçten çürüyorsun yavaş yavaş, fark edemiyor musun cidden? Her türlü öleceksin, aptal! Yok olup gitmeden dünyaya bir iyilik yap, sevdiklerinin hayatta kalmasını sağla! Gir şu cihaza."

Zarraf kafasıyla işaret verdiğinde Malik büyük, beyaz duvarın yanına gidip kapının kenarındaki küçük kutucuğa birkaç rakamdan oluşan bir şifre girdi ve duvar iç içe geçerek açıldı.

İçerisi metalik makinelerle kaplı, büyük bir odaydı. Ortasında ise filmlerde uzaya çıkan insanları yüzyıllarca uyutmak için kullanılan yataklı bir füze gibi inşa edilmiş bir cihaz vardı.

"Hayır, Nil!" diye bağırdı Pamir. "Buraya gel."

Korkuyla geri çekildim ve arkamda bıraktığım aileme baktım. Mine'nin bu karede olması yeterince korkunçtu fakat yine de bu noktada artık ona kızamıyordum.

Karmakarışıktım, beni tanımlayabilecek tek kelime buydu. Mahvolmuştum. Yok olmak, ölmek üzereydim. Etrafımdaki insanlara acı çektiriyordum. Bunun sonu yoktu, bundan kaçışım yoktu.

Gökçe'ye baktım.

Sonra Leyla ve Atahan da geldi aklıma.

Bunca zaman kime değer versem, kime güvensem arkamdan bıçaklanmıştım. Üstelik bıçağı saplamakla kalmamış, bir de tenimde döndürmüşlerdi.

Belki de yaşamak bana göre değildi.

Farklı bir şeyler deneyimlemeliydim.

İleriye doğru bir adım attığımda, annem onu tutan adamın kollarından kurtulup ağzındaki bandı ısırarak kopardı ve bana, "O cihaza girersen seni affetmem Nil! Affetmem!" diye bağırdı.

Ama ben seni affettim anne.

"Hareket edersen doktorları vururum!" diye bağırdı Pamir, deliye dönmüş halde. "Yemin ederim bu odadaki kimseyi sağ bırakmam Nil!"

Bak, demek istiyorum bazen. Dur. Nefes alamıyorum artık, görmüyor musun? Dur. Ne olursun dur. Çok fazla. Çok... Çok acı. Bak, kelimeler bile yetmiyor anlatmaya. Peki kelimeler bile kifayetsizken benden nefessiz tırmanmamı sen nasıl isteyebiliyorsun?

Bilmiyor musun senin dokunduğun merdivenin bana

başı kesik halat olacağını, bilmiyor musun geçmişin kafamda vızıldayan hayaletlerinin ayağıma çelme takacağını?

Boğazım kuruyor, boğazımı kurutan zifiri karanlığın gölgeleri gırtlağımda; bak, bak orada... Nasıl görmezsin? Nasıl?

Nasıl?

Dur.

Dur, dur, dur.

Dur!

Bak... Tutma elimden artık. Benim her adımda ayaklarıma batan uykusuz hatıralarım değil, sırtıma sabitlenip her çırpınışında daha da derine batan kanatlarım var artık.

Biraz daha çırpınırsam göğüs kafesimi delecek, sesini duymuyor musun?

Biz bunların hepsini aslında seninle beraber yaptık.

Göklere uzanan bir uçurtmanın ucuna bizi biz yapan ne varsa bağladık, ilk ateşi biz yaktık.

Biz yandık.

Biz seninle yandık.

Alevler karanlık sokaklara ulaştığında gözlerimizi kapattık.

Bak, benim... Benim boğazıma batan acılar var, konuşamıyorum bazen.

Sen anla.

Çünkü bir zamanlar gölgemizde soluklanan, işte o karanlık; *sen de biliyorsun değil mi?* Bu şehirden bize çıkış yok artık.

"İlerle," dedi Zarraf midemi bulandıran sesiyle.

Yutkundum.

Pamir, "Sakın," dediğinde dikkati dağılmıştı.

Bir anda bir silah patladı ve doktorlar korkuyla kaçmaya başladılar ama kapıya kadar gittiklerinde adamlar onları durdurdu.

Korkuyla etrafımı süzdüm. Silah kimi vurmuştu? Beni mi? Annemi? Babamı? Kaan'ı?

Hayır, hayır, hayır...

Silah Yelkıran'ı vurmuştu.

Dizinden.

Sağlam dizinin üzerinde kalmaya çalışırken dişlerini sıkarak vurulduğu bacağını tuttu ve ayağa kalktı. "Orospu çocuğu!"

"Devam et, Nil!" diye bağırdı Malik. "Devam et yoksa bir dahakine kafasını ıskalamayacağım!"

Bir şey yaşamış olabilirsin.

Birçok şey yaşamış olabilirsin.

Herkes yaşıyor... Evet. Senin dünyan başına yıkılsa da, her adımını saatlerce düşünerek yürüdüğün yol alevlerle kaynasa da, koştuğun cadde ortasından yarılsa da, göğüs kafesini titreten depremlerin şehrin öbür ucundan duyulsa da, boğazına gömülen çığlıkların göklere güç verip dünyanın üzerinde şimşekler çaktırsa da... Herkes yaşıyor.

Zaman durmuyor mesela. Zaman durmuyor. Zaman durmaz. O an geldiğinde anlıyorsun bunu.

O an, o saniye gayet bilinçli bir şekilde bir kara deliğe kapılıp yok olma isteğin ne kadar gerçekçi ya da içten olursa olsun, bu bir gerçek.

Zaman durmuyor.

Sen bunu yaşadın, bu dünyanı başına yıktı ve senin için artık nefes alınabilecek bir hayat kalmadı belki ama insanlar yaşıyor.

Ve senin de devam etmen lazım.

"Devam etmelisin."

Hayatım boyunca duyduğum en korkunç cümleydi.

Sakin ve karanlık sokakların birinde gece vakti bir başına dolanan yorgun ruhumun omuzlarına bindirilmiş, hayır... Gömülmüş, vahşice bedenime sabitlenmiş bir intihar saati vardı artık.

Tik, tak, tik, tak.

Kapıyı çarpıp çıktığında yere düşüp kırılan saatin yerine ruhum asıldı, bak!

Tik, tak. Tik, tak.

Yelkovan, akrebime nasıl da uzak.

Tik, tak, tik, tak...

"Dur! Artık bırak!"

Ruhum da senin gibi bedenime tuzak.

Malik silahı kaldırıp Pamir'e nişan almışken, adımlarımı hızlandırıp cihaza doğru yürüdüm ve önünde durdum. İstemsizce ağlamaya başlamıştım. "N-ne yapmam gerekiyor?"

Adamlar doktorları itti ve Zarraf doktorları yanıma yolladı. Korkarak yanıma gelen doktorlardan biri bilgisayarı açıp birkaç saniye içinde cihazın cam fanusunu kaldırdı. Diğer doktor ise uzanıp kolumdan tuttuğunda o kadar korkuyordum ki, istemsizce geriye sıçramıştım.

Uğultular duyuyordum.

Geride bıraktığım enkazın uğultularını.

En büyük binalar bile yıkılırken etrafındaki insan kalabalığını gürültüleriyle beslerlerdi, birkaç dakika sonra ise geriye tozu dumana katmış beton parçaları kalırdı sadece. Moloz toplanıp kamyonlara yüklenmesi ve etraf temizlendikten sonra yeni bir temel atılarak daha sağlam, daha güçlü bir yapı için harekete geçilmesi çok da zaman almazdı.

Ben de böyle olsun istiyordum.

Bunu diliyordum.

Sadece yeryüzünden silinmeyi değil, insanların hatıralarından da silinmeyi istiyordum.

O zaman her yağmur yağdığında yürüdüğüm parktaki salıncak küsemezdi bana, her sabah girdiğim kahve dükkânı özlemezdi beni. Çözemediğim trigonometri testleri birkaç kere daha kalem oynatamadığım için bana darılmazdı.

Çok beğendiğim için günlerce takılı kalıp sonra bıktığımdan aylarca bir kez olsun dinlemediğim şarkılar vardı, onlar da nefret etmezlerdi benden.

Sevmezlerdi de ama.

Sevmesinlerdi.

Sevilmek için çabaladığım günlerin sonunda sevilmemek için yalvaracağım bir günün geleceğini söyleselerdi önceden, yaşlanıp dans etmeyi bırakacağım güne kadar gülerdim sanırım.

Ya da gülemezdim...

Her türlü, o kadar ömrüm bile yoktu.

Beni cihazın içindeki soğuk bir zemine yatırdıkları an Gökçe'deki değişikliği fark ettim. Endişelenmekten ölecek gibiydi ve sürekli çaktırmadan telefonuna bakıyordu. Pamir gömleğini yırtıp kan akışını engellemek için dizine bağlamıştı ve Zarraf'a doğru yürüyordu ama onu bir engel olarak görmüyorlardı ki artık, umursamıyorlardı bile.

Birkaç saniye sonra, cihazın cam fanusu kapandı. İçeride panik atak geçirecek kadar korktuğum sırada, Gökçe'nin ayağını kaldırıp sıyırdığı bileğinden çıkardığı bıçağı Malik'in bileğine sapladığını gördüm. Malik'in silahı yere düşerken kapılar bir anda gürültüyle açıldı ve içeriye kalabalık bir polis ekibi girmek için hareketlendi.

O sırada, odanın ses geçirmezliği yüzünden bütün bunları duymayan doktorlar cihazı tamamen çalıştıracak o düğmeye bastılar.

Göğüs kafesi.
Bir şehrin başlangıç,
Ve bitişi.

FİNAL

Nil Han.

Adım bu. Kısa ve öz, basit bir adım var. Sanırım buna hiçbir zaman alışamayacağım ama adımın beni tanımladığına inanıyorum, başka bir isim benim gibi fazla sade ve basit bir insana fazla süslü kaçardı.

En azından, iki senedir bildiğim kadarıyla.

Buzdolabının üzerindeki notu aldım ve gözlerimi annemin düzgün el yazısında gezdirirken esniyordum, çok uykum vardı.

Bahsettiğim iş görüşmesine gitmek için erkenden çıkıyorum, uyandıktan sonra kahvaltı yaptığından emin ol.

Annen

Annem benimle daha fazla vakit geçirebilmek için, önceki işinden ayrılıp iş saatleri daha kısa olan başka bir işe başvurmuştu. Bunu yaptığı için ona kızmak istiyordum ama tek amacı benimle daha çok vakit geçirmek olan bir anneyi neyle suçlayabilirdim ki? *Hayır, benimle bu kadar vakit geçirmek istemen suç.*

İki dilim kızarmış ekmeğin arasına dolapta bulduklarımı doldurduktan sonra, ısıttığım bir bardak sütle kahvaltımı yapmaya başladım. Mutfaktaki masaya oturup bir şeyler yerken, diğer yandan telefonumu karıştırıyordum. Günlerim genelde bu şekilde başlar, bu şekilde biterdi. Oturup doğru düzgün yakmadan, çiğ bırakmadan yemek pişirebildiğim pek söylenemezdi. Zaten annem de öğünlerimi evde yemediğim için yemek yapmakla uğraşmıyordu. Bu konuda üzerime düşmediği için seviniyordum.

Çünkü üzerime düşmek istediği birçok konu olduğunu biliyordum.

Kahvaltım bittiğinde odama geçip duş aldım, üzerimdekileri değiştirdim ve çantamı da aldıktan sonra kapıyı iki kere kilitlediğime emin olarak evden çıktım.

İstanbul soğuktu. Çok soğuktu.

Bunun aralık ayında olmamızla da doğrudan bir ilişkisi olmadığını düşünmüyor değildim tabii, yine de mevsim normallerinin üzerinde bir soğuk seyrediyordu şehirde. Kasım ayının başından beri kar yağıyordu ve kar, havanın yeryüzüne yağmur bırakamayacak kadar soğuması demekti.

Havada süzülen kar taneleri *Nil için grip vakti* diye bağırıyordu sanki.

Bugün yalnızca bir dersim vardı, hiçbir arkadaşımın da -gerçi yalnızca 2 kişilerdi- dersi olmadığı için bugünü takvimimden silinmesi gereken tek gün olarak görüyordum. Yani, silinse iyi olurdu. Yalnız kalmayı bir nedenden dolayı sevmiyordum, muhtemelen hatırlayamadığım önceki senelerde çok kalabalık bir arkadaş ortamına sahip olduğum ve hiç yalnız kalmadığım içindi.

Bazen, hayır- Dürüst olmak gerekirse çoğu zaman, geçmişi hatırlamaya çalıştığımda baş ağrıları çekiyordum. Ağrı kesiciler işe yaramıyordu. Öyle zamanlarda profesörlerden birinin kimliğini çalmak ve ilaç dolu odalardan birine girerek yüksek dozda ağrı kesici-uyuşturucu alıp huzurlu uykular çekmek istiyordum.

Ama şimdi o zamanlardan çok uzaktaydım. Yüzlerce kilometre ötede, burada, İstanbul'da, tıp fakültesinin geniş ve yeşil kampüsünde yürüyordum. Ayağımdaki koyu kahve Timberland'ler ve kot pantolonum kar yüzünden ıslanmış, daha koyu bir renk almışlardı. Üzerimde ise koyu yeşil bir mont vardı ve aynı renkte bir bere takıyordum. Sırt yerine kol çantası tercih ettiğimden fermuarsız ağzından içeri dolan kar beni endişelendiriyordu, kitaplarımın ıslanmasını istemiyordum. Bu yüzden adımlarımı hızlandırıp dersliğe girdim.

Kar yağışının kesildiği öğle saatlerinde okuldan çıktığımda saat 2'ye geliyordu, yarım saat sonra yarım gün çalıştığım kafeye gitmem gerekiyordu.

Anneme okul kitaplarım konusunda yük olduğumu düşünüyordum, sürekli bana renkli ve pahalı giysiler alıyordu, bu yüzden kitaplar hakkında ona destek olmak istiyordum. Tam da bu nedenden dolayı ondan gizli bir şekilde bir kahve dükkânında çalışıyordum. Eğer bilseydi muhtemelen beni öldürürdü ama iki sene boyunca kendime gelmeye çalıştığım bütün anlarımda maddi ve manevi şekilde yanımda olarak beni ona borçlu bir hale getirmişti.

Onu hatırlamamıştım. Onu, ölen babamı, akrabalarımı, eski arkadaşlarımı... Kimseyi. Kendimi bile hatırlamamıştım. Aynanın karşısına ilk geçtiğimde ve kafamı kaldırdığımda gördüğüm kişi kimdi? Gözleri neden şişti, neden bedeni kafes zanneden ruhu parmaklıklar ardından dışarı taşıyordu? Güçlü bakamıyordu, gözleri soluktu, saçları dökülüyordu, 40 kiloya kadar düşmüştü.

Yok oluyordu.

Belki de yoktu.

Kahve dükkânındaki takvim 27 Aralık 2018'i gösterirken, gittikçe daha da soğumaya başlayan hava ve şiddetle yağan kardan kaçarak içeriye girdim. Mara kasa başındaydı, Enes de yeni gelen baristayla beraber kahveleri hazırlıyordu. Dükkân bugün her zamankinden daha doluydu. Birazdan Mara'nın mesaisi bitiyordu ve yerine ben geçecektim.

İnsanların doldurduğu koyu renk tahta masaların yanlarından geçerken içimi saran sıcak kahve kokusuyla mest oldum. Personel kapısından içeri girmeden önce Mara'ya selam verdim ve içeri geçip üzerimi değiştirdim. Kasaya döndüğümde Mara, orta yaşlı bir kadının siparişini alıyordu.

"Yılbaşını Taksim'de kutlayacağız, ne dersin?"

Dudaklarımı büzdüm. "Beni biliyorsun, ana kuzusuyum."

Mara gözlerini devirdi. "Hadi ama, ocakta İngiltere'ye gittiğimi biliyorsun. Buradaki son yılbaşımı senin de içinde olduğun bir grupla geçirmek istiyorum. Annen buna müsamaha gösterebilir."

"Bakarız."

Gözlerini kıstı. "Bakarızmış... Hem sen ilaçlarını içtin mi bakayım?"

Kafamı salladım. İçmiştim. İki yıl önce geçirdiğim araba kazasından sonra üç ay yoğun bakımda, komada yattığım için bağışıklık sistemim mahvolmuştu ve iştah diye bir şeyim kalmamıştı, bu yüzden hâlâ bedenim normale dönsün diye ilaç kullanıyordum.

"Eee, geçen seferki çocuğa ne oldu? Geliyor mu hâlâ?"

Kafasını sağa sola salladı. "Vazgeçmeye karar verdim, en azından zorlayacağım kendimi. Biliyorum, sıkı bir *Alacakaranlık* fanı olduğum ve çocuk da Robert Pattinson'ın mavi gözlü hali olduğu için ilgileniyorum onunla ama ne diyeceğim ki? Filtre kahve siparişini alırken sana âşık oldum, çıkalım mı diyeceğim? Çok saçma. Sadece... Tanımak istiyorum işte. Tek görüşümle sayfalarca yazdıracak ne var onda bilmek istiyorum. Sayfalarım değerlidir, herkes için karalamam."

"Yo, ama gidip *şiirlerime ilham olur musun* diyebilirsin. Çok romantik. Sonuçta yazıyorsun. Çocuktan ilham aldığın için. Her önüne gelen için böyle hissetmediğini biliyorum. Bugün konuşur, yarın çıkarsınız, sonra bir bakmışsın şiirden roman yazmaya terfi etmişsin ve bam! Tüyap İstanbul, bir imza günün var."

"Hayal âleminde yaşıyorsun biliyorsun değil mi?"

"Sadece gidip bir merhaba dersen olabilecek birkaç milyon ihtimalin birinden bahsediyorum."

"Ocakta İngiltere'ye gidiyorum, bunu da biliyorsun değil mi?"

Omuz silktim. "Hayat değişir. Bak bana, 20 yaşındayım

ama aslında 18'imden öncesi ne bir günlükte yazıyor ne de kafamın içinde. Kim bilir neler düşünüyordum eskiden, nasıl biriydim..." Seslice nefes verdim. "Bu yüzden en azından bir daha geldiğinde kahve bardağının üzerine adını yazarken güneş çiz, merhaba yaz."

"Güneş mi?" Kaşlarını çattı. "Adının anlamı gündüz olduğu için mi? Çok çocukça."

"Çok ince bir hareket."

"Bence sen 1800'lü yılların Paris'inden geliyorsun Nil, kesinlikle 18'inden önce doğaüstü bir varlıktın."

Kıkırdadım. "Bu sadece kibarlık."

"O zaman ben yalnız öleceğim." Mara kafasını olumsuzca salladı. "Tanrı eğer varsa yaşayamayacağım aşkları yazmam için lanetledi beni."

Mara içine kapanık, çok sakin ve sessiz bir kızdı ama dış görünüşü oldukça sertti. İnsanlara sert bakardı. Koyu renk saçlarının uçları koyu mordu, koyu renk gözleri ve beyaz, pürüzsüz bir teni vardı. Güzel bir kızdı. Buraya ilk geldiğimde beni dövecek sanmıştım ama sonradan sadece onun yüz hatlarının böyle olduğunun farkına varmıştım.

"Sende de hiç tık yok bu arada," diye mırıldandığında gözleriyle yeni baristayı gösteriyordu. Sarışın, yeşil gözlü bir çocuktu. "Nasıl? Yürü bence."

"Sağ ol ben düz yolda yürümeyi tercih ederim," diye homurdandıktan sonra kasaya gelen müşterinin siparişini aldım. Mara bir süre daha yardım edip masalardaki boş karton bardakları ve bulaşıkları topladı, Enes de üst katı aldı. Saat akşama doğru gelirken, kahve dükkânında Enes, ben ve adının Cem olduğunu öğrendiğim yeni barista vardı. Mara gideli iki saat oluyordu, hava yavaş yavaş kararıyordu. Dışarıdaki fırtınadan kurtulmak isteyen kendini bulduğu sıcak dükkânlara atıyordu.

Cam kenarındaki boşalan masanın üzerindeki boş karton bardakları almak için ilerlediğim sırada buğulu camdan, dükkânın önündeki kaldırımın yanına siyah, pahalı bir spor arabanın park edildiğini gördüm. Yağan kar yağmura döndüğü için camları fazlasıyla buğuluydu ve içerisi görünmüyordu. Enes de o sıra yanımdan geçiyordu ki durdu ve bir ıslık çaldı. "Kadıköy Kadıköy olalı böyle araba görmedi. Ulan ne hayatlar var be, herifin altında Porsche var."

Arabadan inen siyah deri montlu, başta aşağı siyahlara bürünmüş, kapüşonlu bir erkekti. Siyah botlarıyla bembeyaz karın içinde ilerledi ve kahve dükkânının kapısını açarak içeri girdi.

"Sen siparişini alsana, ben ilerideki tabakları toplayayım."

Kafamı salladım ve ilerleyip kasanın arkasına geçtim. Adam kasaya geldiğinde yukarıda asılı içecek menüsüne bakmadan "Sade, büyük boy filtre kahve," dedi.

"10,50," diye mırıldandığımda boğazımda bir yumru vardı, bu yüzden sesim her zamankinden daha farklı ve ince çıkmıştı. Boğazımı temizledim. Bu sırada da adam suratıma bakmadan cüzdanından çıkardığını elliliği bıraktı. Parayı alıp üstünü verdim ve büyük boy bir karton bardak alıp içini filtre kahveyle doldurmak için döndüm fakat kahve bitmişti, bu yüzden yenisini yapmalıydım. Cem'e dönüp, "Filtre kahve kalmadı mı?" diye sordum. "Bittiği an yenisini yapmalısın."

Cem, "Üzgünüm, unutmuşum," diye mırıldandığında ilk günü olduğu için boş verdim ve adama döndüm.

"Filtre kahve kalmamış ama tazesini iki dakika içinde halledeceğim," dedim ciddi bir tavırla. "beklerken yeni tarçınlı salep tarifimizden tatmak ister misiniz?"

Adam ağır bir havayla kafasını kaldırdı, boyu uzun olduğu için ben de suratına bakmak amacıyla kafamı kaldırmak zorunda kalmıştım.

Gözleri kıpkırmızıydı. Keskin hatları, koyu kahve gözleri ve kirli bir sakalı vardı. Kesinlikle çok yakışıklıydı.

Yutkunduğunda âdem elması boynunda yukarı aşağı oynadı.

Ama bana hâlâ cevap vermemişti. "Salep?" diye mırıldandım, surat ifadesine anlam veremeyerek.

Tekrar yutkundu. Tekrar oynadı âdem elması. "Cevap vermeyecek misiniz?"

Gözlerini kırpıştırdı, kapuşonlusunu çıkardı ve dağılmış kahverengi saçlarını gözler önüne serdi. Böylece güzel çenesi ve elmacık kemiklerini görmüş oldum. Hayatım boyunca gördüğüm en çekici erkek olduğunu söyleyebilirdim, gerçi 18'imden öncesini hatırlamıyordum ama son 2 sene için bu geçerliydi.

Elimde karton bardakla hâlâ bana cevap vermesi için ona baktığımı fark ettiğinde, "Salep," diye mırıldandı.

"Evet, salep," diye tekrar ettim.

"*Salep* mi?"

Kaşlarımı çattım. "E-vet?"

"*Kahve*?"

Kafamı salladım. "İki dakikaya halledeceğim, eğer beklerseniz..."

Yeniden, *"Kahve,"* diye mırıldandığında değişik bir ruh halinde olduğunu fark etmiştim. Burukça gülümsedi ve kahkaha attı. "Kahve?"

"Siz iyi misiniz?"

Derin bir nefes aldıktan sonra iki adım geriye gidip eliyle yüzünü sıvazladı ve tekrar bana döndü. "Adın ne?"

Kaşlarımı çattım. "Nasıl?"

"Adın," diye tekrar etti. "Bana adını söyle."

"Neden bunu-"

"Nil?"

Daha da çatıldı kaşlarım. "Adımı nereden biliyorsunuz?"

Yutkundum. "Beni tanıyor musun?"

"*Siyah Kuğu,"* diye mırıldandı. "Siyah Kuğu."

Söylediklerine anlam veremiyordum.

Gözleri gözlerimle buluştuğunda dolu dolu olduğunu fark ettim. "*Kırılmış kanatlar, incinmiş kalpler, kaybolmuş ruhlar...*" diye mırıldanırken sağ gözünden aşağı bir damla düştü.

İstemsizce göğüs kafesimin içindeki kalbimin büküldüğünü hissettim. Karnıma giren kramplar yüzünden karton bardak elimden düşmüştü ve ellerim karnımın üzerinde sabitlendi.

"*Söylesene Siyah Kuğu, sen buradasın diye mi yağmur yağıyor yoksa bulutlar da mı bize ağlıyor?*"

TEŞEKKÜR

Her tökezleyişimde omuzlarımdan tutup sarsan babama, ne olursa olsun günün sonunda odama gelip bana sarılan anneme, sabahlarımın vazgeçilmez muhabbet kuşu Deniz'e, tek muhabbetimiz yalnızca bir 'Merhaba' olsa bile tanıdığım her insana ve arkadaşlarıma teşekkür ederim: Bilmeden, bir cümlemde kast edilen insan ve bazen de koskoca bir kurgunun bel kemiği, baş karakteri olduğunuz ve olmaya devam ettiğiniz için.

Her hikayenin bir sonu vardır, bilirsiniz.

Ama benim kalemimden dökülen mürekkebin kağıtla buluştuğu o kısacık an öyle sanıyorum ki, düşüncelerim ve ben yok olana dek sürecek.

Var olun!

Sevgilerimle,

B.A.

Saç tellerimle dikilmiş kara bir delik yarıldı.
Söyle hangi düşle sarabildin yaralarını?

Titreyen gölgemin üzerinde bir beden,
Bedenin yanında kafeslenmiş anılar,
Anılar kafesinde bir şeytan var.

Şeytanın kulaklarında asılı günahları,
Omuzlarında kırık kanatları,
Gözlerinde cehennem ateşi var.
Ellerinde can bulan bir ceset,
Şimdi,
Uç!
Kanatlarının ulaşamayacağı yerlere uç,
Kelebek!

Zira,
Çok yükseklerden düşüvermiş bir melek.

Avuç içlerimi kanatan korku
Dönüp dolaşıp yine beni buldu
Geçmişten fırlatılan bıçaklara
Sırtımı mı dönmüştüm sahi,
Unutuldu?

Sana dokunma dedim,
Dokunma!
Dokunma leş hatırana.
Çünkü bu gece ardında bıraktığın
Her zerren felç oldu.

Umudun akrebi, korkunun yelkovanını soktu.
Zaman durdu.
Ay sabah olmayınca doğdu.